나의 삶과 일,
그리고 소중한 것들

지난 70년의 기억

나의 삶과 일,
그리고 소중한 것들

안건혁 지음

좋은땅

나는 이 책을 왜 쓰게 되었는가?

옛 어른들 말씀에 사람의 명은 타고난다고 했지만, 내 나이가 70이 넘으면서 드는 생각은 이제 내게 남은 삶이 그리 길지는 않을 거라는 것이다. 물론 최근에는 남자들도 90세를 넘겨 장수하는 사람들도 많지만 일생 동안 잔병에 시달려 온 나로서는 그저 건강하게 80세만 넘기면 좋겠다는 작은 희망을 갖고 있을 뿐이다.

뒤돌아보면 그동안 앞만 보고 정신없이 달려온 삶이었지만 이제는 더 이상 달려갈 목적지가 보이지 않는다. 주변에서는 내게 그만하면 성공한 인생이라는 이야기를 하는 사람도 있고, 부러워하는 사람들도 있다. 그러나 내 자신이 볼 때, 과연 그런지 확신은 없다. 내가 주변 정리를 시작해야 하겠다고 생각한 것도 과거를 털어 버리면 무언가 새로운 목표가 생겨날지도 모른다는 바람에서다.

내가 내 주변에서 정리해야 할 것에는 어떤 것들이 있는가? 생각해 보면 그리 많지는 않은 것 같다. 집과 사무실 내 방에 오랜 기간 동안 쌓여 있는 책들이 첫 번째다, 그동안 잦은 이사로 책장의 책이나 서류는 상당 부분 유실되었지만 요즈음도 책방에 들를 때면 한두 권 집어 들기도 하고 여기저기서 보내 주는 것도 있어서 숫자는 좀처럼 줄어들지 않는다. 옷은 또 어떤가? 옷장에 가득한 옷들도 다 골라서 버려야 할 텐데 엄두가 나지 않는다. 결혼식 때 맞춘 명품 양복은 그것대로 기념이 되어 버릴 수 없고, 영국에 갔을 때 마련한 진짜 버버리 코트는 구입한 지 20년이 지났건만 입고 나갈 기회가 없어 그대로 장롱에 처박아 두고 있다. 신발장에도 각종 구두, 운동화, 등산화 등이 꽉 차서 아마도 죽을 때까지 새로 살 필요가 없을 것 같다. 어디 그것뿐이랴. 보낸 이의 마음이 배어 있는 손 편지, 여행지마다 수집한 각종 기념품, 여러 기관에서 보내 준 상패, 선물받은 고급 술, 다섯 살 때부터 모은 우표책, 추억의 사진첩, 내 손으로 집을 지어 보겠다고 모아 논 각종 tool들, 건축 제도 용구, 유화 그림물감, 등등, 이 모든 것들은 다 내가 아끼고 모아 둔 것들이다. 그러나 이것들이 앞으로 내게 무슨 소용이 있을 것인가? 그렇다고 내가 내 손으로 그 오랜 인연들을 다 끊어 내고 쓰레기통에 넣을 용기는 없다. 그래서 우선 정리하기가 가장 쉬운 것부터 하자는 생각에 선택한 것이 모아 둔 편지와 앨범 사진들이다. 그래서 먼저 오래된 편지 뭉치와 사진들을 정리하기 시작하였다. 편지와 사진 하나하나를 들여다보니 옛일들이 주마등같이 머릿속을 스쳐 지나갔다. 이것들 매

나의 삶과 일, 그리고 소중한 것들

장마다 모두 사연이 있는 것들인데. 이것들을 묶어 보면 어떨까 하는 생각이 들었다. 그러다 보면 내 일생이 스토리로 엮어질 수도 있겠다 싶어 글을 쓰기 시작하였다.

이 책 내용의 대부분은 나의 기억에 의존하여 정리한 것이지만, 내 기억 이전의 일들은 어머님 생전에 요양원 병상에서 말씀해 주신 것을 정리한 것이다. 어머님은 당시 약간의 치매 증상이 있으셨고 그래서 다소 과장되었거나 오류가 있을 수 있다. 물론 내 기억도 나 자신이 확신하지 못하는 부분도 있을 수 있음을 밝혀 둔다. 그런 관계로 내용상 잘못된 기술로 본의 아니게 피해를 보게 된 분도 있을 것이고, 자신과 관련된 내용 때문에 불쾌하게 생각하는 사람들도 있을 것이다. 그러한 모든 분들께 이 지면을 빌어서 용서를 빈다.

목차

인생 중반기

인생 후반기

그리고 소중한 것들

인생 전반기

나의 집안

출생

나는 서울 강북의 한 가운데인 종로구 중학동 17번지 11호에서 1948년 12월 7일(음력 11월 7일)에 태어났고, 이듬해 3월 23일 출생 신고를 했다. 무자년(쥐띠) 동짓달 초이레 해시가 내 사주다. 쥐가 둘이고 호랑이와 돼지가 각각 하나다. 우리 집은 이듬해 종로구 관훈동 84의 20호로 이사를 하여 1964년까지 살았다. 그래서 중학동 생가는 기억에도 없고, 그저 관훈동 집이 내 고향집이란 생각이

내 모습이 담긴 첫 번째 사진. 백일 무렵(1949)

든다. 사실 대부분의 서울 사람들은 고향이 없는 것과 다름없다. 그것은 너무나 빨리 도시가 변하기 때문에 10년만 지나도 옛날 살던 때의 모습이 남아 있기 어렵기 때문이다. 내가 살던 집들도 가끔 찾아가 보고 싶지만 가 본들 무엇 하랴. 중학동 생가는 60년대 초에 헐려 한국일보사 본사가 들어섰다가 지금은 일본 대사관과 멕시코 대사관의 트윈 타워가 들어서 있다. 십 년 전쯤 관훈동 집을 찾아갔을 때는 건물은 기와지붕만 유지하고 있고, 음식점인지 찻집인지로 바뀌어 옛 모습을 찾아볼 수가 없었다. 담벼락은 모두 사라져 버렸고, 대문도 없어졌으니까. 그러나 최근 구글맵을 보니 지붕마저도 지금은 남아 있지 않은 것 같다.

나는 6남매의 막내아들로 태어났다. 그래서 형제들보다 어머니로부터 귀여움을 많이 받고 자랐다. 아버지는 무뚝뚝하시고 살가운 정을 보이지 않으시는 분이라 겉으로는 자식 사랑을 잘 나타내지 않으셨다. 그래서 나는 어려서부터 무섭기만 했던 아버지를 경외의 대상으로만 생각해 왔다. 나중에 들은 얘기지만, 어머니가 나를 임신했을 때만 해도 이미 우리 부모님은 2남 3녀를 두고 있었다. 피임이나 인공 낙태가 어렵던 해방 이전까지만 하더라도 건강한 부부라면 함께 살면서 7 ~ 10명의 아이를 갖는 게 보통이었다. 그중 한두 명은 어려서 각종 질병이나 사고로 죽는 경우가 많

았고, 그렇게 되면 나머지만 키우게 된다. 어렵던 시절이기에 아무리 중산층이라도 한 가족 열 명 가까운 식구를 먹이고 공부시키는 것은 쉬운 일이 아니었다. 그러나 해방 전후로부터 임신 중절 (낙태) 의술이 도입되었다. 아버지는 임신 중절 시술을 받을 것을 어머니와 의논하셨다고 한다. 그런데 어머니가 반대하셨다. 배 속의 태아가 꼭 아들같이 생각되었기 때문이다. 당시에는 사회적 통념이 아들 삼 형제가 있어야 다복한 가정이라 여겼다. 어머니의 손아래 첫 올케는 내가 태어나기 전해에 이미 아들 셋을 낳았다. 우리 형제를 순서대로 보면, 큰딸-큰아들-둘째 딸-둘째 아들-셋째 딸까지 딸과 아들이 번갈아 태어났다. 어머니 생각에는 이번은 아들 차례인 것이다. 어쩌면 나는 운 좋게 태어난 셈이다. 왜냐하면 나 다음으로는 아무도 태어나지 못했으니까. 나는 자라면서 항상 동생이 없다는 것이 서운했다. 부모 사랑을 제일 많이 받고 자랐지만 동생이 없다는 것도 부족한 것임에는 틀림없었다.

종갓집

나는 막내로 태어난 까닭에 양쪽 할아버지는 한 분도 뵌 적이 없다. 내가 태어나기 이전에 모두 돌아가셨기 때문이다. 친할아버지는 몸이 쇠약해서서 오래 사시지 못하셨다고 하는데, 아버지가 중학교 다닐 때, 50세도 안 된 나이로 돌아가셨다고 한다. 그래서 어머니도 시아버지를 뵌 적이 없다. 외할아버지는 내가 태어나기 직전 여름, 어머니가 배가 불러올 때 돌아가셨다. 친할머니는 6·25 때, 그러니까 내가 만 두 살 되기 전에 돌아가셨으니까 역시 기억이 없다. 외할머니만 오래 사셔서 내가 무척 따랐는데 내가 미국 유학을 간 첫해에 돌아가셨다.

내가 어렸을 때, 친가 쪽으로는 종가인 5촌 당숙 댁을 자주 다녔다. 아버지의 4촌 형님 댁이다. 사실 내 큰아버지는 안암동에 사셨는데, 거리가 멀어서 그랬는지 자주 가지는 못했다. 5촌 당숙 댁은 재동에 있었는데, 재동초등학교와 담을 하고 있는 큰 기와집이었다. 우리는 그 집을 재동집이라 불렀고, 5촌 당숙을 재동 큰아버지라 불렀다. 그 집은 99칸짜리로 대한제국 모 대신이 살던 솟을대문 집이었는데, 내가 기억하는 한, 행랑채는 이미 헐려서 모래와 벽돌을 파는 건재상이 자리 잡고 있었고, 사랑채와 안채만이 남아 있었다. 집이 그렇다고 증조할아버지가 높은 벼슬을 지내신 것은 아니다. 원래 증조할아버지가 중인 신분으로서 대신 집에 집사 같은 일을 하셨다는데, 구한말 세상이 어지러울 때, 어찌어찌 돈을 모아 몰락한 양반집을 사셨던 모양이다. 당시에 일반 사람들이 축재를 하는 방법은 농지를 사들여 소작을 놓는 것이었다. 해마다 추수 때가 되면 여기저기 시골서 쌀과 과일이 가마로, 궤짝으로 들어왔다고 한다. 그러면 그것을 하나도 건드리지 않고 다시 시장에 내다 팔았다. 그리고 그 돈으로 또다시 땅을 사게 된다. 들은 바로는 아마도 면적으로만 보면 산지 수백만 평,

농지 수십만 평은 족히 되었다고 전해진다. 내가 아는 것만 해도 북으로는 공덕골(태능 일대), 회암 (양주 일대), 남으로는 안산 일대가 이 집안 땅이었다. 대단한 미식가였던 외할아버지 밑에서 자란 어머니는 시집가 보니 어른들이 별 반찬 없이 맨밥에 고추를 된장에 찍어서 식사를 하는 것을 보고 놀라셨다고 한다. 그때나 지금이나 안 써야 재산을 모을 수 있다는 것은 진실인 모양이다.

하여튼 지금 기억으로는 종가인 재동집에서 일 년에도 수없이 많은 날 제사와 차례를 지냈고, 한 번에 열 분 이상은 모셨던 것 같다. 내 할아버지는 두 형제분 중 동생이었고, 살아 계셨을 때는 형 님과 함께 부모를 모시고 대가족을 이루고 사셨던 것 같다. 우리 어머니가 시집을 갔을 때도 재동 집에서 시할머니, 시할아버지, 시어머니 모시고 시집살이를 했다. 다만 내 큰아버지만 결혼하고 분 가를 하셔서 안암동에 사셨다. 아버지는 막내아들이었는데, 할아버지가 일찍 돌아가신 탓에 내 할 머니와 함께 자기 할아버지(내 증조부) 슬하에서 지냈다. 내 할머니는 따로 독립한 큰아들 살림이 그리 넉넉지 못했고, 손자 손녀들이 또 많아서 같이 살기가 어려웠을 것이다. 그래서 재동집에서 시집살이를 오래 하셨고, 시부모 돌아가신 후에는 주로 우리 집(분가 후)과 큰아들 집을 번갈아 오 가며 사셨다. 아버지와 어머니 결혼 말이 오고 갈 때는 중매를 했던 5촌 당숙(아버지의 4촌 형님)이 결혼하면 바로 집을 해 주겠다고 외할아버지에게 약속을 했다는데, 결국 지켜지지 않았다.

증조할아버지와 증조할머니는 아주 오래 사셨는데, 아들 둘을 두셨 다. 재산을 모을 때 건강한 큰아들은 함께 땅을 보러 다니셨고, 둘째 아 들(내 친할아버지)은 집에서 모든 행정 일(아마 부동산 계약과 재산 관 리일?)을 챙기셨다고 한다. 그래서 재산을 늘리는 데는 둘째 아들 역할 이 더 컸다고 전해진다. 둘째 아들(내 친할아버지)이 집에서만 일을 한 까닭은 건강 때문인데, 어렸을 적에 업어 주는 아이가 높은 데서 떨어뜨 려서 심장병이(?) 생기셨다고 한다. 할아버지가 결혼한 후에도 증조할 머니가 아들과 며느리가 합방을 하는 날을 길일을 택해 정해 주셔야만 부부 합방이 가능했다고 한다. 그래도 우리 할아버지는 아들 셋, 딸 하

재동 큰댁에서 6촌 동생과(1955)

나를 두셨고, 40대 말(?)까지 재동집에서 부모와 함께 사시다 돌아가셨다.

나의 증조할아버지는 일찍 세상을 떠난 둘째 아들 몫으로 손자인 아버지와 큰아버지에게 재산을 나눠 주시려 했던 것 같다. 내 큰아버지는 신식 교육을 받지 못하셨던 까닭에 직업이 없으셨고, 그 래서 증조할아버지는 손자의 생계를 위해 결혼할 때 재산과 집을 장만해 주셨지만, 아버지가 결혼 할 때에는 장손(큰아들의 아들, 내 5촌 당숙)에게 사촌 동생 집 장만을 부탁만 하시고 연로하셨던 까닭에 분가하는 것도 보지 못하고 돌아가셨다.

내 큰아버지는 아버지와 나이 차가 많다. 15살쯤이라니까 큰아버지가 태어나신 해는 아마도 1890년대 말인 것 같다. 서당에는 다니셨다는데, 그래서 붓글씨는 명필이라고까지는 할 수 없을지라도 상당한 수준이었다고 전해진다. 세상이 급변하고 1910년대에 이르러 일제 시대가 시작되니 신식 교육을 받지 못한 사람들은 사회적으로 뒤처질 수밖에 없었다. 다행인 것은 아버지가 신식 교육을 받으신 것이다. 1912년생이니까 초등학교 갈 나이에는 이미 일본 사람들이 통치하고 있을 때였다. 담 너머가 재동국민학교이니까 거길 다니셨다. 아버지의 사촌 형인 종가댁 재동 큰아버지는 신식 교육을 받으셨고 그래서 은행에 다니셨다.

안방마님

'마님'이라는 호칭은 내가 어렸을 적에 재동 큰아버지 댁에서 늘 들었던 호칭이다. 내 5촌 당숙의 큰 부인을 우리는 '안방마님'이라고 불렀다. 물론 본인한테가 아니라 우리끼리 부른 이름이다. 내 큰할아버지는 큰할머니가 아들을 하나(5촌 당숙)밖에 낳지 못해 공덕골(현재의 태능 일대) 마름의 딸을 첩실로 앉혔다. 그래서 아들 하나와 딸 둘을 더 두셨다. 그래도 서얼의 차이가 엄연히 존재하던 시기라 이들은 아래채에 머물고 하인처럼 살면서, 자기들의 아버지와 이복형님(5촌 당숙)을 제대로 처다보지도 못하고 자랐다.

5촌 당숙은 첫 번째 부인을 신혼 초야부터 소박을 했다. 이유는 신부의 암내가 너무 심해서였다고 한다. 사실 안방마님은 인물도 너무 없었다. 그래도 제법 위세 있는 양반 집안 규수였건만 신식 교육을 받은 5촌 당숙의 눈에는 차지 않았다. 물론 안방마님은 전형적인 구식 집안 출신이라 신식 교육을 받지 못했다. 그러니 자식이 생길 수가 없었다. 그 이후로 안방마님은 돌아가실 때까지 홀로 안방만 차지하고 사셨다.

5촌 당숙의 두 번째 결혼도 그리 성공적이지는 못했다. 첫째 부인을 두고, 두 번째 결혼도 정식으로 올렸다 한다. 지체는 조금 낮아도 그저 그런 집안 규수였다. 그런데 둘째 부인도 딸 하나만 낳고서 아들을 낳지 못했다. 둘째 부인은 건넛방을 차지하고 사셨다. 종손으로서 아들이 없게 되자 5촌 당숙은 애가 탔다. 아들 낳기를 고대하다가 나이도 40대 중반을 훌쩍 넘기게 되었다. 할 수 없이 이번에는 집에서 심부름하던 마름의 딸을 들어 앉혔다. 세 번째이다. 세 번째 여자가 딸을 먼저 낳았다. 그리고 2년 뒤, 드디어 바라던 아들을 얻게 되었다. 나이 50이 되어서 본 아들이다. 셋째 부인은 아들을 낳자마자 산후 독이 악화되어 바로 죽음을 맞이하게 되었다. 그래서 엄마 없는 남매를 안방마님이 길렀다. 6촌 동생은 나보다는 한 살 아래이지만 내 생일이 동짓달이라서 학교는 같은 해에 입학하였다. 공부는 제법 했다는데 나만큼은 못했다(나는 반에서 항상 1등을 했다). 1학년 첫 학기

말 성적표가 나왔다. 어머니는 내 성적표를 재동 큰아버지(당숙)께 가서 보여 드리라고 했다. 집안 어른이시니까 그렇게 해야 한다는 것이었다. 나는 어린 마음에도 이상하다고 생각했다. 별것도 아닌데 정작 내 큰아버지(안암동)한테 가라는 말씀은 안 하면서, 뭐 굳이 5촌 당숙한테까지 가서 보여 드릴 필요가 있을까? 보나 마나 내 성적이 6촌보다는 잘했을 텐데. 그것은 아주 작으나마 어머니의 큰댁에 대한 복수였다. 어머니를 호된 시집살이를 시키고 증조할아버지가 집이라도 마련해 주라고 하신 유언도 지키지 않고 결혼 후에 약간의 돈을 주어 내보낸 5촌에 대한 복수심에서 나온 무언의 항변이 아니었을까? 큰아버지는 내 성적표를 보시더니 "음~ 공부를 잘했구나." 하시며, 약간의 돈을 주셨다. 그렇지만 말씀하시는 표정을 보면 기분이 별로 좋지 않으셨다는 것을 어린 나였지만 기억하고 있다.

구한말에서 일제 초기에 이르는 시기는 사회적으로 대변혁기였다. 특히 교육에서는 그렇다. 조금 깨어 있던 집안에서는 자식에게 신식 교육을 시켰고, 그렇지 못한 구식 집안에서는 잘살고 못살고 관계없이 자식을 서당에나 보냈다. 신식 집안에서도 딸의 경우에는 신식 학교에 보내지 않는 경우가 대부분이었다. 그러나 세상이 바뀌고 일본 지배 아래 새로운 사회제도가 정착되면서, 신식 교육을 받았느냐 아니냐는 사회생활뿐만 아니라 가정에서도 큰 차이를 만들어 내었다. 아무리 집안이 좋아도 신식 교육을 받지 못한 남자들은 제대로 된 직장을 얻지 못했다. 가정에서도 신식 교육을 받은 남편은 학교를 나오지 못한 아내를 구박하고, 소박하기 일쑤였다. 당시만 해도 축첩이 공공연하게 이루어지던 시기였기 때문에, 아들 못 낳는다는 명분, 무식하다는 명분, 못생겼다는 명분으로 남자들이 부모가 정해 준 본 부인을 버리고 다른 여자들을 선택하였다. 5촌 당숙의 누이도 그런 케이스다. 물론 완고한 집안이었기 때문에, 당숙의 동생인 5촌 아주머니는 학교를 다니지 못하셨다. 결혼해서 첫 딸을 낳고서는 소박을 당해 친정에 돌아와 일생을 오빠 집에서 보냈다. 내가 어렸을 때만 해도 사회 저명인사들 사이에서도 축첩은 공공연하게 성행하였다. 내 기억으로는 4·19 직후던가 5·16 직후던가, 사회 혁신 운동이 시작되면서 공직자 중에서 축첩한 사람들은 모두 물러나게 한 적이 있었다. 상당수의 고위 공직자들이 자리를 떠났다. 그 후로 축첩은 비밀리에만 이루어졌다.

종갓집의 몰락

그러고 보면 나의 외가나 친가나 한 가지 공통점이 있는 것 같다. 친가와 외가 양쪽 모두 증조할아버지가 중인 계층에 속했지만 열심히 일해서 거부가 된 것이다. 또 다음 대에 와서 양쪽 할아버지가 다 장손이 아니어서 재산 상속에서는 비껴나 있었다는 점이다. 재산 이야기가 나와서 좀 더

하겠다. 내가 어렸을 적에 어머니한테 늘 들었던 말씀은 재산은 삼대를 가지 않는다는 것이었다. 두 집안의 경우 꼭 맞는 말이다. 5촌 당숙은 나이 50에 아들을 하나 얻었지만, 나보다 한 살 어린 내 6촌이 채 아홉 살이 되지 않던 겨울날 갑자기 뇌일혈로 돌아가셨다. 아주 추운 날이었는데, 마당 밖에 있는 옥외 화장실에서 용변을 보시다가 뇌혈관이 터졌다는 것이다. 나이가 60이 채 안되셨을 때이다. 어린 아들은 사실상의 고아가 된 셈이다. 내 6촌 입장에서 볼 때, 집안에는 할머니 같은 어머니 둘에 고모, 그리고 아래채 첩실 할머니 식구들뿐이었다. 친누이라 해야 세 살 위였고, 이복 누이는 시집갈 때였다. 집안에는 번듯하게 직장을 다니는 사람이 없었다. 물론 아래채 아저씨가 있었지만, 서자로서 상속인 재산 관리에 나서서 간섭할 처지는 못 되었다. 처음에는 자기가 보호자가 되겠다고 나섰지만 재산 문제 때문에 주변에서 막았고 그래서 뒤로 소문 안 내고 처리했다. 아무도 소득이 없으니 해마다 재산을 까먹는 방법밖에 없었다. 아이가 점점 자라면서 제멋대로가 되었다. 아무도 제동을 걸 사람이 없었기 때문이다. 재산은 그렇게 해서 서서히 줄어들어 갔다. 거기에 더하여 집이 워낙 컸던 관계로 재산세는 눈덩이처럼 불어났다. 아무도 챙기지 않고 있는 사이에 누적되어만 갔다. 서울 중심부에 거의 200~300평 되는 집이었으니 세금이 많을 수밖에 없었을 것이다. 결국 1970년대 중반쯤에는 밀린 세금이 당시 돈으로 5,000만 원 가까웠다고 한다. 그래서 집을 팔수밖에 없었다. 세금 빼고 나니 얼마 남지 않았다는 후문이다. 그 자리에는 제법 큰 한국병원(지금은 사라짐)이 들어섰다.

그 집이 사라진 것은 지금 생각하면 참 아까운 일이었다. 전형적인 양반집이었고, 보존할 만한 가치를 지니고 있었을 텐데. 행랑채는 없어졌지만, 솟을대문을 들어서면 사랑채가 나오고 그 앞에는 작은 마당이 있었다. 거기에는 꽤 오래된 살구나무가 있었는데, 봄이면 많은 살구가 열려 그 새콤달콤한 맛을 보는 것이 어렸을 때 기쁨이었다. 다시 작은 문을 들어서면 안채가 나오는데, 마당에는 갖가지 화초가 자랐다. 기억에 남는 것은 채송화, 봉숭아 외에도 석류가 열렸다는 것과 사랑채로 나가는 담장에는 나팔꽃이 넝쿨을 올리고 있는 풍경이다. 부엌은 크고, 어둡고 깊었는데, 부엌 뒤로는 채마밭이 있었다. 봄이면 딸기가 열려 아이들은 딸기 줍는 맛에 시간 가는 줄 몰랐다.

외갓집

우리 외할아버지는 당시 인텔리 계층에 속했다. 전문대학을 다니다 일본 동경에 유학을 하셨다. 외증조할아버지가 구한말 청국을 상대로 큰 약재 무역상을 하셨기에 가능했다. 외갓집도 재동집 못지않게 잘 살았다고 한다. 외증조할아버지도 원래는 중인으로서 어렵게 자수성가한 사람이다. 어려서부터 똑똑하여 큰 한약재 무역상에서 점원으로 성실하게 일을 하셨다. 무역상 주인이 아주

신임하였는데, 그 주인이 마침 아들이 없었다. 그래서 가게를 이 착실한 점원한테 물려주었다. 그리고 이 한약재 무역상은 날로 번창하였다. 가게가 구리개(을지로 입구, 황금정)에 있었는데 당시 구리개 이 참봉(참봉은 말단 관직으로 그냥 붙여 준 사실상의 명예직)이라면 모르는 사람이 없게 되었다. 집도 99칸의 대신이 살던 집을 사들였고, 집에 하인만 해도 십여 명이 들락거렸다.

외증조할아버지는 아들을 둘 두셨는데, 내 외할아버지는 둘째다. 그런데 두 아들 모두 아버지 대를 이어 구시대적인 퀴퀴한 약재상을 물려받기를 싫어했다. 큰아들은 어쩔 수 없이 대를 이었을지라도, 둘째는 더욱 그럴 필요도 없었다. 두 아들이 아버지의 강요를 피해 갈 방법은 동경 유학을 하는 것이다. 외증조할아버지는 큰아들을 못 믿어 두 아들을 함께 동경 유학을 시키셨다. 즉 동생이 형을 감시하라는 이유에서다. 그때 마침 동경에 콜레라가 창궐했다. 그래서 큰아들이 콜레라로 목숨을 잃게 된다. 당시 큰아들은 유학 가기 전, 갓 결혼해서 며느리가 임신 중이었다. 한국에 잠깐 나와 있던 둘째 아들이 큰아들 시신을 수습하러 일본에 가서 시신을 모셔 왔다. 외증조할아버지는 너무 낙담하여, 둘째 아들의 동경 유학을 중단시켰다. 그래서 외할아버지는 한국에서 전문학교를 마치셨고, 은행에 들어가셨다. 아버지가 결혼할 당시에는 같은 상업은행에서 지점장을 하셨다고 한다. 큰아들을 잃은 외증조할아버지는 유복자로 태어난 장손에게 기대를 걸었다. 어차피 둘째 아들은 대를 이어 약재상을 맡아 할 것 같지 않았기 때문이다.

당시 외증조할아버지가 워낙 거부이셨던 까닭에 참봉 신분이었지만 둘째 아들의 신부는 양반댁 규수로 정할 수 있었다. 내 외할머니다. 외할머니는 안동 김씨였고, 부친이 구한말 이조참판(지금의 차관급)을 지내셨다. 지금도 종로 비각에 그의 이름이 새겨져 있다고 한다. 혼인 당시 외할아버지와 외할머니의 나이는 15살(만 14살?) 동갑이셨다. 아마도 1890년 전후 출생이 아니었나 싶다. 당시는 세상이 바뀌는 어수선한 때라서 조혼이 유행이었던 것 같다.

어머니는 그런 집안에서 큰딸로 태어나셨다. 위로 오빠가 하나 있었지만 두 살도 안 돼서 죽었다고 한다. 외할머니가 26세 전후에 우리 어머니를 낳으셨으니 결혼한 지 10년 이상 지나서다. 옛날 사람들은 결혼한다고 바로 아이가 생겨나는 것은 아니었던 같다. 아무리 일찍 결혼을 해도 부부가 합방을 하는 것은 부부가 성숙한 다음에나 가능했을지 모른다. 당시 여자들은 지금보다는 성숙도가 늦어 17~18세에 가서나 초경을 경험했다고 하니까 말이다. 정신적으로는 외간 남자들을 볼 기회도 없어 자극이 없었으려니와 영양 상태도 지금처럼 기름지지 못했기 때문에 그랬을 것이다. 어머니는 완고하신 구식 할아버지 밑에서 자랐고, 그래서 어려서 아주 영특했었다지만 학교에 가지 못했다. 당시만 해도 구식 집안에서는 여자아이는 담장 밖으로 나다니지 못하게 했다. 그래서 어머니는 학교 못 간 것을 일생의 한으로 여기고 사셨다. 집에서 언문을 모친으로부터 배우셨고, 한자도 상당히 익히셨다. 어머니는 늘 자신이 학교만 다녔어도 부모가 아버지 같은 남자와 결혼시키지는 않았을 것이라고 내내 억울해하셨다.

외갓집의 몰락

참 인생이란 묘한 것이다. 장손에게 모든 기대를 거셨던 외증조할아버지는 또다시 비극을 맞이하신다. 즉 당시 열댓 살쯤 되던 손자가 갑자기 사라진 것이다. 어머니가 기억하시기론 사촌 오빠가 당시 8살쯤 되었던 어머니 손을 잡고 집을 나와서 거리에서 맛있는 무언가 사 주고는 헤어진 뒤로 집에 들어오지 않았다는 것이다. 나중에 안 일이지만 사촌 오빠는 생전 보지도 못한 죽은 아버지의 모습을 그리워하다가 약재상에서 돈을 챙겨 동경으로 떠나 버린 것이다. 결혼해서 임신하자마자 남편을 잃고 단 하나 자식마저 사라진 어머니 백모의 심정은 어떠하였을까? 그리고는 나머지 인생을 수절하며 사셨다. 그런데 얼마 안 있어 나쁜 소식이 날아들었다. 1923년에 관동대지진이 발생했고, 그 와중에 조선인 학살의 희생이 된 것이다. 외증조할아버지는 이제 모든 희망을 접고, 상점을 조카뻘 되는 사람에게 넘겨주고 몇 년 더 사시다가 돌아가셨다. 이때 어머니는 이미 열 살이 넘어 국민학교에 갈 기회를 놓친 것이다.

외할아버지는 은행 지점장까지 하셨으나, 해방되자 얼마 안 있어 그만두셨다. 그리고는 친구 사업에 큰돈을 댔다가 모두 날리셨다. 퇴직금과 물려받은 큰 재산 상당 부분이 사라진 것이다. 너무나 억울해서서 술로 마음을 달래셨다. 그러던 중 과음으로 인해 위궤양이 생기셨고, 그것 때문에 환갑을 얼마 남기시고 내가 태어나기 몇 달 전에 돌아가셨다. 지금 같으면 돌아가실 병이 아니었지만, 당시에는 의술이 그 정도였나 보다. 그리고 보면 남자에게 있어서 환갑을 맞이한다는 것은 당시에는 참 행복한 일이었던 것 같다.

외할아버지는 죽은 첫아들 외에 아들 삼 형제와 딸 넷을 두셨다. 내 어머니가 맨 위였고, 내리 아들 셋, 그리고 내리 딸 셋이었다. 외할아버지가 돌아가실 당시에는 아들 둘은 출가했고, 딸은 셋이 남았다. 둘째 딸은 정박아로 태어났으니까 예외로 해도, 셋째와 넷째는 아직 어렸다.

첫째 외삼촌은 전형적인 부잣집 한량으로 성장했다. 외할머니를 닮아 키가 크시고, 얼굴이 잘생기셨다. 젊었을 시절 사진을 보면 영화배우 못지않았다. 전문학교를 졸업하기는 했으나 공부하고는 담을 쌓았다. 취직하는 대신 노는 데만 정신을 썼다. 장안의 화류계 여자들을 대상으로 바람을 피워, 외할아버지의 노여움을 산 적이 많았다고 한다. 몰래 밤늦게 담을 넘어 들어오곤 했고, 들키는 날이면 외할아버지의 진노를 샀다. 성질도 못되게 굴어서 반찬 투정으로 하인들에게 밥상을 날린 적도 있다고 들었다. 손윗누이인 어머니한테도 행패를 부렸었다고 한다. 맏아들이 그 모양이니 집안 형편은 점점 어려워질 수밖에 없었다. 둘째와 셋째 외삼촌은 2차 대전 때, 학도병으로 끌려가 중국과 인도 지나반도에서 미군과 전쟁을 치렀다. 둘째 외삼촌은 중국에 있다가 해방 후 바로 돌아왔으나, 셋째 외삼촌은 동남아 먼 곳에서 소식도 끊어졌다가 일 년도 더 지난 후 간신히 살아 돌아왔다.

외할아버지가 돌아가시고 나니 모두가 살길을 찾아야 했다. 재산이라곤 계동 한옥과 서울 근교의 임야뿐이었다. 당시 미아리에 큰 땅이 있다고 이야기하는 것을 들은 기억이 난다. 그 땅은 외증조할아버지가 그의 죽은 큰아들에게 양자로 간 내 셋째 외삼촌에게 물려주신 땅이었다. 그래서 소유 관계가 좀 얽혀 있다. 첫째 외삼촌은 6·25 후, 외무부와 경기도청에 다닌 적이 있었다. 그러나 직장에서 마음을 잡지 못하고 얼마 안 있어 모두 그만두었다. 그 후론 일한 적이 없다. 그러고도 미국으로 이민 가서 93세까지 사시다 돌아가셨다. 둘째 외삼촌은 형과는 달리 착실하신 편이라 보성전문학교를 나와 상업은행에 다니셨다. 셋째 외삼촌은 6·25 후 군에서 제대한 지 얼마 안 되어 아버지가 상업은행에 넣어 주셨으나 곧 그만두었다. 외갓집의 영화는 그렇게 해서 서서히 사라졌다.

아버지와 어머니

아버지는 학교에 대해서 상당한 집념을 가지셨던 것 같다. 5학년 때, 월반하여 경기중학교에 들어가려고 했다가 낙방했다. 할아버지 댁에 사촌 식구들에 얹혀사는 열악한 환경에서 어떻게 해서든지 일찍 학업을 마치겠다는 생각을 했었던 것 같다. 다음 해 6학년을 졸업하고 다시 경기중학교에 응시했으나 역시 낙방했다. 그래서 가까운 휘문중학교에 들어가셨다. 경기중학교에 대한 집착이 이때부터 시작되었는지 후일 결국 아들 세 명 모두 경기중학교에 보내는 데 성공하셨다. 아버지는 휘문중학교를 마치고는 보성전문학교(현 고려대학교) 상과에 들어가셨다. 경성 제대에 가고 싶었지만 여의찮으셨던 것 같다. (경성 제대에는 응시했다가 떨어지셨는지도 모르겠다.)

그리고 졸업 후 상업은행에 취직하셨다. 아버지가 어머니와 인연을 맺게 된 것은 이때이다. 마침 나의 5촌 당숙(재동 큰아버지)도 같은 은행(?)에 다니셨는데, 사촌 동생의 혼처를 찾고 있던 중, 외할아버지를 만나게 되었다. 당시 외할아버지도 은행에 다니셨는데, 혼기가 찬 큰딸(당시 18세) 사윗감을 물색 중이었다. 신랑이 부친을 일찍 여의고, 홀어머니 모시고 할아버지 댁에서 사는 것이 마땅치는 않았지만, 외할아버지도 큰딸을 학교에 보내지 못한 것이 큰 핸디캡이었다. 신랑감을 만나 보니 뙤놈같이 무뚝뚝하게 생겼는데, 성실해 보여, 밥 먹고 사는 데는 별걱정 안 해도 될 것 같다는 것이 외할아버지가 말한 첫 번째 인상이었다. 그래서 혼약을 결정했다. 당사자들은 한 번 만나 보지도 않고서.

아버지와 어머니의 결혼식은 신붓집에서 치러졌다. 이때가 두 분이 처음 만나는 것이었지만 신부는 고개를 들지 못했고, 첫날밤도 어둡고 부끄러워서 실제로 신랑 얼굴을 본 것은 며칠 후였다고 한다.

그런데 결혼식 전날 문제가 생겼다. 아버지 친구들이 함을 메고 신부 집에 왔을 때였다. 친구라 해도 모두가 은행 사람들이었다. 즉 말하자면 외할아버지 밑의 직원들이었던 것이다. 그러지 않아도 짜고, 깐깐한 외할아버지가 얼마나 내놓을지 친구들끼리 설왕설래했을 것이다. 그런데 예측한 대로 신붓집의 태도가 문제였다. 외할아버지가 신랑 친구들이 은행 부하 직원이라고 무시하고 함 재비들에게 얼마 되지 않은 돈을 주고 내쫓아 버리다시피 한 것이다. 그날 신랑은 친구들로부터 놀림을 받고 크게 괴롭힘을 당한 것 같다. 은행 안에서도 그 일이 나중까지 회자되었다 한다. 아버지는 그 일을 잊지 못하고 마음속에 담아 두셨다. 그리고 끝내 처갓집에 대해 마음을 열어 놓으시지 않으셨다. 처가 식구를 대면하지도 않았고, 찾아가지도 않았다. 그러던 시기가 평양으로 전근 가신 후까지 4~5년간 계속되었다.

결국은 딸을 맡긴 장인이 질 수밖에 없었다. 몇 년 후, 외할아버지는 생활비 보태라고 얼마의 돈을 마련하여 평양까지 찾아간 것이다.

나는 아버지가 외할머니한테 장모님하고 부르는 소리를 들어 본 일이 없다. 외할머니가 집에 오시면 늘 "마님 오셨습니까?" 하고 방으로 들어가 버리셨다. 왜 장모를 마님이라 부를까? 이유를 알 수가 없다. 추측건대 장모를 가족으로 인정할 수 없다는 뜻이 아닐까? 그러니 어머니가 친정 일로 얼마나 힘들어하셨을까? 더구나 나중에 외삼촌까지 일이 잘 안 풀려, 아버지한테 돈을 빌려 가기 시작하면서 어머니의 자존심에 크게 상처를 남겼다.

자식이 아버지를 이해하기란 살아 계실 때나 돌아가신 후에라도 쉽지 않다. 아버지와 아들 간에는 대부분의 가정에서 대화가 부족하기 때문이다. 나는 아버지와 깊은 대화를 해 본 기억이 전혀 없다. 내 아버지는 자식들에게 애정을 표시하거나 달가운 말 한마디도 한 적이 없는 사람이다. 그 것은 지금 생각하면 아버지의 성격 탓이지 결코 본심은 아니었을 것이다. 대가족 안에서 막내아들의 막내아들로 자라나면서 수많은 윗사람을 공경해야만 하고, 하고 싶은 말이 있어도 꾹 참고 죽은 듯이 견뎌 내야 하는 상황에서 몸에 밴 습성인지도 모른다. 그 대신 아버지는 지독한 집념을 가지고 계셨다. 이러한 집념은 때로는 고집으로 이어지곤 했다. 한 번 자기가 옳다고 생각하면 결코 철회하는 법이 없으셨다. 내가 어렸을 때, 일요일이면 아버지는 늘 은행 부하 직원들과 함께 등산을 다니셨다. 아버지는 등산하는 과정에서 길이 갈라진 곳이 나오면, 어느 길을 택할 것인지 부하 직원들과 의견이 다른 적이 많았다. 대부분의 직원들이 이쪽 길이 맞다고 주장하는데, 아버지는 저쪽 길이 맞다고 혼자 우기신다. 결국 나는 아버지와 함께 직원들과는 다른 길로 가야 했지만 내 어린 마음에도 아버지가 왜 그래야만 하는지 의문을 갖지 않을 수 없었다. 설혹 자기가 옳다고 생각해도 많은 사람들이 다른 것이 옳다고 주장하면 따라 주면 안 될까 하는 것이 어린 나의 생각이었다. 아버지의 이러한 성격은 은행에서도 다르지 않았을 것이다. 아버지가 가진 정직하고, 고지식한 장점에도 불구하고 부장 자리에만 10여 년간 머무르신 것도 이러한 아버지의 남과 타협하지 않는 고집이 한몫했을 것이다.

어머니의 시집살이

어머니는 첫 시집살이를 재동 큰댁에서 했다. 어느 방에서 기거했는지는 잘 모르지만 아마도 안채는 아니고 사랑채나 아래채 어디였을 것이다. 당시에는 시할아버지와 시할머니, 시어머니, 사촌 시아주버니 내외, 사촌 시누이, 시서할머니와 그 자손이 함께 살았으니, 시집살이가 고되었을 것은 말로 하지 않아도 알 것 같다. 어머니는 양반집 출신인 외할머니 밑에서 가사를 배우셨고, 학교를 다니지 않았기 때문에 어려서부터 할머니를 도와 살림에는 아주 능숙하셨다. 그래서 그 많은 여자들 가운데서도 잘 견뎌 내셨다. 손위 동서뻘 되는 여자들이 시샘하였지만 제일 어른이신 시할아버지와 시할머니가 새로 들어온 손자며느리를 매우 귀여워하셨다고 했다.

우리 할머니는 남편 없이, 둘째 아들 내외와 시부모 댁에 더부살이를 하니, 그 집에선 아무런 힘도 갖고 있지 못하셨다. 원래는 결혼하면 집을 사 줘서 분가를 시키겠다던 약속은 몇 년이 지나도 지켜지지 않았다. 그사이에 시할아버지와 시할머니가 다 돌아가셨다. 90 가까운 나이셨다. 이제 4촌 형님이(내 5촌 당숙) 집의 주인이 되었으니, 그나마 내 집 마련에 대한 일말의 희망이 사라지게 되었다.

평양살이

어머니가 재동집에서 시집살이를 하게 된 지 얼마 안 돼서, 아버지가 평양 지점으로 전근을 가게 되었다. 당시 시집 식구들은 아버지만 가게 하고, 어머니는 그냥 시집에 남아 있게 했다. 아마도 그게 아버지 생각이기도 했던 것 같다. 재동집에서 사시는 동안에도 아버지는 어머니에게 쌀쌀하게만 구셨다. 아니, 거의 무시하고 사셨다. 숙식도 할머니 방에서 하는 날이 더 많았다. 결혼식 때의 앙금이 그렇게 오래 갔나 보다. 아버지가 평양으로 떠나신 후, 처음으로 어머니는 친정을 찾았다. 그전까지는 거의 일 년 동안 친정 식구들을 만나지 못했다. 시집살이의 맺힌 한을 풀어놓으셨을 것이 틀림없다. 친정에서의 논의는 심각했다. 부부 관계의 이상함을 접하고는 이대로 헤어지라는 외할아버지와 외할머니의 말씀도 있었다. 그러나 어머니 생각은 달랐다. 그것은 친정 집안이 기울어져 가고 있었기 때문이었다. 내가 소박데기로 친정으로 와 있으면, 동생들은 어떻게 결혼을 시킬까 하는 걱정도 앞섰다. 그래서 부모님들의 만류도 무릅쓰고, 어머니는 혼자 아버지가 있는 평양으로 가기로 결심하셨다. 헤어져도 거기서 담판을 하고 헤어지기로 하셨다. 만약 거기서도 아버지로부터 버림을 받으면, 대동강에 빠져 버릴 것이라고 말했다. 절대로 친정으로는 다시 안 올 것이라고 하셨다. 어머니는 처음으로 당찬 모습을 보이셨다.

떠난다고 하니 재동 큰집에서는 모두 수군거리고 비난했다. 젊은 것이 서방 생각이 나서 가려고 한다는 것이었다. 그래도 어머니 결심은 확고했다. 왜 시부모 집도 아닌 4촌 형님 댁에서 남편도 없는 시집살이를 해야 하느냐는 생각도 자리했다. 평양행이 얼마나 비장했는지, 외할머니는 딸이 걱정되어 안절부절못하셨다. 그래서 혹시라도 잘못될까 봐 첫째 외삼촌을 평양까지 동행시켰다. 평양에 도착하니 연락을 받은 아버지가 역 앞에 나와 마중했다. 아버지는 어느 집 아래채 방 한 칸을 세 들어 살고 계셨다. 마중 나온 것을 보고 한숨 놓은 외삼촌은 그길로 서울로 향했다. 그래서 처음으로 평양에서 아버지와 어머니의 새 인생이 시작되었다.

부모님은 평양에 와서야 진정한 신혼살림을 차리신 것 같았다. 서울에서의 여러 가지 복잡한 문제들을 잊어버리고, 단칸방 셋방살이였지만 그런대로 열심히 사셨다고 한다. 아버지가 워낙 멋이 없는 사람이어서 깨가 쏟아지지는 않았겠지만, 타향에서 믿을 사람은 단 두 사람뿐이었으니까. 가정이 안정되니까 결혼한 지 3년 만에 아이를 임신하게 되었고, 평양에서 첫딸을 얻으셨다. 내 큰누나다. 그때만 해도 아들 선호 사상이 지배적이었던 때라 아버지는 별로 즐거운 표정도 짓지 않아 어머니가 매우 섭섭해하셨다고 한다. 그리고 2년 후에 동생을 보게 되었고 이번에는 아들이었다. 내 큰형이다. 아버지가 기뻐하신 것은 물론이다. 일 년 반 지나서 얻은 세 번째는 딸이었다. 이번에도 아버지는 득녀했다는 이야기를 듣고 아는 체도 하지 않으셨고 화난 채로 집을 나가셨다고 한다. 어머니의 실망은 매우 크셨다. 그래서 그런지 어머니는 이 둘째 딸을 두고두고 별로 좋아하지 않으셨다. 둘째 딸은 난 지 얼마 되지 않아서 크게 않았다. 무슨 열병을 앓았다고 했는데, 거의 죽을 고비를 맞아 어머니도 포기할 생각을 하셨다고 했다. 당시만 해도 대부분의 가정이 5~10명의 아이를 낳는데, 모두 살아서 자라는 경우는 많지 않았다고 했다. 그러던 중 아이가 기적같이 병을 견뎌내고 살아났다. 이 일이 있은 훨씬 후에 70이 넘은 나이에 신체검사에서 둘째 누님은 콩팥 하나가 거의 성장하지 않은 채 기능하지 않는다는 사실을 처음 알게 되었다.

아이 셋을 낳고 나서 아버지는 서울로 전근이 되셨다. 그래서 둘째 형과 셋째 누나, 그리고 나는 서울에서 태어났다.

서울에 돌아와서 처음 입주한 집은 소격동 집이었다.

소격동 집은 제법 큰 집이었으나 여름에 큰비만 오면 부엌에 물이 찼다. 그래서 얼마 안 되어서 내가 태어난 중학동으로 이사했다. 그런데 중학동 집은 옛 한국일보사 뒤편이라서 주변이 시끄러웠다. 그래서 다시 관훈동(84-20)으로 이사를 했다. 관훈동 집은 인사동길에서 안쪽으로 골목을 따라 들어가기 때문에 조용한 주택가였다. 그리고 당시에는 인사동이 지금 같은 관광지가 아니었기 때문에 집은 좁았지만, 주변 환경이 애들을 키우기에는 좋았다.

피난 시절

관훈동 집으로 이사 온 지 얼마 안 있어 6·25 사변이 발발하였다. 내가 태어난 지 만 1년 6개월이 조금 넘었을 때였다. 우리 가족은 대부분의 서울 시민들처럼 피난을 갈 기회를 잃었다. 처음 겪는 일이라서 한강 다리가 폭파되지 않았더라도 피난을 꼭 가야 하는지를 판단하기 어려웠다. 라디오 방송에서는 연일 국군이 승전하고 있다고만 말하고 있었으니까. 그러다가 괴뢰군이 3일 만에 들이닥쳤다. 길거리에는 괴뢰군들의 탱크들이 붉은 깃발을 휘날리며 지나다니고 있고, 골목길마다 전에는 어디에 숨어 있었는지 모르지만 많은 수의 동네 사람들이 붉은 헝겊으로 완장을 만들어 차고 붉은 군대를 환영하였다. 서울에 남아 있던 대부분의 사람들은 평상시대로 행동할 수밖에 없었다. 다만 경찰이나 군인 가족, 그리고 전황에 대한 정보를 갖고 있었던 고위 관리 가족들만 하루 이틀 만에 서둘러 피난을 갔다. 그런 부류의 사람들 중에도 이런 저런 이유로 피난 대열에 합류하지 못하고 남아 있던 사람들은 대부분 처형되거나 납북되었다.

괴뢰군이 서울을 점령한 6월 28일부터 국군이 9월 28일 서울을 탈환할 때까지 기간은 꼭 3개월이었다. 이 3개월이란 기간은 서울 사람들에게는 정말이지 경험하지 못한 악몽의 시간이었다. 아버지는 처음에는 은행에 나가셨지만 아무도 일이 손에 잡히지 않았다. 아마 화폐 시스템도 곧 북한 돈으로 바뀐다는 이야기가 돌았다. 시내 상점들은 대부분 철수했다. 사재기는 아니더라도 자기들부터 먹을 것을 비축해야 했다. 우리 식구들은 8명에 친할머니와 식모까지 10명이 함께 살았으니까 필요한 쌀의 양도 한 달에 두 가마가 넘었다. 그러니 갖고 있던 쌀독이 두 달쯤 지나자 바닥이 났다. 집에는 나와 막내 누나가 어린애라 어머니가 밖에 나가지 못하고 집에서 돌봐야 했다. 그래서 현금을 확보하기 위해 큰아들과 큰딸에게 떡판을 안겨서 거리에서 팔아 오게 하였다고 한다.

둘째 딸에게는 재동에 있는 종가댁에 가서 쌀을 꾸어 오게 했다. 둘째 누나는 큰댁에서 쌀을 두어 말 받아서 안국동을 지나가는데, 길 곳곳에는 괴뢰군들이 참호를 만들어 기관총을 하늘을 향해 조준하고 지나가는 사람마다 검열했다고 하는데, 누나는 너무 어려서 별 탈 없이 통과했다. 그러다 미군 비행기들이 여기저기서 폭격을 하는 바람에 너무 놀라서 갖고 있던 쌀자루를 그대로 땅에 쏟고서 울며 빈손으로 돌아왔다. 어머니한테 야단맞았음은 물론이다.

나의 삶과 일, 그리고 소중한 것들

얼마 안 있어 괴뢰군들은 사상교육을 한다고 한 집에 한 명씩 강제로 학교 강당에 모이게 했다. 그 모임에는 성인들은 많지 않았다. 어떤 일을 당할지 몰라서 대신 큰 아이들을 보냈다. 그래서 우리 집에서는 큰딸을 내보냈다. 거기서 정신교육도 시키고, 인민군 노래도 가르쳐 주고 했다. 얼마 지나지 않아서 동네에서는 붉은 완장 찬 사람들이 주민들을 성분 분석하고 정리하기 시작하였다. 공무원이나 정부 관련 일을 해 온 사람들은 하나둘씩 사라졌고 동네는 공포감에 휩싸이기 시작하였다. 인민군이 쫓겨 가던 9월에는 젊은 남자들은 의용군으로 끌어가기 시작하였고, 젊은 여자들도 지원대로 끌려갔다. 처음에는 강당에 모인 어중이떠중이들에게 미사여구로 속여 자원을 받았다. 그럴 때면 늘 뒤에서 누군가가 바람을 잡는다. 생각을 깊이 하지 못한 젊은이들은 집에다 알리지도 못한 채, 얼떨결에 끌려갔다. 내 사촌 형은 당시 경기중학교 2학년이었는데, 키가 컸던 관계로 고등학생으로 오인받아 끌려갔다. 내 큰어머니는 가장 아끼던 막내아들을 그렇게 잃었다. 내 큰누나가 두 살만 더 먹었더라도 어찌 될지 몰랐지만, 다행히 13살은 당장 써먹기에는 너무 어렸다.

　　마지막 달에는 이들의 횡포가 더욱 심해졌다. 가가호호를 다니면서 성인 남자들을 색출하였다. 나의 외삼촌들은 당시 30대 초중반이라서 가장 위험했다. 그래서 한밤중에 우리 집에 와서 다락에 숨기도 했다. 물론 내 아버지도 은행 출근을 멈추고 집에 숨어 계셨다. 괴뢰 집단이 가가호호를 수색할 때면 동네 반장들을 데리고 다녔다. 그래야 각 집에 징집할 사람이 몇 명이 있는지 알 수 있기 때문이다. 다행하게도 우리 동네 반장 아주머니는 빨갱이가 아니었다. 어떻게 해서든지 주민들을 보호해 주려 애썼다. 이들이 우리 집에 들이닥쳤을 때도 반장 아주머니는 이 집 주인이 출장을 가서 없으니 뒤져 봐야 소용없다고 해서 별 탈 없이 위기를 모면하였다. 나는 피난살이 후 집에 돌아왔을 때, 우리 동네 뚱뚱보 반장 아주머니를 기억한다. 그녀가 우리 아버지를 구해 준 은인이라는 것은 나중에 내가 성인이 돼서야 알았다.

　　괴뢰군이 서울에서 물러나고, 질서가 회복되자 우리는 옛 생활로 돌아왔고, 아버지도 다시 은행에 출근하셨다. 그러나 그 짧은 기간의 경험은 너무나도 컸으리라. 동네 곳곳에 아버지와 아들, 딸들이 괴뢰군에 의해 살해되거나 납북되었다. 우리 집 바로 앞집에는 젊은 서울대 교수가 살고 있었는데, 우정이란 이름의 열댓 살 된 아들만 남겨 놓고 부부가 납북되었다. 그래서 전쟁이 끝날 때쯤이면 친척이 이 집을 차지하고 살면서 우정이 형을 보살펴 주었다. 이들에게는 순주, 순옥, 순금 세 딸이 있었고, 나중에 아들 순필을 낳았다. 우리는 이 집을 순금네 집이라고 불렀다. 이 집은 교수가 살던 집이어서 그랬던지 넓은 대지에 벽돌로 지은 2층 양옥이었다. 아마도 일제 시대 때 지어진 집이리라. 십 년가량 지나고 우정이 형이 성인이 되었을 때 같이 살던 친척은 전에 살던 시골집으로 이사를 갔고, 우정이 형도 살던 집을 팔고 미국 유학을 갔다는 이야기를 나중에 들었다. 우정이 형이 떠나기 전에 내게 남기고 간 양방향 스케일(scale)을 나는 아직도 내 책상 필통에 꽂아 놓고 있다. 1/25,000과 1/50,000의 엔지니어링 스케일(U.S. Charles Bruning Co.)이었던 것을 보면 부친인 교수님이 혹시 공대 교수가 아니었을까? 내가 서울대학에 와서 지구환경시스템공학부 교수(토목공학과 + 도시공학전공 + 자원공학과)가 된 것도 이 스케일 하나가 가져다준 운명이었는지 모르겠다.

아버지가 다니시던 상업은행도 공산당이 지배하던 3개월 동안 큰 변화를 겪었다. 공산 치하에서 누가 그들에게 부역을 했는가? 부역한 자들은 지위 고하를 막론하고 조사를 받고 경중에 따라 징계에 회부되었으며 적극 가담자는 대부분 직장을 떠났다. 부역으로 간주된 사람들은 대개 끝까지 은행에 남아 일을 했던 사람들이고, 징계에서 면제된 사람들은 공산 치하 말미에 은행을 떠나 피신했던 사람들이었다. 자연히 은행 여기저기에 빈자리가 생겨났다. 아버지는 공산 치하에서 은행 분위기가 이상해지자 은행에 나가지 않고 피신했던 관계로 징계는 면했다. 그리고 나서 전쟁 중에 인사이동이 있었는데, 아버지는 인천 지점장으로 승진해서 옮겨가게 되었다. 우리 가족은 인천에서는 은행 사택에서 살다가 얼마 안 돼서 1·4 후퇴를 맞게 되었다.

3개월 동안 공산 치하에서 끔찍한 일을 당하거나 목격한 사람들은 중공군이 쳐내려온다는 뉴스에 너도나도 피난 짐을 꾸렸다. 인천에서 육로로 피난하기에는 교통 여건이 좋지 않았다. 철도는 피난민으로 만원을 이뤘고, 도로 사정은 지금 같지 않았다. 그래서 대부분의 인천 사람들은 배를 이용했다. 우리 식구는 같은 지점 직원들과 또 옆에 있던 산업은행 직원 가족과 함께 피난 갈 수 있는 규모의 배를 빌렸다. 좀 큰 목선이었는데, 돛을 달아 바람이 있을 경우 움직였다. 바람이 없을 때는 모터가 있는 통통배가 끌어 주었다. 배에는 선창 아래에 큰 공간이 있어서 가족들은 모두 그곳에서 지냈다. 서울과 인천이 적의 수중에 떨어지게 되니까 미군들이 가져갈 수 없는 군수 물자들을 모두 불 지르거나 바다에 투기했다. 부두가 불바다가 되는 사이 항구 선원들은 타지 않은 것들을 빼돌리기 시작하였다. 우리가 전세 낸 배에서도 선원들이 미군들이 태워 버리려고 한 드럼통들을 배 밑창에 실었다. 그것들은 배에서 연료로 쓸 수 있는 등유, 식량으로 쓸 수 있는 분유, 말린 과일 등이었다고 한다. 이런 것들로 배 밑창을 깔고 그 위에 판자를 덮고 우리 식구를 비롯한 여러 가족들이 생활했다.

배는 야간을 틈타 출항했다. 목적지는 따로 없이 공산군의 발길이 미치지 못할 곳까지였다. 그저 남으로, 남으로 향해 나아갔다. 낮에는 미군 폭격기들이 엄청나게 폭격을 해 댔기 때문에 의심받지 않기 위해 고깃배로 위장하고, 바다 한가운데 정지해 있었고, 예인선 엔진도 껐다. 밤이 되면 엔진을 켜고 느린 속도로 연안을 따라 항해를 했기 때문에 남쪽 군산항에 도착하는 데는 한 달 가까이 걸렸다. 중간에 여러 섬에 들러 식수를 채워 넣고 식량도 샀다고 한다. 갑판 위에서 각 집이 밥을 짓고 반찬을 만들고 했으니 번거로움은 말할 것도 없었다. 나와 바로 위의 누나는 어려서 갑판 위에 올라가는 것은 허용되지 않았지만 아홉 살 둘째 형은 하도 갑판 위를 휘젓고 다녀서 모든 사람이 살얼음 깔린 갑판에서 미끄러져 혹시라도 겨울 바다에 빠질까 걱정을 했다고 한다. 그렇게 어렵사리 고생해 가며 군산에 도착하였다. 그곳에서 집을 빌려 정착을 했지만 군산 생활은 그리 오래가지 않았다. 중공군이 평택을 향해 내려온다는 것이었다. 그래서 다시 짐을 꾸려 타고 온 배에 올라 더 남쪽으로 향했다. 다음의 행선지는 목포였다. 우리 가족은 목포에서 꽤 오랜 기간을 지냈다. 형과 누나들은 거기서 학교를 다녔다. 이듬해 서울이 수복되고 휴전 협정이 진행되면서 우리 가족은 다시 떠나온 인천을 향했다. 그러나 인천에서의 생활도 그리 길게 가지는 않았다. 서울이 점차 안정되면서 아버지가 다시 서울 본점으로 전근 가시게 되었기 때문이다.

내가 태어난 집이나 피난길에 살던 집들은 기억이 나지 않는다. 어린 데다가 전쟁의 충격이 컸고 영양도 부실했기 때문이었다. 18개월이면 젖을 끊고 이유식을 할 나이인데, 전쟁통에 이유식을

1952년경 인천에서 셋째누나와 함께.
세라복은 큰누나가 입던 것을 대물림받은 것

큰형과 셋째 누나

셋째 누나와 동네 처녀

공원에서 어머니와(1953)

은행사택 또는 동네 병원?(1953)

막내 이모, 셋째 누나와(1953)

(1953)

할 수가 없었다. 그래서 어머니는 말라 버린 젖꼭지를 다시 나에게 물렸다고 한다. 그래서 나는 피난길에서 돌아올 때까지 일 년 내내 젖을 먹고 자랐다. 그래서 그런지 머리는 좋아졌는데 키는 자라지 않은 것 같다. 내 기억 중 가장 오래된 기억은 휴전이 논의되던 때, 인천에서 서울로 이사하던 장면이다. 그 이전의 장면은 전혀 생각나지 않는다. 다만 인천에 살 때의 일화는 생각이 난다. 하루는 호랑이와 곶감 이야기를 처음 들었는데, 동네 사람들이 나보고 "호랑이가 될래? 곶감이 될래?" 하고 물어보았다. 아무리 어린 생각이지만 당연히 곶감 아니겠는가. 그때부터 이웃 사람들은 나를 곶감이라고 불렀다. 세 살배기가 영특하다는 뜻이다.

　이사하는 날 트럭 한 대가 왔다. 앞이 펜더와 후드의 둥근 모습이 아마도 옛날 GMC 같은 것이었을 게다. 앞에 운전기사 옆에는 두 명 정도가 비좁게 탈 수 있었다. 트럭에 짐을 다 싣고서 두 형 모두가 짐칸에 타고, 서서 짐들이 쏟아지지 않게 붙들었다. 나는 형과 함께 짐칸에 타겠다고 졸랐다. 그런데 나는 어리다고 아무리 떼를 써도 안 태워 주는 것이었다. 그래서 할 수 없이 앞쪽 기사 옆에 어머니와 함께 탈 수밖에 없었다. 이 장면이 기억되는 것은 내가 너무나 억울해서였을 것이다. 이날이 아마도 1952년 가을쯤 되었던 것 같다. 그러니까 내가 만 4살이 아직 되지 않았을 때다. 서울로 돌아와서는 6·25 전에 살던 관훈동 집으로 들어갔다.

관훈동 집

　관훈동 집은 대지가 24평이고 건평이 18평인 전형적인 1930년대 한옥이다. ㄱ자 집이고 동쪽 대문을 갖고 있다. 안방과 건넛방 그리고 아랫방으로 방이 셋인데, 건넛방은 중간에 장지를 드려 두 개로 나눠 썼다. 안방과 건넛방 사이에는 대청마루가 있고, 안방의 다른 한쪽에는 부엌이 붙어 있는데 안방 맞은편에 찬마루와 그 밑에 광이 있다. 그 집에서 육 남매와 부모님, 그리고 식모, 때때로 오시는 외할머니가 함께 기거했다. 즉 10명이 기거할 때도 있지만, 대개는 9명이 살았다. 대지 24평의 한옥은 당시에 관훈동뿐 아니라 인사동 일대, 아니 북촌 전체에서 보통 크기의 한옥이다. 이런 집에서 6~10명이 사는 것이다. 그렇다고 우리가 못사는 집은 아니었다. 아마도 중산층 중에서도 상위에 속했으리라. 아버지가 은행의 부장으로 오랫동안 계셨고, 자동차도 은행에서 나와 출퇴근을 도왔으니까. 사실 아버지는 이 집 말고도 낙원동에 또 한 채의 한옥을 소유하고 계셨다. 낙원동 283의 13호는 아직까지도 우리 모든 형제의 본적으로 되어 있다. 그 집은 아버지가 돈을 벌면서부터 악착같이 모아서 처음 장만한 집이다. 아주 작은 집인데, 아마도 대지가 15평이 안 되었던 것 같다. 그러나 이 집에서 살아 보기도 전에 평양으로 전근 가셨고, 자녀가 생기자 서울에 와서는 너무 작다고 생각되어 소격동에 집을 사서 몇 년 살았다. 낙원동 집은 아버지의 첫 번째 재산이고,

큰누나 중학교 졸업
(1952)

둘째 외삼촌 댁에서 외사촌과 함께
(큰누나가 평양서 입던 두루마기)

관훈동 집 장독대, 마루, 대문 앞

마루에서 1970년경　　　　　관훈동 집 마루　　　　　큰형과 함께(1954. 2.)

너무나 고생을 하며 돈을 모아 산 집이었기에 애착이 많으셨다. 그래서 아주 오랫동안 소유하고 먼 친척에게 세를 주어 관리했다. 세 든 사람은 어머니 쪽 먼 일가였는데, 근처 낙원동 시장에서 좌판 깔고 콩나물을 팔아 생계를 유지했던 까닭에 월세는 몇 푼 되지 않았던 것으로 기억된다. 어머니 말씀으로는 은행에서 월급을 타면 아주 최소한의 생활비만 갖다 주시고 나머지는 아버지가 모으셨다. 이 점에 대해서는 어머니가 돌아가실 때까지 마음에 남겨 두셨다.

　한옥은 평수는 작아도 공간의 효율성이 매우 높아 여덟 식구와 식모가 그런대로 살아갈 수 있었다. 서양식 양옥이었더라면 불가능한 일이다. 집은 물론 매우 비좁았지만, 두 평 남짓한 안방에는 처음에는 아버지와 어머니, 둘째 형, 그리고 막내 누나와 나, 다섯 사람이 기거했다. 한 평 겨우 되는 건넛방은 비워서 가끔 아버지가 쓰셨고, 맨 끝 방엔 큰아들이 혼자 사용했다. 점점 커 가는 아들과 딸을 한 방에 재워야 하는 어려움이 있었던지, 얼마 안 있어 건넛방은 둘째 아들에게 내어 주셨다. 아랫방은 나머지 여자들 차지다. 큰누나, 둘째 누나, 그리고 식모, 때론 외할머니까지 두 평도 안 되는 쪽방에서 함께 잠자고 공부했다. 거기에는 입식 고물 책상과 의자가 하나 있었는데, 누가 주로 썼는지는 기억이 나지 않는다. 잘 때는 의자를 책상 위에 올려놓아야 그나마 발을 책상 밑으로 뻗을 수 있었다. 물론 옆으로는 움직일 공간이 별로 없었다. 아들과 딸 간의 차별은 당시만 해도 아주 보편적인 문화였다. 문제는 나와 막내 누나가 점점 자라서 안방에서 함께 거주하기가 어려워진 것이다. 누나가 초등학교에 들어가면서 먼저 아랫방으로 내려갔다. 그래서 아랫방에는 이제 네 명이 상주하게 되었다. 그래서 외할머니는 집에 오시기가 어렵게 되었다. 나는 거의 초등학교를 마칠 때까지 안방에서 부모님과 함께 지냈다.

이러던 상황이 개선된 것은 내가 6학년이 되던 1960년이 되어서이다. 이때 큰형은 대학 재학 중 18개월짜리 단기 복무 현역으로 입대했다. 그래서 둘째 형이 큰형 방으로 옮기고, 건넛방이 내 차지가 되었다. 같은 해 큰누나가 시집을 가게 되어 아랫방 사정도 조금은 나아졌다. 그러나 큰형이 얼마 되지 않아 제대하고 돌아옴에 따라 나는 방을 잃게 되었고, 하는 수 없이 부엌 옆 광 위의 찬마루 생활이 시작되었다. 오래된 군용 접이침대를 놓고 잠을 자야 했는데 문제는 창문이 따로 없어 여름에는 너무 덥고, 겨울에는 난방이 불가능했다. 그래서 겨울에는 도자기로 된 작은 물통(일본식 다다미에서 난방을 위해 사용했으며, 당시에는 요담뿌라고 불렀다)에 끓는 물을 담고, 헝겊으로 싸서 이불 속에 넣어 온기를 유지하며 견뎌 냈다. 그러나 새벽쯤 되면 물이 다 식어 냉기가 엄습했다. 나는 저절로 새벽에 일어나 공부를 할 수밖에 없었다. 내 중학 시절 마지막 2년을 그렇게 보냈다. 좁은 찬마루에서 책상도 없이 어떻게 공부했고, 어떻게 고등학교 입학시험을 치렀는지 이제는 기억조차 나지 않는다. 수십 년이 흐른 뒤에도 어머니는 그것을 매우 미안하게 생각하셨다. 사실 나는 초등학교 시절 내내 책상이 없었다. 그냥 앉은뱅이 밥상 위에 책을 펴 놓고 공부를 시작했고 얼마 지나서는 아버지 마작 상에서 공부했다. 책상을 상설로 놓을 공간이 없었기 때문이다. 내 누나 셋은 책상 하나로 낮에만 교대로 사용하고, 밤에는 의자를 책상 위에 올려놓고 잠을 자면서 모두 대학까지 마쳤으니 내가 불평할 수도 없었다.

관훈동 집에서 가장 불편했던 일은 화장실 사용이다. 아랫방 옆에 구식 화장실이 있었는데, 아침마다 전쟁을 치렀다. 10명이 함께 살 때, 화장실을 차지하기 위해서는 새벽에 일찍 일어나야 한다. 화장실은 뒤쪽에 대칭으로 하나 더 있는데, 집 밖으로 열리고, 한 달에 한두 번 내용물을 비우기 위해 사용된다. 물론 평소 사용하는 것이 아니기 때문에 바닥은 나무판자로 되어 있고, 구멍이 뚫어져 있어 용변을 퍼간다. 그래서 나무판자 바닥에는 흘린 자국이 많아 앉아서 용변 보느니 차라리 참는 것이 나았다. 그러나 생리현상은 막을 수 없을 때가 있고, 그럴 때는 할 수 없이 사용했다. 우리 집 여성들이 대부분 변비가 된 것도 이런 이유가 다 있기 때문이다. 당시에는 대소변을 사람이 자루가 긴 두레박 같은 것으로 수거해 갔는데, 과거 동남아에서나 볼 것 같은 긴 팔이 있는 등지게 양쪽 끝에 똥통이 걸려 있고, 그곳에 담아 균형을 유지한 채, 소가 이끄는 똥 수레로 이동하여 처리했다. 좁은 골목에서 똥지게를 만나면 그야말로 그날은 운 없는 날이다.

여섯 평짜리 마당은 원래 바닥이 흙이고, 여기에 장독을 놓고, 꽃을 길렀다. 피난 후 돌아와서는 마당을 시멘트 몰탈로 포장하고 한 구석에 지하수 펌프를 설치했다. 물은 쭙즈름했지만 여름에는 뼈가 시리도록 차가웠다. 동네에 공동 우물이 두세 개 있었지만 우물 주변에서 빨래를 해서 그런지 물이 오염되기 시작했고 상수도 공급도 원활하지 않았기 때문에 각 집마다 개별적으로 지하수를 이용할 수밖에 없었다. 물론 집에는 목욕탕이 없으니 식구 모두가 동네 목욕탕을 다녔다. 기억으로는 한 달에 한 번꼴로 다녔던 것 같다. 그러나 여름에는 땀이 많이 나서 씻어야 하는데 남자들은 웃통을 벗고 두 손을 바닥에 짚고 펌프 물을 부어 씻었다. 여성들은 어떻게 씻었는지 알 길이 없다. 그러다가 좁은 마당에 작은 목욕실을 만들었다. 물론 더운물은 안 나왔지만, 그것만으로도 온 식구가 살 것 같았다.

50년대 말까지만 해도 연료는 장작을 사용했다. 11월이 되면 장작 장사들이 골목을 누비며 장작을 팔았다. 한 트럭 사서 부려 놓고, 형들은 장작을 패곤 했다. 사람을 사서 패거나, 패 놓은 것을 살 때도 있었다. 장작은 대문과 중문 사이에 쌓거나, 부엌 옆 반지하 광에 채웠다. 당시 서울의 대부분의 사람들이 장작을 사용하였다. 전쟁 포화로 산의 나무가 상당 부분 타 버린 데다 연료 마련을 위해 벌목을 하다 보니 전국이 민둥산이요, 산 위는 대개가 뻘건 모습을 하고 있었다. 60년대 들어오

큰누나 경기여고 졸업식(1955)

면서부터 박정희 정부는 벌채를 금지시키고 대신 연탄을 공급하기 시작했다. 아궁이를 모두 연탄 아궁이로 바꾸는 공사가 이루어졌다. 그때까지 그렇게도 괴롭히던 벼룩과 이가 연탄을 때면서부터 사라지기 시작했다. 아마도 모두가 연탄가스에 질식했는가 보다. 당시만 해도 자동차가 많지 않던 시기여서 서울의 공기는 맑은 편이었는데, 장작을 땔 당시에는 가끔 하늘에서 철매라고 부르는 숯 검댕이가 내려왔다. 장작 연기가 하늘로 올라가 수증기 등과 결합하여, 좁쌀만 한 고체가 되어 내려오는 것인데, 부드러운 순수 탄소 덩어리다. 빨랫줄에 걸어 놓은 빨래에 앉으면, 그날 빨래는 허사가 되고 만다.

인프라와 문화생활

서울 수복 후 몇 년간은 전기 공급이 원활하지 않았다. 그래서 밤이면 전기가 나가기 일쑤였고, 그래서 등잔이 사용되었다. 일주일에 몇 번씩 등잔 유리 안쪽에 묻은 검댕이를 닦아 내는 일도 수월치 않았다. 그러던 중 소위 특선이라는 것이 등장했다. 전기 요금을 더 내면 전기 공급이 원활한 특선을 연결해 주는 것이다. 물론 당시에는 전화가 없었다. 전화가 처음 집에 들어온 것은 1956년경이 아닌가 싶다. 아버지가 은행에 계신 관계로 은행에서 연결해 주었다. 전화가 당시에는 정말 귀한 것이었는데, 재미있는 일화가 그것을 증명해 준다. 당시 조금 떨어진 곳에 서울대학 교수가 살고 있었는데, 우리 집과는 가까워 사모님이 자주 왕래하였다. 하루는 그 집 어린 딸이 엄마랑 같이 놀러 왔다. 사모님이 동생한테 전화해서 이모와 연결되었다. 이모 목소리를 들은 아이는 놀라서 막 울기 시작하였다. 이모가 전화기 속에 갇혀 있다고 생각한 것이다. 얼마 안 있어 문교부 차관이 된 분의 집인데도 전화가 없었다니 지금 생각하면 놀라운 일이다.

1960년은 또 하나의 큰 변화가 이루어진 해이다. 텔레비전이 등장한 것이다. 정부에서 텔레비전 방송국을 세우고 TV를 일본으로부터 수입하여 보급하기 시작하였다. 물론 이전에도 부유층에서는 TV라는 것을 갖고 있었지만, TV 방송국이 만들어지지 않은 관계로 시청에는 제한이 있었다. TV의 보급은 KBS 방송국의 출범과 그 시기를 같이 한다. 일반 국민들에게 보급한 TV는 14인치 흑백 TV였는데, 워낙 귀한 것이라 외부에 마호가니 틀을 짜고, 문까지 달았었다. 일본이 컬러 TV로 바꾸면서 흑백 TV 재고를 헐값에 쏟아 낸 것이 아닌가 싶다.

사실 나는 이보다 3~4년 전에 TV를 가끔 보았던 적이 있다. 바로 율곡로에 위치한 옛 한국일보 본사 외벽에 보도로 돌출시켜 TV 모니터를 설치했기 때문이다. 방송은 저녁 5시경 한 시간 동안 켜 주었는데, 미8군 방송(AFKN)이었다. 거기서 일부 초저녁 시간을 할애해서 우리 가수들의 노래 등을 보여 준 것이다. 지금 기억으로는 신카나리아 씨가 노래했던 모습이 생각난다. 사람들은 길가에서 옹기종기 서서 신기한 듯 TV를 보곤 했다. TV가 없던 시절 보통 사람들의 오락거리는 라디오다. 사람들은 저녁때만 되면 연속극을 듣기 위해 라디오 앞에 모인다. 당시 인기 있는 연예인은 단연 아나운서와 성우였다. 그중에서도 고은정 씨는 독특한 음색으로 사람들을 매료시켰다. 〈청실홍실〉이라는 연속극이 인기가 있었고, 나도 자주 듣곤 하였다. 아나운서로는 임택근(임재범과 손지창의 부친)과 강찬선(강경화 부친)이 대표적인 사람들이다.

내가 처음 본 영화는 〈푸른 수염〉이다. 무성 영화였던 것 같은데 잘 모르겠다. 만화 영화였던가? 천도교당 마당에서 천막을 두르고 상영했는데, 나무 벤치에 앉아서 감상했다. 아마 1953년이나 1954년경으로 생각된다. 지금도 주인공이 푸른 카젤 수염을 갖고 이발사 의자에서 빙그르 도는 모습이 기억난다. 너무나 재미있는 영화였다. 언제 정식 영화관을 갔었는지는 기억이 별로 없지만, 아직 잊히지 않는 것은 문화관에서 〈아파치〉를 둘째 형과 본 일이다. 아마도 초등학교 1학년 때였던 것 같다. 버트 랭커스터가 주연인 서부 활극이었는데, 마지막에 옥수수밭에서 군 병력과 최후의 일전을 벌이다가 멀리서 자기 아내가 출산하여 아기의 울음소리가 나자 손을 들고 투항하는 장면은 아직까지 눈에 선하다. 나는 너무 영화에 몰두한 나머지 새로 산 크레용을 영화관에 놓고 나와 할 수 없이 둘째 형이 대신 사 주었던 것도 기억한다. 부모 몰래 동생과 함께 갔기 때문에 어쩔 수 없었을 것이다.

나는 어렸을 때 장난감을 가져 본 적이 없다. 요새 아이들이 들으면 믿을 수 없겠지만. 막내가 되다 보니 부모 관심이 약간 벗어난 까닭도 있었고, 장남감이 필요하던 시절에 전쟁이 나다 보니 구할 수도 없었다. 당시에는 플라스틱이 보급되기도 전이었으니까, 대부분 나무로 만들거나 종이와 헝겊으로 만들어 사용했다. 그리고 보니 인형은 있었던 것 같은데, 나는 남자라서 거기에는 흥미가 없었던 것 같다. 그래서 종이에 그림을 그리기 시작했다.

내가 제일 먼저 그린 그림은 메뚜기였다. 큰형이 그리는 순서를 가르쳐 주었고, 수많은 메뚜기를 그렸다. 이것이 내가 후에도 그림을 그리게 된 계기가 되었다. 당시는 종이가 흔하지 않은 때여서, 아버지가 은행에서 가져오시는 각종 통계나 보고 자료의 프린트물 여백이나 이면에 그리곤 했다. 이면지라 해도 지금과 같은 하얀 A4 용지가 아니라, 얇고 질이 안 좋은 누런 갱지에 앞뒤로 등사해 놓은 종이다. 가끔 글씨가 적게 쓰인 공간이나 뒷면을 사용하는 것이다. 물론 여백은 신문에도 있었다. 그러나 신문지는 네모나게 잘라서 변기용 화장지로 썼기 때문에 마땅치가 않았다. 매일 아침 받아보는 신문이지만 열 식구가 매일 쓰기에는 부족했다. 또 신문지에 연필로 막 쓰다가는 나중에 엉덩이 아래가 시커멓게 되는 경우가 많기 때문이다. 또 다른 종이 소스는 달력이다. 그러나 달력은 일 년에 열두 장밖에 없고 두껍기도 해서 다른 용도에도 긴요하게 쓰인 관계로 쉽게 사용할 수 없었다.

초등학교에 들어가기 전까지만 해도 외부와의 접촉은 문밖의 또래 아이들이 전부였다. 당시에는 소위 서울말이 표준어였다. 우리 집과 친척 집은 모두 서울 사람들이었고 쓰는 말도 같았다. 나중에 학교 가서야 알게 되었지만 다른 사람들의 말과는 조금은 달랐다. 우리는 두음에서 'ㅎ'을 'ㅅ'으로 발음하는 경우가 많았다. 예를 들어 힘줄은 '심줄', 형님

1954

은 '성님'이라고 발음하였고 남자 형제들 간에도 자매와 같이 형님 대신 '언니'라고 호칭했다. (언니라고 하는 호칭은 나중에 홍명희의 『임꺽정뎐』에서 발견하였다.) 내 이름도 어렸을 적에는 '근혁'으로 발음하고 불렀다. 나도 내 이름이 근혁인 줄 알았는데, 학교 갈 때쯤 되니까 공식적으로는(호적상) '건혁'으로 되어 있어 사람들이 부르기 불편해하였다. 내가 부모님께 그 사유를 여쭤 보니 진짜는 '근'도 아니고 '건'도 아닌 'ㅡ' 발음과 'ㅓ' 발음 사이라고 해서 더욱 헷갈렸다. 지금까지도 내 형제나 친척들은 나를 근혁으로 부르고 있다.

학교에 가서 처음 듣고 놀란 것은 애들이 하는 욕이었다. 나는 그 이전까지는 집안에서 욕을 들어 본 적이 없었다. 기껏해야 남자에게는 ~놈, 여자에게는 ~년이 전부였다. 학교에 처음 가니 애들이 서로 욕지거리를 하면서 ~새끼라는 말을 하는 것을 보고 놀랐다. 그래도 내 입에서는 그 말이 나오지 않았고, 물론 집에서도 감히 입에 담지 못했다. 어머니 말씀이 ~새끼라는 욕은 서울 지방에는 원래 없었는데 6·25 동란 때, 북한 피난민들이 내려오면서 그들이 사용하던 나쁜 말이라고 하셨다. 나는 중학교 갈 때쯤에 겨우 그 말을 입에 올릴 수 있었다. 아마 세상에 점차 적응하기 시작한 결과일 것이다.

나의 삶과 일, 그리고 소중한 것들

공부의 시작

교동국민학교 입학

내가 한글을 깨친 것은 만 세 살이 조금 지난 1952년 중반이다. 막내 누나가 이듬해 학교에 가기 위해 한글을 배울 때 옆에서 같이 배운 것이다. 어머니가 한글을 알아야 학교에 갈 수 있다고 했다. 나는 학교에 가기 위해서 열심히 공부했다. 그리고 한글을 다 깨쳤다고 생각했다. 그런데 1953년 4월 누나는 학교에 입학했는데, 나는 가지를 못했다. 나는 태어나서 처음으로 배신감을 느꼈다. 한글만 다 배우면 학교에 갈 수 있다고 했는데, 왜 갈 수 없는지 이해되지 않았고 아무도 그 까닭을 설명해 주지 않았다. 그래서 나는 억울했다. 막내 누나는 교동국민학교엘 갔는데, 처음부터 2학년으로 들어갔다. 생일이 6월이라 제 나이대로 1학년으로 들어가면 억울하다고 월반으로 시작했다. 학교에는 피난길에 1학년을 했다고 얼버무렸다. 그때는 그게 가능했다. 나는 한글은 일찍 깨쳤어도 정신적 발달은 따라가지 못했던 것 같다. 하루는 아버지한테 이유도 모른 채 꾸중을 들었다. 왠지는 기억나지 않는데, 지금 생각해도 꾸중 들은 것은 그때가 처음이자 마지막이지 않았을까? 어린 나이에 내가 잘못한 것도 없는데 야단맞으니 너무나 억울했다. 억울함을 복수하기 위해 나는 신문지 귀퉁이를 뜯어내서 "아버지 바보"라고 쓰고, 내가 쓴 것을 모르게 하기 위해 받침을 놓고 올라서서 삼층장 윗 서랍에 넣었다. 사람들이 자주 열어 보는 서랍이므로, 공개적으로 아버지를 모욕한 것이다. 내 키가 닿지 않으니 내가 썼다고는 아무도 생각하지 않겠지 하고. 그것으로 인해 별다른 일은 안 생겼지만 몇 년 지난 후까지 창피했고 지금까지도 잊을 수 없다.

우리 6남매는 고등학교를 모두 경기를 나왔다. 부모님이 그걸 일생 동안 자랑으로 삼으셨다. 그렇지만 나중에 안 사실인데, 경기를 제대로 들어간 것은 절반 정도이다. 지금의 스탠다드로 보면 그렇다는 말이다. 큰누나는 1955년에 인천서 중학교를 마치고 경기여고로 전학 왔다. 큰형도 비슷한 방법으로 경기고로 왔는데, 당시 경기 교장이 바로 아버지 휘문고 시절의 담임이었던 맹주천 선생님이셨다. 그래서 교장한테 부탁해서 들어갔다고 한다. 물론 두 사람 모두 중학교 때 공부를 잘해서 경기고에 갈 실력은 되었던 것 같다. 둘째 누나는 중3 전국 모의고사에서 경기도 전체 2등을 했다. 그래서 경기여고에 들어갈 수 있었다. 그다음이 둘째 형인데, 이때부터는 입학제도가 자리를 잡았고 입시 경쟁이 치열해지기 시작하였다. 그래서 1954년 봄에 중학 입학시험을 보았는데, 운 나쁘게 커트라인에 걸려 동점 차로 떨어졌다. 할 수 없이 2차로 갔다. 그런데 우연히도, 입학 사정에 문제가 있음이 나중에 드러나 동점자들을 모두 추가 합격시키는 해프닝이 벌어졌다. 그래서 한 달 만에 다시 경기중학에 들어가게 되었다. 막내 누나는 서울 수복 후 초등학교에 2학년으로 월반해 들어간 후, 처음 1~2년은 고전하였으나, 5학년 때부터 두각을 나타내기 시작하였다. 물론 집안에서는 어떻게 공부하고 있는지 아무도 관심을 갖지 않았지만. 졸업 시에는 반에서 1, 2등을 다퉜고, 경기여중에는 무난히 입학하였다.

나는 한글도 일찍 깨치고 나서도 무려 2년간이나 기다려야 했다. 그 사이 한자도 배우고, 동화도 읽고 만화도 읽었다. 제일 먼저 읽은 동화는 "콩쥐팥쥐"였는데, 그게 유일한 것이었다. 결국 때가

1956년경

나의 삶과 일, 그리고 소중한 것들

돼서 교동국민학교에 입학했는데, 원래 관훈동 집이 속한 학군은 종로국민학교였다. 우리 가족들은 본적이 낙원동으로 되어 있었고, 또 본적지에 집을 소유하고 있었기 때문에 막내 누나와 함께 모두 그쪽으로 해서 교동국민학교로 넣은 것이다. 사실상 학군 위반이다. 당시 교동국민학교는 재동국민학교와 더불어 전통이 있는 학교였고, 종로국민학교는 별로 인기가 없었다. 물론 경기중학 입학률도 훨씬 못했다. 학교 교정은 미군이 주둔하다가 내가 입학하기 직전 철수를 한 까닭에 흔적은 별로 남아 있지 않았지만, 반원통형 가설건물이 서너 동남아 있었고, 우리는 거기서 1, 2학년을 지냈다. 학생 수가 전교 4천 명이 넘어서, 교실이 모자란 까닭에 1, 2학년은 2부제 수업을 했고, 본 건물에 들어가지 못 했던 것이다. 지금은 매년 입학생이 한 반을 채우지 못해 폐교 위기에 놓여 있다니 격세지

초등학교 1학년(1955) 맨 윗줄 가운데 홍복순 담임선생님이 서 계시고, 나는 위에서 세 번째 줄 왼쪽에서 다섯 번째

홍복순 선생님과 소풍(선생님 앞 본인, 딸과 아들)

감이 있다. 1학년 첫 시간에 시험을 치렀다. 처음 들어온 학생들의 수준을 가늠하기 위한 것이다. 이름을 쓰는 칸에는 이름을 한자로 써넣으라고 한 것이 아직까지 기억난다. 한자를 2~300자 정도 익히고 학교를 갔는데, 이름 쓰는 것이야 당연한 것이었지만 우리 반 학생 1/4 정도는 한글도 못 배우고 들어 왔다. 첫 시험을 잘 보았기 때문이었는지 바로 다음 날 나는 반장이 되었다.

　초등학교에서는 4학년 때를 제외하고는 줄곧 반장을 했다. 4학년 때는 박용건이가 반장을 했는데, 급우들을 대상으로 한 반장선거에서 내 지지표가 적었기 때문이다. 그래도 성적은 졸업할 때까지 항상 내가 1등이었다. 선생들끼리는 전교 등수를 매기는 모양이었는데, 공표되지도 않았고, 나는 사실 거기에는 관심이 없었다. 반마다 서로 다른 선생님이 가르치는데, 다른 반과 비교하는 것이 무의미한 것을 알고 있었기 때문이다. 각 반의 1등 간의 비교는 담임선생님이 얼마나 더 정치적이고 적극적이냐에 따라 달라졌다. 그때에도 엄마들의 치맛바람이 불기 시작했었는데, 그 영향도 있었을 것이다. 치맛바람은 아마도 전쟁 후 사회가 안정되면서 처음 시작된 것이고 그때 바로 내가 학교에 들어갔던 것 같다. 우리 어머니도 내가 막내인 만큼 시간도 있고 해서 관심을 갖고 열심히 학부형회를 나가셨다. 당시만 해도 첩실의 자식들이 많았고, 그런 엄마들은 집안일 제쳐 놓고 자녀 공부와 학교에 더 적극적이었다. 과외라는 것이 이런 상황에서 시작되었다. 당시의 과외는 주로 대

은행 가족 야유회

학생 선생을 집에 모셔 놓고 하거나, 아예 담임에게 따로 수업을 받는 것이었다. 나는 늘 1등을 해왔기 때문에 과외를 할 필요가 없었다. 6학년이 되자 어머니는 여름방학 동안 반 친구네 집에서 그룹 과외를 할 것을 결정했다. 둘째 형 때문에 한 번 곤혹을 치른 뒤라서 확실히 해 두자는 것이었다. 나로서는 자존심 상하는 일이었지만 어쩔 수 없이 따랐다. 과외는 중3 겨울방학 때, 고등학교 입학시험을 위해 방학 기간에 한 번 더 겪었다.

1960년경 소풍 　　　　　　　　　　고궁에서 1959년경

6학년 과외 팀　　　졸업식(허인철과)　　　김일중, 안기목, 허인철, 나　　　졸업식 후(1961)

경기중학교

당시 교동국민학교에서는 경기중학교에 매
해 20명 안팎의 합격자를 냈었다. 우리의 경
쟁은 이웃인 재동국민학교, 혜화국민학교, 덕
수국민학교, 수송국민학교 정도라고 알고 있
었다. 그런데 문제는 입시제도가 하필 내가
들어가는 해에 바뀌었다. 그전까지는 단독 출

경기중 합격의 기쁨 - 첫 교복

제로서 중학교마다 각기 입시 문제를 내고 입시를 관리했었다. 그런데 내가 들어갈 때 이것이 정부
가 주관해서 공동 출제를 하고 입시 관리하는 것으로 바뀐 것이다. 그래서 이 변경이 누구에게 더
유리할지가 관심사였다. 당시 학교에서는 그것이 내게는 불리할 수도 있다고 했다. 내 성적이 뛰
어나기 때문에 어려운 문제를 내는 단독 출제가 더 유리하다는 것이다. 나는 그런 논의에는 별 관
심이 없었다. 어찌 되었든 합격하면 될 것 아닌가? 교동에서는 한 반에서 3명 정도가 경기중학교에
합격해 왔는데, 우리 때에는 2명으로 줄었다. 전교 모두 해서 12명 정도였던 것으로 기억한다. 중
학교 들어가서 안 일이지만 서울사대부속국민학교라는 더 위험한 경쟁자가 있었던 것을 우리는 몰
랐다. 사립국민학교가 등장하기 전 사대부국은 당시의 특권층 학교라고 할 수 있었다. 시험문제는
그저 평범했던 것으로 기억된다. 나는 집에서 채점해 보니 7~8개 정도 틀린 답을 쓴 것 같기는 한
데, 불확실한 것들이 있어서 어쩌면 최대 12개쯤으로 늘어날 수도 있다고 생각했다. 또래들 얘기
로는 커트라인이 11~12 정도일지도 모른다고 했다. 합격자 발표 당일에는 신문사마다 호외를 돌
렸다. 나는 발표를 보기 위해 혼자서 아침 일찍 경기중학교로 향했다. 어머니는 식구들 밥도 해 주
고 아버지 뒷바라지하신다고 혼자 가라고 하셨다. 사실은 떨려서 못 가셨다는 것을 나중에서야 알
았다. 학교로 향하는 길에 한국일보 호외를 돌리던 소년을 만났는데, 내가 발표를 보러 간다는 것
을 안 그 소년은 내게 호외 한 장을 건넸다. 호외를 위에서부터 읽어 내려가는데 학교에 거의 다 도
달하도록 내 이름이 보이지 않았다. 순간적으로 떨어진 것이 아닌지 해서 겁이 덜컥 났다. 그럼에
도 평정심은 잃지 않았다. 지금 생각하면 내가 어떻게 그렇게 침착할 수 있었는지 알 수 없다. 그러
다 거의 끝머리에서 내 이름이 발견되었다. 그럼 그렇지 하고 나는 단숨에 경기중학교 정문으로 달
렸다. 높은 축대 위의 담벼락에 방이 붙어 있었다. 거기서 내 수험번호를 확인할 수 있었다. 그리고
곧장 집으로 뛰어와 이 소식을 알렸다. 어머니가 좋아하신 것은 말할 나위가 없다.

미술반

내가 그림에 관심을 갖게 된 것은 메뚜기를 그리면서부터다. 네 살도 되기 전 한글도 다 깨우쳤겠다, 당시 유치원도 안 갔으니까 별달리 할 것도 없는 상황이었다. 지금 생각해 보면, 동화책을 많이 읽을 수 있었으면 내 인생이 달라졌을 수 있겠다고 생각한다. 그러나 당시 동화책도 흔하지 않았던 것 같고, 집에서는 내 교육에 아무도 관심을 주지 않았다. 메뚜기는 사람으로 변하고, 집으로 변하면서 조금씩 그림도 영역을 넓혀 갔다. 그러다 초등학교를 들어간 1학년 때, 학교에서 사생대회가 열렸다. 창경원(창경궁)에서 열렸는데, 어머니 대신 큰누나가 나를 데리고 갔다. 거기서 난생처음 연못의 오리를 그렸는데, 누나가 상당 부분 지도해 주었다. 나중에 안 일이지만 사실 큰누나 그림 솜씨는 젬병이다. 그런데, 나는 어떻게 살아서 움직이는 오리를 그려야 하는지 막막했다. 도식화된 메뚜기, 그리는 순서가 똑같은 메뚜기, 상상 속의 메뚜기만을 그려 왔기 때문에 실제 움직이는 오리를 그리기 위해 무엇부터 해야 할지를 몰랐다. 움직이는 것을 어떻게 정지된 화폭에 담는단 말인가? 하여튼 누나의 도움 덕분에 내 그림은 그 사생대회에서 1등으로 당선되었다. 그때부터 나는 스스로 그림에 소질이 있다고 생각하였다. 학교에서도 항상 미화부장을 담당했고, 교실 꾸미는 일에도, 학교 현관 장식하는 일에도 참여했다. 2학년이 되니, 새로 들어온 후배가 생겼고, 그중 김석주라는 후배가 그림을 잘 그려 미술반에 들어왔다. 나중에 알았지만, 그 친구는 미술대학 학생한테 그림 과외를 받고 있었다. 그래서 그런지 그 친구 그림은 내 그림과는 달랐다. 다시 말해서 좀 더 어린아이 그림의 맛이 느껴졌다. 아이스러움, 즉 실물과는 달라도 어린이의 생각과 눈으로 그려진 그림이다. 반면, 내 그림은 지나치게 사실에 집착했다. 어린이답지 않은 그림이라는 것이다. 그래서 이후 나는 그림에서 뚜렷하게 각광을 받지 못하였다.

내가 제대로 미술반 활동을 한 것은 중학교 들어가면서부터이다. 3월 초 미술반이 소집되어 가 보니, 신규 반원 열댓 명가량이 왔다. 1학년 열 명쯤에다가 2학년에 새로 들어온 네댓 명이다. 경기중학교는 뒷동산에 미술실이 새 건물로 지어져 있었는데, 독특하게 생긴 건물이었다. 미술 선생님

고궁에서 스케치(1959)

나의 삶과 일, 그리고 소중한 것들

은 최경한 선생님이셨는데, 도수 높은 안경을 쓰셨고, 이마 위의 깊은 주름과 앞으로 나온 턱과 두터운 입술이 인상적이었다. 목소리는 아주 듣기 좋고 부드럽다고 느꼈는데, 나이는 한 사십 가량으로 생각되었다. 그해 여름에 안 일이었지만 최 선생님은 당시 총각이셨고, 나이도 20세 후반밖에 안 되었다. 처음 일주일은 데생만 했다. 켄트지 이면지를 사용하여, 아그리파 석고상을 그리는 것이다. 데생을 처음 해 보는지라 재미를 느꼈지만, 며칠 안 지나 곧 싫증이 났다. 어서 빨리 물감으로 그리고 싶었다. 데생이 일주일간 계속되는 과정에서 신입 반원들이 하나둘 빠지기 시작했다. 신입 반원 모두가 자신들이 미술에 어느 정도 소질이 있다고 생각해서 들어왔지만, 며칠 해 보니 학생 간에 차이가 나기 시작한 것이다. 데생 끝 무렵이 되니 남은 학생이 대여섯 명뿐이다. 선배들 이야기가 늘 그 정도 남았다고 했다. 1학년으로는 나와 서정기, 이영준 등이 열심이었고, 2학년에는 윤석헌 등이 있었다. 그때부터 나의 미술반 생활이 시작된 것이다.

미술반 6년간은 나에게서 잊지 못할 추억을 남겨 주었다. 내가 만약 미술반에 들어가지 않았다면 과연 무엇이 내 소년 시절에서 기억될 것인가? 미술반은 하나의 조직이었다. 선후배가 분명하고, 위계가 있고, 모두가 선생님을 중심으로 형제와 같이 뭉쳐 있었다. 최 선생님도 경기고 선배셨고, 서울대 미대를 졸업하시고 바로 경기중학교 미술 교사로 부임하신 것이다. 그래서 더욱 제자들을 아끼시고, 애착을 가지셨다.

우리는 매일 방과 후 화판에 켄트지를 압핀으로 고정시키고, 물병을 들고 학교 밖으로 향했다. 학교 주변, 삼청동 일대, 더 넓게 퍼지면, 경복궁 근처, 가회동, 팔판동, 등을 다니며, 골목길 담에 화판을 기대어 놓고 그림을 그렸다. 당시만 해도 지금과는 거리 모습이 크게 달랐고, 학교 위로 올라갈수록 여기저기 한옥들과 텃밭이 흩어져 있었다. 그림 그리기에는 안성맞춤의 소재들이다. 한 시간쯤 그리고 나서 돌아오면, 옷에 여기저기 물감이 묻기도 하고 얼굴에 묻히기도 하면서 들어온다. 그러면 선생님이 하나하나 평가(critic)해 주시곤 했다. 지금 생각해 보면, 어떤 선생님이 그렇게 해 주시겠는가?

선생님은 나보다 4년 선배인 당시 고2 형들이 중학 입학했을 때(1957년) 부임하셨고, 첫 제자들을 가장 아끼셨다. 그 사람들이 강홍빈, 김진균, 최민 등 쟁쟁한 사람들이다. 내가 입학했을 때는 몇 년이 지난 뒤라서 첫해 같지는 않으셨다. 그리고 5·16이 발발하고, 군사 정부가 학교 교장들의 교사 임명권을 회수하고 학교마다 오래된 교사들을 모두 전근을 시키면서, 우리 학교에 남아 있던 경기 선배 교사들도 상당 부분 다른 학교로 전근 가셨다. 경기고등학교 미술 선생님도 경기고 선배이셨는데, 예전에 최 선생님이 경기고 다닐 때 은사이셨다. 서양화 화단의 원로 화가이셨던 박상옥 화백이었는데, 아주 학교를 떠나셨고, 아마도 대학으로 가신 것으로 기억한다. 그 자리로 최경한 선생님이 옮기셨다. 고등학교 선생님이 되셔도 우리에게는 마찬가지로 잘해 주셨다.

새로 오신 중학교 미술 선생님은 여자 선생님이셨다. 그해 서울 미대를 졸업하셨고 처음 부임한 새내기 교사이셨는데, 남학교에서 여선생이 지내기는 그때도 쉽지 않았다. 함께 음악 선생님도 여선생님이 새로 오셨는데, 학생들이 짓궂게 장난을 쳐서 가끔 울먹일 때가 있었다. 미술 선생님은 반대로 단호하게 학생들을 다루었는데, 한 번 걸리면 손바닥에 매를 때리시곤 하셨다. 그러나 전공이 응용미술이었던 까닭도 있었지만, 그림만 그리는 미술반에 대해서는 아무래도 최 선생님이 보여 주신 정열과 친근감은 보이시지 않았다. 새 미술 선생님도 일 년이 채 지나기 전에 결혼하셨는데, 바로 학교를 그만두시고, 남편과 함께 미국 오리건주로 이주하셨다. 그래서 다시 2학년 때 새로운 선생님을 맞이했는데, 최충웅 선생님으로 추상조각을 전공하셨다. 그러니 미술반에 별 관심을 보이지 않으셨다.

최경한 선생님은 내가 고등학교 1학년을 마칠 때까지만 계셨고, 이듬해인 1965년 봄에 서울여자대학 교수로 가셨다. 고등학교로 옮기신 뒤에는 대학에 강좌를 맡아서 일주일에 한두 번 출강하셨다는 것을 나중에 알았다. 경기중학을 떠나시면서, 장래를 생각하시고 미리 대비하신 것일 것이다. 추상화를 그리셨지만 별로 대중에게 인기 있는 화가도 아니셨기에 직업으로서 고등학교 교사로 커리어를 마칠 수는 없었을 것이다. 어떻든 학교를 떠나시기 전 여름에 선생님은 결혼을 하셨다. 사모님은 당시 서울여자대학 고황경 총장의 비서이셨다. 하여튼 내가 실제로 수업을 통해 배운 기간은 1.5년밖에 되지 않았지만, 최 선생님은 영원한 우리의 선생님이셨고, 위로는 4~5년, 아래로도 2~3년 동문들이 자라나는 데 미친 선생님의 영향은 지대하다. 대학으로 가신 뒤에도 우리는 가을이 되면 배도 딸 겸해서 서울여대 사택에 사시던 선생님 댁을 방문했고, 선생님은 한결같이 우리를 잘 대해 주셨다.

경기 미술반에서는 매년 여름 방학에는 스케치 캠핑을 가곤 했는데, 중학교 1학년 때는 집에서 너무 어리다고 보내 주지 않아서 못 갔다. 2학년이 되고서야 함께할 수 있었는데, 고등학교 선생님이 되신 최 선생님과 오대산으로 갔다. 당시 서울 미대 2학년 오천룡 선배와 고 1이던 김병호 선배, 동기생 서정기와 조의완, 최동진, 김윤삼, 1학년인 김석주, 김기협 등이 함께했는데, 그때처럼 재미있게 일주일을 보낸 적은 전에도 후에도 없었던 것 같다. 당시만 해도 강원도로 가는 길은 험하기만 했다. 작고 납작한 특수 버스를 타야 했으며, 길의 경사가 심하고 위험해서 때때로 차를 내려 걷다가 다시 타야만 했다. 우리는 당시 월정사 객사에서 묵었는데, 자고 먹고 하는 비용으로 쌀 서너 말을 시주했던 것으로 기억난다. 당시 월정사에는 비구승들이 차지하고 있었는데, 바로 절 입구에는 절에서   겨난 대처승들이 살고 있었다. 절을 차지하려는 치열한 투쟁 끝에 결국 이승만 정부의 도움을 등에 업은 비구승들이 이겼다는 이야기가 전해진다.

그들 숙소 바로 앞에는 축구장으로 쓰던 공터가 있었는데, 스님들이 체력 단련을 하기 위해 만든

오대산 월정사 미술 캠핑(1962)

것이라던가. 거기서 우리는 함께 따로 온 산악반 팀들과 시합을 해서 이겼다. 체력보다는 우리가 더 단결되었던 까닭이다. 축구장 주변은 온통 전나무 숲이 우거졌는데, 수령은 고작 10~20년생 정도였던 것 같다. 50년 후에 다시 찾아보니 대처승들의 집과 축구장은 온데간데없이 사라지고, 전나무 숲은 거목이 되어 옛 기억을 되살려 주지 못하였다. 우리는 하루는 상원사로 향했는데 개울 길을 따라 노래를 부르며 즐겁게 다녀왔다. 저녁때는 포수들이 월정사에 들이닥쳤는데, 누군가 호랑이를 보았다는 신고 때문이다. 기록에는 우리나라에 호랑이가 60년대 중반까지 있었다고 하는데, 허위신고인지 호랑이를 발견하지는 못했다.

월정사 일정이 끝나자 우리는 대관령을 넘어 강릉으로 갔다. 강릉은 최 선생님의 원래 고향이라는 이야기를 들었다. 거기서 오죽헌과 선교장, 경포대를 구경하고, 해변에서 하루를 보냈다. 거기서 최 선생님은 학생들에게 자기 나이가 몇 살인지 맞혀 보라고 하셨다. 나는 40쯤이라고 했고, 김기협이는 50이라고 했다. 대부분에 학생들이 그 비슷한 나이를 대었는데, 선생님은 27세라고 하셔서 모두들 놀랐다. 재미있는 것은 그러한 선생님의 모습이 30년이 지나도록 그대로였다는 사실이다. 나이를 미리 먹어 보았나? 나보다 한 해 선배들의 동창회 때 일이다. 그러니까 고등학교를 졸업한 지 약 30년이 지난 후의 일인데, 그때 전에 배웠던 모교 선생님들을 동창회에 모신 적이 있었는데, 한 친구가 최 선생님에게 악수를 청하면서, "야, 오랜만이다. 그런데 네 이름이 잘 생각이 안 나는구나." 했다는 이야기가 전해진다.

미술반 후배들 중에는 나중에 가수가 된 김민기가 있었다. 아주 성격이 조용한 아이였는데, 아버지가 6·25 때 돌아가셔서(?) 유복자로 태어났다. 고등학교 들어갈 때쯤 변성이 되어 굵은 목소리를 내더니 하루는 기타를 미술반으로 갖고 왔다. 미술반 분위기 흐리게 딴따라들이나 쓰는 기타가

웬 말이냐고 내게 야단을 맞았지만 나중에 가수가 될 줄이야 누가 알았으랴.

최 선생님이 학교를 떠나신 뒤에는 미술반 생활은 학생들이 이끌어 갔다. 후임 선생님들은 우리에게 전혀 애착을 갖지도 않으셨고, 자기들 실속만 차리셨다. 미술반 공간도 거의 절반을 독차지하고 자신의 개인 화실로 사용했다. 선배들도 하나둘 떠났지만 미술반은 그대로 유지되었다. 최 선생님의 온기가 남아 있었고, 추억이 남아 있었기 때문에 나는 떠날 수가 없었다.

동생이 없던 나에게는 후배들이 다 동생들이었다. 대개는 중3 때 고등학교 입시 준비를 하느라고, 미술반을 떠났고, 한 번 떠난 학생은 고등학교에 들어가도 다시 돌아오지 않았다. 고3은 물론 미술대학을 지원하지 않는 한 미술반을 찾지 않았다. 내가 강홍빈 선배와 김진균 선배를 자주 대한 것도 중학교 1학년 한 해뿐이었다. 그래도 나는 미술반을 떠날 수가 없었다. 내가 아니면 누가 미술반을 지킬 것인가. 입학시험이 문제가 아니었다. 그래서 나는 중3, 고3 한결같이 미술반을 지켰다. 그렇지만 내가 미술에 그렇게 대단한 소질이 있던 것은 아니다. 열심히 했을 뿐이다. 서울대학교에서 주최하는 미술 실기대회에 몇 차례 나갔지만, 데생이나 수채화 부문에서 늘 입선에 그쳤다. 반면 4년 선배인 최민 선배는 미술반에서 이름을 날렸다. 최 선생님이 가장 아끼는 제자이기도 하다. 미술대학을 가지는 않았지만, 고등학교 말년에는 유화로 추상화를 그리기도 할 정도의 실력을 갖췄다. 그는 대신 서울대학교 미학과를 택했고, 프랑스에 유학하고 돌아온 뒤, 한국예술종합학교 영상원 교수를 지내다 얼마 전 작고했다. 2년 선배인 박충흠은 최민 선배 못지않게 실력이 있어 미술 실기대회에서 늘 특선을 하곤 했다. 결국 그는 부모의 만류에도 불구하고 경기고등학교를 포기하고 서울예술고등학교로 갔다. 나중에 서울대학교 미술대학을 갔고, 조각을 전공하여 이화여대 교수를 하다가 작가 생활을 위해 얼마 안 있어서 사직했다. 후에 건축가가 된 정기용도 미술반 출신이다. 그는 중학교만 졸업했는데, 고등학교 입시에서 떨어지자 독학으로 검정고시 후 월반하여

속리산 미술 캠핑(1963)

나의 삶과 일, 그리고 소중한 것들

서울대 미술대학을 들어갔다. 응용미술을 했지만 프랑스 유학하여 나중에 건축가로 변신하였다.

나는 중학 시절을 미술반에 드나들면서 그럭저럭 보내다가 중3이 되었다. 입학시험을 앞두게 된 것이다. 당시 경기중학교에서 경기고등학교에 가는데도 타 중학교 학생과 경쟁해야 했다. 입시는 정부에서 관장했기 때문에 조금도 혜택이 없었다. 또한 지방 유수 학교에서 많은 인재들이 몰려들었다. 중학 입시 때는 어리기 때문에 지방에서는 별로 지원하지 않았지만, 고등학교는 달랐다. 서울, 경복, 보성 등 서울에 소재하는 중학교보다는 경남중, 부산중, 광주서중, 경북중 등의 지방 명문에서 최상위권 학생들이 경기고등학교를 지원했다. 또 중학 입시 때 떨어져 2차 중학교에 간 학생들이 3년간 절치부심하고 공부하고 벼르던 학생들이 지원했다. 그런 관계로 중학 동기인 420여 명 졸업자 중에서 거의 100여 명이 떨어져 나갔다. 결코 만만하게 보아서는 안 되는 입시였다. 중3 들어서면서 첫 시간에 담임 선생님이 약속을 하셨다. 앞으로 모의고사를 열 번 정도 볼 텐데, 전보다 석차가 떨어지면 매를 때리겠다는 것이었다. 문제는 첫 번째 모의고사에서 내가 반에서 일등을 한 것이다. 고등학교 입시에 영어, 수학, 국어 단 3과목만 보게 되어 있어서 암기 과목을 잘했던 나에게는 불리했다. 다른 학생들은 죽어라고 3과목을 파는데, 나는 미술반에 다니느라 별로 공부할 시간이 없었다. 자연히 전체 성적은 그런대로 상위권을 유지했는데, 유독 세 과목에서는 졸업할 때까지 조금씩 떨어졌다. 그러다 보니 모의고사 볼 때마다 한 번도 거르지 않고 매를 맞았다. 세 과목 모의고사 성적이 반에서 중간 정도로 떨어져 위험 수위에 다가가고 있는 것이다. 담임 선생님이 어머니를 만나서서 방학이라도 집단 과외를 하라고 충고를 하셨다. 그래서 겨울 방학 때 초등학교 이후 3년 만에 다시 과외를 받게 되었다. 그럼에도 불구하고 입학시험에서는 별로 잘 보지 못한 것 같았다. 13개 정도 틀렸는데, 위험하다고 생각했다. 아마도 커트라인에서 2~3 개 정도 위였던 것 같다. 물론 커트라인 근처에 절반가량의 학생들이 몰려 있었으니까 그 정도면 안심할 수 있는 성적이었다.

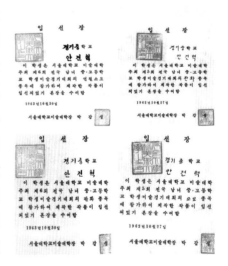

돈암동 이사

1964년에 들어오면서 집에서도 많은 변화가 있었다. 아버지가 은행에서 상무이사직을 내려놓으시고, 감사로 물러나셨다. 큰누나 둘째 누나는 이미 결혼을 해서 나갔고, 형들도 교대로 군에 입대하여 집에는 공간적으로 여유가 생겼다. 당시에 사람들은 좁은 도심부로부터 너른 외곽으로 빠져나가기 시작하였다. 우리 부모님들도 이제는 시대를 따라 외곽에 너른 양옥집으로 이사를 가야겠다는 판단을 하신 것 같다. 그래서 정한 것이 돈암동 로터리 부근의 2층 양옥집이었다. 대지는 약 60평에 연건평이 60평이어서 건물 면적만 따져도 관훈동 집의 3배가 넘었다. 그러나 실제 쓰임새에 있어서는 큰 만큼의 효과는 별로 없었던 것 같았다. 1층은 한옥 평면처럼 안방과 건넛방이 마루를 두고 마주 보고 있었으며, 안방 뒤로 부엌, 부엌 옆에 식모 방, 그 옆에 계단과 목욕탕, 현관이 위치해 있었다. 2층은 1층과 거의 같은 배치였는데 잘 쓰이지도 않는 큰 마루가 방 둘 사이에 놓여 있다. 나는 고1이 되어서야 처음으로 내방을 갖게 되었고, 건너편엔 나중에 큰형이 결혼하여 살림을 차렸다. 내방 뒤에는 셋째 누나가 처음으로 독방을 갖게 되었는데 대학에 들어온 후였다. 집은 이층집이었지만 난방 시스템은 온돌에 연탄 난방 시스템이었다. 당시에는 양옥집이라도 연탄 온돌이 많았다. 그때까지는 중산층들은 기름을 사용하는 보일러를 설치할 엄두를 못 내던 시절이었다. 그래서 2층에는 연탄을 쌓아 놓을 소규모 창고가 방마다 붙어 있었다. 독방을 갖는 대신 나는 매일 연탄을 갈아 주는 일을 해야 했다. 그런데 이 집은 엉터리 집장사집이었다는 것을 얼마 지나지 않아 알게 되었다. 방마다 방바닥과 벽이 만나는 네 모서리에는 틈이 생겨서 무색무취의 연탄가스가 새어 나왔다. 처음에는 잘 몰랐으나 누나와 나는 약간의 두통을 달고 살았다. 이로 인해 우리의 뇌세포가 서서히 죽어 가기 시작했다. 내가 공부를 더 잘하지 못한 것도 이 때문이었음이 분명하다.

중학 교정 앞에서, 김민기 누나와, 예초 화랑에서 미술전, 뒷동산 미술반에서의 한때

나의 삶과 일, 그리고 소중한 것들

경기고등학교

고1 반 친구들, 조의완, 류기형, 이선, 최문식

고등학교에 들어오자 학교 분위기가 많이 바뀌었다. 벌써 두 번의 입시를 치른 경험이 있고, 3년 후면 대학 입시가 있기 때문이다. 그래서 고 1부터 학생들은 두 그룹으로 나뉘어졌다. 한 그룹은 열심히 공부하는 그룹이었는데, 처음부터 공부를 아주 잘하는 뜻있는 애들과, 중학교 입시 때 한번 고배를 마시고 고등학교에 들어온 애들이었다. 다른 한 그룹은 어려운 입시를 거쳤으니 당분간은 좀 놀자는 그룹이었다. 나는 사실 그 중간쯤에 어정쩡하게 끼어 있었다. 놀지는 않았지만 미술반 활동을 계속했고, 그러다 보니 반의 상위 그룹들과 성적 차이가 벌어지기 시작했다. 그래도 반에서 4~5등 안에 들 정도는 늘 유지했다. 미술, 역사 등의 과목이 효자 노릇을 했기 때문이다. 고1 1학기 때로 기억되는데, 미술 성적이 99점이 나왔다. 아마도 미술 선생님이 내가 미술반의 중심으로 활동하는 것을 조금이라도 보상해 주시려는 것 같았다. 나는 안타깝게도 이러한 도움도 음악 과목에서 다 까먹었다. 2학년 2학기가 되자 학교는 완전히 입시 모드로 바뀌었다. 모의고사가 시작되었고, 이후 문과, 이과로 방향을 정해야만 했다. 다만 그때는 구분 없이 모의고사 전교 석차를 매겨서 발표했는데, 고3이 되어 분리되면, 문과 이과 각각 베스트 10을 발표하기 때문에 미술반 활동을 접고, 성적을 조금만 올리면 이과에서 베스트 10에도 들 수 있을 것 같았다.

서울대학교에 들어가는 것은 내겐 별로 문제가 되지 않았다. 경기고등학교에서 당시 매년 서울대학교에 120~150명(재수생까지 하면 200명 내외) 정도가 들어갔으니까 성적으로만 보면 걱정할 필요가 없었다. 그러나 고3이 되면 모든 학생이 공부에만 집중하니까, 성적과 석차는 달라질 수 있다. 3학년이 되면서 나도 처음에는 마음에 각오를 단단히 했다.

그런데 이러한 각오와 계획은 정작 3학년이 되면서 차질을 빚기 시작하였다. 3월 초부터 공부를 시작했는데, 한 달이 채 지날까 하는 시점에 건강에 이상이 생겼다. 큰형 결혼식 날 과식으로 인해 배탈이 난 것이다. 보통 때 같으면 소화제 한두 알에 나을 병이 일주일이 지나도록 낫지 않았다. 병원을 가 보니 십이지장에 염증이 생긴 것이라고 했다. 그러나 그 후 아무리 약을 써도 낫지 않았다. 병원에서는 신경을 많이 써서 그렇다고 하며, 휴식을 취할 것을 제안했다. 고3 형편에 그럴 수도 없어서 공부와 투약을 병행했다. 그러나 병세는 나아지지 않았고, 그 이후 지금까지 만성 위장병을 달고 살고 있다. 과민성 십이지장염이었던 것 같은데, 당시에는 이런 병이 잘 알려지지 않던 시절이다. 한창 공부에 집중해야 할 시기에 그렇게 하지 못하고, 허송세월해야 하니 답답하기도 했다. 그것이 방과 후 내 발길을 미술반으로 돌리게 한 주된 원인이기도 했다.

최경한 선생님과 자녀, 순형, 덕형(1970)

　그러나 학년말이 가까워져도 성적은 그리 떨어지지 않았다. 그때까지 쌓아놓은 것이 많이 있었나 보다. 수학과 물리 등의 성적은 점점 떨어졌지만 암기 과목인 역사, 지리 등에서 버텼다. 물론 베스트 10에는 가까이 가지 못했지만, 이과 전체에서 3~40등은 유지되었다. 당시 학생들은 전공을 알아서 선택하는 것이라기보다 성적에 맞추어 선택하는 경향이 있었다. 물론 모든 학생이 목표하는 대학은 서울대학이었고, 마음속에 고려대나 연세대를 생각하는 학생은 창피해서 입 밖에 꺼내지 못했다. 이과에서 제일 잘하면 문리과대학 물리과나 화학과, 공과대학 화공과, 기계과, 전자과 등에 지원했다. 그다음 그룹이 의과대학이나 공과대학 전기과, 건축과, 섬유과 등의 순서였다. 처음에는 기계과를 목표로 했지만, 속마음에는 항상 건축과를 생각하고 있었다. 다만 내 성적이 기계과에 갈 정도는 되었기 때문에 그보다 낮은 건축과를 목표로 하기에는 자존심이 상했다. 그러나 마지막 달이 되어 오면서 건축과로 방향을 굳혔다. 건축과에 지원하는 학생은 모두 13명 정도였던 것으로 기억되는데, 그중에서는 내 성적이 제일 높았다. 성적이 제일 낮은 친구는 사실 서울대에 합격할 수준이 아니었다. 어떻든 이 중에서 7명이 건축과에 합격했다.

　입학시험은 상계동 공대 캠퍼스에서 치러졌는데, 1월 중순 제일 추울 시기였다. 그날 최저 온도가 영하 15도였던 것으로 기억한다. 상계동 벌판은 아마도 그보다 4~5도 더 낮았을 것이다. 우리들은 교실과 복도에서 시험을 치렀는데, 난방이 안 되는 복도에 자리를 배정받아 시험을 치르느라 얼어 죽는 줄 알았다. 온몸이 긴장된 상태에서 춥기까지 하니 덜덜 이빨 부딪치는 소리가 날 정도였다. 머리는 깨어지는 것같이 아팠다. 소화불량이 생길 때면 나는 두통이 온다. 점심을 먹는 둥 마는 둥 하고 오후까지 시험을 보았다. 그리고 집에 와서 두통으로 하루종일 시달렸다. 수학 문제에 답을 제대로 다 쓴 것이 없어서 걱정을 하였지만, 그런대로 풀어

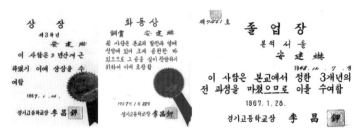

나의 삶과 일, 그리고 소중한 것들

가는 과정을 인정받았던 것 같다. 며칠 후 어머니 지인을 통해서 공대 교수로부터 합격되었다고 연락이 왔다. 이 성적이라면 화공과도 합격할 수 있다고 했다. 한참 후에 어머니를 통해서 안 사실이지만 서울대학 합격을 제일 좋아하신 사람은 아버지셨다고 한다. 본인도 서울대 입학에 실패하였고, 큰아들과 둘째 아들 모두 성균관대학에 보냈는데, 막내가 드디어 해 낸 것이다. 사실 큰누나와 셋째 누나가 서울대학에 들어갔지만 부모 마음에 아들이 들어간 것과는 비교할 수 없었다.

건축과 지원

우리 집안 어른들은 대부분 상경계를 전공으로 택했다. 그리고 졸업 후 모두 은행에 들어갔다. 외할아버지가 은행 지점장을 하셨고, 5촌 당숙이 은행에 다니셨다. 아버지가 상업은행에서 상무이사와 감사까지 하셨고, 둘째 외삼촌이 서울은행 지점장을 지냈다. 큰매부도 상업은행에서 은퇴하셨고, 큰형과 둘째 형도 은행에 다녔다. 나는 그런 가운데서 소위 은행 밥을 먹고 자라났다. 그러나 나는 막내인 까닭에 전공 선택에서 형들보다 자유로웠다. 다시 말해서 집안에서 나도 은행원이 되는 것을 기대하지는 않았고, 고2 때 문과와 이과를 나눌 때, 나는 이과를 택하였다. 당시는 국가 발전이 이공계를 통해 이루어질 수 있다고 생각할 때였고, 정부가 이러한 분위기를 조장하고 있었다. 이런 사회 분위기 속에서 많은 학생이 이과를 지원하였는데, 문과대 이과의 비율은 3대7 정도가 되었다. 특히 공부 잘하고 머리 좋다고 하는 친구들은 이과로 많이 몰렸다. 내가 이과를 택한 것은 건축과 지원과도 관계가 있다.

나는 중고등학교 6년간 미술반에서 살았다. 고3 때 친구들은 모두 공부에 여념이 없을 때도 나는 미술반을 찾았고, 그림을 그렸다. 10월에는 입시를 두어 달 남겨 놓은 상황에서도 전시회를 주관했다. 그것이 내 일상이었고, 기울어져 가는 미술반 전통에 대한 나의 마지막 신의였던 셈이다. 고등학교에 들어가자 가까웠던 미술반 선배들이 모두 대학으로 진학했다. 그중 몇몇 선배가 건축과를 택했다. 미술반 출신의 건축가는 그 족보가 매우 길다. 미술반이었는지는 확실치 않지만 위로는 박기서, 김수근, 김태수, 김종성 등, 대선배가 있다고 들었고, 내가 만난 적 있는 확실한 미술반 선배

졸업식(개근상과 화동상 메달을 걸고), 큰형, 셋째 누님, 어머님, 나, 둘째 형님(1967)

로 우규승 선배가 있었다. 나는 나의 한계를 잘 알고 있기에 미술대학은 처음부터 생각하지 않았다. 나는 나의 미래를 그려 나가는 데 있어서 선배들 영향이 매우 컸다고 할 수 있다. 그중에서도 강홍빈과 김진균 선배가 건축과로 진학한 것이 내가 건축과를 지원한 한 계기가 되었다. 물론 그들도 그들의 4년 선배였던 우규승 선배가 의대에서 건축과로 전과한 것이 전공을 선택하는 데 큰 영향을 주었을 것이다. 물론 당시에는 건축이 어떤 것인지 정확히는 알지 못했다. 미술반에서는 종이나 캔버스에 평면적인 그림 작업을 하는 것 외에도 일 년에 한 번씩은 도자기 만들기 위해 여주 도자기 촌에 가곤 했다. 또 학교 내 조각반에서는 흙으로 입체적인 형태를 만들어 내고 석고를 뜨기도 했는데, 이렇듯 입체적인 무엇을 만들어 낸

다는 것에 그림과는 또 다른 흥미를 느꼈다. 건축 또한 입체적으로 작품을 만들 수 있다는 것이 비슷한 즐거움을 가져다주지 않을까 하는 생각을 했다. 그리고 건축과는 미술대학이 아닌 공과대학에 속해 있어서 부모님을 설득하기 쉬웠다. 당시만 해도 미술대학에 가서 나중에 예술가가 되겠다는 것은 자식들이 잘되기를 기대하는 대부분의 집안에서는 받아들이기 어려운 일이었다. 당시만 해도 미술을 해서는 밥 먹고 살기 힘들다고 생각하던 시기였다. 내 자신 스스로 판단해 보아도 내가 정말 화가가 될 만큼 천부적인 재능이 있는지에 대해서는 매우 회의적이었기 때문에 진로에 대한 결정은 매우 쉬웠다.

그리고 선배들이 선택한 건축이 매력 있어 보였다. 과감하게 만류를 뿌리치고 미대로 간 선배와 후배들도 있었지만 대부분 차선의 선택을 했다. 그 차선책이 당시로서는 건축이었다. 내가 건축과를 택하자 내 후배들도 내가 그랬던 것처럼 나를 따라 건축과를 택하기 시작하였다. 1년 후배인 김석주(원도시), 2년 후배인 신기철(작고), 이우종(가천대) 등이 그 예라 할 수 있다.

대학 시절

입학과 통학

　내가 공과대학에 입학할 당시만 해도 서울대학교는 지금처럼 한곳에 모여 있지 않았고, 각 단과 대학마다 서울 시내 여기저기 흩어져 있었다. 공과대학은 성북구 공릉동에 자리 잡고 있었는데, 당시 주변에는 시가지가 없고 허허벌판에 논과 배밭뿐이었다.

　서울 시내에서 교통편으로 접근하기에도 여의찮았는데, 청량리역에서 기차를 타고 공릉역에 내려 걷곤 했다. 그런데 당시에 기차는 하루에 몇 번 다니지 않았다. (출퇴근 시간에만 다녔는지?), 오후에는 1시인가, 2시인가에 시내로 들어가는 열차가 있었는데, 수업 시간과는 도저히 맞출 수가 없었다. 그래서 대부분의 학생들은 버스를 이용하였다. 버스는 일종의 시외버스였는데, 청계천로 5가가 종점이라 그곳에서 버스를 타는데, 약간 작고 납작한 승합 버스(아마 마이크로버스?)여서 30~40명이 짐짝처럼 채워져서 운행되었다. 버스가 신호등에 한 번 정차하면 서 있던 학생들이 모두 앞으로 쏠리고, 떠날 때도 뒤로 쏠려 그야말로 마른 오징어처럼 납작해져서, 학교에 도착할 때쯤엔 완전 지친 모습으로 내리곤 하였다. 그래도 대부분의 승객이 건장한 청년들이다 보니 견뎌 낸 것 같다. 다행히 공과대학에는 여학생이 거의 없어서 다행이었다.

　내가 다니는 4년 동안 공과대학을 거쳐 간 여학생이란 고작 3명뿐이었다. 나보다 3년 위에 섬유과의 백××, 2년 위의 건축과 김××, 서울미대 조각과 졸업 후 학사 편입한 건축과 김××이 그들이

입학식장에서 어머님과

입학식장에서 친구들과

돈암동 집 마당

었다. 그나마 우리 학년에는 아무도 없었다. 물론 과사무실에는 여직원들이 있었지만 그들은 교직원 버스로 통근하니 우리 같은 고초를 겪지 않아도 되었다. 그렇게 우표도 안 붙인 짐짝 취급을 받던 것도 1년, 이듬해부터는 상계동에 이주민촌이 개발되고 시영버스 108번이 다니기 시작하면서 사정이 나아지기 시작하였다. 그러나 얼마 가지 않아서 이 버스 또한 상계동 종점에서 만원이 되어 도착하기 때문에 만만치가 않았다.

대학에 들어오자 몸과 마음이 자유로워졌다. 그래서 평소에 하지 못한 일을 찾았다. 그중 하나가 무술 단련이다. 고영주, 김흡영 등 고등학교 때 몇몇 친구들이 청도관에서 가라테를 배워 학교에서 자랑하는 게 부러웠는데, 나도 하고 싶어졌다. 마침 집 뒤에 태권도 도장이 있어서 등록했다. 매일 아침마다 도장에 가서 한 시간씩 운동을 하고 돌아오곤 했다. 도장의 관장은 서울대 체육과 출신으로 어떤 통신사 체육기자였다. 도장에서는 서울대 학생이 들어왔다는 사실을 매우 자랑스럽게 생각해서인지 내게 잘 대해 주었다. 일 년이 지난 후, 승단 시험에 무사히 합격하여 초단을 땄다. 그리고 2년 후에는 2단에 도전하여 역시 2단 단증을 획득하였다. 그리고는 더 이상은 무의미하다는 생각이 들어 그만두었다.

건일 태권도장(아침반 유단자들과)

미팅

대학 입학은 자유를 뜻했다. 이제 어른이 되었고, 무엇이든 내가 결정할 수 있을 것 같았다. 물론 그 이전부터도 내가 모든 것을 결정했다. 어렸을 때부터 나의 부모님은 내가 침착하고 모범생이어서 그런지 일상생활에 일일이 간섭하려 들지 않으셨다. 대학 입학은 나에게 첫째 시간 활용에 있어 자유를 주었다. 수업에 들어가든 말든 자유다. 사실 나는 초등학교 입학에서 고등학교를 졸업할 때까지 12년 개근을 했다. 초등학교 6학년 때 하루 오후 수업에 큰누님 결혼식에 가야 한다고 담임 선생님께 허가받고 나갔다 들어온 적은 있지만, 그것은 승인된 외출이었으니 예외로 하고 나면 단한 번의 지각도 조퇴나 결석도 없었다.

대학생이 되면 미팅이 가능하다. 입학 전까지만 해도 여학생에게는 별 관심도 없었고, 접촉할 기회도 없었다. 등굣길에 매일 아침 마주치는 여고생이 있어서 눈길은 미쳤지만, 누군지도 모르고, 말을 건 적도 없다. 대학 들어가자마자 첫 번째 미팅이 시작되었다. 상대는 이화여대 생활미술과 여대생들이었다. 한껏 기대를 했지만 실망이었다. 상대도 나에 대해 마찬가지였을 것이다. 맘에 안 들어도 즐겁게 해 줄 수 있었는데, 내가 너무 했던 것 같다. 사실 난 그 이후 많은 미팅 때 늘 그랬다. 결혼하자는 것도 아닌데, 하루라도 상대를 기분 좋게 해 줄 수도 있는 것인데, 내 얼굴은 벌써 맘에 안 든다고 표정 짓는다.

두 번째 미팅은 서울대학교 미술대학 여학생들과의 미팅이다. 내 파트너는 W이라는 응용미술과 학생인데, 경기여고를 나온 재원이었다. 키가 아주 작았지만 매우 순진하고 귀여운 모습을 하고 있었다. 첫인상이 마음에 들었지만 어떻게 행동해야 할지 몰라 속으로 당황하고 있었다. 집이 바로 문리대 건너편이라 데려다주었지만, 그 후 어떻게 접촉해야 할지 몰라 고민을 많이 했다. 당시에는 핸드폰도 없었고, 집 전화도 귀한 시절이라 편지를 해야 했다. 할 수 없이 밤새 고민 끝에 만나자고 편지를 썼다. 그런데 답이 없었고 물론 나오지도 않았다. 자존심도 상하고, 매우 실망했지만 달리 방법이 없었다. 다음 달에 건축과 내 고교 동기 몇몇이랑 서울미대 여학생들이랑 학술(?)모임을 만들었다. 그땐 그런 모임이 유행했다. 1년 선배들이 먼저 아까르트(Arch-art)라는 모임을 만들어 재미있게 노는 것이 부럽기도 해서 후속으로 우리도 만들었다. 거기에 W가 나오게 되어 매우 기뻤지만 피하는 것 같기도 해서, 더 이상의 접근은 하지 못했다. 사실 나도 적극적이지 못한 데는 여러 가지 다른 이유가 있었다. 그 당시만 해도 지금과 달라 보수적인 집안에서 자란 사람에게는 여자와 만나 사귄다는 것은 결혼을 전제로 하는 것이었다. 모임에서는 서로 어색하고, 서먹서먹했지만 우리는 그렇게 한 해를 보내고 모임도 끝이 났다. 그 후 그녀를 다시 본 것은 졸업식 때였다. 그녀가 미술대학 1등으로 졸업하였고, 내가 동창회장상을 타면서 몇몇 행사에 함께 참석했다. 그러나 그때 그녀는 이미 같은 과 남학생과 사귀고 있었으므로 스쳐 지나갈 수밖에 없었다. 들리는 이야기로는 남자 친구의 집에서도 심하게 반대하여, 모종의 일들이 벌어졌었다고 한다. 이십여 년이 지난 후, 그녀의 개인전에 들러서 옛이야기를 할 기회가 있었다. 내가 제일 궁금했던 것은 왜 내 편지에 답장을 안 했는가 하는 점이었다. 그녀는 내 편지를 본 적이 없다고 했다. 아마도 그녀의 어머니가 감췄으리라. 기껏 고등학교를 갓 졸업한 18살 풋내기였을 때였으니까. 지금 생각하면 철없던 시절이었다.

두 번째로 내가 좋아했던 여자애는 집 근처 버스 정류장에서 우연히 만난 여대생이었다. 이화여대 의예과를 다니던 L이라는 애였는데, 매우 깔끔하고 키도 컸다. 대구에서 오빠랑 올라와서 대학을 다니는데, 집안이 모두 의사였다. 몇 번 만났으나 별 진전이 없었다. 그녀는 앞으로 남은 공부 때문에 남자를 사귀는 것에 대해 부담을 느끼고 있는 것 같았다. 자주 만날 수는 없었지만, 이따금 만나기를 2~3년 한 것 같다. 2학년 때는 친구랑 울릉도와 지리산을 오르고 서울로 오는 길에 나만 대구로 향했다.

어머니와 **도봉산** 등반

그녀의 집에 잠시 들러 동생들과 어머니와도 만났지만, 좋은 인상을 보여 주지는 못했던 것 같다. 그래서인지 그 이후로 자주 만나지는 못했다.

학창 시절을 스쳐 지나갔던 또 한 애는 1학년 때 동창들끼리 만든 모임에서 보았다. 그 모임은 목적이 애매해서 독서 모임이라 불렸지만, 그냥 남녀가 만나 놀자는 모임이었다. 내 친구들은 나보다 노는 데는 한 수 앞섰고, 인물들도 나보다는 훨씬 나아서, 나는 열등감을 가질 수밖에 없었다. 그 여자애들은 경기여고 동창들이었는데, 모두 키가 큰 편에 속해, 키가 작은 나는 그 모임에서는 더 오그라들었다. 여자들 중에는 R이라는 애가 있었는데, 키도 크고 명랑했다. 얼굴도 서구적으로 생겼고, 까불댔지만 내 처지로는 언감생심 딴마음을 먹지 못했다. 그 모임은 그냥 놀자는 것이었던 만큼, 결국 일 년이 채 되기 전에 끝날 수밖에 없었다. 그 애가 이화여대 주생활과를 다니고 있어서 세미나에서 몇 번 보았지만, 잊고 있었는데, 4학년 때인가 그 애로부터 만나자고 연락이 왔다. 다방에서 만났는데, 나보고 자기 숙제를 대신 해 달라는 것이었다. 학교 숙제로 주택 모형을 만들어야 한다는 것이었다. 내가 건축과에 다닌다는 것을 기억한 모양이었다. 늘 멀리서만 호감을 갖고 있었던 터라 단숨에 해 주기로 했다. 성심성의껏 만들었는데, 완성되기도 전에 칼에 손을 다쳤다. 너무 잘 만들려고 했던 것 같다. 그런데도 그 애하고는 아무런 진전이 이루어지지 않았다. 내가 관심을 보였지만 반응이 없었고 나는 결국 단념했다. 나중에 그 애가 자기 오빠 소개로 8년이나 위인 내 선배하고 결혼했다는 소식을 들었을 때는 후회가 되었다. 왜 내가 적극적으로 대시를 하지 못했나 하고. 결국 이번에도 내 소극적인 태도 때문에 아무런 성과도 거두지 못한 채 나의 귀중한 대학 생활은 애인 하나 만들지 못하고 외롭게 지나가고 말았다.

대학 공부

건축과에 들어오니 첫 1학년은 공대 모든 과 학생들을 섞어 10개 반을 형성하고, 함께 정해진 수업을 듣는 말하자면, 교양과정 같은 것이었다. 덕분에 타과 학생들과도 교류할 수도 있었지만, 이제 생각하면 별 도움이 된 것 같지는 않았다. 그래도 건축과 동기들은 이따금 만났는데, 주로 미팅

나의 삶과 일, 그리고 소중한 것들

을 열 때였다. 경기고등학교 출신이 40명 정원 중에 9명이나 되었다. 이 중 2명은 재수한 선배이고 동기, 동창만 7명이니까 과 내에서 주류가 될 수밖에 없었다. 나머지 학생들은 4~5명 빼고는 대개 재수생이어서 나이 차이가 있다 보니 자연히 동기동창 끼리

공대 2호관 앞 잔디

불암제 행사 중 축구 시합 기념(왼쪽부터 오만석, ?, 최병선, 홍성표, 임승빈, 나, 임서환, 이춘호)

끼리 모이게 되고, 외부에서 볼 땐 배타적으로 보일 수밖에 없었다. 그러나 동기들이 모이는 것은 주로 미팅 때뿐이지, 다른 일로는 별로 모일 필요가 없었다.

1학년 수업은 그야말로 재미가 없었다. 건축과는 무관한 교양과목 수업이 대부분이었다. 영어, 독어, 국어, 체육, 철학, 미적분, calculus, 물리, 화학 등을 들어야 하니, 고등학교 수업의 연장일 수밖에 없다. 전공과 관련된 과목은 도학 한 과목이었다. 그러니 흥미가 생길 수 없었다. 땡땡이도 많이 쳤지만, 수업에 들어가도 대부분 졸다가 나왔다. 그래도 최소한 평균 B 학점은 유지해야 한다고 생각했다. 앞으로 내가 무엇을 하던 학점에 발목이 잡혀서는 안 될 것이라고 생각했다. 다행히도 1학년 성적 평균은 B 학점이 약간 넘었다. 이 정도 학점도 우리 학과에서는 2~3등 성적이다.

수업에는 관심이 없었지만, 그렇다고 남들처럼 당구장에서 산 것도 아니고, 연애하러 다닌 것도 아니다. 내가 주로 관심을 두었던 것은 건축이었다. 다행히도 나는 고등학교 때 미술반 출신이었기 때문에 건축과 선배들을 많이 알고 있었다. 그래서 생활비도 벌 겸, 일도 배울 겸, 여기저기 불려 다니며 아르바이트를 했다.

아르바이트

대학에 들어오면서부터 나의 용돈은 내가 해결해야 했다. 집에다 달라고 해도 되었지만, 그때만 해도 대학생이 되면 용돈은 자기가 알아서 조달하는 것이 당연한 것으로 여겨졌다. 그래서 1학년 초에 중고등학생 과외 공부 지도를 시작했다. 처음에는 친구 소개로 고등학교 3학년 여학생 영어와 수학을 가르쳤는데, 한 달 만에 끝났다. 내가 가르칠 실력이 모자라서였다. 사실 고3을 가르치려면 상당한 준비가 필요했는데, 아무것도 준비하지 않고 가서 가르치려니 학생도 괴롭고 나도 괴로웠다. 다음으로는 좀 더 쉬울 것이라 생각해서 동성중학교 1학년을 맡았다. 두 명을 집에서 가르쳤는데, 그 애들도 두세 달 만에 그만두었다. 내가 생각해도 선생인 내가 너무나 성의가 없었다.

결국 내가 과외 교사로는 실력과 성의가 부족하다는 것을 인식하고, 더 이상의 시도는 하지 않았

다. 대신 다른 일자리를 찾기로 했다. 내가 잘 할 수 있고, 또 재미있는 일은 역시 건축에 관한 일이라고 생각하였다. 내가 처음 건축과 관련된 일을 한 것은 1학년 1학기 때부터 시작되었는데, 선배들에게 얼굴이 알려진 후로는 4년 동안 많은 일에 불려 다녔다.

꿈을 이루기 위하여

대학 입학 이후 나의 꿈은 최고의 건축가가 되는 것이었다. 이런 나의 꿈은 나이가 40에 이르러 불가능하다는 것을 스스로 인정할 때까지 상당 기간 지속되었다. 나는 내 꿈을 이루기 위해서 무엇을 해야 하는지를 분명히 알고 있었고 이를 위해 일생 동안 준비하였다.

첫 번째 한 일은 돈을 모으는 일이었다. 저축은 내가 어렸을 때부터 아버지로부터 귀가 닳도록 들은 교훈이자 훈련이었다. 은행원이셨던 아버지는 늘 강조하시기를 어떤 어려움이 닥치더라도 절대로 남으로부터 돈을 빌려 쓰지 말자는 것이었다. 비록 은행이라 할지라도 그것이 이자 노름하는 조직이고, 이자가 빌려 쓰는 사람을 얼마나 피폐하게 하는지를 잘 아셨기 때문이었다. 우리 집 식구 모두는 모아 놓은 돈이 없으면 가난하게 사는 것이 당연하다고 생각했다. 요즈음 개인 부채가 수천조에 이른다는 것을 들으면 사람들이 제정신이 아니구나 하는 생각이 든다. 하지만 셋집 살면서도 외제차를 끌고 다니고, 빚내서 집 사고, 해외여행 다니고 하는 것이 다반사인 것이 현실이다.

이러한 가정 문화 속에서 나는 어려서부터 돈이 생기면 저축을 했다. 네 살 때인가부터 세뱃돈을 받으면 어머니한테 맡겼고, 어머니는 작은 봉투에 넣어 장롱 깊이 보관해 주셨다. 학교를 다니면서부터는 통장이 생겼고 내가 소유하게 되었다. 고등학교를 졸업할 때까지는 내 수입은 주로 세뱃돈과 용돈을 안 쓰고 모은 것이었지만 고등학교를 졸업할 때쯤에 가서는 꽤 많이 모였다. 내 생활비를 절약하고, 사고 싶은 것이 있어도 꼭 필요한 것이 아니라면 참았다. 이러한 습관은 몸에 배어 지금까지도 지켜지고 있다. 그렇다고 내가 돈을 모으기만 하고 전혀 쓰지 않은 것은 아니다. 가난에 쪼들려 살아오신 외할머니가 우리 집에 오실 때면 나만이 늘 할머니 용돈을 마련해 드렸다. 할머니는 이 돈을 쓰지 않으시고, 댁에 돌아가셔서 어린 손녀딸에게 사탕을 사 주시거나 용돈으로 주셨다고 했다. 이렇게 모은 돈이 유학 밑천이 되었다는 데 대해 나는 자부심을 갖는다.

두 번째 한 일은 모든 과목에서 좋은 성적을 기록하는 것이다. 건축 이외의 다른 학과목은 관심조차 없었지만 좋은 성적을 유지하는 것이 필요했다. 장차 유학을 가는 데도 필요할 것 같았고, 직장을 얻는 데도 성적이 영향을 미칠 것이라고 생각했다. 전공과목 위주로 수업을 들은 3학년부터는 성적이 거의 A에 가깝고, 건축 관련 과목은 도시계획만 B를 받았을 뿐, 전 학년 동안 모든 과목에서 A를 받았다. 나중에 도시계획전문가가 된 내가 당해 과목에서 B를 받는다는 것이 아이러니하지만 거기에는 이유가 있었다. 1학년 때, 수학 선수과목(신현천 교수과목)에서 F를 받은 것이 있어서 2학년 때 필수과목을 듣는 데 제한이 생겼다. 그래서 3학년에 배당된 과목인 도시계획을 들었는데, 출석부 맨 끝에 수기로 내 이름이 적혀 있게 되었고, 당시 나를 잘 알지 못하셨던 윤정섭 교수님이 그냥 B를 주신 것이다. 공부도 열심히 했고, 숙제도 열심히 잘했건만 학년 차이 때문에 생긴 일이거니 생각하고 억울함을 감수해야만 했다. 당시에는 교수님들이 학교 강의에는 별 정성을 쏟지 않으셨고, 밖에 갖고 있는 설계사무소 일에만 매달리셨다.

세 번째는 성공한 선배들의 발자취를 따라가는 것이었다. 나는 대학에 처음 들어가면서부터 내가 뛰어난 건축가가 되기 위해서 무엇을 해야 할지에 대해 분명한 목표와 방향을 갖고자 했다. 가장 쉬운 방법은 선배들을 통해 건축가의 길을 이해하고, 도움을 받는 것이다. 그래서 많은 선배들과 관계를 맺으려고 노력하였다. 그들이 어떤 길을 가는가를 안다는 것은 내가 어떤 행보를 결정해야 하는데 큰 도움이 되었다. 경기 미술반 선배와 대학 선배들과 연락도 하고, 일거리가 있을 때는 조수로 알바도 하면서 나를 알렸다. 대학 1학년부터 다른 친구들은 연애를 하거나 당구장에서 놀 때, 나는 그들과 어울리지 않고 선배들 사무소나 현상설계 팀에서 일을 했다. 물론 알바를 통해서 돈도 모았다.

첫 학기가 끝나고 여름 방학이 되자 곧바로 선배들을 찾아 나섰다. 당시 HURPI(Housing and Urban Planning Institute) 라는 건설부가 미국의 지원으로 설립한 연구소에 강홍빈 선배가 일하고 있었다. 당시 자문관으로 아지 네글러(Aussie Negler)라는 분이 계셨고, 그리고 팀장으로는 우규승 선배가 있어서 팀원들을 지휘했으며, 그 밑에 김진균, 강홍빈, 조건영 등, 서울대 후배들, 일부 한양대 졸업생들이 도시설계에 대해서 연구하고 있었다. 건설부 파견 감독관으로는 황용주(당시 토목사무관) 박사가 있었다는 것을 나중에 알았다.

나는 아직 1학년생 초짜라서 내가 하는 일은 그들을 도와주는 도우미 역할에 불과했다. 모형 만드는데 종이를 자르고, 붙이고 하는 일이 주된 일이었지만 그 과정에서도 많은 것을 듣고, 배우고, 이해할 수 있었다. 내가 건축과 관련된 일에 처음으로 아르바이트를 한 것이다. 당시에 참여한 프로젝트는 서울역 서편의 만리동 판자촌 재개발 프로젝트였다. 저소득층을 위한 공동주택 단지로 대개 5층 이하의 아파트를 경사지에 세우고, 공동 시설을 설계하는 일이었다. 당시 기억나는 것은 이들 젊은 건축가들이 주장하는 것은 저소득층들의 주택 구입 및 관리 능력을 감안하여 15~20㎡ 정도의 소형 주택이 적합하다고 제안한 반면, 공무원들은 그게 어디 주택이냐면서 더 큰 규모의 주택이라야 윗분들 마음에 들 것이라고 압력을 넣었다는 것이다. 당시 공무원들이 판잣집에 사는 서민들의 실정을 제대로 이해하지 못하고 있다는 것이다. 결국 그 프로젝트는 실행되지는 못했고, 나중에 우규승 선배가 유학을 떠나고, 나머지 사람들도 흩어지면서 팀이 해체된 것으로 알고 있다.

여러 선배들과 관계를 일단 터놓고 난 이후에 무슨 일이 있을 때마다 선배들한테 불려갔다. 그들은 제법 재주도 있고, 말귀도 알아듣는 도우미가 필요했을 것이다. 기억나는 것으로는 한참 위 선배 사무실에서 안양인지 의왕인지 교도소 마스터플랜 현상설계를 하는 데 강홍빈, 김진균 등 후배들을 동원했고, 나도 거기 도우미로 들어가 색칠도 하고, 색종이를 도판에 부쳐 토지이용 및 건물 배치계획도를 만들기도 했다. 이렇듯 나는 항상 바깥세상의 건축일과 선배들의 일에 관심을 기울이고, 주어지는 어떤 기회도 마다하지 않았다.

학교 내에서 내가 투시도를 제법 그린다고 알려져서 3학년 초에는 윤정섭 교수님 설계사무실에 가서 조감도를 그린 적도 있었고, 겨울 방학 때는 김중업 건축사무소에서 투시도 전문가(홍익대 졸업생)가 입대를 하는 바람에 대신할 사람이 필요하다고 해서 불려가 두 달 정도 일을 한 적도 있다. 당시에 내가 투시도를 3~4개 정도 그렸는데, 그중 하나는 어떤 골프장 클럽하우스 건물의 투시도였다. 그곳에서 일을 하는 동안 건축설계사무소가 어떻게 운영되고 있는지, 건축가로서의 생활이 어떤 것인지도 어렴풋이나마 알 수 있었다. 김중업 선생님은 당시 김수근 선생님과 더불어 건축계 양대 축을 이루고 있었지만, 요즈음 대형 건축사무소와는 달리 20~30명 정도가 일하는 아틀리에 같은 곳이었다.

내가 일하는 동안 만난 사람들 중 기억에 남는 세 사람이 있었는데, 김석철, 김국영, 권희영(?) 이었다. 김석철 선배는 나보다 서울대 5년 선배로서 당시 나이가 26세 정도였을 것이다. 이분이 프리랜서로서 Job Captain 일을 했는데, 담당 프로젝트는 서울역 서부 역사 프로젝트였다. 서울역 뒤쪽에 새로운 고층 타워를 설계했는데, 그대로 실현되지는 않았다. 김석철 선배는 당시에 김중업 선생님으로부터 월 15만 원씩 받고 일하기로 했다고 했는데 돈을 잘 주지 않는다고 불평하곤 했다. 당시 내가 받은 월급이 1만 원이었으니 꽤 큰 액수였다. (아마도 계획설계비를 다 주겠다고 한 것일지도 모른다.) 구두쇠로 알려진 김중업 선생님이 약속은 했지만 다 줄 리가 만무했을 것이다.

김국영 씨는 김석철 선배와는 고등학교, 대학교 동기인데, 이따금씩 김중업 선생님을 찾아오곤 했다. 이상했던 것은 찾아올 때마다 비서가 안 계시다고 돌려보내는 것이었다. 당시 내가 투시도 일을 한 장소가 비서실이었기 때문에 김 선생님이 안에 계신지 안 계신지는 잘 알고 있었다. 나중에 안 일이지만 김국영 선배가 ROTC를 제대하고 나서 건축에 관한 책을 저술할 계획으로 김중업 선생님에게 와서 김중업 선생님 명의로 건축 역사에 관한 책을 쓰겠다고 해서 두 사람이 약속을 하고 원고를 만들어 왔는데, 집필 비용을 주지 않아서 계속 찾아왔던 것이었다. 물론 돈도 지불되지 않았고, 책도 출간되지 않았다. 김국영 선배는 이듬해부터 건축과 조교로 활동했다.

권희영(?) 씨는 당시에 나이가 35~40세쯤 되는 것 같았는데, 김석철 씨의 스케치를 실제 도면으로 만들어 내는 실무 책임자였다. 자기보다 대여섯 살가량 어린 사람이 Job Captain이 되어서 월급도 2~3배 받는다니 기분이 별로였을 것 같다. 그래도 그분은 진정한 프로였던 것 같다. 듣기로 그분은 한양대 출신이고, 실무 경험이 많아서인지 현장에 나가면 절대로 일을 사무실로 갖고 들어오지 않고 현장에서 다 해결한다고 했다.

그 사무소에선 절약이 철저하게 지켜졌다. 심지어 도면을 붙이는 마스킹테이프도 꼭 폭 1cm짜리만 썼다. 직원들이 잘 떨어진다고 1.5cm짜리를 원해도 허용하지 않았다. 야근 때도 직원들이 주변 식당에 가서 비싼 것을 먹을까 봐 단골식당을 정해놓고 냉면 값 정도의 정해진 금액의 식사만 하도록 했다. 나는 돈을 벌어 보려고 간 것은 아니고, 설계사무실 경험을 하기 위해서 갔는데, 먼저 알바하던 선배가 월급을 8,000원을 받았다고 했다. 그런데 김중업 선생님이 나를 잘 보았는지 1만 원을 주었고, 일이 끝나자 계속 나와서 설계 일을 배우라고 했다. 나로서는 영광이었지만 한편으로는 계속 투시도 그리는 일만 시킬 것 같아 망설였다. 그러던 차에 서울대 관악 캠퍼스 이전이 발표되었다. 나는 4학년 졸업 설계 프로젝트로 관악 종합캠퍼스 설계를 해 보기로 마음먹었고, 아쉽지만 사무소를 그만두었다.

서울대 종합캠퍼스 플랜

박정희 정부는 정권이 시작할 때부터 군사 독재에 항거하는 대학생들의 데모 때문에 골머리를 앓았다. 특히 서울 시내 한 가운데 위치한 문리과대학을 비롯하여, 상과대학, 법과대학 등 산재된 대학마다 학생들이 뛰쳐나오는 바람에 데모대를 막느라고 경찰력이 소진될 지경이었다. 또 시내 중심가가 데모대와 이들에게 뿌려지는 최루탄 가스 등으로 범벅이 되면서 일반인들까지 큰 불편을 겪게 되었다. 그래서 박 대통령은 산재되어 있는 서울대학교의 단과대학들을 관악산 기슭으로 이전시켜 종합캠퍼스를 개발하겠다는 구상을 발표하게 된다. 표면상의 목적은 한 장소에 단과대학들을 집단화함으로써 미래 대학 발전을 도모하는 것이었지만, 어쩌면 시내 산재된 단과대학들을 도심에서 멀리 떨어진 관악산 안으로 몰아넣어 데모대를 효과적으로 진압하기 위한 묘책이었다고 하는 것이 더 현

캠퍼스 플랜 작업 중

건축전 전시장에서

실적인 해석이다. 결과적으로 동숭동의 대학 문화와 대학촌은 역사의 뒤안길로 사라졌다.

1970년 봄, 4학년이 되면서 졸업 설계 과제는 관악 종합캠퍼스 계획을 하기로 했다. 당시로서는 건축 분야에서 큰 관심사였고, 학과 교수님들은 물론 건축과 선배들도 모두 관심을 가졌다. 나는 당시 우리 과에서는 설계에 관한 한 대표 주자였기에 내가 마스터플랜을 맡고, 나머지 학생들에게 주요 건물 하나씩 나누어 설계하도록 하였다. 처음 해 보는 큰 스케일의 설계였기에 3개월 동안 그야말로 악전고투하여 계획안을 만들었다. 마스터플랜도 어수선했지만 단위 건물을 맡은 친구들의 작품 수준도 들쭉날쭉해서 종합적으로 보면 썩 내놓을 만한 것은 못 되었다. 그런데도 전시회 마지막 날에는 품평회가 열렸고, 거기에는 건축과 모든 교수가 참석하였고, 동창 선배님들도 많이 나타나 그야말로 큰 행사가 되고 말았다. (예년 같으면 건축전에 선배들은 물론, 교수님들도 한두 분밖에 안 나타나셨다.) 관람이 끝나고 간단한 품평회 시간이 돌아왔다. 내가 마스터플랜 책임자인 만큼 내가 계획안 설명을 해야만 했다. 사실 시간에 쫓기다 보니 도면 마감이 제대로 안 되었고, 건물 디자인도 제대로 된 것이 하나도 없어서 부끄러운 생각뿐이었다. 하여튼 내가 간단히 계획 설명을 마치자 객석에서 질문들이 나왔다. 그중에서 기억나는 하나의 질문…. 그 질문은 내가 지금까지도 잊지 못하게 만들었다. 질문한 사람은 바로 김중업 사무소에서 만났던 김석철 선배였다. 질문의 요지는 이러하다. 발표자가 계획 프로그램과 건물 배치 개념을 이야기하고 있지만, 그 이전에 대학 종합화의 의미와 계획의 철학은 무엇인가 하는 것이다. 나는 생각지도 않던 갑작스러운 질문에 아무 답변도 하지 못했다. 변명하자면, 거의 일주일 이상 설계와 모형 작업에 잠도 못 자고 일하던 나의 머릿속은 그야말로 하얗게 되고 말았다. 이 끔찍한(?) 사건은 그 후에 줄곧 내 뇌리에서 지워지지 않았고, 그 후 내 인생에도 많은 영향을 주게 되었다.

졸업전을 끝내고 나서 나는 바로 공과대학 내의 응용과학연구소의 호출을 받았다. 이 연구소는 관악 캠퍼스 계획을 수행하기 위해 공과대학에서 급조해서 만든 연구소로 기억되는데, 일단 교수님들이 프로젝트를 책임지고 수행하되 실제 일은 연구원인 졸업생 선배들이 하게 되었다. 열 명 가까운 인원이었던 것으로 기억되는데, 17회가 가장 위로 조창걸(전 한샘 명예회장), 박성규 선배(하나건축), 그리고 20회의 김석철 선배, 그 아래 몇몇 선배들이 참여했다. 그중에서도 김석철 선배가 일을 주도했는데, 그것은 워낙 머리가 좋고, 언변이 좋아 선배들 까지도 압도했었기 때문이다. 조창걸 선배가 job captain이었지만 결국 설계에 관한 모든 결정 권한을 김석철 선배에게 양도했다. 나는 건축전의 captain이었던 관계로 불려 가서, 역시 허접스러운 심부름을 했다. 단지계획 모형이 제작되었는데, 기홍성 씨가 맡아서 했고, 이를 기회로 기홍성 씨는 모형제작 전문회사로의 성장 발판을 마련했다. 이 프로젝트는 이듬해 봄에 끝났는데, 결국 계획 구상에 그치고 말았고, 그 이후에 다른 팀에 의해 수차례 계획 변경과 더불어 실시설계가 이루어졌다.

명산 순례

대학 1학년 여름은 그야말로 해방된 시간이었다. 아직까지 과 동기들과는 익숙해지지 않은 터라 미술반 1년 선배들과 한라산 등반을 가기로 했다. 일행은 나까지 4명이었는데, 윤석헌, 성천경, 박승우 선배들이다. 1967년도 당시에는 아직 제주도가 잘 알려지지 않은 미지의 섬이었다. 항공편이 없고 배로만 입도가 가능해 관광객이라야 우리 같은 배낭을 멘 젊은이뿐이었다. 우리는 목포에서 도라지 호를 타고 8시간 만에 제주시에 도착했다. 제주시 해변 허름한 여관에서 하룻밤을 지내고, 다음 날 이른 아침부터 걸어서 관음사를 향했다. 거의 바다 근처에서부터 걸었는데 관음사에 도착하니 점심때가 되었다. 지금은 길도 잘 닦아 놓았고, 차편도 이용할 수 있지만 당시에는 그저 등산로를 따라 산길을 오르고 또 올라 십여 km를 걸어서 도착하였다. 마을 어귀를 돌아들면서 눈에 띈 것은 예전에 듣던 대로 초가지붕들이 다 새끼줄로 엮인 모습이었다. 그리고 처마에는 모두 물동이들을 매달아 놓은 것을 볼 수 있었다. 이것이 바로 수도가 없던 당시 빗물을 받기 위한 장항이라는 것을 알았다. 제주도는 화산섬이라 하천이 발달할 수가 없다. 비는 많이 오지만 다 땅속으로 스며드는 까닭에 지표면을 흐르는 하천이 없다. 등반에서 가장 중요한 것은 물을 챙기는 일이다. 등반 코스도 중간중간 물을 얻을 수 있는 곳을 택하여 정할 수밖에 없었다.

관음사에서 물통을 채우고 우리는 다시 등반을 시작했다. 탐라계곡을 지나 개미목에 이르러서는 물도 다 떨어졌다. 계곡을 빼고는 산에 나무가 하나도 없고 능선은 특히 초지로만 되어 있어 햇볕을 피할 방법도 없었다. 기진맥진하여 정상에 도착하니 오후 4시경이 되었다. 우리는 백록담 근처

한라산 등정길

에서 야영을 했다. 당시만 해도 백록담에는 제법 물이 많고 비교적 깨끗해서 그 물로 밥도 지어 먹고 백록담에 들어가 수영도 즐겼다. 물론 지금은 백록담 물이 오염되고 말라서 식수로도 사용할 수 없다. 거기서 수영을 했다는 것은 그저 장난삼아 저지른 일이었지만 결코 해서는 안 되는 일이다. 지금은 백록담에서 취사나 야영이 금지되고 있지만 당시에는 전혀 관리가 되지 않고 있었다. 문제는 그날 밤이었는데, 얼마나 추웠던지 지금까지도 기억이 생생하다. 여름이었기에 산 정상이라 해도 얼마나 추우랴 생각했었는데 그게 아니었다. 갖고 간 털 셔츠랑 담요랑 모든 것을 둘둘 말아서 입고 덮고 텐트 안에 들어갔지만 너무나 추워서 그야말로 아래 위 턱이 덜덜 부딪쳤다. 거의 밤을 새우다시피 했다.

아침에 하산하는데 피로가 쌓여 몸이 천근만근 같았다. 하산 길은 가장 짧은 돈네코 계곡으로 향했다. 서귀포까지 가는 하산 길은 그야말로 끔찍했다. 지금은 도로가 잘 나 있고, 곳곳에 감귤밭이 있어 삼나무 방풍림이 그늘을 제공하지만, 당시에는 아직 감귤 재배를 하기 전이라 온통 돌밭길인데 태양 볕이 쨍쨍 내리쬐는 나무 한 그루 없는 초원길을 끝없이 걸어야 했다. 온몸에서는 소금이 배어 나오고 땀에 절어서 끈적이고, 다리는 휘청거렸다. 돈네코에 도착한 우리는 계곡 물을 실컷 마시고 그 자리에 덜퍼덕 누워 잠이 들었다. 제주 여행의 가장 핵심인 한라산을 정복하고 우리는 서귀포, 정방폭포, 천제연, 천지연 폭포 등을 관람했다. 돌아오는 길은 순환도로를 택했는데 시외 버스를 이용하기 위해서다.

당시 순환도로는 비포장도로여서 엄청나게 먼지가 일어났다. 버스에는 남자 차장이 있었는데, 사람들을 짐짝처럼 다뤘다. 버스 안에서 중학생 남자애들이 대화하는 것을 들었는데, 전혀 알아들을 수가 없었다. 한 시간 가까이 들었는데, 내가 이해한 단어는 '전화'라는 단어 하나였다. 당시만 해도 지역 간 인적 물적 교류가 어려웠던 때라 지방의 고유성이 보전되어 있었고 지방 사투리도 그대로 남아 있었다. 아마도 당시에는 제주도에 TV가 많이 보급되지 않았을지도 모른다. 사실 지방 사투리는 TV의 영향을 크게 받는다. 아나운서나 드라마에서 표준말이 나오면 사람들이 저절로 사투리보다는 표준말을 따라 하게 되는 것이다.

돌아오는 길은 가야호를 타고 부산을 향했다. 13시간에 걸친 긴 항해였다.

내가 대학 1~2학년 때 가장 친했던 친구는 이영재였다. 영재 부모님이 수유리 장미원을 운영하셨는데 그림 그리러 간 적도 있고 해서 중고등학교 때부터 알고는 지냈지만, 건축과에 함께 들어와서 급속히 나와 친해졌다. 이 친구는 나보다는 매우 어른스러웠고, 사려

수유리 4·19 기념탑에서 이영재와

나의 삶과 일, 그리고 소중한 것들

가 깊었다. 우리는 단짝이 돼서 공부하는 일이나 노는 일이나 함께했다. 이 친구하고 함께한 일 중에는 클럽미팅을 함께 운영한 것도 있지만, 지리산에 등반을 함께한 것이 가장 기억에 남는다. 둘이서 쌀 한 말, 된장, 라면, 양파 한 꾸러미, 반찬 조금을 챙기고, 2인용 A텐트와 담요, 항고(미군 야전용 솥) 등을 메고 지리산 종주와 울릉도 답사를 동시에 하기로 하고 집을 나섰다. 열흘가량을 버텨야 하기에 짐은 매우 무거웠다. 군용 삼각 배낭을 터지도록 채우고, 또 텐트를 나누어서 일부는 들고 일부는 배낭에 매달았다. 지금 생각에는 아마도 각자 짐이 50킬로 정도는 됨직했다. 짐을 어깨에 메고 앉았다가는 지팡이 없이는 일어나기가 어려웠을 정도였으니까. 그래도 젊었기에 일어서기만 하면 걸을 수 있었고, 걸을수록 힘이 났다.

우리는 첫날 구례군에서 출발해 화엄사를 들리고, 노고단을 지나 일박을 했다. 이튿날엔 토끼봉, 세석평전을 지나 촛대봉 근처에서 밤을 지냈다. 우리는 출발한 지 삼 일만에 천왕봉 정상에 도달했다. 그러나 날이 흐려 구름 속에서 아무것도 보지 못하고, 하산할 수밖에 없었다. 삼대가 덕을 쌓아야 정상에서 일출을 볼 수 있다고 하는 설이 있을 만큼 산 정상부는 완전히 구름 속이었다.

구례 화엄사(이영재와)   노고단   천왕봉 대피소

하산은 하동 쪽으로 방향을 잡고 비교적 빠르게 진행하였는데, 날이 흐리고 큰비가 올 것 같은 예감에서였다. 거의 산을 다 내려와서 집들이 보이고, 작은 가게가 있어 잠시 쉬어 가기로 했다. 정상에서부터 당일에 하산하는 길이라 매우 지쳐 있었기 때문이다. 라면을 하나 시켜 먹고 있으니 빗방울이 점점 굵어지기 시작했다. 나는 빨리 계곡을 벗어나 차편이 있는 마을로 가는 것이 좋겠다고 했지만, 영재는 생각이 달랐다. 계곡물이 불어나고 있으니 자기가 가서 건널 수 있을지 살펴보고 오겠다고 했다. 한 시간쯤 돼서야 돌아왔는데 대답은 지금쯤 이미 물이 불어 건너가기가 어렵다고 했다. 나는 우리가 쉬지 않고 계속 걸었더라면 충분히 건널 수 있을 것이라 생각되어 영재를 원망했지만 이미 상황은 끝난 뒤였다. 하는 수 없이 그곳에 발이 묶여서 이틀을 지낸 다음에야 아랫마을까지 내려올 수 있었다. 나는 이 별것 아닌 일로부터 매우 중요한 인생의 교훈을 얻게 되었다. 즉, 우리가 어떤 일에 처해서 우리의 상식과 경험으로 아무리 최선의 선택을 한다 해도 그 결과가 반드시 최선이

되는 것은 아니라는 점이다. 나는 이 경험을 지금까지 잊지 않고 인생의 교훈으로 삼고 있다.

지리산 일대에 내린 당시의 폭우는 예년에 비해 엄청난 것이어서, 우리는 별것 아니라고 생각했었지만, 우리보다 며칠 늦게 등반을 시작한 젊은이들은 계곡에서 불어난 물 때문에 조난을 당했다. 정부에서는 구조대를 파견하는 등 소란을 떨었고, 영재네 집에서도 아버지가 구조대를 보내야 하는 게 아니냐고 우리 집에 연락해 왔지만, 우리 집에서는 아무도 크게 동요하지는 않았다. 우리가 서울에 전화를 하루만 늦게 연락했다면, 영재 집에서 어떤 조치를 했었을 것이라고 들었다. 그런데도 우리는 일단 지리산을 빠져나와 울릉도를 향했다. 초기 계획대로 흔들림 없이 가자는 생각이었다.

촛대암 부근

성인봉 정상에서

당시 울릉도에 가려면 포항에서 배를 타고 들어가야 했다. 포항을 떠난 여객선은 울릉도 도동에 도착하였다. 당시만 해도 아주 작은 부두였는데 항구 뒤로는 급경사의 시가지가 펼쳐져 있었다. 시가지라고 해도 집은 별로 많지 않았다. 섬에는 물론 자동차는 없었다. 내 기억으로는 공사를 위해 작은 미니 트럭이 항구 근처에서 일을 하고 있을 뿐이었다.

우리는 시간을 아껴 우선 성인봉을 올랐다. 높이는 983m이라 하는데 작은 섬에 깎아지른 급경사여서 올라가는 데 무척이나 힘들었다. 중간에 날이 저물어 학교 교사에서 하룻밤 야숙을 했는데, 영등포에서 왔다는 건달로 보이는 청년 예닐곱과 함께 지냈다. 이들에 대한 경계심이 있었지만 우리가 갖고 있던 것이 별것이 아니고, 지리산에서 일주일 산행을 한 까닭에 행색이 추레하다 보니 그들이 오히려 우리를 도와주겠다고까지 했다. 사람은 출신과 행색으로만 평가할 것이 아닌가 보다.

내가 경기중학교에 입학하였을 때, 전교 1등으로 합격한 친구는 임홍순이었다. 임홍순은 당시 서울시장을 지낸 고위 관리와 이름이 같아 쉽게 기억되었다. 키가 큰 편이고, 짙은 눈썹을 하고 있고 두툼한 입술을 가진 이 친구는 과묵한 성격이라서 학교에서 나와는 마주칠 일이 별로 없었다. 고등학교 들어와서 한 번쯤 같은 반에 속하게 되어 어울리게 되었다. 그런데 이 친구 집이 돈암동으로 이사를 와서 같은 동네서 살게 되었다. 대학은 공과대학 응용물리학과에 진학하였는데, 이후 나와 자

나의 삶과 일, 그리고 소중한 것들

주 어울리는 사이가 되었다. 대학을 졸업하고 군대에
가기 전, 우리는 함께 명승지를 탐방하기로 하여, 가
야산과 해인사, 경주, 덕유산 등 전국 명승지를 둘이
서만 돌아다녔다. 그 후 그는 공군 장교로 입대하여 4
년을 근무하였고, 나는 해군에서 3년을 보냈다.

영등포서 온 길벗   등대

제대 후 내가 먼저 미국 유학을 떠나자, 그는 한국
에서 나보다 먼저 결혼을 하고, 내 부모님께 인사하
러 오기도 하였다. 그가 조지아 대학으로 유학을 오면서 우리는 거의 연락을 서로 하지 못했다. 나
는 미국서 6년 있다가 80년 말에 귀국하였지만, 그는 미국에서 졸업한 후, 취업했다는 소식을 들었
다. 그 사이 중풍을 앓으셨던 아버님이 병세가 악화되어 돌아가시고 나서는, 가족과는 연락을 거의
끊고 잊고 지냈다고 나중에 들었다. 임홍순의 동생은 임지순으로 공부 잘하기로 유명했던 친구다.
경기고와 서울대를 모두 수석으로 입학하고 졸업한 수재라서 모두 큰 기대를 걸었다. 나와는 서울
대 식당 근처에서 가끔 지나쳐 갔지만 본인이 별로 아는 척하고 싶지 않아 하는 것 같아 나도 무시
하기로 했다.

임홍순은 몇 년 전에 한국에 나와서 기업에 잠시 몸담기도 했었는데, 역시 너무나 오랫동안 한국
을 떠나 있어서 그랬던지 미국으로 다시 돌아가 시카고에 거주했다. 최근에 나왔을 때는 시카고가
겨울에 너무 춥기도 하고 외롭기도 하여 아들이 사는 댈러스로 옮기겠다는 말을 했다. 나하고 한때

가야산 임홍순과 함께

덕유산 임홍순과 함께

그렇게 친하게 지냈는데 멀리 떨어져 살면서부터 우리는 서로 안부도 모르고 관심도 갖지 않았다. 지금도 이메일이나 전화번호도 갖고 있지만 선뜻 연락하게 되지 않는다.

학보사

나는 어려서부터 작문에는 소질이 없었다. 중고등학교 성적도 국어가 가장 좋지 않았다. 그것은 어려서부터 책 읽는 습관을 들이지 않은 탓이라 생각한다. 그런데 내가 글 쓰는 일에 관여하게 된 것은 아주 우연한 기회 때문이었다. 고등학교 3학년 초인가, 학교에서 학생들 중심으로 잡지를 만드는데, 들어갈 삽화를 그려 달라고 해서 함께 작업한 적이 있었다. 이때 같이 작업한 친구가 후일 정치인이 된 이철이었다. 그는 부산 출신인데 부산 사투리가 아주 강했고, 글을 잘 써서, 고교 시절에 이미 수필이나 시를 여러 편 썼던 것으로 기억된다. 그는 아주 당돌한 성격이어서 선생님들도 함부로 대하지 못했던 것 같다. 후일 민청학련 사건의 주모자로 지목되어 유인태와 함께 투옥되었고, 사형선고까지 받아 복역하다가 풀려났다.

내가 대학에 다니면서 나답지 않은 일을 했던 것은 공대 학보사 기자가 된 것이다. 고등학교 잡지에 삽도를 그렸던 일이 대학에 와서 내가 기자를 하게 된 계기가 되었다. 대학에 입학한 지 얼마 안 되어 건축과 2년 선배인 이창복 형이 보자고 했다. 자기가 공대 학보사 기자인데, 공대 잡지에 컷을 그리는 기자가 필요하니 기자 노릇을 해 달라는 것이었다. 나는 대학에 들어오면서부터 완전히 자유라고 생각하고 어떤 공식적 모임이나 클럽에도 가입하지 않으려고 했는데, 마음이 여려서인지 딱 잘라 거절하지를 못했다. 일이 많지 않고, 책 발간할 때만 몇 컷 그려 주면 된다고 해서 할 수 없이 응했다. 나와 함께 동창인 금속과 이선이라는 친구가 기자가 되었다. 이선은 그나마 나보다는 글을 잘 쓰고 관심도 있어서 응한 모양이었다. 나는 마음에도 없는 기자가 되어 글 쓰는 사람들 세계에 발을 들여놓게 되었다.

나보다 한 학년 위로는 기자가 여러 명이 있었는데 홍성현(광산과), 허익도(광산과), 홍성일(?), 주진윤(항공과) 등으로 홍성일 빼고는 모두 재수한 사람들이었다. 이 중 주진윤은 경기고 2년 선배인데, 학보사에서 주로 사진기자로 일하고 있었다. 주진윤은 내가 자기 후배라고 아주 잘 대해 주었고, 나하고 자주 어울렸다. 학보사는 사무실이 공대 1호관(정문으로 들어서면 마주 보이는 시계탑이 있는 건물)에 있었는데, 이 건물의 펜트하우스 격인 시계탑에 위치하였다. 엘리베이터가 없던 오래된 건물인 까닭에 한 번 올라가려면 6층 높이를 계단으로 걸어 올라가야 하기에 무척 힘이 들었다.

학보사에는 대대로 이어지는 족보가 있었고, 기자 중에서 좀 잘나가는 사람은 대학 본부에 있는 대학 신문사 기자로 발탁되어 가곤 했다. 학보사에서 그런대로 가장 존경받고 후배들을 잘 챙겨 주는 선배는 당시 우림건설의 서립규 선배였다. 그는 토목과 출신인데, 당시에는 중앙콘크리트에 다니고 있었던 것으로 기억된다. 나보다는 십여 년 선배이고 경기고 선배이기도 하다. 그는 마당발로 소문난 인사였고, 선후배 간 모르는 사람이 없을 정도로 유명했다. 고등학교 시절 핸드볼 선수였다고 하는데, 나중에는 대한체육회 핸드볼 협회장도 했다. 그는 학보사 후배들도 모두 기억하고 이름까지도 다 외웠다. 이따금 학보사 동문 회식 자리가 마련되면 꼭 참석하곤 했다.

2학년이 되자 이선은 학보사를 탈퇴하였다. 나도 2학년 되면 학보사를 그만두려고 생각하였는데, 나보다 선수를 친 것이다. 이선이 그만두니 나까지 나간다고 할 수 없었다. 나까지 나가면 우리 학년 대에는 기자가 없게 되고, 그러고 나면 3학년 때 주간을 맡을 사람이 없게 되는 것이다. 물론 주진윤 선배가 극구 만류한 것도 내가 독하게 거절하지 못한 이유이기도 하다. 주진윤 선배는 졸업 후에도 한동안 만나곤 했는

탄광촌의 저녁(oil painting 1969)

데, 그는 공학하고는 거리가 먼 일반 회사를 다니다가 나중에 아가방을 설립한 주요 멤버가 된다.

자의 아니게 남게 된 나는 3학년이 되자 어쩔 수 없이 학보사 주간이 되었다. 글을 못 쓰는 주간이라니 내가 생각해도 어이가 없었다. 내가 일학년일 때만 해도 잡지 형태로 만들어 내었고, 그것도 학기당 1~2권을 발간하였다. 그때는 기자들이 많아서 원고도 많이 받아 왔고, 모자라면 기자들이 때워 넣었다. 인쇄는 활판 인쇄로 대학로 어딘가에 가서 해 왔는데, 그때 식자, 조판, 지형 등 인쇄에 관해서 많은 것을 배웠다. 매번 발행 예정일을 못 맞추어 밤새워 인쇄소에서 교정 작업하던 때가 많았다. 그러던 것이 내가 주간이 되면서, 기자 수가 줄어들었고, 능력도 그저 그래서인지 원고도 잘 들어오지 않았고, 한 학기 한 번 발간도 어렵게 되었다. 그래서 생각해 낸 것이 신문으로 전환이다. 신문에는 원고가 적어도 채워지기 때문이었다. 문제는 누군가가 사설을 써야 하는데, 모두 내가 주간이니 내가 써야 한다는 것이었다. 그래서 내 평생 처음으로 사설을 썼다. 내용은 기억도 나지 않지만, 문법이나 틀리지 않으려고 무척 애를 썼다. 그래서 내가 주간으로 있는 동안 《서울공대》는 두 번밖에 발행되지 않았다. 주간 노릇은 제대로 하지 못했지만, 주간으로서 과실은 많이 따 먹었다.

그중 하나가 내가 2학년이 끝나던 1968년 초겨울, 울산-포항 산업시찰단에 뽑혀서 갔다 온 것이다. 당시 박정희 정부는 대학의 반정부 시위 사태를 어떻게 해서든지 막기 위해 온갖 노력을 다하던 시절이었다. 대학마다 비밀 프락치들이 학생으로 위장하고 어슬렁거리기도 하였다. 물론 중앙정보부원들도 공공연하게 드나들었다.

정부는 산업 발전을 자기들의 치세로 선전하기 위해 각 대학마다 산업시찰단을 선발하여 여행을 시

학보사 기자와 석굴암 가는 길

학보사 기자들과 함백탄광사무소 앞에서

탄광 갱도 안에서

왼쪽부터 장세창, 성완경, 박영국, 박진원, 나, 임길진

한가운데 서 있는 사람이 중앙정보부 직원

켜 주었다. 서울대학에서도 각 단과대학의 학생회장단들과 말발 센 지도자급 학생들을 모아서 버스를 대절하여 다녀오게 하였는데, 나도 여기에 우연찮게 끼게 되었다. 나는 학생회장은 아니었지만 당시 학보사 주간이 개인적인 일로 빠질 수밖에 없는 상황이었기 때문에 내가 대신하게 되었다. 덕분에 나는 다른 선배들과 함께 공장들을 돌아보고 융숭한 대접을 받고 돌아왔다. 같이 여행한 선배 중에는 나중에 해군에서 우리 훈련을 담당했던 박진원(당시 상대 학생회장)도 있었고, 미대 성완경(경기고 3년 선배), 공대에서는 임길진(작고), 그리고 장세창(전 이천전기 사장) 등, 경기고 2년 선배들이 있다.

나를 여기에 넣어 준 사람은 김승일 학생과 주임 선생이었다. 그는 내가 학보사 주간으로 열심히 일을 하고 있고, 예산 활용도 문제를 일으키지 않고 정해진 한도 내에서 정직하게 쓰고 정산하는 것 때문에 나에게 호의를 베풀어 주었다. 내가 2학년 때 연암장학금을 타게 해 준 것도 그였다. 반면에 학생회는 우리와는 정반대였다. 학생회장이라는 친구가 서○○이라는 화공과 학생이었는데, 그는 서울고 출신이고, 1학기 학생회를 운영하면서 불미스러운 예산 운용 문제로 학생회장을 그만 두게 되었다. 다시 선거를 할 수도 없어서 학생회 기획실장(?)인가 하는 친구가 나머지 기간을 대행하였다. 그러니 학생과 주임과 학생과장의 눈 밖에 날 수밖에 없었다.

말 나온 김에 학생회장 선거에 대하여 이야기하자면 다음과 같다. 서울대학교 공과대학은 전통적으로 경기고등학교 출신이 주류를 이루어 왔다. 늘 전체 학생의 25%를 차지하였고, 다음으로는 순서는 잘 모르겠지만 서울고, 경복고, 경북고, 부산고, 경남고 등에서 각각 5~10%를 차지하였다. 용산고, 제물포고, 호남의 명문인 광주일고 등이 다음을 이었지만 5% 미만이었던 것 같다. 학생회장 선거만큼이나 출신고 대항전이 노골화되는 경우는 많지 않다. 투표율은 학생 수의 30~40% 정도가 되니까 경기고 출신들이 뭉치면 당선은 틀림없었다. 그래서 오랫동안 경기 동문들이 학생회장을 도맡아 해 왔다. 그러던 것이 내가 입학할 때쯤부터 달라지기 시작하였다. 경기고를 뺀 나머지 주류 학교들이 모여서 화백제도를 도입하였다. 서울고와 경복고가 영남의 3개교와 뭉쳐서 대항하기 시작하였다. 이들은 순서를 정해서 매년 돌아가면서 한 학교가 후보를 내고 나머지 학교들이 밀어주기로 한 것이었다. 여기서도 호남 학교들은 빼놓았다. 참여 학교가 너무 많으면 자기들 학교에 돌아오는 순서가 너무 늦어지기 때문이었을 것이다. 이들 다섯 학교를 합하면 전체 학생 수의 40%가량 되므로 이들이 표를 몰아주면 이들이 학생회장을 가져가게 되어 있다. 그러나 어디 세상이 그렇게만 굴러갈까? 자기 출신고가 아니면 아무래도 투표율이 낮아질 수밖에 없다. 그래서 항상 결과는 미지수였다.

내가 1학년 때는 경남고 출신 허××가 학생회장으로 당선되었고, 이듬해에는 내 동기들이 중심이 되어 선거를 치를 차례가 되었다. 우리 동문에서는 기계과 신효철(현재 명예교수)을 내세웠고, 상대는 서울고 출신의 서○○이었다. 사실은 이번에는 서울고 순서가 아닌데 경복고로부터 순서를 양보받았다. 왜냐하면 서○○은 입학하면서부터 자기가 학생회장을 해야 한다고 큰소리쳐 왔고, 그래서 동창들이 순서까지 바꾸는 무리수를 쓴 것이었다.

경기고 측의 신효철은 원칙주의자라서 일체 불법적인 선거 운동을 거부하였다. 더구나 돈을 쓰는 선거 운동은 말도 꺼내지 못하게 했다. 그래도 당선은 되어야 하니까 광주일고, 전북고, 제물포고, 용산고 등 5대 카르텔에서 제외된 학교들에게 구애를 하였다. 이들 중 몇몇은 도와주겠다고 했지만 다른 몇몇 학교들은 돈을 요구하기도 하였다. 돈을 요구한 학교 아닌 곳에는 학생회 캐비닛 멤버 자리를 제공하기로 하였다. 그러나 선거 결과는 압도적 패배였다. 서○○이 워낙 마당발인데다가 철저하게 표 단속을 한 결과였다. 역시 선거에는 돈이 필요하구나 하는 것을 이때 배웠다. 그런데 학생회장 취임 후 첫 학기 만에 예산 사용에서 부정한 행위가 드러났고, 이를 빌미로 대학에서 학생회장 자격을 정지시켰다. 아마도 선거 비용을 너무 많이 써서 학교 예산에서 이를 만회하려 했던 모양이었다.

4학년이 되면서 학보사 주간이라는 나에게 어울리지 않는 감투는 벗어 버렸다. 그 후 나는 건축에 전념하기 위해 학보사에는 자주 나가지 못했다.

과대표와 학우회장

공과대학은 대학 1학년 때 학과에 관계없이 1학년생 전원을 10개 반으로 나누어 공동으로 교육받게 하였다. 이것은 이듬해 대학 1학년 전체를 교양과정부라는 것을 만들어 가르친 것과는 약간 다른 것으로 말하자면 일종의 실험이었다고 볼 수 있다. 따라서 수강과목은 모든 공대 학생들이 별 선택의 여지가 없이 동일하도록 만들었다. 그래서 건축공학과 1년은 건축과 학생들 간의 모임이나 공동 활동이 어려웠다. 다만 알음알음 건축과 1학년을 찾아서 미팅을 하거나 야유회를 가진 적은 있다.

2학년이 돼서야 학생들이 공대 2호관 건축과에 모여 강의를 듣게 되었고, 여러 가지 단체 활동을 할 수 있었다. 학기 초, 제일 먼저 한 것은 학과 대표를 뽑는 것이었다. 건축과에는 경기고 출신이 많아서, 자연스럽게 대표에도 경기고 출신이 나갈 수밖에 없었다. 학생 수도 많은데 타교 출신에게 넘겨주면 안 된다는 의식이 있었던 것 같다. 재수한 경기고 선배들은 과대표에는 관심이 없었고, 내 동기 중에서 성격도 좋고, 외모도 나보다 출중한 임승빈을 시키면 어떨까 하는 이야기가 있었다. 내 생각에는 임승빈이 해도 되지만 건축에 있어서만큼은 누구에게도 양보하고 싶지 않았다. 또 내가 해야 3학년이 돼서 학우회장을 할 수 있을 것 같아 내가 하겠다고 나섰다. 뭐 대단한 자리도 아니니까 임승빈은 내게 양보했고, 다른 동기들도 동의하였다. 선거에서는 다른 후보가 있었지만 수적으로 우세한 동창들에 의해 내가 무난히 당선되었다. 그 후부터 나는 과대표로서 학생들을 이끌어 가는 입장에 서게 되었다. 물론 설계 과목 등에서 내가 가장 두각을 나타냈음은 말할 것도 없다. 그러나 내 성격 탓에 학우들을 모두 아우르지는 못했고, 일부 재수생들과는 어울리지도 않았다. 그들은 말은 안 했지만 내가 못마땅했을 것이다. 나는 그때만 해도 지나치게 엘리트 의식에 사로잡혀 사람을 판단하는 데 있어 학벌만을 따졌다. 그러니 재수를 했다던가, 지방대 출신들은 거들떠보지도 않았다. 지금 생각하면 그들에게 정말 잘못했다는 생각이 든다.

3학년이 되자 학우회장을 결정해야 했다. 대부분의 학우들은 내가 그냥 학우회장이 되는 것으로 생각했는지 별로 관심을 갖지 않았다. 그런데 내가 학우회장을 안 하겠다고 나섰다. 거기에는 몇 가지 이유가 있었는데, 첫째는 과대표를 해 보니 별것이 아니다라는 것이었고, 둘째는 내가 학보사 주간이 되므로 학과 일에 시간을 내기가 어렵다는 것, 셋째는 내가 과대표로서 모든 학생을 케어해주지 못한 것에 대한 미안함, 그리고 이제 건축가로서 나가기 위한 준비를 해야겠다는 자각이 그것이다. 그래서 우리 동문들은 다른 친구를 밀었지만 결과는 부산고 출신의 신정철이 당선되었다. 과 동기 절반 이상이 재수생이었던 만큼, 같은 재수생이었던 신정철이 학우회장으로 당선된 것은 내 입장에서는 잘된 일이라 생각되었다. 그 후, 나는 학보사 일과 외부의 건축 실무 일에 관심을 두고 학과 일에는 그다지 참여하지 않았다.

건축과 교수님

내가 건축공학과에 입학해 보니 과사무실과 교실, 제도실은 2호관이라 불리는 건물에 있었다. 2

호관은 4층 ㅁ자형의 중복도식 건물이라 중정을 갖고 있었다. 건축과는 1층 절반 정도를 사용했고, 바로 위층은 토목과가 사용했다. 사용 공간이라고 해도 과사무실, 교수연구실, 강의실 3~4개, 그리고 각 학년별 제도실이 전부다. 교수님으로는 이균상(당시 안식년을 가신 까닭에 내가 1학년 때는 안 계셨으며, 그 이듬해엔 은퇴하셨다.), 김희춘, 김형걸, 윤장섭, 이광노, 윤정섭, 정일영 등이 계셨고, 3학년이 되자 주종원 교수님이 새로 취임하셨다.

이 중 김희춘 교수님이 과 주임교수이자 가장 원로셨고(당시엔 50대 중반) 또 나를 제일 아껴 주셨는데, 아드님이 나와 경기고등학교 동창이기 때문인지도 모른다. 주로 서양 건축사와 설계이론을 강의하셨고, 외부에 건축사무소를 경영하셨다. 서양 건축사는 2학년 수업인데, 두꺼운 건축사 책에서 사진들을 필름을 뜨고 이를 청사진으로 만들어 학생들에게 나누어 주셨다. 당시는 전문 서적이 너무나 귀할 때였고, 복사기도 없었던 시절이었다.

김희춘 교수님과 동 연배이신 김형걸 교수님은 구조역학을 가르치셨는데, 50대 초반인데도 윗이마에 머리숱이 없으셔서 옆 머리칼로 위를 덮고 계셨다. 늘 홀쩍이고 다니시므로 이균상 교수님한테 코홀쩍이라고 놀림도 받으셨다. 학생들에게 인기는 별로 없으셨지만 한 번도 빠지지 않고 열심히 강의를 해 주셨다.

그다음으로는 40대인데, 윤장섭 교수님은 한국 건축사를 가르치셨는데 별로였고, 이광노 교수님은 현대건축을 맡으셨지만 나는 선택을 하지 않아서 잘 모르겠다. 내 기억으로는 대부분의 교수들이 외부에 있는 자기 설계사무소를 운영하다 보니 강의에는 성의가 별로 없었던 같았다. 어떤 교수님은 강의 시간에 자기 자랑만 늘어놓다가 시간을 보내는 경우도 있었는데, 대부분 6·25 직후 이야기라서 흥미가 나지 않았다. 당시로서는 20년도 더 된 얘기고, 내가 어린아이 때라서 현실감이 없었다. 내가 나중에 교수가 되면서 늘 다짐하기를 20, 30년 전 이야기는 학생들에게 하지 말아야지 생각했다. 그럼에도 불구하고, 내가 대학에서 신도시를 가르치면서 분당, 일산에 대해서 이야기할 때면, 강의 듣는 학생들이 관심이나 가질까 하는 두려움을 갖게 된다.

내가 처음으로 수업에 관심을 갖게 된 것은 주종원 교수님 강의 때였다. 그는 내가 3학년이던 1969년 건축과에 부임하셨는데, 고등학교 선배이셨기도 하고, 하버드 출신이라고 해서 더 관심을 갖게 되었다. 주 교수께서도 나를 잘 보았는지 내게 자기의 개인적 설계 일을 맡기셨다. 처음에는 어떤 주택단지의 모형을 만드는 일이었고, 나는 정성을 다해서 만들어 드렸다. 그러자 내게 상당한 보수를 챙겨 주셨다. 다음에는 친척분의 주택을 설계하는 일이었는데, 대충 그려서 내게 준 설계를 보니 영 아니다 싶어 내가 많이 고쳐서 완성해 놓았다. 그랬더니 아무 말씀 안 하시고 다시 자기가 스케치한 대로 고치는 것이었다. 그러면서도 다시 약간의 보수를 주셨다. 나는 다른 교수님들 일을 여러 번 해 보았고, 교수님 설계사무소에서 일했던 선배들 이야기를 들어봤지만 주 교수님처럼 제자들에게 제대로 보상해 주는 교수님은 없었던 것 같다. 당시만 해도 유명 건축사무소나 교수님 설계사무소에 학생이나 갓 졸업한 사람이 취직을 하면 거의 인건비는 없는 것이나 다름이 없었다. 유명 건축가들이나 교수님들은 갓 취업한 젊은이들이 오면 처음 몇 년은 와서 배우는 것이지 별로 생산적이지 못하니 그럴 수밖에 없다는 것이었다. 그러다 보니 보수가 있더라도 거의 착취 수준이었다. 나는 그것이 정당하지 않다고 생각하였다. 주 교수님의 보수는 많고 적음을 떠나 내가 느끼기에 정당한 것이었다. 나는 내가 후일 교수가 되면 내 일을 하는 학생들에게 반드시 정당한 보수를 지급하기로 마음먹었고, 내가 대학에 와서 그대로 실행하였다.

졸업

대학 4년은 지금 생각하면 너무나도 빨리 지나갔던 것 같다. 1학년 때는 좀 여유가 있었던 것 같은데, 고등학교의 연장 같은 수업 부담, 잦은 미팅, 그리고 고등학교 미술반의 마무리 일들(사실 대학에 가서도 미련이 남아 미술반 동창들을 모아 전시회를 한 적도 있음), 여행 등으로 보냈다. 2학년이 되어서는 학보사 일이 많아졌고, 외부 건축사무소 아르바이트 나가는 일도 늘어났다. 좀 더 건축설계에 많은 시간을 쏟아 부었고, 친구들과 어울리는 일은 많지 않았다. 3학년 때는 학보사 주간으로 활동하느라 시간을 보냈으며, 장래를 생각하기도 하고, 설계사무소에도 관심을 가졌다. 겨울방학 때는 김중업 사무소에서 일을 하였고, 4학년 때는 처음부터 건축전에 골몰하였다.

졸업식장에서 졸업생 대표로 답사 낭독 후

그러나 지금 생각하면 대학 4년간 배운 것도 무엇 하나 제대로 한 것이 없었다는 생각이 든다. 3월에 개학이 되면 날씨가 추운 관계로 교실에서 수업을 제대로 할 수가 없었다. 대학이 위치한 곳은 소위 북에서 찬바람이 내려온다는 마들 평야 한 가운데 놓여 있는데, 시내보다는 겨울에 3~4도는 기온이 낮았다. 학교에는 물론 라지에타가 있었지만 그것은 근무 시간에만 작동되었는데, 밤새 얼어붙은 교실을 녹이는 데는 한나절이 걸렸다. 건물이 일제 시대 때 지은 조적조 건물이었는데, 벽 두께가 거의 60cm는 되었다. 난방이 멈추는 한밤에 한 번 얼면 냉장고가 따로 없었다. 원래 3월 첫째 주부터 수업이 시작되어야 하지만 교수님이나 학생이나 아무도 첫 시간부터 강의실에 들어가고 싶은 사람은 없었다. 그저 둘째 주쯤 되어 교실에 모여 출석부나 챙기고 이름 한 번 부르면 끝이다. 실제 수업은 대부분의 과목이 셋째 주부터 시작이다. 겨우 3월 하순에 수업이 시작되면, 봄이라 그런지 몸들이 나른해진다. 아직도 교실 안은 으스스하고, 밖은 봄볕이 반짝이니 학생들은 교수에게 야외수업을 하자고 조른다. 그러면 젊은 강사들은 마지못한 척하고 밖으로 나가 잔디밭에서 수업을 하게 되는데, 말이 야외수업이지 그건 수업이 아니다.

단과대별 수석 졸업자들과

4월이 되면 교실이 춥다고 핑계를 댈 수도 없다. 원로 교수들은 3월 중반부터 교실 수업을 해 왔다. 그런데 4월이 어떤 달인가? 4·19가 있는 달이다. 4·19 전 주일부터 학생들은 데모 준비를 한다. 그래서 4·19 전후로 3~4주는 학교 안팎이 어수선하다. 학생들이 스크럼을 짜고 나가 멀리는 중량교까지 진출해서는 경찰들과 충돌해서 최루탄이 터지고, 곤봉에 얻어맞고 쫓겨 오곤 했다. 얼마나 상황이 격렬했는지 시위가 끝나고 난 자리에 신발짝들이 수두룩하게 쌓여 있어 누군가가 실어와 학교 교정에 널어놓기까지 했다. 우리 과 임승빈도 안경알이 깨진 채 신발 한 짝을 잃고 외발로 돌아왔다가 나중에 찾았다고 했다. 4월에 시작된 데모는 5월이 되어도 끝나지 않았다. 그러면 정부는 위수령을 내리고, 대학은 휴교에 들어가 방학을 맞는다. 대학 4년 동안 거의 매년 휴교가 내려졌던 것 같다. 가을에 2학기가 시작돼도 마찬가지다. 몇 주나 수업할까, 곧이어 데모가 일어나고, 휴교령이 내리기가 일쑤였다.

그러다 보니 나의 대학 4년은 휴교한 날이 수업한 날보다 많았다. 공부가 제대로 될 리가 만무하였다. 아무리 기억해 보려 해도 학교에서 무엇을 배웠는지 생각이 잘 나지 않는다. 내가 1학년 때 수업에 쓰려고 대학노트를 몇 권 산 적이 있다. 그때 노트는 중간에 서너 곳에 색지가 있어서 한 노트를 갖고 서너 과목에 사용할 수 있었다. 물론 한 학기에 노트를 얼마나 쓸지 잘 몰랐기에 중간에 모자라면 새 노트를 살 요량이었다. 그래서 총 4~5권의 노트를 갖고 있었는데, 그 이후 새로운 노트를 산 적이 없다. 오히려 모든 노트가 과목마다 서너 페이지만 쓰고 나머지는 빈 채로 졸업을 맞았다. 한 섹션을 거의 다 쓴 과목은 구조역학 정도였다. 내가 4년간 사용한 노트 낱장을 다 모으면 노트 한 권을 겨우 채울 수 있을 것이다. 실제로 내가 미국 유학 갈 적에 혹시 몰라서 대학 때 쓰던 노트 내용을 추려 내서 철한 것이 한 권 분량이 채 되지 않았으니까.

그런 점에서 우리 세대는 참 불행한 세대였다. 학교가 그렇다고 해도 나만이라도 홀로 계획을 세우고 공부했었더라면 얼마나 좋았을까 하는 후회가 든다. 대신 나는 밖으로 돌았다. 설계 일을 배우기 위해 여기저기 아르바이트를 하면서 길지 않은 대학 생활을 마쳤다.

졸업 때가 되자 우리는 모두 각자의 길을 찾기 시작하였다. 대부분의 학생들은 군대를 가기 위해 준비하였고, 복학생들은 취직자리를 찾아다녔다. 졸업식을 얼마 남겨 놓고 학생과 김 주임이 불렀다. 그동안 내게 참 잘해 주신 분이다. 내게 하시는 말씀이 그동안 학교를 위해 일을 많이 했으니 선물을 주시겠다고 했다. 졸업식 때 졸업생 전체를 대표해서 총동창회장상을 수상하게 되었다는 것과 졸업식장에서 졸업생 대표로 답사를 하라는 것이었다.

부모님 그리고 조카(안효진)

사실 이 두 가지는 아홉(?) 개의 단과대학이 돌아가면서 차지하게 되어 있었다. 각 단과 대학별로 처한 입장이 다르고, 배우는 학문도 다르기 때문에 누가 더 대학에 이바지했는지를 비교할 수는 없는 것이다. 마침 이번에는 공과대학이 두 가지 영예를 차지하게 되는 순번이었다. 각 단과 대학별로 수석 졸업자는 수석 졸업자에 대한 상이 있기 때문에 총동창회장상을 꼭 수석 졸업자에게 줄 필요는 없는 것이다. 그래서 대개는 학생회장들이 받아왔다. 그런데 앞서 말한 대로 공과대학의 학생회는 문제가 많았다. 예산 부정 사용 문제로 회장이 중간에 바뀌었고, 두 번째 회장도 한 일도 거의 없었다. 왜냐하면 예산을 먼저 회장이 거의 다 썼기 때문이었다. 그래서 학생과에서는 학보사 주간이었던 내게 주기로 결정했던 것이다. 당시 이러한 결정을 내린 학생과장은 기계과의 지철근 교수님이었는데, 학보사 일로 가끔 만나 뵙기도 했고 그럴 때마다 나를 잘 대해 주셨던 분이었다. 그래서 나는 졸지에 총동창회장상과 학생대표 답사라는 명예를 누리게 되었다. 나는 졸업식 직전에 모든 단과대학 수석 졸업자들과 동등한 대우를 받으며, 청와대에 초청되어 박정희 대통령과 육영수 여사와 함께 오찬을 함께하는 영광을 누리기도 하였다. 박 대통령은 그 자리에 영애인 박근혜를 소개했는데, 그때 서강대학교에 입학해 놓은 상태였다. 매우 수줍어했던 조그마한 모습이 지금도 기억된다.

2호관 앞에서(이규재, 조유근 임승빈, 류광석, 홍성표)

청와대 초청

나의 삶과 일, 그리고 소중한 것들

해군

입대와 훈련

졸업 후에는 해군 장교로 입대하기로 하였다. 당시 병역의무를 마치는 데는 여러 가지 옵션이 있었는데 육군 사병 입대는 3년, 육군 ROTC는 임관 후 2년, 해군 특교대(OCS)는 임관 후 3년 또는 5년, 공군 특교대는 임관 후 4년 등이 내가 선택할 수 있는 것들이었다. ROTC는 2학년 때 선택해야 하는데, 기간이 제일 짧아서 매력이 있지만, 대학 생활에 지장이 있을 것 같아서 포기했다. 사병 입대는 비인간적인 취급을 받는다고들 해서 고려 대상에서 제외하였다. 그리고 나면 해군과 공군 장교가 남는데 해군 장교가 복무 기간이 공군 장교보다 1년 짧아 좋을 것 같았다. 그래서 민현식, 김진균 등 건축과 대학 선배들도 해군으로 많이 지원했다. 해군 장교가 되면 하는 일이 건축설계가 주된 업무가 되기 때문에 실무 경험도 쌓을 수 있어 일거양

입대 전날(1971. 6. 5.)

입대 전날 불안한 하루(1971. 6. 5.)

득이라 생각했다. 해군 장교가 되기 위해서는 시험을 봐서 합격해야 하는데, 열 명 이내를 뽑기 때문에 경쟁이 있을 수가 있었다. 3년(단기 복무) 대신 5년(장기 복무)을 사전에 지원하면 시험에서 특전이 있다고 했지만, 군에서 5년씩 썩을 생각은 추호도 없었다. 합격하고 보니 서울대 동창 중에서도 합격을 위해 장기 복무를 지원한 사람들이 더러 있었다. 서울대에서 많이 지원한다고 하니 타 대학 출신들은 대부분 장기로 지원했다. 원래는 3월 입대가 원칙이었지만 1971년에는 국회의원 선거가 늦은 봄에 있었던 관계로 입대 일자가 6월로 미뤄졌다. 3개월 늦은 입대는 3개월 늦어진 제대를 의미했다. 그것은 결국 내가 계획한 유학을 1년 늦추게 된 원인이 되었고, 내 커리어를 1년 줄어

들게 만든 셈이다. 입대하기 전까지 놀 수는 없어서 설계사무소를 물색하였지만 어차피 6월에는 입소하고 3년 이상 군 복무를 하고 나면 유학을 갈 생각이었기 때문에 김수근 사무소나 김중업 사무소 같은 유명 사무소에 지원할 마음이 생기지 않았다. 그래서 여기저기 설계사무소 아르바이트를 했고, 틈틈이 친구와 명산을 찾기도 했다.

나는 대한민국 청년으로서 군 복무는 당연한 의무라고 생각했다. 주변에 2대 독자니, 신체적 문제니(대부분은 핑계였지만) 등으로 병역을 빠지는 사람들이 있었지만 조금도 부럽게 생각하지 않았다. 내 형님 두 분도 모두 육군 사병 복무로 만기 제대를 했기에 병역 기피는 처음부터 꿈도 꾸지 않았다. 또 집에서 그런 일을 도모할 능력도 되지 않았다. 부친만 군대 경험이 없었는데, 2차 대전이 발발했을 때 나이가 30에 가까웠고, 자녀가 넷이나 되는 가장이었기에 징병에서 제외되었다. 한국 동란 때에도 물론 30대 말이라

사관후보생

입대가 불가능했다. 그래서 늘 부친은 군에 못 간 것을 섭섭해하셨다. 입대 날짜가 되어 집을 나설 때, 우리 식구들은 겉으로는 아무도 신경을 쓰지 않았다. 그저 모친만이 걱정스러운 눈으로 몸 건강하게 다녀오라고 신신당부하신 기억이 난다. 혼자서 집을 나와 서울역에서 기차를 타고 진해로 향했다. 진해에 도착하니 많은 입대자들이 모여들고 있었다. 동창들도 많았고, 선배 장교들이 마중 나와서 입대 준비를 도왔다. 우리는 끼리끼리 모여 백장미 제과점으로 갔다. 진해에서 가장 유명한 제과점으로 맛은 서울만 못지않았다. 선배들 얘기는 백장미 빵 맛을 훈련 내내 못 잊을 것이라고 했다. 다음 날 무리 지어 해군사관학교 정문을 통과해 연병장으로 갔다. 지휘관, 훈련관, 조교 등이 줄을 세우고 몇 가지 주의사항을 설명하기 시작하였다. 그런데 훈련관 중 한 사람이 낯익은 얼굴이었

훈련 중

해상 훈련 중

나의 삶과 일, 그리고 소중한 것들

다. 대학 2학년 말에 공대 학보사를 대표해서 산업시찰단 여행에 참가했는데, 그 여행에서 만난 고교 선배였다. 내 기억으로는 서울상대 학생회장이라고 했던 것 같다. 그 선배가 머리를 치켜 깎고 각 세운 모자를 쓰고 기세등등하게 우리를 통제하고 있었다. 그 선배가 내가 속한 1소대 소대장이었다. 마음속으로는 그런대로 다행이라고 생각했지만, 겉으로는 전혀 아는 척을 할 수가 없는 처지였다. 우리 특교대는 53차로서 2개 소대로 구성되었다. 가장 처음 한 일은 군복을 지급받고 민간인에서 군인으로 탈바꿈하는 일이었다. 교내 이발소에서 머리를 빡빡 깎고 갖고 온 민간 사물들은 주어진 백에 넣어 맡겨 두었다. 숙소는 보트 격납고 안에 마련된 가설 칸막이 안 이었고, 군용 간이침대와 사물함이 배당되고 모포가 지급되었다. 우리는 훈련 기간 동안 장교 후보생, 짧게는 후보생이라는 이름으로 불렸다. 이튿날부터 훈련은 시작되었다. 첫 번째 규율은 직각 보행과 직각 식사였다. 사회에 나와서 돌이켜 보면 우스꽝스러운 규율이었지만 무질서하게 살아온 훈련생들에게 군이라는 새로운 사회 조직에 적응시키기엔 안성맞춤이었다. 나중에 안 일이지만 19세기 유토피안 마을인 Shaker Community에서도 직각 보행, 직각 식사가 필수적인 규율이었다.

충열사에서

김종은과

오전에는 강의를 듣고, 오후에는 제식 훈련, 구보 등 체력 훈련이 진행되었다. 그러다 보니 밤에는 모두 곯아떨어져 코 고는 소리가 막사를 진동시켰다. 훈련의 양이 세지면서, 하루 종일 배가 고팠고, 식사 시간에 줄을 서서 식탁에 들어갈 때는 어느 자리 식사가 더 많이 담겨 있는가를 미리 알기 위해 눈동자들이 번뜩였다. 그래서 좀 많이 담겨 있는 곳으로 가기 위해 순서를 바꾸는 경우가 흔했다. 낮에 간단한 제식 훈련을 한 뒤 소대장들이 비상 훈련에 대한 설명을 해 주었다. 그리고 후보생들을 대표하는 소대장 후보생을 한 명 지정하고 일주일씩 돌아가며 맡기로 하였다. 그런데 하필이면 내가 첫 번째로 지명되었다. 그것은 바로 우리 소대장이 전에 내가 학생 대표로 산업시찰단에 참여했던 것을 기억하고, 추천한 것이 아닌가 싶다. 소대장 후보생은 훈련 시작 시 인원 점검 보고를 해야 하고, 유사시에는 후보생들을 지휘하는 역할을 한다고 했다. 첫날의 고된 훈련과 교육후, 우리 모두는 당직만 제외하고 곯아떨어졌다. 그런데 자정쯤 되었을까 비상소집 호루라기 소리가 들렸다. 모두가 벌떡 일어나 팬티 바람으로 숙소 밖으로 나와 줄을 섰다. 잠에서 깨어나지 않아서 그런지 모두가 우왕좌왕했다. 시퍼렇게 기합이 든 소대장들이 손에는 큰 몽둥이(노 젓는 삿대)를 들고 나왔다. 비상소집에 군인이 어떻게 팬티 바람으로 모이냐는 것이다. 물론 모든 것이 훈련의 과정이고 계획된 것이었지만 소대장들은 우리를 공포 분위기로 몰아놓았다. 형벌은 배트 10대씩을 엉덩이에 맞는 것인데 소대장 후보생이었던 내가 제일 처음 1소대장에게 맞았다. 처음 때리는 것이라서 소대장 손에는 힘이 실려 있었다. 10대를 맞으면서 쓰러질 지경이었지만 악으로 버텼다. 내 다음으로 앞에서부터 차례로 맞았다. 몇몇 후보생들은 주저앉기도 하고 쓰러지기도 하였다. 다 마칠 무렵 2소대장이 나를 불렀다. 내 책임이라는 것이다. 그리고 또 10대를 때렸다. 나는이미 맞았다고 변명할 수가 없었다. 소대장 후보생이라 두 번 때리는가 보다 생각했다. 그리고 이런 상황에서 어떻게 대꾸를 할 수 있겠는가? 나는 그때만 해도 기합이 바짝 들어 있었다. 나는 초주검이 되어 동료들에 의해 거의 끌려가다시피 해서 숙소로 돌아왔지만 바로 누워 잠을 청할 수가 없었다. 내 몸에는 엉덩이뿐만 아니라 정강이까지 부어올랐고 그 후 3~4일을 옆으로 누워 잘 수밖에 없었다. 멍이 시퍼렇게 들어서 아래위로 번져 갔다. 훈련은 13주 내내 짜인 계획에 따라 이루어졌는데 우리만 모르는 것이다.

훈련 과정에 지옥 주간이라는 것이 있었다. 한 주 동안 지옥을 맛보게 하겠다는 훈련 프로그램이다. 지금 생각하면 장난스러운 면이 있었지만 당하는 훈련병들에게는 그야말로 죽기 아니면 까무러치기였다.

하루는 한밤중에 비상소집을 했는데, 조건이 알몸으로 나오되 수건 한 장으로 가장 중요한 부분만 가리고 나오라는 것이

죽음의 행군. 상의는 완전히 땀에 젖어 마르지 않고 하의는 위가 말라서 소금이 배어 나와 하얗다.

행군 중 잠시 휴식

었다. 수건이라는 것이 이발소에서 쓰는 것처럼 아주 작은 것이어서 도저히 앞을 가리고 뒤로 묶을

수가 없었다. 대부분 훈련생들이 양 끝을 붙들고 엉거주춤 서 있었는데, 소대장 왈, "그것이 그렇게 중요하냐? 모두 입을 가리고 나올 줄 알았다."는 것이었다. 그래서 또 기합을 받았다.

한 달쯤 지나자 첫 면회가 이루어졌다. 지나간 한 달이 그야말로 일 년 같게 느껴졌다. 가족들, 특히 부모님들이 주로 진해로 내려오셨다. 해군사관학교 연병장에서 간단한 제식 훈련을 한 후 뿔뿔이 흩어져 가족들과 만났다. 모두 큰 보따리에 음식을 싸 오고, 더러는 밖으로 나가 식당으로 가기도 했다. 전부들 너무나 많이 싸 가지고 오는 바람에 음식물이 넘쳐났다. 내 부모님은 형들의 훈련 과정을 몇 번 겪었기 때문에 면회를 그리 대수롭게 생각하지 않으셨는지 형수가 대신 내려왔다. 달랑 빵 한 봉지만 들고 와서 좀 섭섭했지만 다른 음식은 주변에서 충분히 얻어먹을 수 있었다. 모두들 배가 터지도록 먹었는데, 음식물이 정말이지

첫 면회(윤석헌과 함께)

목구멍까지 차오를 지경이었다. 면회가 끝나고 저녁 시간이 되자 다시 훈련이 시작되었다. 말하자면 소화 훈련이다. 그 과정에 몇몇 훈련생은 먹은 음식물을 토해 내기도 했다.

훈련은 주로 체력 강화에 초점이 맞추어졌는데, 처음 입소할 때 피둥피둥했던 민간인 몸을 훈련이 끝날 때쯤에는 탄탄한 군인의 몸이 되도록 만들어 가는 것이었다. 훈련의 강도도 점점 강해져서 처음에는 운동장 한 바퀴 뛰는 것도 헉헉대던 훈련생들이 10주쯤 돼서는 M1소총을 앞에 들고 10km 이상의 장거리 구보도 가능해졌다. 모든 육체적 훈련은 53주(바퀴) 구보와 35km(왕복 70km) 행군으로 클라이맥스를 이루었다. 53주 구보는 우리가 해군특교대 53차였기에 전통대로 M1총을 들고 연병장을 53바퀴 뛰는 것이었다. (원래는 배낭까지 메고 뛰어야 했으나 기수가 점차 늘어나자 총만 들고 뛰는 것으로 바뀌었다고 한다.) 바닷가 연병장을 지나 건물 뒤로 돌기 때문에 한 바퀴가 거의 5~600m 정도 되는데 53바퀴면 약 30km가 되는 셈이다. 우리보다 1년 전 차수가 50차이어서 50바퀴를 돌았는데 그것이 거의 한계점이라고들 이야기했다고 한다. 그래서인지 소대장들은 우리로 하여금 20바퀴를 돌고 나서 총을 내려놓고 나머지 33바퀴를 돌게 했다. 참고로 우리보다 한 달 먼저 입대한 전투병과 장교들은 52주 모두 총을 들고 뛰었다고 자랑한다. 우리 다음 해부터는 차수구보(혹은 기수구보)는 없어졌다. 53주 구보와 행군은 훈련의 거의 마지막 단계였기 때문에 이미 이전에 체력이 거의 고갈되어 있었다. 그래서인지 며칠 전부터 야식으로 삼립 크림 빵 한 개씩 배급이 이루어졌다. 직경 15cm 정도의 둥글납작한 샌드위치인데 그 안에 하얗고 달콤한 크림이 끼어 있었다. 이 빵이 얼마나 맛이 있었던가! 그런데 문제는 여기서부터 시작되었다. 눈 깜짝할 사이 없이 삼켜 버렸지만, 아침이 되면서 훈련생 절반가량이 배를 움켜쥐고 화장실로 달렸

다. 내가 제일 심한 편이었는데 그대로 물 같은 ××변을 쏟아 낸 것이다. 석 달 동안 기름기 있는 음식은 구경도 못 하며 훈련받다가 마가린에 설탕 섞인 크림이 들어오니까 몸이 받아 주지 못한 것이다. 입대 전에도 소화기가 튼튼하지 않았던 터였지만 석 달의 훈련을 통해 돌멩이도 소화시킬 정도로 건강해졌건만, 크림빵 하나에 완전히 무너지고 만 것이다. 그 후에도 3~4일 빵이 지급되었다. 그러나 강도 높은 훈련 후 허기진 몸으로 눈앞에 빵을 보고 어찌 먹지 않을 수 있었겠는가? 나는 일주일 내내 설사를 했다. 그리고 53주 구보를 맞게 된 것이다. 53주 구보를 이를 악물고 뛰었다. 그리고 53주가 끝나자 모두들 쓰러질 것 같은 몸으로 버텼다. 소대장이 그대로 두면 쓰러진다면서, 계속해서 제식 훈련을 시작했다. 앞으로 가, 뒤로 돌아 가, 우향 앞으로 가 등등 말하자면 마무리 훈련인 것이다.

임관식 열병

그런데 나는 도무지 몸이 말을 듣지 않았다. 귀에는 분명히 "우향 앞으로 가!" 하는 소리를 듣고 그렇게 하려고 했는데 다리는 앞으로만 나가는 것이었다. 다른 동작도 마찬가지였다. 그러다 보니 옆과 앞뒤의 훈련생들과 부딪칠 수밖에 없었다. 그래서 나는 더 못 버티고 제식 훈련에서 열외를 신청했다. 정신이 몸을 마음대로 부릴 수 없다는 것을 처음 느꼈다. 정신과 몸이 완전 분리된 느낌이 들었다. 이튿날에도 몸은 정상적으로 돌아오지 않았다. 팔과 다리 전체가 살찐 것같이 부어올랐다. 기수구보 후 며칠 안 있어 행군이 예정되어 있었다. 행군은 훈련의 마지막 고비다. 기수구보의 후유증이 채 가시기 전에 치러지는 것이라 모두들 긴장했다. 총, 배낭, 모포 등, 군장을 모두 갖춘 채 35km 떨어진 곳까지 행군하여 야영지에 도착한 후, 한밤 자고 이튿날 돌아오는 것이었다. 그날은 7월 31일이었는데, 낮 기온이 32도까지 올라갔었다. 그해 여름 중 가장 더운 날로 기록되었다. 너무나도 덥고 지쳐서 몇몇 친구들은 논두렁을 걷다가 첨벙 논으로 쓰러지는 일도 벌어졌다. 손발이 퉁퉁 붓고

나의 삶과 일, 그리고 소중한 것들

땀이 비 오듯 하여 옷에서는 하얀 소금이 배어 나왔지만, 나는 끝까지 낙오하지 않고 이를 악물고 걸었다. 행군에서 돌아온 후 나는 그야말로 녹초가 되었다. 훈련 동기 한 명(대학 동창)이 내 모습이 딱해 보였던지 내게 슬쩍 귀띔을 해 준다. 점심때 위생실에 가서 하사관 ××를 찾으라는 것이었다. 갔더니만 하사관 ××가 문을 닫고서 통닭 한 마리를 내놓았다. 몸에 조금이라도 보탬이 될 것 같아서 허겁지겁 먹어치웠다. 고맙기는 한데 내 친구는 해사에 줄이 닿아 있어서인지 훈련 내내 와서 영양 보충을 했던 것 같다. 역시 이런 곳에서도 빽이 있으면 좋다는 것을 알게 되었다.

행군은 훈련의 마지막 코스여서 이후에는 큰 훈련은 없었고, 과목별 필기시험, 앨범 제작, 임관식 준비 등이 남아 있었다. 나는 사실 학과 시간에는 별로 집중하지 않았다. 우선 몸이 너무나 피곤했고, 눈은 뜨고 있어도 귀에는 아무 소리도 들리지 않아 그저 시간만 때웠다. 교실에서 몇몇 후보생은 열심히 필기도 하고 있었지만 나는 개의치 않았다. 나는 열심히 훈련받았고, 낙오 한 번 안 했는데, 필기 성적이 좀 나쁘면 뭐 대수인가 하고 생각했다. 그런데 필기성적은 의외로 여러 곳에서 문제가 되었다. 즉 군번을 필기 성적순으로 정한 것이다. 내 군번은 우리 특교대의 중간 정도에 머물렀다. 첫 번째 소대장 후보생이자 동기생회 초대 간부로서는 체면 구기는 일이었다. 아마도 군번은 임관 후 보직 발령에도 영향을 미치는 것 같았다. 수업 시간에 좀 더 긴장하고 참여하지 않은 것

임관식 파티

소대장 이용찬과

임관사령장
성명 한건혁
군번 86901
해군소위에 임함
1971년 9월 4일
국방부장관

부모님과

성신제와

어머니와 함께

이 후회되었다. 1등은 경리병과의 윤석헌이 수상했다. 윤석헌은 나의 중·고등학교 1년 선배이자 미술반 선배이다. 대학 입시에 한 번 낙방해서 재수 끝에 서울상대에 들어왔는데, 얼마나 공부를 열심히 했는지 대학을 졸업할 때는 상대 전체에서 2등을 했다고 한다. (상대 1등은 국무총리를 지낸 한덕수였다) 그러던 그가 훈련을 나 못지않게 열심히 받고서도 수업에 들어가면 앞줄에 앉아서 교수가 칠판에 적는 것은 모두 노트하는 것 같았다. 성적이 좋아서 그런지 그는 임관 후 해군사관학교 교관으로 보직을 받았다. 최종적으로 내가 부여받은 군번은 '해군 86901'이었다. 이 번호는 내가 살아 있는 동안 나의 군적이 되며 주민등록번호처럼 따라다닐 것이다.

임관 후 군 생활

13주의 훈련을 마치고 9월 4일 임관하자 나는 곧바로 서울의 해군본부 시설감실로 발령이 났다. 나는 군에 아무런 연고나 인맥이 없었기 때문에 임관하면 진해 근무를 할 것으로 기대했었는데 의외였다. 나중에 안 일이지만 본부에서 투시도 그릴 사람이 필요해서 나를 찍어서 올린 것이라 했다. 물론 나를 추천한 사람은 김진균 선배였다. 본부에서 투시도를 그리던 사람이 김진균 선배(당시 중위)였는데, 우리가 세 달 늦게 임관했기 때문에 자기들 제대 날짜가 늦춰진 것이다. 그래서 자기 후임으로 나를 추천했다는 것이다. 고마운 일이긴 했으나 덕분에 제대 말년 지방에서 고생하며 지내게 된 원인이 되기도 했다. 단기 복무하는 OCS(특교대)

시설장교들은 3년 근무를 한 곳에서 하는 것이 아니라 절반가량은 진해 시설창에서, 절반가량은 서울 해군본부에서 근무하도록 하고 중반부에 순환시켰다. 공정한 인사관리를 위해서다. 따라서 처음에 서울 근무하기보다는 진해에서 초년을 지내고, 제대 말년에 서울서 근무하는 것이 제대 후를 준비할 수 있어서 바람직한 보직 발령이다. 나는 얼떨결에 서울로 보직 발령받아 편하게 집에서

해군본부

시설감실 시설과에서

서강주와

출퇴근하면서 근무를 했다. 시설감실 건설과 설계팀에서 일을 시작하였는데, 하는 일은 일반 설계 사무소와 다를 바가 없었다.

정 훈 과장

우리 과장님은 정 훈 중령이었는데 그는 해사 11기로서 엘리트 장교였다. 당시 일류인 서울고등학교 출신인데 사관학교 시절 성적도 뛰어났을 것이고, 임관 후 참모총장 부관도 거쳤다고 했다. 그는 말끔하게 생겼고, 피부가 해군답지 않게 하얘서 선비 같은 풍모를 지녔다. 한 가지 특이한 것은 아침에 출근한 후, 늘 10시쯤 되면 당시 많은 젊은이들이 선망하던 소위 007가방(브라운색 가죽가방)을 들고 외출하고, 4시에서 4시 반경이면 사무실에 들어온다. 5시가 퇴근 시간이고, 5시 15분이면 퇴근 버스가 출발한다. 해군에서는 함상에서 하는 것같이 15분 전에 퇴근 준비를 알리는 호루라기를 분다. 또 5분 전에도 퇴근을 알리는 고동 소리가 울리는데, 그때가 되면 사무실은 거의 다 비워진다. 그런데 4시가 넘어서 돌아오는 과장은 늘 부하 장교들을 소집하곤 했다. 자기야 과장용 차량이 있지만 우리는 버스를 놓치면 손해가 막심하니 모두가 투덜댈 수밖에 없었다. 과장은 모두가 안절부절못하는 것을 즐기는 것 같았다. 사실 소집해 놓고서도 별로 중요한 전달 사항은 없었던 것 같으니까 말이다. 그는 우리한테 늘 you라고 부른다. 대화에는 늘 영어 단어가 섞여 있어 영어가 습관화된 것 같았다. 미국 유학을 고작 2년간 갔다 왔는데, 영어에 지나치게 스트레스를 받은 것인지 너무나 빨리 미국화된 것인지 모르겠다. 미국식(?)을 따라서 그런지 연말이면 부하 직원들을 초대해서 해군 사교 클럽에서 사 온 양주로 간단한 저녁 파티를 벌이곤 했다. 하루는 퇴근 직전에 돌아와서 소위들을 모아 놓고 큰 소리로 주의를 주었는데, "젊은 초급 장교들이 벌써부터 세속에 물들어서 돈을 밝혀서야 되겠냐?"는 것이었다. 우리는 모두 대학을 졸업하고, 입대해서 훈련받느라고 고생하고 임관하여, 서울에 발령받아 일한 지가 고작 3~4개월인데 기합이 아직 안 빠진 소위들에게 이게 도대체 무슨 소리인지 어안이 벙벙했다. 당시에는 몰랐지만 그런 이야기들이 무엇을 의미하는지는 군 생활이 어느 정도 익숙하게 된 후에야 알게 되었다. 내가 부산에 공사감독 일을 맡아 내려갔을 때, 과장이 내려왔다. 일을 잘하고 있는지 시찰하러 왔다는데, 현장에는 들리지도 않고, 현장소장(민간 업자)을 불러내서 나도 저녁을 같이했다. 식사 자리에서 전에 그렇게 엄하게만 보였던 과장은 갑자기 비굴한 목소리로 내게 업자를 잘 봐 주라고 부탁하는 것이었다. 소장이 아마도 젊은 감독관이 너무나 뻣뻣하게 원칙대로 일한다고 불평을 했었던 모양이다. 식사가 끝나고 두 사람이 사우나를 가는데, 같이 가겠느냐고 했고, 나는 거절했다. 당시는 사우나라는 것이 처음 생겨나서, 사교장으로 이용되던 시절이었다. 젊은 장교가 더구나 업자하고 사우나를 간다는 것은 생각할 수 없는 일이었다. 그때서야 전에 소위들에게 부정한 짓을 하지 말라고 지시하던 과장의 말이 생각났고, 사람이 앞과 뒤가 이렇게 다를 수가 있구나 하는 것을 처음으로 느꼈다. 나중에 군 선배들에게 들은 이야기로는 과장이 매일 아침마다 가방 들고 나가는 것은 밖에 있는 거래업자들에게 점심 얻어먹고 수금하러 가는 것이라고 들었다. 과장은 내가 제대할 때쯤 진해 시설창장이 되어 내려가 있으면서 뇌물 사건에 연루되어 거의 옷을 벗게 되었는데, 동기생들이 구원해 살아남았다고 했다. 그 후에 시설감까지는 했지만, 그 사건으로 인해서 별은 달지 못하고 대령으로 전역했다. 그 후 미국으로 이민을 갔다고 풍문으로 들었다.

해군 시절 아르바이트

장교로 군 생활을 한다는 것이 사병의 군 생활과 크게 다른 점은 부대 밖에서 자유롭게 거주하면서 출퇴근할 수 있다는 점이다. 다시 말해서 퇴근 시간 이후에는 무엇을 하던 자유라는 뜻이다. 임관해서 서울로 발령받은 지 얼마 되지 않아서 시설감실 고참 중위로부터 일거리 제안이 들어왔다. 물론 퇴근 후에 하는 아르바이트 성격의 일이다. 일의 내용은 어떤 해군기지에 건설하는 일련의 시설물 설계였다. 해군 일을 왜 밖에서 중위 전역자 두 명이 맡아서 하는지 처음에는 이해가 되지 않았다. 해군은 당시 군사시설물 설계 일부를 외부 용역으로 해결하곤 했다. 자체 설계팀이 할 수 없는 복잡한 건물이거나 미관이 중요한 상징적인 건물 등은 외부 전문가를 활용할 수밖에 없다는 것이다. 그러나 대부분의 경우, 설계를 외주함으로 해서 뒤로 리베이트를 받는 목적으로 이용하고 있었다. 우리가 참여했던 일도 아주 단순한 콘크리트 블록 막사 같은 건물 열댓 동이었고, 설계 경험이 없던 초급 장교들도 처리할 수 있는 단순한 일이었다. 들은 바로는 이 설계용역을 이야기가 잘 통하는 OCS 출신 건축사사무소에 발주한 후, 용역 비용의 1/3을 그 설계사무소에서 소위 도장 값으로 챙기고, 1/3은 실제 일을 담당할 자들에게 주고, 나머지 1/3은 다시 시설감실로 회수하는 것이다. 그 일을 맡은 전역자는 바로 김진균 선배와 김관욱 선배였다. 당시 설계비는 꽤 큰 액수였고, 1/3이라 해도 현재 가치로 아마 1억 원 정도는 되었던 것 같다. 두 선배 모두 이 돈으로 유학을 가겠다고 시작한 일이다. 두 선배와 외부에서 고용한 비슷한 또래의 건축가 한 명, 고참 현직 중위 두어 명, 그리고 나까지 모두 대여섯 명이 마포아파트 신관 한 채를 빌려서 두 달가량 작업을 했다. 그때가 크리스마스 때이었는데 우리는 일하면서 TV로 대연각호텔 화재를 보며, 사람들이 낙엽처럼 떨어지는 모습을 보고 놀라고 흥분하기도 했다. 나를 포함해서 현역 3명은 퇴근하자마자 마포아파트로 가서 일을 시작했는데, 자정이 되어야 속도가 붙는다. 그러다 새벽 3~4시 지나서 잠깐 눈을 붙이고 다시 7시쯤 일어나 준비하고 출근했다. 당연히 출근해서는 꾸벅꾸벅 조는 것으로 시간을 채

왔다. 나중에 안 일이지만 김진균 선배나 김관욱 선배는 낮에는 잠을 자고 우리가 퇴근할 때쯤 일어나 우리가 오면 밤을 새워 일을 독려했다는 것이다.

해군 시설감실 아르바이트 일이 끝난 지 얼마 되지 않아서 김석철 선배가 연락을 해 왔다. 서울대학교 마스터플랜을 계속하고 있는데 도와달라는 것이다. 서울대학교 오픈스페이스 계획이었는데, 건물로 둘러싸인 내부 오픈스페이스를 디자인하는 일이었다. 강의동은 이미 prototype이 정해졌는데, 벽돌벽과 콘크리트 처마를 갖고 있는 지금의 오래된 건물들이 그것이다. 작업은 골프장 클럽하우스(현 교수회관)에서 진행하였는데, 여기서도 밤을 새우고 새벽에 해군본부로 출근하곤 했다. 그러다 보니 시설감실에서의 일 년은 절반 정도 졸다가 끝난 것 같다.

시설감실에서는 군 시설을 설계하고, 공사 물량을 산출하는 일까지 장교들이 하면, 나머지 비용산출 같은 것은 전문 군무원이 담당한다. 당시에는 PC가 없던 시절이라 덧셈과 뺄셈, 곱셈과 나눗셈은 필산이나 주판, 또는 수동 기계식 계산기를 사용하였다. 그러던 중 처음으로 전자계산기라는 것이 3대가 들어왔다. 이것은 말이 전자계산기이지 기능은 지금 스마트폰에서 할 수 있는 정도의 계산 능력(+, -, ×, ÷, mr, mc)밖에는 없었다. 아주 초보적인 계산기였지만 덩치는 지금의 PC만큼 컸고, 도난 우려가 있다고 해서 별도의 칸막이벽을 설치하고, 자물쇠로 채웠다. 지금 생각하면 우스꽝스러운 일이지만, 당시로서는 새로운 시대를 예고하는 일이기도 했다. 일 년도 채 안 지나서 계산기는 소형화되기 시작하였고, 전자계산실은 용도가 바뀌고 말았다.

서울에서 근무한 일 년 동안 나는 몇몇 건물을 설계하였고, 산출기초까지 작성해 보았다.

해병기념관

내가 설계한 건물 중 기억에 남는 것은 해병대 기념관이었다. 1972년 해병대가 해군으로 합병되면서 해병대 사령부가 없어지고 그 자리에 기념관을 짓는 계획이었다. 이런 중요한 설계를 나 같은 초짜 소위에게 맡겼다는 것은 지금도 이해가 가지 않는 일이었지만 어떻든 시설감실에서 디자인을 할 만한 사람이 나밖에는 없었기 때문에 시킨 것 같다. 대단한 설계 아이

해병기념관에서(1972년 설계, 2022년 촬영)

디어는 필요가 없었고, 시설과장이 원하는 대로 그려 주면 되는 일이었다. 기념관 안에 무엇이 전시되는지 프로그램조차 없었기에 건물은 시설과장이 시키는 대로 내부 공간을 하나의 큰 홀로 만들면 되었다. 콘크리트 건물이었고, 지붕은 돌출시켰으며, 건물 밖으로는 삥 둘러 발코니를 만들었

다. 바닥은 지표면에서 약 1m 남짓 떠 있는데, 사람들을 보호해 주는 난간이 필요했고, 그것을 콘크리트로 만들기로 했다. 핸드레일의 폭을 철근콘크리트로 만들 수 있는 최소한의 크기인 10cm로 했는데 상세 도면에서는 너무 좁게 그려져 날씬하게 느껴졌었다. 그러나 나중에 공사가 끝난 후에 현장을 방문하고서는 깜짝 놀랄 수밖에 없었다. 10cm 두께의 콘크리트 난간이 그렇게 두껍고 무겁게 느껴지다니. 그때 처음으로 도면과 실제 사이에는 큰 차이가 있을 수 있다는 것을 깨달았다. 그래도 내가 설계한 건물이 처음으로 지어졌다는 사실에 설레는 마음으로 현장을 찾았는데 실망이었다.

몇 년 뒤 미국에서 귀국한 후 궁금해서 현장을 방문했는데 그 건물을 찾을 수 없었다. 아마도 헐어 버린 것이 아닐까? 한편으로는 섭섭했지만 다른 한편으로는 내 참담한 건축 능력을 그대로 보여주는 증거물이 없어져 다행이라 생각했다.

그런데 뜻밖의 일이 일어났다. 이 책 원고를 탈고할 즈음 모르는 사람한테서 난데없는 전화가 걸려 왔다. 「용산기지 내 시설물 조사 및 관리 방안 마련 연구」 용역을 수행하는 성균관대학교 산학협력단의 총괄 PM이라고 소개한 최호진이라는 사람이었는데 내가 이 건물을 설계했다는 것을 어떻게 알아내서 설계의 배경과 과정, 그리고 당시의 상황을 알려 달라는 것이었다. 그래서 하는 수 없이 안내를 받아 현장을 가서 꼭 50년 만에 건물과 재회하였다.

부산 4부두 공사 현장감독

밤과 낮으로 일에 매달리던 임관 첫해가 다 지나기 전에 공사 현장 근무를 하고 싶어졌다. 어차피 얼마 안 있어 서울 근무자들의 지방 교환 근무가 예견되던 때라서 공사 현장에 자진해서 가기로 마음먹었다. 서울서 한 마지막 설계는 부산 제2 해역사 4부두 조달청의 해병대 숙소와 식당, 그리고 도로포장 및 바지앵커 설치였다. 공사감독 발령이 났고 나는 부산 현장으로 갔다. 당연히 소속이 부산으로 발령이 나는 것으로 알고 갔는데, 나중에 안 것은 소속은 서울로 남아있고, 출장 형식으로 부산에서 공사감독을 하는 것이었다. 그렇게 되면 부산에서 1년을 근무해도 서울에서 근무한 것으로 되어 나중에 순환보직을 시킬 때, 제대 말년 지방으로 갈 수도 있다는 것을 그때는 생각하지 못했다.

출장을 가게 되면, 출장비를 받아야 하는데 아무도 현장 나가면서 출장비를 받아 가는 사람이 없었다. 물론 나도 한 푼도 받지 못했다. 처음에는 원래 출장비가 없는 줄 알았지만, 얼마 안 지나서 모든 현장 감독관에게는 출장비가 나오게 되어 있고, 출장비는 모두 시설감실에서 모아서 쓴다는 것을 알게 되었다. 나로서는 군대 비리를 처음 겪어 본 것이다. 현장에 도착하니 내 밑에 수병(이등

| 제4부두 보급대 식당 | 식당 앞에서 | 바지선 연결 bridge 공사 |

병) 한 명이 배치되었다. 현장소장은 민간인으로서 소위 건설업자라고 했다. 건설을 맡은 회사는 서진건설이라는 중규모 회사였다. 소장은 첫 만남 자리에서 내가 쓸 용돈에 대해서 협상을 하자고 했다. 그러면서 출장비를 자기가 주는 것이라고 했다. 출장비를 업자로부터 받는다는 게 꺼림칙했지만 당장 하숙비와 식비, 수병한테 주는 근무수당(용돈), 그리고 현장 운영비가 필요했던 관계로 어쩔 수 없이 최소한으로 결정했다. 그러나 그것은 결국 내 약점으로 잡힐 수밖에 없었고 이로 인해 아무 일도 없었지만, 이 일이 일생에서 두고두고 후회한 일 중의 하나였다. 하숙은 공사 현장이 4부두였기에 가까운 영주동 달동네(산복도로 밑)에서 정했다. 하숙인지라 아침과 저녁 식사는 주인집에서 주고, 점심은 사 먹는 시스템이었다. 현장에 대해서는 아무런 상식조차 없이 내려온 관계로 처음부터 소장이 하자는 대로 할 수밖에 없었다.

현장소장은 다리를 저는 사람이었는데, 원래는 전기기술자로 해군 군무원이었다고 들었다. 소장 밑에는 30대 초반의 기사가 한 명 있었는데 현장에서는 잘 눈에 띄지 않았다. 공사가 시작되면서 관급자재가 도착하였다. 당시 시멘트와 철근은 군에서 직접 조달했고, 나머지 자재만 업체가 조달했다. 시멘트를 받아보니 상당 부분 굳은 덩어리들이 포대 안에 있었고, 질이 좋지 않았다. 아마도 다른 현장에서 쓰다 남은 것이었거나 아니면 창고에 오래 보관되었던 것을 보낸 모양이다. 그런데 때가 마침 장마철이라 현장에서 보관하기도 쉽지 않았다. 공사는 연말까지인데, 그때까지 쓸 시멘트를 한꺼번에 보냈으니 어찌해야 좋을지 몰라 했다. 공사 소장이 내게 의견을 냈다. 자기가 잘 아는 사람이 외곽에서 블록공장을 하는데 그곳에 보내 더 굳기 전에 빨리 사용토록 하고 나중에 우리가 필요할 때마다 블록을 받아다 쓰자는 제안이었다. 물론 보낸 만큼의 수량을 회수할 수는 없겠지만 서로 win-win 하는 아이디어 같았다. 어차피 공사에는 계산한 수량만큼 시멘트가 소요되지 않아 항상 조금씩 남게 되어 있다. 또한 현장에서 시멘트 블록을 찍어서 건조해야 하는데 장소도 없었고, 또 그래서는 좋은 품질의 블록을 만들 수 없기도 했다. 그 대신 시멘트 입출은 정확히 기록했다.

부대 내 포장 공사는 두께 20cm 콘크리트로 하게 되어 있는데, 업자는 여기서 잔꾀를 부렸다. 콘크리트를 치기 전에 바닥을 다지기 위해서는 잡석 다짐 기초를 해야 하는데 가지고 온 돌들은 일반 잡석이 아니라 규격이 일정치 않은 철광석이었다. 부산 지역에는 자갈이나 잡석을 구하기가 쉽지 않아 값이 비쌌다. 그 대신 김해에 철광산이 여러 곳에 있어서 철 함유가 낮아 버려진 철광석이 광산 입구마다 널려 있었다. 물론 광산에서는 버려만 주면 좋으니까 값은 받지 않았을 것이다. 이런 돌들은 철분을 함유하고 있기에 매우 무겁고 단단했다. 반면 크기가 제각각이어서 고르게 콘크리트를 포장할 수가 없었다. 결과적으로는 어떤 곳은 20cm 이상 두껍게 되기도 했고, 어떤 곳은 10cm 정도로 얇게 포장되었다. 소장의 주장은 철광석이기 때문에 철근콘크리트 친 것이나 다름없고 튼튼하니 걱정 말라고 했다. 콘크리트가 가장 깊게 깔린 곳의 사진을 찍어서 증거를 남겼다. 이어진 공사는 창고 건물과 식당이었다. 콘크리트 골조에 시멘트 블록 벽을 채워 넣는 구조였다. 당시 물론 레미콘이 사용되고 있던 시기였지만 큰 공사에서나 가능했고, 작은 공사에서는 손비빔이 주로 이뤄졌다. 그러니 슬럼프 테스트는 아예 생각도 하지 못했다. 그런 까닭에 콘크리트의 질은 보장하기 어려웠다.

창고 건물은 단순한 평지붕이어서 문제없이 끝났는데, 식당에서 문제가 생겼다. 식당 지붕을 경사 지붕으로 설계를 해서 낮은 쪽 벽은 블록 12장 높이로 하고, 높은 쪽 벽은 15장을 쌓게 되어 있었는데, 목수가 형틀 제작하면서 그만 높은 쪽을 14장 높이로 계산해서 거푸집을 제작한 것이었다. 내가 문제를 발견한 것은 지붕 철근 배근을 다 끝내고 콘크리트 타설 직전이었다. 블록은 골조가 다 끝나고 바라시(형틀 제거의 일본말)한 뒤에 쌓는 것이라서 높이가 잘못되었다는 상상을 하지 못했었다. 소장한테 시정을 요구했으나, 소장은 목수에게 책임을 돌렸고, 목수는 내게 와서 울먹이며 사정사정하는 것이었다. 형틀과 철근 배근을 다 뜯어내게 되면 자기는 완전히 망한다는 것이었다. 형틀 제작비는 물론 철근공 인건비까지 자기가 다 물어내게 되는데 그렇게 되면 이번 공사는 완전히 적자라는 것이다. 당시 이런 작은 규모의 공사는 영세한 업자들이 하면서, 공정별로 돈내기(공정별로 목수나 철근공에게 하도급)로 하기 때문에 소장이 자기는 책임을 안 지고 목수한테 모든 것을 미룬 것이다. 높은 쪽 지붕이 20cm 낮아지면 지붕 경사가 조금 완만해지는데, 그래도 천정고가 3m(블록 2.6m+보 0.4m)가 되기 때문에 실제 사용하는 데는 큰 문제가 없었다. 그냥 넘어가느냐 다시 재시공을 지시해야 하느냐는 전적으로 내게 달려 있었다. 어려운 결정이었지만 목수가 일부러 그런 것 같지는 않고, 목수의 형편이 하도 딱해서 한 번 봐주기로 했다. 나중에 느낀 것이지만 이 결정은 거친 공사 현장에서는 해서는 안 되는 잘못된 결정이었다. 순진한 생각에 목수가 측은해서 봐준 것이고, 다음부터는 더 열심히 잘하리라 기대했지만 오히려 그 후부터는 감독관을 만만하게 보고 일을 적당히 한다는 것을 알았다.

그럭저럭 잘 진행되는 줄 알았던 공사는 여름 끝 무렵 기성금이 나온 직후 사건이 터져 버렸다. 그간 모습을 보이지 않던 기사와 소장이 내게는 쉬쉬하면서 크게 말다툼을 벌이는 것이었다. 그때

나는 자기들끼리의 문제인 것 같아서 모르는 체하고 서류 처리를 위해 서울에 올라왔다. 서울 온 지 이틀째 되는 날 국방부 감찰실에서 소환 통보가 날아왔다. 내용인즉 산업신문이라는 영세한 주간지에 한 단으로 실린 짤막한 비리 기사 때문이었는데, 읽어 보니 내가 맡은 공사에 관한 기사였다. 내용인즉 해군 부산 공사에서 업자가 관급자재를 빼돌렸다는 이야기였고 공사감독인 내 이름도 나와 있었다. 기사를 본 순간 블록 업자에게 시멘트를 맡겼던 일이 떠올랐다. 시멘트를 맡기는 대신 블록으로 받아 쓰는 과정에서 상당량의 시멘트가 증발했다는 것이다. 물론 이 사실은 내가 묵인한 일이고, 블록 제작비로 약간의 시멘트가 더 업자에게 넘어갈 수 있다고는 생각했지만 이게 큰 문제가 되리라고는 생각해 보지 않았다.

문제가 터지니까 당장 닥친 걱정은 시멘트와 블록을 맞바꾼다는 것부터 정상적인 일이 아니라는 것이고, 감독관도 동의를 했다는 점이 마음에 걸렸다. 다행히도 기사에는 고발자가 감독관은 모르는 것 같다는 진술을 했다고 되어 있었기 때문에 취조를 받는다는 부담감은 있었지만 일을 잘못 처리하긴 했어도 부정한 짓을 저지른 것은 아니었기에 당당하게 취조에 임했고, 감찰관실에서는 대부분 모르는 일이라고 딱 잡아뗐다.

해군본부로 돌아온 후, 뒤처리를 서둘러야 했다. 나는 서진건설이라는 회사와 현장 소장에 대해 조사했다. 왜 이런 일이 벌어졌는지 알아야 대책을 세울 것이 아닌가? 해군본부에서는 이 사건에 대하여 큰 우려를 하고 있었고 이미 해병대 헌병감실에서 현장 조사 지시가 내려갔다고 했다. 나는 바로 현장사무실로 전화를 해서 내 밑의 사병에게 전화를 걸었다. 그리고 시멘트 출입 기록을 감추라고 지시했다. 그리고 입단속도 잊지 않았다. 그리고 사건의 책임이 건설회사에 있었으므로 서진건설을 찾았다. 전무를 만났는데, 그는 당시 내가 살던 돈암동 집 옆집에 사는 사람이었다. 그는 자기들이 이 사건을 무마시킬 테니까 너무 걱정하지 말라고 했다. 그때 안 일이지만 서진건설은 당시 건설부 장관이었던 김재규의 동생 김항규가 운영하는 회사였고, 형을 등에 업고 육군의 건설 공사를 독점하다시피 하며 승승장구 성장하는 회사였다. 따라서 국방부 일은 별로 걱정할 필요가 없었을 것이다.

일단 어느 정도 안심하고, 다음 날 나는 바로 부산으로 내려와서 현장소장을 불러내 실상을 불라고 다그쳤다. 여기서 공사 발주에 얽힌 비밀이 밝혀졌다. 일의 자초지종은 다음과 같았다. 해군의 시설물 공사는 육군과 달리 거의 대부분 외부 건설업체에 의존한다. 민간 업체에 공사를 발주하다 보니 항상 부정과 비리의 여지가 생겨난다. 여기서 생겨나는 부정한 돈은 고위층에 상납 되던가 몇몇 관계자들이 챙긴다. 현장소장은 원래 해군 시설창 소속 군무원이었는데, 전기 기술자였다고 한다. 젊었던 시절 전기공사를 하기 위하여 전봇대에 올라갔다가 추락해서 영구 절름발이가 되었다. 시설창은 어쩔 수 없이 그만두었고 해군에서는 직원이 근무 중 사고를 당했으니 도덕적으로 큰 빚을 안게 되었다. 그래서 그때부터 작은 공사를 외주 줄 경우, 일부 공정을 하도급 형식으로 그에게 일거리를 마련해 주곤 하였고 그걸로 겨우 생계를 이어 왔다고 했다. 이번 공사의 경우는 제법 큰 공사로서 자기가 제대로 해보겠다고 욕심을 부렸다. 그러나 자기 몸 하나뿐이고 자금도 없어 도저히 공사를 도급할 여건이 되지 않았다. 그래서 자기 아들로 하여금 다니던 회사를 그만두게 하고, 퇴직금을 받아서 시설감실 차감(?)에게 가져다주고 이 일을 따게 되었다고 했다. 그래서 공사는 당시 박정희 정부 실세의 인척이 하는 서진건설에게 맡기고 대신 하도급을 소장에게 주기로 하였다.

육군 공사는 대부분 수주했지만 서진건설의 입장에서는 이 기회에 해군 공사에도 진출하고 싶어 했다. 사실 서진건설로서는 공사비가 얼마 되지도 않아 해군공사 실적을 쌓기 위해 수주했을 뿐, 이익을 크게 남길 생각은 하지 않았다. 그리고 이 작은 공사를 위해 부산까지 가서 직접 현장 운영을 할 수도 없었다. 마침 해군 시설감실에서 하도급 업자까지 정해 주고, 그가 해군과 매우 친밀한 관계가 있으니 공사야 별문제가 없을 것이라 생각했다. 그런데 발주된 공사비의 20%는 먼저 시설감실에서 떼고 서진건설에 넘겼고 서진은 소장에게 다시 20%를 떼고 넘겨 소장은 실제로 60%로 공사를 마무리해야 했다. 아무것도 없는 소장에게 그것도 60%로 공사를 맡기다 보니까 우려도 되었고, 공사에 대한 법적 책임은 서진건설이 져야 했기 때문에 회사에서 기사 한 명을 파견해서 오히려 소장을 감시토록 한 것이다.

나는 이러한 복잡한 스토리를 사고가 난 후에서야 알았고, 비로소 소장과 기사의 이상한 관계를 이해하게 되었다. 문제의 발단은 이러했다. 처음 기성금이 나오자 회사에서는 그중 20%를 떼고 현장으로 보낼 생각이었는데, 소장이 돈이 급하니까 이 돈을 직접 받아서 회사에는 보내지 않았다. 자기가 먼저 쓰고 공사 끝날 때 정산하자는 생각이었다. 그러자 이를 안 기사와 소장 간의 논쟁이 벌어졌던 것이다. 그래서 기사가 소장을 협박하기 위해 시멘트를 빼돌렸다는 내용을 산업신문 기자에게 제공하고, 또 해군본부와 국방부, 건설부 등 네 곳에 뿌린 것이다. 그런데 기사는 감독관인 내가 피해를 입을까 봐 감독관은 그 사실을 모른다고 투서 내용에 첨언한 것이었다. 공사 소장은 이 일로 해서 완전히 초주검이 되어 있었고 어찌해야 할지 모르고 있었다. 나는 앞으로의 조사 과정에서의 행동과 언행에 대해서 계획을 알려 주고 내가 진술한 것과 어긋나지 않도록 지시하였다.

현장으로 돌아오자 현장 안에 있는 헌병대 지소에서 소환 통보가 왔다. 대장은 해사 출신 대위였는데, 평소 나와는 전혀 가깝게 지내지 않았고, 그저 지나치면 인사만 할 정도였다. 나중에 생각해 보니 내 평소 행동이 너무 하나밖에 모르는 범생이 같았다는 생각이 들었다. 공사 현장이라면 대부분의 주변 사람들은 돈푼이나 생기는 줄 알 터인데, 현장 안에서 근무하는 헌병대장에게 평소 저녁 한 번 사지 않았으니 나를 좋게 생각했을 리 없다. 헌병대 안에서 상당 시간 취조에 응했지만 나의 논리는 조금도 흐트러지지 않았고, 결국 헌병대장도 더 이상의 추궁을 포기했다. 헌병대장은 내가 소

　　　　　　　　　　　　　　　　　　　　나의 삶과 일, 그리고 소중한 것들

장으로부터 월급을 받는다는 것을 미리 알고 있었지만, 나는 출장비 건을 언급하며 당당하게 방어했다. 그 문제가 커지면 해군본부까지 거슬러 올라갈 수 있기 때문에 더 이상 문제 삼지는 않았다. 사건은 이렇게 마무리되었지만 현장은 끝나지 않았다. 소장은 더 이상의 공사 관여를 포기하고 사라졌고, 기사도 다른 곳으로 갔다고 했다. 서진에서 전무가 만나자고 해서 갔더니 자기들이 나머지 공사 때문에 직원들을 보낼 수 없다면서 비용을 댈 테니 내가 직영할 수 있겠느냐고 물었다. 나는 당연히 할 수 있겠다고 했다. 얼마면 마무리할 수 있느냐고 물어서 대략 1,500만 원 정도면 할 수 있다고 했더니 두말 않고 그렇게 해달라고 했다. 사실 그 세 배쯤을 불렀어도 쾌히 승낙했을 텐데, 내가 그간의 취조와 사건 처리 과정을 거치면서 간이 그만큼 쫄았던 것 같다. 물론 내가 현장을 지휘하면서 쓴 돈은 사실 불과 700~800만 원에 불과했다.

사건이 터지기 이전, 한창 공사가 진행되던 무렵, 부산해역사령부 경리관이 불렀다. 용건은 이러했다. 내가 맡은 공사 내용 중에 광안리에 위치한 해역사 사령관 공관 입구 도로를 포장하는 일이 포함되어 있었다. 4m 폭의 길이 50m인 도로인데, 그때까지 비포장으로 남아 있었다. 그런데 현장 소장 말로는 그 포장을 부산지방 도로 건설 사무소에 부탁해서 무상으로 해 주기로 했다는 것이었다.

이 사실을 알게 된 해역사에서는 내게 그 대신 공관에 필요하니 냉장

태종대에서

고를 하나 사 주기 바랐다. 그때가 1972년도인데 그때까지 우리나라 보통 가정에는 냉장고가 없었다. 얼마 전부터 금성에서 냉장고를 시판하기 시작하였는데 값이 꽤 비쌌다. 나는 업자에게 이런 부탁을 하고 싶지 않아 못하겠다고 버텼다. 몇 번을 거부한 끝에 나중에는 사령관이 만나자고 했다. 해군 소장이었는데 인상이 매우 부드럽고 평판이 좋은 분이었다. 나는 사령관에게 이렇게 이야기했다. 내가 업자에게 지시해서 냉장고를 사 드릴 수는 있다. 그러나 내가 100만 원짜리 냉장고를 사라고 하면 나는 그 대신 업자에게 150만 원만큼의 부실 공사 비리를 눈감아 줘야 한다. 그래도 좋겠느냐고 했다. 참으로 갓 중위를 단 친구가 사령관 앞에서 당돌하게 말했던 것 같았다. 사령관은 내 말

에 마땅히 대답할 말을 찾지 못했다. 입맛을 쩝쩝 다시더니 알았으니 공사나 철저히 잘하라고 했다. 나중에 안 일이지만 결국 경리관이 다른 데서 돈을 마련하여 냉장고를 들여놓았다고 한다.

행정관

공사를 마친 후에 서울 복귀 명령이 떨어졌다. 그런데 웬일인가? 원래 속해 있던 부서가 아니라 행정관으로 발령이 난 것이다. 행정관이라는 것은 시설감실 바로 앞에 있으면서 시설감실 모든 행정을 맡아 하는 책임부서의 장이 되는 것이다. 나는 이런 일을 맡는 것을 별로 좋아하지 않았지만, 행정관은 밖에서 보면 시설감의 총애를 받는 특별한 자리였던 것이다. 또한 새로이 행정관을 맡았으니 제대할 때까지 지방으로 전출 갈 염려는 하지 않아도 되었다. 내가 행정관이 된 데는 부산 해역사 사령관의 공이 컸다. 그가 시설감에게 전화를 걸어 내 칭찬을 크게 한 것이었다. 부산 공사는 안 중위가 아주 철저하게 하고 있으니 걱정을 말라고 했단다. 사실 공사는 난항을 거쳤지만 의외의 곳으로부터 귀인이 나타난 것이다. 그러자 사령관한테 한 일에 대하여 미안한 생각이 들었다. 그까짓 거 하나 사 줄 수도 있었는데 내가 왜 그랬을까?

그러나 불행하게도 나의 행정관 임무는 얼마 가지 않아 끝이 났다. 행정관실에는 내 밑에 아주 노련한 상사가 있었고, 그 외에도 중사, 하사, 수병 등 여럿이 있었다. 상사는 내게 행정업무는 자기가 다 알아서 할 테니 나는 결재만 하면 되고 일에 대해서는 크게 신경 쓰지 않아도 된다고 했다. 나는 이 말만 믿고 상사가 하라는 대로만 했다. 행정에는 아무런 어려운 점이 없었고, 내가 잘못한 일도 없었다. 그런데 불과 두 달 만에 경질된 것이다. 나는 너무 억울했지만, 나중에야 내 잘못을 알았다. 그것은 내가 행정관의 임무를 잘 이해하지 못한 것이다. 행정관은 결재만 하는 것이 아니라 시설감 (제독과는 달리 부관이 따로 없는 대령 직급)의 실질적 부관 노릇을 해야 하고, 시설감의 집안 살림까지도 챙겼어야 한다는 것이다. 아무도 이런 것을 내게 가르쳐 주지 않아서 몰랐던 것이다.

인천 월미도 공사감독

새로 발령이 난 곳은 제5해역사(월미도)였는데, 해군으로서는 최전방이었다. 왜냐하면 서해 5도와 NNL을 관리해야 하기 때문이다. 당시에는 썰물 때면 간첩들이 걸어서 남쪽으로 들어올 수 있기 때문에 경계도 매우 삼엄했다. 장교나 사병이나 모두가 기피하는 곳으로 제대를 1년여 남겨 놓고 귀향을 간 셈이다. 이게 내가 다 사회생활에 익숙지 못했던 탓이라 생각했다.

인천에서의 생활은 고달팠다. 서울에서 출퇴근하기에는 너무 멀었고, 당시에는 월미도에서 미군이 철수한 지 얼마 되지 않았기에 근처에 식당도 하숙집도 그야말로 아무것도 없었다. 그래서 인천까지 가는 시외버스가 통과하는 정류장과 가까운 아현동 큰누님 댁에서 당분간 기거하기로 했다. 그 대신 중학교 갓 들어간 큰 조카 공부하는 것을 가끔씩 도와주기로 했다. 인천에서 가장 힘들었던 것은 2, 3일마다 돌아오는 부대 출입 정문 야간 당직을 서는 일이었다. 낮에는 부사관들이 책임을 지지만 야간이 되면 당직사령과 당직사관이 수병들과 함께 근무를 선다. 그런데 근무는 영관급과 위관급이 4시간씩 나누어 책임을 지는데 당직사령은 저녁 8시부터 12시까지 지키고 당직실에 가서 자면 되지만, 당직사관은 자정부터 새벽 4시까지 근무를 서야 하기 때문에 잠을 제대로 잘 수가 없다. 사령관이 하도 엄격하고 꼼꼼해서 어떤 때는 자정이 지나도 들러서 점검을 하고, 평상시에도 새벽부터 출근하는 경우가 많았다. 당직 장교가 자리를 비우거나 잠을 자다 들키면 그야말로 불호령이 떨어진다. 그러니 4시 이후에 당직실에 가도 잠을 제대로 청할 수가 없었다. 아마도 내가 동기생들 중에 마지막까지 가장 고생을 하고 제대한 사람이었을 것이다.

인천에서 내가 한 일은 주로 공사감독이었다. 월미도 안에 부사관 아파트를 짓는 일이었는데 4층짜리 연탄 난방 아파트였다.

월미도 공사 현장

인천 현장 서수병과

동기생 이국희와 아파트 공사 현장

아파트 공사 현장

내 후임 장일훈, 황진하 소위와

여기서도 민간인 건설업체가 맡아 공사를 진행하였는데, 물론 영세업체였고, 사장은 해병 헌병감(대령) 출신 임 사장이었다. 물론 공사는 공정별로 하도급을 준 것 같았지만 내게는 한마디 설명도 없었다.

그러면서도 사장이 거의 매일 현장을 찾아오는 것을 보아서는 다른 현장도 없었던 것이 아닌가 생각되었다. 이따금 점심때가 되면 찾아와서는 점심을 샀는데, 부대 인근 횟집에 가는 것이 전부였다. 사실 나는 그때까지 생선회를 먹지 않았다. 부산에 가서도 생선회를 좋아하지 않아 현장소장이 저녁을 살 때도 주로 초량동 고깃집에 가서 대접을 받았다. 그러나 월미도 근처에는 거의 식당이 없어, 고기를 먹으려면 인천 시내까지 나가야 했다. 그런 까닭에 할 수 없이 생선회를 여러 번 먹었지만, 생선회는 지금까지도 별로 입에 당기지 않는다. 인천 공사 현장에서도 현장 경비를 얼마간 받기로 했다. 그것은 정말 작은 액수였는데, 내가 출장 온 것도 아니고 하숙하는 것도 아니므로 큰 돈이 필요하지 않았기 때문이다. 명목 그대로 현장 담당병 용돈과 점심값 정도였다. 부산에서의 일도 있고 해서 좀 꺼림칙했지만 어쩔 수가 없었다. 그런데 그것이 나중에 또 문제가 되었다. 내가 공사를 원칙대로 밀고 나가자 임 사장이 불만을 표시하기 시작하였다.

그러던 중 해역사 보안대에서 나를 보자고 했다. 사복 입은 부사관으로 보이는 험악한 자가 취조실에서 현장 경비를 문제로 삼아 협박하기 시작하였다. 결국은 임 사장을 잘 봐주라는 것이었지만 죄인 다루듯 해서 기분은 매우 좋지 않았다. 모든 정보는 임 사장이 흘려 준 것이고, 자기 옛 부하에게 감독관 손 좀 봐주라고 했던 것이다. 현장 근무가 끝난 후에는 제5해역사 시설관실에서 근무를 했는데, 시설관이 따로 있고, 또 상사가 그 밑에서 관리를 하기 때문에 나는 별로 할 일이 없었다. 시설관은 해사 18기 소령으로 사람이 아주 젠틀맨이었고 내게 잘 대해 주었다.

더구나 유일한 건설 현장을 맡고 있던 내게 손 벌린 적이 전혀 없었다. 그 당시에도 나는 내 직속상관인 박 소령에게 점심 한 번 낸 적이 없었다. 나중에 알고 보니 그는 그 나름대로 다른 소스의 수입원이 있어서 그럴 필요가 없었다. 월미도에는 미군이 남기고 간 반원형 철제 바라크가 많이 남아 있었는데, 그것들을 철거해야 했다. 철거는 비용이 꽤 많이 드는데 이를 위해 해군 예산이 내려와 있었다. 그런데, 바라크를 철거하면 철거된 자재가 돈이 된다. 뼈대를 구성하는 철제(corrugated panel 등)는 두껍기도 하거니와 비싼 값에 고철로 팔 수 있었다. 또한 동으로 된 전선 케이블이 많이 나오는데 이 또한 돈이 된다. 바닥 콘크리트는 부숴서 그 안의 철근을 걷어 가기도 한다. 철거

제5해역사 시설관실 문관들

내 후임 장일훈 소위와

는 주로 상사가 지휘해서 민간 업자가 하는데, 물론 내려온 예산은 거의 지불되지 않았고 오히려 돈을 많이 내는 업자에게 낙찰을 받게 해 주었다. 그래서 이 철거 공사를 따는 데 당시 인천 양아치들 간에 경쟁이 심했다. 주변의 수병이나 부사관들은 철거를 지휘한 상사를 고물상사라고 부르기도 했다. 이 과정에서 생기는 돈은 시설관을 거쳐 상부에까지 전달된 것으로 짐작된다.

이러한 내용은 시설관실의 한 하사관이 내게 고자질한 내용이다. 한 번은 참모장 대령이 불러서 갔더니 다짜고짜로 내게 화를 내면서 내 배에 주먹질을 하는 것이었다. 영문도 모른 채, 얻어맞고 나서 시설관에게 억울함을 호소했더니, 그건 자기한테 화가 나서 부관 격인 내게 주먹질을 한 것이라고 했다. 참모장이 왜 시설관에게 화가 났는지는 대강 짐작할 수 있었다.

군대에서의 마지막 일 년 동안, 그야말로 지긋지긋한 군 생활을 했지만 시간은 어느덧 지나 제대할 때가 되었다. 지나고 보니 군이라는 조직사회에 첫발을 들여놓은 3년 4개월의 시간은 너무나도 많은 경험을 통해 스스로 깨어나게 해 준 고마운 시간이었던 같다. 16년간의 학교생활을 통해서 엘리트 의식만을 갖게 되었고, 최고만을 목표로 하여 달려왔었는데, 세상은 그들만의 것이 아니라는 것을 군에서 비로소 배웠다.

제대

우리 제대일은 9월 30일이었다. 처음 임관했을 때는 단기 복무와 장기 복무가 구별 없이 전국에 뿔뿔이 흩어졌지만, 장기 복무자들은 2년 더 근무해야 하기에 단기 복무자들이 제대할 때 즈음해서는 대부분이 서울이나 소위 좀 편한 곳으로 자리를 옮겼다. 시설병과 장교가 전부 20여 명(건축: 나. 이필원, 이희봉, 주동건, 신정철, 김홍수, 임종태, 최완, 고원도, 강희동/토목: 이영규, 문동주,

제대 기념(윤광선과 함께 해군본부 앞)

제대 기념

이규재와 동생 및 친구

김성환, 윤광선, 권용배/전기: 서강주, 이종희, 김창은, 이진홍, 전자: 김종은, 염봉진, 최만순, 김성해/기계: 서경석, 권오기 등)이었는데 이 중 단기 전역자들은 유학을 준비하거나 취업을 준비하였다. 나는 유학파에 속해 유학 시험 준비에 돌입하였다.

문동주, 이영규와 girls

전준수 소령 전역, 최유영 대위와 함께

전 소령과 최 대위는 경기고 동창으로 모두 나의 고교 7년 선배들이다. 전 소령은 서울대 토목과를 졸업하고 해군 특교대로 들어와서 6~7년 근무했고 최 대위는 해사 21기로 졸업하고 서울대 건축과에서 위탁 장교로 학업을 마쳤다.

미국 유학 1 - OSU에서

유학 준비

제대 후 서울로 돌아와서는 먼저 모교의 교수님들께 인사를 드리러 갔다. 김희춘 교수님과 주종원 교수님은 아주 반갑게 맞아주셨다. 문제는 이광노 교수님을 찾아뵐 때 발생했다. 해군에서 복무하고 제대했다는 것을 말씀드렸더니 다짜고짜로 해군에 현재 안 소위라는 사람이 있냐고 물어보시면서 아주 고약한 친구라고 말씀하셨다. 나 말고는 해군 시설감실에 안씨 성을 가진 사람은 해사 20기인 안인환 (당시) 소령뿐이었다. 그 이름을 대니까 아니라고 하셨다. 무언가 불길한 예감이 들었다. 이야기의 내용은 다음과 같았다. 자기가 부산 광안리에 주택이 하나 있는데, 하루는 어떤 해군 장교가 찾아와서 집 앞의 자기 소유의 사도인 비포장도로를 포장하려 하니 토지 사용 승낙을 해 달라는 것이었다. 그 사도는 해군 제2해역사 사령관 공관으로 진입하는 도로였다. 이광노 교수는 사용 조건으로 자기 집 대문 앞까지 연장해서 포장해 달라고 요청했고, 두 사람 간에 합의가 이루어졌다. 찾아온 해군 장교는 공사 감독이 서울대 제자인 안 소위라고 말하면서 걱정 안 해도 된다고 했다는 것이다. 그런데 공사를 우리 업자가 아닌 부산 지방 도로사업소가 하면서 이광노 교수 집 앞 도로 포장은 빼놓았던 것이다.

당시 부산 해역사 시설관은 유희원 대위였는데 내 이름을 팔았으면서도 내게는 이에 대해 한마디도 안 했고, 나는 토지 소유자가 최양분이라는 것은 알고 있었지만 그분이 이광노 교수 부인이라는 것은 전혀 몰랐다. 내가 알았다면 길이 10m 남짓한 도로 포장을 왜 빼놓았겠는가? 모교 은사이셨고, 또 해 주기로 약속까지 했다는데. 하여튼 그 자리에서 오해를 풀 수는 없었기에 나는 다른 사람일 거라고 얼버무리고 나왔다. 그 후에 내가 유희원 씨를 만났을 때 이 문제를 따졌더니 자기는 내 이름을 말한 적이 없다고 딱 잡아뗐었다. 세상일이라는 게 자기가 모르는 사이에도 엉뚱하게 꼬여 갈 수 있다는 것을 새삼 깨달았다.

군대라는 족쇄가 풀리면서 첫 번째 해야 하는 일은 미국 유학 준비였다. 세계 무대에서 건축가로서 경쟁해 보겠다는 생각도 있었지만 그것보다는 한국에서 김중업이나 김수근 선배들 못지않은 건축가로서 인정받기를 원했다. 이를 위해서는 우선 세계 무대로의 진출이 필요했다. 유학에는 돈이 필요했다. 다른 엔지니어링 전문 분야에서는 장학금을 받고 유학 가는 것이 보편적이었지만 건축 분야에는 거의 불가능했다. 그때는 국비장학생 제도도 없었고, 유일한 것이 로타리 장학금이었는데 전 학문 분야에 걸쳐 소수의 장학생을 선발하는 것이었다. 이것을 받기 위해서는 영어 점수가 아주 좋아야 하고, 명문대학으로부터 입학 허가를 받아야만 했다. 그런데 TOEFL 점수가 600점을 겨우 넘었으니 처음부터 기대할 수는 없었다. 제대 말년까지 인천 월미도 현장에서 근무하고 서울서 출퇴근하다 보니 영어 공부할 시간이 많지 않았던 것도 한 이유였다. 여하튼 9월 말에 제대하면서부터 유학 준비를 시작하였는데 미국은 대학이 가을 학기부터 시작하기 때문에 이미 그해는 글렀고, 이듬해를 목표로 하였다. 한편으로는 영어 공부도 하고, 다른 한편으로는 유학 시험을 준비하였다. 고3 때 교재로 쓰던 오래된 국사 프린트물을 찾아내서 외우고, 윤리시험 예상 문제를 풀었다. 유학 시험도 만만치 않아서 친구들 중에도 한두 과목에서 낙제한 경우도 생겨났다. 나는 운 좋게도 한 번에 모든 과목을 통과했다. 유학 갈 대학을 선택하기 위해서 광화문에 있던 미 문화센터에 들러서 대학 브로셔들을 찾아보았다. 각 대학의 커리큘럼과 비용 등을 비교하고, 대여섯 학교를 선정하였다. 내게는 유학 비용이 큰 문제였기 때문에 학비가 별로 비싸지 않은 대학 중에서 몇 곳을 골랐다. 당시 가장 내 눈을 끄는 것은 Ohio State이었다. 자료가 풍부하고 자세했으며, 학비가 비교적 저렴하였다. 그밖에 Michigan, Washington(St. Louis), Berkeley, Oregon, Yale을 골랐다. 사실 이 중에서 학비가 비교적 싼 곳은 Oregon뿐이었는데, 생각하기로는 Ohio State 대학이나 Oregon 대학 중에서 admission이 오면 가기로 마음먹었다. 사실 비싸더라도 Harvard를 넣고 싶었지만 학비도 너무 비쌌고, 또 GRE 성적을 요구했기 때문에 포기하였다. 당시만 해도 내 유학 목적은 좋은 학교를 졸업하는 것이 아니라 그저 어디서든지 석사 학위만 받아서 한국에 나오면 절반은 성공하는 것이라 생각했다. 왜냐하면 당시에 한국에는 유학파 건축가가 거의 없다시피 하였기 때문이다. 김중업 선생도 학교 공부를 한 것이 아니라 르꼬르뷔제 사무실에서 그저 일 좀 하다가 한국 나와서 큰소리를 친 것이었고, 김수근 선생도 동경예술대학에서 몇 년 공부한 것으로 날리고 있었기 때문이다.

다음은 portfolio를 만들어야 했다. 몇 년 전에 강홍빈 선배가 유학을 위한 작품집 만드는 일을 도와준 적이 있어, 나도 비슷하게 준비하였다. 작품이라 해야 별것 없지만 몇 개를 골라 사진을 찍어 인화하고, 검정색 앨범에 부착한 뒤, 약간의 설명을 달았다. 지금 보면 창피한 수준이었지만 그 당시에는 다른 방법이 없었다. (요즈음엔 컴퓨터로 모든 것을 제작하고 인쇄하므로 질이 다르다.)

입학지원서를 보내고 나서 이듬해(1975) 봄까지 초조하게 기다렸는데 결국 Ohio State와 Washington대학 두 군데에서만 입학허가서가 도착하였다. 워싱턴 대학은 미주리주 세인트루이스에 있는 사립 대학인데, 내 큰이모가 오래전에 이민 가서 거주하고 있었기에 지원한 것이었다. 그런데 워싱턴 대학은 사립대학이라 학비가 Ohio State의 거의 두 배에 달했다. 결국 나의 선택은 Ohio State가 되었다. 학비를 스스로 해결하고자 했기 때문에 Ohio State를 선택한 것은 당시로서는 충분한 이유가 있었지만, 그 선택이 잘못된 것이라는 것은 채 6개월이 지나지 않아 분명해졌다.

유학을 조금이라도 일찍 시작해서 일찍 끝내고자 조바심했던 지라 여름 학기부터 등록하기로 했다. 그래서 여름까지는 3개월이 남아 있었고 그 시간 동안 돈을 벌기 위해 설계사무소를 나가야만 했다. 짧은 기간에 취직하기도 어렵고 해서 해군 시절 마포아파트에서 알바를 같이 일했던 김관욱 선배 사무소에 나가기로 하였다. 당시 쌍용에서 용평에 스키장을 개발하고 있었는데, 이미 1차로 호텔과 스키장 시설들이 건설되어 운영되고 있었고, 2단계 확장 공사를 계획하고 있었다. 그 사무실에서 이런저런 일에 끼어들어 시간을 보냈지만 큰 도움은 주지 못했다.

집에서는 유학 가기 전에 결혼을 시켜야 하겠다며 어머님께서 분주하게 사람들을 만났다. 혼자면 외국에 보내기가 딱했던 모양이었다. 매파 소개로 맞선도 두 번쯤인가 보았다. 결과는 잘되지 않았다. 내 친구들도 결혼할 만한 처자를 소개해 주었다. 그러나 내 맘 한가운데는 마치 전장에 나가는 장수처럼 비장한 결심이 자리 잡고 있었고 결혼이라는 것, 즉 내가 care 해야만 하는 식구를 데리고 미국에 간다는 것이 너무나 부담스러웠다. 그래서 일단 모든 것을 중지했고 시간이 닥쳐 6월에 유학길에 올랐다.

도미: LA에서의 첫날

모든 준비를 마치고 드디어 미국으로의 출국일이 다가왔다. 태어나서 처음 외국으로 떠나는 것이었고, 이제 가면 어떤 일들이 내게 닥쳐올지 전혀 알 수가 없는 망망대해로 돛을 올리는 기분이었다. 언제 내가 고국 땅을 다시 밟을 수가 있을까? 감회가 새로웠다. 바로 이날을 위하여 나는 지난 20여 년간 돈을 쓰지 않고 모았다. 그것은 모두 합하여 약 8,000불이라는 거금이었고, 나의 전 재산이자 내겐 끔찍이도 귀중한 돈이었다. 계산상으로는 학비와 생활비로 1년 반 정도 버틸 수 있는 금액이었다. 나머지 약간 부족한 부분은 미국에서 아르바이트를 하거나 그것도 안 되면 부모님께 손을 벌릴 양으로 미리 말씀을 드리고 학기마다 아버님께 송금을 부탁드렸다. 지금이야 미국을 이웃 드나들 듯 여행을 다니니까 이런 이야기가 우습게 들리겠지만 1970년대 전반만 해도 미국에 유학 간 후 공부 마치고 돌아온 사람들이 우리 사회에 별로 많지 않았다. 미국 가서 비로소 이해하게 된 것이지만, 미국에서 공부를 5~6년 하다 거기서 결혼이라도 하게 되면, 한국에 나갈 생각이 사라진다는 것이었다. 직장을 잡으면 영주권도 얻을 수 있고, 자가용도 한 대 마련할 수 있으니 wife

들의 입장에서는 한국에 돌아갈 생각이 절대로 안 생기게 되는 것이다. 한국이 지금은 겉으로 미국이나 별로 다를 것이 없어 보이지만 당시만 해도 도시의 모습이나 학교, 가정생활이 너무나도 차이가 컸다. 다행히 미국에는 친척들이 몇 분 사셨는데, LA에 외사촌 형이 사셨고, St. Louis에는 6·25 직후 이민을 가신 이모님이 계셨다. 어차피 대학이 위치한 Columbus로 직행하는 항공편이 없어서 LA에서 환승해야 할 처지이므로 LA에 가서 형님께 하루 신세 지고 Columbus로 떠날 생각이었다. 그래서 한국을 떠나기 보름 전쯤 주소를 알아본 후, 공항으로 마중 나와 달라고 엽서를 띄웠다. 당시만 해도 국제전화는 걸기도 어렵고 비싸다고 해서 잘 걸지를 않았다. LA에 도착해 보니 아무도 보이지 않았다. 공항에서 사촌 형께 공중전화를 걸었더니 연결이 되지 않았다. 교환원이 뭔가 이야기하는데 전혀 알아들을 수가 없었다. 전화 거는 방법이 잘못된 줄 알았다. 어쩔 줄 모르고 공항에서 두어 시간을 보냈다. 나중에야 안 일이지만 사촌 형이 이사를 가서 전화번호가 바뀐 것이었다. 11시가 다가오자 마지막 비행기로 내린 한국인으로 보이는 중년 부부가 내가 딱해 보였던지 일단 자기 집으로 같이 가자고 했다. 공항 터미널은 밤에는 위험하다고 했다. 구세주를 만난 기분이었다. 40여 년이 지났건만 나는 그 부부와 집 안 모습을 아직 기억하고 있다. 그분들은 자고 내일 알아보아도 좋다고 했지만 낯선 청년을 집에 들여 준 것도 미안한데 하룻밤 묵을 수는 없었다. 그래서 내가 갖고 있던 또 다른 전화번호를 돌렸다. 이번에는 연락이 되었다. 내 대학 동창이자 해군 동기생이었다. 그 친구는 중앙정보부 소속으로 근무를 했었는데, 제대 후 나보다 몇 달 먼저 미국에 왔다. 이 친구가 훈련 때 내게 통닭을 먹게 해 준 바로 그 친구다. 그 친구 집으로 가니 마침 정보부 소속 중령이 와 있었다.

다음 날 내 친구는 중령을 데리고 디즈니랜드를 구경시켜 줄 예정이었다. 얼떨결에 나도 함께 디즈니랜드를 관광하였다. 말로만 듣던 디즈니랜드는 정말 경이로웠다. 우선 어마어마하게 넓은 주차장에 놀랐고, 그 안의 인파에 놀랐다. 6월 초였지만 한국의 여름 같은 날씨에 맑은 하늘과 뜨거운 태양이 빛나 반들반들하게 포장된 보행로를 눈부시게 만들고 있었다. 그곳은 마

미국에서의 둘째 날. 디즈니랜드에서(1975)

치 전 세계 인종 전시장 같다는 생각이 들었다. 흑인들이 많이 눈에 띄었고, 특히 냄새가 지독하였다. 옥외공간인데도 사람들이 지나갈 때마다 풍기는 냄새는 역겨웠는데 치즈 냄새 같기도 했다. 나는 소위 노린내라는 것이 이런 것인가 생각했다. 그러면서 한편 이런 냄새를 맡고 어찌 미국에서 생활을 할 수 있을까 걱정이 되었다. 그러나 나중에 다른 도시를 다녀 보면서 이런 걱정은 사라졌다. 관람 시설마다 너무나 긴 줄이 있어서 우리는 비교적 줄이 짧은 4~5곳만 선택하여 들어갔다. 기억에 남는 것은 인형 새들이 나와서 노래하는 것이었는데, 미국인들에게는 별로 인기가 많지 않은 것 같

나의 삶과 일, 그리고 소중한 것들

왔다. 나는 시차 적응도 되지 않았고 전날 우여곡절도 겪은 탓에 너무나도 피곤했으며, 관람장에서도 거의 눈을 감고 졸았다. 이튿날 나는 LA를 떠나 St. Louis로 향했다.

St. Louis 큰이모 댁

LA를 떠나 St. Louis에 도착하니 LA에서와는 달리 공항에서 이모님이 반갑게 맞이하여 주셨다. 내가 다섯 살 때인가 한국을 떠났으니 20년 넘게 미국서 사신 분이었다. 이모를 본 지 그렇게 오래되었고 그사이 사진도 본 적 없었지만 우리는 서로 바로 알아보았다. 곧장 이모님 댁으로 갔는데, 집은 도심을 약간 벗어난 교외 부자 동네에 위치해 있는 것 같았다. 길에서 문을 지나 자동차로 건물 앞까지 드라이브할 정도로 규모가 컸다. 대지가 1/2 에이커라고 이모가 말씀하셨는데 이는 약 2,000㎡, 평수로는 600평이 약간 넘었다.

이모 댁에는 이모부가 1년 전에 암으로 돌아가셔서 안 계셨고 사촌들 네 명이 함께 살고 있었다. 가장 위는 인자라는 이름의 딸이었는데 내가 어렸을 적에 외갓집에서 본 일이 있는 애였다. 나보다는 서너 살쯤 아래였는데 얼굴은 기억나지 않았지만, 한국말을 조금은 해서 나와 의사소통을 할 수 있었다. 그 아래 동생들은 모두 미국에서 태어나 이름도 William, Michael 등, 미국 이름이었고 한국말을 전혀 하지 못했다. 집은 상당히 커서 200평은 돼 보였다. 지상 2층에 지하 1층인데, 지하에는 큰 홀에 당구대와 탁구대가 있었다.

이모부가 의사였기 때문에 상당한 부를 축적해 놓고 돌아가셔서 가족이 사는 데는 어려움이 없어 보였다. 큰아들 William은 대학에서 병원 경영학을 전공하고 있었고, 둘째 딸은 고등학교 2학년, 막내인 Michael은 중학교 3학년이었다. 인자는 나이가 당시 24~25살로 결혼 적령기였다. 사귀는 사람이 미국인이었는데 변호사 자격을 갓 딴 키가 큰 친구였다. 시아버지는 학교 교사였다는데 전형적인 백인 미국 중산층 가족이었다. 둘의 결혼은 내가 오하이오로 떠난 이듬해 치러졌는데, 내가 신세진 것도 있고, 이모가 외로워할 것 같아 없는 돈을 내서 결혼식에 참석하였다.

내 사촌 동생이 미국인 남자와 결혼한다는 것이 이상하게 느껴졌다. 당시만 해도 한국에서는 국제결혼이 손가락질받던 시기였기에 더욱 그렇게 느껴진 것 같다. 사촌 매제의 인상을 보니 좀 경솔해 보여 별로 탐탁하지는 않았지만 내가 무어라 말할 처지는 아니었다. 십여 년 후에 내가 한국에 나와 들으니 결국 둘은 이혼하고, 사촌 동생은 재혼하지 않고 보험외판원을 하며 혼자 살아가고 있다는 것이다.

큰아들 William도 병원에 취직하고 미국인 여성을 만나 결혼했다. 둘째 딸은 독일인을 만나 독일로 떠나고, 이모는 결국 막내아들만 데리고 살게 되었다. 사위와 며느리가 미국인이다 보니 어디 한국 사람 같겠는가? 언어소통은 되었겠지만, 문화적으로는 결코 동화되기 어려웠을 것이다. 이모는 미국에 온 지 20년이 넘었지만 전혀 미국 사람 같지 않았다. 영어는 그런대로 잘하지만 약간은 한국 사람의 억양이 남아 있어 미국 사람들과는 구별되었다. 그래서 그런지 이모는 마지막 막내아들에 큰 기대를 걸고, 어떻게 해서든지 한국 사람 며느리를 구하려고 애를 썼다. 그러나 너무 고르다 보니 그게 쉽지 않았다. 막내아들을 장가들이기 위해 이모는 30여 년을 외면했던 한국에 발을 들여놓기 시작하였다. 그것은 남편이 없다는 핑계로 시집에는 가 볼 필요가 없었기 때문이기도 하다. 이모와 시집과의 관계는 내가 어렸을 때라서 잘 모르지만, 어머니한테 들은 바로는 지나칠 정도로 좋지 않았다. 이모부는 시집에서 보면 장남이었고, 연대 의대를 나온 엘리트로서 6·25 당시 미군 야전병원에서 일하고 계셨다.

이모는 정신여자고등학교를 졸업했는데 어딘가 직장에 들어가 일하던 시절이었다. 외할아버지는 내가 낳던 해(1948)에 돌아가셔서 홀어머니와 큰오빠 식구들과 살고 있었다. 그때는 전쟁 직후라서 이런저런 것을 따질 때는 아니었지만 이모부는 이모를 보고 한눈에 반하고 말았다.

큰이모는 외가의 딸 넷 중에서 인물이 가장 뛰어났다. 그래서 이모부는 집안의 반대도 무릅쓰고 결혼을 했다고 한다. 그러니 시집 식구 누구도 며느리를 반가워하지 않았을 것이다. 결혼 후 첫딸(인자)을 임신한 상황에서, 이모부는 이모를 남겨 놓은 채, 미국으로 떠났다. 처음에는 시집에서 살았지만 얼마 되지 않아 이모는 아이를 낳으려 친정으로 왔다. 그리고 출산 후에

이종사촌 동생 Bill과 Sea World 방문

는 그냥 친정에 눌러살았다. 시부모님이 손녀딸을 보고 싶어 해도 마지못해 딸만 보내기가 일쑤였다. 그러면서 시댁과 이모의 관계는 점점 멀어져만 갔다. 이모는 한국에 있을 때도 인자가 시부모 댁에만 갔다 오면 자기 말을 듣지 않는다고 불만이셨다. 이모는 시부모가 딸과 엄마 사이를 이간질시킨다는 의심을 했다. 이모는 미국 비자가 빨리 나오지 않아 안절부절못하면서 몇 년을 보냈다. 그러던 중 인자가 다섯 살쯤 되어서야 비자가 나왔다. 시집과 친정살이에 학을 떼었던 이모는 미국으로 들어간 후에는 거의 소식을 끊었다. 친정에야 노모가 계시니까 가끔 편지를 보냈지만, 시댁에는 편지 한 통 보내지 않았다.

친정에 보낸 편지에는 인자가 미국에 적응하지 못하고 반항해서 문제라고 불평하곤 했다. 시부모가 어려서부터 그렇게 가르쳤다는 것이다. 이모부는 처음에는 부모에게 연락도 자주 했지만, 가족이 오고 나서부터는 연락도 뜸했다. 이모는 이모부가 시집과 연락하는 것조차 싫어했을 것이다. 시부모 댁에서는 장남을 잃었다고 며느리를 미워했지만 소용이 없었다. 그렇게 오매불망 그리워

하던 큰아들을 그 후 20여 년간 보지를 못하고 시부모님은 돌아가셨다. 70년대 들어와 인자 작은아버지가 미국에 한 번 와서 찾아보았다는 이야기는 들었다.

내 외할머니는 외할머니대로 둘째 딸을 보고 싶어 했지만 돌아가실 때까지 볼 수 없었다. 사실 미국에서 의사 노릇하면서 잘 살았기에 가족 모두가 한국에 다녀가는 것은 문제가 없었겠지만, 이모가 한국에 나오려 해도 시댁을 가기 싫어서 안 나온다는 것이었다. 애가 넷이나 되고 모두 학교에 다니고 하니 모든 가족이 나오기는 힘들 수 있지만 이모부나 이모가 늙은 노모를 죽기 전에라도 한 번 뵙는다는 것이 그렇게 힘든 일이었는지는 내가 당사자가 아니라서 모르겠다.

그러다가 양쪽 어른들이 다 돌아가시고 남편까지 잃은 후, 큰딸과 큰아들 결혼을 시키고 난 이모는 30년 만에 혼자 한국에 다니러 왔다. 서울에서도 막내며느리 감을 찾았지만, 성과는 없었다. 얼마 되지 않아 이모는 암을 앓게 되었고 70세 전후로 비교적 일찍 돌아가셨는데 그때까지도 막내며느리를 보지 못하셨다. 그때 치과의사인 막내는 나이가 30대 말이었다.

이모님께 내가 갈 대학에 대해서 자초지종을 말씀드렸더니 왜 워싱턴 대학으로 오지 않았냐고 나무라셨다. 세인트루이스에 위치한 워싱턴 대학이 훨씬 좋은 사립 대학교라는 말씀이었고, 학비는 벌어 가면서 다닐 수도 있다고 하셨다. 내가 너무 돈 문제에만 매달려 큰 것을 놓치고 있다는 것을 알게 되었다. 그래서 워싱턴 대학에 다시 갈 수 있냐고 학교에 물어보니, 그것은 이미 늦었고 이듬해에는 우선적으로 고려해 줄 수 있다고 대답했다. 석사 학위만 하나 따고 귀국할 생각이었는데 쓸데없는 욕심이 생겼던 것 같다. 한 해를 낭비할 수도 없었고, 쓴 비용을 허비할 수는 더욱 없었기에 원래 예정에 따르기로 하였다.

Ohio State University

오하이오주가 속한 지역은 mid-western 지역이라고 부르는데, 그 지역 중에서는 가장 동부지역에 가깝다. 면적은 116,096㎢로서 남한(100,210㎢)보다 약간 더 크다. 반면 인구는 1,160만 명 정도이니까 남한의 20%에 불과하다. 북으로는 미시간주와 이리호에 접하고, 동으로는 펜실베이니아주, 서로는 인디애나주, 남으로 켄터키주 및 웨스트버지니아주와 접하고 있다. 동남쪽 웨스트버지니아 인접한 곳은 산지가 있으나 나머지 대부분은 거의 평탄지로서 그 옛날 빙하가 북으로부터 휩쓸고 내려와서 평탄지가 되었다고 한다.

Columbus는 오하이오주 도청 소재지(州都)였는데, 주의 한 가운데 위치하고 있었다. 대부분의 州都는 그 주에서 가장 큰 도시가 아니라 가장 중심에 위치한 곳에 정한다고 한다. 그래서 캘리포니아 州都는 LA가 아니라 Sacramento이고, 뉴욕주의 州都는 뉴욕이 아니고 Albany이다. 오하이오주의 대도시로는 Cleveland와 Cincinnati가 있지만 둘 다 다른 주와의 경계부에 위치하고 있다. Columbus는 오하이오주의 행정 중심일 뿐만 아니라 오하이오 주립대학이 위치하고 있어서 타 도시보다 빠르게 성장해 왔으며, 인구도 가장 많아서 교외 지역까지 합하면 2백만을 상회한다. 대학이라는 교육 산업과 행정이라는 업무가 중심이 된 도시다 보니 도시가 별로 매력은 없었다. Downtown과는 멀지 않은 곳에 엄청나게 넓은 대학이 자리 잡고 있고, 중심부도 주정부 행정과 관련된 업무용 건물들로만 채워져 있기 때문이다.

오하이오 주립대학은 정말로 큰 학교였다. 학부 학생 수가 미국 전체에서 가장 많다던가. Michigan State와 학생 수로 자웅을 겨룬다고 했다. 오하이오 주립대는 학기가 quarter제 이다. 즉 1년을 1/4로 나누어 봄, 여름, 가을, 겨울 학기로 운영한다. 그런데 여름 학기는 휴가철이라 사실 개설된 강의가 별로 없고, 다른 학기에 학점을 못 딴 학생들이나 특별한 이유가 있는 학생들이 학점 채울 경우에만 등록한다. 그걸 잘 모르고, 한 학기라도 빨리 등록을 해서 빨리 과정을 끝내고 귀국할 욕심에서 잘 알아보지도 않고 여름 학기 등록을 했던 것이다. 와서 보니 내가 선택할 만한 과목은 없었다. 대신 외국인 학생들은 의무적으로 영어 수업(ESL)을 듣고 시험을 패스해야만 졸업을 할 수 있게 되어 있어서 영어 수업을 신청하였다. 영어 수업은 세 학기까지 수강할 수 있는데, 잘하면 첫 학기 만에 마칠 수도 있었다. 나는 열심히 수업을 들은 덕분에 첫 학기 만에 패스했다.

미국 대학 생활도 서툴고, 도움도 필요해서 도와줄 만한 한국 학생을 찾았는데 마침 경기고등학교 동창이자, 공과대학교 동기 한 명(박용수 연세대학교 명예교수)을 만날 수가 있었다. 금속과 출신이었고, 박사 과정을 밟고 있었는데 대학 졸업 직후 결혼해서 이미 아들 하나를 기르고 있었다. 이 친구는 부친이 육군 장성 출신이라 했는데, 꽤 재력이 있는지 군대도 면제받고 일찍 유학을 왔다. 2년간 학교생활을 하면서 이 친구 신세를 많이 졌다. 가끔 차도 얻어 타고, 학기가 끝날 때마다 저녁 식사 대접도 받았다. 한국 학생은 그때만 해도 학부에는 가족이 이민 온 학생 고작 두 명이 있다고 했고, 대학원에는 35명의 한국 학생이 공부하고 있었다. 그러다 보니 내가 다닐 때만 해도 한국 학생들은 대개 다 알고 지냈다. 십여 년 후에 들은 바로는 한국에서 유학이 자유화되고, 소득이 늘면서 한국 학생 수도 급격히 늘어 1990년대에 이미 600명을 넘었다고 한다.

사람들 얘기로는 한국에서 총각 유학생이 올 때면, 미리 유학 온 여학생들이 관심을 많이 갖고 접근한다고 조심하라고 했다. 왜냐하면 당시만 해도 유학 온 여성들은 한국 남성을 만나 결혼하기가 쉽지 않았기 때문이다. 공부하느라 혼기도 놓쳐 남자들이 별로 찾지 않는 것도 한 이유였다.

여름 학기에 등록금은 다 내고 한 과목만 듣는 것이 억울하기도 하고 시간도 좀 남는 것 같아서 다른 과목 하나를 청강하기로 하였다. 청강이라 성적에 대한 부담도 없기는 했지만 그래도 강의를 따라가려면 예습이나 복습을 해야 했다. 비싼 미술 역사책을 사기는 그렇고 해서 망설이던 중에 박용수가 소개를 해서 한국 학생에게 책을 빌리기로 하였다.

그 학생은 경기여고를 나오고 OSU에 나보다 한 해 먼저 들어 온 김○○라는 학생인데, 나보다는 한 살 아래였다. 박용수 wife의 경기여고 1년 후배라 가끔 그 친구 집에 와서 식사도 하는 모양이었다. 그녀는 나와 같은 기숙사에 있고 해서 찾아가 도움을 요청하였다. 그 학생은 건강하고 수수한 모습의 전형적인 경기여고 출신다웠다. 내 친구한테 들은 얘기로는 한국 고고학계의 원로인 그 유명한 김원룡 교수의 딸이라고 했다. 서울에서 이대 영문과를 졸업하고, OSU에서도 영문학을 전공한다고 했다. 내 친구는 나보고 둘이 잘해 보라고 농담 삼아 이야기했지만 나는 마음에는 있었어도 선뜻 대시할 용기가 나지 않았다. 한두 번 만나고서 무얼 어떻게 해 본다는 말인가? 괜히 친구의 농담 같은 말만 듣고 접근을 시도하다가 임자 있는 몸이라면 망신만 당하지 않을지 몰라 포기하기로 했다. 한국에서 큰 뜻을 품고 유학을 왔는데 막상 공부를 시작하기도 전에 엉뚱한데 눈을 돌렸다고 소문이라도 날까 두렵기도 했다. 1년이 지나고 생각에 여유가 생길 때가 되니 내가 너무 소극적이었나 하는 생각이 들기도 했다.

그녀는 졸업을 한 후, 미시간에 있는 오빠가 사는 곳으로 가서 결혼하게 되었다고 말했다. 지난 겨울에 우리와 가끔 어울리는 OSU 학부생이 자기 형 친구를 소개해 준 사람이라나. 실은 그녀가 동생뻘 되는 학부생에게 졸업을 하게 되는데, 결혼감도 없고, 한국에 나가야 되는데 그러기는 싫다고 남자를 찾아봐 달라고 부탁했다는 것이다. 그 소리를 들으니 약간 억울했다. 괜한 걱정을 해서 좋은 신붓감을 놓친 것이다.

내 나이 또래 여학생은 김○○ 말고도 한 명 더 있었다. 이름은 김**라고 했는데 미술사가 전공이었고, OSU에서 학부를 마친 후 내가 입학했을 때, 대학원을 입학했다. 경기여고를 졸업하고 바로 미국에 온 모양이었다. 김○○보다는 1년 후배니까 나보다는 2년 아래다. 그런데 정말로 아이러니한 것은 김**의 아버지도 우리나라에서 둘째가라면 섭섭해할 고고학자인 김재원이었다. 김재원과 김원룡은 각각 초대와 2대 국립중앙박물관장을 지냈고, 두 사람 모두 서울대학교 교수였다. 소문으로는 두 사람 사이가 라이벌 관계라고 하던데 어떻게 모두 딸을 OSU에 보냈는지 신기하다. 김**는 OSU에서 박사 학위까지 마치고 귀국하여 덕성여대, 서울대 교수를 거쳐 얼마 전까지 국립중앙박물관장을 지냈다.

기숙사와 자취방(rooming house)

숙소는 한국에서 미리 신청한 대학원 기숙사에 머물게 되었는데 비싼 것 같아서 첫 달만 살고 퇴사를 했다. 시설은 아주 좋아서 혼자서 독실에 거주하는데, 한국의 고급 오피스텔과 같았다(당시에 한국에는 아파트를 막 짓기 시작했고, 오피스텔은 없었다). 식사는 방에서 해 먹을 수 없고, 식당에 학기 단위로 등록하거나 외부로 나가 사 먹어야 한다. 그런데 시설이 좋은 만큼 월 기숙사비가 110불이라 내 처지로서는 감당하기 힘들었다. 첫 주에 등교해 보니 학과 사무실 게시판에 광고가 붙었는데 학생들의 자치 조직인 fraternity house(Alpha Rho Khi: 건축학과 동아리)에서 빈방을 세놓는다는 것이었다. 방학이라 학생들이 고향으로 떠나서 빈방이 몇 있다는 것이었다. 가 보니 제법 큰 목조 단독주택으로 이층집인데 방이 열 개쯤 되는 것 같았다. 방학에 고향에 안 간 학생들 예닐곱 정도가 남아 있었다. 한 달에 월세를 35불 받는다고 하니 내게는 안성맞춤이었다. 물론 방학 기간만 거주할 수 있지만 3달이면 200불을 절약할 수 있었으니 말이다. 더욱 다행인 것은 제한적이기는 하지만 부엌을 쓸 수 있어서 간단한 취사는 할 수 있었다. 거실에는 구형 컬러TV가 있었는데 화면은 타원형으로 생겨서 신기하게 느껴졌다.

알파 로 카이 fraternity house. 옆에 있는 학생은 Robert 라는 2학년 학생이었는데, 자기는 건축과 졸업하면 Law School에 가서 건설 관련 전문 변호사가 되겠다는 포부를 갖고 있었다. 불행하게도 그해 가을 fraternity house에 큰 화재가 발생하여, 잠자고 있던 Vic이라는 덩치 큰 여학생을 구출하려다 함께 빠져나오지 못해 숨졌다.

알파 로 카이 주방

세입자는 나 말고 요시노라고 부르는 일본 친구 한 명이 더 있었는데, 시내 건축사무실 취업을 위해 일본서 왔다고 했다. 미국 학생들과는 언어 소통이 잘 안 되었지만 일본 친구하고는 너무 잘 통했다. 이웃 나라라서 더 언어적 공감대가 만들어졌던 것 같다.

가을이 되자 나는 다시 방을 구해야 했다. 학교 근처에 rooming house(하숙집 같은)를 찾았는데, 70대 백인 노부부가 운영하는 집이 있어 그곳으로 정했다. 월세가 한 달에 65불이었다. 2층에는 하숙생들이 서넛 있었는데 대부분 외국인들이었다. 주인이 미국 학생들은 딴짓(?)들을 많이 한다고 외국 학생들만 받는다고 했다. 할아버지는 링컨 대학(?)이라는 곳의 교수였다가 은퇴하였다고 했다. 우리는 컴컴한 지하실에 마련된 오래된 냉장고(나이가 30년쯤 되어 보이는 유선형)와 가스레인지, 그리고 식탁을 사용할 수 있었다.

나와 함께 세를 든 학생은 나 외에 한국인 1인, 일본인 1인, 대만인 1인 모두 4명이었다. 한국 학생은 나보다 서너 살 아래로 한국에서 고등학교만 졸업한 후, 미국에 와서 캘리포니아 버클리 대학에서 학부를 마치고 오하이오에 석사 과정에 들어왔다고 했다. 미국에 온 지 오래돼서 그런지 미국 사정에 밝았고 영어도 유창했다. 다국적 유학생들로 구성되어서 그런지 우리들끼리는 서로 가깝게 지내지도 않았다. 학교에서야 어쩔 수 없이 영어로 대화를 하지만, 집에까지 와서 영어로 대화하기는 싫었다. 한국 학생만이 나와 이따금 한국말로 대화를 했지만, 인간미가 별로 느껴지지 않아 밖에서 어울린 적은 없었다. 저녁 식사 때가 되면 세 나라 학생들이 부엌으로 모이기도 하지만 붐비지는 않았다. 대만 학생과 나만 늘 집에서 식사를 하는 것 같았고, 다른 한국 학생과 일본 학생은 이따금 집에서 저녁을 먹는 것 같았다.

주인 할머니가 정해 준 것이지만 식당을 사용하는 데는 불문율이 있었다. 반드시 싱크대와 식탁을 깨끗하게 정돈하라는 것이었다. 당연한 이야기이지만 그게 쉽지만은 않았다. 치우지 못하고 급하게 수업을 가야 할 때도 있고, 두 사람이 한꺼번에 주방을 사용하면 서로가 미루는 경우도 있기 때문이다. 그러나 대체로는 이 원칙이 잘 지켜졌다. 한 가지 문제는 대만 학생의 취사 방법이었다. 이 친구는 wok이라 불리는 가

rooming house에서
주인 노부부(Mr.& Mrs. Mc. Lean)와 일본인 학생

마솥 같은 팬으로 모든 음식을 볶거나 튀겨 먹는 습관이 있었는데 그럴 때마다 가스레인지는 밖으로 튀긴 기름으로 범벅이 되어 있었다. wok은 잘 닦고 가지만 가스레인지는 청소를 안 하고 그대로 떠나는 경우가 많아 나와 일본 학생은 불만일 수밖에 없었다.

주인 노인 부부는 심심하니까 가끔 할머니가 쿠키를 구워 놓고 우리한테 1층으로 내려오라고 한다. 지금도 그렇지만 당시에도 노인들과 이야기하고 싶어 하는 젊은이는 없었다. 마지못해 내려가도 언어 소통이 시원치 않으니 꿀 먹은 벙어리 모양으로 앉아 있다가 싱겁게 헤어지곤 했다. 학기 중에 점심은 시간도 부족하고 해서 사 먹어야만 했다. 가까운 곳에서 가장 저렴하게 해결할 수 있는 방법이 맥도날드를 이용하는 것이었다. 그 당시 내 형편으로는 맛보다는 가장 가성비가 높은 것을 찾는 것이 과제였다. 여기에 딱 들어맞는 것이 빅맥+커피였다. 빅맥이 89센트였고 커피가 10센트였기에 합해서 99센트로 점심이 가능했다. 이러한 점심을 거의 일 년을 먹었다. 때로는 너무 지겨워서 다른 곳에 가서 샌드위치라도 먹고 싶었지만, 돈이 아까웠다. 제일 먹고 싶어 했던 Arby's의 로스트비프 샌드위치는 값이 1.25달러였는데 커피까지 더하면 1.5달러가 되었다. 그래서 한 주에

한 번, 주말마다 가기로 했다. 지금 기억으로는 그때가 그렇게 기분 좋을 수 없었던 것 같다.

설계 Studio

Studio에서는 처음 설계 주제가 태양열을 이용한 단독주택의 설계였다. 한국에서도 주택 설계를 해 보았지만, 여기서는 무언가 창의적인 아이디어가 필요했다. 당시 한국의 설계 수준은 지금과 달리 매우 낮았고, 길거리에 지어진 주택들은 하나같이 슬라브 평지붕 일색이었다. 미국까지 와서 그런 집을 그려 낼 수는 없었기에 한 학기가 다 가도록 머리를 짜내었지만 본 게 없고, 아이디어도 빈곤하니 나오는 게 없었다. 내가 학교에서 설계 공부를 할 때만 하더라도 해외의 건축이 어떻게 돌아가고 있는지 전혀 알 길이 없었다. 그도 그럴 것이 해외에 나가 본 적도 없고, 변변한 건축 잡지도 출간되는 것이 없었다. 해외 서점이라 해도 무교동에 범한서적 정도가 있었다. 거기서도 건축에 관한 책이란 오래된 양장 제본한(요즈음이라면 책방 앞 가판대에 50% 세일로 나올법한) 매우 비싼 책들이 있었다. 그나마 내 형편에 맞는 것으로는 일본 건축 잡지가 몇 가지 있었는데, 일본식 소형 주택에 관한 것들이 대부분이고, 그중에서 내가 사 본 책은 일본의 『신건축』한 권뿐이었다. 4년을 다니면서 내가 설계 성적을 모두 A 학점을 받은 것은 사실 도면을 깔끔하게 그려 낸 덕분이었을 것이다. 그래서 역시 예술이라는 것도 자라면서 본 것이 많아야 잘 할 수 있다는 것을 느꼈다. 끙끙 앓다가 학기 말 발표를 일주일 남겨 놓고서야 생각이 언뜻 떠올랐다. 기존에 내 머릿속에 남아 있는 주택이라는 이미지를 모두 지워 버리고 無에서부터 출발하자는 것이었다. 그렇게 생각하니 주

단독주택 설계안

평면과 입면

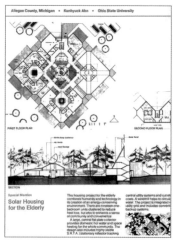

노인을 위한 solar community(장려상)
(출처: Capturing the Sun, Designs from an architectural student competition, AIA Research Corporation)

나의 삶과 일, 그리고 소중한 것들

택이 box 형태일 필요가 없어졌다. 또 태양열을 이용해야 하니 45도 기울어진 경사진 면이 필요했다. 그래서 생각한 것이 피라미드 형태였다. 그 다음에 주거 공간을 그 안에 넣는 것은 식은 죽 먹기였다. 첫 학기는 열심히 공부했고 결과도 좋았다. 학과 내에서도 나에 대한 평가가 아주 좋았다.

첫 학기에는 새로운 학생들이 전국, 전 세계에서 오기 때문에 교수들 간에 품평회가 있게 마련이다. 내 학급에는 외국인이라곤 나와 대만에서 온 두 명의 학생, 도합 세 명이 있었다. 그런데 대만 학생들은 영 시원치가 않아서 결국 둘 다 한 학기 만에 학교에서 쫓겨나고 말았다. 이와는 대조적으로 나에 대한 평가는 아주 좋아서 내 지도 교수는 물론 한국인 교수도 속으로 뿌듯했었다고 나중에 말해 주었다. 첫 학기를 마치자 이제 미국 대학 생활에도 어느 정도 자신이 생기는 것 같았다. 지도 교수도 내게 학생들을 대상으로 하는 전국 규모의 태양열 건축 설계 공모에 응해 보라고 권유하였다. 나는 내가 설계한 주택을 확장해서 태양열 community를 제안하였다. 내 계획안은 특선은 아니지만, 장려상을 받았다.

두 선배

느슨하게 여름 학기를 지낸 후에 9월이 되자 정식 학기가 시작되었다. 설계 스튜디오를 포함해서 3과목을 선택하였다. 첫 학기 수강 신청부터 해야 했는데, 지도 교수 서명이 필요했다. 다행히 대학원 3학기째인 조영진 선배가 있어서 도움을 받았다. 고등학교는 나보다 4년 선배인데, 대학은 인하대학을 다녔다고 했다. 처음에는 Cleveland에서 미국 생활을 시작했다가 Akron으로 옮겼고, 거기서 직장 생활을 하면서 영주권을 딴 후에, 오하이오 주립대에 석사 과정을 하러 왔다고 했다.

Ohio주에서만 학교를 다닌 셈이고, 미혼이어서 국적에 상관없이 교내 여학생들에게 관심을 많이 보였다. 우리는 선후배 사이라서 곧 친해졌고, 지도 교수도 같은 교수(George Clark)로 정했다. 조 선배는 내가 처음 유학 생활을 시작한 첫해 내게 큰 도움을 주었다. 조 선배는 직장 생활을 해서 그런지, 아니면 미국 온 지 5~6년 되어서 그런지 영어를 꽤 잘했다. 아마도 DNA에 소질이 기록되어 있는지도 모르겠다. 조 선배는 바로 밑에 남자 동생이 하나 있는데, 듣기로는 한국에서 학교도 안 다니고 행실에도 문제가 있는지 안 되겠다 싶어 형이 사람 만들겠다고 미국으로 데리고 왔다. Akron에 있는 학교에 넣은 모양인데, 방학 때 Columbus로 와서 형과 지냈다. 동생도 형처럼 영어를 매우 잘했다. 손재주도 있는 모양이어서 폐차 수준의 캐딜락을 200불에 구입하여 직접 부속품을 구입하여 수리한 후 백인 여자애들과 놀러 다니는 것 같았다. 공부는 못해도 또 다른 재주가 있으면 성공할 수 있는 나라가 미국인 것 같다.

조 선배는 디자인에 뛰어나지는 않았지만 실무에 밝고 drafting도 잘해서 졸업 후 취직을 한 후,

가정을 꾸려 평범하게 살 생각을 갖고 있는 것 같았다. 즉 큰 꿈이 있는 것 같지는 않았다. 그래서 그런지 조 선배는 꿈이 큰 나를 무척 좋아했으며, 부러워했다. 1년 후, 조 선배는 취업을 위해 떠날 준비를 하면서, 내게 사진 한 장을 내밀었다. 한국에 있는 자기 여동생인데 사귀어 보는 게 어떠냐는 것이었다. 자기가 영주권도 만들어서 미국에 데려올 수도 있고, 나만 좋다면 당장이라도 그 일을 시행하겠다는 것이었다. 나는 매우 당황해서 아직은 결혼 생각이 없다고 말했다. 그는 자기 동생 같은 애는 가정적이라 내가 미국서 활동하는 데 편하고 도움이 될 것이라고 내게 졸랐다. 친한 사람에게서 이런 난처한 요청이 들어오면 참 당황스럽다. 매정하게 거절하면 의가 상할 것 같아 조심스러웠다. 그 일이 있은 뒤부터 우리는 약간은 서먹서먹한 사이가 되었으며, 얼마 안 있어 그는 학교를 떠났고 지금은 연락조차 안 되고 있다.

함께 오래 지내지는 않았지만 또 한 명의 선배가 있었는데, 나보다 3년 선배인 이승호다. 알고 보니 그는 교동초등학교, 경기중·고등학교, 서울대학교까지 줄곧 선배다. 초등학교는 내 막내 누나와 동창이라서 우리 집에서도 어머니가 기억하고 계셨다. 대학에서는 항공공학과를 나오고 미국에 와서 명문 프린스턴에서 석사 과정을 마쳤다. 그리고는 박사 과정을 위해 오하이오 주립대로 온 것이다. 본인 말로는 프린스턴에서 지도 교수와 약간의 트러블이 있어서 옮기게 되었다 한다. 이 선배는 서울대 항공과 위상규 교수의 제자인데, 위 교수는 미녀 골퍼 미셸 위의 친할아버지다. 이 선배는 성격이 좋아 누구하고라도 사귀기를 좋아했고, 그래서 그런지 아는 것도 많았다. 말은 좀 많은 편이었지만 그는 노래를 잘 불렀고, 유행가는 모르는 노래가 없었다. 이 선배는 오하이오 주립대에 오자마자 자기는 곧 다른 학교로 옮길 예정이라고 말하면서 별로 정을 붙이지 않았다. 한 학기가 끝난 후에 그는 일리노이 대학으로 갔다. 내가 나중에 그를 내 처형과 중매를 서서 내 손윗동서가 되었다.

일리노이에서의 박사 과정도 순탄치 않아 많은 시간이 걸려서야 박사 학위를 마쳤다. 그리고 그는 NASA와 관련 있는 연구소에 취직하여 산호세로 갔다. 내 처형은 피아노를 전공하여 일찍이 미국에 와서 인디애나에서 공부를 했는데, 동생이 먼저 시집을 가는 데 자극을 받아 혼처를 구하고 있었다. 이 선배도 나이가 서른이 넘어 결혼이 시급한 과제였다. 늦은 나이지만 두 사람은 아들을 낳고 재미있게 살만하게 되었을 때, 불행이 닥쳐왔다. 회사에서 지원하는 정기 건강검진에서 직장암이 발견된 것이다. 의사는 4기라고 하면서, 수술을 해도 이전처럼 되기는 어렵다고 말했다. 이 무슨 청천벽력 같은 일인가? 그는 그때부터 암에 관한 많은 책들을 읽기 시작했다. 지푸라기라도 잡고 싶은 그의 눈을 사로잡은 것은 수술하지 않고 고칠 수 있다는 민간요법에 관한 책이었다. 그는 수술을 한들, 옆구리에 호스를 넣어 배변을 해야 할지도 모른다는 약간은 과장된(?) 의사 말에 너무나 쇼크를 받아 수술 날짜를 받아 놓고도 병원에 가지 않았다. 그리고는 그 주변에 식이요법

나의 삶과 일, 그리고 소중한 것들

으로 암을 이길 수 있다는 일본인 전문가(?)와 상담을 하기 시작했다. 그의 말에 따라 식단을 만들고, 매일 운동을 하고 힘겨운 암과의 싸움에 들어갔다. 나는 내가 해 줄 수 있는 말이 무엇인지 알 수 없었다. 내 생각에는 의사의 말이 아무리 그렇다 해도 수술을 받아 보는 것이 좋지 않겠느냐고 말했지만 내 지식이 짧아서 그를 설득시키지 못했다. 사람의 생명이 달린 일이다 보니 남이 무어라 결정적인 코멘트를 하기는 어려웠다. 결국 본인이 결정하는 것이다. 그는 일 년 가까이 식이요법으로 투병하다가 나중에는 암이 다 없어진 것 같다고 좋아한 지 얼마 안 있어 저세상으로 갔다. 다섯 살짜리 아들과 아내만 남겨 놓고, 나는 나 스스로 자책하였다. 왜 내가 두 사람을 중매했는가? 결국 이러한 비극을 낳게 한 것은 바로 나라는 생각은 지금까지도 내 마음에 어두운 그림자를 드리우고 있다.

기억에 남는 교수들

건축학과에는 한국인 교수 한 분이 계셨는데, 얼마 지나지 않아 나와 매우 친하게 지냈다. 학과에서는 Kenneth Lee(이근섭)라고 불렸는데, 나보다는 대략 10살 연상이고 연세대학을 1년간 다니다가 유학하여 MIT에서 학사, 석사를 마쳤다. 짐작하건대 병역을 회피하려는 목적으로 부모가 그렇게 일찍 유학을 보낸 것이 아닌지 의심된다. 지금이나 당시나 자식을 군대 보내고 싶어 하는 부모는 없는 것 같다.

그는 오래전에 작고하신 유명한 한국의 테너 이인범 선생의 장남이시다. 부친이 성악가이어서 그런지 그는 노래를 무척이나 잘 불렀다. 음악과 미술을 다 잘하는 사람은 찾기 힘든데 이 교수님은 두 가지 모두 다 잘하시는 분이다. 창의력도 뛰어나서 나중에 Michigan 대학에서 박사 과정을 공부할 때도 특허를 두 개나 딴 경력을 갖고 있다. 이 교수님의 대단하신 능력에도 불구하고, 학과 내에서는 그만큼 이 교수를 대우해 주지 않았다. 석사 학위만 갖고 있고 조교수라서 대학원은 맡지 않았기에 내가 배울 수 있는 기회는 없었다. 미국 교수들과도 별로 가깝게 지내는 것 같지 않았고, 내 class의 학생들은 이 교수님의 영어 발음이 이상하다고 뒤에서 낄낄대고 흉보는 것을 들을 때면 가슴이 아팠다. 나도 영어가 시원찮아서 자주 교수 강의를 놓치기는 했지만 열심히 공부하여 따라갔다.

이근섭 교수님은 키가 나만큼 작은 편인데 둥근 얼굴에는 양미간이 넓은 편이어서 독특한 이미지를 풍기는데, 머리카락은 길게 길러 이마를 가리고 귀를 덮어, 얼핏 보면 오케스트라 지휘자 같은 인상을 준다. 내가 오랫동안 관찰한 바에 따르면, 손과 손가락이 도톰하고 짧은 사람들은 대개 손재주가 뛰어났는데 이 교수님도 이런 부류에 속한다.

이 교수님 사모님은 대단한 미인인데 이 교수와의 사이에 딸과 아들 하나씩 두고 있었다. 이 교수님 댁은 전형적인 미국 중산층 가정이었다. 사모님은 이 교수님보다 한두 살 연상이었던 것으로 기억되는데, 그래서인지 좀 더 성숙해 보였고, 이 교수님은 매사에 사모님에게 순응적이었다. 사모님은 교수님의 수입이 자녀들 사립학교 보내기에는 넉넉지 못한 까닭에 조그만 flower shop을 하나 운영한다고 했다. 두 분은 미국에서 처음 만나 결혼했는데 아마도 MIT에서 공부할 때가 아닌가 한다. 처가는 오래전에 미국으로 이민을 온 사람들이라고 들었다. 그래서 그런지 사모님은 한국에 대해서 별 아이디어가 없으셨다. 한국이라면 그저 전쟁의 폐허만 상상하는 정도였다. 그러다 보니 시집 식구들에 대해서도 잘할 리가 만무했다. 이 교수님도 한국을 떠난 지 20년이 되었지만 그사이 한 번도 한국에 나간 적이 없다고 했다. 사모님이 반대하셔서 못 갔는데, 본인이야 장남이고, 부모님이 연로하신데 왜 가고 싶은 마음이 없었겠는가? 이 가정을 보니 세인트루이스에 사시는 내 큰이모네 생각이 떠올랐다.

어디 이 가정뿐이랴. 1955년에서 1975년에 이르는 약 20년 동안 한국에서 미국으로 유학 온 사람들은 공무원이나 기관에서 보내 준 것이 아니라면 공부를 마치고 다시 한국으로 돌아간 사람들이 별로 없었다. 대부분 유학 중에, 아니면 공부를 마치고 직장을 잡던가 하면서 결혼을 하게 되고, 그러고 나면 미국에 눌러앉게 되는 것 같았다. 왜 그럴까? 그 당시만 해도 한국과 미국의 사회 전반에 대한 격차는 매우 컸다. 겉으로 보기에는 더욱 그렇다. 미국에 비하면 한국은 못 사는 나라, 모든 것이 낙후된 나라, 기회가 없는 나라라고 여겨졌다. 거기다 가정까지 안정되고 나면 한국으로 돌아갈 마음이 사라지는 것이다. 여기에 아내와 시집과의 관계가 한몫을 하게 된다. 당시만 해도 한국에서는 며느리가 시부모를 모시는 것이 미덕으로 여겨졌다. 특히 장남의 경우는 그렇다. 그리고 유학 온 사람들은 대개 장남들이 많았다.

내가 Ohio 주립대를 졸업하고 떠난 후, 이 교수님은 늦은 나이임에도 불구하고 미시간 대학교 박사 과정에 입학했다. 물론 Ohio 주립대를 그만둔 것은 아니고, 두 주를 오가면서 수강도 하고 강의도 했다. 학기 중에는 주로 Ohio에서 강의를 하며, 방학 때는 Ann Arbor에서 지내면서 연구를 하였다. 그가 전공한 분야는 당시 건축 분야에서 유행하던 건축의 에너지 시스템 분야였다. 주로 passive energy system에 관한 것으로 건물의 에너지 절약을 주로 다루는 것이다. 그는 박사 과정에서 발명 특허를 두 건이나 달성하고, 박사 학위를 받았다. 그리고는 다시 Ohio 주립대로 돌아왔다. 그러나 학위를 끝낼 즈음 사모님은 Ann Arbor에서 시작한 비즈니스가 제법 성공적이어서 남편과 함께 Columbus로 돌아오지 않았다. 그래서 이 교수의 미시간과 오하이오를 오가는 힘든 생활이 계속되었다. 그러던 차, 갑자기 사모님이 교통사고로 사망하는 불상사가 발생하였다.

사모님이 안 계시자 이 교수님은 자유로워졌고 한국에도 여러 차례 다녀갔다. 그런 사고가 있은 뒤 얼마 안 되어 재혼 이야기가 나왔다. 교수님이 내게도 도움을 청해서 나와 아내가 사방으로 알아보았고, 신붓감 한 사람을 추천하기도 하였다. 그러던 중, 이 교수님은 LA에서 목사님 주선으로 한 여성을 소개받아 결혼식을 올렸다. 새 사모님은 여러 spec 면에서 돌아가신 사모님만 못 했지만, 신앙심과 마음씨는 좋으신 것 같았다. 그리고 교수님은 그분에 대해 매우 만족해하셨고 전에 비해 훨씬 더 행복해 보였다. 재혼 후 교수님은 기독교에 몰입하게 되었고, 미국에서 신학대학에 입학하셨다. 그리고 그때쯤 Ohio 주립대를 그만두셨다. 나이 50에 조기 은퇴였지만 연금이 충분히 나와서 생활은 문제가 없다고 했다. 신학대학을 졸업함과 동시에 교수님은 목사 안수를 받고 목회를 하게 되었다. 교수님은 한국에 나올 때마다 나와 연락을 하고 부부가 나와 함께 식사를 같이하곤 했다.

대학원 과정에서 가장 학점 배당이 많은 과목은 설계 studio와 구조역학으로 각각 5학점씩이었다. 스튜디오야 당연히 내가 가장 잘한다고 생각했지만 내가 구조역학까지 잘할지는 나 자신도 몰랐다. 한국에서는 구조역학 공부를 등한시했고, 따라서 선생님이 칠판에 필기해 주신 것만 겨우 베껴 왔다. 시험은 조유근이라는 친구(서울대 컴퓨터공학과 명예교수) 도움으로 겨우 해결했지만 나는 구조역학에서는 그야말로

Ohio 대학 교정에서

깡통이었다. 그런데 미국 올 때, 구조공학이 필수라는 것을 보고 혹시나 해서 구조공학 원서와 학부 노트를 갖고 왔다. Ironical하게도 내가 한국서 그저 건성건성 받아 적은 강의 노트가 미국서 구조역학 공부를 하는 데 결정적인 도움을 주었다. 내 자신이 오하이오에서 교수님의 강의가 너무나도 재미있고, 잘 설명해 주신 덕에 새롭게 구조역학에 흥미를 느꼈던 것 같다.

교수님은 겸임교수로서 외부에 개인 사무실을 운영하고 있었는데 실무를 해서 그런지 너무나도 알기 쉽게 가르쳤다. Peter Korda라는 헝가리 출신인데(제2차 대전 후 미국으로 이민), 부친도 엔지니어였고 부다페스트의 어떤 다뉴브강 교량을 설계한 분이라고 자랑스럽게 이야기했다. 이 강의가 매우 특색 있었던 것은 구조의 원리를 설명하는 데 있어서 자신의 팔과 다리를 사용해 가며 설명하는 것이었다. 예를 들어, 팔을 옆으로 쭉 뻗어서 펴고, 손에 무거운 것을 들면 어디에 무게가 느껴지는가를 묻는 것이다. 물론 어깨에 무게가 느껴지는데, 이때 팔이 cantilever이고 어깨가 받는 힘이 bending moment라는 식으로 설명했다. 교수님은 또 강의를 아주 쉬운 방법으로 풀어 나가 학생들의 이해를 도왔는데, 아주 복잡한 구조물도 미분이나 적분 등 어려운 수학 기본이 없어도 더하기와 빼기, 곱하기만 알면 풀 수 있다는 것이었다. 그래서 마지막에는 어렵다는 shell 구조물까지

풀어 낼 수 있도록 가르치셨다. 또 한 가지 빠트릴 수 없는 것은 교수님이 구조 engineer였지만 안전성보다도 더 역점을 두는 것이 아름다운 설계였다는 점이다. 이것은 내가 한국에 돌아와서 엔지니어들을 대할 때, 늘 강조하는 대목이기도 하다. 구조역학 시간에는 매주 퀴즈 시험을 보았는데, 나만이 거의 만점을 받았다. 그래서 학기 말 과제로 Ohio Stadium의 지붕 shell 구조물을 디자인하고 구조를 풀라고 했다. 2인이 1조로 하도록 되어 있었는데, 나와는 별로 대화도 없던 학생들이 나하고 한 팀이 되고자 필사적으로 구애를 하였다.

오하이오 주립대학에서의 나의 지도 교수는 별생각 없이 선배 말대로 정했는데 문제는 지도 교수의 전문 분야가 건축설계보다는 건축 system에 가깝다는 것이다. 한 학기가 지나자 교수들 간에 신입생들에 대한 비공식 품평회가 있었던 모양이었다. 거기서 건축 system 담당인 내 지도 교수와 구조의 Peter Korda 교수가 나를 많이 칭찬했다고 한다. 첫 학기 내 성적이 좋게 나온 후로 지도 교수는 나를 대단히 자랑스럽게 생각했던 것 같다. 그 당시 우리 건축과 안에서는 교수들 간에 상당한 경쟁과 알력이 존재했던 것 같았다. 서로 자기 지도 학생이 잘하면 큰소리치고, 못하면 주눅이 들고 그런 듯 보였다. 그런데 나의 목표는 어디까지나 건축 설계에 있었기 때문에 지도 교수와 긴밀한 관계를 갖고 연구할 생각은 없었다. 이러한 나의 태도가 나중에 졸업을 앞두고 생각지 않은 어려움을 맞게 만들었다. 지도 교수는 내가 자기가 하는 건축 system 쪽으로 전공하기를 바랐고, 자기 과목을 계속 선택하길 바랐지만, 건축설계 studio와 시간이 겹쳐 어쩔 수 없이 설계 studio를 선택할 수밖에 없었다. 즉 두 과목 모두 5학점으로서 학생이 둘 다 선택할 수는 없도록 만들어 놓았다. 그런데 설계 담당 교수는 겸임교수인 데다가 성격이 자유분방하여 교수들 간에도 별로 평이 좋지 않았고, 학과목 선택에 있어 경쟁 분야인 건축 엔지니어링 담당 교수와는 앙숙 관계였다. 그때부터 지도 교수는 나를 대하는 시선이 싸늘해지기 시작하였고, 자기 과목을 듣지 않았다고 해서 졸업 시험 문제 출제도 거부했다. 결국 내가 선택했던 다른 과목 교수님이 나를 도와 졸업 자격 시험을 보게 하였던 것이다. 그 교수는 내가 오하이오에 있는 동안 내게 일감을 주었던 Perry E. Borchers였다.

내가 선택한 다른 과목으로 재미있던 과목은 건축이론이었는데, 내용은 역사적으로 건축 형태가 갖는 의미와 이론을 배우는 것이었다. 한국에서 제대로 배운 바가 없었고 재미있을 것 같아서 선택하였다. 주로 slide 수업이었는데 교수님은 학생들에게 보여 준 슬라이드에서 중요한 부분을 노트에 베끼고, 교수님의 설명을 노트하도록 시켰다. 그리고는 학기 중에 두세 번 노트를 검사하여 성적을 주곤 하셨다. 한국에서 공대 학보 학생기자 노릇을 하면서 작은 컷을 그려 왔던 나는 그러한 숙제는 아주 쉬운 일이었다. 노트를 받아 볼 때마다 excellent, very good이었고 성적은 물론 A였다. 학기가 끝나기 전에 교수님이 수업 후, 나를 부르셨다. 찾아갔더니 자기 일을 조금 도와

주지 않겠냐는 것이었다. 돈 버는 일을 찾지 못하던 차에 잘되었다 싶어 승낙하였다. 그런데 해야 하는 일이 좀 생소했다. Hasselblad로 찍은 30cm×30cm의 사진 두 장을 살짝 겹쳐 놓고 pair glass 로 들여다보면 입체로 보이는데 이것을 필름 종이에 점을 찍어 도면을 그려 내는 일이었다. 필름 은 A0 사이즈였고 소위 mylar라고 부르는데 한쪽 면이 거칠게 frost 되어 연필이나 잉크 제도가 가 능한 것이었다. 바탕 그림은 gyroscope라는 큰 인쇄기 같은 것으로 대충 그림의 윤곽이 그려져 있어서 우리가 하는 것은 점의 간격을 조정하여 명암과 윤곽을 완성하는 것이었다. 그것이 바로 Photogrammetry라는 것이다. 이 일은 다음 학기까지 이어졌다. Perry E. Borchers라는 이 교수님 은 이 분야에 미국에서 몇 안 되는 분이셨다. 당시만 해도 위성사진이 없었고 지금과 같은 GIS 기술 이 없던 터라 모든 것을 항공 사진을 바탕으로 지도를 제작해야 했던 것이다.

우리가 기록한 대상은 주로 역사적 유적들이었다. 이것들은 짧게는 100년, 길게는 수백 년 전의 것들이기에 도면이 존재하지 않았다. 우리가 하는 일은 국회도서관에 납품하여 기록을 남기는 것 이었고, 교수님은 이 프로젝트를 위해 방학이면 온 가족을 동원해서 측량을 위해 전국을 다니시는 것이었다.

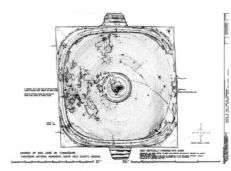

산호세 교회의 천정 돔

빌라드 저택의 식당 fire place

내가 그린 도면 중에는 맨해튼의 오래된 부두 창고, 애리조나의 cliff dwelling, 인디안 Hope족의 주거유적, 뉴멕시코 지역의 오래된 성당, 동굴 거주지 등, 꽤 많은 양이었다. 일주일에 10시간 정도 일을 했고, 매주 약 15불 정도의 돈이 생겼다. 한 달 일하면 방값 정도는 생겼다. 그 일을 거의 일 년 정도 한 것 같다.

Borchers 교수와 친하게 된 이후에 왜 처음에 나를 선택하였는가를 교수께 물어보았다. 나는 내 가 그림을 잘 그려서 선택되었다고 생각하였었는데, 답은 의외였다. 동양 학생들이 눈과 눈 사이 가 서양 학생들보다 멀기 때문에 렌즈로 사진을 볼 때 입체감을 더 잘 느낀다고 했다. 그래서 그런 지 교수 연구실에는 나 말고도 태국 학생이 하나 더 있었던 것이다. 일 년 가까이 이 일을 하다 보니 시력이 나빠지는 것을 느꼈다. 그전까지만 해도 시력만큼은 아주 좋아서 두 눈 모두 1.5 정도였다. 내가 아주 어려서부터 아버님이 책을 볼 때면 팔을 쭉 펴서 눈과 책과의 거리를 30cm 이상 유지하라는 말씀을 귀가 닳도록 하셨기 때문일지도 모른다. 시력은 그때부터 조금씩 나빠져서 4~5년 후에 귀국했을 땐 안경을 쓰지 않을 수가 없었다.

Photogrammetry 작업 중

보스턴 방문과 유학 연장

가을 학기가 12월 초께 끝나고 겨울 학기가 1월 초에 시작되어 한 달 가까이 휴가 기간이 생겼다. 그동안 나는 동부 지방을 다녀 보기로 했다. 우선 보스턴에는 강홍빈 선배가 MIT에 있었고, Harvard 대학에도 관심이 생겼다. 동부로 가기 위해서는 교통편이 필요했는데, 고속버스 요금(약 70달러)도 만만치 않아 차 있는 학생과 car-sharing을 하기로 했다. Columbus에서 보스턴까지는 13시간 정도의 운전 거리라 운전은 반반씩 교대하기로 하고, 기름값도 절반씩을 부담하기로 하였는데 내가 분담한 돈은 30달러 정도였다. 문제는 내가 운전이 미숙하다는 것이다. 면허는 있으니까 한다고는 했지만, 한국에서 면허 취득할 때 빼고는 한 번도 운전을 해 보지 않았기 때문이다. 더구나 운

펜실베이니아 롱우드 가든에서
문동주, 이종희와 함께

전할 차는 Volkswagen Beetle이었는데 수동기어를 사용하는 것이었다. 상대 학생이 4시간가량 운전하고 나서 내게 운전을 하라고 하여, 시도해 보았는데, 시동이 자꾸 꺼지니까 불안했는지 투덜거리면서 자기가 다 하겠다고 했다. 미안하기는 했지만 처음부터 운전을 못 한다고 말했으면 거래가 성립되지 않았을 것이다. 보스턴에서는 강 선배 집에서 며칠 묵으면서 그 동네 선배들도 많이 만났다. 유병림 선배(서울대학교 환경대학원 명예교수)와 김용덕 선배(서울대 동양사학과 명예교수) 등도 그곳에서 소개받았다. 강 선배가 후배 자랑을 많이 한 모양이어서 두 분 모두 나에 대해서도 알고 있는 것 같았다. 이야기 도중 왜 하버드나 MIT로 오지 않고 오하이오를 갔느냐는 질문에는 할

말이 없었다. 나도 처음부터 이곳으로 올 마음을 먹었더라면 가능하지 않았을까 하는 생각이 머리를 스쳤다. 너무나 유학 비용 문제를 따지다가 기회를 잃은 것이 아닌가 하는 생각이 들었다. 선배들로부터 자극을 받은 후, 나는 마음속으로 다짐했다. 내가 반드시 이곳으로 오리라는 것을. 새로운 욕심이 생기자 2년 만에 귀국하겠다는 처음 생각은 바뀌고 말았다.

일 년이 지나 이듬해 여름 방학이 되었다. 지난 일 년의 학업에 매진한 결과 성적이 대체로 만족할 만큼 나왔다. 건축과 안에서 1등을 한 것이다. 그래서 상금으로 500달러를 학교로부터 받았다. 내가 오하이오에서 석사 과정을 1년 마칠 때쯤 내 생각은 동부로 가겠다는 쪽으로 방향을 굳혔다. 내가 유학을 오기 전과는 한국의 상황이 많이 바뀐 것 같고, 내가 귀국할 때쯤에는 더욱 달라질 것이라는 것을 느꼈기 때문이다. 사실 내가 떠난 1975년부터 유학을 나오는 젊은이들의 수가 엄청나게 늘어나기 시작했고 이들이 모두 귀국하게 되면 생각하지 못했던 유학파들 간의 경쟁이 벌어질 것 같은 느낌이 들었다. 그러자 Harvard나 MIT를 나와야만 사람 구실을 할 것 같은 생각이 들었다. 그래서 새삼 GRE 시험을 위한 영어 공부를 틈틈이 하는 한편 입학 지원 준비를 시작했다. 그때까지만 해도 나는 건축가가 꿈이었기 때문에 박사 학위에 대해서는 별로 생각하지 않았다. 이미 건축학 석사는 오하이오에서 받으니 또다시 같은 학위를 할 수는 없었다. 그래서 Harvard에는 도시설계 전문 석사(second professional degree)를 지원했고, MIT와 Michigan 대학에는 별도리 없이 박사 학위를 지원하였다.

이듬해 4월이 되자 Harvard와 Michigan에서 입학 허가 통보가 왔다. Harvard는 석사 과정인 만큼 물론 학비 지원이 없었다. Michigan에서는 일부 학비 지원이 가능하다는 것이다. 어디를 선택할 것인가 고민이 되어서 몇 군데 상의를 했다. 강홍빈 선배는 Harvard로 오라고 했고, 이근섭 교수도 Harvard가 좋다고 했다. 반면 Borchers 교수는 Michigan에 가서 박사 학위를 하면서 자기가 하는 Photogrammetry로 논문을 쓰면 어떻겠느냐고 말했다. 그러나 내 마음은 그 이전부터 이미 Harvard에 가 있었다. 한국에 돌아와 십여 년이 지난 후에 생각해 보면 그때의 내 결정이 과연 옳았는지 확신할 수 없다. 그것은 한국이라는 사회가 박사 학위에 지나치게 가점을 주는 사회이기 때문에 박사가 아닌 사람은 무엇을 했건 얼마나 잘하건 접고 들어갈 수밖에 없었다. 그러나 나는 건축가의 꿈을 버리지 않았었고, 그래서 후회하지는 않았다.

아파트 생활

rooming house에서의 생활도 오래 지속되진 못했다. 그간 class 안에서 친구도 생겼다. 필라델피아에서 온 Tom Fend라는 키가 192cm나 되는 친구인데, 함께 아파트를 빌려 생활하지 않겠는가

하는 제안을 해 왔다. 집 떠나 멀리 와서 공부하는 대학원생들은 대부분 생활비에 쪼들렸기 때문이다. 빌리려고 한 아파트는 방이 2RDK(방 2+거실+주방)인데 한 달 임대료가 150달러였다. 반으로 나누면 75달러씩 내는 것인데, 내게는 그것도 부담이 되었다. 마침 Salaudin Khan이라는 파키스탄 학생이 합류하겠다고 하여 나와 방 하나를 같이 쓰고 미국 친구는 독방을

room mate Fend과 Khan

쓰는 것으로 했다. 나와 파키스탄 친구가 각기 45달러씩 내고 미국 친구가 60달러를 내는 것으로 정했다. 처음에는 취사를 돌아가면서 준비하자고 했지만, 음식에 대한 취향이 너무 달라 각자 해결하는 것으로 했다. 문제는 나 말고는 모두 girl friend가 있어서 방학에 찾아오면 함께 있어야 한다는 것이다. Tom은 독방을 쓰니까 문제가 없지만 Salaudin의 여자 친구가 오면 내가 방을 비워 주고 거실에서 잠을 자야만 했다.

OSU에 와서 거의 일 년간 점심으로 먹은 빅맥(맥도날드)에 질려 버린 나는 무언가 다른 것을 먹어야 하겠다는 생각이 본능적으로 떠올랐다. 그것이 무엇일까? 곰곰이 생각해 보니, 새큼한 김치 같은 것이 빅맥의 느끼함을 없애 줄 것 같았다. 그래서 한국(동양) 식품점에 가 보니 깍두기 캔이 있어서 사 가지고 아파트로 돌아왔다. 한국에 있을 때 워낙 입이 짧은 나는 김치를 싫어했다. 물론 깍두기도 잘 먹지 않았다. 그것도 집에서 어머님이 만든 것만 먹었고, 밖의 식당에서 먹을 때는 손도 대지 않았었다. 그러던 내가 변한 것 같다. 아파트에 아무도 없을 때, 캔을 따서 반만 먹고 반은 아까워서 남겨 두려 했는데, 마땅히 감출 데가 없었다. 그래서 신문지로 꽁꽁 싸서 위 선반 안 보이는 곳에 감춰 두었다. 저녁때가 되자 두 친구가 들어오더니만 집에서 무언가 썩는 냄새가 난다고 야단법석을 떨었다. 쓰레기통까지 온통 뒤졌지만 발각되지는 않았다. 결국 나머지 반은 먹지 못하고 아깝지만 몰래 집 밖의 쓰레기통에 버릴 수밖에 없었다.

새 학년도가 되자 우리는 아파트 생활을 접기로 했다. 자유를 찾아서 나왔지만 오히려 더 불편했던 것 같았다. 처음에는 세 명이 돌아가면서 취사를 준비하면, 시간과 비용도 절약할 수 있으리라 생각했다. 그러나 막상 돌아가면서 취사를 준비한다는 원칙이 이루어지지 않았다. 식성도 모두 다르고, 시간도 맞추기 어려워서 포기했다. 미국 친구(Tom Fend)는 부모가 펜실베이니아에서 피자집을 해서 그런지 아는 게 피자 굽는 것이 고작이었고, 파키스탄 친구(Salaudin Khan)는 닭 날개와 닭발 같은 것을 기름에 볶아 먹는 게 특기였다. 나도 된장찌개 끓이는 게 특기인데 이들이 먹을 리가 만무했다.

또 다시 rooming house로

나는 대학 남쪽 경계부에 위치한 새로운 rooming house를 얻었는데, 아래층엔 70이 넘은 주인 할머니가 혼자 사시고, 2층 방 서넛을 학생들에게 월세를 주고 있었다. 방값은 35달러로 매우 싼 반면, 부엌에서의 취사는 금지되었다. 나는 오히려 잘 되었다고 생각했다. 방값을 절약하는 대신 식사는 매식을 하기로 하고, 비싸긴 했지만 우선 기숙사 식권을 매입했다. 한

배경은 마지막 rooming house(2층 거주)

달에 20끼(100불)를 해결하는 식권인데 내게는 비싸므로 주로 저녁을 해결하는 데 썼다. 아침은 내 방에서 간단히 해결하고, 점심은 다시 빅맥으로 돌아갔다. 기숙사 식당 메뉴는 정말 화려했다. 영양사가 있어서 다양한 음식을 바꿔 가며 제공했고, 큰 새우요리와 비프스테이크가 나올 때만 제외하고는 모든 접시가 무한 리필이었다. 처음에는 너무나 감격해서 많이 먹었지만 그것도 얼마 안 되서 질려 버렸다. 역시 사람들은 자기가 태어나고 자라면서 먹던 식성이 나이 먹어서도 그대로 유지

수석 졸업장을 들고 건축대학장 Larry Gerkense와 함께

건축과 학과장 Paul Young과 함께

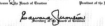

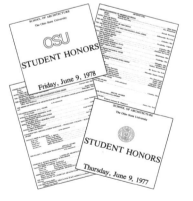

되는구나 하는 것을 깨닫게 되었다.

겨울 학기 끝날 때가 가까워 오면서 학생들도 각자 자기 나아갈 길을 준비하기 시작하였다. 나는 학기 사이마다 학비를 벌기 위해서 틈틈이 photogrammetry 아르바이트를 했다. 그런데도 내가 모아 놓았던 학비와 생활비는 거의 바닥이 나고 있었다. 내 돈을 모두 아버님께 맡겨 놓았기 때문에 내가 새 학기가 시작할 때마다 등록 서류를 보내면 아버님이 등록금과 생활비를 환전하여 보내 주셨다. 학기를 모두 마치기 전에 집에서 아버님이 약간의 돈을 추가로 부쳐 주셔서 여유는 있었다. 집에다가는 내가 졸업 후 하버드로 옮길 것이라는 것을 알려 드렸다. 부모님은 무조건 매우 좋아하셨다. 내가 학비와 생활비를 걱정했더니 방법이 있으니 염려 말라고 하셨다.

봄학기가 끝났지만, 학점이 모자라 여름 학기를 해야만 했다. 무리해서 과목 수를 많이 신청하지 않았기 때문에 독자연구과목(independent study) 두 과목이 남아 있었다. 봄에 졸업하지 못하고 여름에 졸업하는 까닭에 그해 수석 졸업에는 해당하지 않았고, 나의 수석 졸업은 다음 해로 넘어갔다. 하버드에 간 이듬해 여름에 오하이오 주립대로부터 연락이 왔다. 수석 졸업 시상식을 하니 졸업식 때 올 수 있으면 와 달라는 것이었다. 그래서 비용이 좀 들었지만, 개선장군처럼 의기양양하게 다녀왔다. 봄 학기 말 제때 졸업하지 못하고, 여름 학기 마치고 졸업했는데도 이듬해 6월 수석 졸업을 인정해 주는 것을 보고 미국은 참 공정한 사회라는 것을 느꼈다.

미국 유학 2 - Harvard 이후

임시 귀국과 결혼

오하이오 주립대학교에서 2년간 홀로 지내면서 나는 태어나서 처음으로 외롭다는 것을 느꼈다. 유학을 오기 이전에는 주변에 대화할 수 있는 사람들이 있으니까 그런 감정을 전혀 느끼지 못했었는데, 미국에 오니 아무도 속 터놓고 이야기할 수 있는 상대가 없는 것이다. 한국에서는 유학 떠나기 전 어머니가 늘 혼자 보내는 것을 안타까워하셨다. 마침 2년이 지난 1977년 여름에 한국에 나갈 기회가 생겼다. 학교에서 성적이 좋다고 장학금으로 500불을 주어 그것으로 항공권을 구입했다. 한국에 가서 한 달쯤 있으면서 신붓감이라도 찾아보겠다는 생각이었다. 집에서도 내가 한국에 간다고 하니까 사방으로 알아보신 것 같았다. 내가 한국에 도착하니 벌써 맞선 자리가 주선되어 있었다. 당시 셋째 누나가 연합통신사에 다니고 있었는데, 자기 부서에 신입으로 들어온 신붓감이 있다고 소개를 한 것이다. 애가 예쁘고, 명랑하고, 순진한데다가, 집안도 괜찮은 것 같다는 것이다. 집에서도 여러 가지를 고려하여 나를 만나보게 한 것이다. 맞선을 보러 가서 보니 예비 신부가 한눈에 맘에 들었다. 그런데 장모 될 사람과 외할머니라는 분은 떨떠름한 표정을 짓는 것 같았다. 예비 신부는 그리 싫지는 않은 것 같은 표정을 지었는데, 철이 없어서 그런 건지, 예의상 그런 건지 잘 분간이 되지 않았다.

여하튼 첫 만남은 두서없이 끝났고, 다음 약속을 해 놓고 일단 헤어졌다. 우리 집에서는 내가 한국 체류 기간이 한 달밖에 되지 않으니 가부를 빨리 결정하자고 신붓집에 압력을 넣었다. 내 어머니 입장에서는 신붓집에서 싫다고 하면 빨리 다른 처자를 구해서라도 내가 미국에 들어가기 전에 혼인을 결정짓고 싶은 마음에서였다. 그러자 처갓집에서 난리가

나의 결혼식(1977. 7. 7.)

났다. 어떻게 그렇게 급하게 결정할 수가 있단 말인가? 그러나 결론은 의외로 쉽게 나왔다. 신붓집에서 가부를 결정하기 전에 먼저 신부 아버지가 나를 만나 봐야 결정하겠다고 전해 왔다. 나는 사실 이 이야기를 듣고 이제는 되었다고 생각하였다. 왜냐하면 신부 어머니와 할머니는 나를 별로 탐탁하게 생각하지 않았지만, 신부 아버지와 남자 대 남자로 만난다면 허락을 받아 낼 자신이 있었다. 만남 장소에는 머리털이 완전 백발인 사업가로 보이는 크지 않은 중노년 신사가 나왔다. 내 장인이 되신 분인데, 머리는 30대 말부터 하얗게 세었다고 했다. 그때가 장인이 만 50세였는데, 요새같으면 한창 일할 회사의 젊은 중견 간부쯤이 아닐까? 여하튼 무슨 해운사를 경영하는 회장이라고 했다. 나중에 아내한테 들은 얘기로는 장인이 점잖게 거절하기 위해 나를 만나자고 했다는 것이다. 그러나 결과적으로 나를 만난 후 장인이 바로 혼인을 결정해 버렸다. 그래서 우리는 바로 결혼 준비에 돌입했다. 신붓집에서는 약혼만 하고 결혼은 나중에 하는 게 어떻겠느냐고 했지만 나는 한 달 안에 결혼하고 미국에 들어가야 한다고 고집했다. 한 번 가부를 결정하고 나면 주도권은 신랑 쪽에서 갖게 마련이다. 그래서 맞선 본 지 불과 보름 만에 모든 것을 끝냈다. 결혼식은 신부 측에서 다니는 창천교회에서 담임 목사 주례로 치렀다. 1977년 7월 7일이었다. 남아 있는 날짜가 얼마 없어 신혼여행도 못 가고 워커힐 빌라를 빌려서 사흘간 지내다 오는 것으로 대신했다. 그 사흘은 비가 억수같이 쏟아지는 사흘이었다.

신혼여행에서 돌아온 지 불과 이틀 만에 나는 떠나기로 되어 있었다. 나는 공항에서 아내에게 작별 인사를 해야 했다. 너무나 꿈만 같이 치른 결혼식이라 아내는 아직도 확신을 갖지 못한 것 같은 표정이었다. 그래서 나는 아내를 꼭 껴안고 입맞춤을 해 주었다. 그 일로 인해 나중에 양가 어른들께 꾸지람을 들었다.

Columbus에 돌아와서

혼자 학교로 돌아오니 처리해야 할 일이 산더미처럼 쌓여 있었다. 당장 여름 학기 마지막 과목에 대한 리포트를 준비해야 했고, 아내가 오면 함께 지낼 방도 구해야 했다. 어차피 새로운 거처를 구한다 해도 두 달 후엔 보스턴으로 이사를 해야 하기 때문에 조금 돈을 더 내더라도 장기계약이 아닌 초단기 lease거나 sublet을 구하기로 했다. 마침 마땅한 아파트가 있어서 계약을 했다. 현대식 아파트이긴 하나 침실이 따로 없는 studio 타입인데 1층이라 조금 시끄럽기도 하고, 약간 컴컴하기도 하였다. 이사한 뒤 며칠 지내는데, 옆집에서 밤마다 이상한 소음이 벽을 통해 들려오는 것이었다. 마치 사람들이 싸우면서 가구를 집어던지는 듯, 떠드는 소리, 깨지는 소리가 매일 저녁마다 자정까지 들려오니 오싹한 기분도 들고, 아내가 오면 어떡하지 걱정도 들었다. 하루는 옆집 동정을 살피

나의 삶과 일, 그리고 소중한 것들

는데, 복도에서 옆집 출입문이 반쯤 열린 사이로 들여다보니, 방 안은 아수라장 같았다. 책들이 다 쏟아져 흩어져 있는 것 같았는데, 주인이 혼자서 살며 떠드는 것 같았다. 그를 복도에서 마주치면 눈빛이 조금 충혈이 되어 있는 것 같았고 어떻든 정상인으로는 보이지 않았다. 나는 이러한 사실을 아내에게는 비밀로 하기로 하고, 하루바삐 떠날 생각을 했다.

하버드 도시설계 과정

오하이오에서 하버드에 올 때 내게 남은 돈은 고작 3,400달러 정도였다. 그런데 혼자도 아니고 두 사람이 생활해야 하고, 보스턴이 학비와 물가가 오하이오에 비해 거의 두 배 수준이었기 때문에 어느 정도 도움받을 생각을 했고, 아버님도 어떻게 해서든지 지원해 주시겠다고 하셨다. 그럼에도 내가 졸업하고 취직할 때까지 그야말로 어렵게 살았으며, 생활비를 아껴 쓸 수밖에 없었다. 나야 오하이오에서 2년 동안 그런 생활에 익숙하게 되었지만, 아내는 어려움 모르고 자라난 까닭에 정신적으로 엄청난 혼란과 고통을 느꼈을 것이고 심지어 성격까지 달라졌다. 나는 지금까지도 그때를 생각하면 아내에게 미안할 뿐이다.

첫 학기에는 student housing에 입주하였는데, 유명한 건축가 Jose Louis Sert가 설계한 Peabody Terrace라는 아파트였다. Charles River가 보이는 강가의 one-room 아파트인데 신혼부부가 살기에는 그런대로 괜찮았다. 다만 월세가 200달러 정도여서 나로서는 부담이 되었다. 같은 아파트에는 고교 동창들이 몇 명 살고 있었다. 나중에 국무총리가 된 한덕수, 조동성(서울대 명예교수), 김인준(서울대 명예교수) 등이 그들이다. 밖에는 건축과 선배들도 몇 있었는데 강홍빈 선배는 MIT에서 박사 과정을 밟고 있었고, 우규승 선배는 새로 설계사무소를 열어 본격적인 건축가의 길을 가고 있었다. 나보다 한 해 먼저 하버드에 온 황기원 선배는 조경학 석사(in Urban Design) 과정에 있었고, MIT에는 김진균 선배가 건축과에서 석사 과정을 밟고 있었다. 그 외에도 여러 분야에 많은 고교 동창과 선배들이 하버드와 MIT에 있었으며, 모두가 경제적 측면에서는 나보다 나은 환경에 있었던 것 같다.

하버드에서의 공부는 만만치 않았다. 설계 과목에서는 그럭저럭 따라갔다. 도시설계 프로그램은 advanced 석사 과정이었기 때문에 대부분의 학생이 이미 건축학 석사를 마쳤거나, 설계사무소 경험을 갖고 있었다. 내가 오하이오에선 제일 잘했지만 마찬가지로 다른 학생들도 자기의 출신지에서는 제일 잘 나

Peabody Terrace(내가 살던 곳은 맨 왼쪽 2층)

가는 학생이었을 것이다. 내가 따라가기 어려웠던 부분은 도시계획 관련 과목들이었다. 주택론, 기반 시설, 도시계획법규, 도시경제, 사례연구, 도시설계의 집행 방법 등은 오하이오에서 석사 과정을 마칠 때까지도 별로 관심을 갖지 않았던 분야였기 때문에 내게는 생소했다. 하버드 도시설계 프로그램에 지원할 때까지도 도시설계란 건축처럼 도시를 그리는 일이라고만 생각했지, 사회·경제적 문제들까지 다뤄야 한다는 것은 알지 못했다. 그리고 각 과목마다 매 시간 reading assignment가 엄청나게 많았다. 수업 전에 모두 읽어 보고 강의에 출석하는 것은 나로서는 불가능했다.

class에서는 미국의 도시 현실을 주제로 토의를 하곤 했는데, 미국 사회를 이해하지도 못하고 있던 내가 토론에 끼어들 가능성은 제로에 가까웠다. 학생들 모두가 잘났던 터라 서로 토의의 주도권을 잡으려고 야단들이었기 때문이다. 도시설계 전공은 별도의 학과가 있는 것이 아니라 건축, 조경, 도시계획 등의 전공이 모인 복합된 프로그램이었다. 그래서 학과의 책임교수는 chairman이 아니라 director라고 불렀다. 그래

Fort-Point Channel UD(1977)

서 그런지 도시설계 전공에서 제공하는 학과목은 urban design studio와 도시설계 사례연구 등, 몇개 되지 않았다. 나머지 과목은 모두 다른 학과에서 제공되는 과목을 그 학과 학생들과 함께 들어야 하는 것이었다. 도시계획 관련 과목들에는 도시계획전공 학생들과 함께 들었는데 그러다 보니 아무래도 그 학생들보다는 불리할 수밖에 없었다.

몇몇 과목 중에서 가장 내 관심을 끌었던 과목은 건축음향 과목이었다. 담당 교수는 MIT 겸임교수(adjunct professor)인 Robert Newman이었는데, 그는 Eero Saarinen(핀란드 건축가)이 MIT Chapel 설계할 때, 함께 음향 작업을 했다고 한다. 나도 서울대에서 윤장섭 교수님으로부터 건축음향을 배웠지만 별로 기억에 남는 것은 없었다. 그는 외부에 개인 연구소와 대규모 실험실을 갖고 있었는데, 학생들을 초청해서 탐방을 간 적이 있다. 실험실 안에는 커다란 수조도 있었는데 해군으로부터 의뢰를 받아 잠수함의 sonar에 관한 음향 실험을 한다고 했다. OSU의 Korda 교수처럼 실무에 밝아서 그런지 뉴먼 교수는 강의를 아주 쉽게 입체적으로 해서 학생들 귀에 쏙쏙 들어오게 하는 것이었다. 그는 손과 발, 특히 그의 성대를 사용하여 소리를 변형시켜 가며 강의를 했다. 역시 명강의는 누구나 알아듣기 쉽게 하는 것이라는 진리를 새삼 깨달았다.

도시계획과에는 대학 후배가 둘이 있었는데, 도시경제 과목을 같이 수강했다. 한 명은 임창호(전 서울대학교 교수, 작고)였고 다른 한 명은 김선웅이었다. 둘 다 서울대 건축과를 졸업하고 왔는데 매우 똑똑하게 보였다. 수업 시간에도 나는 멍하니 앉아 있는데, 이들은 교수에게 많은 질문

도 하는 것으로 봐서 강의 내용을 모두 이해하고 있는 것 같았다. 하버드에 오기 전에 이미 상당한 준비를 하고 온 모양이다. 나중에 임창호는 박사 과정에 입학하여 몇 안 되는 하버드 박사가 되어 서울대학교 교수까지 되었다. 김선웅은 똑똑하긴 했는데, 무엇이 잘 안 풀렸는지 박사 과정은 Wisconsin에서 했다고 들었다.

하버드 GSD에서 도시계획으로 박사 학위를 받은 것이 임창호 본인 말로는 처음이라는 주장이 있었는데, 확실치는 않다. 어쩌면 석사·박사를 모두 하버드에서 받은 것은 그럴지도 모른다. 석사 과정에는 전 세계에서 잘한다는 학생들을 골고루 뽑지만 일단 뽑아 놓으면 그 가운데서도 우열이 생기게 마련이다. 그러기 때문에 매년 2~3명만 뽑는 박사 과정에 합격하기 위해서는 석사 과정에서 뛰어난 성과를 올려야만 한다. 나보다 2년 선배인 임길진(Michigan State 석좌교수, 작고)도 하버드에서 석사를 마쳤으나 박사 과정에 들어가지 못해 Princeton에서 박사 학위를 마쳤다. 하버드 석사 과정 성적이 좋다고 반드시 입학이 허가되는 것도 아니다. 박사 과정 모집은 지도 교수별로 돌아가며 차지하기 때문에 지원할 때 자기 지도 교수 차례가 되어야 하고, 또 지도 교수가 학과 내에서 power가 있어야 다른 원로 교수에게 TO를 뺏기지 않는다. 임창호는 공부도 잘했지만 그러한 mechanism을 잘 알고서 당시 가장 유력한 원로 교수인 Alonso 교수를 지도 교수로 정하고, 그분의 과목을 깊이 팠다고 내게 말해 주었다. 임창호 후에는 몇몇이 더 있는 것으로 알고 있다. 내가 아는 사람으로는 1980년대 후반에 최막중(서울대 교수, 작고)이 서울대 건축과를 나와서 석사를 일리노이 대학에서 마치고 하버드 박사 과정에 들어와 학위를 받았다. 최막중처럼 그저 그런 대학에서 석사 과정을 아주 좋은 성적으로 졸업하고 하버드 박사 과정에 지원하는 것이 하버드에서 그저 그런 성적으로 졸업하고 박사 과정을 지원하는 것보다 더 좋은 전략이라 할 수 있다.

나는 미시간 대학 박사 과정 진학을 포기하고 온 까닭에 하버드에서도 박사 학위에 대한 미련은 별로 없었다. 내가 선택한 도시설계라는 프로그램이 전공 석사 과정(second professional degree)이라서 박사 과정과 연계되지 않은 것도 한 원인이었다. 그때까지도 나는 건축가가 되겠다는 꿈을 갖고 있었기 때문에 공부를 더 해서 학자가 될 생각은 전혀 하지 않았다. 다만 내 주변의 선배나 친구들이 박사 과정을 마쳐 가는 것을 볼 때, 부러운 생각이 들 때도 종종 있었다. 사실 내게는 공부를 더 한다는 것은 어쩌면 사치일지도 모른다고 생각했다. 집에서 학비를 부쳐 주었지만 넉넉지는 않았고, 집안 형편을 잘 알기에 돈을 받는 것도 마음이 편치 않았다.

주거 비용도 줄이기 위해서 Peabody Terrace 생활 일 년 만에 이사를 하였다. 새로 옮긴 곳은 황기원 선배가 살던 집이었는데 공부를 마치고 귀국하면서 내게 물려준 집이었다. 이 집은 4세대가 사는 아주 낡은 quadruple house였는데, 1층에 두 개의 문이 있고, 각각의 문으로 들어가면 짧은 복도와 계단이 있어서 2층 세대로 연결된다. 이 집은 임대료 인상 제한지역(rent control)에 속해 있어서 한 달 임대료가 105달러에 불과했다. 먼저 살던 Peabody Terrace 절반 정도의 가격이다. 집주인은 한국계 1세 이민자였는데, 한국에서도 자식들을 잘 교육시켜 성공한 사람으로 잘 알려진 고**라는 사람이었다. 내가 사는 공간 아래층에는 동양사학을 전공한 김용덕(서울대 명예교수) 선배가 살고 있었다. 말이 주택이지 임대료를 올리지 못하는 관계로 건물 관리는 전혀 안 된 철거 직전의 집이었다. 창문은 제대로 열리는 것이 없었고, 난방은 pipe 보온이 안 돼서 지하실에서 보일러를 켜도 2층에 올라올 때면 다 식어서 미지근했다. 우리가 보일러를 지피면 1층 사람들이 덕을 보는 셈이다. 오래된 집이라 벽 단열은 전혀 없었고, 바닥 카펫은 완전 닳아서 반질반질했다. 비가 새지 않는 것만 해도 다행으로 살았는데, 겨울에는 창문마다 바람이 새어 들어오는 것을 막기 위해 비닐을 덧씌웠다. 내가 학교에서 늦게 돌아올 때는 아내는 기름값을 아낀다고 보일러를 켜지 않고 대신 주방 가스레인지를 켜 놓고 손을 쬐고 있기도 했다.

이 집이 얼마나 끔찍했는가 하는 것은 이 집에 사는 바퀴벌레 숫자만 보면 알 수 있었다. 2층짜리 주택이고, 지상층에는 쓰레기통들이 널려 있어서 바퀴벌레와 쥐가 많이 들끓었다. 처음 입주해서는 우선 바퀴벌레를 퇴치해야만 했다. 낮에는 눈에 잘 보이지 않지만, 밤이 되면 어디선가 나타나 기겁하게 만든다. 아내는 바퀴벌레를 한국에서 본 적도 없이 미국에 왔는데, 처음에는 소스라치게 놀라 도망을 갔지만, 일 년 정도 살더니 익숙해져서 눈에 보이는 대로 때려잡는 선수가 되었다. 나는 바퀴벌레 서식처를 찾아 없애려고 하루는 다 닳아서 번들거리는 카펫을 걷어 올려 보다가 깜짝 놀랐다. 그 밑은 온갖 벌레와 부화를 앞둔 알과 새끼들로 꽉 차 있었다. 나는 도저히 엄두가 나지 않아 그대로 덮어 버렸다. 침대 위로만 올라오지 않기를 바라면서. 그리고 겨울에 임시행정수도 일을 하기 위해 아내와 한국에 나와 20일 가까이 있다가 돌아와 보니까 바퀴벌레가 완전히 사라졌다. 그 겨울이 너무나 추웠고, 난방이 안 되고, 먹을 것도 없다 보니 바퀴벌레들이 집단 이주를 한 모양이었다.

그래도 신혼 생활이라 자동차가 필요해서 하나를 마련했는데, 한국 학생이 타다가 사고가 나서 앞이 험악하게 찌그러진 차를 400달러에 샀다. 5년 정도 지난 72년식 Saab였는데 외제 차라서 수리비가 너무 비싸 수리를 포기한 것이다. 차 앞의 hood가 받쳐서 구겨진 채 위로 들어 올려져 있었고, 범퍼는 가운데가 푹 찌그러져 안으로 들어갔으며, 라지에타가 그것 때문에 깨져서 부동액이 새고 있었다. 앞부분 말고는 그런대로 괜찮았다. 이런 손상된 부분들을 수리할 경우 거의 2,000달러 정도가 들 것이라고 했다. 나는 이 차를 인수해서 내가 어떻게 해서든지 큰돈 안 들이고 고쳐 쓰기로 했다. 우선 앞의 hood는 뜯어서 콘크리트 바닥에 내려놓고 내가 높은 곳에 올라가 뛰어내려 약간은 폈다. 범퍼를 펴기 위해서는 긴 wire가 필요했다. 옷걸이 wire를 여러 개 펴고, 꼬아서 굵게 만들고, 한쪽 끝은 범퍼 가운데 푹 파인 부분에 묶고 다른 한쪽은 전봇대에 묶었다. 그리고서는 후진 기어를 넣고 액셀을 밟았다. 범퍼도 어느 정도 펴져서 라디에이터와의 사이에 공간이 확보되었다.

그리고 라디에이터는 고물상을 수소문해서 쓰던 것을 싸게 사와 교체하였다. 덜컹거리는 hood를 차체에 고정하기 위해서는 철사로 범퍼에 묶었는데 앞에서 보면 좀 그렇지만 달리는 데는 문제가 없었다. 나는 이 차를 타는 동안 몇 번의 사고와 우여곡절을 겪었다. 6만 마일(약 96,000km)밖에는 안 달린 차였지만 탄지 얼마 안돼서 머플러에 이상이 생겼다. 미국 차들은 겨울에 길에 살포한 염화칼슘 때문에 머플러가 삭아서 오래가지 못한다. 당시에는 대개 5만 마일 정도를 달리면 갈아야 했다. 차 밑에 들어가 보니 앞에서부터 꼬리까지 여기저기 삭아서 구멍이 나고 있었다. 그래서 머플러를 부속품 상점에서 사다가 내가 조립하고 엔진과 연결했다. 그런데 어느 일요일 로드아일랜드 프로비던스에 사는 친구를 방문하고 돌아오는 길에 시내에서 머플러의 나사가 풀려 중간이 떨어져 나갔다. 중간이 끊어진 머플러는 대포 소리를 내기 시작하였고 조용한 일요일의 프로비던스를 전쟁터로 느껴지도록 만들었다.

한번은 후배가 한국서 온다고 비행장에 나와 달라고 해서 가던 길이었다. 비가 내리고 있었는데, 고속도로 진입 램프에서 속도를 못 이겨 차가 한 바퀴 돌아 버린 사고가 생겼다. 다행히 뒤에 따라오는 차가 없어서 큰 문제는 없었다. 또 한 번은 정말 큰일 날 뻔한 사고였다. 졸업 후 회사에 취직해 있을 때, 점심 식사 후, 뉴햄프셔에서 회의가 있어 가던 길이었다. 고속도로에 차들이 거의 없던지라 마음 놓고 달리고 있었는데 그만 졸음이 온 것이다. 갑자기 눈을 뜨는 순간 바로 앞차를 내 차가 받으려는 것이었다. 아마도 시속 150km가 넘었던 것 같다. 순간 놀라서 핸들을 시계 방향 반대로 돌렸고 내 차는 고속도로에서 뱅글뱅글 돌았다. 뒤에 차가 멀리서 왔기에 충돌사고는 일어나지 않았지만 죽을 수도 있는 사고였다. 그 덕분에 내 차는 엔진과 차축이 연결되는 u-joint가 터졌고 집에는 가까스로 돌아왔으나 결국 자동차와는 2년 만에 이별해야 했다. 그래도 나머지 부품이 쓸모가 있었던지 폐차장에서 100달러는 받았다.

임시행정수도 계획

하버드 첫 학기가 시작된 지 얼마 되지 않아서 전에 내가 대학 1학년 때 아르바이트 하던 HURPI (Housing & Urban Planning Institute)의 황용주 박사가 보스턴을 찾았다. 황 박사는 건설부 토목 기좌(계장급)로 HURPI에 감독관으로 파견 근무했다가 미국으로 유학을 갔다. 처음에는 피츠버그대(?)에서 토목 전공으로 석사 과정을 마치고 한국에 돌아갔다가 건설부에 사표를 내고 박사 학위를 하기 위해 버클리대학으로 갔다. 37세라는 비교적 늦은 나이에 박사 학위를 받고서는 World Bank에 들어가서 선임연구원으로 일을 했다. 그가 보스턴을 찾은 것은 함께 일할 전문가를 스카우트하기 위함이었다. 당시가 1977년 봄이었는데 한국에서는 박정희 대통령이 임시행정수도 건설을 결정하고 오원철 경제 수석으로 하여금 준비를 하게 하였다. 오수석은 평소 잘 알고 있던 World Bank의 황용주 박사를 찾아 일을 맡기겠다고 했고, 황용주 박사가 중심이 되어 계획팀이 꾸려졌다. 장소는 홍릉에 있는 KIST 내에 지역개발연구소를 부설하고, 각 분야별로 젊은 전문가들을 모집하였다.

그러나 지역개발연구소가 설립되고 계획을 주도하기 이전까지 많은 우여곡절이 있었음을 알 수 있었다. 이 과업이 대한민국 역사상 처음 있는 일인 만큼 당시 도시계획 전문가들은 모두가 관심을 가질 수밖에 없었고 서로가 이 일을 맡기 위해 치열한 물밑 경쟁을 했다. 정부 주도로 또는 공공단체 주도로 수많은 국제, 국내 세미나가 열렸고, 모두들 자신들이 이 과업을 주도하기 위해 끼어들었다. 그러나 사실 이 과업은 한두 명의 교수나 학회, 또는 엔지니어링 회사가 소화하기에는 너무나 벅찬 프로젝트였다. 황용주 박사 또한 국내 도시계획 계로부터는 상당 기간 떨어져 있었기에 처음부터 기존 학계나 업계는 신뢰하지 않았다. 그런 까닭에 당시 도시계획 계의 대부라고 할 수 있는 박병주 교수나 나상기 교수가 배제되었고, 홍익대 젊은 교수 곽영훈(환경그룹 회장)도 헛물을 켰다. 프로젝트 비용도 어마어마하게 컸고, 다루어야 할 분야도 많았기에 나중에 모두들 조금씩은 떼어 갈 수 있었지만 그것은 그들의 입막음용이었을 뿐 실제 계획에는 전혀 도움이 되지 않았다.

임시행정수도 계획에서 가장 중요한 부분은 역시 도시계획이었다. 황 박사 생각에는 전에 HURPI에 있었던 우규승(HURPI 당시 captain) 선배를 적임자로 생각하고 프로젝트 참여를 설득하기 위해서 보스턴을 찾았다. 그런데 우규승 선배는 당시 막 건축설계사무소를 열어서 활발하게 설계를 시작하던 때여서 선뜻 응할 수가 없었다. 그래서 대신 강홍빈 박사를 천거하였다. 강홍빈 박사는 당시 MIT에서 박사 과정을 거의 마치고 논문 준비를 하려던 참이었다. 강홍빈 박사의 입장에서는 논문 쓰는 것은 잠시 미뤄 두어도 별문제는 없을 것이기에 이러한 국가적인 대사를 맡는 것에 마다할 이유가 없었다. 나는 당시 석사 과정을 밟고 있었기에 스카우트 대상에서 제외되었다.

첫 학기가 끝나서 겨울 방학을 맞이했을 때 한국에서 강홍빈 선배로부터 연락이 왔다. 일이 급하게 진행되고 있으니 방학 중에 보름이라도 나와서 도와 달라는 것이었다. 나도 행정수도 계획에 대해 궁금하기도 하였고, 일을 해 보고 싶은 욕심도 생겨 바로 수락하였다.

한국에 도착한 날 바로 지역개발연구소를 찾았고, 이튿날 관용차인 검정색 포니를 타고 현장을 방문하였다. 현장은 지금의 세종시 서측에 연접해 있었다. 입지 선정을 누가 했는지는 잘 알 수 없었지만, 서울의 풍수와 유사한 것 같았다. 다만 서울과는 달리 땅은 그런대로 평범해 보였고 비범한 구석은 전혀 없었다. 내가 한국에 도착했을 당시에는 도시 전체에 대한 기본 골격은 거의 완성되어 있었고, 지역별로 세부적인 설계만 남아 있었다. 그런데 지역개발연구소 외에도 몇 군데서 별도로 계획이 진행되었던 같다. 우선 일본의 건축가 구로카와 기쇼에게 의뢰하여 만든 안이 있었고, 전엔지니어링에서 만든 계획안도 있었다. 이미 구로카와 계획안은 모형까지 만들어 대통령께 보고까지 했다고 들었다. 그러나 우리는 우리 계획안이 정식으로 채택될 안이라 생각하고 다른 안에는 별로 신경을 쓰지 않았다. 나중에 보니 세 안이 상당히 비슷한 것을 알았다. 즉 중앙부 평탄지에 CBD를 격자형으로 배치하고 좌우로 주거지를 펼치는 것은 마찬가지였다. CBD에는 중심축이 존재하고 맨 위 북쪽 끝에는 대통령관저가 위치하는 것도 비슷했다. 이러한 남북 중심축 설정과 상부에 위치하는 통치자의 관저는 옛날 왕성의 배치와도 비슷한 것 같았고, 이러한 개념은 한국이나 일본이나 중국이나 공통된 것이 아닌가 생각되었다. 어쩌면 발주처인 정부에서 그러한 것을 요구했을 수도 있겠다. 여하튼 우리의 의식 속에는 서울의 구조, 즉 중앙청-광화문 축과 좌우의 공공기관 배치라는 공식이 너무나도 뿌리 깊게 자리하고 있는 것이 아닌가 생각한다.

임시행정수도 도시설계는 후일 우리나라의 도시설계가 발전하는데 큰 밑거름이 되었다. 그것은 기존의 국내에서 활동해 왔던 도시계획전문가가 아닌 새로운 사람들, 즉 해외에서 처음으로 도시설계를 접해 보고 온 젊은이들이 도시계획의 관행에 대한 아무런 선입견 없이 자신들의 이상을 펴 나갈 수 있었기에 가능했다. 강홍빈 팀장을 비롯해서 캐나다에서 공부하고 온 임창복(성균관대 명예교수), 하버드 출신의 황기원(서울대 환경대학원 명예교수), 염형민(와세다대 출신) 등이 주축이 되었고, 연구원으로는 박병호(충북대 교수), 정양희(작고), 이필수, 왕선균 등이 일했다. 이들은 모두 역사적 사명감에 도취되어 밤낮을 가리지 않고 일했다. 해외로부터 수혈된 젊은 도시설계가들의 출현은 기성 계획가들에게 큰 자극제가 되었으며, 이후 1980년대 개발 시대를 열어 가는 데 크게 이바지했다.

한 달도 안 되는 짧은 기간이었기에 내가 도시설계에 크게 기여한 바는 없었지만 내게는 신도시의 도시설계라는 큰 프로젝트를 처음 대해 보았다는 점에서 많은 공부가 되었다. 미국에 돌아온 후 나는 한국에서의 경험을 모두 뒤로하고 현실 생활을 맞닥트려야만 했다.

하버드 2년 차

새로운 학년이 되면서 생활은 더욱 어려워졌고, 우리 부부는 아르바이트를 해야만 했다. 다행히 학교 안에서 일감을 얻었는데 하루는 GSD 학장이 보자고 해서 갔더니 자기 개인 일을 부탁하는 것이었다. 학장은 사실 GSD 전공들과는 어울리지 않는 국제경영학 쪽 사람이었는데, GSD 건물을 지을 때, 건축 비용을 조달하기 위하여 경영전문가를 영입한 케이스였다. 그래서 그런지 GSD 교육에 관해서는 별 관심이 없는 것 같았고, '개발도상국의 도시화' 한 과목만 가르치고 있었다. 나로서는 다른 경제학 관련 과목보다는 쉬울 것 같아서 선택하였는데, 아마 내가 눈에 띄었던 것 같다. 내게 요구한 내용은 자기가 별도로 운영하는 골동품 상점이 보스턴 교외에 있는데 그것의 리모델링 계획을 세워 허가를 받도록 해 달라는 것이었다. 나는 열심히 도와드렸고 적지 않은 수고비와 함께 좋은 성적도 받았다. 그러나 그것만으로는 부족하였다.

첫 1년을 마치고 나나 내 아내나 틈틈이 돈을 벌기 위해 나섰다. 나는 학교 게시판 광고를 보고 보스턴 시내의 한 회사에 part-time으로 취직했다. Community Development Corporation of Boston 이라는 작은 회사였는데, 정부가 지원해 주는 지역사회 minority 기업이었다. 직원이 모두 다섯 명 쯤 되었는데, 사장은 흑인이고, 푸에르토리코인 여비서, 중국인 팀장, 아일랜드인 변호사로 구성되어 있는데, 나까지 끼어서 다국적자 기업이 된 셈이다. 이 회사에서는 소규모 도시재생사업에 참여하고 있었다. 나는 여기에 일주일에 15시간을 할애하였다. 가장 중요한 일은 보스턴 중심가 남부 흑인 동네에 버려진 3층짜리 벽돌 건물을 시 당국으로부터 값싸게(?) 분양받아 리모델링하는 것이었고 내가 주로 맡은 일은 도면을 만들어 새로운 설계안을 수립하는 일이었다. 이 건물이 있는 곳은 downtown과 슬럼가 사이에 위치하는데 길을 가운데 두고 한쪽에는 멀쩡한 건물들이 있었고, 건너편에는 버려진 벽돌 건물들이 위치하고 있었다. 이런 경우, 어느 한쪽이 다른 한쪽에 영향을 주어 동화시키는 것이 도시의 생리이다. 버려진 건물이 건너편 양호한 건물의 영향을 받아 살아나는 것을 우리는 전문용어로 젠트리피케이션(gentrification)이라 부른다. 반대로 양호한 건물이 건너편의 포기된 건물의 영향을 받아 주민들이 떠나기 시작하면 슬럼화되는 것이다. 우리의 작업은 전자에 해당된다. 우리가 한 일은 리모델링이라고 하지만 사실은 별것 아니었다. 낡고 오래된 벽돌 건물을 골격만 남기고 제거한 뒤 새로 인테리어를 해서 임대하는 일이다. 당시 70년대 말기에는 이 같은 오래된 창고 건물을 리모델링하는 것이 유행했다. 낡은 벽돌 벽을 sand blaster(뿜칠 하는 총 같은 연장)로 모래를 쏘아 벽돌의 표면을 깎아 내면 지저분한 벽돌 표면이 깨끗해지고, 새 벽돌보다 세월의 무게감을 자연스럽게(aging) 느끼게 하는 것이다. 내가 근무하던 사무실도 그렇게 재생된 건물이었는데, 위치가 그런 경계부에 있다 보니 항상 출퇴근 시 조심을 해야 했다. 하루는 건물 바로 뒤 주차장에서 직원 차량의 타이어가 몽땅 도둑맞은 적도 있었고, 어떤 날은 근처에서 살인 사건이 일어나기도 했다. 나는 어차피 학생 신분이니까 아르바이트로 일하는 것이고 오래 있을 생각은 없었기에 졸업과 동시에 그만두었다.

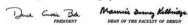

아내도 돈을 벌겠다고 Harvard Square 근처 아이스크림 가게에서 일을 했다. 딱딱하게 굳은 아이스크림을 통에서 퍼서 주는 일인데, 손에 힘이 워낙 없어서 너무 조금 퍼서 주다 보니 손님들이 불평을 해서 그 일을 오래 하지는 못했다.

1978년 봄에는 한국에서 노융희 원장(서울대 환경대학원 교수, 작고)이 방문하셨다. 목적은 새로 만든 국토개발연구원에 초빙할 전문가를 스카우트하기 위해서였다. 보스턴에 있던 여러 학생들이 중국 식당에서 함께 식사를 하면서 면접을 보았지만 나는 졸업이 아직 한 학기 남아 있었고, 또 박사가 아니라서 스카우트의 대상자가 되지 못했다. 이때 처음으로 내가 박사가 될 수 없다는 것이 실감되었고, 섭섭한 생각도 들었다. 내가 Ohio 주립대학에 있을 때 Michigan 대학 박사 과정과 Harvard 대학 전문 석사 과정 중에서 어떤 것을 선택할 것인가 망설였지만, 결국 나는 건축가가 되겠다는 일념으로 결국 하버드를 택했다. 그러나 막상 하버드에 와 보니 내가 특별히 뛰어난 학생도 아닌 것 같고, 도시설계 프로그램도 확고한 자리를 잡은 전공 분야도 아니며, 더구나 아무리 전문 석사라고 해도 석사 학위일 뿐, 석사 학위 두 개를 한다는 것을 누가 알아주겠는가 하는 생각이 들었다. 특히 중간에 한국에 나왔을 때 많은 사람들이 왜 박사 과정을 선택하지 않았느냐고, 한국에서는 박사가 아니면 알아주지 않는다는 등 말들을 해서 나를 실망시켰다. 그러나 선택은 내가 한 것이고 누구를 탓할 것은 아니었다. 어쨌든 건축가가 되기 위한 과정을 밟는다고 생각하고 더 이상 신경을 쓰지 않기로 했다.

Anderson-Nichols

하버드 졸업 후, 나는 바로 한국에 나오는 것으로 계획했다. 그런데 막상 어렵게 4년간을 살다 보니 그대로 귀국하기에는 너무 억울하다는 생각이 들었다. 그래서 취직을 해서 건축 실무도 배우고 그동안 너무 찌든 생활에서 벗어나 제대로 된 미국 생활도 해 보고 싶었다.

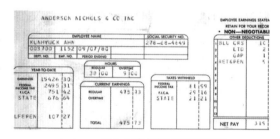

Anderson-Nichols에서 받은 주급(1980년)

취직자리를 알아보려고 구인 광고를 뒤졌지만 별로 신통한 것이 없었다. class 동료들은 제각각 연줄로 찾아가는 것 같았다. 사실 지난 일 년간 나는 졸업 후 바로 한국에 갈 생각만 했지 취직한다는 생각은 하지 않았다. 문제는 당시가 1979년인데, 미국의 경제가 아주 안 좋았다. 제2차 오일쇼크가 생기고 그 여파가 채 가시지 않아 건축 경기가 죽어 있다시피 했다. 그러니 설계사무소에서 신규로 사람들을 뽑는 데가 거의 없었고 내건 구인 광고도 없었다. 다만 하버드의 다른 친구들은 교수들과 친했거나, 선후배, 동창들을 통해서 취직을 하는 것 같았다. 설계사무소를 하는 선배라고는 우규승 선배밖에 없었는데, 사무실 규모도 작았고, 내 취직을 부탁하기는 어려웠다. 더구나 일 년 전 장학금 지원을 위해 추천서를 부탁했을 때 거절당한 것을 생각하면 아쉬운 소리는 하고 싶지 않았다.

그러던 중, Anderson-Nichols라는 회사에서 건축가를 뽑는다는 광고가 게시판에서 눈에 띄었다. 인터뷰를 하러 가 보니 꽤나 큰 회사였고 일반 아틀리에식의 건축사무소는 아니었다. 인사 담당 임원이라는 사람과 면담 후에 연봉 2만 불에 합의하였다. 당시 건축사 사무소에서는 대개 15,000~20,000불 사이를 주는데 여기는 비교적 후한 편이었다. 나는 사실 그저 2년만 채우고 돈 걱정 없이 살다 한국 나갈 생각만 하던 터라 별 고심하지 않고 결정해 버린 것이었다. 회사는 보스턴 중심지 약간 외곽에 위치한 오래된 대형 건물이었는데, 보스턴 Celtics와 Bruins가 경기를 하는 보스턴 가든 바로 옆 건물이었다. 건축을 포함한 종합엔지니어링 회사였는데, 건축팀은 나이 많은 부사장 두 명과 일반 직원 열 명 안팎이었다. 부사장들은 각각 MIT와 Harvard 출신들이지만 나머지 직원은 모두가 draftsmen이라는 말하자면 설계 기능공들이었다. 오랜만에 젊은 Harvard 출신이 왔다고 회사에서는 내게 참 잘 대해 주었다. 나는 처음부터 건축 기획 업무를 맡았고, 부사장이 직접 지시하는 프로젝트에 투입되어 기본구상, 기본설계 같은 초기 단계 일을 스스로 알아서 처리하였다. 그러나 문제는 부사장들이 그렇게 디자인 orient 된 사람들이 아닌지라 디자인에 대해서는 내게 전적으로 의존한다는 것이었다. 그러니 내가 정작 거장 건축가로부터 건축이라는 것을 제대로 배울 기회가 없었다. 지금 생각하면 나는 어찌 보면 2년이라는 시간을 그냥 허비한 것이다. 그곳에서 한 프로젝트로는 종합상가 기본구상, 지방법원 현상당선, Wang Computer 회사 빌딩 등이었다.

이 중에서 지방법원 현상은 지명 경쟁이었는데 기본 개념부터 상세 설계까지 내가 혼자 하다시피 했다. 사실 상세 설계는 내 역할이 아니었지만, 처음부터 끝까지 해 보고 싶은 욕심에 부사장에게 부탁하여 참여한 것이다. 철골 건물이라 처음 접해 보는 것이었지만 배워 가며 그렸다.

1년이 지나자 재계약 면담이 있었다. 인사 담당 이사가 한껏 치사를 하더니만 사장 이하 모두 내 실적에 만족하다면서 봉급을 20% 인상해서 24,000불을 주겠다고 했다. 사실 나는 더 큰 꿈이 있었기에 봉급에 크게 연연하지는 않았다. 1년 후에는 귀국하려 했기 때문이었다. 나중에 회사를 그만두려 할 때, 회사에서는 영주권을 만들어 주겠다고 퇴사를 만류했다.

딸이 태어나다

결혼한 지 1년 만에 아내가 임신을 하였다. 지난 1년 동안 자기는 절대로 임신은 하지 않겠다고 버티던 아내가 임신 소식을 듣자 생각이 돌아섰다. 나로서는 천만다행이었다. 아내가 워낙 잘 먹지를 않아 마르고 약했는데, 과연 출산까지 무사하게 이루어질지 살얼음판을 걷듯이 조심하며 10개월을 지냈다.

하버드 GSD를 그럭저럭 졸업할 때가 되었다. 사실 나의 하버드 졸업식은 그 이전의 나의 모든 졸업식에 비해 초라했다. 초등학교 졸업식에서는 우등상과 더불어 6년간의 개근상을 받았었고, 중고등학교 졸업식에서도 각각 3년 개근상과 화동상을 받았으며, 서울대학교 졸업식 때도 총동창회

딸의 첫돌

분만실에서(1979. 8. 14.)

장상 수상과 더불어 학생 대표로 답사를 낭독했으며, 해군 임관식에서도 동기생 대표로 파티 참석을 하였고, 오하이오 주립대에서도 수석 졸업의 영광을 누렸었다. 그럼에도 불구하고 한국에서 부모님이 아들 하버드 졸업식을 보러 오시겠다고 해서 형님과 누님들이 비용을 마련해 드렸다. 아버님은 은행에 다니실 때 일본 출장을 가신 적이 한 번 있었지만, 어머님은 해외여행이 처음이셨다. 미국에는 어머님의 바로 밑 남동생(큰외삼촌)이 수년 전에 LA에 이민 와 살고 있었고, St. Louis에는 20여 년 전에 한국을 떠난 후 한 번도 만나지 못한 여동생(큰이모)이 사시고 계셨다. 그래서 겸사겸사 큰 결정을 내리신 것이었다. 약 한 달간 미국에 머무르시면서 플로리다의 디즈니월드도 구경하시고 친척들도 방문하시고 귀국하셨다. 부모님께서는 우리 집에 와 보시고 너무나 형편없는 판잣집에서 궁핍하게 사는 것에 상당히 놀라신 것 같았다. 당시 아내가 만삭이었는데, 한국에 돌아가신 후 편지에서 그곳에서 어떻게 출산을 하겠느냐고 좀 나은 집으로 이사를 가라고 권고하셨다.

취직을 하여 봉급을 받으면서부터 생활이 조금 나아졌다. 최소한 집에다 도움을 요청할 필요는 없어졌다. 그리고 아내가 출산일이 가까워지자 도저히 그 싸구려 집에서 아이를 키울 자신이 없어졌다. 부모님도 이사를 권하셨고, 더구나 출산을 돕기 위해 장모님이 오신다니 우리 집을 보면 기절을 할 것 같아 이사를 가기로 했다. Harvard street에 있는 아담한 방 둘 있는 현대식 아파트로 갔다. 이 집에 살면서 우리는 딸을 낳았다. 그 아이가 첫 번째이자 마지막일 줄은 당시에는 몰랐다.

우리는 태어날 애기 이름은 출산일까지도 준비하지 못했다. 내 조카들도 모두 친할아버지가 이름을 항렬을 따라 지어 주셨으니까, 이번에도 지어 주시겠지 생각했다. 아버지는 그동안 아들을 낳으면 가운데 글자를 중(重)을 쓰고, 딸은 효(孝)를 써서 이름을 만드셨는데, 우리 부부는 둘 다 별로 마음에 들지 않았

뉴햄프셔 여행 중

다. 그런데 아내가 딸 이름을 혜린으로 하자고 주장했다. 자기는 결혼 전 작가 전혜린을 무척 좋아했다고 하면서 영어로도 Herin하면 쓰기도 좋고, 발음하기도 좋다고 했다. 나는 전혜린의 작품은 잘 모르지만 그녀의 인생역정이 별로 마음에 안 들어 반대했지만, 아내의 고집을 꺾지는 못했다.

유럽 여행

유학 와서 공부하면서 절실하게 느꼈던 것은 내가 건축이나 도시에 대해 안목이 너무 없다는 것이었다. 한국의 현대건축은 서양에 비해 수준이 많이 떨어졌고 볼만한 거리나 광장 같은 것들도 없다. 그런 곳에서만 30년을 살다 오니 머릿속에서 다양한 이미지가 나올 수 없는 것 같았다. 반면 서양 학생들은 너무나도 볼거리가 많은 도시에서 태어나서 자라고, 공부한 덕에 생각이 유연하고 머릿속에 든 레퍼토리도 많은 것 같았다. 건축이 아무리 무에서 유를 창작하는 것이라지만 일생을 통해 보고 듣고 느낀 경험으로부터 창작의 실마리를 찾고 거기에 약간의 개인적 상상력과 능력을 더해서 만들어 내는 것이라 생각이 들었다.

돈 걱정이 줄어들자 가장 먼저 하고 싶었던 일은 유럽 도시들을 여행하는 것이었다. 미국 도시들은 기능적이긴 하나 역사가 짧고 다양성이 부족하다고 생각되었다. 그래서 궁리 끝에 갓난아기를 잘 아는 친지에게 맡기고 유럽을 다녀오기로 했다. 유럽에 처음 가는 만큼 비용도 절감하고, 편하게 여행하기 위해 단체 관광 여행을 택했다. 15박 16일의 여행이었고, 런던에서 출발하는 여행이라 미국에서의 출발은 우리 부부가 따로 하고 단체와는 벨기에 브뤼셀에서 합류하기로 하였다. 유럽 여행을 간다고 생각하니 꿈만 같았다. 한국에 있었으면 어림도 없는 일이었다. 1인당 미국-유럽 왕복 항공료 130달러, 단체 관광 비용 550달러가량이 든 것으로 기억된다. 아기 베이비시터 비용 150달러 모두 해서 거의 한 달 월급이 사용되었다.

카메라는 Ohio에 있을 때 산 Nikomat와 조그만 Cannon을 갖고 가기로 했다. Nikomat으로는 slide를 찍었고, Cannon으로는 프린팅 사진을 찍었다. 당시에는 학교에서나 직장에서, 또는 회의 장소에서 모두 slide를 사용했기 때문에 내 여행은 그러한 slide를 확보하고자 하는 욕심에서 유럽

트레비 분수

로마 판테온

Colloseum

나의 삶과 일, 그리고 소중한 것들

에서의 사진은 대부분 slide로 촬영되었다. 문제는 필름 비용인데, 하루에 150cut 정도를 찍을 예정으로 필름을 준비해야 하는데 그 비용이 만만치 않았다. 그래서 카메라점에서 큰 roll을 샀고 이를 풀어서 적당한 길이로 잘라서 조그만 빈 카트리지에 감아서 쓸 예정이었다. 마침 유효기간이 약간 지난 roll을 반값도 안 되는 싼 가격에 사서 집에서 카트리지에 감았다. 필름을 감을 암실이 필요했지

Colloseum

만 한밤중에 집 안의 모든 불을 끄고, 화장실에 들어가서 더듬어 가면서 작업을 하였다. 내 딴에는 한 카트리지당 36cut을 기준으로 감았는데, 나중에 여행지에서 찍다 보면 어떤 것은 20커트 정도만 감겼고, 어떤 것은 40커트까지 감긴 것도 있었다. 물론 빛이 조금 샌 부분도 있었지만 대체적으로 성공했다. 우리는 버스로만 다녔는데, 벨기에 브뤼셀에서 독일의 라인 강변 도시들(본, 뒤셀도르프), 스위스 바젤과 루체른, 이탈리아의 로마, 폼페이, 나폴리, 베니스, 그리고 파리에서 일행과 헤어졌다. 여행은 하루하루가 경이로웠고, 흥분으로 넘쳐났다. 로마에서는 Pantheon 신전을 보면서 감탄을 금치 못했다. 마치 건축의 원형을 보는 것 같았다. dome 한가운데 동그란 구멍을 내서 빛이 들어오게 하여 실내를 비추게 하는 것이 신기롭기만 했다. 시간에 따라 빛의 궤적이 움직이는 것도 그렇고, 천정의 구조도 OSU에서 배우고 노트에 베낀 그대로였다.

건축사 시간에 늘 언급되던 고대 건축 원형 중 하나인 Pantheon을 보았으니 다음 기회에는 아테네에 가서 Parthenon을 보기로 마음먹었다.

Campidoglio에서는 미켈란젤로의 계단과 바닥 문양에 감탄했고, 바티칸에서는 피에타 조각에서 눈을 뗄 수 없었다. 시스티나 성당 천장화를 보느라고 목은 아팠지만, 그것을 그린 미켈란젤로를 생각하면 불평할 수가 없었다.

바티칸에 가서는 성당 건물 자체보다 Bernini가 계획한 바티칸 광장의 아이디어와 어마어마한 열주에 놀라기도 했다. 무질서하고 어수선한 성당 주변의 건물들에 대한 screen 효과와 더불어 도시의 새로운 질서, 상징축과 vista를 갖는 바로크 디자인이 여기에 있는 것이다. 피렌체에서는 Brunelleschi가 설계한 Santa Maria del Fiore의 dome 규모에 놀라기도 했지만 그보다도 성당 건물 외관 전체가 각양각색의 대리석 모자이크로 이루어졌다는데 더 큰 감명을 받았다. 그런데 문제는 주변의 협소한 공간에 비해 성당이 지나치게 크다는 점이다. 피렌체의 skyline은 이 dome이 압도하고 있는데, 그것이 건축가의 의도였을지는 모르지만 자연스러워 보이지는 않았다.

우리의 여행은 파리에서 끝이 났다. 다른 사람들은 원래의 출발지인 영국으로 돌아갔고, 나와 아내는 파리에서 며칠 머물다 가기로 했다. 파리에는 경기 미술반 선배이신 오천룡 화백이 살고 계셔

서 이틀 정도 머물며 시내 구
경을 하기로 했다. 파리는 역
시 근대 도시다. 중세도시들
만 보다가 파리를 보니 그 웅
장함과 화려함, 가로의 street
wall, 거의 같은 높이의 건물
들이 이루는 skyline의 질서
등이 눈길을 이끌었다. 중요
한 기념물들과 루브르 등을
구경하고 미국으로 떠나기 위

Pisa의 사탑

피렌체 대성당

해 공항에 갔을 때, 뜻하지 않았던 일이 발생하였다. 내 미국 비자가 바로 전날에 만료되었다는 것
이다. 여행의 흥분에 도취되어 비자 만기일을 잊고 있었던 것이다. 아내를 공항에 남겨 두고 나 혼
자 택시를 집어타고 미국대사관에 가서 비자 재발급을 신청하여 그 자리에서 받았지만 공항에 돌
아와 보니 이미 비행기는 떠난 뒤였다. 하는 수 없이 항공사에 사정사정하여 일주일 후의 표를 겨
우 구했는데 문제는 잠자리였다. 수중에는 고작 90달러밖에는 남아 있지 않아 할 수 없이 선배 집
으로 다시 찾아가서 사정을 이야기했다. 오 선배는 흔쾌히 허락하셨지만, 형수님과 자기 방을 빼앗
긴 따님의 눈치가 보였다. 그래서 일주일간 사용할 수 있는 지하철 티켓을 사서 낮에는 하루 종일
시내에서 박물관, 미술관 등 모든 볼거리를 다 찾아다녔다. 덕분에 파리를 제대로 구경할 수 있었
고, 또한 발이 부르틀 정도로 걸었다.

이 여행을 통해 많은 도시들을 방문했고, 특히 파리에 머물면서 처음으로 도시란 것이 무엇인가,
무엇이 이 도시를 아름답고 멋있게 만드는가 하는 생각을 하게 된 것 같다.

귀국

회사 생활 1년쯤 되어서 서울대학교 건축과에서 주종원 교수님이 교수 특채가 있으니 응모해 보
라고 하시기에 어떻게 하는지조차 모르고 응모한 적이 있었다. 사실 나는 박사도 아니고 한국에 가
면 설계사무실을 할 생각이었기에 교수가 되기 위해서 무엇을 준비해야 하는지를 몰랐다. 무언가
보내 보라고 해서 나는 회사 일 때문에 한국에 나가지 못했고, 나 대신 아내가 스튜디오 작품 하나
를 갖고 나가 교수님들을 만났다. 물론 결과는 부정적이었다. 나는 전에 이광노 교수님과의 문제도
있었기에 이광노 교수님이 반대하셨을 것이라고만 생각했다. 김희춘 교수님과 주종원 교수님은

당연히 내 편이셨을 것이다. 나중에 안 일이지만 이광노 교수님은 당시 중립적인 입장이었고, 윤장섭 교수님이 반대하셔서 안 되었다고 본인으로부터 직접 들었다. 이 교수 자리는 이듬해 김진균 선배에게로 돌아갔다. 나보다 더 훌륭한 분이 가셨으니 나로서는 불만이 없다. 그러나 내가 안 된 이유는 모든 교수님들이 나를 좋아할 만큼 내가 그분들께 잘해 드린 적이 없었기 때문이라는 생각이 들었다. 윤 교수님이 보스턴을 방문하셨을 때도 나는 별로 잘 모시지도 못했던 것 같았고, 주종원 교수님이 오셨을 때도 임창호 교수(당시 하버드 석사 과정)만큼 잘 섬기지는 못했다. 윤장섭 교수님은 처음부터 김진균 교수님을 염두에 두고 계셨던 것 같다. 본인도 MIT를 나오셨고, 자기 자제분도 MIT에 넣을 생각이셨을 테니까 MIT 출신의 김진균 선배야말로 적임자이었을 것이다. 세상일이라는 게 다 우연히 돌아가는 것 같아도 자세히 살펴보면 아주 작은 부분에서부터 그 원인을 찾을 수 있는 것 같다.

회사 생활이 일 년 반 정도 지나고 나니 한국에 돌아갈 생각이 들었다. 어차피 2년 정도 경험을 쌓기로 한 것이었으니까. 원래 계획대로라면 Ohio에서 석사 학위를 마치고 귀국했어야 했다. 그랬으면 지금은 제법 알려진 건축가가 되어 있었으리라. 당장 귀국해도 4년이 늦어지는 것이다. 한국에서 몇 군데 연락이 왔다. 하나는 KIST 부설 지역개발연구소에서 강홍빈 박사가 그리로 오라는 것이었고 다른 하나는 서울대학교 환경대학원의 유병림 교수(현재는 명예교수)가 자기 학과에서 도시설계 전공 교수를 모집하니 응모해 보라는 것이었다. 지역개발연구소에는 지원한 상태였지만 서울대학교 교수 자리가 더 마음에 들었다. 그래서 환경대학원에도 지원을 하였다. 그러나 나는 그때까지도 교수가 되기 위한 준비는 아무것도 하지 않았다. 그래서 환경대학원에 대해서는 욕심은 있었어도 큰 기대는 하지 않았다. 최소한 지역개발연구소에는 갈 수 있으니까 한국에 가서 다음을 생각해 보기로 했다. 마침 지역개발연구소에서 계약서가 날아와서 보니 직급이나 연봉에 대한 언급이 없이 서명만 해서 보내라는 것이었다. 나는 서명은 한국에 가서 모든 것을 확인한 후 하겠다고 했다. 그러나 연구소에서는 내가 간다는 확인서를 보내지 않으면 직급이나 보수를 결정할 수가 없으니 그냥 나오면 된다고만 했다. 완전히 백지수표를 보내라는 것이다. 이런 것이 한국식인가 보다 하고 어쩔 수 없이 짐을 싸서 한국으로 나왔다.

KIST 부설 지역개발연구소

대학원 교수 자리는 결국 양윤재(전 환경대학원 교수, 전 서울시 부시장)가 차지했고 나는 이번에도 선택되지 않았다. 나중에 들은 바로는 대학원에서 최종적으로 나와 최병선(전 국토연구원 원장, 경원대 교수 역임), 양윤재 등 3명으로 후보를 압축하고 본격 검토를 했다고 했다. 최 박사는 나의 건축과 동기 동창인데 환경대학원의 전신인 행정대학원 도시 및 지역계획학과에서 석사 과정을 마치고, 독일에 유학하여 도시계획으로 박사 학위를 마치고 1980년에 귀국하여 수개월째 국토개발연구원에 재직 중이었다.

양윤재는 나이는 나보다 한 살 어리지만 경북중학교는 동기뻘이고 고등학교는 서울고를 나보다 한해 늦게 다녔다. 따라서 건축과도 나보다 늦게 입학하였는데, 졸업은 나보다 3년 늦었기 때문에 학교에서는 마주친 기억이 없었다. 그는 환경대학원에 1년(?) 다니다가 미국에 유학하여 IIT와 하버드에서 석사 학위를 했다. 귀국하여서는 KIST 부설 지역개발연구소에서 일하다가 통폐합이 진행되자 그만두고 환경대학원에 지원한 상태였다.

반면 나는 환경대학원 근처에도 가 본 일이 없었기로, 교수들이 나를 잘 알지 못했다. 당시 환경대학원 원장이셨던 권태준 교수님은 나에 대해서 알아보려고 강홍빈 박사에게 어떤 친구인가를 물어보았는데, 강 박사는 내가 이미 지역개발연구소에 오기로 했다고 전했고 그것으로 내 지원은 끝이 났다.

문제는 최병선과 양윤재 두 사람 모두 환경대학원과 연고가 있는데, 둘 다 능력 있는 사람들이라 고민을 한 모양이었다. 그중에서 최병선이 양윤재보다 고등학교-대학교 선배이고 박사 학위를 갖고 있어서 1순위로 논의가 되었다. 그런데 뽑는 학과가 환경조경학과였고 기존의 학과 교수들 모두가 박사 학위가 없었다. 설계를 가르치는 학과이다 보니 굳이 박사를 뽑아야 할 이유는 없었다는 이야기다. 당시 대학에서는 박사 학위 소지자에게는 신규 채용 시 조교수를 부여했는데, 1년 먼저 학교에 들어온 황기원 교수는 최 박사보다 건축과 1년 선배였지만 박사 학위가 없어서 전임 강사 발령을 받았었다.

나중에 최병선 박사로부터 들은 이야기는 학교에서 전임 강사 자리를 제안해서 자기가 거절했다고 했다. 자기가 박사 학위자로서 처음으로 전임 강사가 되는 불명예를 안을 수는 없다고 말했다. 한편 환경조경학과의 김기호 교수는 최 박사가 부교수 자리를 요구해서 거절했다고 이유를 말했다. 두 사람 중 한 사람은 거짓말을 한 것이 분명하리라. 결과적으로는 양윤재가 전임 강사로 발령받게 되었다.

한국에 와서 처음 알게 된 사실은 당시 전두환 대통령의 지시에 따라 국책연구소들을 통폐합하게 되었다는 것과 KIST 부설 지역개발연구소가 국토개발연구원과 통합되게 되었다는 것이다. 이 원칙은 이미 6개월 전에 정해진 것인데도 지역개발연구소가 처해 있는 상황을 내겐 한마디도 알리지 않고 연구원을 충원한 것이다. 그 이유는 나를 뽑으면 국토개발연구원과의 협상 때 조금이라도 유리할 것으로 생각했다고 강 박사로부터 전해 들었다. 그러나 그것은 내게 큰 문제가 되지 않았다. 나는 내가 경제적으로 독립할 수 있게 되면 건축사사무소를 시작할 생각이었기에 통폐합 문제에 대해서는 별 관심이 없었다. 다만 지역개발연구소에서 임대해 준 아파트에 계속 거주할 수 있는

지가 관심사였다. 당장 집을 비워야 한다면 처자를 데리고 부모님 댁으로 가는 수밖에 없었으니까.

내가 1981년 1월부터 근무를 시작했는데, 연구소는 온통 뒤숭숭하였다. 마치 농성장 같았고, 매일 오후만 되면 삼삼오오 모여서 항의 데모도 하였다. 그러나 찻잔 속의 태풍이었고, 정부 방침은 국토개발연구원으로의 흡수통합으로 굳혀져 있었다. 이렇게 되자 직원들은 각자 제 갈 길을 찾기 시작하였다. 강홍빈 박사가 환경대학원 권태준 원장과 상의하여 대학원 내에 환경계획연구소를 설치하기로 하였으니 도시설계 팀은 다 함께 가자고 했다. 그러나 사람마다 입장이 달랐다. 나는 학교로 갈 생각이 없었다. 교수가 아닌 연구소 직원으로 가는 것이고, 무상으로 임대받은 주택도 내놓아야 했기 때문이다.

도시설계팀 내에서 온영태(경희대 명예교수, 작고)는 정양희(작고), 이필수와 함께 환경대학원 연구소로 가기로 했고, 임창복(성균관대 명예교수)은 경희대학으로 가게 되었다. 교통팀에서도 이인원은 홍익대학으로, 강위훈은 용역회사로 가기로 했다. 나는 염형민과 박병호(충북대학 명예교수), 그리고 어디 딱히 갈데없는 몇몇과 함께 국토개발연구원으로 가기로 정했다. 어떻든 이러한 어수선한 분위기는 5월 말까지 계속되었고, 6월 1일에는 공식적인 통합이 이루어졌다. 이러한 와중에서도 연구진들은 프로젝트를 계속해 나갔다.

지역개발연구소 잔여 과제

6월 국토개발연구원과의 합병하기 이전에 지역개발연구소에서 진행하던 용역과제가 두 건이 있었는데, 계약된 과제였기에 어찌하던 끝내야 했다. 부산시 지하철 역세권 개발계획과 충무지구상세계획이 그들이다.

지하철 역세권 개발이라는 것이 지금은 흔히 하는 일로 여겨지지만, 당시에는 처음으로 등장한 개념이다. 서울에 지하철이 먼저 생겼지만 역세권 개발이란 것은 생각도 하지 못하던 때였다. 당시 부산시에서는

범일동 도시설계 예시(배치도)

처음으로 지하철 1호선을 건설하려 하는데, 지하철역 건설과 더불어 그 주변까지 도시 정비를 하고자 했던 것이다. 우리는 이 프로젝트를 도시설계의 시범적 계획으로 만들고자 하였다. 이미 나와 강 박사는 미국에서 urban design을 전공했었기 때문에 새로운 것이 아니었지만, 당시에는 도시설계라는 것이 건축법(8조 2항)에 삽입되었어도 (1980년 말) 시행령이 아직 갖춰지지 않았고, 실적도 없던 때였기에 의욕을 갖고 시작하였다. 문제는 아무런 법적 지원을 갖추지 못한 상태로 이루어지

다 보니 아이디어에 불과한 계획이 되고 말았다.

충무지구상세계획은 그 나름대로 의미가 있는 프로젝트였다. 1980년대 초는 우리나라에서 도시설계가 태동하던 시기였다. 일본에서는 이미 지구계획제도를 만들어 실행하고 있었고, 우리도 일본 따라 비슷한 제도를 만들려고 각 부처·부서마다 경쟁을 하고 있었다. 당시 건설부 도시국 도시계획과에서는 일본의 지구계획을 거의 그대로 도입하여 도시계획의 하부 계획체계로 만들려고 하였다. 반면 주택국 건축과에서는 일본의 제도가 결국은 도시설계를 하자는 것인 만큼, 건축과에서 관장하기를 바랐다. 이와는 별도로 내무부에서는 일본의 제도를 받아들이는 것이지만 명칭을 조금 바꿔서 지구

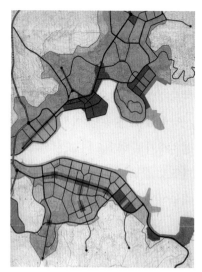

통영시 토지이용계획 구상

상세계획이라고 하고, 내무부가 관장하고자 했다. 1980년 이전에는 전국의 도시계획 결정을 내무부가 관장하고 있었는데, 도시계획법 체계가 재편되면서 건설부 도시국 소관 업무로 이전되어 내무부에서는 도시계획의 결정 권한을 상실한 상황이었다. 지방행정에서 가장 큰 부분이 도시계획인데, 이것을 컨트롤할 권한을 상실한 내무부에게는 큰 타격이 아닐 수 없었다. 그래서 내무부에서는 지구계획을 새로이 제도화하여 내무부 소관 업무로 하고자 했던 것이다. 내무부는 우선 경상남도 충무시와 전라북도 함열읍을 pilot study 지역으로 정하고 프로젝트를 발주하였다. 이 중에서 충무지구상세계획을 지역개발연구소에서 맡게 된 것이다. 결국 도시설계와 관련한 입법 전쟁은 건설부 주택국 건축과에서 선수를 쳐서 건축법에 포함시키면서 1 round가 끝이 났다. 이로써 내무부는 도시설계 업무 관장 계획을 포기했다. 주택국에 도시설계를 빼앗긴 도시국은 지속해서 탈환을 도모하다가 10년이 흐른 뒤 다시 쟁점화하여 도시국이 상세 계획이라는 제도를 따로 만들어 운영하면서 건축과의 도시설계와 병행하게 되었다. 이렇듯 이원화되어 버린 도시설계제도는 또 다른 10년이 흐른 후 건설부 내 기구 개편과 더불어 통합되어 지구단위계획으로 정착하게 되었다.

충무지구상세계획을 하면서 한 가지 놀란 사실이 있다. 그 당시는 지방자치를 시작하기 전인데, 따라서 지방 도시의 장들은 모두 내무부에서 임명하게 되어 있고 예산 배정도 내무부가 조정하게 되어 있었다. 그래서 시장이나 군수나 모두 내무부를 상전으로 모실 때였다. 처음 내무부 계장과 현지를 방문하러 갔을 때, 군수가 철도역까지 마중을 나왔고, 융숭한 대접을 받았다. 지금은 중앙정부 국장이 내려가도 거들떠보지도 않는다. 또 한 가지는 도시계획위원들의 힘이 그때까지도 막강했다는 것이다. 지방 소도시라도 도시계획을 변경하려면 중앙도시계획위원회에서 심의하고 통과시켜야만 하므로 중앙도시계획위원이 지방에 내려가도 엄청난 향응을 받는다는 것을 알았다.

인생 중반기

국토개발연구원 - 인생 황금기의 절반을 보내다

도시개발연구부의 출범

국토개발연구원이 1978년 창설될 당시 서울대학교 환경대학원 원장이던 고 노융희 교수가 초대 원장에 부임하였다. 그는 2년 가까이 해외 인재들을 영입하고 조직 기반을 다지셨으나 해외 출장 후 귀국 시 불미스러운 일이 발생하여 중간에 그만두셨다. 내가 동료 몇 명과 함께 국토개발연구원으로 옮겨 갈 무렵, 국토개발연구원은 국토 및 지역개발연구부, 토지정책연구부, 주택·도시정책연구부 등 3개 연구 부서로 구성되어 있었다. 다시 말해 도시계획은 원래 국토개발연구원의 주요 연구 대상이 아니었던 것이다. 그러던 중, 신군부 세력이 등장하여 집권하면서 모든 유사 국가기관들

도시개발연구부 발족 기념 파티(1981)
(위/왼쪽) 최진호, 박병호, 나(위/오른쪽) 강태수, 이창호, 김타열, 권원용, 이한순, 염형민, 박병호, 변홍수 등
(아래/왼쪽) 황명찬, 권원용, 최병선, 이한순, 나, 최진호 (아래/오른쪽) 염형민, 나, 권원용, 이희대, 이한순, 박수영, 최병선

나의 삶과 일, 그리고 소중한 것들

을 통폐합하라는 명령을 내렸다. 여기에 희생된 것이 KIST 부설 지역개발연구소였다. 당시 지역개발연구소에는 도시팀, 교통팀, 지역계획팀 등이 있었지만 조직 자체가 임시행정수도 계획을 위해 만들어진 관계로 역시 도시팀이 주축이었다. 국토개발연구원은 지역개발연구소를 흡수통합하기 위해서는 명분상으로라도 이 도시팀을 받아들여야 했다. 그래서 연구원 내에 도시개발연구부를 신설하기로 하였다. 당시 지역개발연구소 도시팀장은 강홍빈 박사였는데 임시행정수도 계획을 위해 박사학위논문을 채 끝내지 못하고 온 까닭에 학위 수여가 미뤄졌다. 그런데 국토개발연구원 규정에 의하면 박사 학위 수여 후 1년이 지나야 수석연구원 직급을 부여할 수 있다. 연구원은 처음에는 주임연구원을 제안하면서 도시개발연구부장을 맡기겠다고 했다. 그러지 않아도 통폐합 자체에 반감을 갖고 있던 강홍빈 박사가 이러한 제안을 받아들일 리 만무했다. 그러자 연구원은 다시 수석연구원을 제안했지만, 결과는 바뀌지 않았다. 그런데 이러한 쇼는 처음부터 말이 안 되는 것이었다. 이미 최병선 박사 등 대학 후배들은 박사 후 1년을 채우지 못한 상태에서 통폐합한다 하니까 부랴부랴 서둘러 수석연구원 진급을 시킨 상태였다. 결국 강 박사를 뺀 채로 나를 중심으로 염형민과 박병호 등 몇몇만 연구원에 참여하였다.

연구원은 인력이 보강되면서 계획대로 도시개발연구부를 출범시켰다. 부장에는 권원용 박사가 부임했는데, 권 박사도 원래 KIST 지역개발연구소 출신으로서 강 박사보다는 서울대학교 건축과 1년 후배였다. 나한테는 건축과 3년 선배인 권 박사 외에도 내 대학 동창인 최병선 박사, 이한순 선생, 김석준 선생, 염형민 선생 등이 도시개발연구부 초기 주임급 이상 멤버들이다.

우리는 신설 연구부였던 만큼 창립행사를 열어 대외적으로 알릴 필요가 있었다. 그래서 1981년 12월에 도시계획 심포지엄을 개최하기로 결정하였다. 심포지엄의 제목은 '전환기에 선 도시계획'이었고 부제로 '지난 20년의 悔改(전개)와 다가올 20년의 展開(전개)'라고 하였다. 국토개발연구원 내에서 열린 심포지엄이었는데도 외부 인사들이 많이 참석하였고 방청석 맨 앞줄에는 도시계획 분야 원로 교수님들이 자리했다.

도시계획체계의 변화에 관해서는 최병선 박사가 맡아 도시기본계획 도입 취지를 이야기했다. 나는 '도시설계의 도입과 정착'이라는 주제로 발표를 하였다. 여기서 도시설계라는 새로운 분야를 설명하고 도입 필요성과 제도화 방안에 관해서 논했다. 토론사회는 주종원 교수가 맡으셨다. 내가 발표를 마치자마자 박병주 교수(홍익대 명예교수, 작고)가 질문하였다. 질문의 요지는 '한국에는 도시설계가 없었는가? 우리가 한 도시설계는 도시설계가 아니란 말인가?' 하는 항의성 질문이었다. 또 다른 원로 교수(나상기 교수라 기억)는 "발표자가 한국의 도시설계를 잘 알고 말하는 것인가?"

라고 했다. 상상 못 했던 원로들의 질문에 나는 얼굴이 붉어지고 어찌할 줄을 몰랐다. 마음속으로는 당신들이 한 것은 진정한 의미의 도시설계가 아니라고 하고 싶었지만 원로들에게 차마 그러지 못했다. 주종원 교수가 사태를 수습하기 위해 나를 위해 변명을 해 주셨다. 발표자가 귀국한 지 얼마 안 되서 현실을 잘 몰라서 그렇게 이야기한 것이라고. 아마도 이때가 내 인생에서 두 번째 창피당한 일일 것이다. 그렇게 데뷔전을 처참하게 끝을 맺고 난 후, 박병주 교수는 미안했던지 내 등을 토닥이면서 젊으니까 앞으로 잘해 보자고 했다. 나중에 알고 보니 이분들이 깝죽대는 유학파 젊은 이들을 망신 주기 위해 아주 의도적으로 벼르고 온 것이었다. 같은 해 초에 강홍빈 박사가 비슷한 주제의 내용을 내무부 연찬회에서 발표를 했고 거기서도 같은 일이 벌어졌다는 사실을 나중에서야 알게 되었지만 이미 엎질러진 물이었다.

연구원에서 하는 일

내가 국토개발연구원에서 15년 가까운 기간 동안 수행했던 일은 매우 많고도 다양했다. 연구원인 만큼 주된 업무는 연구를 하는 것이다. 연구는 크게 정책연구와 용역연구로 나눌 수 있다. 정책연구는 정부가 필요로 하는 정책을 개발하거나 분석 및 검토하는 연구이다. 연구진들은 해마다 연말이면 이듬해에 자신들이 할 만한 과제를 제안하면, 먼저 연구원에서 검토와 조정을 한 후, 건설부에 올리고, 건설부에서는 자신들

문제가 되었던 나의 발표

에게 필요한 연구과제를 선정하여 다시 내려보낸다. 이러한 과제 수는 내가 일을 시작할 때만 해도 매해 15~20개 정도가 되었다. 우리는 이런 정책연구를 기본연구과제라고 불렀다. 기본 연구과제는 연구 기간이 대개 1년이라서 1월부터 12월까지 하면 되었고, 대부분 연구진 스스로 제안한 것이기에 큰 부담이 없었다. 그래서 자기가 제안한 연구과제가 채택된 연구 책임자들은 일단 기본은 하게 되어 느긋하게 지낼 수가 있다. 그러나 연구과제가 채택되지 못한 연구 책임자는 스스로 연구과제를 찾아 나서야 하므로 초조하게 지낼 수밖에 없다.

정책연구는 연말에 제안하여 이듬해 연초부터 시작하는 과제만 있는 것은 아니다. 연중 아무 때나 건설부는 국가적으로 중요한 정책 사항이 생기면 연구원에 의뢰한다. 이런 연구들은 연구 기간이 짧은 것이 대부분이고, 정부 관심 사항이기 때문에 연구 수행이 고달프다. 이러한 돌발적인 과제를 포함하면, 매년 정책연구과제는 30여 건에 이른다.

기본연구과제의 경우에는 예산 배정이 얼마 되지 않아서 보고서 인쇄, 출장비, 때로는 임시직 고용 비용 등을 지출하면 남는 것은 별로 없다. (연구비는 쓰고 남으면 연구원에 귀속되지만 모자라면 예산을 다른 곳으로부터 전용해 와야 하므로 연구책임자가 난처해진다.)

나는 재임 기간 동안 수많은 용역과제를 수행하였지만 그렇다고 기본연구과제를 안 한 것은 아니다. 그것은 용역과제는 기간이 연말로 정해져 있는 것이 아니라서, 연중에 끝나고 나면, 연말까지 할 일이 없어지기 때문에 항상 기본연구과제를 끼고 살았다.

용역연구는 말 그대로 외부 기관으로부터 의뢰받는 연구용역이다. 즉 지방자치단체, 공공투자기관, 때로는 중앙정부가 사업 프로젝트의 계획과 설계 등을 용역비를 주면서 의뢰하는 연구과제이다. 용역연구는 프로젝트 크기에 따라 다르지만 기간이 1~2년으로 정책연구보다 상당히 길다. 용역 금액도 커서 기본적인 비용(연구진 인건비, 공간 사용, 사무용품 등)을 지불하지 않아도 되는 연구진의 입장에서는 실컷 쓰고도 남는다. 그래서 남는 비용으로 연구책임자나 연구진들이 발주처 담당자들과 함께 해외 답사를 가는 경우가 많다. 어떤 경우에는 이러한 답사를 위해 발주처가 미리 용역 금액을 부풀리기도 하고, 처음부터 발주처 요청으로 내역서에 해외 출장을 못 박기도 한다. 실제로 설계를 포함한 물적 도시계획 용역은 거의 대부분 내가 맡아서 했기 때문에 처음 5~6년간은 1년에도 두세 번 해외 답사를 다녀왔다. 처음에는 내가 전에 가 보지 못한 나라들을 일정에 넣어 다녀오는 재미를 누렸지만 얼마 안 있어 출장지가 계속 중복되니까 흥미가 사라졌다. 왜냐하면 내가 함께 가야 할 발주처 사람들은 매번 바뀌기 때문에 이들이 원하는 출장지는 늘 파리, 런던, 로마 등이 포함되어야 했다. 그래서 이들 도시 중에서 하나둘 골라서 내가 안 가 본 도시로 대체시키는 꾀를 냈다. 바르셀로나, 마드리드 등 스페인 도시들을 넣거나, 베니스, 피렌체 등이 그래서 포함되었다. 그러나 이러한 잔꾀 부림도 얼마 안 돼서 싫증이 났고, 발주처 사람들 뒷바라지하는 해외 출장 자체가 지겨워졌다. 내가 분당과 일산을 계획하던 1989년부터는 해외 출장 기회를 대부분 아래 직원에게 돌렸다. 그 대신 나는 나 혼자 다녀올 수 있는 기회를 만들어 가 보지 않은 곳을 다녀왔다. 예를 들면 프로젝트와는 별 관계가 없는 아테네, 뉴델리(타지마할을 보기 위해) 등을 귀로에 포함시켜 루트를 잡기도 했다.

연구원에서 하는 일은 연구뿐만은 아니다. 직급과 직책에 따라 다르지만 연구행정을 포함하여 연구 관리도 해야 하고, 타 연구에 대해 연구심의와 평가도 해야 한다. 이러한 일들은 직책이 높아질수록 많아지고, 급기야는 연구 그 자체보다도 더 부담되기도 한다. 어느 한 프로젝트의 책임자가 되면, 그 연구에 관해서만 집중하면 되기에 좋은 결과가 나올 수가 있지만 연구실의 책임자인 실장이 되면 그 연구실 모든 과제 진행에 대해 관심을 갖고 소속 연구책임자들을 독려도 해야 한다. 그래서 연구실장에게는 과제 부담을 줄여 주었다. 나아가 연구조정실장직을 맡게 되면 자신의 연구

수행은 불가능하게 된다. 이미 연구조정실장은 연구직이 아니라 행정직이 되는 셈이다. 내가 1992년에 연구조정실장직 제안을 원장으로부터 받았을 때, 거절한 것도 그해 여름 내 차례가 된 안식년 계획도 있었지만 사실은 행정직이 되기 싫어서였다.

연구원에서는 일 년에 두 번씩 정기적인 연구심의회를 갖는다. 주로 기본연구과제에 대한 것인데, 용역연구는 발주처가 검토하고 평가하기 때문에 심의 대상에서 제외한다. 연구심의회는 연구과제의 성격에 따라 전문성이 있는 원내 심의위원을 선정하는데, 분야가 아주 독특할 경우에는 원외 전문가에게 심사를 의뢰하기도 한다. 국토개발연구원의 연구심의회는 그냥 형식적인 것이 아니다. 심의위원이 되면 연구 자료를 철저하게 읽어보고 회의 때는 비정하리만치 따지고, 질문하고, 공격한다. 연구 책임자들의 연구 능력은 이러한 연구심의회에서 얼마나 철저하게 읽어 오고, 질문하고 평가하느냐에 따라 드러나게 되어 있다. 연구원의 적은 연구원이 되는 셈이다.

교수만큼은 안 되지만 연구원들도 어느 정도 직급이 올라가면 대외활동을 하게 마련이다. 각종 자문회의나 토론회에도 참여하게 되고, 학회 활동에도 제한적이지만 관여한다. 그것은 언젠가 연구원을 떠날 때를 생각해서라도 외면할 수 없는 것이다. 나의 경우에는 주로 건설부, 주택공사, 토지개발공사 등의 자문회의가 많았고, 서울시나 경기도 등에서도 나를 찾았다.

많은 프로젝트를 하다 보니 이와 관련해서 수많은 사람들이 찾아오기도 했다. 심지어는 도시계획과 관련된 각종 민원인까지 찾아왔다. 이러한 일은 내 위치가 높아지고 외부에 알려지면서부터 더욱 잦아들게 되었다. 내가 연구원 말년 도시연구실장으로 있을 때는 하루 일과의 삼분의 일은 연구과제에, 삼분의 일은 각종 원내 회의에, 나머지 삼분의 일은 대인 접촉에 사용되었다. 나는 내 연구과제에 집중하고 싶어도 환경이 이렇다 보니 내 스스로 지치고 무력감에 빠질 때가 많았다. 내 생각에 이렇게 몇 년 지내다가는, 결국 잘되어야 연구조정실장과 부원장 한 번 하고 정년퇴직하는 것이나 아닌지 회의가 들기도 하였다.

첫 번째 연구과제

국토개발연구원에 옮겨와 6월부터 일을 시작했지만 내 직급은 주임연구원이었다. 박사학위가 없어서 수석연구원은 줄 수 없다는 것이었다. 그래도 미안했던지 수석연구원에게 배정되는 개인 연구실 하나를 염형민과 함께 쓰라고 내어주었다. 이희대 부원장이(당시 원장직무대행) 따로 나를 불러 수석 직급을 못 주어 미안하다고 했다. 내 능력은 인정하지만 원칙이 그러니 어쩔 수 없다고 위로를 하였다. 나는 우리 사회가 능력보다도 형식을 더 중요시하는 사회라는 것을 그 이후로 뼈저리게 느꼈다. 다행인 것은 권원용 박사나 최병선 박사가 나의 대우를 위해 많이 애써 주었다는 것과, 다는 아니지만 많은 박사들이 동료로서 대우를 해 주었다는 것이다. 아파트 무상 임차도 국토연구원에 승계되어 그나마 당분간 집 걱정은 하지 않아도 되었다.

연구소 통폐합이 6월에 완료되어 국토개발연구원으로 합류하게 되니 우리 팀은 연초에 배당하는 연구과제를 부여받지 못했다. 당시는 주로 정부 과제나 기본 연구를 했는데 대부분 연초에 시작되었기 때문이다. 연구원의 연구부장들조차 도시설계라는 분야가 무엇 하는 것인지 모르기에 별 관심도 없었고, 일을 시켜야 할 필요성도 느끼지 못했던 것 같았다. 심지어 어떤 박사는 국토개발연구원에 왜 도시설계 하는 사람이 필요하냐고까지 말했다.

아무런 과제가 주어지지 않았다고 해서 마냥 놀 수만은 없었다. 더구나 밑에 연구원도 몇 명을 데리고 있었기 때문이다. 그래서 첫 연구 프로젝트로 도시설계에 관한 지침서를 쓰기로 했다. 그때까지도 우리나라에는 도시설계에 관한 전문 서적이 거의 없던 시기였다. 1970년대 말 수도권과 지방의 신도시 건설, 임시행정수도 계획, 건축법 8조 2항(도시설계구역) 추가 등으로 도시설계가 새로운 분야로 떠오르던 시기였던지라 대학과 업계의 젊은이들이 많은 관심을 갖고 있었지만 도시설계를 소개할 만한 마땅한 서적이 없던 차였다. 그래서 하버드에서 도시설계를 전공하면서 배운 지식들을 정리할 겸, 또 한국의 현실에 도시설계를 어떻게 적용할까를 고민하면서 나름대로 책으로 만들어 보기로 하였다. 당시 내가 접할 수 있던 자료는 KIST 부설 지역개발연구소 황용주 소장이 『도시문제』에 실었던 「도시설계에 관한 기법」(1980)이 가장 잘 정리된 자료였다. 이 자료는 30쪽 내외 분량인데 실제로는 황기원 교수(서울대 환경대학원 명예교수)가 만들어 준 것이라고 들었다. 사실 내가 펴낸 『도시설계』는 황 소장의 자료를 포함한 많은 자료들을 정리하고, 살을 붙이고 해서 만든 것이다. 그렇게 보면 저작이라기보다는 편저라고 하는 것이 더 진실에 가깝다. 우리는 이 책을 판매할 목적으로 만든 것이 아니어서 비매품으로 발간했다. 당시만 해도 인용이나 주석 달기 등에 대해 사회가 관대했기 때문에 참고문헌으로만 처리했고, 출처나 저작권 등에 대해서는 별로 신경 쓰지 않았다. 이듬해 책의 내용이 정리되고 다듬어지면서 욕심이 생기자 단권이 아닌 시리즈를 만들기로 했다. 제1권은 가장 중심이 되는 내용으로서 『범위와 지침에 관한 연구』로 제목을 달고, 제2권은 『사례적용연구』, 제3권은 『지구계획제도에 관한 연구』로 하였는데, 상상외로 인기가 높았다. 시중에 도시계획이나 도시설계를 공부하려는 사람들은 모두 이 책을 구하기 위해 야단들이었다. 처음에는 여기저기 인심 쓰며 돌렸는데, 얼마 되지 않아 책이 동나자 복사판들이 나돌았다. 물론 이 책의 내용에 관해 비판하는 사람도 있었지만 대부분의 사람들로부터 호응을 받았다.

도시설계의 시작

내가 주도한 용역과제 중 대표적인 것을 꼽는다면 역시 신도시설계다. 신도시설계야말로 나의 career를 대표하는 업적이라고 할 수 있다. 내가 신도시계획에 처음 발을 들여놓게 된 것은 1977년의 임시행정수도계획이라고 할 수 있지만, 그보다 먼저 대학교 4학년 때 종합캠퍼스 계획을 맡으면서 대규모 단지설계에 대한 관심을 가졌던 것이 내가 도시설계 전문가가 된 계기였다고 할 수 있다. 물론 하버드에서 도시설계 스튜디오를 수강하면서 이러한 대규모 단지와 도시 스케일에 대한 훈련을 받은 것도 큰 도움이 되었다.

국토개발연구원에 귀속되면서 내가 연구책임자로서 처음으로 맡은 프로젝트는 '창원신도시 중심지구 도시설계'(1982. 9.~1983. 2.)였다. KIST때 수행한 부산지하철역세권계획이나 충무지구상세계획은 그저 강홍빈 박사 밑에서 부문 책임자로서 일했지만, 이제는 내가 용역책임자가 되어 직원들을 부리며 일을 하게 된 것이다.

도시설계라는 분야는 1980년 말에 법제화되고 시행령이 1981년 말에 만들어져 창원프로젝트를 시작할 당시까지도 어떻게 해야 할지 아는 사람이 별로 없었다. 따라서 모든 것은 창조적이어야만 했고, 또 새로운 아이디어를 필요로 했다. 서울대학교 환경대학원으로 옮겨간 팀도 비슷한 시기에 서울시 잠실지구를 비롯해서 몇몇 곳의 도시설계를 진행하고 있었다. 따라서 우리는 이들과 경쟁이라도 하듯이 일을 진행해 나갔다. 이때부터 우리 도시설계팀은 건설부와 관계를 맺고, 이후 주택공사나 토지개발공사 등 건설부 관련 기관의 일을 주로 하게 되었다. 전국적 차원에서 신도시설계를 대부분 맡게 된 것도 이러한 인연 때문이다. 반면, 환경대학원 팀들은 처음부터 서울시 일을 시작으로 한 까닭에 후일에도 주로 서울시 프로젝트를 맡게 되었다. 그래서 이들은 신도시보다는 서울시의 재개발 프로젝트나 재생 프로젝트 쪽으로 방향이 정해졌다. 건축에서도 마찬가지지만 처음에 client를 누구를 만나는가가 나중까지도 어떤 프로젝트를 주로 하느냐에 영향을 미친다. 우리는 건설부 소속기관이다 보니 대상지가 전국을 상대로 하는 반면, 서울시와는 거리가 생길 수밖에 없었다. 전국적인 일이란 말은 좋지만 서울의 학계나 용역계에는 잘 알려지지 않는 경우가 많다. 그리고 프로젝트를 잘해도 빛이 나지 않는다. 창원이나 반월 프로젝트가 여기에 해당한다. 내가 지난 40년 동안 수많은 프로젝트를 하면서도 서울시와 관련된 것은 겨우 몇 손가락에 꼽을 정도밖에 되지 않는다. 환경대학원 연구팀도 이런 점에서는 마찬가지이다. 아무리 그들이 신도시 계획을 하고 싶어 해도 기회가 오지 않는 것이다. 여기에 관해서는 한 에피소드가 있다. 2000년에 강길부 씨(후일 4선 국회의원)가 건설부 차관으로 승진하자 최종출신교인 환경대학원 교수들과 만찬을 갖게 되었는데 만찬 자리에서 모 교수가 정색을 하고 차관에게 항의했다고 한다. 왜 신도시설계를 모두 안건혁에게만 주느냐, 왜 우리에게는 신도시 프로젝트를 맡기지 않느냐고. 강 차관의 대답은 "⋯⋯???"

제주도 종합개발계획

Madrid와 Barcelona에서

유럽 해외 출장(가운데가 제주부지사)

이 프로젝트에 내가 참여하게 된 것은 도시설계 교재작업이 채 끝나기 전인 1982년 10월경이었다. 이 용역 프로젝트는 규모가 워낙 커서 연구원의 전문가 거의 절반이 참여해야만 했다. 나와 내 도시팀은 관광개발계획 중 계획 및 설계 부분을 맡게 되었는데, 사실 관광계획은 처음 해 보는 것이었다. 나는 관광전문가가 되고 싶은 생각은 전혀 없었지만 대상지가 제주도라서 흥미를 갖고 일하게 되었다. 우리나라에선 가장 규모가 큰 관광계획이었던 만큼, 많은 사람들의 관심을 끌었으며, 나중에 한양대학교에 신설된 관광학과로 가게 된 경기대 손대현 교수는 내게 교수 자리를 제시하기도 하였다.

연구주제가 관광개발이고 용역과제인 만큼 해외 답사는 필수적이었다. 제주도에서는 부지사가 직접 나섰고, 추가하여 제주도 개발계획과장, 내무부에서는 지역개발계장이 나와 함께 가기로 했다. 방문 대상지는 내가 선정하여 스케줄을 짰는데, 그때까지 내가 가보지 못한 스페인을 포함시켰다. 스페인에서는 마드리드와 바르셀로나는 물론 남쪽의 휴양지 마요르카

정희수 박사와 오진모 박사와 함께(제주)

(Majorca)를 포함시켰다. 마요르카는 면적이 제주도의 2배 정도 되는 섬으로 제주도와 비견될 수 있을 것 같았다. 그 섬에는 고 안익태 선생이 사시던 집이 있고, 그 당시에도 미망인 로리타가 막내 딸과 함께 거주하고 있었다. 우리가 방문했을 때, 사모님이 반갑게 맞이하셨다. 집은 좀 낙후되어

보였고, 살림 또한 넉넉지 않아 보였지만 유족들이 안익태 선생의 유품들을 잘 보존하고 있었다. 안익태 선생의 생가는 아니지만 안 선생이 오랫동안 거주하며 작곡 활동을 하던 곳이라 보존의 가치가 있다고 판단되어, 정부가 매입한 후 가족들을 살게 할 것을 검토한다는 소문은 있었지만 실천되었는지는 의문이다.

마요르카에서 방문했던 곳 중에서 기억에 남는 것은 종유동굴이다. 용의 동굴(Cuevas Del Drach)로 불리는 이 동굴은 내부 동선 계획과 조명 설계가 잘 되어 있고, 큰 광장도 있어 음악이 연주되는 등, 처음 보는 관광 동굴이었다. 여기에 비하면 제주도의 만장굴은 용암동굴이라서 그런지 내부에 볼 것이 아무것도 없고 아무런 시설도 없어 관광객을 유치한다는 것이 무리하다 싶었다. 그냥 감귤 저장하는 지하 창고로 쓰는 것이 어떨까 생각했다.

제주도 종합개발계획에 관한 국제학술회의
(연구원 간부들이 총출동. 맨 앞줄 가운데 키가 제일 큰 사람이 김의원 원장)

창원 및 반월신도시 도시설계

창원신도시는 1977년부터 산업기지개발공사가 개발에 착수했지만 박대통령의 시해 사건, 1980년도의 5·18 신군부 등장과 경제 침체 등으로 인하여 개발이 잘 진척되지 못하고 있었다. 산업단지는 먼저 개발되어 공장들이 들어섰지만 나머지 도시는 개발이 부진하였다. 창원과 동시에 반월까지 도시개발을 맡아 하던 산업기지개발공사는 힘에 부쳤던지 창원신도시 개발을 1980년에 접어들면서 경상남도로 이관하였다. 아마도 경상남도 도청이 창원으로 이전하게 된 까닭도 여기에 한몫했을 것이다. 경상남도가 개발을 추진하면서부터 주거지역은 어느 정도

개발이 이루어지고 있었지만 도시 중심부 상업지역은 공공기관 서너 개만 개발 입주했을 뿐 텅 빈 상태였다. 그래서 도에서 건설부에 도움을 요청하였고, 도시계획과장이었던 유원규 씨가 나를 연결시켜 주었다. 나는 기존 계획을 검토한 결과 중심지의 필지들이 약 900평으로 획일적으로 분할되어 있는 것을 발견하고 매우 놀랐다. 어떻게 도심부의 필지들이 모두 똑같은 형태와 넓이로 구획될 수 있단 말인가? 중심상업지역에는 다양한 용도의 건물이 들어서야 하고, 그러기 위해서는 다양한 모습과 크기의 필지가 필요하다. 그래서 우선 필지들을 재분할하는 일부터 착수하였다. 각 필지의 위치와 여건에 따라 마주하는 두 필지를 3 또는 4 필지로 나누는 계획을 만들어 필지 크기를 다양하게 하고 이를 위해서 새로운 세가로망을 도입하였다. 도시의 구조를 다시 짠 후, 각 필지에 적합한 건축물의 guideline을 작성하여 도시설계 지침을 만들었다. 이러한 대담한 시도는 발주처인 경상남도부터 받아들이기 어려웠던 것 같다. 간신히 이들을 설득했는가 싶었는데, 건설부 도시설계 담당관에 이르러 벽에 부딪혔다. 도시의 백년대계를 생각하라는 것이다. 어쨌든 이 프로젝트는 필지분할만 빼고는 나머지 도시설계지침이 대부분 반영되어 후일 활용되었다고 들었다.

반월 신도시 도시계획재정비 용역을 맡은 것은 내가 실제 전체 도시 문제를 다루게 된 첫 번째 기회였다. 나는 내가 도시설계를 전공하면서 신도시에 관심이 많았었기에 우리나라 신도시들의 상황에 대해 자세히 알고 싶었다. 반월을 처음 방문하여 전 지역을 돌아본 결과, 이미 개발된 시가지의 모습은 차마 신도시라 부르기 민망한 수준이었다. 반월 서부 군자지구 중에서 공단에 가까운 곳이 제일 먼저 개발되었는데, 단독주택지구는 기존 도시에서 60~70년대 집장사들이 짓던 양식의 싸구려 집들이 차지하고 있었고, 대부분이 다세대나 점포주택이어서 주거 환경을 악화시키고 있었다. 연립주택 또한 영세 건설업체들이 지었는지, 공사 품질이 엉망이었고, 1층에는 가게들이 들어와 장사를 하는 곳이 많았고, 심지어는 세탁소나 우체

연립주택의 변신

단독주택의 변신

국분국이 세 들어 있는 곳도 있었다. 그나마 좀 나은 곳은 주택공사가 지은 5층짜리 아파트 단지였는데, 그 주변 길에는 자생적인 시장이 생겨나 북적이고 있었다. 그렇게 된 원인은 개발자인 산업기지개발공사(현 수자원공사)가 토지를 분양만 했지 주거가 들어오기 위해서는 상업시설이나 공공시설들이 동시에 개발되어야 한다는 아주 기초적인 도시개발 원리조차 이해하지 못한 데서 비롯된 것이었다. 답사를 통해서 나는 우리나라 신도시들의 문제를 인식하기 시작하였고, 또 해결 대안을 연구하기 시작하였다. 반월신도시 도시계획재정비 경험은 나중에 평촌신도시 계획을 할 때, 이

어서 분당신도시, 일산신도시, 나아가 세종시 계획 때까지 큰 도움이 되었다.

반월신도시 도시계획재정비 용역은 곧바로 '안산(반월) 신도시 도시설계'로 이어졌다. 이 두 용역의 차이는 재정비가 주로 각종 지표의 수정, 도로망의 수정, 용도지역지구의 변경, 학교 등 도시계획시설의 재배분이 주요한 내용이라면, 도시설계는 앞으로 건물이 지어질 때를 가정하여, 필지분할이 제대로 되어 있는지, 건물의 높이는 얼마로 제한하는 것이 좋은지, 건물과 토지의 용도는 제한이 필요한지 등의 건축물에 관한 내용과 도로, 광장, 공원 등, 공공시설의 기본설계 지침을 담고 있다. 도시계획재정비를 통해 도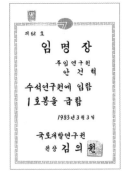시 곳곳의 문제점을 이해하고 있던 만큼, 필요한 곳을 도시설계구역으로 지정하고, 재정비에서 못 끝낸 우리의 구상을 담을 수 있었다.

분당, 일산, 평촌신도시계획 및 도시설계

88 서울올림픽이 끝나자마자 전국이 부동산 투기 붐으로 들끓었다. 물론 노태우 대통령이 1987년 대선 공약으로 주택 200만 호 건설을 약속했지만 1988년 상반기까지는 올림픽 준비로 실행에 옮기지 못하고 있었다. 그러나 지속된 경제적 호황으로 돈이 시중에 많이 풀렸고, 아파트 공급이 올림픽 준비에 밀려 몇 년째 원활하지 못하자 그동안 밀려 있던 수요와 가수요가 폭발한 것이다. 수도권 5개 신도시개발이 시작된 것이 바로 이때였다. 우리는 이미 올림픽 이전에 토지개발공사와 안양 평촌지구 개발에 관해 검토를 시작하고 있었다. 그러나 개발권을 놓고 정부와 안양시와의 갈등이 해결되지 않아 시간을 끌다가 결국 올림픽이 종료되자마자 착수를 하게 되었고, 이듬해 정부가 5개 신도시를 발표할 때, 안양 평촌지구를 그중 하나로 포함시켰다.

'평촌신도시 기본구상과 도시설계' 프로젝트가 채 끝나기도 전에 '분당신도시 택지개발사업 기본계획'과 '일산신도시 택지개발사업 기본계획'이 우리에게 들이닥쳤다. 그리고 분당신도시의 도시설계까지 연속되었다. 나와 연구 팀원들은 이 시기에는 거의 매일 밤 11시까지 일했다. 휴가나 명절도 없이 일했고, 어떤 때는 직원들이 밤을 꼬박 새운 적도 있었다. 우리가 이토록 열심히 일을 한 까닭은 프로젝트 자체가 갖는 상징성 때문이었다. 이는 1977년에 진행되었던 임시행정수도 계획과도 유사하다. 당시에 참여했던 연구진들은 이후 사회 각 분야에 진출한 후에도 당시의 경험이 도시설계 전문가로서 활동에 크게 도움이 되었기 때문이다.

어떻든 이 시기에 우리는 수도권 5개 신도시 중 3개 신도시를 계획하고 2개 신도시의 도시설계를 했다. 우리가 했던 이들 신도시 개발계획과 도시설계는 어떤 도시계획 전문가라 할지라도 일생에 한 번 해 볼까 말까 한 계획들이었다. 이는 나와 나의 연구팀에게는 크나큰 행운이었다. 분당과 일산 프로젝트를 통해 나와 동료들은 신도시 전문가로서 자리매김하게 되었고, 이후 우리의 진로도 자연히 이 방향으로 정해지게 되었다. 이러한 나의 경력은 내가 후일 대학으로 옮기는 데도 큰 도움이 된 것은 분명하다. 평촌, 분당, 일산의 개발계획을 만들어간 1989년에서 1992년에 이르는 이 3년간이 아마도 내 인생에서 가장 바쁜 시기인 동시에 가장 보람 있었던 시기였다고 생각된다.

그 밖의 설계용역

수도권 신공항의 입지가 영종도로 결정되자 정부는 공항개발의 효과를 극대화시키기 위해 공항 주변 지역에 대한 개발 구상을 추진하였다. 당시 건설교통부 장관은 오명이었는데, 이러한 아이디어가 그의 것이었는지, 아니면 환경그룹 곽 회장의 것이었는지 확실하게 알 수는 없다.

오명 장관은 나의 경기고등학교 9년 선배였는데, 육군사관학교를 졸업했고, 군 재직 중 미국에 유학하여 전자공학으로 석·박사 학위를 받은 보기 드문 인재였다. 그는 교통부장관을 역임할 당시 영종도 공항에 관여하였고, 건설부와 교통부가 통합되면서 건설교통부장관이 되었다. 곽 회장은 나의 4년 선배이니까, 오명 장관에게는 5년 후배가 되는 셈이다. 그는 제주도 종합개발계획 때와 마찬가지로 자기가 이 프로젝트의 임자라고 주장하였지만, 이 과제가 공공과제였고, 건설교통부 내에서 그에 대한 평판이 그리 좋지 않았기 때문에 국토연구원으로 용역이 내려왔다. 나는 이 일로 해서 또 그와 부딪치기는 싫었지만 어쩔 수 없이 맡게 되었다. 그런데 오명 장관으로부터 담당 국장을 통해 환경그룹을 이 일에 참여시키라는 요청이 들어왔다. 일을 일부 떼어 주는 것은 별 문제가 되지 않았지만 그 이유가 괘씸했다. 곽 회장은 오명 장관에게 국토연구원은 국제적 수준의 도시설계를 할 만한 능력이 안 되니, 자기가 해외 유명 건축가들을 모아서 안을 만들겠다고 한 것이다. 용역은 공식 절차를 거쳐서는 환경그룹에 줄 수는 없어 국토연구원에 맡기지만, 일은 환경그룹을 통해 국제적 명성이 있는 건축가에게 시키라는 장관의 명령이 떨어지자, 우리는 그대로 할 수밖에 없었다. 그래서 용역비의 절반이 환경그룹에게 갔다.

곽 회장은 연구책임자인 나와는 아무런 상의도 없이 단독으로 해외 다섯 명의 건축가 또는 기관을 선정하였다. 선정한 곳은 프랑스의 장미셸 빌모트(Jean-Michel Wilmotte), 이탈리아의 소사스(Sottsass), 미국 스탠포드 대학 교수 Samuel Chiu와 건축가 Smiley, 그리고 일본의 니켄세케이였다. 나는 당시 건축가들에 대해 잘 알지 못했지만, 이들을 선정한 기준이 무엇이었는지 알 필요가 있었다. 니켄세케이가 일본에서 가장 큰 건축회사라는 것은 알고 있었지만, 나머지는 세계적으로 유명한 건축가 같지도 않았고, 그 선정 배경이 매우 의심스러웠다. 그래서 나름대로 조사를 해 보니 빌모트는 유명한 건축가인 것은 맞지만 주로 건축의장으로 특화된 사람 같았고, 소사스 또한 이름난 건축가지만 건축과 각종 소품 디자인으로 더 유명한 것 같았다. 두 사람 모두 도시를 설계하기에는 마땅치가 않았다. 스탠포드 대학 교수라는 사람은 건축가가 아니라 산업공학과(Engineering-Economic Systems) 교수였고, Smiley는 소속이 없는 떠돌이 건축가인 것 같았다. 그래서 곽 회장에게 미국인 두 사람을 바꾸자고 요구했지만 그는 미국인 두 사람은 절대로 뺄 수 없고 대신 한 팀으로 만들겠다고 했다. 그 대신 내가 선정한 건축가 한 명을 넣어 주겠다고 했다.

나는 얼마 전 서울대학교 건축과에서 특강을 했던 Rem Koolhaas(OMA)가 생각나서 추천하였다. 나는 사실 OMA의 Koolhaas가 누구인지 잘 몰랐다. 우연히 학교에 들렀더니 유명 건축가 특강이 있다고 하여 들어 보았다. 강의 내용이 매우 좋았고, 도시적 mind도 갖고 있는 것 같았다. 강의가 끝나고 나는 그와 잠시 이야기를 나눌 수 있는 시간을 가졌다. 그는 자신이 인도네시아에서 태어났다며, 아시아권 도시들에 관해서도 이해심이 깊은 것처럼 보였다. 특히 우리나라의 고층 고밀 아파트 문화에 대해서도 거부감이 덜 한 것 같았다. 나는 그에게 영종도 프로젝트를 설명하면서 참여 의사가 있느냐고 물었고, 그는 서슴지 않고 관심이 있다고 했다.

곽 회장은 일본의 니켄세케이와 프랑스의 빌모트를 빼고, 대신 Koolhaas와 EDAW를 넣었다. 4개 팀이 결정되자 나머지 일은 환경그룹에서 진행시켰다. 설계비는 각 회사나 개인에게 각각 5만 불씩 주도록 되어 있어서 지명 설계비로서는 충분치 않았다. 그러자 Koolhaas는 한국에 나올 시간이 없다며 자료나 보내 달라고 했다. 내가 그를 추천했기 때문

수도권 신공항 주변 지역 개발 타당성 조사용역(1995. 4.~1996. 6.)을 위해서 무의도 답사

에 그가 성의를 보이지 않자 나는 당황하지 않을 수 없었다. 내가 추천한 사람이 가장 좋은 안을 만들어야 내 체면이 설 것이라 생각하였다. 생각다 못해 내가 현장 조건을 설명하는 지도와 자료들을 모아 Koolhaas에게 보냈다. 거기까지는 큰 문제가 없었다. 그런데 거기서 더 나아가 편지에서 계획안 초안이 나오면 내게 먼저 보내 달라고 했다. 그러면 내가 check 해서 의견을 보내 주겠다고 했다. 내 생각에 엉뚱한 계획안이 나올까 봐 우려해서였다. 그러나 그것은 하지 말았어야 했다. 욕

심이나 조바심이 지나치면 실수를 하기 마련이다. 나는 이것이 공모전 비슷한 것이라는 점을 잊고 있었다.

마감 일자가 다가오면서 일이 터졌다. 국토연구원장과 건설교통부에 투서가 들어간 것이었다. 누구보다도 공정하게 공모를 관리해야 할 연구 책임자 안건혁이 국익에 위배되는 행위를 했다는 것이다. 나는 연구원장실에 불려가서 사실대로 설명해야 했다. 그리고 내 불찰을 인정했다. 원장은 이런 것을 갖고 투서를 하다니 곽 회장이 정신 나간 사람 아니냐고 화를 냈다. 문제 발생의 자초지종을 조사해 보니 곽 회장이 중간에 점검을 한답시고 모든 참여자들의 사무실로 돌아다녔던 것이다. 중간에 Koolhaas 사무실에 들렀더니 Koolhaas가 이 프로젝트의 책임자가 누구냐고 묻더라는 것이다.

나는 편지에 내가 연구책임자라고 했는데, 곽 회장은 자기가 책임자라고 다니면서 말한 모양이었다. 그러자 이를 이상하게 여긴 Koolhaas는 내가 자기한테 보낸 편지를 그에게 보여 주면서 이 사람도 자기가 책임자라고 하면서 이러저러한 편지를 보냈다고 했다. 곽 회장은 그 편지를 복사해서 투서에 첨부한 것이다. 다행히 건설교통부에서는 아무런 이야기가 없었다. 그런 일이 있고 나서 설계공모는 흐지부지 되었다. 나는 사실 처음부터 이런 설계 공모는 인정할 생각이 없었다. 나중에 곽 회장이 선정한 미국인 두 사람의 정체가 드러났다. 스탠포드 대학 Chiu 교수는 바로 오명 장관 아들의 지도교수였고, Smiley는 자기 친구인데, Chiu가 건축가가 아니니까 대신 Smiley를 끼워 놓고 그들을 당선시켜 본 설계를 맡게 한 후, 환경그룹이 대신 일을 하겠다는 계획을 세웠던 것이다.

이태리의 Sottsass 안

OMA 안은 다른 안보다는 매우 특이한 접근을 하고 있다. 공항과 영종도를 남쪽에서 직선으로 연결하고, 격자형 도시를 만드는 한편, 그 edge로부터 시가지 형태의 pier를 끌어내어 도시화하였다. 또 다른 아이디어는 인천의 water edge를 넓은 방파제를 이용하여 직선화하여 기존 시가지와의 사이 수면을 항구로 이

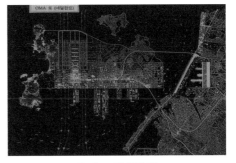

Koolhaas의 OMA 안

용하고 있다. 이는 네덜란드의 바덴 해(Wadden sea)를 연상시킨다.

도시 전체를 계획하는 것은 아니었지만 부분적 계획과 설계는 5개 신도시 계획 전후로 몇 건이 더 있었다. 그중 하나가 '대전시 신시가지 개발구상'이었다. 당시 대전시는 갑천 남쪽에 둔산지구를

한창 개발하는 중이었다. 둔산지구는 처음에 환경그룹에서 계획을 맡았었는데 계획안이 적합하지 않다 하여, 다시 서울대의 주종원 교수팀에 재의뢰하여 새로운 계획을 수립하고 개발하고 있었다. 우리가 맡은 신시가지는 둔산지구의 서쪽 유성천 주변으로 대전 서부 신시가지가 되는 셈이다. 이 대상지의 서쪽은 계룡산이 남북으로 뻗어 있어 경계를 이루고 있는 지역이다. 이 프로젝트는 다른 용역회사와 함께 진행을 했는데, 의견이 맞지 않아 나중에 우리는 손을 떼고 토지공사가 용역회사와 마무리를 했다.

설계가 주된 업무는 아니지만 설계와 관련되는 연구용역은 매우 많다.

「강릉역 현대화 타당성 조사연구」는 신도시 도시설계가 어느 정도 마무리되어 가고 있던 시점에 강릉대학의 임승달 교수가 도움을 요청하여 참여하게 되었다. 임 교수는 전에 KIST 부설 지역개발연구소의 교통팀에서 근무했던 관계로 나와는 잘 알고 있는 처지였다. 당시는 강릉까지 지금처럼 KTX도 없었고, 고속도로 영동선도 2차선으로 진부령까지만 나 있어서 접근하기도 쉽지 않았다. 강릉역은 경포대역이 폐지되는 바람에 동해북부선의 종점이 되어 이용객이 그리 많지 않았다. 강릉시에서는 철도역사가 시내 중심부에 있어 넓은 면적만 차지하고 있는 까닭에 이를 다른 지역으로 이전할 것인지, 아니면 그대로 둘 것인지를 검토하고 있었다. 나는 교통 전문가가 아니어서 단순히 도시계획 측면에서 자문만 해 주고 끝을 냈다. 내가 연구에 깊게 관여하지 못한 것은 강릉까지 오고 가는 일이 너무나 힘들었기 때문이었다. 대관령을 넘는 일도 어려웠지만 임 교수가 회의 마친 후면 늘 맥주 한잔 마시자고 붙잡아 한 병, 두 병 하다 보면 늦어지고, 그러면 자정이 되고, 밤길에 약간 취한 채 대관령을 넘어야 했기 때문이었다. 그런데 몇 년 뒤, 내가 명지대학으로 옮긴 후에 강릉시에서 도시 담당 과장이 찾아왔다. 용건은 강릉 시청을 이전하고자 하는데 '강릉시 신청사 입지 선정 용역'을 해 달라는 것이었다. 연구 기간이 길지 않았고 내용도 네댓 곳의 후보지를 비교·평가하는 것이어서 다시 맡았다. 나는 시청은 어떤 일이 있어도 도심 한가운데 있어야 한다는 주장이지만, 시청 사람들의 고집도 만만치 않았다. 결국 내가 내 고집을 포기하고, 그들이 원했던 7번 고속도로 밖으로 선정해 주었다.

내가 주도한 주요 정책연구

내가 국토연구원에 있는 동안 늘 신도시 프로젝트가 있는 것은 아니어서, 비어 있는 기간을 대비하여 기본 연구를 한두 개씩을 할 수밖에 없었다. 나는 늘 용역과제가 있었기에 기본 연구를 하지 않아도 되었지만, 주변으로부터 용역쟁이라는 소리를 듣지 않기 위해서 틈틈이 기본 연구를 수행하였다. 그러다 보니 늘 두세 개의 과제를 동시에 하곤 했다. 내가 국토개발연구원에서 수행한 과제는 보고서 발간을 기준으로 할 때, 약 30개 과제가 된다. 이 중에서 기본연구가 10개, 즉 삼분의 일을 차지하고, 나머지 20여 개는 용역과제이다. 내가 수행하였던 기본 연구(또는 정책연구)를 소개하자면 다음과 같다.

가장 먼저 한 기본 연구는 앞서 말한 도시설계 교재를 만드는 일이었다. 그러나 이 교재연구가 끝나기도 전에 창원-제주도-반월 등의 용역 프로젝트가 계속되어 한동안 바쁘게 지낼 수밖에 없었다. 그러나 그 사이사이 시간에도 쉴 수는 없었기에 기본연구과제를 하나 다루기로 하였다. 그것이 '신시가지 계획지침 연구'였는데 반월 신도시 도시계획재정비 용역을 하면서 앞으로 신도시를 계획할 경우 창원이나 반월처럼 되지 않게 하기 위해서는 어떤 지침이나 기준이 필요할 것 같아서 시작하였다. 이 연구는 학술적 연구라기보다는 실제 도시에서 부딪치며 얻은 경험을 바탕으로 만든 실무지침서라 할 수 있다. 여기서는 신시가지나 신도시를 계획할 때, 각 용도별로 땅을 어떻게 배분하는 것이 적정한지부터 다루었다. 창원이나 반월에서 경험한 일이었지만 개발주체가 사업성을 높이기 위해 지나치게 상업용지를 많이 지정함으로써 도시 토지이용상 불균형과 이로 인한 부정적 효과를 가져 오기 때문이었다. 마찬가지로 주거용지와 같은 가처분용지(팔 수 있는 땅)를 늘이기 위해 무리하게 녹지를 줄이는 것을 막기 위해 적정한 녹지 비율과 주거용지 비율로 각각 30%씩을 제시하였다. 당시만 해도 상업용지 면적은 개발 지역 전체의 5% 안팎으로 지정하고 있었다. 그런데 이러한 방법은 문제가 있는 것이, 개발대상지 내에 산이나 강 등, 개발이 불가능한 자연 요소가 포함되어 있을 경우, 이러한 개발 불가능 면적까지 전체 면적에 포함한 것에 대해 5%를 적용하다 보면 지나치게 넓어지게 된다. 상업용지란 모름지기 그 시설을 이용하는 주민의 수, 주민의 소득, 이용 거리 등에 따라 산출되는 것이 옳은 방법이다. 그래서 우리가 제안한 것은 상업용지의 면적을 전체 면적보다는 주거용지 면적에 비례해서 정하자는 것이었다. 그렇게 할 때, 주거용지(대부분이 아파트 용지라고 할 때)의 5%가 적정한 상업용지 면적이라 할 수 있으며, 주거용지가 전체 개발 대상지의 30%라면 상업용지는 전체 면적의 1.5%가 되는 것이다. 그러나 토지개발공사의 반발로 실제 신도시 계획에서는 이러한 기준을 적용하지 못하였고, 다만 개발주체와 상업용지 적정 비율을 놓고 논란을 벌일 때 상업용지 비율을 축소해야 한다는 근거로 사용토록 했다. 한편 필지 분할에 있어서도 기준을 정했는데, 나는 상업용지라고 해서 필지를 크게 만들어 놓으면, 건축업자들은 용적률과 높이제한 한도 내에서 최대로 지으려는 경향이 있기 때문에, 지나치게 높고 큰 덩치의 건물이 지어지게 된다. 도시의 경관을 조정하고, 인간적인 척도(human scale)의 가로를 만들기 위해서는 이를 막아야 하고 그러기 위해서는 필지의 규모를 작게 할 필요를 느꼈다. 그래서 중심상업지역이 아닌 경우 상업용지의 크기를 150~200평으로 하고, 다만 코너 필지에만 300~400평을 허용토록 하였다. 그러나 나중에 분당 등지에서 보듯이 코너 필지 300~400평에 10층짜리 건물이 들어서니 원래의 희망과는 달리 거대한 매머드 건물이 들어서서 경관을 망치는 경우가 많았다. 대표적인 곳이 분당의 미금역 사거리인데 우리의 구상은 5층 정도의 건물을 상상했었다. 그러나 다행히 전면 도로 폭이 넓어 기능적으로 크게 문제되지는 않았다. 그밖에도 아파트 단지의 적정 규모와 세장비, 단독주택의 적정 범위, 학교 등의 도시계획시설의 배치 기준 등을 좀 더 현실에 맞도록 재조정하였다.

내가 전공한 도시설계는 학문적으로 도시계획과 건축의 중간지대에 위치해 있다. 그런 관계로 늘 건축과 도시계획을 함께 생각해야만 한다. 그런 점에서 도시계획법과 건축법은 우리가 도시설계를 해 나가는데 가장 기본이 되는 법제이다. 사실 건축법과 도시계획법은 불가분의 관계를 갖고 있다. 도시계획이 도시의 틀을 짜는 계획이라면 건축은 그 틀 안에 알맹이를 끼워 넣는 작업이다. 비록 이들 법이 나뉘어 있지만 그 뿌리는 일본 식민 시대의 조선시가지계획령에 두고 있다. 두 법의 내용을 보면 토지 이용과 개발 규제란 공동의 과제 속에 긴밀하게 연결되어 있다. 그럼에도 불구하고 1962년 법이 분리 제정된 이래, 각 법을 관장하는 건설부 내 조직이 다르다 보니 서로 다른 길을 걷게 된 것이다. 현실적으로는 이 두 법 사이에 마찰과 불합리한 조항들이 있어 애를 먹는 경우가 많이 있어 왔다. 그래서 도시설계와 관련한 건축법과 도시계획법에 대해 개정의 필요성을 느끼면서 이에 대해 지속적인 연구를 해야 하겠다고 생각했다. 그래서 시작한 것이 '건축법 및 도시계획법 조정연구' 시리즈였다. 첫 번째는 '용도지역지구제와 건축물 개발규제의 개선에 관한 연구'(1987. 1.~1987. 12.)였다. 이 주제를 선정한 것은 마침 건설부에서 용도지역지구제에 대하여 법규를 개정할 계획이라는 이야기를 들었기 때문이었다. 나는 실무자로서 이러한 법규에서 무엇이 문제인가를 체험한 만큼, 보다 현실적인 개선대안을 만들고자 하였다. 우리는 두 법의 서로 다른 발전 과정에서 생겨난 모순들을 조정하고, 합리적인 개선 방안을 제시하고자 하였다.

두 번째 건축법 및 도시계획법 조정연구과제는 「도시개발법제의 정비방안」(1990. 1.~1990. 12.)이었다. 첫 번째 과제와는 약간의 시간차가 있지만 그것은 그사이 분당, 일산, 평촌 등 큰 과제들을 처리해야 했었기 때문이다. 이때는 이미 수도권 5개 신도시개발이 착수되면서, 도시개발제도에 대한 개선 논의가 시작되고 있었다. 수도권 5개 신도시는 택지개발촉진법에 의거해서 개발하였는데 이 법은 1980년도에 대규모 주택단지를 손쉽게 개발할 수 있도록 만든 촉진법으로서 정상적인 신도시개발에는 적합하지 못한 부분이 많이 있었다. 나는 마침 토지연구실에서 우리 팀으로 합류한 박영하(전주대 교수)가 법률 전문가여서 이 연구에 적합하다고 생각하고, 함께 연구해 나갔다. 우리는 개발에 관한 모든 방법과 관련 법 조문을 검토하고 도시계획법이나 토지구획정리사업법, 택지개발촉진법 등과 차별되는 새로운 도시개발법을 제안하였다. 이 법은 모든 종류의 개발을 그 안에 포함하고, 개발수단 또한 기존 법률이 갖고 있는 장점들을 선별 수용함으로써 개발을 용이하게 하였으며 이를 제정함으로써 기존의 대부분의 개발 관련 법을 정리할 수 있게 하였다. 이 연구는 후일 도시개발법이 탄생하게 될 때, 많이 참고가 되었다.

세 번째 건축법 및 도시계획법 조정연구는 「개발제한구역 제도연구」(1992. 1.~1992. 12.)이다. 개발제한구역에 대해서는 박영하 연구원이 특히 관심을 많이 갖고 있어서 대부분의 연구를 그가 진행하였다. 나는 그 대신 개발제한구역 조정과 개선에 관한 정부 정책연구팀에서 주로 활동하였으며, 실제로 개선 방안을 현지에 적용하는 일에 매달렸다.

내가 국토개발연구원에 근무하는 동안 도시 분야에는 수많은 변화가 있었지만, 그중에서 가장 큰 변화는 토지이용계획제도와 개발제한구역제도의 변화라 할 수 있다.

토지이용계획은 한마디로 사람들 개개인의 자유로운 토지이용에 한계를 둠으로써 사회 전체의 공익을 확대하기 위하여 만들어진다. 이를 증명하고자 굳이 1926년의 유클리드 판결을 인용할 생각은 없다. 여기서 공공의 이익을 확대하는 것이 구체적으로 무엇을 의미하는지에 대해서는 학자들 간에도 논란의 여지가 있고, 사회적 이념과 판단기준에 따라서도 달라진다. 즉 절대적 기준이라는 것은 없다는 이야기다. 따라서 시대가 변하고 사람들의 생각과 생활 패턴이 달라지면 이를 규제하는 제도도 수정되어야 한다고 생각한다. 우리나라처럼 급속한 성장을 경험한 곳에서는 제도의 변화도 피부로 느낄 정도로 빠르게 이루어져 왔다. 그러나 이러한 제도의 변화는 때로는 필요에 의해서라기보다는 잘못된 정보나 판단에 의해서 이루어지기도 한다. 나는 1995년에 이루어진 국토이용관리법의 변경도 이러한 잘못된 이유에서 행해진 것이라고 생각한다. 국토이용관리법은 1972년에 전국의 국토를 관리하기 위하여 만들어졌는데, 그 내용은 전 국토를 5개의 용도지역으로 나누고, 각각 토지 이용에 관한 규제를 정해 놓은 법규다. 이 법에 나와 있는 용도지역은 도시지역과 공업지역을 제외하면 기본적으로 국토의 이용을 제한하려는데 근본 취지를 갖고 있다. 그러다 보니 개발을 원하는 사람들의 입장에서는 이 법 때문에 산지나 농지를 자신들의 목적대로 개발할 수가 없었다. 그래서 정권이 바뀔 때마다 규제 완화에 대한 요구가 빗발쳐 왔다.

YS가 대통령이 되자 어김없이 토지 이용 규제에 대한 민원이 문제가 되었는데, 공장을 지으려 해도 제도가 너무 복잡하고 수십 가지 규제 때문에 지을 수 없다고 언론이 떠들어댔다. 수출로 먹고 사는 나라에서 공장을 지을 수 없다고 불평을 하니 정부는 허겁지겁 5개의 용도지역을 재조정하여 공장 건설 가능지를 늘리겠다고 정책을 발표하였다. 즉 5개의 용도지역 중, 개발이 거의 불가능한 농업지역, 산림지역을 각각 재평가하여, 개발해도 자연 환경 파괴가 적거나, 농업 생산 축소가 덜한 곳을 묶어 준농림지역을 신설하고, 나머지를 묶어서 개발이 거의 불가능한 농림지역으로 만들었다. 보전 가치가 낮은 지역을 준농림지역으로 지정하다 보니 아무래도 대도시 주변에 이런 땅이 많을 수밖에 없다. 이 준농림지역은 전 국토의 15%나 되어 도시지역이 당시 5%인 데 비해 세 배가 넘는 규모가 되었다. 공장 입지에 숨통을 틔워 주겠다고 한 정책인데, 대도시 주변마다 공장이 아니라 아파트들만 난개발하게 되는 부작용이 생겨난 것이다. 이렇듯 문제는 뜻하지 않은 곳에서 생겨난다.

대통령 선거를 통해 정부가 새로 들어설 때마다 규제 철폐라는 정책이 난무한다. 때로는 규제를 모두 없애라든가 시간을 정해 주고 그 기간 안에 절반 이상을 없애라고도 한 적이 있었다. DJ 당시에 도입한 각종 규제의 일몰제라는 것이 그것이다.

그러나 규제라는 것은 원래 필요해서 만들어진 것이다. 따라서 규제를 없애기 위해서는 만들 당시의 필요성이 사라졌는가를 먼저 검토해야 한다. 그렇지 않으면, 규제가 필요했던 상황으로 다시 돌아갈 수 있기 때문이다. 그러나 오래전에 만들어진 규제의 경우 담당 공무원조차도 그런 규제가 왜 만들어졌는지에 대해 잘 알지 못하면서 명령에 따라서 철폐하거나 수정한다. 그럼으로써 과거의 문제가 반복되든가 또 다른 문제가 발생하는 것이다.

최근 들어와 국토의 계획 및 관리에 관한 법률이 정하는 도시 내 용도지역지구제도에 대한 비판이 일고 있다. 지금처럼 주거지역, 상업지역, 공업지역 등과 같이 단일 용도를 지정하고 타 용도를 배제하는 것보다 혼합용도, 복합용도로 나아가야 한다는 주장이 있다. 다 옳은 이야기다, 다만 그렇게 하기 이전에 그럴 경우 생겨날 수 있는 문제가 없는지 먼저 검토해야 한다. 법률이나 규제는 선의를 규제하려는 것이 아니라 소수의 불의를 막기 위한 것임을 항상 염두에 두어야 한다.

건설부는 올림픽을 앞두고 우리 도로계획에 대한 설계지침이 필요하다고 인식하고 '도시계획도로의 계획 및 설계기준' 과제를 발주하였다. 발주 실무책임자는 김일중 계장(후일 차관으로 은퇴)이었는데, 그는 서울대학교 1년 선배이고 토목과를 졸업하였다. 그는 매우 학구적이었는데 도로의 계획과 설계는 도시계획 업무라고 생각해서 교통전문가가 아닌 도시계획전문가에게 의뢰를 한 것이다. 나는 당시에 내 고유 업무인 도시설계와 도시계획 프로젝트로 너무나 바쁜 상황이라서 못 하겠다고 계속 버텼지만 어쩔 수 없이 원치 않은 프로젝트를 맡게 되었다. 같은 연구실의 염형민이 중간에 다리를 놓았는데, 이 프로젝트는 이미 일본에 비슷한 책자가 나와 있어 자기가 일본어를 번역해서 자료를 만들어 주겠고, 나는 발주처가 원하는 대로 우리 실정에 맞게끔 각색만 하면 된다고 했다. 이것은 하나의 매뉴얼을 만드는 연구였다. 물론 나는 내 나름대로 도로계획에 대한 생각이 있어서 맡았지만 결국 후회했다. 막상 연구를 해 보니 내가 기여할 수 있는 부분은 매우 한정되어 있었고, 나머지는 대개 교통공학과 관련된 내용들이었다. 그나마 설계기준에 관해서는 삼우기술단에서 맡아서 다행이었다. 몇 차례 건설부에서 보고도 하고 내용 검토를 하였지만 그때마다 김계장은 완전히 연구를 주도하려 하였다. 목차까지도 자기가 불러 주는 대로 하라는 식이었다. 그러려면 자기가 직접 하지 왜 나를 끌어들여 자존심 상하게 만드는지 화가 나기도 했다. 화를 꾹 참고 그의 말대로 수정해서 가져가면 다음 미팅 때는 또 다른 소리를 하는 것이었다. 내가 보기에 김 계장 자신도 확신이 없는 것 같았다. 그래서 다음 미팅 때는 녹음기를 갖고 가서 탁자 앞에 꺼내 놓았다. 김 계장이 이게 뭐냐고 묻자 나는 당신 말이 자주 바뀌니 증거를 남기기 위해 녹음하려 한다고 했다. 순간 그의 얼굴에 당황하는 기색이 역력했다. 아마도 건설부 역사상 용역팀이 와서 담당자 말을 믿지 못하겠다고 녹음한 적은 없었을 것이다. 결국 녹음은 철회했지만 그 때부터 그의 태도가 약간 달라지기 시작하였다. 이 프로젝트를 통하여 나는 나름대로 도로계획에 대하여 많은 공부를 하게 되었지만, 이때부터 내가 주도할 것이 아니면 맡지 말아야 한다는 교훈을 얻게 되었다. 나는 이후로 수많은 프로젝트를 했지만 내 자신이 수긍하지 않는 한, 발주처 요구라고 해서 그대로 따라간 적은 없다. 그런 까닭에 가끔 프로젝트가 끝나자마자 다음 프로젝트에서는 배제되는 일이 종종 발생하기도 했다.

이 연구를 진행하는 과정에서 별도로 '가로의 방향식별문제 해소방안연구'(1987. 11. 완료)에 대한 추가 요청이 있었다. 그것은 88올림픽을 대비한 건설부 정책 준비의 일환으로 이루어졌다. 이 연구를 통해 우리는 우리나라에서는 처음으로 도시의 가로 표지나, 식별성, 노선 번호 등 많은 문제들을 발견할 수 있었고, 이에 대한 개략적인 개선 방안을 제시하였다. 그러나 사실 서울의 가로 표지 문제는 서울시 소관사항이었던 만큼, 건설부에서 더 이상의 연구 진행을 요청하지는 않았다. 그런데 얼마 지나지 않아 서울시에서 우리에게 연락이 왔다. '서울특별시 주요도로 노선번호 부여 및 표지판 설치계획'(1988. 3.~1988. 8.) 용역을 해 달라는 것이었다. 아마도 건설부가 우리가 제시한 가로의 방향식별문제 해소방안연구를 서울시로 넘긴 것으로 추측된다. 이것은 6개월짜리 용역인데, 마감이 8월이면 이미 올림픽이 끝나갈 무렵이다. 즉 올림픽을 대비한 용역이라 하기에는 너무 늦은 것이었다. 이러한 연구는 2~3년 전에 했었어야 올림픽 시작 전에 가로표지판도 바꾸고, 가로망 지도도 새로 제작하고 할 수 있는데, 왜 아무것도 하지 않았는지 이해가 되지 않는다. 이 연구에서 우리는 매우 중요한 제안들을 내놓았다. 즉 서울의 가로망을 노선이라는 개념으로 정리하였고, 중요 노선을 골라 노선 번호를 부여하였으며, 이로부터 보조간선도로, 집산도로의 번호 부여 체계를 제시하였다. 현재 사용되고 있는 간선도로의 도로번호는 우리가 제안한 것을 나중에 교통 전문가들이 약간 수정한 것이다. 현재 가로 표지판에 노선 번호가 들어가는 변형된 육각형 표시는 나의 작품이다. 그런데 우리가 처음 간선도로 번호 표시로 서울시에 제시한 것은 순수한 원이었다. 당시 서울시장은 김용래였는데 그는 국도 표시(타원)와 혼동될 수 있으니 다이아몬드가 어떻겠느냐고 말했다. 그는 오랫동안 총무처에서 행정관료를 해 왔지만 디자인과는 거리가 먼 사람이었다. 그런데 갑자기 다이아몬드 이야기가 나온 것이다. 그런데 다이아몬드는 숫자를 넣기에는 공간이 조금 비좁았다. 그래서 가로 방향으로 조금 늘여 놓은 것이 변형된 육각 다이아몬드이다. 그러니 순수한 나의 창작물이라기보다는 나와 시장의 합작물이라고 하는 것이 옳을지 모르겠다.

우리나라의 개발제한구역(소위 Greenbelt) 제도는 1960년대 이후 산업사회로 진전되면서 인구 및 산업의 도시 집중으로 도시가 급속히 팽창함에 따라 도시의 무질서한 확산에 따른 각종 도시 문제의 예방과 환경훼손 방지를 위하여 도시개발을 제한할 필요에 의해 제정되었다.

1971년 1월 19일 도시계획법 개정으로 이 제도가 도입되었는데 1971년 7월 30일 서울을 중심으로 한 수도권 내측에 처음 지정한 이래, 1977년 4월 18일 전라남도 여천에 이르기까지 총 8차에 걸쳐 이루어졌다. 지정 면적은 국토 면적의 5.4%인 5,397㎢이며, 35시 35군에 걸쳐 지정이 이루어졌다(1993년 기준). 개발제한구역제도는 박정희 대통령 시절에 시작되었는데, 누가 왜 이 제도를 도입하자고 주장했는지는 지금까지도 확실하게 밝혀진 것이 없다. 일설에 의하면 박 대통령이 영국의 그린벨트 제도가 있다는 것을 듣고 스스로 결정했다고도 한다. 혹자는 1968년 1월 북한특수군에 의한 청와대 습격 사건 이후, 서울방위를 강화하기 위해 서울 시가지 확장을 막기 위한 방어적 조치였다고 주장하기도 한다. 첫 번째 GB가 지정된 1971년에는 아직 한강 이남이 개발되기 이전이어서 도시개발이 가능한 토지는 얼마든지 있었으므로 도시 확산을 막기 위한 것이었다면 누군지는 몰라도 상당히 미래를 보는 혜안이 있었던 것은 틀림없다. 박정희 시대에는 이 제도가 매우 엄격하게 운영되었고, 이후 전두환, 노태우 대통령 시대에도 그대로 유지되었다. 물론 이 기간 중에도 주민들의 민원은 끊임없이 발생하였지만 아무도 규제 완화에 대한 이야기를 공식적으로 말할 수 없었다.

다만 도시경제학자들만이 GB에 대한 부정적인 견해를 피력하곤 하였다. 그들은 GB정책의 결과 택지 부족 현상은 심화되고, 택지와 주택의 가격을 앙등시켜 도시의 건전한 발전을 저해한다고 주장하였다. 또한 GB를 넘어선 지역에 인구와 고용이 집중되어 기반시설에 대한 투자를 증가시켰으며, 출퇴근에 필요한 경비와 시간을 증가시켰을 뿐 아니라 GB 너머로의(5개 신도시 등) 개발은 교통 거리를 길게 하여 불필요한 배기량을 늘리는 결과를 초래함으로써 환경 보전 측면에서도 부정적이라고 하였다. (John F. Kain, 하버드대 교수, 1992) 정부는 이들의 목소리에 대해서는 크게 관심을 두지 않았지만, 점차 커지는 주민들의 항의와 단체 행동에 대해서는 무시할 수가 없었다. 전국그린벨트주민회에서는 1990년 말 정부 각 처에 호소문을 돌리고 심지어 나한테까지 찾아와 정부 정책 개선에 앞장서 줄 것을 부탁하였다. 장차 일이 심상치 않을 것을 예감하고 나는 국토개발연구원의 기초 연구로서 '개발제한구역 제도연구'를 1992년 신규 과제로 신청하였다.

민주화 바람과 더불어 지역 주민들의 항의가 거세지자 1992년 말 대통령 선거에서 김영삼 후보는 GB의 행위 규제를 완화해 주겠다는 공약을 하게 된다. 건설부 입장에서 대통령 공약 사항을 무시할 수는 없는 처지여서 새로운 대통령 취임 즉시 이에 관한 구체적인 조치들을 착수하게 된다. 가장 먼저 취한 것은 전국의 개발제한구역에 대한 전수 실태조사이다. 1992년 봄부터 건설부 도시국을 중심으로 움직이기 시작하였는데 3월 12일 도시국장실에서 열린 협의회에서 건설부는 국토개발연구원에게 개발제한구역의 규제 차등화 방안에 대한 세부 사항을 연구할 것과 시가화된 개발제한구역의 처리방안을 강구할 것을 부탁하였다. 개발제한구역이 도시계획으로 지정되다 보니 이에 관한 연구도 도시연구실이 맡을 수밖에 없었는데, 당시 도시연구실 연구진들은 대부분 나와 함께 일을 해 오던 도시설

계 전문가들이었다. 하는 수 없이 토지연구실에서 우리 연구실로 오게 된 박영하(현 전주대 교수)와 함께 기본 연구 프로젝트로 수행하였고, 이후에도 상당 기간 제도개선이나 실천에 관여하게 되었다. 연구의 성격은 어떻게 하면 민원을 해소하면서도 기본 취지를 유지해 나갈 수 있는가 하는 방법을 찾아내는 것이다.

연구를 하는 우리나 도시국 담당자들이나 사실 개발제한구역을 해제하는 것에 대해서는 다소 유보적이었다. 그러나 기존 취락 주민들의 민원은 어느 정도 해소해 주어야 하는 것에는 누구라도 동의하지 않을 수 없었다. 그래서 개발제한구역이 지정된 도시의 현황에 따라 몇 가지 유형으로 나누어 대책을 마련하기로 하였다. 첫째는 시가화지구로서 도시적 성격을 갖는 인구 5,000인(1,000호) 이상의 대규모 기개발지구로서 인구밀도 100인/ha 이상인 곳을 말한다. 둘째는 대규모 취락지구이되 인근 취락의 서비스 기능을 갖는 100호 이상의 집단 취락지구로서 인구 밀도가 50인/ha 이상인 지구를 말한다. 셋째는 자연취락지구로서 20호 이상 100호 미만인 자연취락지구로서 인구 밀도가 50인/ha 미만인 지구를 말한다. 넷째는 지구 밖의 건축물로서 주거용 건축물이 20호 미만인 경우로, 위의 세 가지 유형에 해당되지 않는 건축물과 대지를 말한다.

건설부는 이상의 네 가지 유형에 따라 행위 제한 규제를 각각 다르게 하는 것으로 방침을 정했다. 예를 들어 시가화지구에서는 일반주거지역 수준으로 행위 제한을 대폭 완화하고, 대규모 취락지구에서는 전용주거지역 수준으로 행위 제한을 완화한다는 것이다. 그러나 이때까지도 개발제한구역은 그대로 존치하는 것을 원칙으로 삼았다. 이와 동시에 정부는 1993년 말까지 취락 100개 소를 시범적으로 정비하기로 정하고, 연구진들을 독려하였다.

1993년 6월까지 이 일에 매달렸으나 나는 끝을 맺지 못하고, 7월에 안식년을 위해 미국으로 떠났다. 이듬해(1994년 가을) 안식년에서 돌아와 보니 시범사업은 지지부진했던 것 같았고, 나도 박사논문 준비로 바빴던 관계로 잊고 지냈다. 1995년 9월 초 내가 국토개발연구원을 떠날 때까지도 개발제한구역 제도개선에 관해서는 별 진전이 없었고, 그 후에는 2~3년간 IMF 경제 위기, 대통령 선거 등으로 개발제한구역에 대한 논의는 중단되었다.

개발제한구역에 대한 문제 제기가 다시 불붙은 것은 DJ가 대선에서 개발제한구역에 대한 대폭적인 조정을 하겠다고 공약하면서부터다. 그가 대통령에 당선이 된 후부터 개발제한구역에 대한 근본적인 검토와 대안 마련이 요구되었다. 그러나 개발제한구역 해제에 대해서 건설부나 전문가들 사이에서도 보수층의 강력한 반발이 제기되었다. 그러자 DJ는 '선(先) 환경성평가 및 도시계획-후(後) 해제'라는 원칙을 발표하였다. 즉 무조건적으로 해제하는 것이 아니라 충분히 환경 영향을 검토한 후 해제하겠다는 일종의 후퇴 발언인 듯싶었다. 이때 처음 DJ로부터 환경성평가라는 용어가 등장하였다. 물론 이전에도 환경영향평가라는 용어가 있었고, 집행되었지만, 이는 조사연구에만 1년 이상의 시간이 소요되므로, 새로운 용어를 만들어 평가 기간을 단축하자는 의도가 깔려 있는 것이다. 대통령으로부터 강력하고 구체적인 지시가 내려온 이상 그냥 뭉갤 수는 없는 것이었다. 정부는 부랴부랴 다양한 연구를 발주했고, 1998년에 서울대학교로 옮긴 나도 연구 하나를 맡아서 수행하였다.

1999년에 들어와 처음으로 개발제한구역의 해제가 이루어졌는데, 춘천시, 제주시 등, 인구증가율이 높지 않은 도시들에는 지정된 개발제한구역을 전면 해제하게 되었다. 더불어 서울의 진관내외동 일원, 고양시 일원, 부산시 강서구 대저동 일원, 고리 원자력발전소 주변 등과 같이 이미 대규모 시가화가 되어 있는 곳도 해제되었다. 나머지 중소 규모의 취락의 경우는 일정한 기준을 만들어 지자체에 제시한 후, 지자체 스스로 해제하도록 자율권을 부여하였다.

그러나 워낙 오랫동안 금기시되어 왔던 개발제한구역의 조정인지라 공무원들이 감히 손댈 생각을 하지 못했다. 서울시가 시범적으로 계획에 착수하였는데, 서울시 공무원들도 지나칠 정도로 보수적으로 나왔다. 우리가 제시한 구역 경계 설정 기준은 약간의 융통성이 있었음에도 불구하고, 이들은 철저하게 융통성을 거부하고, 기존 건물들만을 오려 내기 시작하였다. 그러다 보니 생선 가시 모양의 해제 구역들이 생겨났다.

이렇듯 조심스럽게 해제하던 개발제한구역이 이명박 대통령 시대가 되면서 와르르 무너지기 시작하였다. 건설회사 CEO 출신의 대통령은 공영개발이라는 이름으로 개발제한 구역을 허물기 시작하였는데, 여기에는 한국토지주택공사(LH)가 앞장을 섰다. 물론 아무런 제약이 없이 해제하는 것은 아니다. 권역별로 개발제한구역 해제가능총량을 부여하고, 이 안에서 공공기관이 개발할 수 있게 해 놓았는데, 이 해제가능총량은 매년 조금씩 확대되어 왔다. 이후 국책사업을 위해 조금씩 해제되기 시작한 개발제한구역은 걷잡을 수 없이 해제가 진행되어 2016년 말에는 전체 면적의 약 30%에 해당하는 총 1,551㎢가 해제되었고, 그 이후로도 주택이 부족하다는 이유로 계속 해제되어 현재 수도권에 남아있는 대규모 평탄지는 거의 사라졌다.

안식년을 갔다가 한 해의 중간에 돌아오니 새로이 할 일이 마땅치 않았다. 그래서 이 기회가 그동안 생각해왔던 정책연구들을 추진할 좋은 기회라고 생각하였다. 그래서 선택한 것이 「2000년대를 대비한 도시정책의 방향」(1994. 10.~1995. 2.) 연구였다. 이와 비슷한 것으로서 1981년도에 최병선 박사에 의해 「80년대 도시종합대책」이라는 연구보고서가 나와 있었는데, 나는 당시에 80년대를 준비하기에는 너무나 늦게 나왔다고 생각하였다. 이제는 얼마 안 있어 21세기가 시작되는 만큼, 새로운 세기를 맞을 준비를 도시계획 차원에서 해야 하겠다고 생각하였다. 더구나 내가 건설부의 Think-Tank인 국토개발연구원의 도시연구실장으로서 우리나라 도시정책의 방향을 제시하는 것이 어쩌면 의무라고 생각하였다. 김영삼 정부는 말로는 세계화를 떠들고 있었지만 도시계획에서 어떻게 하는 것이 세계화하는 것인지에 대한 아무런 정책도 갖고 있지 않았기 때문이다.

연구에 앞서 우리는 먼저 앞으로의 도시에서 가장 중요한 이슈로 떠오를 것이 무엇인지를 생각해 보았다. 그리고 그것은 도시 환경의 질일 것이라 판단하였다. 이미 소득 측면에서는 선진국 대열에 끼어들었지만 도

시의 환경 수준은 중진국 이하였다. 서울의 경우, 600년 역사에도 불구하고, 도시 역사를 짐작하게 할 만한 문화유산은 궁궐을 빼고는 거의 다 사라졌다. 그 대신 들어선 것은 고층 아파트의 획일적인 모습과 비인간적인 규모의 현대적 건축뿐이다. 그것은 앞선 30년간 정치·경제적으로 고속 성장과 성장 논리의 지배에 의한 결과물인 것이다. 이러한 경향은 2000년대 들어서도 지속될 것으로 보았다. 소득의 증가, 가족 규모의 축소, 산업의 고도화와 정보화 등은 기존 도시의 변화를 요구하고, 이를 위해 노후화된 도시의 개선, 신도시 개발을 촉진시킬 것이다. 그래서 우리가 채택한 정책과제는 크게 세 가지였다. 첫째는 도시우량경관의 보전이다. 세계화는 국제화를 의미하고, 세계의 선진화된 도시들은 모두 도시의 전통 경관을 보전하는 데 노력하고 있다. 왜냐하면 그것이 미래 도시의 경쟁력이 되기 때문이다. 둘째는 아직 남아 있는 도시 불량 환경의 정비다. 불량 환경을 방치하고서는 선진도시라 할 수는 없기 때문이다. 셋째는 미래 지향적인 새로운 도시 공간의 창출이다. 변화하는 신세대 수요에 맞는 새로운 공간이 필요한 것이다.

그러나 연구를 시작하려 하니 연구 인력이 부족했다. 이전에는 내가 어떤 프로젝트를 하던 3~5명의 팀을 이루어 연구했는데, 연구원에도 새로운 변화가 불어닥친 것이다. 연구과제는 많아지고, 연구 기간은 짧아지고, 연구팀은 작아진 것이다. 오랫동안 함께 일했던 직원들이 다 뿔뿔이 흩어졌고, 내게는 연구원 한 명만 배정되었다. 그래서 고민 끝에 연구 인력을 아웃소싱(outsourcing) 해야겠다는 생각이 들었다. 이 정도 무게감 있는 주제를 다룰 만한 전문가를 찾다가 「도시 경관의 보전과 대책」은 최선주 박사(당시 일본 국제연합지역개발센타 연구원), 「불량환경정비정책의 현황 및 개선 방향」은 서울대 환경대학원 양윤재 교수, '새로운 도시 공간의 창출 방안'은 서울대 환경대학원 황기원 교수에게 맡기기로 하였다. 각 분야의 최고 전문가들에게 맡긴 만큼, 내용은 충실했으나 현실적 이슈를 집어낸다는 점에서는 조금 부족한 것 같았다. 결국 선언적 의미의 보고서가 되고 말

았고, 건설부 정책 수립에 얼마나 도움이 되었는지는 알 수 없다.

　시작은 국토개발연구원에서 했지만 끝은 명지대학에 가서 맺은 연구로 '신시가지의 적정개발밀도 및 용도별 면적 배분 기준'(1995. 1.~1995. 9.)이 있다. 이미 연구원장에게 명지대학교로 가겠다고 말한지라 내가 새로이 연구를 맡지 않아도 되었지만, 이직 날짜를 6개월 연기해 이듬해 8월 말까지로 한 까닭에 기초 연구라도 하나 해야겠다고 생각해서 시작한 것이다. 이 연구는 이전에 '신시가지 계획지침 연구'에서 다루었던 내용과 중복된 부분이 많은데, 과거의 연구가 주로 내 경험에 의존해서 기준들을 제시한 것이

라면, 새로운 연구는 학술연구답게 통계와 분석에 근거해서 기준들을 좀 더 정교하게 만든 것이라고 할 수 있다. 첫 번째 연구에서 내가 임의로 정한 기준들을 도시계획 분야에서 의외로 많은 사람들이 참고로 하고, 실제 도시계획에 반영하는 것을 보고 미안한 감이 들어서 그러한 기준들에 대해서 근거를 마련할 필요가 있다고 생각해서이기도 하다.

국제회의 참석

　나처럼 연구원에서 용역을 많이 하는 경우에는 해외 출장 기회가 많지만 정책연구만을 하는 연구책임자들은 해외로 나갈 기회가 많지 않다. 이들이 나갈 수 있는 방법은 국제 세미나에서 논문 발표를 하는 경우이

토지구획정리사업에 관한 국제 세미나(마닐라, 1987)

다. 주로 주택연구실이나 토지연구실 박사들이 그런 기회를 만들어 나가는데, 예를 들어 주택연구실에서 주로 참여하는 UN HABITAT 회의가 대표적이다. HABITAT 회의는 많은 나라들에서 돌아가며 열리기 때문에 여기만 매번 참여해도 전 세계를 구경할 수 있다. 나는 이 회의에는 참여할 기회가 없었다. 그러던 중 토지연구실에서 마닐라에서 도시개발에 관한 국제회의를 개최하는데, 자기들이 바빠서 못 가는데 내가 대신 가 줄 수 있느냐고 물어 왔다. 그래서 일단 수락을 한 뒤 발표 논문 준비에 들어갔다. 토의 주제가 토지구획정리사업 방식에 대한 것이었는데, 아마도 일본에서 동남아에 이 방식을 수출하기 위한 전략의 일환이었던 같았다. 나는 건설부의 심상훈 과장과 함께 가기로 하였다. 한국에서는 나 말고도 서울대 환경대학원의 최상철 교수와 어떤 연구기관의 김경환 박사라는 젊은이가 참석했다. 나는 그때만 해도 공식 석상에서 영어로 발표하는 것에 익숙하지

않았고, 더구나 울렁증이 있어 겨우 발표를 마쳤다. 다음 세션에서는 김경환 박사 차례인데 유창한 영어 발음으로 발표를 하고, 질의응답을 하는 것이 나와는 사뭇 대조적이었다. 나는 어떻게 저렇게 젊은 친구가 영어를 잘할까 하고 내심 부러워하였다. 몇 년 지난 후, 김 박사는 서강대학교 교수가 되었고, 나중에 건설부 차관과 국토연구원장까지 했다. 국토개발연구원에 근무하는 동안 외국에서 개최한 국제세미나에 간 것은 이것이 전부였다.

이 밖에도 공동으로 하는 과제들이나 그때그때 요구되는 정책과제들도 꽤 있어 늘 바쁘게 지낼 수밖에 없었다.

용역과제를 수행하는 것은 나름대로 장단점이 있다. 우선 용역을 하게 되면, 많은 돈을 벌어오게 되므로 연구원 경영진 입장에서 볼 때는 연구원에 큰 도움이 된다. 용역을 하는 데 있어서 단점이라면, 스스로 '을'이 되어, 발주처인 '갑'의 횡포를 모두 소화해야만 하는 것이다. 그래도 연구원은 일반 용역회사와는 달리 비교적 인간적인 대우를 받기는 하였다. 또 다른 문제는 연구원 내에서 약간의 시기도 받았고, 무시도 당하기도 했다는 점이다. 기본연구만 하는 것은 마치 무슨 학술연구를 하는 학자가 되는 것으로 생각하고, 용역은 장사꾼들이나 하는 일 정도로 여기는 사람들이 있었던 것도 사실이다. 그러나 내 생각은 달랐다. 용역이야

심상훈 과장과 만찬장, 세미나 발표장

말로 실현되는 일을 다루는 것이어서, 현실을 이해하고, 성과를 내어, 스스로 만족을 느낄 수 있는데 반해, 기본 연구는 실체가 없는 것이어서, 때로는 정부 정책에 반영되어 빛을 보기도 하지만, 대부분의 경우 캐비닛 속에 처박혀 있다가 이사 다닐 때 폐기되는 신세가 되기도 한다. 대표적인 것이 국토종합개발계획이다.

잘못된 정책들

우리나라에서 국토종합개발계획이 처음 시작된 것은 1970년경이다. 당시는 경제개발5개년계획을 필두로 많은 정책들이 종합계획으로부터 시작되던 시기라고 할 수 있다. 또한 정치적으로 기반을 확고히 다진 박정희 정권이 산업화에 박차를 가하던 시기였다. 그러기 위해서는 국토의

종합적인 개발이 필요했다. 산업화가 시작되면서 서울을 비롯한 수도권으로 지방의 유휴 인력들이 물밀듯이 몰려오고 있어 수도권 집중이 바야흐로 국가의 큰 문제로 대두되기 시작한 것도 이즈음이다. 그래서 시작한 것이 제1차 국토종합개발계획이었다. 당시에는 우리나라에 도시계획 전문가가 부족하던 시기였기에 계획 수립에 외국 전문가(프랑스의 OTAM)들로부터 도움을 얻었다. 제1차 국토종합개발계획의 목표년도는 1981년이었고 주요 목표는 사회간접자본의 확충과 산업기지 개발이었다. 그러나 이 계획은 후일 서울과 동남권, 양극체제를 강화시켰다는 비난을 받게 되었다.

1970년대 후반이 되자 정부는 제2차 국토종합개발계획을 준비하여야 했다. 당시에는 미국에서 유학을 한 도시계획 전문가들이 쏟아져 들어오고 있었다. 정부는 이들 인적 자원을 바탕으로 1978년에 국토개발연구원을 설립하였다. 이러한 배경에서 국토개발연구원은 설립 초기부터 국토종합개발계획을 수립하는 것이 첫 번째 과업이었다. 연구원은 제1차 국토종합개발계획 기간이 끝나는 1981년 말까지는 제2차 국토종합개발계획을 수립해야만 했다. 이때 주된 계획철학은 성장거점개발이었다. 제1차 국토종합개발계획 기간에 서울권과 부산권에 집중되었던 투자와 개발을 적극적으로 지방도시로 분산시키겠다는 것이다. 그러기 위해서는 지방에 성장거점도시를 지정하고, 정부 지원과 투자를 분산시켜야 했다. 전문가들은 지방 도시 중에 성장 가능성이 있다고 판단되거나, 성장시켜야 한다고 판단되는 중소 도시 14개를 선정하였다. 그러자 이 리스트에 들게 된 도시에서는 환성을 질렀지만 그렇지 못한 도시에서는 아우성이었다. 심지어는 상주 출신 국회의원은 점촌은 선정되고 상주는 빠진 데 대해서 항의하고, 추가적으로 포함되도록 압력을 넣는 촌극도 벌였다. 또다시 10년이 지났지만 정부가 계획했던 성장거점도시는 성장하지 못했다. 두 번에 걸친 국토계획이 모두 성공을 거두지 못하자, 그것들이 지나치게 물리적인 계획을 규정한 데서 비롯되었다고 판단한 국토개발연구원은 제3차 계획부터는 구체적이고 Hardware 중심의 계획보다는 국토정책 기조라는 다소 모호하고, 철학적이며 원칙론적인 선언으로 끌고 나갔다. 예를 들어 지역 균형개발, 국가 균형발전, 개방형 통합국토 등이 주된 목표가 되었다.

나는 건축을 배경으로 하고 있으며, 도시설계를 전문으로 하고 있던 관계로 국토계획 연구팀에서는 항상 배제되어 있었다. 그런 까닭에 나는 연구원에서 주류 그룹에 속하지 못했다. 사실 연구원에서는 내가 하는 일에는 별로 관심이 없었다. 그래서 나는 자유로웠다. 제3자 입장에서 내가 국토계획을 바라보았을 때, 나는 여기에 전문가로서의 일생을 바치고 있는 많은 박사들이 안쓰럽기까지 했다. 왜 아무 쓸모도 없는, 명분에 치우친 계획에 몰두하고 있는가? 나는 국토계획의 실패를 자본주의 시장 경제와 분권적 정치 체제에서 원인을 찾는다. 국토계획이 성공하려면 전체주의국가처럼 국가가 마음대로 개발과 투자를 컨트롤할 수 있어야만 한다. 아무리 과거 군사 정권이 독재를 했더라도 자본주의 시장 경제를 택한 만큼 완벽하게 장악할 수는 없는 것이다. 1994년 지방자치가 본격 시행되면서부터는 국토계획과 같은 장기적이고 전국적인 계획은 설 자리를 잃었다. 모든 개발은 이제 지방자치단체가 주관하고 있다. 중앙정부가 직접 사업에 투자하고 나서지 않는다면 지방에서는 아무도 국토계획을 따르려 하지 않는다. 그래도 정부는 이제 제5차 국토계획을 준비하고 있다. 얼마나 효용 가치가 높은 작품을 만들어 낼지는 두고 볼 일이다.

도시에 관한 연구를 하다 보면 연구원 내의 타 부서와의 접촉도 잦아지게 된다. 가장 관련이 깊었던 부서가 교통연구부였다. 교통계획은 사실 도시계획의 한 part로서 중요한 몫을 차지한다. 현대 도시에서 교통 문제가 큰 이슈로 등장하면서, 학문적으로 교통계획이나 교통공학이 독자적인 분야로 발전되어 왔다. 그러나 신도시를 계획하기 위해서는 교통망을 계획하여야 하고, 도로의 용량도 결정하여야 한다. 그래서 늘 교통연구팀과 함께 작업하지 않으면 안 되었다. 따라서 아웃사이더의 입장에서지만 교통연구팀들이 하는 작업들을 관심 있게 바라보았고, 또 내 나름대로 주장도 펼 수 있게 되었다. 교통계획에 관하여 내가 평소에 갖고 있던 생각 몇 가지를 정리하면 다음과 같다.

1980년대 후반 들어와 자동차의 증가에 따라 수도권의 교통난이 매우 심각해졌다. 특히 서울의 경우 한강 이남의 지속적인 확장은 서울을 인구 1,000만 명의 거대도시로 만들어가고 있었다. 그럼에도 불구하고 자동차 시대 거대도시에 걸맞은 광역적 도로망체계를 구성하지 못하고 있던 것이다. 당시 광역 도로라 할 수 있는 것은 강변의 올림픽대로와 경부고속도로 강남 구간뿐이었다. 그러나 이들만으로는 시내 장거리 교통 수요를 해결할 수 없었다. 그래서 정부가 생각해 낸 것이 외곽순환고속도로였다, 그런데 순환고속도로라는 것은 시의 외곽을 원을 그리며 돌아가는 도로이므로 원호상의 반대편 두 지점을 연결하려 할 경우 직선노선보다는 멀리 돌아가게 되어 불리하다. 그런 까닭에 순환도로 체계는 내부 도로 체계가 낙후되어 개선하기가 어려울 경우 설치하는 것이다. 처음부터 도로망 체계가 위계에 따라 잘 짜여 있으면 순환도로는 필요가 없는 것이다. 역사가 오랜 도시나 낙후된 도시(모스크바나 북경 등)들이 이런 외곽순환도로에 의존하고 있다. 따라서 한 도시의 장거리 노선을 대체하기 위한 순환도로일 경우 도시 중심으로부터 멀리 벗어나지 말아야 한다. 멀리 벗어날 경우에는 대체 수단이 될 수 없으며, 시내의 교통 정체 해소에는 도움을 주지 못한다. 그런데 서울외곽순환고속도로는 이러한 가장 기본적인 원칙을 처음부터 무시하고 노선을 결정하였다. 시내의 교통 정체를 해결하겠다고 시작하였지만 결과적으로는 토지수용 비용을 절약하고, 민원 없는 구간을 선택하여, 멀리 외곽에 건설하고 만 것이었다. 현재의 외곽순환고속도로는 수도권 5개 신도시 등 서울 외곽의 시가지들을 연결하는 도로로 잘 사용되고 있지만, 도시 내 장거리 교통에 활용한다는 원래의 목적과는 동떨어진 셈이다. 나는 노선 계획 당시 노선의 위치를 현재보다 3~5km 안쪽으로 보내야 한다고 주장하였다. 당시의 관심 구간은 서쪽 구간이었는데 현재는 부천시를 남북으로 관통하지만 그것보다는 서울 오류동을 관통하는 노선으로 했어야 했다. 당시 오류동은 풍치지구였고 저층 단독주택들이 듬성듬성 있었을 뿐이었다.

이와 유사한 경우가 최근에 준공된 강남순환고속도로다. 원래의 취지는 강남과 강서를 고속화된 도로로 연결하여 통행 시간을 단축하자는 것이었다. 강남에서 여의도나 김포공항 쪽으로, 또한 그 반대 방향으로 가기 위해서는 강변북로나 올림픽도로를 이용해야 하는데, 하루 종일 교통 체증에 시달린다. 그래서 최초의 노선은 양재대로를 이용하여, 강남을 횡단하고, 서쪽으로는 고가도로로 남부순환도로 위를 통과하여 김포공항으로 연결하는 계획이었다. 그런데 고가도로가 지나가는 노선 주변의 상가와 입주민들이 반대 목소리를 내기 시작하면서 노선이 꼬이기 시작하였다. 결국 민원을 해결할 능력이 없는 서울시는 서쪽 구간을 지하화하기로 하고 노선도 남쪽으로 끌어내려 광명시 소하IC와 연결하고 끝냈다. 시장을 비롯한 공무원들이 자신들의 임기 중에는 민원을 피해 보자는 생각에서 그랬을지 모르지만, 막대한 비용을 들여 건설하는 도로를 별 쓸모없는 도로로 만든 나쁜 예이다.

우리나라 지하철을 이용하면서 가장 불편한 점은 환승역에서 환승 거리가 너무 멀다는 점이다. 그것은 환승거리가 짧은 파리의 지하철을 타 본 사람은 누구라도 그렇게 느낄 것이다. 환승역은 두세 개의 정차장이 만나는 방법에 따라 +자형, L자형, T자형, 통로연결형 등이 있다. 통로연결형은 승합장을 만나게 할 수 없을 때, 어쩔 수 없이 터널로 연결하는 것이므로 제외하면, 가장 이동 거리를 줄일 수 있는 것은 +자형이고, 다음이 T자형, 가장 불리한 것이 L자형이다. 그런데 우리나라 환승역은 대개가 L자형이기 때문에 불편한 것이다. 그러면 왜 가장 불리한 L자형을 택했을까? 그것은 건설비용이 가장 적게 들고, 공사가 용이하며, 공사 시점을 자유롭게 선택할 수 있기 때문이다. 여기서 비용 문제를 살펴보자. 지하철은 한 번 건설하면 100년 이상 가는 시설물이다. 아마 거의 영구히 사용할 수도 있을 것이다. 그렇다면 이용자들의 편의, 이동시간 단축에 대한 기회비용 등을 비용 산정에 반영해야만 한다. 그렇게 한다면 1~2년 만에 추가 비용은 다 회수할 수 있을 것이다. 단순히 정부 예산이 이미 책정되어 있어서, 또는 공기가 이미 결정되어 있어서 그렇게 할 수밖에 없다는 관련자들의 변명은 아무리 생각해도 용서할 수 없다.

지하철역과 관련된 또 다른 문제는 방향안내 표지다. 내가 파리를 처음 방문한 것은 1980년 초여름이었다. 당시는 미국에서 직장 생활을 할 때인데 앞서 말한 대로 비자 문제가 생겨 파리에서 열흘가량 더 머물 수밖에 없었다. 돈도 거의 바닥나고 해서 열흘간 지하철을 이용하여 도시 곳곳을 찾아다니며 관광을 했다. 그런데 불어를 전혀 말하거나 읽지 못했지만 지하철 노선도만 가지고도 아무런 어려움 없이 다녔다. 그것은 도시에 익숙지 않은 외부인도 쉽게 목적지를 찾을 수 있게 하는 안내 표지 덕분이었다. 지하에서 통로가 둘 이상 나눠질 때에는 어김없이 목적지 표지가 나왔

| 지하철 입구 | 게이트 앞 | 플랫폼(양방향) |

고, 어느 방향으로 가도 상관없을 때는 All Ways라는 표지가 나와 방향을 선택하느라 고민할 필요를 없게 하였다. 우리나라에 지하철 노선 수가 많아지면서 각 노선의 양쪽 종점의 이름을 외우는 것도 매우 어렵다. 더구나 노선이 자주 연장되고 있어 종점도 바뀐다. 그래서 늘 이용하는 노선의 경우는 외워지지만 생소한 노선의 경우 종점 이름만 보아서는 판단이 잘 안 선다. 문제는 표지판인데, 처음 지하도를 내려가면서 마주치는 첫 번째 표지에는 양쪽 종점이 다 병기되어 있어서 그것을 읽고 가야 할 길을 판단하게 만든다. 어느 쪽으로 가야 할까? 여기는 사실 '모든 방향(all ways)'하면 판단할 필요가 없는데 말이다. 이런 식의 종점 병기는 승차장이 양방향으로 갈라질 때까지 계속된다. 그래서 매번 가고 있는 방향이 옳은지를 읽고 판단해야 한다. 이것은 매우 성가신 일이다. '모든 방향'이라고 쓰여 있으면 읽는 것이 아니라 시각적으로 인지하는 것이어서 애써 판단할 필요가 없다. 특히 양방향이 한 플랫폼을 사용하는 Island식일 경우에는 거기까지 도달하는 동안은 모든 표지판을 그저 '모든 방향'으로 표시하면 되는데, 왜 낯선 이름들을 계속 읽게 만드는가? 나는 문자와 기호의 해독 속도 차이를 수도 없이 교통 전문가들에게 이야기했다. 그런데도 아무도 관심을 갖지 않는다. 아직도 우리 문화가 공급자 위주로 되어 있어서 소비자의 편의 같은 것은 생각하지 않는 까닭일까?

서울의 도로 면적이 나름대로 상당 수준 확보되었음에도 불구하고 잘 기능하지 못하는 것은 도로가 체계적으로 배분되거나 접속되지 못하고, 도로의 기능 구분조차 이루어지지 못하고 있기 때문이다. 그간 도시의 도로들은 끊임없이 확장되거나 연장되었다. 그러나 한 번도 루트나 네트워크 개념으로 이루어진 적은 없다. 그때그때 막히는 곳을 뚫고, 넓히고 하는 것이 교통 정책이요 계획이었다. 그런 까닭에 연속된 도로로 보이는 도로도 구간마다 폭이 다르고 이름이 다르다. 예를 들어 종로를 보자. 물론 종로는 조선시대부터 서울의 중심 간선도로로서 역사와 전통을 지니고 있지만, 현대도시에서 도로체계상으로는 서쪽으로 부천까지 연장되고, 동쪽으로는 구리시 교문동에서 끝난다. 그러나 종로라는 역사와 전통을 가진 이름을 그렇게까지 확장 사용할 수는 없다 해도, 서울시 행정 구역 내에서 경인로-여의대로-마포대로-새문안로-종로-왕산로-망우로까지 이름을 바꾸는 것은 지나치다. 신시가지인 강남의 테헤란로도 마찬가지인데 동쪽부터 올림픽로-테헤란로-서초대로-사당로까지 이름이 계속 바뀐다. 그것은 이름을 정하는 사람들의 도로에 대한 인식을 잘 말해 주고 있는 것이다. 원칙도 없고 일관성도 없다. 그때그때 블록 구간마다 그냥 정하는 것이다. 미국은 대부분의 경우 한 행정 구역 내에서 연속되는 도로의 경우 도로명이 하나다. 행정구역이 바뀌는 경계선에서는 이름이 바뀔 수도 있다. 물론 이러한 차이는 도시를 읽는 서양과 동양(일본과 중국을 포함해서)의 차이에서 비롯된 것이다. 과거 지번이 블록 단위로 되다 보니 도로도 구간이 블록에 따라 나뉘어져 일제 강점기부터 1정목(1가), 2정목(2가) 등으로 불렸지만 지금의 도로명 부여 방법은 일본식 블록 단위 원칙도 따르지 않은 그야말로 무원칙의 극치다.

나는 교통 전문가가 아니라서 될 수 있는 대로 교통 문제에는 나서지 않으려고 생각했다. 그런데 내가 국토연구원을 그만둘 무렵, 교통부문 연구발표에서 희한한 아이디어가 제안되었다. 음성직 박사가 연구책임자로 진행된 전국 고속도로망체계 연구에서 7×9이라는 격자형 고속도로망 시스템이 처음으로 제안되었다. 영어로 하면 'Seven by Nine'이라니 얼마나 멋진 이름인가?(한국 사람들은 영어로 이름 붙이는 것을 좋아한다.) 전 국토를 가로축 9개와 세로축 7개의 고속도로로 격자형 구조를 만들어 전국을 균형개발하겠다는 기상천외한 아이디어. 늘 도시의 도로망체계를 갖고 씨름해 온 나로서는 이 아이디어를 보자마자 큰 쇼크를 받았다. 어떻게

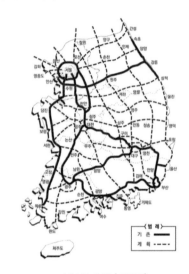

104. 7×9 고속도로망

교통 전문가라는 사람이 이러한 황당한 아이디어를 낼 수 있을까? 교통계획은 광고에 등장하는 선전 문구가 아니다. 지극히 실무적이고, 현실적이어야 한다.

나는 회의를 마치자마자 즉시 원장한테 이 말도 안 되는 아이디어의 문제를 따지고 들었다. 그러나 원장의 반응은 싸늘했다. 교통 일에 왜 끼어드느냐는 듯이 아예 대꾸를 하지 않았다. 내 주장은 이러했다. 격자형 패턴이라는 것은 토지의 조건이 동일한 평탄지 위에서 모든 결절점(node)의 출발과 도착이 비슷할 경우 가장 합리적인 패턴이다. 그런데 이러한 조건은 우리나라와 같이 국토 전체에 산이 많고 인구 분포가 균질하지 않은 곳에서는 적합하지 않다. 다만 비교적 작은 범위의 공간, 즉 평탄한 도시의 일부를 계획할 때는 말이 된다. 미국 도시들은 대개가 평탄지에 위치하고 비교적 균질적으로 개발되어 있어 대부분의 도시에서는 격자형 패턴을 채택하고 있다. 반면 큰 스케일의 국토 차원에서 보자면 도시의 경우와는 개발 상황이 사뭇 다른 것을 알 수 있다. 우리나라는 서울과 수도권에 인구의 50%가 몰려 있고, 부산을 비롯하여 동남쪽 끝에 10% 남짓

　　　　　　　　　　　　　　　　　　　　　　　　　나의 삶과 일, 그리고 소중한 것들

집중되어 있으며, 동쪽과 서남쪽은 인구 밀도가 매우 낮은 편이다. 따라서 교통 수요는 수도권과 동남권 간에 집중되어 있다고 해도 과언이 아니다. 지형 또한 평탄치 않다. 동쪽으로는 백두대간이 가로막고 있고, 소백산맥, 노령산맥 등 개발할 수 없는 지역이 매우 많다. 그런데 이러한 조건들을 모두 무시하고 격자형 패턴을 적용하겠다는 것은 말도 안 되는 발상이다. 이러한 격자형 패턴은 많은 결절점(node)을 만들게 되지만 대부분 인구가 얼마 살지 않는 곳에 만들어질 수밖에 없다. 더 문제인 것은 동-서 방향의 9개의 축은 백두대간을 관통하고 나가 인구가 적은 동해안으로 연결된다. 이는 환경 파괴는 물론 투자 대비 효용성 측면에서 마이너스이다. 그렇다고 과연 격자형 도로망이 국토의 균형발전을 가져다줄 것이라고는 보이지 않는다. 나는 이해를 돕기 위해 항공노선을 예를 들어 설명하였다. 하늘에는 산이 없으니 평탄하다고 볼 수 있다. 따라서 항공 노선은 수요가 있는 곳까지 직선으로 나른다. 비행기 좌석 뒤에 꽂혀 있는 책자를 뒤져 보면 지도와 함께 항공 노선도가 그려져 있다. 대도시에서는 수많은 노선이 연결되어 출입하지만 인구가 적은 도시로는 거의 지나지 않는다. 격자형 항공망이라는 것은 상상할 수 없는 것이다. 그럼에도 불구하고 이건영 원장을 비롯해서 건설부 관계자들 모두 이 아이디어에 흥분했다. 균형개발을 정책 제1순위에 놓고 있던 정부에서 얼마나 멋진 홍보물이 될 수 있겠는가? 그런데 문제는 우리나라에 그치지 않는다는 것이다. 얼마 전 미얀마 도시계획 프로젝트를 하면서 들은 이야기로는 우리나라 어떤 엔지니어링 회사에서 전국 고속도로망에 대한 계획을 제안하였는데 그것이 격자형이었다. 미얀마는 산지가 많고, 남쪽 끝에 양곤이 있고 북쪽에 나피도와 만달레이가 있어 남북축으로 발전되어 왔다. 거기에다 격자형 망을 제안하였다니 어이가 없었다. 거기서도 당국자들이 아마 신기하게 받아들이는 모양이었다. 여기에 그치지 않고 같은 아이디어를 남미에도 전파하고 있다니 기가 찰 노릇이다.

중앙도시계획위원에 선임과 해임

1980년대 중반 내가 아직 외부에 잘 알려지지 않던 시절 내게 깜짝 놀랄 일이 생겼다. 건설부 도시계획과장이었던 허상목이 전화를 하면서, 내가 중앙도시계획위원이 될 것이라는 것을 귀띔해 주었다. 장관이 어떻게 내 이름을 알았는지 나를 새로운 위원 선정 시에 넣으라는 지시가 있었다는 것이었다. 지금은 지방자치제도가 어느 정도 정착되어 중앙도시계획위원회가 별로 힘을 갖고 있지 않지만, 당시에는 상당한 권한을 갖고 있어, 도시계획전공 교수들이라면 모두가 원하던 자리였다. 대개 나이들이 50대 중후반이었고, 원로 교수들이 중책을 맡고 있던 때였다. 나는 그때 30대 후반의 나이로 국토연구원 도시연구실에서 수석연구원이란 직책으로 project manager로서 역할을 하고 있었다. 당시 내가 한 프로젝트는 제주도, 창원 중심지구 도시설계, 그리고 반월 신도시 재정비 등이 고작이었다. 그런데 하루는 원장(황명찬)이 불러서 갔더니 장관이 해양관광개발에 대한 외국 사례를 모아 보여 달라고 하니 준비를 해 달라는 것이었다. 불과 삼사 일밖에 안 남아 국토연구원 내에는 나 외에는 아무도 그것을 준비할 사람이 없다는 것이다. 하기는 내가 제주도 관광계획을 했으니 내가 제일 적임자이기도 했다. 당시 건설부 장관은 이규효 장관이었는데 고향이 경남 고성이었다. 이분이 장관이 된 후, 고향인 고성에 무언가 해 보고 싶은 것 같았다. 그래서 고성과 한려수도를 국제관광지로 만들 방법을 생각한 끝에 국토연구원에 지시를 내린 것이다. 나는 그간 내가

중앙도시계획위원회 위원임명식과 간담회(1987)

찍어 모아 온 슬라이드 중에서 해변가 도시들의 사진들을 모아 slide tray에 담았다. 장관실에서 한 시간 가까이 보고를 하였는데, 끝나자 나는 내 귀를 의심할 수밖에 없는 말을 들었다. 장관이 원장한테 자기는 그동안 수없는 브리핑을 들어보았지만 오늘처럼 브리핑 잘하는 것을 들어 본 적이 없다는 것이다. 기분은 좋았지만 내 스스로 내 능력을 의심하지 않을 수 없었다. 덕분에 원장으로부터도 많은 점수를 받았다. 그 브리핑이 결국 장관이 도시계획위원 명단에 안건혁을 넣으라는 지시를 한 계기가 된 것이다. 언제든지 준비가 되어 있고 최선을 다하면 누구에게나 기회는 온다는 사실을 처음 느꼈던 사건이다.

도시계획과장은 내게 그 사실을 알리는 전화를 하면서도 매우 조심스럽게 이야기하였다. 누구에게도 발설하지 말라는 것이었다. 그것이 무슨 대단한 감투라도 되는 건지 나는 잘 모르지만, 확정되어 발표가 되기 전에 알려지면 건설부 안팎에서 사람들이 문제 제기를 할 수도 있을 것이라는 우려에서 그런 것 같다. 국토연구원 내에서도 많은 사람들이 깜짝 놀랐다. 사실 국토연구원 몫으로 한 명쯤 배당이 될 것으로 기대는 하였는데, 그게 나라는 사실에 놀란 것이다. 나 말고 그것을 은근히 기대했던 사람이 있었고, 나중에 안 일이지만 건설부에 왜 자기가 안 되고 내가 위원직을 차지했는가를 따진 일이 있었다는 것이다. 하여튼 내가 중앙도시계획위원이 되었지만 내게는 어울리지 않는 직책이었다.

사람들은 흔히 자기 능력보다 높은 자리에 오르면 임명자에게 과잉 충성하거나 무리수를 저지르는 일들이 종종 있다. 나는 회의에 참석하는 것도 어색한데다가, 유원규 국장으로부터 발언도 가급

적 삼가라는 충언도 있어 그럭저럭 조심스럽게 지냈다. 그런데도 건설부에 일이 생겨 들어가면 공무원들의 나를 대하는 태도가 조금은 변한 것 같이 느껴졌다. 장관이 찍은 사람이란 듯이….

1년 가까이 지나자 장관이 바뀌었고, 또 도시국장도 바뀌었다. 그러자 갑자기 새 도시국장한테서 전화가 왔다. 중앙도시계획위원을 그만두라는 것이었다. 원래 중앙도시계획위원은 임기가 2년으로 되어 있다. 위촉장에도 2년으로 되어 있었다. 하도 황당해서 그 이유를 물었다. 국장은 아무 말도 못하고 그저 미안하다는 말만 반복했다. 나도 약이 올라서 따지고 들었지만 답변은 똑같이 미안하다는 것이다. 그렇게

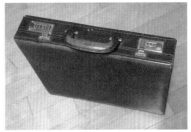

장관으로부터의 선물

나의 젊은 시절 중앙도시계획위원은 말도 제대로 해 보지 못하고 1년 만에 끝이 났다. 그런데 우스운 것은 일주일쯤 지나 내게 큰 박스 하나가 배달되었다. 열어 보니 그곳에는 가죽으로 된 브리프케이스(소위 007 가방)가 들어 있었고, 거기에는 임기 1987~1988년이라는 기간까지 적혀 있었다. 아마도 중앙도시계획위원 임기도 못 끝내고 선물을 받은 사람은 내가 처음이자 마지막일 것이다. 결국 자리에 맞지 않는 사람이 좋은 자리에 가면 결과가 좋지 않다는 것이다. 건설부에서 이런 예외적인 조치를 하는 데는 짐작되는 여러 이유가 있었겠지만 여기서 언급하지 않기로 하겠다. 몇 년

지나서 내가 분당, 일산 등 신도시계획을 성공적으로 마치고, 도시연구실장이 된 후, 1992년 다시 중앙도시계획위원으로 위촉되었다. 그때는 40대 중반으로 할 만한 나이도 되었고, 위상도 상당히 달라져 있었기 때문에 국토연구원이나 건설부에서도 이견이 없었다. 나는 중간에 한 번 쉬긴 했지만 위원직을 10년가량 계속하다가 2002년에 해촉되었다. 나는 이 일을 통해 느낀 점이 있다. 자기 몸에 맞지 않는 감투는 쓰지 않는 것이 좋고, 쓰더라도 오래가지 못한다.

중앙도시계획위원으로 재임명(1992)

국토개발연구원 근무 당시 사진 모음-수도권 5개 신도시 공청회, 자문회의 등

분당시범단지현상심의

1983년

김의원 원장 이임식 1984년

황명찬 원장 취임식(1984년)

허재영 원장 이임식(1993년)

나의 삶과 일, 그리고 소중한 것들

송년 파티(김의원 원장님과 함께 1981?)   '84 경제 합동 연수기념

이규호 장관 방문(1984?)   88고속도로 건설을 위한 현지답사

도시계획위원회 현지 방문   대통령 소속 정책기획위원회(1997)

연구원 야유회, 체육대회

각종 위원회 참여

〈위촉장〉

나의 삶과 일, 그리고 소중한 것들

임명장을 주는 사람과 받는 사람

〈표창장, 감사장 등〉

나의 삶과 일, 그리고 소중한 것들

버리지 못한 건축가의 꿈

건축사자격 획득

내가 국토개발연구원에 몸담고 있는 동안에도 마음은 늘 건축에 가 있었다. 그래서 외부에서 진행되는 건축 관련 행사에도 참여했고, 건축설계 심사에도 참여했다. 여러 건축 관련 잡지에도 기고를 했고, 건축설계사무소를 경영하는 선배나 후배와도 관계를 맺었다. 내가 한국에 돌아온 다음해인 1982년에는 건축사 시험에 도전하였다. 사실 나는 미국에서 건축설계를 해왔기 때문에 어려울 것이 없었다. 법규만 공부하고, 설계과목을 위해서는 토요일에 원도시건축에 가서 두세 번 설계 연습을 했다. 원도시건축에는 나의 중고등학교 및 대학교 한 해 후배인 김석주가 있어서 스스럼없이 도움을 청했다. 그리고 시험에 응시하여 단 번에 합격하였다. 내 면허번호가 2420인데, 그 해에는 50여 명만이 합격하였다. 나는 이제 건축사사무소를 개설할 자격을 갖추었다고 생각이 드니 매우 기쁘기도 하였고, 한편으로는 두려운 생각도 들었다. 지금은 안정된 생활을 하는데, 독립해서 설계를 한다면 과연 누가 내게 설계 일을 맡길까? 사실 용기가 없어서 그렇게도 원했던 건축가의 길로 바로 나서지 못한 것이다. 그래서 나는 좀 더 기회를 보기로 하였다.

태평양 무역센터 계획과 목동현상 참여

국토개발연구원에 들어 온지 얼마 안 되어 서울대 환경대학원 환경계획연구소로 자리를 옮긴 강홍빈 박사로부터 전화가 왔다. 내용인즉 최상철 교수가 민간 프로젝트를 하나 맡았는데 자기한테 도와 달라고 했고, 자기는 민간 프로젝트는 별로 관심이 없으니 대신 나더러 좀 도와주는 것이 어떻겠느냐고 물었다. 당시 나는 국토연구원에 별로 정을 붙이지 못하고 있었고, 할 일도 별로 많지 않던 때라서 흔쾌히 승낙하였다. 프로젝트는 당시 신성같이 떠오르던 우성건설의 최주호 회장(당시 서울대학교 총동창회장)이 강남역 근처에 태평양무역센터를 건설하려 하는데, 도시계획 일을 해 달라는 것이었다. 최상철 교수 소개로 우성건설의 최승진 사장을 만났는데, 건물 설계는 미국의 촬스-코버(Charles-Kober) 부사장 김병현 씨가 맡아서 하고 있으니, 내게는 도시계획적 차원에서 타당성 보고서를 만들어 달라는 것이었다. 당시만 해도 기회만 되면 건축설계로 전향하려던 차였으므로 내게는 좋은 기회가 될 수 있겠다고 생각하였다. 이때는 아직 삼성동 무역센터가 지어지기 전이기 때문에 좋은 아이디어를 내면 정부가 받아 줄 수도 있는 일이었다. 부지는 강남역 서남쪽 코너 땅 약 만 평이었는데, 현재 삼성전자 건물 부지를 포함하고 있었다. 나중에 안 일이지만 그 땅은 당시 비어 있었고 토지소유자도 많아서 정부가 나서기 전에는 다 사들이기 힘든 그런 땅이었다. 바로 남쪽에 우성건설이 아파트단지를 막 준공하여 크게 성공하였는데, 옆 땅에 눈독을 들인 것 같았다. 만약 무역협회가 그곳에 무역센터를 짓겠다고 하면 땅을 수용하고, 건축은 자기들이 할 생각이었다. 우성측은 우리가 만든 보고서를 무역협회와 정부에 제출했지만(?) 정부는 이미 삼성동 무역센터를 검토하고 있어서 인지 받아들여지지는 않았다.

얼마쯤 지나 우성건설 최승진 사장으로부터 연락이 왔다. 서울시에서 목동을 신시가지로 개발하기 위해 기본계획을 현상공모 한다는 것이었다. 응모 방식은 턴키로 하는데 응모작 중 5개 작품을 선정하여 시공권을 나누어 주겠다는 것이다. 건설회사로서는 빠질 수 없는 프로젝트였기에 내게 부탁하는 것이었다. 계획안 작성비용으로 2,000만 원을 받기로 하고, 일할 장소도 제공받기로 하였는데 방배동 우성아파트 1층 미분양된 세대를 두 달간 사용하기로 합의하였다. 이 프로젝트야말로 처음으로 신도시를 설계할 수 있는 좋은 기회였다. 나는 낮에는 국토개발연구원에서 제주도 프로젝트를 하면서 저녁때 퇴근해서 이 프로젝트를 해야만 했다. 같이 일할 조원을 구했는데, KIST 지역개발연구소에 같이 있다가 국토연구원으로 옮겨 온 박병호(현재 충북대학교 명예교수)가 흔쾌히 나섰다. 박병호는 당시 유학을 준비하고 있었는데, 유학자금이 필요하던 때였다. 나는 그에게 비행기 값을 마련해 주기로 약속하였다. 다른 도우미는 대학원생 두 명을 구했는데, 심부름시키기에는 별 지장이 없었다. 다행하게도 우리는 현상에서 5등 안에 들어 체면을 세웠다. 현상 이후에도 우성건설에서는 몇 가지 일을 의뢰했다. 우성건설에서 대전의 리베라 호텔을 건설했는데, 건물주가 대금을 지불하지 못해 건물을 인수했다고 하였다. 설계일은 아니었지만 호텔의 시장 분석을 하는 일이었다. 나는 이런 일에 익숙하지 않아 국토연구원의 김정호 박사를 끌어들였다. 당시 우리 연구원 중견 직원들은 봉급 외에 부수입이라곤 별로 없었다. 그래서 김 박사 밑에 있던 김영표, 박헌주 등이 기꺼이 합류해서 몇 건의 프로젝트를 수행했다.

건원건축과의 협업과 올림픽 선수촌 현상 참여

목동현상 이후 나는 대규모 도시개발사업에 관심을 갖게 되었다. 목동현상에서 3등인지 4등인지 당선되고 나니 자신감이 생겼다. 그리고 꼭 건축이 아니더라도, 단지나 도시를 설계하는 일도 재미있다고 느꼈다. 그런 가운데 대학 선배인 임길진 박사(Penn State, 석좌교수, 작고)가 만나자고 해서 나갔는데, 그 자리에는 임 박사와는 대학과 ROTC 동기인 양재현 선배(건원건축 회장)가 나왔다. 양 선배는 컬컬하고 호걸 타입인데, 건축을 하는 사람 같이 보이지는 않았다. 내 기억으로는 대학 1학년 때인가, 불암제(서울공대 축제) 때 과 대항 체육대회에서 쌀 한 가마 들고 뛰는 시합에서 양 선배가 쌀가마를 가슴에 안고 뛰던 모습이 생각났다. 내가 만날 당시 그는 대한주택공사에 다니다가 그만두고 나와 건축설계사무소를 시작하려던 참이었다. 그래서 같이 할 파트너를 물색하던 중, 임 박사가 나를 소개하여 준 것이었다. 그는 대한주택공사 과장으로 있었는데, 밑에 있던 곽홍길 계장과 윤용근을 데리고 나왔는데 아무래도 대외적으로 내세울 인물이 필요해서 나를 보자고 한 것 같았다. 나도 건축설계사무소를 할 생각은 있었지만, 지금이 그 때인지를 판단하기 어려웠다. 또 하나 망설이게 한 것은 내가 양 선배와 둘이 벌이는 파트너제라면 생각해 보겠는데, 양 선배는 이미 곽홍길과 윤용근을 데리고 나와 3대 1로 벌여야 하는 게임이라 내가 주도하기는 어렵다고 생각했다. 그래서 비겁하지만 그 대안으로 당분간 내가 도와주는 방식으로 같이 일을 해 보자는 쪽으로 결정을 하였다.

첫 프로젝트는 주택공사가 개발하려는 상계동 신도시계획이었는데 그 계획을 수주하려는 양 선배의 노력은 가히 놀랄 만했다. 아무리 주택공사 출신이지만 그 큰 프로젝트를 갓 생겨난 작은 사무실에서 수주했다는 사실에는 놀라지 않을 수가 없었다. 양선배의 탁월한 비즈니스 수완을 보니 같이 사업을 한다는 것에 대해 오히려 더욱 자신이 없어졌다.

상계동 이후에도 광명시 철산동 등, 도시설계 일에도 참여하여 자문을 했다. 그러던 중, 올림픽 선수촌 현상공모가 나왔다. 이 현상공모는 당선만 되면 건축가로서 이름을 날릴 수 있는 좋은 기회가 될 뿐 아니라 내가 건축 설계를 시작할 수 있는 계기가 될 수 있을 것이라고 생각했다. 처음에는 내가 주도해서 계획을 시작하였는데, 건원과는 별도로 내 후배인 김홍수와 손두호를 데리고 작업을 하였다. 나는 중심부를 맡고, 이들은 주거단지를 맡기로 하였는데 시간이 지나도 이들로부터 아이디어가 잘 나오지 않자 양

선배가 참다못해 일을 중단시켰다. 결국 두 후배는 손을 떼고, 양 선배가 직접 주거단지를 계획하였고 나는 계속 중심부 상업지구를 맡아 진행하였다. 역시 주택단지만 10년 이상 계획해 온 양 선배의 내공에 힘입어 계획은 마무리 되었다. 전체적으로 봐서 그렇게 만족할 만한 것은 아니었지만, 그런대로 해 볼만하다고는 생각하였다. 그러나 경쟁 상대로 우규승 선배와 김병현 선배가 출품했다는 것이 마음에 걸렸다. 두 분 모두 미국에서 활동하던 건축가들이다. 양 선배는 심사에 앞서 심

사위원들을 찾아뵈어야 한다며, 나도 동행하기를 바랐지만 나는 솔직히 내키지가 않았다. 아무리 그것이 관행이라고 하지만 심사 이전에 심사위원들을 찾아다니는 것은 내 자존심이 허락하지 않았다. 그러나 어찌하랴. 나에게도 책임이 있으니 못 간다고 할 수는 없었다. 그것이 도움이 되었는지 모르지만 우리는 2등 당선이 되었다. 1등은 우규승 선배가 차지하였고, 3등은 김병현 선배가 차지하였다. 양 선배는 심사 결과에 만족하였지만 나는 사실 좀 불안하였다. 내 생각에는 김병현 선배의 계획안이 우리 계획안보다는 더 좋아 보였던 것이다. 2등을 차지한 건원은 상금과 더불어 기자촌 설계권을 부상으로 받아 회사로서는 크게 수입을 올렸다. 그러나 나는 내가 처음에 계획을 제대로 이끌어 가지 못했다는 죄책감과 내 자신이 흡족해 하지 못한 작품을 갖고 심사위원들을 찾아갔다는 점에 대해 부끄러움이 앞서 얼마 되지도 않는 배당금에 대해 아무런 불만도 표시하지 않고, 모든 것을 잊어버리려고 애썼다.

건축사사무소 실험

올림픽 선수촌 설계 이후 나는 건원과는 거리를 두었다. 그리고 내가 이제는 건축설계사무소를 열 때가 되었다고 생각하였다. 사무실을 열면 작은 일일지라도 들어올 것 같다는 생각이 들었다. 그러나 당장 국토연구원을 그만두기는 어려웠다. 그것은 살고 있는 집이 국토연구원이 빌려준 사택이기 때문에 당장 이사를 갈 수가 없다는 것이 한 원인이었고, 다른 원인은 큰일을 수주할 자신감의 부족이었다고 볼 수 있다. 어쨌든 시기가 무르익었다고 생각하였고, 국토연구원에 있으면서 사무실을 내고, 큰 프로젝트가 생기거나 집 문제가 정리되면 연구원을 그만두리라 생각하였다. 좀 더 안전한 방법을 택한 것이다.

마침 내 고교 동창인 의사 친구 소개로 인천에 병원을 개업하고자 하는 자기 의대 동창 하나를 소개받았다. 나는 이 일로 건축사무소 시작은 할 수 있겠다고 생각하고, 준비에 들어갔다. 우선 사무실을 구해야 했는데, 직원 서너 명이 쓸 면적으로는 열 댓 평이면 되지만 그렇게 작은 사무실을 구하기는 어려웠다. 그래서 전에 KIST 부설 지역개발연구소에서 함께 일하던 정양희(작고)에게 사무실을 함께 쓰는 것이 어떻겠는가를 물었다. 그도 마침 사무실을 열려고 하던 참이라 우리는 논현동에 30평쯤 되는 공간을 마련하여 나눠 사용하기로 하였다.

다음은 직원을 구해야 했다. 전부터 내가 설계사무실을 내면 도와주겠다고 했던 이용호(현재 행림건축 회장)가 생각나서 연락을 했더니 흔쾌히 승낙하였다. 그는 당시 김무영 선배가 운영하던 한국환경에서 팀장으로 일하고 있었다. 내가 이용호를 알게 된 것은 이보다 10여 년 전인 1980년대 초에 KIST의 최창근 교수의 부탁으로 대덕연구단지 마스터플랜 수정 작업을 할 때였는데, 내가 도우미로 이용호와 김대익(한경대 교수)을 활용했던 적이 있었다. 당시 김대익은 서울대 대학원을 마칠 때쯤으로 기억된다. 이용호가 실장으로 합류하면서, 밑에서 도와줄 직원을 두 명 구해 왔다. 그래서 나와 경리 직원을 포함해 다섯 명의 회사가 만들어졌다.

다음은 회사 이름을 지어야 했다. 여러 대안을 갖고 고심하던 끝에 동양건축사에서 배운 바 있는 영조법식에서 영조를 따왔다. 영조법식은 하나의 건축물을 짓기 위한 방법과 양식을 지칭하는 중국의 옛 서적의 이름이기도 하다.

우리는 외과병원의 설계를 잘 마쳤고, 다음은 내 고교 동창인 이철(전 아산병원 원장)의 성북동 주택을 부탁받았다. 큰 대지에 약 200평쯤 되는 저택 설계였는데, 스위스에서 유학을 했던 이 친구가 건축에 대해 너무 많은 것을 알아 내가 오히려 따라가기가 힘들었다. 내가 hardware에 대해 잘 모르니 이 친구의 요구 사항을 그대로 수용할 수밖에 없었다. 그러나 구조설계에 들어가기 직전에 본인이 신축계획을 포기한다는 바람에 그만둘 수밖에 없었다. 아마도 주변에서 부동산 업자가 말렸던 것이 아닌가 추측된다.

다음으로 들어 온 일은 부산 영화관 설계였다. wife의 이모부 되는 사람의 부탁인데, 처음부터 쉽지 않을 것으로 생각되었다. 우선 설계비 협상이 어려웠는데, 나는 평당 20만 원은 받아야 하겠다고 했지만, 건축주는 10만 원 이상 주어 본 적이 없다고 했다. 당시 일반적으로 건축가들은 평당 30만 원을 받는다고 들었지만, 내가 경험이 많지 않은 관계로 줄여서 요구했는데 서로 밀당을 하다가 결국 평균의 절반 수준인 15만 원에 합의를 보았다. 건축주가 주장하는 10만 원은 당시 소위 면허방 허가비 수준이었다. 그러나 건축주는 끝까지 자기가 손해 본다고 생각하였던 같았다. 건축설계가 거의 끝날 때쯤, 나는 나머지 일을 실장에게 맡겨놓고 연구원 일로 미국에 출장을 가게 되었다. 그런데 미국에 가 있는 동안에 사고가 터졌다. 이용호 실장이 건축주 측에 시방서를 보냈는데, 그 시방서에 부산 영화관 대신 부천시민회관이라는 말이 들어 있었던 것이다. 그것은 시방서를 만들 때, 일반 사항은 어느 건물이나 비슷하기 때문에 새로 작성하기보다는 대개 다른 건물 시방서를 그대로 베껴 쓰는 경우가 많은데, 영화관이다 보니까 아마도 부천시민회관의 시방서를 베낀 모양이었다. 문제는 타자 치는 직원이 건물 이름에 부천시민회관이라는 말까지 그대로 베껴 쓴 것이다.

나는 귀국 즉시 소환당했다. 내가 일반 시방서는 대부분의 건물이 같다고 아무리 변명하려 했지만 그는 들으려 하지 않았다. 설계는 그것으로 중단되었고, 나머지 설계비도 받지 못했다. 건축주는 내가 만들어 준 설계안을 갖고 그가 그처럼 원했던 싸구려 가게에 맡겨 일을 끝냈다. 나는 너무 억울했지만 우리 잘못으로 비롯된 일이어서 어쩔 수가 없었다.

그런 일이 있은 후, 나는 국토연구원에서 일하면서 저녁에 와서 나 혼자 사무실을 운영한다는 것이 어렵다는 것을 새삼 느꼈다. 또 한 가지 문제는 건축사 면허를 빌려 써야 한다는 것이다. 물론 내가 건축사면허는 있지만 국토연구원에 적을 두고 있었기 때문에 내 이름으로 등록을 할 수 없었다. 일을 더 벌이려면 어쨌든 사무실에 건축사가 한 명 필요했다. 이용호 실장이 자기 한양대 1년 선배라는 사람을 내게 소개하였다. 건축사 자격을 딴 지 얼마 안 된 친구인데, 혼자 사무소를 내기 어려워 함께할 곳을 찾고 있었던 모양이었다. 그래서 그 친구 이름으로 사무실 등록을 했다. 이제는 밖에 문제가 생기면 그 친구가 모두 해결해 줄 수 있을 것 같아 한결 마음이 놓였다. 다음으로 들어 온 일은 제주도에 유스호스텔을 설계하는 일이었다. 건축주는 국토개발연구원에 있던 사람인데 내 친구 동생이었다. 그가 연구원을 그만두고, 제주도에 사업을 벌이기 위해 선택한 것이 유스호스텔이었다. 그런데 그 일도 수월치가 않았다. 설계는 어지간히 되어 가는데. 주기로 한 착수금을 주지 않고 날짜만 미루는 것이었다.

그러던 차에 동업을 하는 소장이 일을 하나 수주하였다. 수안보에 리조트를 설계하는 일인데 규모가 제법 컸다. 몇 년에 걸쳐 하는 장기적인 사업이기도 했다. 그러자 새로운 문제가 생겼다. 소장이라는 자가 따로 나가서 독립하겠다는 것이다. 수익이 생길만 하니까 이익을 나누어 갖기 싫다는 것이다. 겉으로 내세우는 명분은 이렇다. 내가 술도 안 마시고, 업무추진비도 쓰지 않으니까 눈치가 보여 자기도 쓸 수 없다는 것이다. 뭐 그럴 수도 있다 싶었다. 그러나 나는 한 번도 그가 어떤 곳에 돈을 쓰는지 알려고도 하지 않았고, 알지도 못했고, 알아도 모르는 체 하였다. 우리는 그렇게 1년도 안 되어 갈라섰고, 나는 또 다시 사람을 구해야 했다.

문제는 실장을 비롯해서 다른 직원들까지 다 소장을 따라 나간 것이다. 다시 건축사 한 명을 구해서 나머지 일을 마무리하려 하였다. 그러나 유스호스텔 건축주는 결국 설계비를 주지 않았고, 연락도 끊겼다. 수입이 없자 새로 온 건축사도 떠나겠다고 했지만 붙들 수가 없었다. 하는 수 없이 건원에 부탁하여 작은 방을 빌려서 가구들과 집기들을 쌓아 놓고 임시 휴업을 하게 되었다. 이때가 바로 5개 신도시계획이 시작될 때였고, 나는 신도시계획에 모든 것을 쏟아 부으며, 당분간 건축을 잊기로 하였다.

국토개발연구원에서의 안식년

국민소득이 높아지고 사회 전 분야에서 복지가 향상되면서 국토연구원에서도 안식년 제도를 시행하기로 하였다. 원래 안식년은 대학에서 6년 강의하고 1년을 안식년(혹은 연구년)이라 하여 강의를 면제해 주고 대신 연구에 전념을 하라고 만든 제도로서, 세계 여러 나라 대학에서 채택하고 있다. 그러나 이 안식년을 활용하는 방법에 대해서는 간섭을 하지 않아 안식년을 쓰는 사람마다 달랐다. 정말 연구를 위해 쓰는 사람이 있는가 하면, 가족끼리 해외에서 여행하며 진정한 안식을 위해 사용하는 사람도 있다. 자신들이 공직자라는 생각보다는 대학교수에 더 가깝다고 생각해 온 연구원 박사들의 요구에 의해 1980년대 후반에 들어오면서 국토연구원에도 이 제도를 도입한 것이다. 막상 이 제도를 시작하려 하니 6년 이상 근무한 직원들이 수두룩했다. 그래서 지원자를 받아 심사한 후 근속연수 기간에 따라 우선순위를 정하기로 하였다. 처음에는 한 명을 선발하였는데 몇 년 후에는 지원자가 밀려 두세 명씩 보내기도 하였다. 김정호 박사, 이정식 박사, 이태일 박사 등 고참 박사들 먼저 안식년을 갔다 왔고, 내 차례는 1993년에야 돌아왔다. 나는 당시 경원대학교에서 박사 과정을 하고 있었는데, 회사를 다니면서는 논문을 쓸 기회가 전혀 없었기에 안식년 신청을 한 것이다.

그런데 안식년을 얼마 남겨 두지 않은 상황에서 변수가 생겼다. 1993년 2월 허재영 원장이 건설부 장관으로 나가고 이상룡 씨가 새로운 원장에 취임하였다. 새 원장은 첫 인사를 단행하기에 앞서 나를 부르더니 기획조정실장을 맡아 달라는 것이었다. 기획조정실장 직책은 연구원 서열로는 부원장 다음으로 연구원의 모든 연구업무를 총괄하는 자리였다. 나는 당시 도시연구실장을 맡고 있었지만 실장이라는 직책 때문에 연구할 시간이 부족했다. 또한 연구 외에도 잡다한 일들이 수시로 일어나다 보니 연구에 집중하기가 어려웠다. 그런데 기획조정실장을 맡게 되면 내 연구라는 것은 없어진다. 매일 연구원 운영에 매달려야 하고, 직원들의 모든 문제를 다루어야 하며, 위로는 원장을 모셔야 하는 것이다. 기획조정실장을 해야 다음에 부원장을 할 수 있지만, 나는 그런 직책들은 모두 내가 하고 싶은 일이 아니라고 확신했다. 그런 나더러 기획조정실장직을 맡으라는 것은 이제 전문가이기를 그만두라는 것이나 다름이 없다. 그래서 나는 주저 없이 못 맡겠다고 말했다. 여름에 안식년을 가야 한다는 이유를 댔다. 그러자 원장은 1년만이라도 맡아 주면 다음 해 떠날 수 있도록 해 주겠다고 말했지만, 나는 거듭 고사했다. 그때까지도 나의 꿈은 언젠가는 건축가가 되어야 한다고 생각했다.

어렵사리 원장의 요구를 뿌리치고 예정대로 미국 MIT에 일 년간 안식년을 갔다 돌아온 것이 1994년 여름이었다. 한국을 떠나 해외에 체류한 것이 불과 일 년밖에 되지 않았는데도 그 사이에 많은 변화가 느껴졌다. 우선 연구원 원장이 이건영 박사로 바뀌었다. 그는 나의 서울대학교 건축공학과 3년 선배인데, 미국에서 도시계획과 교통 분야로 전공을 바꾸었다. 연구원에서는 교통연구실 실장으로 오래 있었고, 내가 처음 도시연구실장을 맡았을 때는 얼마간 함께 실장을 하기도 했다. 그는 원래 서울대 법대 1학년을 다니다가 그만두고 다시 시험 쳐서 건축과로 왔다. 아주 머리가 좋은 사람인 것은 분명하다. 그는 선천적인 난청이라 보청기를 사용해도 남들과 대화가 쉽지 않았다. 그런 핸디캡을 갖고 법조계에서 활동하기는 어렵다고 생각하여 건축으로 전향을 한 것이었다. 그래서 그는 나보다 4년 위나 다름없다. 그는 법대를 다니다 와서 그런지 인맥이 매우 넓고 또 평소에 인맥 관리를 철저하게 하는 편이었다. 1992년 대선 때는 YS 캠프에 들어가 도왔고, YS 정부가 들어서자 건설부 차관으로 등용되었다. 그러나 차관으로서 많은 회의도 주관해야 하고, 국무회의에도 나가고 하려니 아무래도 문제가 있었고, 주변에서 불평이 많았다는 소문이었다. 그래서 청와대는 할 수 없이 국토연구원장으로 보직을 바꿔 준 것이다. 그는 평소에 나처럼 도시설계 하는 사람들을 대수롭지 않게 생각했다. 자기가 건축과 도시계획을 모두 섭렵해서 그런지 몰라도 도시설계를 그저 도시 모양내는 손재주로만 하는 일 정도로 여겼다. 그런 소리를 내 앞에서 하는 것을 직접 들었으니 내가 그를 좋아했을 리 없다. 반면 나는 나대로 교통전문가들을 멸시했다. 도시계획을 하다 보면, 아무렇게나 그어진 광역 교통망 체계로 인해 도무지 토지이용계획을 제대로 짤 수가 없기 때문이다. 얼마 크지 않은 국토를 교통망을 짠다고 이렇게 막 난도질을 해도 되는지 한심하기가 이를 데 없었다. 그래서 우리는 교통계획 문제에 대해 자주 부딪쳤다.

내가 안식년을 계획한 데는 또 다른 이유가 있었다. 3년 전에 경원대학교 박사 과정에 입학하여 주말마다 강의를 듣고 있었고 박사 과정 수료가 되어 논문을 써야 하기 때문이었다. 70년대 미국에서 공부하던 때도 건축가가 되는 것이 목표라서 박사 학위에 대한 생각은 별로 하지 않았는데, 연구원에 와서 박사에 비해 비박사가 너무나 차별받는 것을 보니 생각이 조금 달라지기도 했다. 김정호박사도 미국서 석사까지만 하고 나왔다가 하는 수 없이 다시 도미하여 박사 학위를 취득하고 나왔다.

나는 그동안 너무나 많은 프로젝트에 취해 있어서 도저히 시간을 내어 다시 유학한다는 것이 엄두가 나지 않았다. 분당 설계가 끝나자 유명세를 탔는지 오라는 데도 많아졌고, 찾는 사람도 많아졌다. 그러던 차에 전임 원장이셨던 김의원 박사(당시 경원대 총장)가 경원대에 박사 과정을 만들었는데, 나더러 와서 첫 번째 박사가 되어달라는 말씀을 하셨다. 이전에 국토개발연구원 원장으로 계실 때, 본인도 일본 공업대에서 논문 박사를 하셨다. 그때에도 나보고 자기가 추천해 줄 터이니 일본에서 박사 학위를 하라고 조언해 주기도 하셨다. 내가 낮에는 직장 일 때문에 어렵다고 하자, 일주일에 이틀 동안 저녁 퇴근 후에 두 시간씩 수업 듣고, 토요일에 세 시간을 하면 2년 만에 수료가 되게 해 주겠다고 하셨다. 강사진은 특별히 외부의 원로교수들로 구성하겠다고도 약속하셨다. 이렇게까지 편의를 보아 주시겠다는데 거절할 명분을 찾을 수 없었다. 그래서 계획에도 없던 박사 과정을 경원대에서 밟게 된 것이다.

1993년 가을 나는 안식년을 미국에서 보내기로 하고 MIT를 선택하였다. 강홍빈 박사가 MIT에서 박사 학위를 했던 관계로 잘 아는 사람들도 있을 것이라 생각하여 부탁하였다. 마침 MIT의 Research Director인 Michael Joroff를 소개해 주어 그의 연구실로 가게 되었다. 당시에도 전 세계에서 안식년을 Harvard나 MIT에서 지내려고 신청하는 사람들이 너무 많아 학교에서는 연구실 공간을 마련해 주지 못하고 있었고, 심지어 Harvard에서는 도서관 칸막이 책상을 돈을 받고 임대해 주고 있는 실정이었다. 내가 거주한 연구실은 조그만 공동연구실이었는데, Michael Joroff씨가 연구프로젝트가 있으면, 대학원생과 같이 사용하던 곳이었다. 그곳에는 Young Chai라는 동양인 박사 과정생이 한 명 있었다. Chai라는 성이 독특해서 중국 사람인 줄 알았었는데 나중에 알고 보니 최영욱이라는 한국교포 학생이었다. 최씨를 왜 Chai라고 쓰냐고 물었더니, 여권 만들 때, 아버지가 oi대신 ai로 잘못 쓰는 바람에 그렇게 되었다는 설명이었다. 이 친구는 미국 내 업무용 부동산 시장에 대해서 논문을 썼는데, 졸업 후, GE Capital에 들어갔고, 몇 년 후, GE Capital 한국 지사장으로 나와 만난 적이 있다. 나는 보스턴에 1년이나 거주하려면 미리 임대계약을 해 놓아야 한다는 이야기를 듣고, 나보다 1년 먼저 안식년으로 하버드로 간 이태일 박사에게 연락을 했다. 이 박사 말도 역시 그곳 주택 사정이 어려워 한 달 전이라도 계약을 해 놓아야 안심이 된다고 하였다. 그래서 떠나기 한 달 전에 Brookline의 조그마한 단독 아파트의 two-bedroom을 임대하였다. 내 딸애가 당시 중학교 1학년이어서 방이 두 개가 필요했던 것이다. 살지도 않으면서 한 달 치 월세를 내야 하는 것이 억울했지만 어쩔 수 없었다. 문제는 거기서 그친 것이 아니었다. 6개월도 채 안 되어 건물주가 파산한 것이다. 그래서 또 Deposit한 한 달 치 월세를 돌려받지 못하고 날렸다. 이번에는 가까운 곳에 Dexter Park라는 큰 아파트 단지로 이사했다. 여하튼 그곳에 있으면서 1년간 집과 도서관을 오가며, 논문 초안을 만들었다.

나는 귀국하자마자 논문 마무리에 들어갔다. 그래서 이듬해인 1995년 2월에 박사 학위를 취득하였다. 박사 학위를 경원대학교에서 받는다는 소문이 나자 내 주변의 여러 사람들이 한마디씩 했다. 왜 하필이면 서울대학교도 아니고 경원대학교냐는 것이다. 심지어는 내 은사이신 주종원 교수도 "서울대에서 하겠다고만 했으면 비슷한 조건을 만들어 줄 수 있었을 텐데."라고 아쉬워했다. 그러나 나는 이러한 주변의 수근거림에는 아랑곳하지 않았다. 사람이란 그의 능력에 따라 판단해야지 어느 학교를 나왔느냐에 따라 평가해서는 안 된다고 생각한다. 연구원에서 15년을 근무하는 동안 그 많은 박사들은 어디에서 공부했느냐에 관계없이 박사라는 것만 갖고 그렇게 뽐내지를 않았던가? 그때까지도 나는 박사 학위를 자격증이라고만 생각하고 했던 것이다. 그 자격증이 후일 필요할 때가 있으리라는 것을 어렴풋이 생각하면서.

그 필요한 시기는 그리 멀지 않아서 다가왔다. 논문이 거의 마무리되어 갈 무렵인 1994년 12월초에 김진애 박사(전 민주당 국회의원)에게서 전화가 왔다. 김진애 박사는 서울대학교 건축과 4년 후배다. 1977년~1980년 사이 내가 보스턴에 있을 때, 한국 학생들과의 모임에서 가끔 만난 적이 있었다. 김 박사는 내게 말하기를 신문에 명지대학교 건축공학과에서 교수 모집 공고를 냈는데 선배가 응모하는 것이 어떻겠느냐는 것이었다. 그녀는 강홍빈 박사 밑에서 오랫동안 일해서 그런지 국토개발연구원에 대해 매우 부정적으로 이야기 하면서, 무엇하러 그런데서 오래 근무하느냐는 식이었다. 기분은 별로 좋지 않았지만 긍정도 부정도 하지 않은 채 이야기를 마쳤다. 집에 와서 생각하니 대학으로 떠나는 것도 나쁘지 않을 것 같다고 생각했다. 새로운 원장은 도시설계라는 것은 손재주나 있는 사람들이 하는 일이라고 말하면서 공개적으로 설계팀을 비하해 왔고, 분당, 일산 이후 큰 프로젝트는 생길 가능성도 없는 상황에서 박사 학위도 했겠다, 이참에 옮기는 것도 좋을 것 같다는 생각이 들었다. 그래서 바로 다음 날 명지대학교에 있는 신기철 교수(작고)에게 전화를 했다. 신 교수는 경기중고등학교 및 서울대학교 건축과 2년 후배이다. 너무나 잘 알고 있고 내가 아끼는 후배 중의 한 명이다. 신 교수는 대뜸 내게 안 선배가 왜 명지대학교 같은 시시한 시골 학교로 오려고 하느냐고 핀잔을 주었다. 어느 정도는 비꼬는 말투이기도 하고, 어느 정도는 자조 섞인 말투였다. 본인이 미국 명문대학인 펜실바니아 대학에서 박사 학위를 받았고, 능력도 뛰어난데, 명지대에 있으려니 불만이라는 듯이 들렸다. 나는 모른 척하고, 내가 지원하면 받는 주겠느냐고 물었다. 한참 망설이더니 꼭 온다면 환영이라고 말했다. 그리고 대학원장에게 말해 보겠다고 했다. 당시 명지대학교는 본교가 서대문구에 있고 분교가 용인에 있었다. 건축공학과는 본교에 속해 있어 서울로 출퇴근할 수 있었는데, 마침 그때가 서울의 건축공학과와 용인에 있는 건축학과가 통합이 되어 서울의 건축공학과 기능이 용인으로 이전하려 준비하고 있던 터였다. 내가 지원한 곳은 건축공학과였는데, 그곳에는 설계 쪽으로는 김경수, 김홍식, 신기철, 최춘환(대학원장) 등이 있었고, 구조와 시공 쪽에 세 사람 합해서 총 일곱 명의 교수가 있었다. 설계 쪽 교수를 뽑는 것이니 설계 쪽 교수들이 결정하면 될 일이었다. 대학원장은 경기고와 서울대 건축과 대선배였고, 주종원 교수와도 동창이라 무조건 찬성을 해 주었고, 신기철과 김경수 또한 내 후배라 반대할 이유가 없었다. 신 교수가 우려한 사람은 김홍식 교수였는데 그는 홍익대학교 건축과를 졸업한 민속건축 전공 건축가였다. 그런데 나는 김홍식 교수를 전부터 잘 알고 있었다. 십여 년 전 제주도 관광개발계획을 추진할 때, 권원용 교수의 소개로 알게 되었는데 고향이 제주도고, 본인이 관계하는 건축사무소(금성)에서 제주도에 많은 건물을 설계하고 있었다. 내가 별로 봐준 것은 없지만 그것이 인연이 되어 두세 차례 만난 적이 있고, 내게 매우 잘 대해 주었다. 대학 인사위원회에서는 나이가 좀 많다는 점(당시 만 46세)이 거론되었지만 큰 반대 없이 통과되었다. 내가 신임 교수로 결정된 지 얼마 되지 않아 최춘환 대학원장이 갑자기 폐렴에 걸려 돌아가셨다. 환갑을 넘긴 지가 2년도 채 안 되었는데 너무나 일찍 돌아가신 것이다. 당시 최 원장은 얼마 전에 상처를 한 후, 혼자 지내고 있었다. 그런데 20대 후반의 결혼도 안 한 장성한 아들이 갑자기 폐렴에 걸려 병원에 입원하게 되었다. 당시가 겨울 방학이라 수업도 없어 어머니 없는 아들을 아버지가 간호하겠다고 병원에서 며칠 간병을 했다. 그러다 폐렴이 옮았다. 며칠 후 아들은 다 나아서 퇴원을 하였는데, 이 양반은 닷새 만에 병세가 갑자기 악화되어 세상을 떠났다.

내가 학교로 간다는 것이 연구원에도 소문이 나서 결국 그만두겠다고 원장한테 이야기했다. 원장은 놀라 안색이 약간 변한 것 같긴 한데, 냉정하게 잘 가라고 했다. 그 이야기를 들으니 연구원에 대한 미안한 감이 사라졌다. 내가 내 젊음 바쳐서 14년 동안 무척이나 열심히 일했는데 아무도 나를 잡지 않는구나 하는 생각이 들어 섭섭하기도 했다. 결국 원장도 연구원의 주인이 아니구나 하는 생각이 들었다. 아니 연구원의 그 어느 박사들도 주인은 아니었고, 모두 객이라는 생각이 들었다. 모두들 자기의 미래를 연구원에 두고 있는 사람은 없어 보였다. 더 늦기 전에 어서 대학으로 가야하겠다는 생각뿐인 것 같았다.

막상 그만두려 하니 정리해야 할 문제들이 많았다. 프로젝트들도 끝내거나 인수인계해야 되었다. 더 큰 문제는 내가 1년간 기본급을 받고 안식년을 갔기 때문에 그 비용을 모두 물어내야 한다는 것이다. 사실 당시에 나와 비슷한 케이스가 있어, 이직하는 사람이 원 소속기관에 비용을 물어낼 수 없다고 소송을 제기한 사례가 있었고 거기서 승소하였다. 법원의 판단은 안식년은 안식년 가기 이전의 노고에 대한 보답이므로 비용을 물어낼 필요가 없다는 것이다. 이후 이것이 관례가 되어 모든 기관에서 통용되었다. 그러나 나의 경우는 이러한 원칙이 아직 일반화가 되지 않고 있어서 내가 연구원을 대상으로 행정소송을 걸어야만 피해 갈 수 있었다. 그렇지만 내가 14년이나 근무한 기관을 상대로 그깟 몇천만 원을 물어내지 않으려고 소송을 벌이는 것은 양심상으로도 용납될 수 있는 일이 아니었다. 그래서 물어내야 하는 비용도 줄이고, 연구도 마무리하고, 학교 갈 준비도 할 양으로 6개월을 더 근무하게 되었다. 다행히 학교에서도 허락을 해 주어서 결국 1995년 9월에 이르러서 명지대학교에 새 보금자리를 트게 되었다. 그 사이에도 나는 새로운 연구들을 진행하였는데, 앞서 언급한 '2000년대를 대비한 도시정책의 방향', '신시가지의 적정개발밀도 및 용도별 면적배분 기준'이었다.

국토개발연구원을 그만두며

14년여의 국토개발연구원 생활을 막상 그만두게 되니 기분이 묘한 느낌이었다. 그렇게 죽어라고 일만하다가 최근 몇 년 여유가 생기고 나니 사람들 대하는 것에도 여유가 생겨났다. 자연히 도시연구실 내의 부하 직원들과도 트러블이 줄어들었다. 돌이켜 생각하면 이전에는 왜 그렇게 아래 직원들에 대해 비판적이었는지 후회가 들었다. 다른 연구책임자 J 박사, M 박사처럼 연구원과의 관계가 파탄이 나서 팀을 옮기거나 하지는 않았지만, 나에 대해 불만들이 많았다는 것은 나도 눈치 채고 있었다. 사실 내가 같이 일했던 연구원들은 대개 도시설계나 도시계획 전공자들이었기에 내 게 불만이 있더라도 다른 팀으로 옮길 생각은 하지 않았다. 별 대안이 없거나 나보다 더 못한 연구 책임자 밑으로 갈 수도 있기 때문이다. 어떤 때는 내가 한 연구원을 칭찬하거나 잘 대해 주면, 다른 연구원이 질시하는 경우도 있었다. M 박사는 최근에 나와 연구원들과의 관계에 대해 애증의 관계 라고 정의하기도 하였다. 나는 연구가 아닌 일상 업무에서는 아래 직원들에게 대체적으로 잘해 주 었다고 생각했다. 그러나 연구에 있어서는 상당히 매섭게 채찍질해 왔다고 한다. 내가 연구원 말 년에 느끼고 경험한 것은 아래 직원들에게 잘해 주어야 한다는 것이다. 그래야 아래 직원들이 실력 이상으로 결과물을 만들어 낸다는 것을 떠날 때가 되어서야 알았다.

제주도 종합개발계획, 분당, 일산, 평촌 등 신도시개발계획을 성공적으로 마치고 나니 연구원 내 에서 모두 다 내 능력을 인정해 주는 것 같았다. 물론 도시연구실장이 되고나니 연구원 내에서의 발언권도 전보다는 강해졌다. 이제는 박사 학위가 없다고 처음에 왔을 때와 같은 설움을 받지 않아 도 되었다. 거기에다가 박사 학위도 곧 받게 되어 있었다. 실장으로서 업무 공간도 제법 큰 공간을 제공받았고, 정식 명칭이 비서는 아니지만 여직원이 보조원으로 나를 전담 보필해 주고 있어서 전 혀 불편한 점이 없었다. 그런데 이 모든 것을, 정말로 어렵게 이룩해 놓은 것을 다 버리고, 새로운 환경에서 다시 시작해야만 한다는 생각이 드니 불안감마저 들었다. 그렇긴 해도 한 번 내린 결정 에는 후회가 있을 수 없다. 또 새로 부딪쳐 보는 거지 하고 생각했다. 아직 내 나이가 마흔여섯밖에 되지 않았으니까.

인생 후반기

대학교수 생활

명지대학교 부임

명지대학교로 부임하자 이미 통합이 끝나 바로 용인 캠퍼스로 출퇴근하였다. 부임할 당시의 총장은 고건이었다. 고건 총장은 서울시장 시절 프로젝트 건으로 몇 번 만난 적이 있어 알고 있었다. 그는 대학 인사 발령 전에 강홍빈 박사에게 나에 대한 조회를 했다고 들었다. 건축학과에는 장성준 교수를 비롯하여 최재필, 박찬무, 박인석, 김혜경 등, 여섯 명의 교수가 있었다. 두 과가 합쳐지니까 나까지 열네 명의 큰 조직이 되었다. 그런데 과 내의 교수들 간의 화합은 잘 이루어지지 않았다. 역시 물리적 통합이 이루어져도 화학적 통합이 이루어지기는 어렵다는 것을 느꼈다. 더구나 각각의 과도 그 내부에 교수 간 갈등이 있다 보니 학부 전체가 콩가루 집안같이 느껴졌다. 문제는 직급 발령인데, 대학은 나에게 조교수 발령을 내렸다. 나는 어이가 없었다. 내일모레가 오십인데, 그리고 전공 분야 경력이 15년이 넘는데, 단지 박사 학위 받은 지가 얼마 안 된다고 조교수라니 너무하다는 생각이 들었다. 그래서 공대 학장을 만나 항의했다. 당시 학장은 서울공대(토목과) 1년 선배였다. 그는 내가 박사 학위 받은 지 1년이 채 안 돼 어쩔 수 없다고 딱 잘라 말했다. 그게 문교부 지시라는 것이다. 나는 그 기준을 알고는 있었지만, 어느 정도의 예외는 있다는 것도 알고 있었다. 국토개발연구원에서 같이 일했던 나의 9년 후배 손재영 박사는(물론 박사 학위 후 3~4년이 지났지만) 부교수로 발령받고 건국대학으로 갔다. 그는 나를 만났을 때, 내가 정교수 발령을 받았느냐고 물었지만 나는 창피해서 대답할 수 없었다. 이 소식을 들은 신기철 교수와 최춘환 대학원장은 내게 상당히 미안해했다. 자기들이 미처 챙겨 주지 못해서 그런 일이 생긴 것이라고 했다. 그러면서 새로 생기는 디자인연구소 소장을 맡게

명지대 봉급

나의 삶과 일, 그리고 소중한 것들

해 주겠다고 말했으나, 나는 학교 사정도 잘 모르는데, 무슨 기관장이냐고 사양했다. 조교수 초년 연봉은 얼마 되지 않았다. 국토개발연구원에 있을 때보다 20%는 줄어든 것 같았다. 명지대학교는 당시 재정 상황이 좋지 않았는데, 그래서 그런지 하박상후 전략을 택해서, 오래된, 그리고 영향력 있는 정교수들은 봉급을 다른 사립대학 비슷하게 주고, 반면에 힘없는 하위직 교수들에게는 매우 박정하게 대한다고 들었다. 그래도 학교로 오니까 내 생활이 매우 자유로워졌다. 최소한 맡은 수업 만 충실히 하면 되었다. 교수회의에서는 내가 초짜라 별로 나설 일이 없었고, 그러고 싶지도 않았 다. 그리고 무엇보다도 직급에 대한 불만, 교수들 간의 불화가 나를 교수 사회에 깊게 관여하게 만 들지 않았다. 강의야 그런대로 해 나갔지만, 대학원생이 없어서 연구 지도를 할 일이 없었다. 연구 원에 있을 때 하루 종일 일과 회의에 정신없이 지내다가 학교로 오니 시간이 너무 많이 남았다. 심 지어 일주일에 하루나 이틀 안 나와도 아무도 말할 사람이 없었다. 신 교수는 내가 학교에 온 것을 큰 후원자를 얻은 것 같이 기뻐했다. 내가 자기편이 되어 학과를 주도해 나가리라 기대했던 것 같 다. 그래서 내가 외부에서 큰 프로젝트도 수주해 오고, 자기와 같이 일할 수 있으리라고 생각했는 지 모른다. 그러나 내 생각은 학교보다는 밖에 더 가 있었다.

명지대학교의 제자들

내가 명지대학교에 있을 때, 내 연구실 소속 대학원생은 첫해는 한 명이었다가 마지막 해에 서너 명으로 늘었다. 내가 학교를 옮길 때까지 아무도 논문을 마치지 못한 상태여서 사실상 나는 그들을 지도해 준 것이 별로 없다. 그것이 내가 서울대학교로 가면서 가장 미안하게 생각했던 것이다.

나는 사실 연구원에 있을 때까지만 해도 직원들의 출신 학교에 대해 지나치게 편견을 갖고 있었 다. 그것은 내가 어려서부터 엘리트 코스만 밟아 왔기 때문일지 모른다. 물론 출신 학교에 따라서 연구 질에 있어서 다소 차이가 나는 것은 어쩔 수 없다. 그러나 그것만이 인생에서 중요한 것은 아 니라는 점을 늦게라도 깨달았다. 명지대학교에 처음 부임했을 때, 나는 학생들이 어떤 수준인가가 매우 궁금했다. 내가 연구원에 있을 때 명지대학교 출신은 한 번도 만나 본 적이 없었기 때문이다. 한 학기를 지내면서 느낀 점은 학생들이 영특하지는 않아도 순진하고 착하다는 생각이 들었다.

내가 맡은 과목은 건축설계 Studio, 도시계획 및 설계, 단지계획 등이었다. 이런 과목은 대학으로 오기 전에도 서울대와 홍익대, 경원대 등에서 강의를 했던 과목이라 별 어려움은 없었다. 건축설계 Studio는 주로 학부 4학년을 맡았다. 4학년 Studio는 2학기에 건축전을 지도해야만 하기에 교수들 이 맡기를 꺼려 하는 과목이다. 그리고 또 교수들 중에서 실무를 해 본 경험이 있는 교수가 김홍식 교수와 신기철 교수밖에 없어서 내가 자진해서 맡았다. 나는 사실 현상설계나 건축전을 수없이 해 본 경험이 있어서 오히려 이 과목을 맡는 것을 즐겼다고도 할 수 있다. 학생이나 교수나 모든 것을 쏟아 부어야만 하는 건축전을 마치고 나면 몸이 고되긴 해도 이를 통해 학생들의 수준도 파악할 수 있고, 학생들과 개인적으로도 더 가까워질 수 있다. 25년도 더 지난 일이지만 당시 Studio에서 기억나는 학생으로는 송기훈, 김재학, 그리고 현재 희림건축의 김영훈(도시설계 담당 부사장)이 있다. 김영훈의 경우 당시 설계 아이디어가 꽤 괜찮았던 것으로 기억나는데 내게서 도시설계 과목을 수강한 것이 현재 도시설계 파트를 담당하고 있는 것이 아닌가 생각된다.

한아도시연구소 설립

학교로 간 지 얼마 되지 않아 건축가 김석철 선배로부터 전화가 왔다. 조창걸 선배(한샘 회장)하고 함께 만나자고 했다. 이보다 5~6년 전에 국토개발연구원에 근무할 당시에도 두 선배가 나를 찾아온 일이 있었다. 두 사람은 내가 대학 4학년 때, 졸업 전에서 서울대학교 캠퍼스 이전계획을 주제로 하고, 발표를 한 것이 계기가 되어, 졸업 후 군대 가기 전까지 공과대학 응용과학연구소에서 수행한 대학이전 마스터플랜 프로젝트에 아르바이트를 했을 때부터 알던 터였다.

그들은 내게 연구원을 그만두고 자기들과 함께 일하자고 제안하였다. 이제 중국이 개혁개방을 하니 그곳에 큰 기회가 있을 것이라고 하면서, 조창걸 회장은 대한민국이 앞으로 살길은 중국에서 도시를 개발하는 것뿐이라는 주장을 폈다. 나로서는 그 주장이 좀 황당하게 들렸고, 또 분당, 일산 설계 후에 내 주가가 뛰고 있던 터라, 당장은 어렵다는 말만 하고 보내 드렸다. 그랬었는데 명지대학교로 가고 나니 다시 연락이 온 것이다. 만나 보니 내용은 전과 마찬가지였다. 김석철 선배는 내게 말했다. 서울대학교 교수라면 모르되 자갈밭에 매일 물 준다고 싹이 트겠냐는 것이었다. 명지대학 학생을 모욕하는 말이었지만 화를 내지는 않았다. 조 회장은 그러면서 연구소를 만들면 자기가 재정적으로 뒷받침해 주겠다고 했다. 나는 일단 연구소 설립에 대해서는 동의를 했다. 어차피 학교에서 학생들만 가르쳐서는 보람을 느끼지 못할 것 같았다. 문제는 내가 학교에 몸담고 있는 것이 걸렸다. 문교부 지침에 따라 교수들은 외부에서 사익을 위한 조직을 운영할 수 없게 되어 있다. 그래서 비영리 재단을 설립할까도 생각해 보았는데, 중국에 가서 큰돈을 벌자는 것인데, 비영리 재단은 적합한 것 같지 않았다. 나는 학교에 큰 미련이 없었기 때문에 일이 잘만 풀리면, 그때 가서 학교는 그만두면 되겠다고 마음먹었다.

내가 학교로 오게 된 것도 결국 행정 일이 아니라 프로젝트를 하고 싶어서인데, 방법이야 어찌되었던 프로젝트를 지속할 수 있게 된다는 것이 내 마음을 이끌었다. 연구소를 만들기로 작정하니 에너지가 솟구쳤다. 우선 일을 같이할 사람을 모아야 했다. 먼저 생각한 사람이 온영태였다. 그는 나보다 4~5년 먼저 국토개발연구원을 그만두고 경희대학교 건축과로 갔다. 분당 프로젝트를 끝내고 난 후, 다른 정책연구에는 별 흥미를 느끼지 못했던 것 같았다. 그도 나처럼 프로젝트를 업으로 삼고 있었다. 내가 연락해서 연구소 취지를 말하자 대번에 동의했다. 나는 내가 믿을 수 있는 동지를 얻은 것이 천군만마를 얻은 것 같아 마음이 든든했다.

어차피 그나 나나 학교에 몸담고 있으므로 완전히 자유롭지는 못했다. 시간의 절반을 나누어 쓰더라도 두 사람이 함께하면 온전한 한 사람이 될 수 있다. 한 사람이라도 온전히 이 일만 한다면 못할 것이 없다고 생각하였다. 그래서 자본금 오천만 원 중 조창걸 회장이 절반을 대고, 나머지를 내가 온영태와 나눠서 조달했다. 장소를 물색하던 중, 건축과 후배가 소유하고 있던 강남역에서 한 블록 남쪽에 있는 건물 10층 일부를 빌려 쓰기로 하였다.

다음은 직원인데, 온영태가 자기가 알고 있는 선진엔지니어링의 강명수 대리가 나오고 싶어 한다고 해서 우리와 합류했고, 내가 서울대학교에 가서 주종원 교수(작고)에게 부탁해서 이재욱 박사를 데려왔다. 그리고 홍익대 임창호 교수(작고)에게 부탁해서 대학원 졸업생 두 명을 뽑았다. 그럭저럭 우리 두 명과 연구원 네 명, 경리 직원 한 명, 모두 일곱 명이 연구소를 시작했다. 명칭은 여러 가지를 놓고 검토하다가 '한아'라고 하였다. 그 뜻은 한국과 아시아를 주름잡겠다는 의미다. 여기서 아시아는 주로 중국이 되겠지만 당시에는 베트남도 대상에 들어 있었다. 우리는 1996년 10월에 사무소 등록을 마치고 본격적으로 일을 시작하였다.

나는 연구소를 시작하면서도 대학에는 조금도 소홀히 해서는 안 된다고 스스로 다짐했다. 그래서 주중에는 하루만 학교를 빠지기로 하고 토요일, 일요일 포함해서 3일 연구소에 나가기로 하였다. 다만 중요한 일이 있을 때는 근무 시간이 지난 후, 연구소에 들러 해결하였다.

내가 연구소를 밖에 차리자 신기철 교수가 매우 실망하였다. 신 교수는 내가 학교에 와서 자기하고 무언가 만들어 볼 수 있을 것이라고 생각했는데, 그 기대가 어긋난 것이다. 그러다가 신 교수는 1년 후 국토계획학회(당시 회장 여홍구)로부터 세운상가 재개발 프로젝트를 위임받아서 전적으로 일을 주도했고, 프로젝트가 끝날 때쯤 한양대학교로 옮겼다. 아마 내가 신기철 교수하고 합심해서 학교 내에서 일했으면 한양대로 옮기지 않았을 것이라는 생각이 들어 미안하기 이를 데가 없었다. 신 교수는 늘 자기가 명지대학교에 있는 것을 불만족스럽게 생각했으니까 한양대학으로 간 것이 조금이나마 본인의 자존심을 충족시켜 주었을 것이라고 생각하니 나의 미안한 마음이 조금은 덜어졌다.

신 교수는 한양대에 가서도 열심히 프로젝트를 하였고, 한양대 개발프로젝트에도 전심전력을 다하다가 갑자기 뇌졸중으로 쓰러졌다. 신 교수는 불편한 몸을 이끌고 강의도 하고, 프로젝트를 끝내려고 애쓰다가 얼마 되지 않아 결국 저세상으로 갔다. 이 모든 것이 나로 인해 생겨난 일 같아서 내가 느낀 죄책감은 이루 말할 수 없었다.

교수로 부임한 지 이 년쯤 되어서 하루는 고건 총장이 나를 불렀다. 학교 입구가 난개발되니 종합적인 마스터플랜을 만들어서 용인시로 하여금 대학타운을 만들게 해 보자는 이야기였다. 나는 반가워서 승낙하고 계획을 시작하였다. 어느 정도의 윤곽을 만들어 가지고 총장과 함께 용인 시장을 점심 식사 자리에 초대하였다. 용인시장은 고건 총장 앞에서는 고개를 끄덕이면서 해 보자는 듯 제스처를 취했지만 내가 보기에는 그 태도에 확신이 가지 않았다. 계획적인 개발 같은 것은 관심도 없는 사람같이 보였다. 얼마 안 있어 총장이 바뀌고 새로 송자 총장이 취임하였다. 그러니 대학타운은 물 건너간 꼴이 되고 말았다. 고건 총장 앞에서만 고개를 끄덕이던 시장은 그 후 얼마 안 있어 아파트 건설업자로부터 뇌물 수뢰 혐의로 구속되었다.

우리의 도시계획이 해외로 진출하다

명지대학으로 옮기면서 설립한 한아도시연구소의 프로젝트는 처음에는 국내 용역, 특히 한샘과 국토개발연구원을 통해 제공되는 용역으로 한정되어 있었다. 그러나 연구원을 나온 후 시간이 지나자 계속 일거리를 얻어올 수는 없었다. 마침 대우에서 베트남 하노이에 신도시를 계획하고 있는데 우리에게 도움을 요청하였다. 대우가 무너지기 불과 수년 전에 대우는 인천 송도유원지에 대우타운을 건립할 꿈을 갖고 있었다. 내가 자문회의에 참가하기도 했는데, 김우중 회장은 그곳에다 100층이 넘는 초고층 대우 본사를 건설할 뿐만 아니라 그 주변(내 기억으로는 약 40만 평?)에 대우와 관련된 기업들, 주택, 연구소 등을 유치하여 도시를 만들겠다는 큰 꿈을 갖고 있었다. 그 비용은 서울역 앞 대우센터빌딩과 연세빌딩 등, 그룹이 갖고 있는 부동산을 팔아 충당한다는 것이다.

그가 한 말 중에서 기억에 남는 것은 "대우는 이제 세계적인 기업이다. 우리의 비즈니스 상대는 전 세계에 퍼져 있다. 우리가 왜 땅값 비싸고, 교통 복잡한 서울 한복판에 있어야만 하나? 오히려 인천공항 근처에 있는 것이 사업을 하기에 더 효과적이다."라는 것이었는데 그럴싸하게 들렸다. 그러나 당시는 김대중 정부가 대우를 분해하기로 이미 결정하고 있었기에 어떤 구상도 실행이 불가능했다.

하노이 신도시 프로젝트는 이보다 2년 전에 시작되어 이미 벡텔에 용역을 맡겨 첫 보고서가 나왔지만, 자금이 끊겨 더 이상 연구를 진행할 수 없었다. 그래서 큰 비용이 들지 않고 연구를 진행해 줄 한국의 신도시 전문가를 찾게 되었다. 그렇다면 국내에선 우리만큼 해 줄 수 있는 조직이 없었다. 그래서 신도시계획의 후속 작업을 한아도시연구소에서 맡게 되었다. 그러나 역시 이 연구에 필요한 비용도 조달하기 어려웠다. 이 사업은 대우의 이현구 부사장이 총괄하고 있었는데 그는 나보다 경기고 7년 선배였다. 우리는 일을 해야 하겠는데, 예산이 없으니 외부로부터 마련해야 했다.

그래서 내가 국토개발원에 있을 때 들어 알고 있던 KOICA(한국국제협력단)에 도움을 요청하기로 하였다.

KOICA는 개발도상국가에 대한 무상/유상 원조를 하는 기관인데, 당시만 해도 예산 규모가 지금처럼 크지는 않았다. 더구나 KOICA에서 제공하는 많은 일 중에서 건축이나 도시계획 관련 용역은 얼마 되지 않아 토지공사나 국토개발연구원 같은 큰 조직에서는 별 관심을 갖지 않고 있었다. 그런 틈을 타, 앞서 언급한 환경그룹이 도시계획 용역을 완전 독점하고 있었다. KOICA가 외교부 산하 기관인데 외교부 라인에 깊숙이 관련되어 있는 곽 회장의 영향력 때문이었다.

이현구 부사장이 KOICA를 뚫기 시작하고 우리 신도시계획 실적이 뒷받침하면서 일이 거의 성사되는가 싶었는데, 예상했던 대로 환경그룹에서 난리가 났다. 곽 회장이 KOICA에서 상대해 온 사람들은 주로 이사장과 본부장급들이었는데 이들은 이 분야를 잘 모르니까 환경그룹에서 아무리 엉터리로 설계를 해 와도 다 그냥 넘어갔다. 그러나 담당 실무자들은 벌써부터 문제를 간파하고 불만을 갖고 있던 터였다. 우리는 그래도 안심이 안 되어 전전긍긍하고 있었는데, 이 부사장이 곽 회장의 뒤를 캐 보니 그 형이 고등학교 동창이란 것을 알게 되었다. 그래서 그 형을 통해서 포기 압력을 넣기 시작하였다. 그 작전이 잘 먹혀들어 가서 환경그룹은 용역수주를 포기하고, 결국 우리가 KOICA 예산을 얻어 쓰게 되었다. 그런데 이것이 이후 우리가 KOICA 용역을 계속 따올 수 있게 된 계기가 되었다.

우리가 KOICA 용역을 수주하면서 다른 대형 엔지니어링 회사들도 수주 전쟁에 뛰어들었다. 그러나 우리가 도시 master plan에 있어서는 상당히 앞서 있었고, 자기들이 익숙지 않은 해외 프로젝트이다 보니까 우리와 컨소시엄을 맺기 위해 여러 회사들이 경쟁적으로 love call을 보내왔다.

이후 베트남의 하이퐁 신도시, 후에(Hue) 도시계획, 공공주택 마스터플랜, 나베 신도시 등을 수주하였고, 방글라데시, 인도네시아, 캄보디아, 미얀마, 등 동남아시아 국가들, 카자흐스탄, 우즈베키스탄 등의 중앙아시아 국가들에서 용역을 수주하였다. 이따금 대형 건축사사무소에서 중동과 아프리카에 진출하기 위해 도시계획 전문가의 도움이 필요할 때도 우리 연구소와 함께 작업한 경우도 있었지만 실제로 구체화된 사례는 없다. 최근에는 KOICA에서 중남미 지원이 활발해지면서 페루, 온두라스, 파라과이, 볼리비아, 코스타리카 등, 많은 개발도상국가의 개발사업에 도전하고 있다.

서울대학교로 옮기다

내가 명지대학교와 3년 계약을 맺고 3년이 끝날 때쯤 서울대학교로 가게 되었다. 처음에 명지대학교에 올 때, 도와준 신기철 교수, 최춘환 대학원장, 고건 총장은 모두 학교를 그만두거나 돌아가셨다. 다시 말해서 내가 조기 이직에 대해 미안해야 할 사람들이 전부 떠난 것이다. 내가 마지막으로 송자 총장을 찾아가 퇴직 인사를 하려 했을 때, 송자 총장은 아무런 이야기 없이 잘 가라는 이야기만 했다. 그런 소리를 들으니 오히려 더 마음 편하게 나올 수가 있었다.

내가 서울대학교로 이직을 하게 된 것은 무엇보다도 나에게 운이 따랐기 때문이다. 첫째는 주종원 교수님의 은퇴 시기가 나의 명지대학교 임용 기간 만료 시점과 비슷하다는 점이다. 나는 어떤 직장을 가던 최소한 3년 이상은 근무하거나, 계약 기간은 지켜야 한다고 생각한다. 그래서 제자들에게도 이러한 이야기를 늘 하고 있다. 요즈음 젊은이들은 새로 직장에 입사한 지 일 년도 다 채우지 않고 이직하는 경우가 많아 안타깝게 생각한다. 서울대학교 졸업생들이 특히 심한데 한 곳에서 5년 이상 일하는 경우는 아주 드물다. 내가 서울대로 가게 된 데는 박창호 교수(작고) 힘이 매우 컸다. 나중에 들은 얘기지만 박창호 교수는 1990년대 초부터 원로 교수인 윤정섭 교수와 주종원 교수의 후임을 구상하고 있었다고 한다. 그런데 본인은 도시계획이나 도시설계 분야에 대해서 잘 몰라서 이 분야를 비교적 잘 아는 이인원 교수(홍익대 명예교수)에게 자문을 받았다고 한다. 이인원 교수는 KIST 부설 지역개발연구소에 근무한 적이 있어서 나와는 오래전부터 안면을 익혀 온 사이다. 그는 지역개발연구소가 국토개발연구원으로 통합된 후에는 국토개발연구원의 박사들과 친하게 지내 왔다. 이인원 교수가 도시계획과 도시설계 분야에서 전문가로 인정한 사람은 아마도 최병선 박사와 내가 아니었나 싶다. 그래서 나와 최병선 박사를 추천하였다.

1995년 윤정섭 교수님이 먼저 은퇴할 때, 박 교수는 최병선 박사를 밀었지만 원로 교수인 주종원 교수님이 임창호 박사를 미는 바람에 어쩔 수 없이 양보했다. 이 일 때문에 그 후까지 임 교수와 박 교수의 사이가 썩 좋지 않았다. 임창호 교수는 경기고등학교와 서울대 건축과 3년 후배다. 그는 또 나처럼 해군 장교로 복무하였고, 미국으로 유학을 가서 하버드대학교에서 도시계획 박사 학위를 취득한 인재였다. 내가 하버드에 다닐 때, 그가 입학해서 일 년은 함께 수업을 들었는데, 수업 시간에 보면 그는 정말 똑똑한 학생이었다. 나는 건성건성 다녔지만, 그는 분명한 목표를 갖고 있었다. 그 목표는 하버드에서 석사를 마친 후, 박사 학위 과정에 입학하고, 졸업 후, 서울대학교 교수가 되는 것이었다. 많은 한국 학생들이 하버드GSD(디자인 대학원)에서 석사 과정을 마치고도 박사 과정에 들어가지 못해, 다른 대학으로 옮기는데, 내가 아는 한, 바로 박사 과정에 들어간 최초의 학생이 아니었나 싶다.

그는 미국에 오기 전에 석사 과정에 대한 철저한 준비를 하고 온 것 같았다. 그는 석사 과정에서 누구를 지도 교수로 해야 나중에 박사 과정에 들어가는 데 유리한가를 연구했다. 왜냐하면 박사 과정은 그 T.O가 일 년에 서너 명밖에 안 돼 모든 교수가 매년 뽑을 수 있는 것이 아니었다. 교수들에게는 돌아가면서 학생을 뽑을 기회가 주어지는데, 그중에서도 원로 교수가 우선권이 있고, 아니면 큰 프로젝트를 갖고 있는 교수가 우선 뽑을 수 있었다. 임 교수의 판단은 알론소(W. Alonso) 교수였다. 알론소 교수는 당시 그의 이론으로 명성이 나 있었고, 지난 몇 년간 박사 과정을 받지 않았다는 것을 알았다. 임 교수는 다른 과목은 소홀히 해도 알론소 교수 과목에는 전력을 다해 준비했다. 지성이면 감천이라 할까. 결국 알론소 교수 눈에 들어 박사 과정에 들어가게 되었다.

다음은 서울대학교 교수가 되는 것이 남았다. 우리가 함께 보스턴에 있을 때, 마침 서울대학교의 주종원 교수가 미국에 안식년으로 오셨다. 나는 그저 내 하던 대로 주 교수를 밋밋하게 대했지만 임 교수는 달랐다. 임 교수 부부가 그야말로 지극정성으로 주 교수 부부를 모셨다. 임 교수는 박사 학위 후, 귀국하여 일단 국토개발연구원에 왔다. 학벌로만 보아도 누군들 그를 마다하겠는가? 처음에는 전공에 따라 토지연구실에 배정되었다. 그런데 연구원에서의 생활은 그리 즐겁지 않은 것 같았다. 공무원 조직과 같은 경직된 사회에 익숙하지 않은 임 교수에게는 하루하루가 힘들었다. 특히 상급자들과의 관계가 원활하지 않았다. 나에게 와서 그런 불만을 이야기하기에 내가 도시연구실로 불러들였다. 그리고 그가 도시연구실에 온 지 채 일 년이 안 되어 연구원을 그만두고 홍익대학교로 갔다. 당시 홍익대학교 이사장은 좀 괴팍하다고나 할까, 엘리트 의식이 강하다고나 할까, 신임 교수를 선발하는데, 초 일류대학 출신만 뽑기를 주장했다. 그러한 조건에는 임 교수가 제격이었다. 임 교수를 뽑고 나서 이사장은 상당히 만족하였다고 알려졌다.

문제는 임 교수가 서울대학교에 가려고 한 자리는 도시계획전공 교수였던 윤정섭 교수 자리였는데, 윤 교수 임기가 4년이나 남아 있어서 홍익대학교에서 4년을 기다려야 했다. 홍대와의 초임 계약이 3년이니 계약이 만료된 후, 재계약을 다시 3년 할 수밖에 없었다. 1년 후 서울대학교에 자리가 났고, 임 교수가 부임하게 되었다. 문제는 홍익대학교에서 임 교수를 놓아주지 않겠다는 것이었다. 홍익대학교 이사장의 입장에서는 홍익대학교의 자랑인 임 교수를 계약을 파기하고 놓아줄 수는 없는 것이었다.

대개 대학 사회에서는 어느 교수가 더 좋은 학교로 이직할 때는 계약이 만료되지 않았어도 그냥 보내 주는 게 상례였다. 홍익대학교의 무리한 주장 때문에 결국 법원까지 이 문제를 끌고 가게 되었다고 들었는데 그 이후의 상세한 내용은 나도 알지 못한다. 하여튼 임 교수가 처음 서울대학교에 부임한 후, 학과 내에서는 신임 교수에 대한 평이 그리 좋은 편이 아니었다. 그러자 주종원 교수는 자기가 주장해서 뽑은 임 교수에 대해 다른 교수들이 불만을 말하자 미안해했던 것 같았다. 그래서 본인이 은퇴할 경우에는 후임 신임 교수 선발에 관여하지 않겠다고 공언했다. 대부분의 경우에는 은퇴 예정자의 마지막 학기 중에 신임 교수를 선발해서 인수인계를 차질 없게 한다. 그렇기 때문에 선발 과정에서 은퇴자의 영향력이 클 수밖에 없다.

나는 주종원 교수가 나를 자기 후임으로 반드시 밀어주리라고는 생각하지 않았기 때문에 오히려 다행이라 생각했다. 나는 서울대학교에서 대학원을 다니지 않았기 때문에 주 교수와는 그냥 학부 때의 단순한 교수-제자 관계였다. 그러나 주 교수가 학과를 옮겨 도시공학 전공으로 오고 나서는 대학원 중심으로 움직이게 되어 도시설계전공연구실이 만들어지고, 2년 이상 교수와 학생들의 끈끈한 유대관계가 형성되게 되었다. 2년간 석사 과정을 마친 학생들은 군 복무 문제가 해결된다면 유학을 가서 박사 학위를 하고 오거나, 국내에서 박사 과정을 할 경우에는 다시 2년에다 병역특례까지 5년 더하면 연구실에서 거의

9~10년을 지내게 된다. 따라서 교수와 학생과의 관계는 부모 이상의 관계로 발전하기도 한다. 따라서 내가 걱정했던 것은 도시설계연구실 출신들 중에서 신임 교수 자리를 놓고 나와 경쟁하는 사람이 있지나 않을까 하는 것이었다.

그러나 실제 교수 선발 진행 과정에서 이러한 우려는 기우였다는 것을 알게 되었다. 도시설계연구실 출신으로 해외에서 박사 학위를 하고 지원한 사람은 이창무 박사(현 한양대 교수) 한 명뿐이었고, 나머지는 도시설계연구실 출신이 아닌 국내 박사 몇 명이었다. 그런데 학과 내 인사위원들은 아무도 이들을 잘 알지 못했다. 대신 학과의 고참 교수가 된 박창호 교수가 나를 적극 밀었고, 내 고교 동창인 전경수 교수가 지원하였으니, 별 논의조차 없이 내가 단독후보로 선정되었다. 다만 내가 신임 교수로는 나이(당시 만 50세 직전)가 좀 많다는 것이 우려되었다. 왜냐하면 일 년 전에 건축과에서 내 고교 동창이자 건축과 동창인 이규재(당시 대림산업전무) 박사를 시공관리 전공 교수로 뽑으려다 공대 인사위원회에서 나이가 많다는 이유로 거부당한 적이 있었기 때문이었다. 그러나 이 문제도 잘 넘어갔다. 그때 반대했던 교수가 바

로 우리 과 교수(장승필 교수)였기도 했고, 박창호 교수가 미리 이야기를 잘해 놓아 인사위원회에 참석하지도 않았다는 것이다. 나중에 한민구 부학장에게 들으니 이규재 박사와 나의 차이는 내가 박사 학위를 좀 더 먼저 했고 교수 경력이 있다는 것이었다. 이렇듯 모든 것이 운 좋게 잘 맞아떨어져서 나는 서울대학교 교수가 되었다. 내 경기고교 동창들이 서울대학교 교수로 35명이 있었는데, 그중에서 내가 가장 마지막을 장식했다.

서울대학교에 오니 이제야 내 긴 인생의 여정이 종착역에 가까워진 것 같았다. 여기서 나는 정년 퇴임을 맞이할 수밖에 없을 것이다. 건축가가 되겠다고 그 오랜 기간 포기하지 않고 준비해 왔던 것이 이제는 모두 소용이 없음을 느끼게 되었다.

서울대학교에 자리 잡기

서울대학교에 부임하면서 내 스스로가 매우 위축되어 있음을 느꼈다. 학장실에서도, 교수회의실에서도, 학부사무실에서도, 어딜 가나 당당함을 잃고 마치 무슨 죄를 짓고 피해 온 사람 같이 주눅이 들어 있었다. 마치 내가 올 자리가 아닌

곳에라도 온 것처럼 모든 것이 생소하고, 어색하고, 심지어 두렵기까지 했다. 이런 느낌은 이전에 처음 중앙도시계획위원으로 선임되어 회의장에 나갔을 때와 비교해도 훨씬 더했다. 내가 너무 나이가 많은 탓일까? 우리나라 최고의 교수와 학생들이 모인 곳에서 자신을 잃은 것인가? 전해 들은 이야기에는 우리 학부의 어떤 교수가 여러 학부 교수들 있는 자리에서 "경원대학교에서 박사를 한 늙은이가 신임 교수로 온다더라."라고 말했다고 한다. 맞는 말이지만 이런 이야기를 들으면서 내 자신이 더욱 초라하게 느껴졌다. 이런 느낌이 사라지게 되는 데는 거의 한 학기가 지나가야 했다. 나이가 들면 직장을 옮기기도 힘들구나 하는 생각이 들었다.

당시 우리 학과 명칭은 '지구환경시스템공학부'였는데 그 이름이 매우 독특했다. 실인즉 이전에 토목공학과와 여기서 분리되어 전공으로 운영되던 도시공학전공, 그리고 자원공학과를 합치면서 생겨난 이름이다. 외부 사람들이 이름만 들어서는 무엇을 가르치는 학과인지 알 수가 없다. 전혀 다른 세 학과를 합치다 보니 각 학과의 느낌이 조금씩이라도 느껴지도록 만든 것이라고 했다. '지구환경'에서는 자원공학과의 이미지가, '환경시스템'에서는 광범위한 토목공학과의 이미지가 느껴지는데, 도시공학과의 이미지는 어디에서도 떠오르지 않는다. 아마도 명칭을 변경하는 과정에서 도시공학과 교수들의 힘이 약했던 같았다. 사람도 이름이 그 사람의 이미지를 결정하고, 어쩌면 운명까지도 좌우하는 경우가 많다. 마찬가지로 학부 이름이 이렇다 보니, 이곳에서 도시설계를 심고 전문가를 배출하기는 쉽지 않을 것 같았다. 그러나 학과 통합이 불과 일 년 전에 이루어졌고, 이상하다고 해도 새로 들어온 교수가 무슨 말이 있을 수 있겠는가? 도시공학전공 교수들은 이후에도 지속적으로 명칭 변경을 요구했지만 한참 후에, 자원공학과가 다시 떨어져 나가면서 '건설환경공학부'로 명칭을 바꿨다. 도시계획이나 도시설계가 꼭 '건설'이란 용어로 대표될 수는 없지만 이전보다는 그런대로 받아들일 만했다.

당시의 학부장은 토목의 지진공학 전문가인 장승필 교수가 맡고 있었다. 장 교수는 나보다 경기고 6년 선배이고 내 둘째 형님과 동창이었다. 나는 어떻게 해서라도 내 이미지를 쇄신해야만 했다.

마침 얼마 안 있어 정부에서 BK21이라는 지원 프로그램을 공고하였고, 각 대학이 연구 과제를 만들어 응모하게 되었다. 전공 부분이야 각 교수들이 만들지만 이것들을 모아 정리하고, 체계화하고, 집성하여 제출하는 데는 많은 노력을 필요로 했다. 나는 내 나이에도 불구하고 이러한 귀찮은 일을 마다않고 맡아 열심히 했다. 결과적으로 정부의 지원을 받게 되었고, 나는 이때부터 학부장의 신임을 받게 되었다. 물론 나를 천거한 박창호 교수 체면도 살려 주었다.

나는 명지대학교 나가던 시절 만든 한아도시연구소 때문에 다른 교수들이 문제 삼을까 봐 눈치를 볼 수밖에 없었다. 공식적으로 내가 한아의 직원은 아니었지만 외부에서는 내가 한아도시연구소를 운영한다는 것을 다 알고 있었기 때문이다. 처음 면접할 때도 전경수 교수가 학교와 연구소 관계를 어떻게 할 것인가 물었었다. 나는 절대로 학교에 피해가 가지 않도록 하겠다고 약속했다. 그리고 정년퇴직 때까지 그 약속을 지켰다. 사실 전경수 교수도 부친이 경영하던 엔지니어링 회사에 정기적으로 나가던 차였고 말년에는 거의 회사에만 매달렸다. 나는 학교 교수들 눈에 나지 않기 위해 주중에는 연구소를 찾지 않았다. 일이 있을 때도 6시 이후 저녁 시간을 이용했고, 주로 주말을 이용하였다. 내가 토요일에는 학교에 나가지 않고 연구소에만 나가니까 하루는 임창호 교수가 내게 뼈있는 말을 했다. '서울대학 교수라는 사람들이 주말에는 골프나 치러 다니고 학교에 나오지 않는다는 것이 말이 되는가?'(임 교수는 토요일에도 학교에 나오는 날이 많았다.) 나는 당시 골프는 생각도 못 하였지만 꼭 내게 하는 말 같아서 속으로 움칠했다. 그렇지만 나는 토요일에는 한아도시연구소에 가야만 했다.

내가 학교에 나간 지 일 년쯤 지났을 때부터 임창호 교수가 늦깎이 골프를 배우기 시작하였다. 대부분 사람들이 그렇듯이 처음 배우면서부터 아주 몰입하는 것 같았다. 임 교수는 학교 안에서 교수들과 만나 이야기할 때도 점심을 함께 먹을 때도 온통 골프 이야기뿐이었다.

그때만 하더라도 골프는 비싼 운동이기 때문에 교수 월급만으로 골프를 자주 나갈 수 없었다. 그래서 교수들은 대개 외부로부터 스폰을 받아서 골프를 쳤다. 우리 학부도 건설 관련 업체에서 일하는 동창 임원들이 많은 까닭에 대기업인 경우 일 년에 한 번씩은 스폰을 해 주었다. 이와는 별도로 공과대학에서는 골프 치는 교수들이 불암회를 만들어 시즌이 되면 4월부터 10월까지 한 달에 한 번씩 필드에 나갔는데, 회원들의 회비를 받아 운영하지만 저녁 식대는 업체로부터 지원을 받았다. 임 교수는 불암회에도 가입해서 골프를 만끽했다.

이때부터인가 임 교수의 학교 출석이 불량해지기 시작하였다. 아침에는 11시가 넘어야 학교에 나왔고, 주말에는 아예 나오지 않았다. 집에서 오전 일찍 골프 연습장에 가서 연습하고, 코치도 받고, 샤워하고 출근하니 그럴 수밖에 없었다. 임 교수가 그러니 나는 오히려 자유스러워졌다.

그러다 어느 여름 무더운 날 불암회 골프대회에서 사고가 발생하였다. 임 교수가 홀에 들어간 공을 집으려다 쓰러진 것이다. 사람들이 우왕좌왕하면서 시간을 보내는 동안 앰뷸런스가 도착했을 때는 이미 숨이 멎었다. 사람이 쓰러지면 당연히 인공 호흡을 시켜야 하는데 아무도 그런 행동을 취하지 않았다. 입에서 거품을 흘려서 간질이라고 생각했다던가. 도대체 공대 교수 수준이 이것밖에 안 되는가? 충분히 살릴 수 있었는데 너무도 허망하게 임 교수를 잃게 되었다. 그 사고가 있기 몇 달 전에 임 교수가 나한테 자기가 부정맥이 있다고 해서 자기 친구인 서울대병원 내과 과장한테 물어보았더니 별것 아니라고 했다고 하면서 안심을 했던 것이 기억이 났다. 나라도 골프장에 갔었더라면 살릴 수도 있었을 텐데 하는 후회가 들었다. 임 교수를 잃고 난 후에 나도 골프를 시작했다. 나는 원래 1980년대 중반에 국토연구원에 있으면서 골프를 배웠는데 필드에 나갈 기회도 돈도 없어 포기하고 지냈었다. 그리고 경제적 여건이 나아지자 20년 만에 다시 시작한 것이다. 그러나 나는 연구소 일이 있으므로 임 교수처럼 빠져들지는 않았다. 한 달에 한 번 불암회에 참가하고, 학부에서 누군가 스폰하는 것이 있으면 나가곤 했다. 그러다 내가 60 넘어 골프장 회원권을 사면서부터 스폰 없이도 매주 한 번꼴로 내 친구들과 운동을 하고 있다.

서울대학교의 제자들

명지대학과는 달리 서울대로 오니 책임감이 더 무거워졌다. 우선 대학원 연구실에 학생들이 꽉 차 있는 것이었다. 모두 나의 전임자이신 주종원 교수님이 뽑아 놓으신 학생들이다. 이 많은 학생들을 내가 다 논문을 지도하여 졸업을 시켜야 한다니 보통 일이 아니었다. 다른 교수들은 정년퇴임이 가까워 오면 2~3년 전부터 새로운 학생은 연구실에 받지를 않는 것을 원칙으로 하고 있다고 들었다. 연구실에는 박사 과정 학생이 5명, 석사 과정 학생이 6명가량이 있었는데 이 중 석사 과정 3명은 부임 첫 학기에 논문은 마쳐야 하는 학생들이었다. 연구원에서 연구 심의는 수도 없이 해 보았지만, 논문 심사는 내 박사 학위 논문 이후 처음이었다. 그래서 학생들과는 매주 정기적인 연구 모임을 갖기로 하였다.

대학에 교수가 처음 부임하면 대학에서 비품비로 쓰라고 약간의 돈을 배당해 준다. 아마 300만 원 정도였던 같은데, 나는 별로 쓸데가 없었다. 철제 책상과 파일 캐비닛은 조달청 보급 물량으로 받았고, 책꽂이와 소파는 명지대에서 쓰던 것을 갖고 왔기 때문이다. 그래서 남는 돈으로 대학원생 연구실 환경을 개선하기로 하였다. 당시 대학원생 연구실은 그야말로 슬럼이었다. 교수 연구실의 3.5배 정도 되는 면적은 사람 키보다 높은 오래된 철제 캐비닛으로 칸막이가 되어 있었고 학생들은 찌그러지고, 녹슨 캐비닛으로 둘러싸여 있는 우물통 같은 공간에 들어가 있어 보이지도 않았다. 가관인 것은 캐비닛들이 거의 전부가 모양이나 높이나 재료가 각양각색이라서 부조화의 극치를 이루었다. 아마도 60년대 호마이카 철제부터 70년대 원목 목제 서랍장에 이르기까지 마치 캐비닛 박물관 같았다. 그 속에서 학생들이 자유로이 담배들을 피워 대니 공기가 말할 수 없이 좋지 않았다. 외부로는 3모듈인데도 불구하고, 'ㄱ'자 증축으로 인해 창문은 한 곳에만 뚫려있어 환기가 안 될 뿐만 아니라 전반적으로 어둡고 음침했다. 나는 제한된 비용 한도 내에서 현대식 조립 칸막이를 새로이 주문하고, 캐비닛들을 모두 철거하였다. 그게 당시 대학원생 연구실에서는 처음 있는 일이었다.

서울대 학생들은 예상했던 대로 타 대학 학생들보다 두뇌가 명석했다. 그것이 모두가 심성까지 더 좋다는 것은 아니다. 경원대학이나 명지대학 학생들과 비교했을 때, 뭐라 할까, 좀 이기적이고 개인주의적이라 할 수 있다. 내가 처음 명지대학에 부임했을 때, 대학원생들이 자주 걸레와 빗자루를 들고 내 방을 청소해 주겠다고 찾아왔다. 나는 결코 그렇게 하는 것을 허락하지 않았다. 학생들 하나하나가 집에서는 귀한 자식들인데, 교수가 뭐라고 그런 일을 시키겠는가? 서울대학에서는 아무도 관심을 보이지 않는 것이 다르구나 하는 생각이 들었다.

학기가 시작되어 첫 강의부터 나는 학생들의 이름을 외우려고 노력했다. 그것은 내가 서울공대에 처음 들어갔을 때 수학을 담당했던 신현천 교수님이 시험 때 학생들 얼굴만 보고 이름을 불러대는데 큰 인상을 받았기 때문이다. 수업에 자주 빠졌는데 어떻게 내 이름을 외울 수 있을까? 나는 내가 다음에 대학교수가 되면 마찬가지로 학생들 이름을 외워 학생들을 속으로 놀라게 해야 하겠다고 생각했었다. 그래서 나는 매 강의 시작할 때마다 출석을 불렀다. 그것은 나중에 성적을 매기는 데 차별화하기 위한 좋은 자료가 되기도 했지만 학생들의 이름을 외울 수 있는 좋은 기회이기도 했다. 학생 이름 외우기는 내가 은퇴할 때까지 계속했지만, 내가 나이가 들수록 점점 힘들어졌다. 처음 부임했을 때는 한 달 지나면 거의 다 외웠지만 점점 늦어져 환갑이 되니 학기 말에나 겨우 다 외웠다. 그 이후 은퇴할 때까지는 이름 외우는 것을 포기하지 않으면 안 되었다.

학생들 이름을 외우는 것은 행정적인 면도 있지만 학생들과 가까워지는 데 큰 도움을 준다. 나는 내가 중학교 때부터 미술반 후배들을 동생처럼 생각하고 정을 붙여 왔는데, 나이가 먹어 학교에 오니 모두가 내 자식 같다는 생각이 들었다.

나는 학생들에게 절대로 반말을 하거나 이름만 부르지 않는다. 그것은 한아도시연구소에서도 마찬가지다. 이제 내 나이는 그들의 부모보다도 훨씬 늙은이가 되었지만, 각자의 인격을 생각해서 반말은 하지 않는다. 요즈음 대학을 마치고 새로 들어오는 직원들 나이는 내 딸이나 사위보다는 내 손자에 더 가깝다.

내가 서울대학교에 근무했던 15년 6개월 동안 대략 박사 41명, 석사 97명을 배출했다. 이토록 많은 숫자가 된 데는 내가 도시설계협동과정에도 참여하여 거기서도 석사 박사를 배출했기 때문이다. 도시설계협동과정은 독립된 학과나 학부는 아니고 대학원 과정만 존재하는데 건축, 조경, 도시계획 전공을 모아서 만든 일종의 전공 연합의 성격을 띤다. 이 과정은 내가 서울대학으로 가던 해인 1998년도 3월에 첫 입학생을 뽑아 가을학기부터는 나도 한두 과목 맡아서 가르쳤다. 참여하는 교수들은 각기 환경대학원, 공대 건축과, 지구환경시스템공학부, 농대 조경학과 등에 소속되어 있으며, 협동과정 강의와 소속 대학원생 논문 지도에 참여한다. 전담 교수가 따로 없다 보니, 행정은 건축과에서 대행해 주고, 대학원생 연구실이나 강의실, 스튜디오는 공과대학에서 내어 준 얼마 되지 않는 공간을 사용하였다.

학생들은 주로 학부에서 건축을 전공한 학생들이 대부분을 차지하였다. 처음 4~5년은 초창기 멤버 교수 중심으로 열심히 운영하였으나 점차 교수들이 과외 업무라 생각했는지 흥미를 잃어갔고 점점 분위기가 내리막길을 걷기 시작하였다.

타 교수와는 달리 나는 처음부터 협동 과정에 열심이었다. 그것은 도시설계가 바로 내 전공이기 때문이다. 내가 속한 지구환경시스템공학부(후일 건설환경공학부)에서는 도시설계가 주된 전공이 될 수가 없었다. 그것은 도시설계는 건축을 background로 하고 도시계획을 접목하는 것인데, 우리 학부는 학생들이 학부 과정에 건축을 공부할 기회가 전혀 없었기에 우리 대학원연구실도 이름만 도시설계전공이지 실상은 도시계획전공이라고 할 수밖에 없었다. 내게 배당된 학부 과목이 단 2과목인데, 이것만으로 어떻게 학생들에게 건축개념과 설계기술을 모두 가르칠 수 있단 말인가? 그래서 내가 학교에 있는 동안 내내 학부에 새로운 도시설계(건축) 교수 T.O를 확보하고자 애썼지만 역부족이었다. 교수 한 사람만 더 있었으면 건축이론과 건축 studio 두 과목 정도를 가르쳐 대학원으로 보내면 도시설계를 할 수 있을 것 같았지만 마음대로 안 되는 것이 대학이다. 하여튼 우리 학부는 그 뿌리가 토목공학과에서 출발하였기 때문에 건축과는 상당히 높은 벽을 쌓고 있었다. 한때는 좌절감에 빠져 차라리 내가 건축과로 옮겨서 도시설계를 그곳에서 가르치자 생각했지만, 그것도 여의찮았다. 건축과 교수들 모두가 찬성하고, 우리 학부 교수 모두가 나를 풀어놓기를 찬성해야만 한다는데 그게 가능한 일인가? 건축과 교수 중에서도 한두 명의 반대하는 교수가 있었고, 우리 학부에서는 교수 T.O.를 놓고 가면 동의해 주겠다고 했다. 한민구 학장이 나를 도와주려고 애썼지만, 그 아이디어는 결국 불발로 그쳤다. 그래서 나는 협동과정 학생들을 우리 학부 도시설계연구실 학생들과 동등하게 처우하고 애정을 갖고 지도하려 애썼다. 교수가 정성을 쏟으면 학생들도 그 교수 밑으로 많이 몰려들게 된다. 그래서 협동 과정에서 내가 가장 많은 지도 학생을 갖게 되었다. 내가 은퇴한 지 이미 9년 차가 되었다. 들리는 이야기로는 협동 과정 프로그램에 관심을 갖는 교수들이 없고, 학생들도 본교 출신은 거의 없고, 대부분 외부에서 온다고 한다.

대학에서의 연구용역

명지대학에서의 3년은 내가 아직 대학교수라는 직업에 익숙해지기에는 너무 짧은 기간이었다. 용인으로의 학과 이전과 통합으로 처음부터 어수선한 분위기에서 교수 생활을 시작하였고, 내가 교수인지 연구원인지 잘 구별이 안 갈 때가 많았다. 그것은 학교에 있으면서도 연구원에 미련이 남았던지 발걸음을 끊지 못하고 연구 프로젝트를 계속 받아와서 수행했다. 그러면서 새로운 프로젝트를 수주해 오기도 하였다. 위촉연구원의 형태로 일을 했는데, 문제는 내 밑에 연구원이 하나도 없다는 점이었다. 일을 맡기는 연구원 측에서는 내게 일을 맡기는 것이 나쁠 것이 없었다. 우선 경험이 많으니 연구의 품질 문제는 걱정하지 않아도 되고, 인건비라야 별 것 없으니 어찌 되었던 남는 장사다. 내 입장에서야 자나 깨나 하던 일이 연구였으니까 어려울 것도 없었고, 부족한 교수 월급을 보충해 준다는 점에서 좋았다.

퇴직 직전에 수주한 연구로서는 「아산만 광역개발권(신산업지대) 중추도시 육성을 위한 천안 역세권 신도시개발계획 수립연구」(1995. 8.~1996. 8.)가 있다. 이 용역은 KTX 준공과 더불어 천안역 주변 지역에 신도시를 개발하고자 하는 주택공사의 신도시 프로젝트였다. 이 신도시 프로젝트는 수요가 충분하지 않아 1단계로 아산배방지구만 개발되었고, 2단계인 탕정지구는 삼성 디스플레이 단지만 운영되고 있다.

내가 명지대학교에 온 지 얼마 되지 않아 세운상가 재개발 문제가 대두되었다. 재개발 사업은 주택공사가 적극적으로 나서서 시작이 되었는데, 종로에서 퇴계로까지 남북으로 4블록, 동서로는 세운상가 좌우로 한 블록씩 모두 8블록에 대해 현대적인 모습의 도시공간을 조성하고자 한 프로젝트였다. 이 프로젝트는 너무나도 크고 중요해서 주택공사도 조심스럽게 접근해 나갔는데, 우선 여론 조성을 위해 기본구상을 대한국토도시계획학회에 의뢰하였다. 학회에서는 여홍구 회장이 책임을 맡아 여러 교수들에게 연구를 나누어 주었는데, 나와 신기철 교수에게는 도시설계부분(1997. 6.~1998. 2.)을 맡겼다. 나는 기본방향만 제시하고 일을 마쳤지만, 신 교수는 이후 건축적 구상까지 참여하였다. 여홍구 회장은 나보다는 3년 경기고 선배였고, 대학은 한양대를 나왔다.

「강원도 신도시 개발구상」(1997. 10.~1998. 2.)은 춘천에 있던 미군 부대가 이전하게 됨에 따라 의암호 호변과 춘천역 앞을 묶어 새로운 도시로 개발하고자 하는 계획에 대해 마스터플랜을 작성하는 프로젝트다. 내가 강원도 프로젝트에 관여하게 된 배경은 강원개발연구원 인맥 때문이었다. 강원개발연구원이 처음 만들어졌을 당시 국토개발연구원에 있던 오진모 박사가 초대 원장으로 추대되었고, 토지연구실 염돈민 박사가 역시 기조실장으로 갔기 때문이다. 처음 만들어진 연구기관에서 직원도 몇 명 되지 않다 보니 무슨 일만 생기면 친정 격인 국토개발연구원 옛 동료들에게 도움을 청해 오곤 했다. 이 계획이 계기가 되어 고은리 일대 신도시 구상을 한아도시연구소에서 맡아 추진하였으나 수요가 불투명하여 사업이 실현되지는 않았다.

「용인 동백지구 신도시 개발구상」(1997. 12.~1999.)은 김영삼 정부가 들어선 후 첫 번째 추진된 신도시다. YS가 신도시는 앞으로 하지 않겠다고 선언하였기 때문에 규모를 100만 평 미만으로 축소하여 사업자는 토지개발공사였지만 건설부 대신 경기도가 승인권자가 된 케이스이다. 처음에는 사회적 분위기 때문이었는지 이건영 원장도 저층 저밀도로 개발하자고 주장하였고, 건설부에서도 동의했다. 문제는 사업자인 토지개발공사가 듣지 않았다. 결국에는 초기 논의와는 달리 다른 신도시들과 다름없는 고층 고밀도의 도시가 되고 말았다.

대한주택공사가 부산 북동쪽 정관에 신도시를 개발하고자 「부산 정관지구 신도시 개발구상」(1998. 9.~ 1999.)을 발주하였다. 이 용역을 맡은 용역회사는 하도급 형식으로 우리에게 기본구상을 의뢰해 왔다. 이곳은 지형이 오묘한데, 형태는 그믐달 모양이고 주변이 모두 산으로 둘러싸여 있는 분지였다. 현지에는 부산에서 가까워 그런지 공장들이 많이 들어서 있고, 여기서 분출하는 매연으로 공기가 매우 오염되어 있었다. 문제는 이곳으로 접근할 수 있는 도로가 제한적일 수밖에 없다는 점이다. 동-서 방향으로 각각 한 개의 도로가 연결되고, 남쪽으로는 터널을 만들어야 외부와 연결이 된다. 세 곳의 접근로가 만들어져도 주변에 모도시가 될 만한 큰 시가지가 없고, 부산시 중심부와는 상당히 떨어져 있어 개발 잠재력이 매우 낮았다. 이런 악조건 때문에 설계를 해 놓고도 개발은 매우 늦어졌다.

서울대학교로 옮긴 후, 얼마 안 있어 서울시에서 「기반시설 용량을 고려한 여의도 정비방안 연구」(2000. 3.~2000. 11.) 의뢰가 들어왔다. 당시 서울시장은 고건이었는데, 내가 명지대학으로 옮길 때 총장이셨고, 이듬해에는 내게 명지대 정문 앞에 대학타운 계획을 추진해 보라고 지시한 적도 있어 서로 잘 알고 있었다. 여의도 정비방안은 제목만 보아서는 여의도를 재개발이라도 할 것 같은 뉘앙스를 풍기지만, 내용인 즉, 여

정관 신도시

의도에 아파트 재건축이 하나둘 시작되면서, 초고층 주상복합 건물로 바뀌고 있는데 이를 막아 보자는 데 목적이 있었다. 왜냐하면 한둘은 모르지만 자칫 여의도 아파트단지가 모두 이렇게 변화될 것을 우려했던 것이다. 당시에는 여의도 시범아파트를 비롯하여 주변에 많은 아파트단지의 재건축이 추진되고 있었다. 시장 생각은 여의도는 금융 기능을 포함한 업무기능이 중심이어야 하는데 고층 고밀 아파트가 입지할 경우 이러한 업무 기능이 위축될 염려가 있다는 것이었다. 그래서 우리

에게 요구한 것은 여의도의 기반시설, 즉 도로, 하수, 상수 등의 용량 한도 내에서 수용할 수 있는 주민의 수가 얼마나 되는지를 찾아내어, 이를 빌미로 재건축을 통한 인구 증가를 막아 달라는 것이었다. 우리는 모든 기반시설의 용량을 검토했는데, 교통만 문제가 되고 나머지는 모두 여유가 있음을 발견하였다. 교통만이 문제였는데, 여의도로 진출입하는 도로와 교차로의 서비스 수준이 D급이었다. 그러나 이것을 문제라고 하기에는 어려운 것이 여기만 D급이 아니라 서울 시내 대부분 교차로의 서비스 수준이 D급 이하이기 때문이다. 결국 시장의 의도와는 다른 결과를 보고하고 연구를 마쳤다.

서울대학교 제2캠퍼스 개발계획은 내가 학교를 옮긴 후 얼마 안 되서 대학 본부로부터 의뢰가 왔다. 당시 서울대 이기준 총장의 아이디어로 시작된 이 계획은 대학원장 우종천 교수가 책임을 맡고 나는 건축과 김진균 교수와 함께 진행하였는데, 도시적인 측면은 내가 준비하고 건물 구상은 김 교수가 하기로 하였다. 당시에도 대학의 제2캠퍼스는 새로운 아이디어는 아니었고 많은 사립 대학들이 수도권 밖에 제2캠퍼스를 갖고 있었다. 그것은 수도권정비계획법에 의해 수도권 내에서는 대학의 신설이나 증축을 허용하지 않기 때문이었다. 다만 서울대학교는 국립대학으로서 영리를 목적으로 또는 학교의 세력 확장을 위해 제2캠퍼스 개발을 할 수는 없는 처지였다. 이기준 총장은 공대 학장으로 있던 때에도 가끔 엉뚱한 발상을 하는 것으로 이름이 나 있었다.

사실 서울대학교 제2캠퍼스 구상은 전례가 없는 시도라 할 수 있다. 대상지는 충청남도 천안시 성환읍에 있는 농업진흥청 축산연구소 일대의 토지였다. 이곳은 국가 소유의 땅으로 활용할 수 있는 면적만 거의 100만 평이 된다. 이 입지를 제안한 사람은 아마도 우종천 대학원장이 아닌가 추측된다. 우대학원장은 바로 천안(아산?)이 고향이라 이 지역을 잘 알기 때문이다. 이 총장은 이 땅을 수원에 농대가 갖고 있는 실습림과 맞바꾸자는 아이디어를 냈다. 이 총장의 구상은 여기에 제2캠퍼스를 짓고 대학 1, 2학년 전체를 이주시켜 사관학교식의 교육을 시킴으로써 대한민국의 미래를 맡길 수 있는 인재를 양성하자는 것이었다. 실천이 과연 될지는 의문이 들었지만 구상 자체야 수긍할 수 있는 것이었다. 이 총장이 추진력이 있는 분이었으니까 어쩌면 될 수 있을지도 모르겠다고 생각했다. 이 아이디어는 아무리 서울대학이라 하지만 신세대 학생들의 국가관의 부족, 단결심과 애국심 부족 등, 현 상태에서 미래를 짊어질 수 있겠는가에 대한 우려와 의구심에서 출발한 것 같다. 또한 장차 세계무대에서 일할 인재가 되기 위해서는 영어를 모국어처럼 자유자재로 구사할 필요도 있어 새 캠퍼스에서는 모든 강의와 대화는 영어로 하기로 하였다. 새 캠퍼스에서는 단체생활이 강조되는데, 엄격한 기숙사 생활, 스포츠 활동 강화 등도 제안되었다.

이 연구는 대학 자체 연구이므로 연구비는 따로 없고 필요한 경비만 제공하기로 하였다. 다만 인센티브로서 해외 출장을 한번 갈 수 있도록 했다. 출장지는 핀란드 헬싱키 부근의 IT-Bio 연구단지로 정했다. 우 교수가 모든 것을 관장했으므로 나와 김 교수는 편하게 따라가기로 했다. 핀란드는 국토 면적이 우리의 3배 이상 되는 큰 나라이지만 인구가 600만 명도 채 되지 않는 작은 나라다. 그래서 국가 산업 정책에 있어서도 선택에 제약이 있을 수밖에 없다. 즉 중화학이나 기계공업은 포기하고, 보다 지능형 산업에 투자를 집중했다. 그 결과 얼마 전까지만 해도 노키아가 세계 모바일 폰 시장에서 큰 몫을 점하기도 하고 전성기 때는 노키아 하나가 핀란드 산업의 삼분의 일을 담당하기도 하였다. 그러나 스마트 폰이 나오고, 삼성이 뛰어들면서 현재는 시장 점유율에서 한참 밀려났다. 그래서 새로 선택한 분야가 Bio 분야였다. 정부는 헬싱키 인근에 연구단지를 조성하고 헬싱키대학과 함께 이 분야를 성장시키기 위해 노력 중이다.

캠퍼스 계획의 내용은 별것 없었다. 1, 2학년 기본과정 교실, 약간의 실험실, 대학 본부, 그리고 기숙사가 전부였다. main 실험실은 관악 캠퍼스에 그대로 있으므로 많은 실험실이 필요하지 않았다. 따라서 토지만 확보되면 건설 비용은 얼마 되지 않는다. 우리 계획팀의 역할은 여기까지다. 다음은 이 안을 갖고 어떻게 정부를 설득하느냐 하는 문제는 총장이 풀어야 할 일이다. 총장은 먼저 충남 도지사와 농업진흥청장을 만나 대강의 합의를 하였다. 그리고 다음은 교육부 장관을 설득해야 했다. 그래서 김덕중 교육부 장관을 만나 오찬을 하기로 했는데, 계획안은 내가 브리핑하기로 하였다. 시청 앞 플라자호텔에서 만나기로 했는데, 내가 착각을 했다. 나는 서울대학에서 행사를 자주 하던 팰리스 호텔로 갔다. 조금 일찍 도착했지만 약속 시간이 지나도 아무도 나타나지 않아 당황했는데, 대학원장으로부터 연락이 왔다. 장관이 기다리다 할 수 없이 떠났다는 것이다. 이 무슨 망신인가? 하여튼 장관도 이야기를 듣고 대강은 받아들이는 입장이었다고 한다. 그래서 마지막 관문으로 김대중 대통령에게 보고하기로 하고, BH 비서실과 시간을 조율했다. 그때가 6월 초순이었는데, 약속일 며칠 남겨 놓고 큰 정치적 사건이 터졌다. 그래서 대통령 면담은 무산되었고, 이후 우리는 다시 일정을 잡지 못했다.

「서울의 주요 하천변 경관개선 대책 마련 학술용역」(2001. 8.~2002. 12.)은 농생대의 임승빈 교수와 같이 수행한 연구이다. 임승빈 교수는 나와는 경기중학교, 고등학교, 서울대 건축과 동기동창이다. 나보다 먼저 서울대학교 농생대 교수로 임용되어 조경 분야에서 큰 활약을 하고 있었다.

이 프로젝트가 있기 전에 서울대학교에서 학생기숙사 건립 문제로 자문회의를 가진 바 있었다. 회의에서는 후문 근처에 학생기숙사를 15층 정도로 지으려고 하는데, 관악구에서 관악산 경관을 가린다는 이유로 불허 입장을 표명했기 때문이다. 그동안 우리나라에서는 대학 내에 건물 짓는 것에 대해서 정부나 지자체가 매우 관대했다. 그렇게 될 수밖에 없는 것이 대학 전체가 하나 또는 몇 개의 필지로 되어 있어 건물의 건폐율이나 용적률이 문제가 되지 않고, 높이도 기껏 올려야 15층 정도이기 때문이다. 용도 또한 모두가 교육 용도라 하니 문제 될 것이 없고, 그냥 신청하는 대로 허가를 내 주어 왔던 것이다. 그러던 것이 일부 학교 부지가 넉넉지 못한 대학에서 초고층 교사를 짓기 시작하면서 높이 문제가 제기되기 시작하였다. 서울대학교는 여기에 해당하지 않지만, 새로운 건물이 자꾸만 관악산 정상 부근까지 올라가기 시작하면서 등산객들의 입에 오르내리기 시작하였다. 화제의 건물은 공과대학의 제1공학관으로 15층 정도의 유리 타워가 너무 높은 곳에 지어졌고, office 같은 유리 벽 건물이라 산악경관과는 너무나도 어울리지 않는다는 것이다. 그 후 관악구와 서울시에서는 대학 건물 높이에 대해서도 규제의 필요성을 느끼기 시작한 것이다. 새로 지으려던 기숙사가 처음으로 이러한 규제 대상이 되었다. 그래서 자문회의 결과 기숙사 높이를 3~5층을 삭감하기로 하였다.

서울시는 더 나아가 한강, 안양천, 중랑천, 탄천 등 주요 하천변의 경관도 컨트롤하기 위해 용역을 한국도시설계학회와 한국조경학회에 공동으로 발주하였다. 도시설계학회 측에서는 내가 책임 연구자로, 조경학회 측에선 임승빈 교수가 책임연구자가 되어 연구를 시작하였다. 우리가 먼저 한 일은 하천변의 경관이 현재 어떻게 형성되어 있는가를 먼저 조사하였다. 이미 하천변 대부분에는 건물이 들어서 있기 때문에 규제한다는 것 자체가 별 의미가 없지만 현재의 경관 중 보존해야 할 경관을 정하고, 앞으로 이 경관들이 더 파괴되는 것을 막도록 하는데 목표를 두었다. 예를 들면, 한강변 남쪽 고속도로에서 북측경관을 볼 때, 남산이나, 더 멀리는 북한산까지도 조망할 수 있도록 건물의 높이를 제한하는 지침을 마련하였다. 강변북로에서는 남쪽으로, 비록 북사면이 보이기는 하지만, 관악산과 멀리 청계산이 조망되도록 기준을 마련하였다. 그러나 과연 서울시나 각 구청이 이러한 규제지침을 실제로 반영해서 건축 제한을 할 수 있을지는 우리도 장담하지 못했다.

하계올림픽과 월드컵을 성공적으로 유치한 정부는 2010년 동계올림픽도 마저 유치해 3대 세계 대회를 모두 치르는 몇 안 되는 국가가 되겠다고 작정하고 준비에 나섰다. 국내 후보지로는 강원도 평창이 무주와 치열한 경쟁 끝에 선정되었고, 이때부터 평창동계올림픽의 IOC 유치를 위한 작업에 들어갔다. 신청 File에는 경기시설(선수촌 포함), 숙박시설 및 미디어 시설 부문 등이 담겨야 하는데 나는 이러한 시설 개발을 위한 자문단에 합세하였다. (2002. 4~2002. 12), 준비 기간이 너무나 짧았지만 한국 사람 특유의 돌파력으로 해냈다. 여기에는 김진선 강원지사의 리더십과 노력이 컸다고 본다. 우리는 일본 나가노 현지 답사를 했고, 다른 팀은 릴레함메르를 비롯한 다른 유치 도시 시설들을 검토하였다. 겨우 시간에 맞추어 대강 준비를 끝내고, 발표는 김창호 박사(당시 일리노이대 교수)가 했는데, 비교적 좋은 평가를 받았다. 그러나 결과적으로는 벤쿠버에 밀려 탈락했다. 그후 또 한 번 시도했으나 이번에는 유럽 차례라는 묵계가 있어서인지 평창보다 훨씬 준비가 부족하다는 평을 받은 러시아 소치에게 밀렸다. 동계올림픽 역사를 보면 사실 유럽과 북미국가가 교대로 개최해 왔다. 다만 국제사회에서 이러한 관행을 비난받지 않기 위해 일본의 삿포로와 나가노를 중간 중간에 넣어 주었다. 그렇지만 우리나라의 집요한 도전에 IOC도 마지못했는지 세 번째 도전에 서는 평창이 선정되었다. 두 번째 시도부터는 준비 팀을 전원 교체하여 나는 관여할 기회가 없었으나 이 일을 통하여 많은 사람들을 알게 되었다.

서산 간척지는 현대건설이 1978년 간척사업 허가를 받은 후 방조제 공사와 매립을 시작하여 조성한 거대한 농지다. 총 간척면적은 4,660만 평인데, 이중 담수호 면적이 1,260만 평이고 농지가 3,060만 평, 나머지는 도로 등이다. 간척지는 A지구와 B지구로 나뉘어져 있는데, A지구가 좀 더 규모가 크다. 현대가 사업 인가를 받을 당시에는 농업경영을 목적으로 받았지만, 농업만으로는 개발비용이 회수되기 어려웠다. 처음 몇 년은 농사를 지어 간척지 쌀을 시중에 유통시키기도 하였다. 몇 년 지나자 현대의 본색이 드러나기 시작하였다. 김포에 동아건설이 매립한 김포매립지(현재는 청라신도시가 입지)에서도 그랬듯이 현대도 이 매립지 중 일부라도 도시화하여 투자비용을 회수하려 하였다. 현대는 농사 몇 년 지어 보니, 처음에는 잘 되다가, 염수가 배어 나오기 시작하여, 농사가 안 된다는 것이 용도변경의 주요 이유였다. 현대는 우리에게 이중 규모가 작은「B지구 개발타당성 조사」(2002. 9.)를 의뢰하였다. 사실 나는 농사가 되는지 안 되는지 모르고, 그들이 해 달라는 대로 일부 토지를 도시적 목적으로 전용할 수 있도록 하는 기본구상을 만들어 줬다. 그러나 20년이 지난 현재까지도 도시가 만들어지지는 않았으며, 토지 일부만 분할하여 민간에게 분양한 것으로 알고 있다.

「대학로 지구단위계획 수립(재정비) 용역」(2003. 7.~2004. 7.)은 종로구로부터 민간 용역회사가 수주한 것을 대학에 있는 나에게 하도급 형식으로 의뢰한 프로젝트다. 아마도 이 과정에서 종로구가 개입했을 가능성도 있다. 대상지는 동숭동 대학로 일대에 대해 변모해 가는 모습을 규제해 보겠다는 것이 발주 의도였다. 대상지는 구 법과대학에서부터 북으로 혜화동 로터리를 지나 혜화문까지였다. 대학로 주변은 서울대학교가 떠난 후, 토지를 일부 분할해서 매각하기도 하고, 일부 건물의 보전과 더불어 open space와 함께 문화공원을 조성하기도 하였는데, 많은 소규모 공연장과 카페가 들어서서 젊은이들의 문화지대를 형성하고 있었다. 거기에는 구 서울대 본관, 아르코미술관, 아르코예술극장 등, 벽돌 건물이 많아 지구의 특화된 이미지를 만들어 내고 있다. 우리는 먼저 그곳에서 어떤 새로운 변화가 진행되고 있나 조사하였다. 우리가 문제라고 판단한 것은 기존의 동질적 이미지를 깨는 주거 용도의 고층 건물이었다. 대학로에서 안쪽으로 좁은 골목에 다닥다닥 붙어 있는 한옥들이 하나둘씩 재건축을 통해 연립주택이나 점포주택으로 바뀌고 있었으며, 개중에는 제법 규모가 커서 7~8층 아파트를 짓겠다는 요청도 있었다. 종로구에서도 이런 새로운 변화를 어떻게 다루어야 할지 몰라 연구용역으로 의뢰한 것이다. 우리의 처방은 간단하다. 우선 작은 필지들을 합치지 못하게 합필 제한 기준을 만들었다. 그리고 골목길을 보전하기 위해 어떤 가로 확장 사업도 추진하지 않도록 권하였다. 나아가서 한옥을 부수고 새로운 건물을 지을 경우에도, 5층 이상을 불허하고, 외벽은 붉은 벽돌을 주재료로 쓰도록 하였다. 연구용역을 마치고 서너 달이 지나서 종로구에서 사무관이 찾아왔다. 용건인 즉, 혜화문 못미처 동소문로 변에 건축허가가 들어왔는데, 건물 외벽이 콘크리트와 유리로 된 것으로 지구단위계획지침에 위반된다는 것이었다. 나는 위반이면 허가를 내어주지 않으면 되는 것이 아니냐고 했다. 그는 난처해하며, 그 건물을 설계한 건축가가 세계적으로 유명한 안도 다다오라고 했다. 같은 지역에 두 채 건물을 짓는데 모두 같은 재료로 해야 한다는 것이었다. 그는 지구단위계획에서 무어라든 자기 설계는 바꿀 수 없고, 정 바꾸려 한다면 설계 자체를 포기하겠다는 것이었다. 나는 어이가 없었다. 자기가 아무리 세계적 명망 있는 건축가라 하더라도 해당 지역 법규까지 무시하며, 또 설계 자체를 철회할 수 있다고 협박할 수 있는가? 나는 그 사무관에게 나는 우리가 정한 규칙을 우리 스스로 깰 생각이 없으니, 구청장이 원하면 구청장 스스로 규정을 바꿔서 허가해 주라고 하였다. 구청장이 세계적 건축가의 건물을 관내에 갖고 싶다면 허가해 주었을 것이고, 아니면 건축가가 설계를 변경하던가 포기했을 것이다. 나는 이러한 현실을 보면서 자괴감이 들었다. 그 건축가가 우리나라를 얼마나 업신여기기에 그런 요구를 한단 말인가?

아동들의 조기 영어 교육은 그전에도 있었지만 1990년대부터 본격적인 영어 생활화 단지 개발이 유행하여, 도시 여기저기 영어마을이 조성되었다. 조금 늦었지만 관악구에서도 영어마을을 만들겠다고 2000년대 들어와 적극 추진하였다. 더 나아가 관악구는 서울대학이 관내에 있다는 점을 살려, 당시 각광받던 바이오(Bio) 관련 산업과 연구를 묶어 관악 「Edu. Bio. R&D특구 계획수립」을 위한 연구용역(2004. 11.)을 발주하였다. 서울대학교 후문에서 낙성대역 사이에는 아직 개발되지 않은 땅이 조금 남아 있었는데, 이를 활용한 구상이었다. 서울대학교 구내에도 너무나 많은 연구소들이 지어져서 혼잡한데, 과연 개발의 타당성이 있을지 의문이 생겼다. 그러나 관악구에서 구청장이 하도 적극적이어서 일단 제안을 해 보기로 하였다. 문제는 땅이 부족했다. 거기에다 영어마을이 먼저 얼마 남지 않은 공유지를 확보하여 건물을 짓는 바람에 계획이 표류했다. 민간 토지는 너무나 비싸 어떤 개발도 가능하지 않았기 때문이다. 당시에는 대학에서 별 관심을 보여 주지 않아 더 이상 추진이 불가능하였다. 그런데 십여 년이 지나 내가 은퇴를 한 후, 이번에는 대학에서 다시 같은 지역에 AI 첨단 연구단지를 개발하겠다고 검토해 달라는 요구를 받았다. 한아도시연구소 기효성 본부장이 이 일을 갖고 와서 개발구상안을 만든 후, 대학에 제시했지만 역시 사업은 불발되었다. 많은 사람들이 개발 사업이 그렇게 쉽게 되는 것인 줄 착각하는 것 같다. 예상했던 대로 대학이란 조직이 민간기업과는 달리 사업에 대한 경험도 추진능력도 없는 데다가 담당자들도 계속 보직을 바꾸기 때문에 이러한 장기적 개발계획은 수행하기가 어렵다.

내 파트너로 함께 한아도시연구소를 설립하고 운영했던 온영태는 전주 출신이다. 그래서인지 나도 새만금 개발에 관해서는 처음 시작할 때부터 각종 자문회의에 여러 차례 참여하게 되었다. 특히 온영태의 전주고 2년 선배인 김완주 전 지사가 전주 시장을 지냈고, 또 도지사가 되면서 온영태를 통해 내게 여러 차례 자문회의 참석 요청을 해 왔다. 그러나 프로젝트 규모가 너무나 거대하기 때문에 내가 개인적으로 도와줄 수 있는 성질의 것은 아니었다. 나는 사실 새만금 프로젝트에 대해서는 처음부터 회의적이었다. 바다를 메워 제방을 쌓고, 매립을 하는 것에는(국토확장 차원에서, 또 농경지 확대 차원에서) 반대하지 않지만, 새로 생겨난 토지는 원래의 목적대로 농경지로 사용해야 한다는 것이 내 생각이다. 그러나 새만금도 인천 동아 매립지나 서산 간척지와 마찬가지로 슬슬 용도를 농업에서 도시 용도로 바꾸자는 것이 감추어진 전라북도의 구상이었다. 그래서 입지가 호남인데다가 정치적으로도 민감한 이 프로젝트에 대해 건설부 입장에서는 무조건 안 된다고 하기보다는 검토를 해 보자고 공신력 있는 국토연구원으로 보냈다.

나는 도지사를 만난 자리에서, 그에게 국제자유도시 개발은 만들겠다는 의지만 갖고 해서 되는 것이 아니라는 것을 분명히 말했다. 전북 인구가 점점 줄어들고 있는데 국제도시개발이 되겠느냐고 말했다. 정 도시로 개발하겠다면 그곳을 다국적 공업도시로 만들어 값싼 동남아시아, 아프리카, 심지어 북한 노동력을 불러들이고, 싼 임금을 노리는 다국적기업들이 공장을 지으면 그것이 국제도시가 되는 것이라 했다. 시간이 지나면, 점차 비즈니스 기능이 들어오게 되고, 공항과 항만이 만들어지면, 그것이 홍콩 같은 국제도시가 된다고도 하였다.

이러한 공업도시는 외곽에 담장을 높게 세워 타 지역으로 출입하지 못하게 하면, 관리가 가능하다. 또한 수도권 내 외국인 노동자를 고용하는 모든 종류의 산업을 그쪽으로 보내면, 대한민국 전체가 안전해질 것이라고도 했다. 요즈음은 농사도 외국인 노동자가 없으면 어렵다고 하니, 새만금의 농업지역에도 외국인 노동자들을 고용하면 될 것이다.

그러나 전북 도지사는 정색을 하고 반발을 했다. 새만금이야말로 전북도민들의 유일한 희망인데, 거기에다 외국인 노동자들을 불러 모아 공업단지를 건설하는 것이 말이 되느냐는 것이었다. 그 후 한참 동안 전라북도와 건설부는 용도 변경 문제로 옥신각신 시간을 끌었다. 건설부는 매립토지의 70%를 농지로 쓰고, 나머지 30%를 도시용지로 쓰라고 하는 반면, 전라북도에서는 반대로 도시용지를 70%, 농지를 30%로 하겠다는 것이었다. 결국 이 문제는 정치적 사안이 되어 국회로까지 갔고, 전라북도 희망대로 바뀌었다.

이 와중에 전라북도는 자체 예산으로 「새만금종합개발 기본구상을 위한 국제공모용역」(2007. 9.~2008. 8.)을 발주했고, 한국도시설계학회가 용역을 수주하였는데, 이 일은 결국 학회 회장이었던 내게 돌아왔다. 나는 이런 일을 맡는다는 것도 피곤하였고, 되지도 않을 일이라 생각되어 나 대신 해결해 줄 사람을 찾던 중, 건축가 김영준을 끌어들였다. 그는 일전 세종시 아이디어 공모전에서 당선된 적이 있었고, 첫 마을 현상에서도 아깝게 2등을 한 바가 있었다. 그는 흔쾌히 자기가 맡아 진행하겠다고 했다. 그가 낸 아이디어는 일반 공모보다는 대학을 활용하면 적은 비용으로 가능할 것이라고 했다. 어차피 일반 공모를 해서 당선자를 뽑아 놓아도 그에게 줄 실시설계권이 없다면, 응모자가 많지 않을 것이라고 했다. 반면 대학에서 대학원생들을 동원해서 작품을 만들도록 하고, 지도 교수가 좀 지도해서 작품을 지도 교수 이름으로 제출하게 하면, 책임지고 할 것이라는 것이 그의 아이디어였다. 그래서 뽑힌 대학이 런던의 Metropolitan University(지도 교수 Florian Beigel), 미국 MIT(지도 교수 Nader Tehrani), 네델란드 Berlage 대학(지도 교수 Branimir Medic), Columbia 대학(지도 교수 Jeffrey Inaba), 스페인 European Madrid(지도 교수 Jose Penelas), 일본 동경공업대학교(지도 교수 Yoshiharu Tsukamoto), 연세대학교(지도 교수 최문규) 등 7개 대학이었다.

한국을 대표하여 연세대학을 넣은 것은 내가 연구책임자라서 서울대학을 넣을 수 없었고, 대신 김영준 소장과 친한 연세대 최문규 교수를 포함시킨 것이다. 우리는 당선작을 결정하지 않은 채, 7개의 이상적일 수는 있으나 다소 황당한 대안을 전라북도에 제시하였다. 어차피 토지 이용에 대한 결정 주체는 건설부였고, 국토연구원에 용역을 내보낸 상황에서 전라북도가 마련한 구상은 아무런 고려 대상이 될 수 없었다. 그래서 후속 조치 없이 우리 용역은 끝이 났다.

이 용역을 수행하는 과정에서 뜻하지 않은 문제가 발생하였다. 전라북도와 학회는 계약을 원화로 체결하였지만, 학회는 외국 대학들과 달러로 계약을 한 것이다. 계약 당시만 해도 원화가 강세여서 연구비 잔금을 치를 때가 되면 상당량의 환차익이 생길 것이라고 예상했다. 그런데 상황이 갑자기 반대가 되었다. 세계적인 경제 위기가 불어 닥치면서 원화 가치가 형편없이 곤두박질했다. 거기다가 달러화 매입 가격은 공시 가격보다 높고, 송금수수료까지 붙어 우리를 괴롭게 하였다. 연구가 종료되어 잔금을 치르려니 예산이 수천만 원이 부족하게 되었다. 그래서 송금을 미루고 온갖 방법을 강구했지만, 결국에는 두 달쯤 후에 원화 가치가 약간 상승할 때, 가까스로 처리하였다. 이런 종류의 국제적 계약을 할 때는 환율 변화를 고려해야 한다는 것을 이때 알게 되었다. 나는 연구책임자로서 내 연구비는 하나도 받지 못하고 일 년간 봉사만 한 셈이다.

새만금 프로젝트를 마친 후에도 나는 이 프로젝트가 구체적으로 실행되리라고는 생각하지 않았다. 십여 년이 지난 후, 전라북도에서 내게 연락이 왔다. 새만금 전문가가 별로 많지 않은 상황에서 새만금개발 심포지움을 여는데, 발제자가 필요했던 모양이었다. 나는 그동안 진행 상황도 궁금했고 해서 초청을 승락했고, 발표 자료 몇 장을 마련하였다. 가 보니 큰 강당에 많은 사람들을 모아 놓았다. 서울에서는 정동영 의원을 포함 두 명의 국회의원이 내려왔고, 현지에서는 도지사, 새만금

개발추진위원회 위원장, 사업단장 등, 고위급들이 총망라된 자리였다. 회의가 시작되자 길고도 별 필요 없는 V.I.P들의 인사말이 한 시간가량 지속되었고, 끝나자 사진 촬영이 있은 후, 발제가 시작되었다. 내가 첫 번째 발제자이어서 단상에 섰는데, 앞을 보니 V.I.P들은 정동영 의원을 빼고 모두 사라졌다. 이 사람들은 발표 내용이 무엇인지 알고 싶지도 않은 모양이었다. 나는 이 자리에서 옛날에 내가 말했던 나의 구상에 약간의 살을 덧붙여 이야기했다. 당신들이 십 년 전에 갖고 있던 생각을 아직까지 고집한다면, 또 다른 십 년이 지나도 마찬가지로 아무것도 달라지지 않을 것이라는 것을. 이 일이 있은 지 벌써 5년 이상 지났지만 아직 구체화된 개발 소식은 들리지 않는다.

요즈음도 광화문 광장을 다 뜯어내어 고치고 있다고 하지만, 왜 하며, 어떻게 할 것인가에 대해서는 잘 알려져 있지 않다, 사실 아주 오래전부터 광화문 광장을 바꾸자는 논의가 있어 왔고, 수차례 변경을 했다. 주로 서울시가 나서서 여론을 주도해 왔는데, 첫 번째 변경은 중앙분리대가 있던 것을 제거하고, 차선을 줄여 길 가운데를 넓히고 그곳을 큰 광장으로 만드는 것이었다. 나는 이 일이야말로 도시설계가가 나서야 할 일이라 생각했지만, 서울시와는 인연이 닿지 않아 구경만 하고 있었다. 그 사이에 중앙분리대에 있던 그 우람하던 은행나무는 온데간데없이 사라졌고 난데없이 세종대왕이 근정전에서 나오셔서 곤룡포를 입은 채 앉아 있게 되었다. 사실 옛날에도 임금이 궁 밖에 나올 때는 곤룡포를 입고 나서지는 않는다. 우리가 사극에서 늘 보아 왔던 것은 일반인처럼 한복에 두루마기를 입고 갓을 쓰고 나오는 것이었다. 의자에 앉아 있는 것도 이상하다. 서양에 있는 많은 동상들처럼 서 있거나 말을 타고 있는 것이 더 보기 좋지 않았을까? 우리나라 말(馬)이 볼품이 좀 없지만, 그게 우리 특징이고 문화라 생각하면 문제 될 것이 없다. 몽고족도 이런 말을 타고 유럽을 정복하지 않았던가? 세종대왕이 이순신 장군 뒤를 보고 있는 것도 좀 이상하다. 이러한 것들은 물론 내 개인의 생각이고 사소한 문제일 수도 있다. 그러나 내가 정말 문제라고 생각한 것은 중앙광장의 성격이었다. 광장이란 무릇 건물에 둘러싸인 위요된 보행 공간이라야 제 역할을 할 수 있는데, 이곳은 양옆으로 엄청난 차량들이 지나가는 길 한 가운데 공간이어서 넓은 중앙분리대일 뿐 광장의 느낌은 주지 않는다. 그곳에서는 누구도 아늑하거나 편안한 느낌을 받을 수 없다. 광장의 대대적인 개선 공사에도 불구하고 지금까지도 말들이 많다.

십여 년 전쯤 처음 광장 개선사업을 진행할 때, 대림건설로부터 연구의뢰가 들어왔다. 「광화문 일대 대심도 지하공간 개발을 통한 문화공간 확충을 위한 기초조사연구」(2009. 2.~2009. 7.)였다. 민간회사에서 이런 연구를 진행하는 것은 대개 실제 어떤 큰일을 수주하기 위한 떡밥일 경우가 많다. 광화문 광장 일대를 다시 재정비할 경우 그 지하공간을 함께 개발해서 활용 공간을 확보하자는 구상이었다.

지하공간을 개발하자는 제안은 내가 대학에서 은퇴하기 수년 전에도 있었다. 그때는 내가 속한 공과대학의 원자력공학과 황일순 교수가 나를 찾아와서 북한의 핵 위협이 지속되는데, 우리나라는 왜 아무런 대비책을 마련하지 않는지 모르겠다고 말했다. 일본도 지진과 핵전쟁에 대비하여 피난 훈련도 하고 대피소도 마련하고 한다는 것이다. 그러면서 그는 서울 같은 대도시는 전쟁이 나면 피해가 클 테니 지하에 방공호 시설을 크게 지어야 하는데, 서울에 거미줄같이 깔린 그 많은 지하철 망을 활용해서 접근과 이동이 가능하므로 적정 거리마다 대규모 지하공간을 만들면 된다고 했다. 그는 어차피 핵 공격을 막기 위해서는 지하 50m~100m 정도는 내려가야 하고, 그 아래에서 한 달 이상 버틸 수 있는 기반시설을 갖추도록 하자고 말했다. 여기서 말하는 기반시설이란 전기, 식량, 상하수도 등인데, 전쟁이 나면 기존의 지상 시설들로부터는 도움을 받지 못하니, 완전히 별도의 독립시스템을 갖춰야 한다는 것이다. 그는 에너지 확보를 위해서는 소형원자로의 개발이 필요한데, 그런 기술은 쉽게 개발될 수 있다고 했다. 그래서 우리는 pilot study로 영동대로 삼성역 주변을 대상지로 삼아 검토를 시작하였다. 영동대로를 선택한 이유는 도로 폭이 60m나 되어 충분하고 인접하여 잠실 운동장도 있고, 코엑스, 현대자동차의 대규모 개발사업 등과 연결할 수 있기 때문이다. 문제는 실천이다. 나는 이 일이 필요하다고는 생각하였지만 당시 은퇴를 앞두고 바쁜 시간을 보내고 있었기 때문에 내가 정부에 뛰어다니며 관료들을 설득할 생각은 없었다. 황 교수가 그 아이디어를 어떻게 활용했는지는 잘 모르겠다. 정치인이나 관료들이 당장 눈앞의 정치적 이익에만 몰두하지, 국민의 안전을 위해 장기간의 투자를 유치할 것 같지는 않았다.

하노이 신도시개발 프로젝트 이후 수많은 해외 프로젝트를 수행하였다. 몇몇 민간 건축회사와 개발회사의 의뢰를 받아 마스터플랜만 지원해 준 프로젝트로서는 이집트 New Memphis, 아제르바이잔의 바쿠 신도시, 지부티 신도시, 베트남 나베 신도시, 카자흐스탄 아스타나 등이 있지만 대부분 본 계획으로 연결되지는 못했다.

이중 신행정수도인 아스타나 개발계획은 국내 아파트 건설업체인 동일토건이 진출해서 도심 한가운데 한국식 초고층 아파트단지를 건설한 것이 호평을 받고 정부가 도심축 개발을 의뢰해서 시작된 프로젝트이다. 아스타나 신행정수도는 마스터플랜을 일본의 구로카와 기쇼가 했다고 들었는데, 별로 창의적인 설계로 보이지는 않았다. 우리는 이 프로젝트의 잠재력을 파악하고, 깊이 있게 관여하기를 원했다. 대통령궁에서부터 Main Station까지의 3km 남짓한 축의 개발에 대해 연구하고 제안하였다. 그런데 우리의 의욕 넘치는 구상을 이끌어 가야 할 동일토건이 문제였다. 한마디로 그런 일을 추진할 만한 능력이 되지 않은 그저 그런 아파트 건설업체에 불과했다. 우리는 이 일을 일 년 가까이 끌다가 결실을 보지 못하고 결국 포기했다.

민간 기업이 의뢰한 프로젝트 중에서 가장 실행에 근접했던 프로젝트가 「우즈베키스탄 타슈켄트의 High-Tech City 개발 컨셉 플랜 및 마스터플랜 수립과업」(2018. 4.~2019. 3.)이었다, 포스코건설의 대우인터내셔널에서 추진하던 계획인데, 상당 수준 연구가 진행되었고, 내가 대통령에게까지 브리핑을 했었다. 계획의 시작은 원래 도시 중심부의 오래된 주거지를 재개발하는 것이었다. 그런데 일을 추진해 나가는 과정에서 계획 결정권자(?)로 보이는 사람이 그것보다 TV Tower가 위치한 중심부 공원을 업무단지로 개발하는 계획을 수립해 달라는 요청이 들어왔다. 우리는 이 프로젝트를 위해서 약 6개월을 매달렸으며, 협력 업체를 통해 사업성 검토까지 마련하였다. 이 일만 잘 풀리면 여러 가지 프로젝트에 참여할 수가 있었다. 주거지개개발계획은 물론 심지어는 타슈켄트의 도시계획 마스터플랜도 참여해 달라는 요청이 들어왔다. 포스코와 우즈베키스탄 정부와의 마지막 협정 계약서 내용 검토까지 다 끝난 상태에서 벽에 부딪히고 말았다. 2018년 12월 포스코 임원 인사이동이 있었는데, 새로운 포스코 회장이 취임하게 되었다. 그러나 새로 부임한 포스코 회장이 수조 원이 투자되어야 할지도 모르는 이 프로젝트에는 별 관심을 보이지 않자 프로젝트는 공중에 뜨고, 담당 부사장은 옷을 벗었다. 외국에다가 한국 기업은 믿을 수 없다는 인식을 심어 준 나쁜 사례라고 생각한다. 우즈베키스탄은 소련에서 독립하여, 자본주의를 열심히 공부하고 있는 나라로 보였다. 그러나 아직 KGB의 어두운 그림자가 드리워져 있고, 법률이나 행정 등 모든 것들이 러시아의 영향권 내에 사로잡혀 있다. 대통령은 선출하지만 한 번 당선되면 내려올 생각을 안 하는 것 같다. 선출된 첫 번째 대통령은 장기 집권을 하다가 의문사 했고, 현재는 부통령이 이어받아 다스리고 있다. 이 프로젝트를 통해 한 가지 재미난 것은 이곳에 고려인(소련 스탈린 시절 연해주에서 이주당한 조선 사람들)이 많이 있고, 이들 중에는 고위층으로 올라간 사람도 많다는 사실이다. 이 프로젝트를 좌지우지한 고위층도 고려인이었는데, 매우 무시무시한 분위기에서 일을 하고 있었다. 그래도 우리에게는 무언가 끌리는 것이 있는지 잘 대해 주었다. 포스코가 이 일을 중단한 것이 이들의 호의를 배신한 것 같아 마음이 무겁고 찜찜하다. 우리는 다시 한번 과거처럼 김우중 회장이 계셨더라면 어땠을까 하는 아쉬움이 들었다. 회사의 owner가 아닌 정부의 임명이나 다름없는 소위 바지 사장이 할 수 있는 일에는 한계가 있을 수밖에 없다. 그 사이에 '포스코 대우'라는 사명도 포스코 개발로 통합되어 김우중의 '대우'는 영원히 사라졌다.

하노이 신도시 이후, 우리 정부 기관인 KOICA로부터 해외 도시개발 프로젝트를 수주하면서부터는 제법 의미 있는 진짜 프로젝트들이 시작되어 지금까지 참여해 왔다. 예로써 베트남 하이퐁 신도시, 온두라스 도시개발, 베트남 후에(Hue) 도시계획 등이 KOICA 프로젝트이다.

연구소 입장에서 가장 가성비가 높은 프로젝트는 「미얀마 한따와디 공항 인근 및 양곤주 남서부 지역개발 마스터플랜 수립사업 사업수행(PC)용역」(2015. 12.~2017. 12.)이라 할 수 있다. 우리가 이 용역을 맡을 때는 미얀마 군부가 물러나고 아웅산 수치의 민간인 정부가 수립된 지 얼마 되지 않을 때였다. 우리가 연구를 시작할 때는 미얀마에 벌써 국내 여러 용역 업체들이 진출해서 난맥상을 이루고 있었다.

양곤은 정말 재미있는 도시다. 도시 남쪽에 양곤 강이 흐르고 있고, 강남은 미개발된 상태에 놓여 있었다. 우리의 역할은 강남지역에 새로운 도시를 계획하는 일이었다. 마치 70년대 서울이 막 강남 개발을 시작할 때와 유사했다. 인구도 600만 명 정도(서울은 1970년도에 500만)였고, 국민소득도 그 당시 한국과 유사하다.

나는 우리가 서울을 개발하던 경험을 이 사람들에게 들려주면 큰 도움이 될 것으로 생각했다. 인프라가 전혀 없는 강남을 개발하기 위해서는 교량도 건설해야 하고, 개발법제도 정비해야 하고, 개발주체가 되는 LH 같은 조직도 있어야 하며, 무엇보다도 수요가 넘쳐나야만 한다. 그러나 미얀마에는 이중 아무것도 갖춰진 것이 없었다. 나는 양곤주지사에게 브리핑하는 자리에서 계획의 중요성과 방법에 대해 열변을 토했지만, 이들은 귀담아듣지 않는 것 같았다. 그것보다는 개발권에 관해서만 관심을 갖고 있었으며, 여기에 중국 자본이 끼어들었다. 그러면서 결말이 이상하게 꼬이기 시작했다. 중국 자본이 일대일로의 일환으로 미얀마까지 잠식하기 시작한 것이다. 우선 엄청난 투자를 약속하고, 개발권을 확보한 후, 실제 개발은 시간을 끌면서 땅의 가치를 올리는 수법이다. 그 과정에서 고위층에 모종의 로비와 자금 살포가 있었음이 분명하다. 나는 정말이지 사심 없이 미얀마를 위해서 노력했지만, 미얀마의 발전에는 LH도 관심이 없고, 수출입은행도 자기들 투자 사업에만 생각이 한정되어 있는 것 같았다. 정말로 아까운 프로젝트였다. 나는 이 프로젝트를 경험하면서 동남아 국가들의 발전이 왜 잘 이루어지지 않는지를 몸소 경험하였다. 미얀마나 Bangladesh처럼 가난한 나라에 국제적으로 엄청난 원조가 이루어져도 그 돈들이 어디로 흘러가는지는 보지 않아도 짐작이 간다.

베니스 비엔날레를 위한 구상

1999년에 들어서자 평상시 존경하던 김석철 선배한테서 연락이 왔다. 자기가 2000년도 베니스 비엔날레 한국 대표로 참여하는데 주제가 도시니 자기와 함께하자는 것이었다. 흥미로운 제안이어서 만나 보니, 자기는 한국관을 설계하는데, 거기에 출품할 내용으로 서울에 대한 구상을 만들자는 것이었다. 나는 즉석에서 동의하고, 무엇을 제안할까 생각해 보았다. 첫 번째 떠오른 생각은 사대문 안을 자동차가 없는 도시로 만들자는 것이었다. 당시 서울의 교통난은 하루가 다르게 악화되고 있었다. 대표적으로 체증이 심한 곳은 출퇴근 시 한강을 넘나드는 교량들이다. 한강에 교량들이 없다면 어떻게 될까? 엉뚱한 생각이지만 그렇게 된다면 서울의 교통 정체는 상당 부분 사라지지 않을까? 차량들이 강북에서 강남으로 건너오고, 반대로 강남에서 강북으로 넘어가고 할 수 없다면 처음부터 출발하지 않을 차량들이 많을 것이고, 그러면 강북은 강북대로, 강남은 강남대로 차량이 줄어들 수밖에 없을 것이다. 아마도 사람들은 대부분 차량 대신 지하철을 이용할 것이다. 그러나 현실적으로 있는 교량들을 모두 없앨 수는 없다. 거기에는 승용차만 다니는 것이 아니라 버스도 다니고, 화물차, 택시 등도 다닌다. 그렇다면 현실적 대안은 무엇인가? 생각해 보니 비슷한 효과를 낼 수 있는 방안으로 사대문 안에 승용차 통행을 금지하여 car-free zone을 만들면 어떨까

서문과 참여진(출처: 7th International Architecture Exhibition, la Biennale di Venezia, 2000)

하는 생각이 들었다. 이 방법은 교량들을 철거하지 않아도 되고 교통정책만 하나 바꾸면 되는 간단한 일이다. 만약 정책이 실패한다 해도 다시 원상 복귀시키면 되는 일이다. 사대문 안에 승용차 진입을 금지하면, 교량을 없애는 효과만큼은 안 되더라도 비슷한 효과를 볼 수 있을 것으로 생각되었다. 사대문 안을 목적지로 하는 통행수요는 교통수단을 바꾸게 될 것이다. 도심부 일부를 car-free zone으로 만든 사례는 유럽에는 많이 있다. 독일의 함부르크는 car-free zone을 지정하고 점차 확대하여 장래에는 전체 도심에 승용차를 다니지 못하게 하겠다는 정책을 갖고 실행해 나오고 있다. 생각이 거기까지 미치자 현실적인 실행 방안을 모색하게 되었다. 서울시 도시계획상 오래전부터 사대문 안이란 북쪽으로 율곡로, 남쪽으로 퇴계로, 서쪽으로 세종로, 동쪽으로 동대문으로 구획되는 공간을 지칭하며, 용도지역상으로는 중심상업지역으로 되어 있다. 이 지역을 car-free zone으로 만들기 위해서는 이들 도로 안쪽으로는 승용차를 들여보내서는 안 된다. 즉 이들 도로에서 모든 승용차의 내부 진입을 차단시킨다는 이야기다. 다만 버스나 택시 등의 대중교통, 경찰차나 소방차 등의 공익 차량, 소형 화물차는 이용할 수 있게 하면 큰 문제는 없을 것이다. 이 시스템이 가능해지려면 승용차를 대신할 교통수단이 풍부해야 한다. 다행히도 사대문 안에는 지하철이 이미 아주 고밀도로 건설되어 있다. 1기 지하철인 1, 2, 3, 4호선과 2기 지하철인 5호선이 운행되고 있으며, 최근에는 광역 급행 지하철 GTX 3개 노선이 검토되고 있는데, 사대문 안으로는 들어오지 않지만 이들 모두 사대문 외곽에 연결될 예정이다. 그렇다면 사대문 안을 향하던 승용차는 어떻게 처리해야 하는가? 나는 사대문 안의 외곽주변도로를 일방통행으로 만들어 돌리고, 적정 거리마다 공영주차장을 건설하면, 해결할 수 있을 것이라고 생각하였고 이 아이디어를 작품 속에 반영하였다.

두 번째 생각은 청계천을 원래 모습대로 복구하는 것이었다. 당시는 이명박 씨가 서울시장 (2008. 2. 25.~2013. 2. 25.)이 되기 이전이었고 청계천 계획을 구상하기도 훨씬 이전이었다. 청계천과 가까운 지역(중학동)에서 태어나서 자랐으며, 관훈동에서 6.25를 겪었고, 어린 시절을 보낸

나는 어렸을 적 청계천변 판자촌과 야시장에도 가 보았던 경험이 있었던지라 청계천이 얼마나 오염되었던 하천인가를 잘 알고 있다. 그 후 1960년대 서울 도심의 치부를 가리기 위해 복개가 이루어졌고, 얼마 안 있어 교통 소통을 원활하게 하기 위해 고가도로가 건설되었던 것이다. 청계천에 고가도로를 건설한 것은 말하자면 청계천 양편의 거리(street)를 포기한 것이나 다름없다. 당시만 해도 서울의 하수도 시스템이 지금처럼 갖추어지지 않았던 때였기 때문에 복개와 고속도로 건설은 어쩌면 당연한 처사였을 수도 있다. 그러나 1999년에 이르러서는 강북에서 우수와 오수를 분리할 수 있을 정도의 하수 시스템이 완벽하게 갖추어졌기에 이런 구상이 가능하다고 생각하였다. 이미 우리나라도 1990년대 접어들면서 복개만 해 왔던 자연 하천의 원상 복구 요구가 강하게 일어나고 있던 때였기에 이러한 구상도 가능하리라 생각하였다. 하지만 김석철 선배는 나의 구상을 자기의 그랜드 서울시 개발구상 속에 담아서 희석시켰기 때문에 부각되지는 못했지만, 골자만은 베니스 비엔날레 보고서에 소중하게 담겨 있다.

몇 년이 지나 이명박 씨가 시장이 되고 나서 청계천 복구에 대한 정책을 발표했을 때, 씁쓸한 생각이 들었다. 아무리 내가 훌륭한 생각을 갖고 있다 할지라도 그것을 정책에 반영시키지 못한다면 아무 소용이 없다는 것을 절실하게 느꼈다. 나중에 이명박 시장의 청계천 복구 구상은 양윤재 교수의 제안이었다는 이야기를 소문으로 들었다. 나는 그의 공로를 부정하고 싶은 생각은 없다. 역사는 승리하는 자를 중심으로 써진다는 말처럼 도시계획도 실행될 때만 의미가 있는 것이다.

세종시(행정중심복합도시) 계획

분당·일산 신도시계획이 나를 세상에 알리는 출세작이었다면, 세종시 계획은 공공부문에서의 내 마지막을 장식하는 의미 있는 대작이라 할 수 있다. 물론 분당 이전에도, 세종시 이후에도 많은 신도시계획에 참여했지만 그 비중과 중요도가 이들에 비할 바가 되지 못한다는 의미다. 사실 세종시 계획은 내가 연구원을 나와 서울대학교에 몸담고 있을 때 시작되었기에 여기에 참여한다는 것은 전혀 기대하지도 않았었다. 국토연구원에서 누구라도 자기 프로젝트라고 주장하고 나섰더라면 내 차례까지 오지 않았을 것이다. 그런 점에서 내 도시설계부문의 후계자라고 할 수 있는 민범식 박사에게 미안하기도 하고 고맙기도 하였다. 그때 만약 민 박사가 프로젝트를 움켜잡고 권영상 박사를 데리고 밀고 나갔더라면 못할 것도 없었다. 그는 내가 보기에 능력에 비해 추진력이 약간 부족하거나 아니면 욕심이 없거나, 둘 중의 하나인 것 같다. 그러다 보니 어찌어찌 흘러와서 내게 일이 맡겨진 것이다.

나는 이 일이 공공부문에서 내 마지막 일이라고 생각하고, 학교에는 1년간 안식년을 허가받아서 일에 전념했다. 그러나 분당 때와는 여건이 많이 달라져 있었다. 정부는 추진위원회와 건설청이라는 조직을 만들어 계획의 일정부터 내용까지 모든 것을 관장하려고 했고, 나하고는 모든 점에 있어서 사사건건 부딪쳤다. 나는 분당 때와는 달리 외부 인사로서 참여하는 용역사로 대우를 받았으며, 계획 결정 과정에서도 완전히 배제되었었다. 처음에는 추진위원회에도 끼지 못했고, 국제현상을 관리하는 전문위원을 내정하는데도 내 이름은 언급조차 되지 않았다. 그러나 아무리 모든 것을 자기들끼리 하려 해도 경험이 없는 사람들인지라 우왕좌왕하다가 결국 내게 모든 것을 의존하게 되었다.

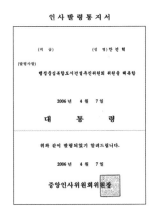

나는 마스터플랜의 국제현상을 주관하는 일을 맡아 했고 나중에 추진위원회에 들어갔으나, 계획안이 확정되자 위원 자리를 반납하고, 내 스스로 걸어 나왔다. 2007년에는 학교에 다시 복직해야 했으므로, 형식적인 총괄기획가 자리도 1년 만에 내놓았다. 마스터플랜 완성이라는 급한 불을 끈 다음에는 건설청이나 LH에게 내가 거북하고 귀찮은 존재가 되었음이 분명하였다.

학생들과 해외여행

내가 미국에 처음 가서 건축을 공부하면서 꼭 하고 싶었던 일은 유럽 여행이었다. 건축을 하려면 건축 역사를 먼저 공부해야 할 것 같았기 때문이다. 가장 좋은 공부 방법은 실제로 현장에서 보고 느끼는 것이다. 내가 직장 생활을 하면서 어렵게 휴가를 내서 유럽을 여행한 것도 이런 이유에서이다.

내가 대학에 와서 시도한 첫 번째 일은 학생들을 유럽에 보내 견문을 높여 주는 것이었다. 내가 지도 교수로 있는 대학원 연구실(건설환경공학부 도시설계연구실과 도시설계협동과정 일부) 학생들을 대상으로 여행 경비를 마련하여 주기 시작하였다. 여행 경비의 소스는 프로젝트에서 쓰고 남은 돈으로 충당하였다. 여행 비용은 절반 정도를 대 주었고, 나머지는 본인이 부담토록 하였다. 그래도 학생들 반응은 매우 좋았다. 그래서 연구실에 신입생이 들어오면 첫해 여름 방학 때 대부분 여행을 나갔다. 이것이 전통이 되어 내가 은퇴할 때까지 해마다 방학을 이용해서 두세 명씩 그룹을 이루어 갔다. 2004년에는 프로젝트에서 얻어진 돈이 꽤 모아져서 한 번에 12명의 학생들이 나와 함께 다녀왔다. 우리가 간 곳은 보통의 관광지, 즉 파리, 로마, 피렌체, 베니스, 비엔나, 베를린, 파리 주변 신도시, 뮌헨, 암스테르담 등이다. 우리는 비용 절감을 위해 숙박은 민박을 주로 이용했고, 교통편은 기차를 이용했다. 기차 요금은 며칠을, 몇 나라를 거치느냐에 따라 정해지는데, 루트를 잘 조정해서 5개국을 들리는 것을 선택했다.

우리가 첫 번째 머문 도시는 파리였다. 한국 사람이 운영하는 민박집이었는데, 방 3개를 빌려 내가 하나 쓰고, 여학생들 셋이 하나, 나머지 8명(한 명은 나중에 합류)은 몽땅 방 하나에 들어갔다. 방 하나에 2층 침대 4개를 놓고 쓰려니 그야말로 발 디딜 틈도 없었지만, 학생들은 불평 한마디 없이 견뎠다. 피곤한 탓인지 학생들은 모두 잠에 곯아떨어졌지만, 나는 원래 불면증이 있는 데다 잠자리가 불편해 새벽까지 깨어 있었다. 그런데 자정쯤 멀리 밖에서 인기척이 나서 귀를 기울이니, 문을 두드리는 소리였다. 학생들이 모두 자고 있어 아무도 듣지 못했다. 내가 나가 보니 정상훈과 몇 명이 밤에 담배 피우러 나갔다가 집에 들어오지 못해 쩔쩔매는 것이었다. 집주인이 보안을 고려해서 나가는 것은 되어도 들어오지는 못하게 하는 비상구 출입문이었다.

많은 도시들을 구경하고, 다른 나라로 이동할 때면 밤 기차를 탔는데, 숙박비를 줄이기 위해서다. 나도 두 번이나 밤 기차를 탔는데, 다시는 할 짓이 못 된다 생각했다. 오스트리아 국경 근처인가 한밤에 나도 모처럼 잠에 곯아떨어졌는데 검표원이 와서 자고 있던 나를 깨웠다. 정말 짜증도 났지만 영문도 몰라 허둥대는데, 학생이 와서 설명을 해 주었다. 우리는 5개국에서 내리도록 계획되어 있어 기차표도 거기에 맞추어 끊었는데, 차장 이야기는 6개국을 지났다는 것이다. 이유인 즉 기차가 정차하지 않더라도, 어떤 한 나라를 스쳐 지나가기만 해도, 한 나라로 계산한다는 것이었다. 그래서 추가 요금에 벌금까지 물었다. 기차를 이용함으로써 교통비를 절약한다는 구상은 산산조각이 나 버렸다.

나의 삶과 일, 그리고 소중한 것들

서울대학교 교정에서

서울대학에 온 지 십여 년이 되자 이제는 은퇴할 날짜가 다가옴을 느꼈다. 서울대학교 위쪽(남
쪽) 공과대학 주변에는 봄마다 벚꽃이 화사하게 피고 가을에는 벚나무, 느티나무 단풍나무의 단풍
이 든다. 나는 언젠가부터 내가 이러한 봄꽃과 가을 단풍을 몇 번 더 보게 될까 하는 생각을 갖게

되었다. 은퇴를 앞두고는 한 해 한 해가 아까웠다. 그래서 학생들과 함께 사진으로 남겼다.

정년퇴임

어느 한 직장을 그만두면 그것은 퇴임이라고 할 수 있다. 그러나 정년퇴임은 일반 퇴임하고는 다르다. 내가 살아오면서 직장을 바꾼 횟수는 서너 차례 되지만 대개는 내 자의에 의해서 그만둔 것이고, 다른 곳으로 가기 위해서 결정한 것이다. 그러나 정년퇴임은 자의에 의한 것이 아니고, 내 나이가 그렇게 만들어 버린 것이다. 서울대학교에 와서 15년을 지나니 내 나이가 65세를 넘게 되었다. 내 기분상으로는 전혀 퇴임해야 할 만큼 늙었다고는 생각하지 않았지만, 그것이 따라야 하는 사회의 룰이고 규칙이다. 나에게는 퇴임이 그렇게 아쉽거나 불안하게 만들지는 않았다. 어차피 내게는 학교 밖에 나를 기다리는 연구소가 있으니까, 평소와 같이 출근해서 일하고 퇴근하면 되는 것이다.

학교를 뺀 대부분의 공직 업무 종사자들의 정년이 60살로 되어 있고, 민간 회사의 경우에는 50대 중반으로 정해진 곳이 대부분이다. 그러나 그것마저도 언제인가부터 잘 지켜지지 않는다. 그래서 대개의 경우 50을 넘기면서 언제 다가올지 모르는 반강제적인 명퇴나 정년퇴직으로 인해 직장인들이 불안해한다. 이런 것을 보면 나는 참 행복한 직장 생활을 했다는 것을 느낀다.

요새처럼 사람들 수명이 늘어나 100살 넘기는 사람들이 수두룩해지면 50살에 퇴임을 한다는 것

나의 삶과 일, 그리고 소중한 것들

은 인생의 딱 중간에서 퇴임하는 것이다. 그렇다면 앞으로 50년을 소비할 새로운 제2의 직업을 구해야 한다. 그러나 50을 넘기고 나면 젊었을 때와 달리 순발력도 떨어지고, 체면상 닥치는 대로 아무 일이나 할 수는 없어 어려운 것이다. 그래서 나는 주변 사람들에게 퇴임하기 10년 전부터 퇴임에 대비하여야 한다고 충고한다. 내가 한아도시연구소를 만든 것도 퇴임 17년 전이었다.

나와 전경수 교수의 퇴임식(나머지는 내 wife와 건설환경공학부 교수들)

한샘과 한아도시연구소

중국의 도시화

앞에서 말했듯이 한아도시연구소를 설립한 것은 ㈜한샘 조창걸 회장의 요청에 의한 것이었다. 그가 원했던 것은 중국의 도시화를 바로잡아야 미래 세계가 생존해 나갈 수 있으니, 중국을 계몽시키기 위한 연구를 하자는 것이었다. 그의 주장에 따르면 중국이 개방된 이래 자본주의 모델, 특히 미국의 모델을 따라가는데, 그렇게 될 경우, 세계 자원은 고갈될 것이 너무나도 명백하므로, 세계 경제가 파탄나기 전에 막아야 한다는 것이었다.

이러한 그의 주장은 데이터를 근거로 한 것이어서 내가 반박할 수 있는 것이 아니었다. 오히려 나는 그의 생각에 전적으로 동감했다. 그가 원하는 것은 중국이 이렇듯 소비적인 도시개발을 하기 이전에 우리가 자원 절약적인 도시 시스템을 개발하여 그들을 설득하고, 그렇게 함으로써 세계 파멸의 시간을 늦춰 보자는 것이었다. 다만 나는 이 부분에 있어서는 우리가 할 수 있을지에 대한 확신이 생기지 않았다. 과연 그런 시스템을 개발할 수나 있으며, 어떻게 중국의 정책 결정자들을 설득할 수 있겠는가? 조 회장의 생각은 그들을 설득하기 위해서는 아주 저렴하고 빠른 속도로 도시개발을 할 수 있는 기술을 개발해야 하겠다는 것이었다. 그는 여러 차례 자기가 해 온 주방 가구 이야기를 했는데 아마도 그는 도시개발을 가구 생산과 같은 방식으로 이해하는 것 같았다. 가구의 경우, 재료와 기술의 발달로 생산 비용이 계속 줄어들어 예전에 원목으로 가구를 만들 때 가격이 합판으로 만들면서 절반으로 줄어들었고, 지금은 MDF(Medium-density fiberboard)로 만들면서 또다시 절반으로 줄어들었다는 것을 예를 들면서 도시도 개발 비용을 지금의 4분의 일, 더 나아가 십분의 일로 만들어 내야 한다는 주장이었다. 나는 조 회장에게 도시는 훨씬 복잡한 과정을 거쳐 만들어지기 때문에 그토록 급격한 비용 감소는 불가능하다는 것을 수없이 이야기했지만 그를 설득할 수는 없었다. 그러나 그의 주장은 일면 일리가 있었으며, 못하겠다고만 말할 수 없었다. 그래서 그 이후 나는 거의 20년 가까이 조 회장이 요구하는 수없이 많은 연구를 지속해서 해 왔다. 그러나 조 회장은 내가 항상 확신 없이 수동적인 자세로 연구를 진행하는 것에 대해 못마땅하게 생각했지만

나 외의 다른 대안은 없었던 것 같았다.

하버드대+칭화대+서울대(한아도시연구소) 공동연구

조 회장은 서울대(한아도시연구소)가 중심이 되어 관리하고 중국의 칭화대학, 미국의 하버드대학과 공동연구를 수행하기로 하였다. 두 외국 대학은 명성이 지대한 만큼 연구비도 많이 들었 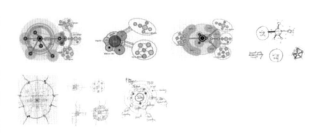 다. 하버드에서는 GSD 학장인 Peter Rowe가 나서고, 칭화대학에서는 우량룡(吳良鏞) 원사(박사보다 더 높은 최고위 영예 직위)가 대표로 연구계약을 맺었다. 하버드에는 북한의 도시화 문제를, 칭화대에는 중국의 도시화에 대하여 연구토록 하였다. 그러나 실제 연구는 책임자들이 직접 하는 것이 아니었고, 좀 더 junior(혹은 대학원생)들이 맡아 진행하였다. 그런데 연구의 주제가 매우 모호하고 광범위하여 어떤 구체적인 결과를 얻기는 쉽지 않았다. 6개월 후, 연구의 중간 보고에서 문제가 발생하였다. 하버드에서 북한의 자료들을 모아 발표했는데, 수준이 너무 낮았다. 조 회장은 하버드 정도면 CIA와도 연결이 될 것이고, 각종 정보망을 이용하여 북한의 자료를 비교적 자세하게 조사를 해 올 줄 기대했는데, 내용은 그렇지가 못했다. 그는 하버드의 연구 내용이 한국의 초등학교 5학년 사회 교과서 수준이라고 말하면서 내게 통역을 하라고 하였다. 나는 중간에서 어찌해야 할지 몰라 쩔쩔매었다. Rowe 교수는 한국어를 몰랐지만 분위기는 파악하는 것 같았다. 다혈질인 그는 얼굴이 붉으락푸르락하더니만 자기들은 더 이상은 할 수 없으니 그걸로 타절 준공하자고 하여 하버드 연구는 잔금도 지불하지 못한 채 끝이 났다. 연구의 수준은 칭화대도 별반 다르지 않았다. 그러나 우량룡 교수가 워낙 원로이신 지라 아무 이야기 못하고 끝을 내었다. 이후 칭화대학과의 관계는 10년 정도 유지되었는데, 매년 상당한 연구비용을 지불했건만, 그들의 연구 결과도 조 회장을 만족시키지는 못했다.

조 회장은 도시화의 문제는 대도시에서 비롯되었다고 생각하고, 미래 도시개발은 중소도시로 가야 한다는 확고한 생각을 갖고 있었다. 그래서 우리 연구는 중소도시 시스템에 맞추어졌다. 자족적 중소도시를 개발하고, 이들을 network 시스템을 통해 연결하고 특화하면 대도시가 갖는 이점인 다양한 서비스를 확보할 수 있다는 것이 주된 내용이다. 나는 이러한 구상이 이상에 그칠 수 있으므로 국내에 한 군데라도 시행해 보았으면 했다. 그러나 조 회장은 한국은 지가가 너무 비싸 경제성이 없다고 생각하고, 추진할 생각도 하지 않았다. 그 대신 조 회장은 한때 중국에 소규모 도시를 개발하겠다고 생각하였는지 지방 도시 몇 군데를 물색하기도 하였다. 결국 그것도 포기한 채, 몇 년이 흐르고 말았다.

김석철과 조창걸

이왕 김석철 소장과 조창걸 회장 이야기가 나왔으니 이들에 대해서 남기고 싶은 이야기들이 많다. 두 사람은 아주 절친한 사이로 단순히 선후배 사이를 넘은 관계였다. 대학은 조창걸 회장이 3년 먼저 입학하였지만 학교를 거의 나오지 않았던 김석철과 학교에서 친하게 지냈을 리는 없다. 내 추측에는 내가 4학년 졸업작품전에서 관악 캠퍼스 마스터플랜을 주도한 후, 응용과학연구소가 실제 계획을 맡게 되자 졸업생들이 참여하였는데 여기에 두 사람이 다 참여하면서 친해진 것이 아닌가 싶다. 졸업생들 중에는 박성규와 조창걸이 가장 선배였고, 그중 리더십이 있는 조창걸이 캡틴이 되었다. 건축만 하던 사람들이 모여 사오십만 평이나 되는 대학 마스터플랜을 짜려니 잘될 리가 없었다. 아이디어가 나오지 않아 고심만 하고 있던 터에 김석철이 나섰다. 그러자 조창걸은 자기 팔에 찼던 캡틴 완장(?)을 김석철에게 넘겨주었다. 웬만한 사람들 같으면 자존심이 있어 못 그럴 텐데 조창걸은 달랐다. 그때부터 김석철이 일을 주도하고 끝을 맺었다. 지금에 와서 보면 좀 한심한 작품이기는 하지만 그때는 그 정도만 해도 훌륭했다.

이후 내가 해군 임관 후, 서울 해군본부에 근무하면서 저녁때면 김석철을 도와 관악 CC 클럽하우스에서 알바하며 밤을 많이 지새웠지만, 김석철과 대화를 하면 하도 재미가 있어서 시간 가는 줄 몰랐다. 그때는 나도 김석철에게 흠뻑 빠져 있었던 같았다. 내가 보기에 그는 천재였다. 그는 르꼬르뷔지에 類의 조형적 건축을 해 왔는데, 당대에 그를 따라갈 자가 없었을 것이다. 그는 또 언변이 뛰

서울대학교 종합캠퍼스 구상(출처: 보고서, 1971)

어났다. 그가 어떤 외과 의사의 집을 설계하는데, 의사가 하도 이렇게 해 달라 저렇게 바꿔 달라 하니까 그는 그 의사한테 이렇게 물었다고 한다. "선생님은 환자가 와서 '여기 째 주세요. 저기 째 주세요.' 하면 그대로 째 줍니까?" 내가 좋아하는 선배 중에 김진균(서울대 명예교수)과 강홍빈(전 서울시 부시장)이 있는데, 김진균이 김석철을 많이 도왔다. 김진균은 그 자신이 매우 재능이 탁월하여, 내가 기대하기에 훌륭한 건축가가 될 것으로 예상했었다. 그런데 예상외로 그는 건축가의 길을 접고 대학으로 갔다. 그는 나에게 말했다. '건축은 김석철 같은 창조적인 사람이 해야 하는 거야.

그에 비하면 나는 아이디어가 부족해,' 김석철과 강홍빈은 고등학교 1년 차이지만 김석철은 강홍빈을 별로 좋아하지 않았다. 강홍빈도 김석철 이야기는 별로 입에 담지 않았다. 내 생각에 천재들끼리는 서로 견제하기 때문에 잘 어울릴 수 없는 것 같았다. 내가 미국 유학을 떠난 후, 나와 김석철은 오랫동안 만나지 못했다. 한국에 돌아와서는 이따금 내가 그의 아키반 설계사무소에 놀러 가면 만날 수 있었다. 그러던 중, 조창걸 회장과 함께 내가 일하던 국토개발연구원으로 찾아온 것이다. 두 사람은 서울대 종합캠퍼스 프로젝트 이후에도 친하게 지내 온 것 같았다. 아무래도 내가 김석철과 더 가깝게 지냈으니까 조 회장이 김석철을 데리고 온 것으로 보인다. 이후 내가 조 회장과 중국 하우징에 관한 연구를 오랫동안 함께 할 때마다 김석철이 참여했다. 출장도 세 사람이 수없이 함께 다녔다. 한샘의 건물은 모두 김석철이 설계하는 것 같았다. 조창걸은 김석철을 아주 신뢰하였고, 김석철의 아주 좋은 patron이 되어 있었다. 조창걸은 매우 특이한 성격을 가지고 있는 것 같았다. 어느 한 사람을 신뢰하면 끝까지 밀어주고 믿어 주는 것이다. 비용이 얼마나 들든 간에 상관없이. 반면에 그 앞에서 적당히 넘어가려 하거나 시원찮은 것을 내밀면 그걸로 인간관계는 끝이다. 그는 최고만을 추구한다. 그런 그의 정신이 한샘을 최고의 가구 회사로 만든 것 같다. 내가 조 회장과 그렇게 오랫동안 관계를 지속한 것도 그가 나를 믿어 주었기 때문인 것 같다. 나는 내 능력이 모자라서 더 잘하지는 못했지만 성심껏 그를 대하였다. 어느 날 그는 내게 이런 말을 하였다. "건혁 씨는 그만한 능력과 경험이 있는데, 왜 자기 자신 sales를 못 하냐."는 것이다. "김석철 같으면 벌써 세계적으로 두각을 나타낼 텐데."라고.

그러나 나는 내 그릇이 작고, 능력이 부족하다는 것을 잘 알고 있고, 스스로 분수에 맞게 행동하고 있었다. 이런 상황을 잘 아는 김석철은 이때부터 생각이 달라지기 시작하였다. 건축으로는 이제 할 만큼 했으니, 나 대신 자기가 도시 쪽으로 해 보겠다는 것이다. 과거에 중동 붐이 한창일 때, 주택단지를 계획한 경험도 있었다. 이때부터 김석철의 도시설계가로서의 재능이 발휘되기 시작하였다. 그러나 문제도 많았다. 그는 도시가 그냥 멋진 그림이라고 생각했지, 수많은 사람의 삶을 담는 그릇이라고는 심각하게 생각하지 않았다. 나는 그의 배경과 천재성을 잘 알기 때문에 아무 말도 하지 않았지만, 내 주변의 도시설계가들은 그가 만화를 그리고 있다고 비웃었다. 특히 그의 동그라미로 시작되는 도시 모양들은 현실과는 너무나 괴리되어 있다. 그럼에도 그의 뛰어난 화술 덕분에 수많은 정치 지도자들(예를 들어 안상수 인천시장, 이명박 서울시장 등)이 그의 사무실을 찾았다. 그는 스케일을 더 넓혀서 전국을 대상으로 계획을 하였고, 마지막에는 통일에 대한 구상도 하였다. 그중에서 남부권 국제공항(동남권 공항이나 호남권 공항이 아니라, 국토 남부권의 공항을 지리산 근처에 배치하자는 것), 추가령지구대 개발계획, DMZ 개발계획, 금강산-고성 개발계획 등은 눈여겨볼 만하다. 그러나 재사박명(才士薄命)이라 하던가, 김석철은 많은 꿈을 이루지도 못하고, 몇 년 전에 세상을 떠났다.

중국 도시개발 연구

내가 참여한 한샘 프로젝트는 2000년대에는 주로 중국과의 공동 연구로 진행되었고, 2010년대에는 서울대학교와 한아도시연구소 단독 프로젝트로 이루어졌다. 프로젝트는 다음과 같은 것들이 있다.

- 생태도시론(1997)
- 에너지 절약형 건축·도시개발 기술연구(2010)
- 향촌 및 향진기업 개발을 위한 국내외 관련사례 분석(2011)
- 지속가능한 도시개발을 위한 기초연구(2012)
- 21세기형 모범도시계획방향(2013)
- 도시개발클러스터 개발구상(2014)
- 에너지 절약적 보행도시 모형 개발연구(2014)
- 한국의 신도시개발 프로세스(2014)
- 한샘 디자인 클러스터 개발구상

북한 개방을 위한 도시계획

중국 도시개발에 대한 제안이 잘 받아들여지지 않자, 조 회장은 관심을 북한으로 돌렸다. 그의 생각에 북한도 중국과 마찬가지로 아직 개발되지 않아 기회가 있다는 것이다. 즉 남한처럼 난개발되지 않아야 하고, 에너지 소비적 도시가 되어서도 안 되므로, 개방되기 이전이라도 북한의 도시개발에 대한 연구가 필요하다는 것이었다. 내용은 중국 연구와 크게 다르지 않았지만, 북한의 경우는 경제발전을 도모하면서 도시개발을 추진하자는 의도에서 서울대학교 경제학부의 김병연 교수팀과 공동으로 연구하였다. 첫 번째 연구는 북한의 국민소득을 US $5,000을

북한 ○○지역 복합단지

나의 삶과 일, 그리고 소중한 것들

달성하기 위한 개발을 추진하자는 것이다. 북한이 개방만 한다면 연 15% 정도의 성장이 가능하고 그렇게 되면 10년 안에 목표 달성이 가능하다는 주장을 폈다. 이와 관련된 연구는 다음과 같다.

- 산업클러스터 개발을 통한 북한경제발전 방안(2014, 공동연구)
- 도시개발 비용분석(2016)
- 2050 통일한국의 비전(2016, 공동연구)

2018년 이 연구들이 끝난 후, 조 회장이 내게 북한의 국토계획을 해 주지 않겠느냐고 의사 타진을 하였지만 고사하였다. 내가 할 수 있는 분야가 아니고, 학교를 떠난 상태라서 일을 도와줄 인력도 없기 때문이라고 이유를 말하였다. 그러나 그토록 오랫동안 한샘과 일을 했지만 결과적으로 아무런 성과를 도출하지 못한 것에 대한 실망과 미안함 등으로 도저히 더 이상 함께 일을 할 수 없었기 때문이다. 내가 능력이 모자란 것도 원인이지만 조 회장의 꿈이 너무나 원대하였기 때문에 그를 만족시켜 드릴 수가 없었던 것도 내가 포기한 이유 중 하나이다. 중국과의 공동 연구가 결실을 맺지 못하자 조 회장은 이광재 전 강원지사를 내세워 여시재라는 연구소를 만들었다. 그리고 재산의 절반을 기부하겠다고 발표하였다. 거기에는 과거 고위직 관료들을 포함하여, 이름 있는 명사들로 진영이 짜여졌다. 그가 여시재를 만든 것은 그것을 한국의 브루킹스 연구소로 만들겠다는 꿈이 있었기 때문이다. 그러나 여시재가 그가 꿈꾸던 그런 길로 가고 있는지 나는 알 수 없다. 소문으로 들리는 바로는 여시재가 정치적 색채를 띠고 세간의 화제에 오르자 조 회장은 손을 뗐다는 것이다.

어떻든 내가 20여 년간 그를 만나고 경험한 바로는 그는 21세기의 유토피아를 꿈꾸는 이상주의자임에 틀림없다. 아니 어쩌면 몽상가일 수도 있다.

한샘 디자인 타운 구상

한샘에서 요구하는 연구들은 대부분 대학에서 제자들과 함께 수행하였고, 이 중에서 나와 한아가 구체적으로 도시개발계획을 만든 것은 한샘 디자인 클러스터 개발구상이었다. 이 계획은 조 회장이 남경필(전 경기지사)과 만난 자리에서 경기도가 디자인 클러스터를 만들고 싶다고 한 것을 한샘이 디자인과 관련 있는 기업이니 추진해 보겠다고 해서 시작된 일이다. 남 지사는 한강 북쪽 포천 부근에 있는 땅 100만 평을 거의 무상으로(국공유지) 지원하겠다는 약속도 하였다. 우리가 조사해 보니 그 땅은 험한 산지이고 그린벨트였다. 그린벨트는 해제하겠다니까 문제 될 것이 없지만, 대상지에는 국공유지뿐만 아니라 민간인 토지도 끼어 있어 확보하는 것이 만만치 않아 보였다. 그래서 나는 조 회장에게 다른 몇 곳을 추천하였다. 하나는 내가 계획했던 송산그린시티에서 두 곳, 그리고 송도 신도시였다. 조 회장은 설명을 듣고 나서 바로 송도 신도시로 결정하였다. 내가 송도 신도시를 추천한 것은 큰 실수였다. 다른 두 곳은 수요가 부족하여 개발 주체들이 쩔쩔매고 있어서, 땅을 정말 싼 가격에라도 줄 수 있을 터인데, 송도 신도시는 그렇지 않았다. 매립원가는 158만 원/평(2010년)이었으나 이나마 산업 용지로는 213만 원/평(2014년)으로 분양하였다.

11공구 현황

한샘디자인 클러스터(송도신도시), 한아

따라서 인천시는 2015년 새로운 수요자에게는 300만 원/평을 받아야 하겠다고 주장하였다. 그러나 조 회장 생각은 달랐다. 평당 100만 원 이상은 줄 수 없다고 했다. 그러니 deal이 잘 될 수가 없었다. 인천시는 그 11공구 땅을 사겠다는 수요자들이 줄을 서 있어서 곧 분양할 예정이라고 했다. 그래서 우리는 요구 면적을 30만 평으로 축소하고 계획을 시작하였다. 그런데 조 회장은 권영걸 한샘 사장(전 서울대 미대 학장)한테 어떻게 해서든지 협상을 성공시키라는 것이었다. 거기에 더해서 한샘에서는 개발 비용의 1/3을 부담할 테니, 인천시가 1/3, 중앙정부가 1/3을 부담토록 정치력을 발휘하라는 것이었다. 권 사장은 줄곧 대학 교수만 하던 사람인데, 그런 deal을 할 수 있겠는가? 권 사장은 나를 원망했지만, 나로서도 어떻게 도와야 할지 몰랐다. 결국 얼마 후, 권 사장은 사장 자리를 내놓고 물러났다. 사장을 물러나게 하려고 그런 무리한 지시를 내린 것인지, 정말 그렇게 deal이 될 수 있다고 생각해서 요구한 것인지 나는 알 수가 없다. 결국 한샘과 함께해 온 무수히 많은 연구와 계획은 단 한 건도 실현되지 못한 채 나는 대학 은퇴를 맞게 되었다.

나의 삶과 일, 그리고 소중한 것들

사라지는 세대와 태어나는 세대

아버지의 임종

내가 명지대학교로 간 지 3년이 채 되지 않은 1998년 4월에 아버지가 돌아가셨다. 아버지가 만 85세 때의 일이다. 워낙 건강하셔서 100세는 충분히 사실 것으로 기대했는데, 그만 치매에 걸리셔서 별로 오래 사시지도 못한 것이다. 내 아버지는 살아생전 병원을 거의 가지 않았다. 치아가 좋지 않아서 치료받으러 간 것 말고는 종합검진 한 번 받아 보신 적이 없다. 위장이 튼튼하셔서 식사량이 많으시고, 배탈 한 번 난 적이 없으신 분이다. 늘 휴일에는 등산을 다니셨고, 관훈동에 살 때는 평일에도 아침마다 삼청공원을 다녀와서 식사를 하셨다. 은행에서 자동차가 나오기 전에는 명동에 있는 은행도 걸어 다니셨다. 어머니한테 들은 얘기로는 평양에 살 때, 한겨울에도 웃통 벗고 냉수마찰을 즐겨 하시곤 했다고 한다. 몸에 열이 나거나 아프면 그저 아스피린이 고작이었다. 다만 몸에 종기가 자주 생겨서 고생하신 적은 있지만 그저 고약으로 이겨냈다. 한 가지 흠이 있다면 아버지는 줄담배셨다. 30대 들어와서 시작하셨다는데, 내가 어렸을 때는 하루에 두 갑씩 피우셨다. 관훈동 집 안방에서 애 둘을 데리고 살 때에도 줄곧 담배를 피우셨으니 방 안은 항상 뿌연 담배 연기가 차 있었다. 한 방에 살아야 하는 나는 매일 아침마다 재떨이 심부름을 해야 했고, 그것은 어린 애한테도 정말 짜증나는 일이었다. 또 한 가지 내가 싫어했던 일은 다리를 주무르라는 것이었다. 당시면 아버지가 40대였는데, 왜 눕기만 하면 내게 다리를 주무르라고 하는 것일까? 그렇게 튼튼한 다리를 갖고 있는 분이. 나중에 안 일이었지만 그것은 아버지 집안 내력이었던 같다. 나는 안방에서 탈출하고 싶었지만 중학교에 들어갈 때까지 그것은 불가능했다.

부전자전이라 할까. 내 형 두 분은 모두 젊었을 때부터 담배를 피웠다. 보고 자란 것이 그것이니까. 그런데 나만 담배에 손을 대지 않았다. 어린 생각에도 나는 다음에 커서 절대 담배를 피우지 않겠다고 결심을 했던 것이다.

아버지가 은행에서 퇴직하신 것이 53세 때였는데, 그 후 은행 관리회사 두 군데를 3년 정도 다니시다 그만두셨다. 은퇴 후에는 상당 기간 상업은행 청계지점에 마련된 은행 퇴직자 휴게실에 가서 친구분들과 놀고 오시곤 했다. 그것도 10년쯤 지나니까 지겹기도 하고, 자꾸 새로운 사람들이 들어오고, 오래전에 은퇴한 사람들은 하나둘씩 그만 나오고 아버지만 남자 아버지도 발길을 끊으셨다. 그 후에는 아버지는 아침을 드시고 나면 조그만 가방에 토스트 두 조각을 넣고 너댓 시간씩 근교산을 다니셨다. 그렇게 하시기를 20년 가까이 하셨는데, 자식들은 아버지가 워낙 건강하셨으니까, 아버지의 일상에 별 관심을 두지 않았다. 그러다 문제가 터진 것이다. 하루는 교통사고를 당하셔서 여기저기 상처를 입고 들어오신 것이었다. 자동차에 부딪혔는데 운전자가 병원으로 모셔다 드린다고 해도 괜찮다고 집까지 걸어오신 것이었다. 아버지는 병원에 가는 것 자체를 무서워하셨는지도 모른다. 그때 가족들이 이상한 것을 알아차렸어야 했다. 이때 즈음해서 아버지는 담배를 저절로 끊으셨다. 한번은 거래하시는 은행에서 연락이 왔다. 노인네를 은행에 오시지 못하게 해 달라는 것이었다. 이야기인즉슨 노인네가 지점에 와서 자기 통장에 돈이 사라졌다고 야단을 치신다는 것이었다. 어떤 날에는 밤에 산책 나가셨는데 길을 잃어버려 파출소에서 모셔 가라고 연락이 오기도 했다. 안 되겠다 싶어 어머니와 형들이 아버지를 밖에 나가시지 못하게 했다. 그러면서도 우리 형제들은 아버지를 치매라고 생각은 했지만, 병원 한 번 모시고 가지를 않았다. 나는 지금도 이것을 후회한다. 치매가 치료되지는 않지만 속도를 늦출 수는 있다고 들었다. 그런데도 내 형제나 어머니는 노인이 빨리 돌아가셔야 한다고만 생각했다. 너무나 이기적인 생각들뿐이었다.

아버지는 치매를 앓으셔도 아주 얌전하게 앓으셨다. 다른 치매 환자들과는 달리 주변에 있는 누구에게도 피해를 주지 않으셨다. 마지막 두어 달은 누워만 계시다가 돌아가셨다. 내가 마지막으로 미음을 입에 떠 넣어 드렸는데, 갑자기 크억 하는 소리를 내시며 눈을 감으셨다. 내가 무리하게 먹여드린 것이나 아닌지 몰라 크게 후회했다. 그러나 나중에 아무도 나에게 꾸중하는 사람은 없었다.

1912년에 태어나셔서 해방될 때까지 33년 동안 세계대전을 두 차례 겪으시고, 6·25 전쟁과 피난살이까지 경험하시고, 20세기를 만끽한 후, 21세기 문턱에서 돌아가신 분. 그는 지독하게 고집이 세셨고, 근검절약을 생활신조로 일생을 사신 분. 말이 없고, 무표정하며, 다정다감하지 않아 늘 부인이나 자식들의 경외를 받으셨던 불쌍한 분. 자식들을 사랑해도 사랑한다는 말을 일생 동안 한 번도 입 밖에 내 본 적이 없는 분, 집에 자식들이 와도 아무도 아버지를 상대해 주지 않아 어두컴컴한 건넛방으로 들어가서 혼자 누워 계시던 외로운 분. 그분이 내 아버지셨다.

어머니의 임종

내 어머니는 아버지보다 3살 아래인 1915년생이셨는데 2009년 9월에 만 94세 일기로 세상을 떠나셨다. 아버지가 혈액형이 A인 반면, 어머니는 B형이셨다. A형은 고집이 세고 이성적이지만 사교성이 적다는 풍설이 아버지에게는 꼭 맞는다. 반대로 B형은 사교적이고 감성적이라는데, 우리 어머니가 꼭 그러하셨다. 아버지는 다른 사람의 분위기나 감정에는 무디셨던 반면 어머니는 섬세하고 매사에 예민한 분이셨다. 어머니는 아버지와 함께 사시면서 늘 아버지의 무심함을 내심 섭섭해하셨다. 함께 두 분이 외출을 하셔도 다른 부부처럼 다정하게 팔짱을 끼고 걷거나 이야기를 하며 걸으신 적이 없다. 항상 아버지는 어머니보다 대여섯 걸음 앞서가며 왜 빨리 따라오지 않느냐고 어머니한테 핀잔을 주셨다. 그래도 어머니는 일생 동안 아버지를 지극정성으로 모셨다. 아버지는 늘 식사 때도 독상을 받으셨다. 자녀들하고 겸상을 하면 어른이 잡수실 게 남아나지 않는다고 생각하셨다. 그것은 옛날 결혼 전부터 양쪽 집안 대대로 몸에 익혀 온 예절이자 관행이었다. 가끔 아버지와 겸상이라도 할 경우에도 큰아들이나 막내아들을 앉히셨다. 딸들은 아버지와 겸상을 한 적이 없다. 아들과 딸에 대한 차별은 분명했지만, 딸들은 아무도 이에 대해 겉으로 불만을 말한 사람은 없었다.

어머니는 건강이 아버지만큼은 아니지만, 그런대로 좋으셨다. 40대 때부터는 신경통을 앓으셨는데, 속으로만 끙끙 앓으셨다. 또한 편두통이 자주 와서 진통제를 달고 사셨다. '명랑'이라는 하얀 가루약인데 아마 약국에서 알약을 갈아 드린 것일 것이다. 한번은 민물 게를 드시고 폐 디스토마에 걸려서 하마터면 죽을 뻔하셨는데, 피를 토해서 병원을 찾았더니 처음에는 의사가 폐결핵이라고 진단을 내렸기 때문이다. 한 달쯤 고생하셨는데, 그때 사진을 보면 너무 말라서 몰라볼 정도였다. 50대에 접어들면서 살이 찌기 시작하셨는데, 어머니 말씀은 신경통 약 때문이라고 하셨다. 평상시 45kg 정도 하시던 분이 몸이 점점 불어 돌아가실 때는 67kg이 넘었다. 그런데도 다른 큰 병치레는 하지 않으셨다.

어머니는 며느리 셋을 보셨지만, 어머니 마음에 쏙 드는 며느리는 없었다. 세상에 어느 며느리가 자신이 아버지와 시어머니한테 해 왔던 것 같이 남편과 시부모에게 하겠는가? 세상이 바뀌었고, 다 대학 졸업한 신여성이기에 크게 기대하시지도 않으셨다. 육 남매를 시집 장가보내면서 어머니는 사돈집이 가능하면 서울 사람이기를 원하셨다. 그래야 사용하는 언어가 비슷하고, 먹는 음식이 비슷하고, 세상사는 방식이 비슷할 것이라는 점 때문이다. 즉, 가정 문화가 비슷한 집안을 찾으셨다. 그래서 큰딸 사윗감은 순 서울 사람 가정에서 구했다. 사돈이 약사인데, 우리나라 약사 제1호라고 했다. 사위는 아버지가 일하시는 상업은행에 다니고 있었다. 예상대로 사돈집은 점잖은 집안이었고, 집안의 예의범절이 우리네와 크게 다르지 않았다. 그런데 둘째 딸 때부터 이러한 원칙이 무너지기 시작하였다. 당시에는 서울 사람이라야 서울 인구의 20%도 채 되지 않았다. 나머지 80%는 서울이 커지면서 지방에서 올라온 이주자들이었다. 그래서 둘째 사위는 인천 사람으로 얻었다. 그리고 첫째 며느리는 서울 사람을 구하다 못해, 하는 수 없이, 경기도 용인 사람으로 정했다. 셋째 사위는 본인이 사내 연애를 해서 데려왔는데 다행히 서울 사람이라 했다. 그리고 몇 년 지나 둘째 며느리를 맞이하는데, 경상도 집안이었다. 셋째 며느리도 고르고 골랐는데, 또 경상도 집안이 되어 버렸다. 어머니는 처음에는 맏아들 내외를 집에 불러들여 함께 사셨다. 몇 달 지내 보니 옛적 자신이 처음 시집살이하던 때와는 사뭇 다름을 느꼈다. 신식 며느리에게 옛날 며느리와 같은 시부모 봉양을 시키는 것이 불가능하다는 것을 알게 되면서 얼마 지나지 않아 분가를 시켰다. 어머니 아버지가 아주 늙어 기동이 어렵게 되면 들어와 같이 살자는 기약 없는 희망을 남기고서…. 둘째와 셋째 며느리는 아예 시집살이를 시키지 않으셨다. 사실 아버지 어머니 두 분만 사셨고, 집에 심부름하는 처녀애 하나 두고 사시니까 며느리 봉양이 필요 없으셨다. 오히려 서로가 불편하기만 한 것이었다. 그런데 문제는 두 분이 아주 고령이 되면서부터이다. 큰 며느리가 모시겠다고 몇 번 말씀드렸지만, 어머니는 거절하셨다. 아버지가 치매로 기동을 못 하시게 되면서부터는 어머니가 모든 수발을 혼자 드셨다.

어머니는 평소에 막내아들과 막내딸을 끔찍이 사랑하셨다. 나에 대해서는 늘 내 건강을 염려하셨다. 내가 배 속이 좋지 않으므로 만나 뵐 때마다 배 속이 괜찮은지를 물어보셨다. 막내딸은 결혼 때 이미 시어머니는 안 계셨고 시아버지도 얼마 안 있어 돌아가셔서 시댁 도움도 받지 못하고 사위와 딸이 함께 벌어 살아가는 게 못내 안타까우셨다. 어떻게 해서라도 도와주고 싶었지만, 별도리가 없었다. 고작 할 수 있는 일이 딸이 회사에 나갈 수 있도록 손자들을 돌봐 주시는 것뿐이었다. 어느 정도 생활이 안정되면서 막내딸은 회사를 그만두고 전업주부로 돌아섰다. 그런데 얼마 되지 않아 청천벽력 같은 소식이 전해졌다. 막내딸이 유방암이라는 것이었다. 암이 제법 퍼져서 바로 수술을 통해 전체를 도려냈다. 그러고는 7~8년 아무 일도 없었다. 이제는 암이 완쾌되었다고 생각할 때, 암이 다시 재발되었다. 이번에는 완전히 퍼져서 회복이 불가능했다. 결국 내 막내 누님은 50대 중반에 큰아들 장가도 보내지 못하고 눈을 감았다. 그때는 이미 어머니가 시력을 완전히 잃고 누워만 계실 때였는데, 형제들이 막내딸 임종 소식을 어머니께 어떻게 전해 드려야 하느냐 하고 걱정을 많이 했다. 어머니는 아마도 암이 재발되었다는 소식을 들으신 것 같다. 이삼일에 한 번씩 찾아오던 딸이 오랫동안 찾아오지 않는 것에 눈치를 채신 모양이다. 무거운 마음으로 임종 소식을 드렸을 때 어머니의 반응은 매우 의외였다. "내 꼴이 이렇게 앞도 못 보는 소경이 되었는데, 딸자식 죽은 게 무슨 대수냐."고 고개를 돌리셨다. 자식을 먼저 보내는 어머니의 마음이 어떠했을지는 말을 안 해도 알 수 있었다.

어머니는 70세가 넘으시면서 시야가 흐려지셨다. 병원에 모시고 가려 해도 막무가내셨다. 아버지를 집에 홀로 두고 어떻게 가겠느냐고 한사코 거절하셨다. 그러다가 아버지가 돌아가셨다. 즉시 아들들이 안과를 잘 본다는 성모병원에 어머니를 모시고 갔는데, 녹내장이고 황반변성이 심해지셔서 머지않아 시력을 상실하게 될 것이라고 의사는 말했다. 그러면서 너무 노령이시라 수술을 할 수는 없다고 했다. 그때가 어머니 연세가 83세이셨다. 지금 생각하면 무리를 해서라도 수술을 할 것을 너무 쉽게 포기한 것이 마음속에 한이 된다. 어머니 말씀은 "내가 살면 얼마나 더 살겠느냐." 하시면서 극구 반대하셨다. 그러나 어머니는 이후 십여 년이나 시력을 잃고 사셨다. 시력을 잃으신 초기에는 그래도 뿌옇게 보이셔서 밤낮은 구별하시고 방문을 열고 나갈 수는 있었으나, 점차 방문의 위치, 부엌의 위치, 대문의 위치에 대한 방향 감각을 상실하게 되었다. 집안일 하는 아주머니를 두었지만 저녁에는 퇴근하니까 밤에는 돌보는 사람이 없고, 또 토요일과 일요일에는 일을 하지 않으니 문제였다. 주말마다 둘째 형이 하루는 오고, 다른 하루는 내가 방문했지만 어머니 증상은 점점 더 심해지셨다. 현관문을 찾지 못해서 집 안을 헤매다가 겨우 문을 열어 주시는 것을 보면 눈물이 날 지경이었다. 어머니는 눈이 안 보이시니까 밤과 낮의 구별을 못 하셨다. 시계도 볼 수 없어 늘 라디오를 베개 옆에 두시고 더듬어서 켜고 정시 뉴스를 들으면서 때를 구분하였다. 그래서 늘 KBS만 들으셨다. 한 달에 두 번씩은 내가 목욕을 시켜 드렸다. 탕에 더운물을 받아 놓고, 어머니 몸을 그 안에 담그려면 진땀이 흘렀다. 나도 환갑을 지나면서 기력이 떨어져서 노모를 들어 올릴 수가 없는 것이었다.

어머니의 생활이 점점 어려워지자 형제들은 상의를 했지만 아무도 어머니를 모시겠다고 나서지 않았다. 내가 나서서 모시겠다고 하고 싶었지만 용기가 나지 않았다. 내가 직장에 나가면 며느리가 뒷바라지를 해야 하는데, 가능한 일이 아니었다. 그래서 어머니를 요양원에 모시기로 했다. 정릉 국민대학 건너편에 있는 사설 요양원이었는데, 깨끗하고 조용해서 마음에 들었다. 그곳에 모시니까 한결 마음이 놓였다. 그러면서도 내가 모시지 못한 것에 대한 죄책감을 지울 수 없었다. 어머니는 그곳에서 약 7년간 지내시다 한밤중에 돌아가셨다. 마지막 4~5년은 치매가 오셨는지 기억을 잘 못 하셨다.

어머니가 생전에 늘 우리에게 사람 몸이 100이라면 눈이 90이라 하시던 이야기가 생각난다. 단 1년이라도 시력을 잃고 산다는 것은 그야말로 지옥 같은 일일 것이다. 어머니는 그런 삶을 10년 가까이 겪으시다가 돌아가셨다.

나는 지금도 후회한다. 처음 성모병원에서 수술이 불가능하다고 했을 때, 서울대 병원으로 모시고 가서 수술해 달라고 떼를 쓰더라도 수술을 했었어야 했는데, 그러질 못했다.

형제들, 조카들의 죽음

어릴 적 우리 가족 형제자매는 모두 여섯이었다. 부모님은 딸 셋, 아들 셋을 번갈아 가며 낳으셨다. 그래서 맨 위가 큰 누님이고 맨 마지막이 나다. 여섯 자녀가 모두 결혼을 해서 부부 합산 열두 명이 되었고, 이들 사이에 손자 10명, 손녀 3명을 두셨다. 이 중에서 막내 누나, 즉 내 바로 위의 누님이 일찍 암으로 세상을 등졌다. 나하고 가장 가까웠고 우리 부부 중매도 들어 준 누님이다. 나하고는 두 살 차이였는데, 나이 오십 조금 넘겨서 유방암으로 인해 남편과 두 아들을 남기고 먼저 간 것이다. 큰아들 장가도 들이지 못한 채. 얼마 되지 않아 내 큰 누님의 고명딸도 캐나다에 이민 생활을 하던 중 유방암으로 죽었고, 제일 큰 형의 큰아들인 장손도 결혼 날짜를 받아 놓은 채, 식도 올리지 못하고 백혈병으로 먼저 저세상으로 갔다. 그 후 몇 년 지나서 둘째 매부와 큰 매부가 돌아가셨고, 얼마 안 되어 셋째 누님의 막내아들이 결혼한 지 채 일 년이 되지 않아 백혈병으로 떠났다. 지금은 제일 위인 큰 누님이 연로하셔서 요양원으로 들어가셨고 이제는 열두 명 중에서 여덟만 남아 있다. 열세 명의 손자 손녀 중에서는 세 명이 일찍 유명을 달리해서 지금은 열 명만 남아 있다.

딸(혜린)의 성장과 결혼

우리 부부는 하나밖에 없는 딸이었기에 애지중지 길렀지만 아이 교육에 모든 것을 다 바치는 그런 부모는 아니었다. 어려서 남들 다 하는 태권도, 피아노, 그림학원 등을 보냈지만 내가 보기에 어느 하나 뛰어나게 하는 것 같지는 않았다. 내가 좀 더 시간을 내서 열성적으로 가르쳤다면 달라졌겠지만, 그 기간 나도 지나칠 정도로 회사 일에 바빠서 그러지 못했다. 그래서 딸한테 지금도 미안하게 생각한다. 혜린이는 우수한 성적으로 초등학교를 마치고 중학교를 입학했다.

고등학교 시절의 혜린(일본 여행에서)

우리 부부는 딸이 중학교에 들어가서도 잘할 것으로 생각했는데, 예상이 크게 빗나갔다. 알고 보니 다른 애들은 이미 중학교 공부를 상당 수준 미리 하고 들어왔다는 것이다. 대치동 8학군 교육이 어떻게 진행되는지에 대해서 나나 와이프는 너무나 무지했다. 그러던 차에 국토연구원으로부터 안식년 허가를 받아 미국으로 출국하게 되었다. 우리는 딸의 교육 문제를 심각하게 검토해 보았다. 혜린이는 미국서 태어났기 때문에 성년이 될 때까지는 미국 시민권을 갖고 있었다. 따라서 미국에 데리고 가면 어떤 변화가 생길 수가 있지 않을까 기대를 하고 미국으로 향했다. 우리 형편에 비싼 사립학교는 보낼 수 없으니 공립학교라도 좀 나은 곳을 찾았다. Brookline이 보스턴 근처에서는 살기가 좋고 학교도 괜찮은 것 같아 아파트도 그리로 정하고 중학교도 집에서 가까운 곳에 있는 학교로 보냈다. 언어 소통이 되지 않아 첫 학기는 어떻게 보냈는지 우리는 잘 모른다. 가끔 제 엄마가 학교로 불려갔는데, 문제가 많다는 이야기만 듣고 사정사정하고 돌아왔다고 했다. 두 번째 학기도 사정은 나아지지가 않았다. 그러나 나의 안식년 기한이 끝나게 되어 있어 나는 나와야 했다. wife와 상의 끝에 모녀가 한 학기라도 남아서 공부를 더 시켜 보기로 했다. 지금 한국에 나가면 죽도 밥도 안 된다는 것이 그 이유다. 다른 것은 몰라도 영어라도 좀 더 익혀서 보내면 미국에 온 보람이 있을 것 같았다. 내가 한국에 나온 후, 6개월은 순식간에 지나갔다. 우리는 혜린이를 다시 제 나이대로 한국 중학교 3학년에 넣었다. 그런데 문제는 미국 가기 이전보다 더 심각해졌다. 다른 애들은 이미 고등학교 수준의 공부를 하고 있었고, 딸애는 아직 중학교 1~2학년 수준에서 맴돌았다. 그래서 고민 끝에 고등학교를 미국으로 보내기로 결정했다. 마침 처외삼촌 목사님이 자기 교회 장로가 미국 LA에 이민 가서 사업을 하는데 학생을 받을 수 있다고 했다. 그래서 그곳으로 보냈다. 우리는 그냥 목사님만 믿고 보냈다. 우리 처지에 명문 사립고등학교로 보낼 형편은 안 되니 그런대로 좋은 공립학교로 보내기로 했던 것이다. 시민권이 있으니 학비는 없고 그냥 하숙비만 조금 보내면 되었다. 한국에서 고등학교를 보냈으면 과외만으로도 엄청난 비용이 들 것인데, 이에 비하면 거의 공짜로 교육 시킨 것이나 다름이 없다. 고등학교 3년 동안 애 엄마가 몇 번 딸을 보러 다녀왔다. 그럭저럭 졸업을 하고 성적에 맞추어 대학을 지원했다. 대학은 Massachusetts에 있는 University of Massachusetts를 선택해서 입학 허가를 받았다.

UMASS는 주립대학으로서 작지만 상당히 괜찮은 학교이다. 물론 산 기간은 몇 년 안 되지만 Massachusetts는 혜린이가 태어난 곳이기도 하고, 우리 부부도 첫 살림을 한 곳이기 때문에 그곳으로 정한 것이다. 전공은 Environmental Design이란 다소 모호한 분야인데, 그곳엔 건축과나 조경학과 같은 것이 없었기 때문에 이 학과가 디자인과 관련되는 것 같아서 선택하였다. 혹시라도 딸이 디자인에 소질을 찾아낼까 하는 다소 희망적인 기대도 있었다. 본인만 원한다면 대학원에서 본격적인 설계를 배울 수 있기 때문이다. 대학에서는 기숙사 생활을 하면서 4년을 별 탈 없이 보내고 드디어 졸업을 하였다. 본인은 건축이나 조경과 같은 본격적인 설계에는 접할 기회도 없었으려니와 별 관심도 없는 것 같아 우리는 딸을 한국으로 데리고 나오기로 하였다. 한국에 와서는 당장 취업이나 결혼을 시키는 것이 가능했지만 한국 실정도 익힐 겸 대학원을 보내기로 하였다. 그래서 서울대학교에 알아보니 공과대학 기술정책협동과정이 적합할 것 같았다. 석사 학위를 주는 2년제 특수대학원인데 미국대학 성적도 좋았고, 영어도 가능한지라 서류와 면접만으로 합격하였다. 그다음부터는 본인이 혼자의 힘으로 학교를 다녔고 졸업 후 직장도 스스로 구했다. 직장은 과학기술정책평가연구원이라는 다소 생소하고 긴 이름의 연구기관인데, 과학기술부 산하 조직이라고 한다. 본인도 직장에 마음을 붙였고, 실력도 인정받아 열심히 일하는 것 같았다.

부모로서 나머지 결정해야 할 가장 큰 문제는 딸의 혼사이다. 어느덧 나이가 30에 가까워지면서 부모로서 초조해지기 시작하였고, 그래도 나보다는 사교 범위가 넓은 wife가 여기저기 동분서주하면서 사윗감을 물색하였다. 그러다 wife 친구 소개로 지금의 사위를 만나게 되었고, 첫 만남에서 양가 모두 합의하여 결혼이 진행되었다. 외동딸을 더 늦기 전에 좋은 집안에 시집보낸다는 것보다 부모로서 더 다행인 것은 없었다. 혜린이는 결혼 후에도 계속 직장을 다녔고, 이듬해 첫 아이를 임신한 후, 출산 임박해서 휴직하였다.

손자가 태어나다

결혼한 지 일 년이 조금 지나서 첫 손자가 태어났는데, 우리나 시집에서 모두 기뻐하였다. 그래서 나는 처음으로 법적 할아버지가 되었다. 중간에 한 번 유산을 했지만 큰애 낳은 지 3년이 지난 후, 혜린이는 남녀 두 이란성 쌍둥이를 낳아 다섯 식구가 되었다. 쌍둥이를 기르는 것은 매우 힘든 일이었지만 큰 탈 없이 잘 자라나 이제는 모두 초등학교에 다니고, 큰 애는 중학교에 들어가니 한결 든든하다.

딸네 가족(사위만 빠졌네)

둘째와 셋째 손자손녀의 백일(2013.7)

딸네 가족과 함께 서울대 자하연에서

나의 삶과 일, 그리고 소중한 것들

그밖에 하고 싶은 말들

이제 어느덧 내 나이도 70대 중반이 되었다. 대학을 졸업한 것이 1971년이니까 벌써 51년 전이다. 졸업 후 군대 생활과 미국 유학한 것을 빼고 나면 43년을 소위 직장 생활을 한 셈이다. 일반적인 대한민국 직장인들이 평균 30년 정도 일하고 은퇴하는데 나는 아직도 직장 생활을 하니 무척이나 운이 좋은 것 같다. 돌이켜보면 나의 직장 생활은 크게 세 시기로 나눌 수 있는데, 첫 1/3은 국토연구원에서, 두 번째 1/3은 대학에서 보냈으며, 지금이 세 번째 시기인데 얼마나 지속될지 알 수는 없지만 끝을 향해 다가가는 것만은 틀림없다. 이제 설계에는 손을 놓은 지 오래되었고, 다만 직원들이 하는 일에 대해 조언이나 하고 있다. 프로젝트보다는 연구소 운영에 관한 중요한 결정이 있으면 판단해 주는 것이 내 일이다.

인생에 있어서의 기회와 이직

내가 그동안 다닌 직장은 알바, 임시직이나 Half-Time 직을 빼고 나면 미국 보스턴에서 Anderson-Nichols(2년)로 시작해서 한국에 돌아와 국토연구원(KIST부설 지역개발연구소 포함 15년), 명지대학교(3년), 서울대학교(15.5년), 한아도시연구소(대학 근무와 중복되는 것을 빼면 8년) 등이다. 미국에서 일 한 것은 그렇다 치고, 귀국해서는 크게 네 곳에서 일을 해 왔다. 이 중에서 내가 가장 열정을 바쳐서 일했던 곳은 국토연구원이라 할 수 있다. 내 나이 32세~47세까지니까 인생에서 가장 정력적으로 일할 수 있던 황금기였다. 이 시기에 분당을 비롯한 1기 신도시 대부분을 설계했고, 수많은 중요 도시계획정책을 만들어 냈다. 내 이름이 밖으로 좀 알려지기 시작하니까 여러 곳에서 새로운 job 제안들이 들어오기 시작하였다. 첫 번째는 건축설계사무소 건원의 양재현 회장으로부터 동업에 대한 제안이 왔었고, 곧이어 환경그룹의 곽영훈 회장이 환경연구소장으로 오면 봉급을 국토연구원보다 두 배를 주고 기사 딸린 승용차를 내어주겠다며 그럴듯하게 유혹하기도 하였다. 그러나 국토연구원이라는 공공기관에서 확실하게 기반을 닦던 터라 불안정한 민간업체에 갈 생각은 별로 없었다. 두 사람 모두 그리 믿음이 가지 않았던 것도 또 다른 이유다. 제주도 관광개발계획이 끝난 후에는 한양대에 마침 새로 만들어진 관광학과에서 교수로 오지 않겠느냐는 제안이 왔는데, 믿을 수 있는 제안이었지만 전공 분야가 관광은 좀 아닌 것 같아 사양했다. 몇 년 지나서 서울시립대학교의 원제무 교수로부터 자기가 학과장인데 학과에 자리가 났으니 교수 응모를 해 보지 않겠느냐는 연락이 왔다. 그래서 시립대학이라면 가 볼 만하다 생각해서 처음으로 지원서를 만들어 보냈다. 이번에는 나뿐만 아니라 환경그룹의 곽영훈 회장, 김진애 박사도 함께 지원했다는 소문이 들렸다. 두 사람 모두 각각의 문제가 있어서 탈락했고 나만 남았는데, 원 교수의 장담과는 달리 최종 교수 회의에서 반대가 있어서 나의 채용이 부결되었다는 소식을 들었다. 나중에 안 일이지만 건축과 2년 선배인 김○○ 교수가 반대했었다는 것이다. 그래서 시립대학에서는 신임 교수를 뽑지 않고, 다음 해에 독일서 박사 학위를 한 김기호 교수를 뽑았다.

얼마 후에는 홍익대학교의 이인원 교수가 홍대 도시계획과 학과장으로서 자기 학과에 도시계획 전공 교수를 채용할 예정이니 응모하라는 연락이 왔다. 홍익대학 도시계획과는 우리나라 도시계획 실무를 거의 전담해 오다시피 했던 도시계획전문가의 산실이었는데, 나상기 교수, 박병주 교수 등, 원로 교수님들이 은퇴를 하셔서 대를 이어 도시계획 실무를 지도하기에 경험이 많은 내가 필요하다는 것이었다. 그러나 서울시립대학에서 한 번 쓴맛을 본지라 또 거부당한다는 것은 자존심이 허락하지 않았다. 그래서 이인원 교수한테 학과의 모든 교수들로부터 동의한다는 사인을 받아오면 지원하겠다고 했다. 역시 여기서도 학과장이 장담했었지만 반대하는 사람이 있어서 구체화되지는 못했다. 들리는 이야기로는 당시 원로 교수인 송영섭 교수가 반대했었다고 한다. 한참 후에 한양대학교 이야기가 나왔다. 국토연구원에서 나와 오랫동안 같이 일했던 염형민 씨가 한양대 김종량 총장이 자기 친구이니까 도시공학과 강병기 교수 후임으로 나를 천거하겠다고 했지만 홍익대학과 마찬가지 방법으로 교수동의를 요구했다. 염형민 씨는 큰소리친 것과는 달리 학과에서 반대가 있어서 안 되겠다는 이야기를 했고 나는 이번에도 응모하지 않았다. 대학 사회가 묘해서 학과장이나 어떤 실력자가 자기 마음대로 교수를 뽑을 수는 없다. 학과의 여러 교수 중에서 어느 한 사람이라도 적극 반대하면 안 되는 것이다. 그 밖에도 건국대학교, 경원대학교(현 가천대학교) 등에서도 건축과 교수직 제안이 있었지만, 그때는 정중히 거절했다.

대학과는 다른 공직에 대한 제안도 있었다. 강홍빈 박사가 대한주택공사 부설 주택연구소 소장으로 있다가 그만둘 때, 내게 후임으로 오지 않겠느냐고 했지만 사양했다. 아무리 변변치 않은 기관이라도 기관장이 되어 보는 것은 제법 구미가 당겼지만 내가 가서 그 자리에 얼마나 오래 버틸 수 있을지 의문이 생겨서 포기했다. 연구소장 자리는 본사의 이사급 자리인데, 제한된 수의 이사 자리를 노리는 사람들(부장급)이 한둘이 아니었기에 내외부에서 많은 잡음이 새어 나왔다. 기관장이란 자리가 실력보다는 정치적으로 좌우되고 강 박사가 그랬듯이 주택공사 사장이 바뀌면 또 물러나야만 할지 모른다는 생각에서다. 강 박사는 주택연구소 소장직을 그만두고 곧바로 서울시 기획관(별정직)으로 갔다. 당시 서울시장이 염보현 씨였는데, 경기고교 선배이기도 했지만, 그보다도 고교와 건축과 선배인 이동 부시장의 노력이 컸던 것으로 알려졌다. 지금은 개방직 고급공무원 자리가 꽤 있어서 별문제가 없지만 당시만 해도 별정직이라도 외부에서 국장급으로 영입되어 내려오면 늘공들의 반발과 따돌림이 매우 심했었다. 그래도 강 박사는 워낙 학벌이 좋고 실력이 출중하니까 외부로 드러난 반발은 없었던 것 같다. 그도 몇 년 지나지 않아 시장이 바뀌면서 흥미를 잃었는지 서울시립대학교로 자리를 옮겼다. 그러면서 내게 다시 자기가 맡았던 기획관으로 오면 어떻겠느냐고 내게 전화를 했다. 이번에도 나는 단호하게 사양했다. 안정된 자리가 아니라는 것이 그거절 이유였다. 그러다가 얼마 지나지 않아 명지대학교로 옮긴 것이다. 내가 명지대학으로 가기로 갑자기 결정한 것은 명지대학이 앞서 언급한 대학들이나 공직보다 더 매력이 있어서는 아니다. 이때는 마침 내가 안식년을 마치고 박사 학위 논문을 마무리하고 있을 때였다. 그래서 학위를 끝낸 후 이직을 막연하나마 생각하고 있었다.

대학으로 옮긴 이상, 이왕이면 더 좋은 대학으로 가고 싶은 마음이 생기게 마련이다. 서울대학에 주종원 교수님의 정년퇴임이 가까워 오고 있기 때문에 명지대학에서의 일정을 퇴임 일정에 맞추었고, 공과대학 한민구 부학장(내 고교 및 대학 동창)과 박창호 교수의 도움으로 타 교수들의 반발 없이 무혈입성을 하게 되었다.

서울대학교 교수로서 내 나이가 65세가 됨에 따라 처음으로 정년퇴임을 하게 되었다. 이제는 더이상의 이직은 없다. 물론 한아도시연구소는 내가 명지대학으로 옮겼을 때, 내가 만든 회사인지라 정년퇴임 같은 것은 없다. 그저 내가 건강이 허락하는 데까지 다니다가 그만둘 생각이다.

돌이켜보면, 인생을 살면서 직장의 이전과 같은 중요한 사안을 결정해야 할 순간은 몇 번 찾아오는 것 같다. 내게는 국토연구원으로 가기로 한 결정, 명지대학으로 가기로 한 결정, 그리고 서울대학교로 가기로 한 결정이 내 인생에서 의미 있는 결정이었다. 이 중에서도 명지대학으로 가기로 한 결정이 가장 중요한데 그것은 전혀 뜻하지 않은 곳으로 하룻밤 사이에 이루어졌기 때문이다. 국토연구원은 첫째로 처음 목적한 곳이 아니라 KIST 부설 지역개발연구소로 갔던 것이 유사 기능 통폐합 정책에 의해 타의로 간 것이라, 내가 결정한 것이라 보기 어렵다. 서울대학교로 옮긴 것도 오랜 기간 준비해서 옮긴 것이어서 놀랄 일이 아니다.

이렇듯 인생에서 찾아오는 수많은 기회 중에서 어떤 것을 버리고, 어떤 것을 선택하느냐는 오로지 자신에게 달려 있다. 어떤 기회가 좋은 기회이고, 어떤 기회가 나쁜 기회인가를 판단하는 기준은 자신이 갖고 있는 가치관 및 인생의 목표와 관련되어 있다. 요즈음 대학을 나오는 젊은이들은 어떤 가치관과 목표를 갖고 직장을 선택하는지 잘 모르겠다. 대부분이 입사한 지 1년 안에 이직을 하고 있는데, 다 이유가 있겠지만 장기적인 안목에서 그러는지 의심이 든다. 나는 내 대학 제자들이나 연구소에 들어오는 신입 직원한테 늘 한 직장에서 최소 3년은 견디라고 충고한다. 그래야만 의미 있는 일도 배우고, 전문가로서 인정받을 기회도 생기고, 장기적 목표를 세워 나갈 수 있다고.

이사

부동산경기에 민감한 한국 사람들은 외국 사람들에 비해 이사를 많이 한다. 이사하는 이유는 임대료 때문이라던가, 자녀들의 교육환경 개선, 직장으로의 출퇴근 용이, 부동산 재테크 수단으로서, 등등 다양하다. 나의 경우는 부모님으로부터 독립하기 전에 한 이사는 내 의사에 따른 것이 아니므로 제외하더라도, 도미와 결혼 후, 한국과 미국을 오가며 수없이 이삿짐을 꾸렸다. 그러나 나는 한 번도 주택을 재테크 수단으로 생각해 본 적은 없다.

성북구 동소문동 6가에서 single로 도미.

〈미국 Ohio State University에서〉
- 101 Curl Drive Jones Graduate Tower: 처음 미국 가기 전에 멋모르고 정한 대학원 기숙사로 고급 오피스텔 수준이나 한 달 기숙사비가 $110이나 되었다.
- 229 E. 17th Ave. (75.6) - APX(알파·로·카이): 건축 전공자들을 위한 Fraternity House로 건축과 학부생들만이 거주할 수 있으나 방학 중에는 빈방에 월세를 놓기도 한다($35/월).
- 196 E. Frambes Ave. (75.11~76.2.11): 방학이 끝나고 APX에서 나와 구한 rooming house. 노부부가 자기 집을 활용. 취사 가능($65/월)
- 1986 Indianola Apt. (76.4~7): classmate 3인이 2 bedroom 아파트를 공유($150/월)
- 100 E. Lane Ave. (76.8): 기록은 있는데 어떤 집인지, 왜 이사 갔는지 기억이 안 남.
- 149 W. 10th Av. (76.12): 70이 넘은 할머니가 하숙을 놓다. 취사 불허($35/월)
- 130 West Lane Ave. Apt. (77.7): 결혼 후 보스턴으로 떠나기 전 임시로 거주($120/?)

〈보스턴에서〉
- 1 Peabody Terrace(78.2): Harvard 대학의 기혼자 아파트에서 1년간 거주($200/월)
- 26 Line St. Somerville: 주거비를 줄이고자 rent control 지역의 낡은 다가구 주택에서 1년간 거주($105/월)
- 375 Harvard St. (80.7): 출산을 위해 좀 나은 주거 환경으로($250/월)

나의 삶과 일, 그리고 소중한 것들

〈한국에서〉

- 서초구 신반포동 한신 16차(1981~1982): KIST 지역개발연구소에서 민간인 아파트를 임대해 줌 → 임대권을 국토연구원이 인수
- 서초구 잠원동 대림apt: 한신 집주인이 내보내 대림apt를 국토연구원이 임대해 줌(1982)
- 강남구 대치동 은마apt: 국토연구원 소유분 임대(1983~1988)
- 강남구 대치동 미도apt 211동: 국토연구원이 은마apt 매각으로 미도apt 임대(1988)
- 강남구 대치동 미도apt 206동: 개인적으로 임대(1989~1993)

〈미국에서〉

- 1993~1994년 안식년을 미국에서 지내기 위해 1년간 보스턴 인근 Brookline으로 이사
- 306 Tappan St.(93.9~94.?): 안식년을 지내기 위해 Brookline의 아파트로 옴. 2-bed
- Dexter Park(94.): Tappan 집주인이 파산하여 이사함. 2-bed

〈한국에서〉

- 강남구 대치동 미도apt 205동: 개인적으로 매입(1994.11)
- 강남구 대치동 미도apt 102동: 205동 보수 공사로 102동 개인적으로 매입(2000)
- 강남구 도곡동 SK 리더스뷰: 개인적으로 임대
- 강남구 대치동 미도apt 205동: 자가로 재입주
- 서초구 서초동 현대슈퍼빌(2016~): 미도apt 205동을 팔고 개인적으로 매입(2016)
- 노후 건강을 위해서 임시적으로 도미를 결정(2018). 한국의 집은 그대로 비워 놓고 한국과 미국을 3개월씩 돌아가며 거주하였다.

〈LA에서〉

- 3785 Wilshire Boulevard SolAir, LA(2019~2021): 코리아타운 중심가의 고층 콘도로서 unfurnished. 주변에 노숙자들이 많고 거리 청소가 안 되어 있음. 2-bed. ($3,900/월)
- 825 South Admore, LA(2021~2022): 코리아타운 근처 멕시칸 지역으로 Air B & B, furnished ($4,300/월)

〈Laguna Woods〉

- 4001 Calle Sonora 2D: Senior Town, unfurnished, 환경이 좋고 비교적 조용함. gated community, 2-bed($2,700/월)

　이사를 이토록 많이 다니다 보니 집 안에 오래 남아나는 것이 별로 없다. 내 추억이 담긴 소중한 문서, 상장, 사진, 편지, 그림 등은 이사하는 과정에서 상당 부분 유실되었다. 그런데도 내가 내 물건에 대한 애착이 강하다 보니 많은 유물들이 아직까지 흩어져 남아 있는데, 이제 갈 날이 많이 남아 있지 않다 보니 어떻게 처리해야 할지 난감하다. 이러한 것들은 내게는 소중하지만 wife나 내 딸도 별 흥미를 보이고 있지 않다. 예를 들어 내가 초등학교 5학년 때부터 모아 온 60년도 더 지난 우표책은 아직 내 책장에 남아 있지만 내 손자들은 아무도 관심을 갖지 않는다. 그리고 내 일생 동안 챙겨 온 연장들-제도기, 화구, 철물 공구 등-과 어렵게 모은 원서와 자료들, 각종 상패, 출판물 등, 나로서는 하나도 버릴 것이 없지만, 내가 아닌 다른 사람들 눈에는 몽땅 버릴 것들이리다.

　　　　　　　　　　　　　　　　　　　　　　　나의 삶과 일, 그리고 소중한 것들

그리고 소중한 것들

부모·형제들의 편지

1975년~1981년 유학 시절

내가 1975년 6월에 유학길에 오른 이후 어머님은 거의 이틀에 한 번 꼴로 편지를 보내셨다. 편지는 그야말로 19세기 말 언문체 서울 말씨로 쓰셨는데 그것은 어머님이 한글을 외할머니로부터 배웠기 때문이다. 편지지는 주로 두 번 접는 항공 엽서를 사용하셨는데 그것이 간단하고, 비용도 저렴했다. 겉장의 주소는 주로 막내 누님이 써 드렸다. 편지는 엄청나게 많은 양이었는데, 내가 이사 다니느라고 상당 부분은 잃어버렸다. 반대로 나는 공부하기에 바쁘다는 핑계로 자주 편지를 답장하지 못해 죄송할 뿐이다. 나머지 가족들도 가끔은 편지를 보내 주었다.

근혁이 보아라

너를 보내고 갈피를 못 잡던 어미의 심정 말할 수 없던 중, 너의 글씨를 너를 본 듯, 세 번째 받아 보았다. 모든 게 생소한 고장에 제대로도 말도 못 통하니 얼마나 고생이 되고, 신경이 쓰여 네 모양이 오죽하랴. 보는 듯하다. 수일간 몸 성히 잘 있으며, 기숙사 방은 정한 모양이니 그동안 둥둥 떠다니어 얼마나 고생하고 신세만 졌구나. 사람이 살려면 그런 일도 있겠지. 이모 댁엔 인사 편지는 보냈다. 여기도 편지가 오늘 왔더라. 네 칭찬을 많이 하고, 방학하면 또 오라더라. 한국은 아무 별고 없이 잘 지나가고, 너 간 후로 날이 몹시 더워 네가 일찍 잘 갔다고 했다. 그런데 아직도 학교에 등록을 못 하다니, 그동안 또 등록되었는지 궁금하구나. 네가 객지에 가 보니 돈이 하도 많이 든 것 같아 그러지만 처음엔 더 돈이 들 게다. 자리가 잡히면 좀 덜 하겠지. 객지에선 몸 성한 게 돈 버는 거니 몸조심 잘하고 너무 걱정하지 마라. 이왕에 공부하러 간 거지 돈을 구하러 간 것은 아니지 않니? 여긴 너 있을 때나 아직은 똑같다. 석범이 집 이사하느라고 며칠 분주하였다. 네 물건은 차차 보내도록 하고 연락도 하마. 필요한 물건은 차차 한 가지씩 생각해 편지하면 인편 있는 대로 보내 주마. 네 방을 정하고 짐을 푸니 발을 쭉 펴고 잠을 자겠구나. 기숙사엔 방은 좋다지만 식사가 이상하지나 않으냐? 비싸도 배가 안 고프도록 간식을 할 것을 사다 두고 먹어야 한다. 남의 손에 먹는 사람은 허기를 지는 거란다. 허기를 질 때, 사람이 지치는 거야. 몸조심 잘하고 잘 있어. 짐도 잘 챙겨 두고, 입학되면 편지하라고 하신다. 아버지가 날마다 네 소식만 기다리신다.

– 1975년 6월 27일 모서

건혁이 보아라

일전 편지는 보았을 듯하다. 그간 객지에 몸 성히 잘 있으며, 식사나 과히 불편하지 않으냐? 기숙사에서 삼시를 다 주느냐? 네 뱃속에 매일 찬 거만 들어간다니, 오죽 괴로울까 한다. 학교는 입학이 되었을 듯도 한데, 공부 시작이 되었니? 가지고 간 짐이야 잘 갔겠지만 척 부친 건 잘 찾았으며, 모든 걸 잘 간수하여야지. 혼자 하는 살림인데. 벌써 너를 못 보고 지난 날짜가 한 달이 되는구나. 집에 어미는 별고 없이 그 모양 잘 지내가며, 너 잘 있길 빌고 있다. 네가 말하든 친구에겐 연락이 갈 거다. 네가 여기서 하도 구차하게 사는 것만 보다 그곳에 가니까, 하도 다르고 하여서 그러는구나. 네가 잘 알아 하겠지만 장학금 없다고 너무 근심하지 마라. 차차 살길이 나서겠지. 아직은 마음 편히 잘 있거라. 매달 학비는 보내 줄 거고, 가지고 간 돈이나 잘 두고 써라. 혹 친구한테라도 꾸어 주지 말고, 살 건 다 샀느냐? 타이프도 사고 일용품을 다 사고? 또 필요한 물건을 말하면 보내 주마. 일전에 조의완이가 자기가 외국 갈 때 자기는 돈이 없으니까 너한테 보낼 돈 있으면 제 편에 부치라기에 없다고 하였다. 그런 애들에게 보내겠니. 어른 인편도 있더라. 마 전무 아들이 그 학교에 다녀서 그 마 씨가 미국을 가려고 하신단다. 여러 가지로 바쁜 중 편지하는 고생 많이 하였겠더라. 여러 집에 다 왔더라. 네 친구들 가끔 전화가 오더라. 소식을 몰라서. 아버지께서 기숙사가 방이 좋다고 한다고 기뻐하신다. 편안한 방에 있어야 공부가 잘된다고 학비는 보내 줄 테니 너무 걱정하지 말고 몸조심 잘하고 잘 있으라신다. 이모가 너를 보고 하두 칭찬을 하여 응암동에 편지를 하였더란다. 네가 이모님 눈에 든 모양이다. 할 말은 하두 많아도 쓸 수가 없다. 잘 있거라.

- 1975년 6월 30일 모서

근혁이 보아라

편지 본 지가 이십일 되니 궁금하다. 객지에서 그간 몸 성히 잘 있으며, 공부 시작을 하였니? 얼마나 어려운 점이 많고, 첫째, 말이 안 통하여 오죽 고생될까 한다. 요새는 식사는 어찌 되었니? 배 속이 불편치나 않니? 얼마나 고생될지 보는 듯하구나. 학교에 공부 시작을 하였으면 바쁘기도 할 거고, 돈 보낼 날짜도 될 터인데 소식이 없는지 편지를 하도 많이 쓰느냐고 바빠냐? 한국은 아무 별일 없이 한 모양 잘 지내고 요새는 장마 시초로 무더운 날씨에 쓸쓸히 지내간다. 아버지께서는 생활비 부치란 편지 오길 기다리고 계시다. 나는 할머니께서 오셔서 계시다 오늘 가신 후, 편지를 쓴다. 거기도 날이 더웁겠지. 음식 조심 잘하여라. 거기에도 너를 좀 도와주는 선배가 혹 있니? 외로운 곳에서 한 사람이라도 있으면 좋겠다. 너무 신경 쓰고 걱정하지 마라. 살려면 잘되어 가는 거다. 인제는 벌써 네가 집을 떠난 지도 한 달이 넘었구나. 마음에 정리도 되었겠지만 신경 쓰지 말고 살아라. 모든 게 궁금하여 편지 쓰면 다 못 쓰고 그친다. 잘 있단 안부 전해라.

- 1975년 7월 9일 모서

나의 삶과 일, 그리고 소중한 것들

건혁이 보아라

　수차 편지 보냈는데 답장이 없고 아무 말도 없으니 참 궁금하다. 그동안 바빠서 편지를 못 부쳤는지 몸이 불편한지 참 궁금하구나. 네가 19일 날 부친 편지 보고 입대 아무 소식이 없구나. 잘 있는지, 학교에 다니는지, 여러 가지로 궁금하다. 더운 날씨에 의복 빨래는 어떻게 하며, 음식에 불편한 점도 많을 터인데, 찬 거만 먹는다니 이젠 좀 습관이 되었니? 이곳 어미는 하는 일 없이 모든 게 궁금만 하구나. 집에는 아무 별고 없이 잘 지내 간다. 형과 누이들이 날마다 왔다 가곤 하는데, 쓸쓸한 건 마찬가지구나. 여긴 장마 비가 날마다 오기에 지저분하고, 나는 신경통이 생겨 몸이 무겁구나. 장마가 거치면 낫겠지. 네가 집을 떠난 지 꼭 사십일 되었는데, 여러 가지 생활이 정리는 되었니? 너무 신경 쓰지 말고, 몸조심 잘하고 있거라. 돈을 구하느라고 근심하지 말고 착실히 공부하면 살아갈 도리가 생기겠지. 일간 편지가 올지도 모르겠지만 이 편지 보는 대로 답장 좀 하여라. 잘 있기 바란다. 인천에 있는 친구가 전화하더라. 네가 있는 줄 알고 친구들이 가끔 전화 걸더라.

– 1975년 7월 15일 모서

건혁이 보아라

　네가 떠난 지 벌써 일 개월 이상이나 지났구나. 그 사이에 몸 성히 잘 지낸다는 소식은 여러 차례 편지로 잘 알았다. 여기 형편은 한결같으니, 그만 다행이다. 7월분의 생활비를 보내야 하겠기로 너의 회신을 월초부터 기다리다가 겨우 오늘 받았다. 그러나 송금할 구비서류가 없어서 요 다음 기회로 밀 수밖에 없으나, 그간의 비용이 상당히 났을 것이고, 송금 받을 때까지의 곤란을 당할까 봐 염려된다. 물가가 한국보담 5배 이상이나 비싸고 부자유스러운 일이 한 두 가지가 아닐 것이다. 청운의 뜻을 품고 무리한 여건하에 면학하는 몸으로서 건강에 항상 유념하여야 한다. 제대로 공부를 하자면 여기보담 몇 배 이상의 노력과 정력이 필요하다는 소문이 들리므로 나는 항상 염려하고 있다. 너의 성격으로 보아 무리한 생활태도로서 건강을 상치나 않나 하고 공연한 걱정만 하고 있을 뿐이고, 그 뒤를 넉넉히 대주지 못함을 恨하고 있다. 모든 것이 운이며, 운을 타개하는 노력도 역시 운이니 너의 好運이 깃들어 순조로운 앞날을 기원할 뿐 이다. 모든 것이 如意하게 진행하고 귀인을 만나 뒤를 잘 보아 줄 수 있을 것으로 믿고 있지만, 그리 쉬운 일이 아닐 것이다. 인생 항로에 험한 일이 한두 가지가 아닐 것이다. 그러나 이것을 인내심으로 극복하여야 할 것이다. 나는 무력하여 적극적으로 너를 후원하지 못함을 원망하지 말라. 나는 맘만 너를 믿고 성공하고 돌아올 날만 기다릴 뿐이다. 서신의 왕복이 20일간이나 되므로 모든 일에 차질이 없도록 경제적으로 큰 곤란을 당하지 않도록 유념하여라. 무슨 방법으로든지 뒤처리는 하여 주려고 한다. 이만 줄이고 내내 몸조심하여 건강히 활동하기 빈다.

- 1975년 7월 21일 부서

건혁이 보아라

기숙사에 들어가 부친 편지 보고 소식이 없어 궁금하였다. 그동안 잘 있으며, 얼마나 바쁘겠니. 아무리 바빠도 네 몸을 잘 위하고, 다른 걸 생각해야 한다. 그동안 이사를 하였다니 잘하였다. 사람 구경도 하고, 음식도 마음대로 먹고 한데, 귀찮아 어찌하니. 밥해 줄 사람이나 하나 생겼으면 좋겠다. 지금은 처음이니까 그렇지 날이 길고 공부 시작하면, 어려울 거지. 네가 자세한 편지한 걸 보고 어미는 안심된다. 잘 먹고 잠 잘 자고, 네가 늘 귀찮은 배 속이나 낫고, 살이나 오르면 좋겠다. 음식에는 그리 불편이 없을 줄 안다. 찬 걸 먹는다기에 걱정을 했더니, 네가 해서 먹으니 마음 놓인다. 벌써 간 지는 두 달이 되는데, 학교가 마음에 안 들어 또 신경을 쓰겠구나. 그건 여기서 알고 간 거니까, 잘 생각하여 해라. 네가 다 잘할 것 같구나. 선배들하고 잘 상의해 살아가야지. 외로우니까. 이곳은 여러 집안 내 잘 있으며, 어미도 한결같이 잘 지내 간다. 집만 지키고 앉아있다. 한국은 비도 안 오고, 매일 심한 더위 못 견디겠는데, 네가 여기 있으면, 2층에서 고생할 뻔했구나. 넓고도 시원한 고장에 갔으니 잘 먹고 식양을 좀 늘여 먹어라. 네 증권은 작은형이 다 팔아 놓았다. 다 오십만 원을 해 왔다. 이다음에 부쳐 주마. 그리고 음식물 같은 걸 보내지 않을게. 돈이나 보내 주어야지 생각하고 있다. 아버지가 편지 하신 것도 보았니? 네 편지를 보고 너무 반가워서 편지를 얼른 써다 부치셨다. 무어라고 하였는지 잘 보았니? 그리고 겨울에는 이불은 무얼 덮는지도 잘 생각하여 보아야 한다. 편지 한 번 왔다 갔다 하면 한 달씩 걸리니까 말야. 인제는 안심하고 있겠다. 잘 있거라. 한국은 시국이 편안하고 조용하다. 물가만 비싸고 나날이 오른단 소리지 잘 있다. 편지만 바란다.

- 1975년 7월 23일 모서

나의 삶과 일, 그리고 소중한 것들

건혁에게

어제(7/30) 너의 편지를 받아 몸 성히 잘 있다는 소식 듣고 마음이 놓이며, 여기는 별고 없이 잘 지내어 아무 걱정이 없어 다행이다. 즉시로 문교부에 가서 송금 수속을 하였다. 문의한 학위 못 받는 특별학생에게는 생활비 송부는 허락되지 않는다 한다. 8월 1일부터는 문교부를 경유치 않고 직접 외환은행에서 취급토록 되어 좀 간소화가 되었다. 오늘(7/31) 7, 8월분(각 $600), 두 달 치 $1,200을 ANo. 60056-240 The Huntington National Bank of Columbus P. O. Drawer 1558, Columbus, Ohio 43216에 우편 송금하였으니 그리 알고 상기 은행에서 直給이 갈 것이니 곧 推尋하여라. 학교 문제는 네가 잘 알아서 처리할 것으로 믿으나, 내 생각으로는 좀 더 신중히 검토할 것이지 남의 말에 들떠서는 안 된다고 믿는다. 계○○(닭벼슬?)가 될지언정 우후(소꼬리)는 되지 않는 것이 좋은 것이다. Ohio 대학 부총장이 한인이어서 한인들에 대하여 많은 편의를 제공하고 있다는 소문이 있으니, 장학금 케이스를 얻어 보도록 노력하여 보는 것도 一策일 것이다. 박사코스 밟기 위하여 타교로 전학한다는 것은 별 문제이지만 너무 조급히 굴지 말아야 할 것이다. 내내 몸 건강히 분투노력하기를 바라며 모든 것이 여의 하게 계획대로 진행되기 바란다.

– 1975년 7월 31일 부서

(추신: 송금 받는 즉시 편지하여라. 수표로 보내는 것보담 편리한지 알 수 없다.)

건혁이 보아라

오늘 네 편지와 사진을 반갑게 보았다. 보고 싶던 네 얼굴 자꾸 보고 있다. 잘 있다니 든든하고. 날은 더운데 답답하겠지. 음식 조심하여라. 요새 좀 한가할 때, 잘 먹고 잘 자고 있어야 공부 시작하면 피로할 터인데 일전에 네 편지 보고 아버지께서 돈도 부치고 편지도 하시었는데, 그동안 잘 보았을 듯도 하다. 생활비도 잘 받았는지 편지해라. 작품 책도 오늘 부치신다고 나가셨는데 잘 부치기나 하셨는지 아버지는 하도 수선스러워서 마음이 안 놓인다. 친구 집 편지도 잘 부쳤다. 한국에 있는 친구들은 편지를 안 할 것이다. 처자식 먹여 살리기 바빠서 언제 편지하겠니. 우리가 미국 가는 게 처음이 되어서 필요도 없는 물건을 가지고 갔구나. 한 쪽에 밀어 두고 학교는 다음에 수속 하는 게 더 옳은 일 같다. 네가 잘 알아 하겠지. 첫째, 말이 통한 다음에 좋은 학교로 가면 얼마나 좋겠니. 장학금도 타고 천천히 잘해라. 나는 너를 믿는다. 한국은 금년에는 왜 그리 더운지 날마다 비 오고 더웁고 귀찮게 산다. 네가 정하고 좋은 곳에 가서 잘 있으니 다행이나, 혼자 가서 외로울 게 걱정이지 다른 거야 무슨 걱정이냐. 돈은 있는 대로는 보내 줄게. 너무 절약한다고 걱정 마라. 잘 먹고, 좀 살이 많이 붙은 얼굴로 사진을 해 보내라. 여긴 집 내 별고 없으며, 나는 두 늙은이 잘 먹고, 잘 지내 간다. 셋째 외삼촌이 위중해서 암만해도 일간 돌아가실 것 같다. 너 갈 때부터 앓더니 진찰 결과, 암이라니 수술도 해 보아도 할 수 없이 인제는 한 길 밖에 안 남아 걱정이다. 할머니 형편이 딱하다. 셋째 삼촌이 나이가 오십인데 형제 중 먼저 가나 보다. 등 척추뼈와 간 사이에 생긴 암이라니 전신에 다 퍼져서 할 수 없단다. 그리고 네 양복은 두 벌씩이나 너를 기다리고 있는데, 소용이 없겠구나. 입지도 못하고 웬만하면 갔다 입어라. 이모댁은 말만 들었더니 사진을 네 덕에 보니 참 좋구나. 그동안 집을 구했는지 소식도 모른다. 너 편지 한 번 해라. 그리고 너 가기 전에 가회동 ○씨 집 신부를 차에서 만나 보고 인사하고 헤어졌다고 네가 맘에 있으면 편지한다고 말 하더라. 난 만나 보았단 말도 못 들었는데 하고 보냈다. 정말인지 잘 있단 소식 듣길 바란다.

- 1975년 8월 5일 모서

건혁이 보아라

학비를 부치고 처음이니까 잘 갔을까 궁금하였다. 네 편지 보니 잘 받았다니 마음 놓인다. 그간 잘 있으며, 배 속은 요샌 좀 나서 편한지 궁금하다. 가을엔 잘 먹고 살이 올라야 한다. 네가 그리 바쁘고 신경 쓸 것은 다 알고 있다. 요샌 벌써 간 지 세 달째 되었으니 모든 게 다 정리가 되었을 줄 알고 마음 놓

나의 삶과 일, 그리고 소중한 것들

고 있다. 네가 잘 있다는 편지와 학교에 다닌다는 소식 들은 후로는 이 집에선 안심하고 있다. 처음에 편지가 한데 모여 가지고 이십여 일 소식이 없어서 궁금하였다. 그리고 누가 편지하든지 그건 다 가짜 인사말이고, 답장할 필요도 없고, 네가 다 알아서 할 거니까 아버지와 나는 네가 거기서 하는 일에 훈수할 수 없다. 가 보지도 못한 생활에 여기서 무어라고 하겠니. 이왕에 먼 데 가 공부할 때엔 좋은 학교를 하는 게 얼마나 좋겠니. 그건 다 네가 알아서 하여라. 어미는 더욱 좋은 학교를 기대할 것 아니냐. 네 마음은 어미가 더 잘 알게 아니냐. 그리고 내가 여기서 하던 말과 같이 학비는 보내 주건 예금을 하여 두어라. 여러 말 하지 말고, 내가 빚을 얻어 보내질 않을 테니 네가 하나도 염려 마라. 보낸 건 받아 은행에 맡기고, 너무 절약한다고 먹지도 않고 살지 마라. 벌써 내가 이른 말을 다 잊었느냐? 학비를 있는 데까지는 보내 주마 한 말, 이다음에 보낼 돈도 다 준비하고 있다. 편지는 돈이 오고 갈 때만 편지를 하고 간단히 하여라. 신경 쓰지 말고 너는 객지에서 외로우니까 여기서 가는 편지만 보아라. 내가 아들을 잘 두었기로 그리 매사에 불안하진 않다. 잘 생각해 하여라. 이모님이 네가 맘에 들어서 그러나 보다. 네가 가서 얼마나 잘했는지 자꾸 네 말 한단다. 외로워서 그러나 보더라. 집 판 게 말썽이 생겨 속이 상한다더라. 외삼촌은 이십 일 날 돌아가시고, 나는 십구 일 날 제주도 여행을 갔다가 장사 날에야 왔어. 그래서 그 집 가서 다 일 보고 집에 오니 피로한데, 아이들은 자꾸 오고, 정신이 없다. 말도 잘 안 된 편지 바쁜데 눌러 보아라. 네가 잘 갔지. 서울은 더워서 못 살겠다. 삼십오 도란다.

- 1975년 8월 24일 모서

근혁이 보아라

네가 보낸 카드는 반갑게 잘 받았다. 바쁜 중에 보내서 너를 본 듯이 예쁜 카드를 생일 날 받았구나. 그간 몸 성히 잘 있으며, 이를 뺐다니 그 후 잘 치료되었니? 궁금하다. 네가 집을 떠나간 지가 삼 개월이 되는구나. 개학 날짜도 되고 인제는 완전히 공부가 바쁘겠구나. 네가 하는 식사에 조심하여라. 잘 먹고 너무 아낀다고 상한 것 먹지 말고 건강을 돌보아라. 집에서 보다 뱃속은 편한지 늘 그게 걱정이지 다른 거야 무슨 걱정이냐. 여긴 석 달을 두고 하도 더운데 그중에 여행을 가서 땀을 흘려 가며 제주도 구경을 다 하고 왔단다. 구경도 잘하고 돈도 많이 들고 분주했다. 집은 큰형이 와 자고 낮에는 복남이가 있다 간단다. 석범이는 날마다 온다. 혼자 다니니까 제 맘대로 오지. 요새야 좀 모든 게 정리가 된 듯하다. 또 큰형이 내일은 아파트 사논 대로 이사를 간단다. 인제 그 집이 팔려서 우리 집도 팔아야겠는데, 아직 아무도 안 와 본다. 네 편지에 내복 말이 있는데, 날이 추어지면 입었다가 버려라. 빨기도 귀찮은데. 그리고 필요한 것만 두고 선물용 가지고 간 건 쓸데없는 건 다 싸서 다 처리하여라. 공연히 짐만 되지 않니? 하루 이틀 집에 올 것도 아니고, 처음 싸 본 짐이라 몰라서 가지고 가느라고 너만 고생을 했구나. 작은형도 편지를 한 모양인데 무어라고 하였는지, 그건 다 인사차로 하는 편지니 바쁜데 답장할 필요 없다. 한국에서도 간섭도 안 하든 형들이 제가 언제 미국 가 보았나, 무슨 훈수를 하겠니. 인제는 네가 편지를 하도 자세히 하여서 보는 듯하니까 덜 궁금하다. 네가 자전거 타고 시장 가는 모양 좀 보고 싶고나. 잘 있길 바란다. 말이 잘 안 되어도 보아라.

— 1975년 9월 4일 모서

건혁이 보아라

궁금하던 차에 오늘 편지는 잘 보았다. 그동안 잘 있다니 다행이고, 집을 완전히 이사한 모양이니 마음 놓인다. 방도 널찍하고 조용하다니, 한참 살면 좋겠구나. 금년같이 무서운 더위가 이제야 다 갔나 보다. 찬바람이 분다. 이제는 음식을 잘 먹고 살이 많이 찌는 때니 돈 아끼지 말고 잘 먹고 잘 있거라. 요샌 설사나 안 하는지, 비타민 같은 것도 사 먹고, 아무리 바빠도 몸을 돌보아야 할 게 아니냐. 누가 보아주는 사람도 없는데 몸무게가 좀 늘었나 했더니 더 줄었다니 네가 잘 알아서 하겠지만 살 수 있으면 약도 사 먹어라. 암만해도 네가 혼자 해 먹는 게 오죽하겠니. 그러니까 그 나머지는 약을 먹어야지. 집에는 별고 없이 잘들 있고, 추석이라고 형들 식구들 왔다 갔다 지냈다. 집들이 멀어서 자주 못 온단다. 내가 제주도 갔다 와서 편지를 두 번 하였는데 한 번도 못 본 거 같구나. 네 편지에 카드 말한 건 아무것도 온 일 없다. 여름에 그 더운데 열심히 한 공부가 점수가 잘 나왔다니 참 좋구나. 네가 어디를 가나 겁날 게 있니. 미국 가서 처음 들은 과목인데 잘했다니 얼마나 마음 놓인다. 아버지께서 얼마나 좋아하신다. 네가 송금해 보내라는 편지 오기만 기다리신다. 돈이 값이 더 오르기 전에 가져갈 수 있는 건 완전히 갔다 미국 은행에 예금하는 것도 좋지 않으냐. 네가 다 알아 하고, 집에는 돈도 좀 생기고, 형들이 두 늙은이가 사니까, 자꾸 돈을 주더라. 네가 있을 때나 똑같이 지내 가니 집 걱정은 하나도 하지 마라. 아버지가 그전에 준 돈을 좀 받았어, 그래서 잘 지내고 있다. 예쁜 카드를 받았단 편지했는데 이사를 해서 못 보았나 보다. 잘 있길 바란다. 귀찮아도 조석을 잘 먹고 잠 잘 자고 기분 좋게 있어야 살이 찌는 거야.

— 1975년 9월 21일 모서

어제 네 편지는 반갑게 잘 보았다. 그동안 잘 있고, 얼마나 요새 바쁘냐. 조석이나 잘 먹고 다니느냐. 여기도 별고는 없다. 이번에 네 편지 자세 보았다. 잘 보고 네 형편을 생각하고 있다. 객지에서 외롭게 고생하는 너에게 도와주고 싶기만 하다. 이번에 등기로 편지가 가서 웬일인가 하였지? 너에게 길게 이야기하고 싶어 그런 거다. 바쁜 중에 형, 누이 편지가 날마다 갔다니 보기도 바빴었겠다. 한데 몰려갔구나. 편지 가건 보고 말아라. 답장할 생각 마라. 안 해도 된다. 식구대로 편지를 어떻게 하겠니. 내가 네가 한 번 다녀갔으면 한 말은 네 사정을 잘 몰라 한 말이니 네가 그런 줄 알아라. 모든 게 보고 ○○지 못하니까 그런 거다. 평생에 아들을 처음 보낸 부모가 되어 그렇지 않으냐. 그리고 네 선배 집에도 잘 말하였다. 얌전한 집이더라. 네가 한국에 있을 때 얼마나 신용 있게 잘하였는지 공대 교수들이 칭찬을 한다는 소문과 오년 후배까지 네 주소를 알려고 오더라. 그런 네가 큰일을 해야지 친구들한테 뒤지면 되겠니? 네가 잘 알아서 하면 우리야 따라가는 게 아니냐. 여기선 네가 몸 성히 잘 있기만 빌고 있다. 거기 형편대로 잘해야 한다. 그리고 신부는 네가 미국 간 후에도 찾는 사람들이 종종 있는데 아직 기다리라고 하였었다. 네 말 없이 볼 수도 없고 하였는데, 인제 날더러 찾아보라니까 골라 볼 테니 그런 줄 알아라. 내가 잘 골라 볼게. 기다려 보아. 가회동 유 씨 집에선 지금도 가끔 조르고 있단다. 기다린다고 할 일도 없는데 찾아보아야지. 일전에 고원도 엄마를 만났는데 이야기들 하다 원도가 여름 방학에 다녀갔다고 날더러도 내년 방학 때 다려다 보라기에 아들 보고 싶은 마음에 편지한 거다. 아버지는 네가 공부하기도 바쁜데 잔소리 말라신단다. 네가 다 알아 할거라고 하신다. 한국인, 미국인을 다 물리치고 일등을 하려면 얼마나 노력하였겠니. 요새도 공부가 바쁠 테니까 인젠 편지도 한참 있다 해라. 자세 다 알았으니까 대강 소식 적어 보내라. 녹음 테이프를 잘 받았다. 맞바로 틀어 보니까 돈야 얼마 안 되니 그런 걱정은 마라. 네 학비도 안 보내고 하는데 돈은 있으니 걱정 마라. 참 너도 등록금도 하나도 안 가져가면 곤란한 건 없이,

그리고 소중한 것들　　　　　　257

돈 없건 말하지 혼자 공연히 애쓰지 마라. 그럼 잠 좀 잘 자고 있어라, 요샌 날이 고르지가 않으니 감기 안 들게 옷 잘 입고, 잘 있거라. 나는 네 편지를 하두 자세히 길게 써서 자꾸 읽어 보고 있다. 보면 볼수록 안심된다. 잘 있거라 나는 네 편지를 보면 꼭 답장이 하고 싶어 또 편지한다. 대강 보아. 일주일에 한 번씩 보아라.

- 1975년 10월 7일 모서

건혁이 보아라

　고대하고 고대하던 서류가 오늘 10월 7일에 겨우 와서 곧 환금 은행에 가서 전례대로 별도 order와 같이 우편환으로 송금하였다. 그런데, 경과된 9월분 생활비는 인정이 안 되어 10, 11월분 생활비하고 등록금 $ 1,897만 보내게 되었으니 그리 알아라. 이다음부터는 우편 왕복일수(25일간)를 참작하여 아무리 여유가 있더라도, 또 바쁘더라도 속히 수속하여 서류를 만들어 보내기 바란다.(즉, 75/12~76/2 3개월분 청구서를 11월 20일 이전에 보내라.) 송금제도가 바뀌어져서 외환은행에서 직접 등록금과 생활비 3개월분을 한꺼번에 보내도록 되어 있으니 그리 알고 있기 바라며, 집안 형편을 과히 염려하는 나머지 실기하는 일이 없도록 하기 바란다. (실기하면, 혹시나 환율 변경도 있을 수 있다.) 내가 비록 餘蓄은 없으나 너 하나 성공시킬만한 준비는 마련되어 있으니 조금도 걱정을 하지 말고, 무리한 일, 분수에 넘는 일은 삼가는 것이 좋다. 항상 건강과 체력에 유의하여 든든하고 씩씩한 대장부가 되어야 한다. "身外無物"이란 옛말이 있지만 몸이 괴롭고 약하면 권력도 소용없고, 부귀영화도 소용이 없는 것이다. 성공의 뒷받침은 어디까지나 건강이 제일이다. 끝으로 요새 신문지상에 소개되어 알았는데, 미국을 비롯한 세계 80여 개 나라를 휩쓸고 있는 창조지능학(SCI)과 초험적 명상술(TM)에 대하여 좀 관심을 가지고 많이 배우고 연구하여 TM실천자가 되었으면 좋을 것 같다.(부탁?) 끝으로 너의 불절불굴의 분투노력과 절제를 빌며 이만 그친다. 집안의 모든 상황은 매우 순조롭게 잘 되어가고 있으니 방심하고, 오로지 면학과 건강관리에만 전심하기를.

- 1975년 10월 7일 밤 부서

건혁이 보아라

일전에 편지 보고 궁금하던 차에 오늘 네 편지 자세히 보았다. 잘 있는 것 같구나. 날마다 쓸쓸해지는 날씨에 몸조심 잘하고 구미에 맞게 잘 먹어라. 몸이 건강해야지 객지에선 더 조심해야지. 잠을 그리 잘 못 자고 공부하는데 먹기나 잘해야 한다. 여긴 댁 내 별고 없이 잘 지내고 아버지 모시고 잘 있다. 너 올 때까지 잘 있으려고 몸조심을 잘들 하고 있다. 두 형의 집은 다 이사 가서 잘들 있다. 아파트가 참 너무 좋더라. 너무 멀어서 자주 못 오고, 사람 구경하기 어렵다. 복남이도 아주 가서 큰누이도 못 다니지. 석범이만 저 혼자 왔다 갔다 한단다. 이곳은 다 편안하게 잘들 살고 있는데 너만 고생을 하질 않니? 어서 다 마치고 와서 편히 살아야지. 이번에는 편지가 제대로 왔구나. 학비는 부쳤는데 아버지가 편지도 하셨으니까 잘 갔을 거다. 바쁘건 편지하지 마라. 안 기다릴게. 하숙집 주인을 잘 정한 것은 참 다행이다. 네가 또 잘하니까 먹을 걸 다 주겠지. 둥글둥글 다 잘하고 잘 있거라. 이번에는 돈이 좀 덜 갔다고, 이다음에는 속히 증명서를 보내야 제 금액이 다 갈 거라신다. 돈을 아낀다고 너무 절용하지 마라. 너의 편지를 여러 번 보아 생각하니 네가 처음 갈 때, 좋은 학교를 선택 못 해 그렇지 않으냐. 이왕 그렇게 된 거 거기서나 잘하면 기분 좀 좋지. 말이나 완전히 통하고 나서 연구해 보아라. 한국서 제일 좋은 학교에서도 제일 잘한 사람이 또 무얼 배우겠니. 미국에도 제일 좋은 학교나 갔더면 좀 배울 게 있을지, 네 맘에 들지 않아서 그렇지만 두고 보자. 잘되겠지. 벌써 시월도 십오 일이야 인제 추운 겨울만 남았는데, 담요를 안 가지고 가서 어찌하는지 잘 알아 기별해라. 너무 신경을 지나치게 쓰지 마라. 고기 사다 잘 먹고 잘 있어. 해주는 사람도 없는데, 시간 맞추어 먹어야 한다. 잘 있다 한가하건 편지하여라.

– 1975년 10월 15일 모서

오늘 너의 편지는 잘 받아 보았다. 객고가 대단한 것으로 보이나, 아무 탈 없이 잘 있다니 다행이다. 여기는 다들 평안히 잘 지내고 있으나, 노경에 든 몸이라 점점 젊어질 수는 없는 것이다. 너무 부모에 대하여 염려는 하지 말아라. 너에게 항상 부탁하는 말이지만 身外에 보물이 없으니, 재능보담 건강관리에 더 유의하고 무리한 일, 과분한 일은 삼가는 것이 좋을 것이다. 네 편지 내용을 잘 검토하여 보면 너의 고충도 짐작이 되고 남음이 있다마는 옛말에 "한 우물을 파라.", "토끼 두 마리 쫓다가는 한 마리도 못 잡는다."

는 것이 있고, "닭의 주둥이가 될지언정, 소의 꽁무니는 되지 마라"는 말이 있다. 여태껏 터 닦아 논 게 허사가 되니 다소 배울 것이 없다고 생각나더라도 꾹 참고 공부하여라. 복습하는 셈만 치고 있으면 되지 않은가? 다른 학교도 별 수 없는 것이니 전학은 단념하는 것이 좋다. 우선, 지금 있는 학교에서 학위를 따고 나서 볼 것이다. 우리나라 기계공학 발전에 지대한 공헌을 해 온 장경택 박사도 KIST기계공학부장도 '오하이오' 대에서 기계공학을 전공하여 세계 기계공학계에서 높이 평가받은 바 있다는 신문기사(박사가 10월 10일에 별세)를 보고 '오하이오' 대학이 과히 나쁘지 않은 것을 알았다. 모든 것이 자기의 할 탓이지 학교가 무슨 소용이겠는가. 돈 주고 박사 학위를 사는 세상인데,– 모든 사정이 호전되고, 좋은 기회를 얻게 되면 박사 학위를 얻기 위하여 더 좋은 학교로 옮기는 것은 누구나 말릴 사람 없으며, 나는 찬성한다. 지나간 6개월 동안만 하여도 너의 견문한 것과 어학 실력이 향상된 것이 사실이며, 쉴 새 없이 도서실에서 공부한 것만 해도 큰 소득인데 별로 배울 것 없다는 것은 무슨 말인지 모르겠다. 향학심은 좋으나, 너무 욕심을 부리는 것 같다. 온고지신이란 말이 있다. 모르는 것, 새 것만이 공부가 아니다. 배운 것, 아는 것을 다시 배우고 익히는 것도 공부이다. 소화도 잘되는 것이고, 온고지신이란 말도 있듯이 창의력이 절로 생기는 것이다. 여가만 있으면 견문을 많이 넓히는 방향으로 연구하는 것이 좋다. 경제력 문제로 동기

방학에 아르바이트하는 것은 자유이지만, 건강에 이로울 것은 없다고 생각하니, 심사숙고하라. 12월경에 $2,400 송금할 준비는 되어 있고, 내년 봄에 우리 집이라도 팔리면(요사이는 불경기로 부동산 경기가 전연 없음), 그때 가서 MIT나 다른 명문 학교에 가서 더 공부하여도 좋다. 그렇지 않는 한, 2년만 마치고, 귀국하여 너의 실력을 발휘할 수 있을 것으로 믿고 있다. 그때까지 내가 생존할런지는 장담할 수 있을 것이다. 나의 여생의 보람은 오직 너의 성공 하나뿐이다. 너는 신경이 과민하여 이럴까, 저럴까 하는 잡념이 많은 것이 탈이다. 한국의 수재가 모인 명문 최고 학부를 나오고, 해외 유학하여, 학위를 받았으면 그만이지 외국의 명문학교인지 일류인지는 한국에서 알아줄 리 없고, 다만 자기 실력만이 인정되는 것이 아닌가 나는 그렇게 생각한다. 출국할 때 생각하고 계획한대로 귀국하는 길에 세계 각국을 순회하여 견문을 넓히는 것이 바람직하다. 나의 소망이다. 내내 건강을 빌면서 이만 그친다.

나의 삶과 일, 그리고 소중한 것들

(추신) 너의 집은 내가 사서 준 집이고 귀국하기 전에는 팔 수 없는 집이 되어 있으니(양여세금관계로 큰 손실을 본다), 처분이라도 한다 말은 하지 말아라. 내가 사는 집을 팔아서 너의 학비를 대고, 나는 너의 집에서 살다가 귀국하면, 나는 아파트로 가야만 할 형편임을 알아야 한다. 여기도 물가가 다달이 올라가서 2년 전에 비하여 생활비가 배가 든다. 그러나 네가 외국에서 집 걱정할 형편은 아니고, 알다시피 이자로서 생활비를 요리조리 뜯어 쓰고 있으므로 큰 집이 팔릴 때까지는 여유를 두고 있다. (하도 걱정하기로 말하는 것이다.) 지성이면 감천이니 천우신조로 좋은 기회와 귀인을 만나게 될 것이니, 쓸데없는 잡념을 버리고 오직 성실히 자기 실력 배양에 힘쓰면 된다. 너는 우리 가문에 유일한 hope이며, 최고로 자랑하고 있다.

− 1975년 10월 23일 부서

건혁이 보아라

소식 들은 지도 한참 되어 궁금하구나. 쓸쓸한 가을날에 몸 성히 잘 있으며, 조석 해 먹으며, 공부하기 얼마나 고생되겠니. 먹는 것도 부실한데, 잠을 못 자게 바쁘다니 너를 본 듯이 애석하구나. 요샌 시험은 다 보았니? 그래도 하기 싫어서 굶지는 말아라. 고기를 소금구이로 해서 많이 먹어라. 몸을 잘 돌보아야 한다. 누가 해 주는 것도 아니고, 네가 알아서 잘 먹고 잘 있거라. 집을 떠난 지가 벌써 반년이 되는구나. 궁금하고 보고도 싶다. 겨울 방학하거든 돈만 생각하지 말고 짧은 방학이라도 구경도 하고, 놀기도 하여라. 하숙집은 잘 정한 걸로 알고 있으니 다행이다. 그러니 네가 또 잘 생각하여 무얼 사다가도 좀 주고 그래야 한다. 너무 인색하면 너를 좋아하겠니? 잘하고 잘 살아야 남의 집에 사는데. 여긴 여러 집들 다 잘들 있고, 나도 별일 없이 두 늙은이 잘 지내고 있다. 집이 안 팔려 걱정이다. 겨울은 그냥 살게 생겼구나. 너무도 심심하단다. 규재 결혼식에는 갔다 왔다. 부잣집 하고 잘하더라. 신부는 양윤환이 동생이더라. 기목이도 결혼한다고 너를 찾았단다. 명부도 결혼이고, 여러 군데 축의금도 바쁘더라. 영식이 집도 이사 가고, 석범이 집하고 우리하고 두 집만 산다. 일전에 네 편지를 보니까, 돈이 있는 듯한데, 아버지 말씀은 돈값이 올라가기 전에 보내 준다고 준비해 노시고 12월 초에 수속해 보내라신다. 곧 부쳐 준다고 그러시니 되는 대로 생활비 신청서를 보내라. 아버지가 돈을 안 보내면 불안해서 못 견디신다.

쓰고 남 건 올 때 선물 사 오너라. 네 겨울 털 세타와 남방을 사 보내고 싶어도 여기서 부치긴 쉽지만 네가 찾기가 귀찮다고 하니 돈 부치건 거기서 맘에 드는 걸로 사 입어라. 한국서도 미제만 찾는데 여기서도 비싸니까 얼마 차이 아닐 게다. 두꺼운 게 남방이 육천 원이더라. 한국은 요새 고속도로 길이 생겨, 설악산 관광 가느라고 야단들이란다. 아무리 바빠도 잘 먹고, 잘 있길 바란다. 너무 신경 쓰지 말고, 잘 자고, 살 좀 얼굴에 붙길 바란다.

- 1975년 11월 5일 모서

건혁 보아라

궁금하던 차에 네 편지 보니 참 반가웠다. 단풍 든 나무 잎도 다 떨어지고 추위만 돌아오니 걱정이다. 네 말은 잘 있다지만, 겨울엔 밥을 어찌 해 먹니. 그리도 바쁜 중에도 요새도 잘 있겠지. 여기도 아무 별고 없이 잘들 있다. 인삼차를 보냈는데, 그 길에 잣을 보냈으니 홍차 먹을 때 쓰고, 대구포는 간장 찍어서 싱거울 때 먹어라. 김을 조금 보냈다. 잘 가기나 할지. 그런 것도 짐을 갔다 주지 않는지 찾아가라면 귀찮겠다. 그리고 바쁜데 편지하지 말고, 작은형수가 편지하나 보니 거기나 답장하여라. 석범이 집은 안 해도 된다. 집에는 생활비 보내라고 할 때나 편지 하여라. 아버지가 금년으로 한 번 더 보낼 양으로 기다리신다. 네 돈을 다 찾고 준비는 되어 있다. 네 아버지가 어미보다 더 염려하시고 돈 보내는 것도 비밀리 보내시어 아무도 금액은 모른다. 염려시키지 말고 신청해 보내라 그래야 마음을 놓으실 거다. 너는 집의 형편을 생각하는 모양인데 그건 걱정 말고 받아 두어라. 아버지는 너를 믿고 그러시니 아무 부담 말고 받아 저금하고, 방학하거든 구경도 하고, 연애도 좀 하고, 공부는 그리 어렵지도 않다며 천천히 하고 잠도 많이 자고 몸을 돌보아야지. 한국은 집집마다 김장이 한창이다. 우리는 김장도 안 하지만 너 김치 먹고 싶지 않니? 어서 집에 와야지 먹지. 이번에 아버지 생진을 할 수도 없고 형의 집으로 먹으러 가기도 싫고, 할 수 없이 속리산이나 가기로 하였는데, 그것도 집일래 걱정하다 석범이 어미가 보기로 하고 다녀올 거다. 형의 집들이 너무 멀어서 다니기 어렵다. 이 집은 아무도 안 사 가니 너 올 때까지도 그냥 있을 것도 같다. 밤에 써 더 잘 못 쓴 것 같다. 잘 있길 바란다.

- 1975년 11월 14일 모서

　　　　　　　　　　　　　　　　　　　　나의 삶과 일, 그리고 소중한 것들

건혁이 보아라

어제 네 편지는 받아 보았다. 보는 즉시로 학교에 가 성적표 신청을 하고 오늘 또 가서 찾아다 부치러 가셨다. 그러니 그건 잘 갈거고, 그동안 바쁘던 공부도 거의 정리가 되었겠구나. 15일 경엔 방학이 되겠지. 좀 편히 놀러 갔다 오너라. 잠도 많이 자고, 음식도 잘 먹고, 신경을 쓰지 마라. 강현이 있는 곳을 가면 좀 보고 올 수도 있니? 돈 들어가는 길이니 구경도 하고 잘 놀다 오너라. 그런데 네가 집을 떠난 지 반년 되었는데, 얼마나 몸이 약해졌기에 허리까지 아픈 고통을 받았니. 먹기를 잘 못 하고, 잠을 못 자니까 그런 고장이 생기는 거다. 인제는 밥하기도 싫을 때가 되었다. 그러니 개학하거든 기숙사를 가던지 하여야지, 또 몇 달을 네가 밥을 하여 먹니. 밥을 하는 게 보통 신경 쓰이는 게 아니란다. 너는 남보다 먹지를 못하여 몸이 하도 건강치를 못한 거니까, 잘 먹고 신경 안 쓰면 될 건데 네가 다 잘 알아 하겠지만 나는 너를 보내고도 건강일래 걱정이지. 다른 건 하나도 걱정이 없다. 어서 하루 두 날씩 가서 한국에 나와 살아야 네 고생이 해결되겠지. 강현이 형을 혹시 만나건 약을 좀 살 수 있나. 너 여기서 못 구하던 아메바 주사약을 맞을 수 있나 좀 알아보렴. 그리고 비타민 보약을 사 먹어라. 돈 생각하지 말고, 돈은 보내 줄게. 네 몸 관리나 잘해라. 아버지께선 공부하기도 여러 가지 힘이 들고 식사를 제대로 못 하며 돈 벌 생각은 아예 하지도 말라신다. 나도 너 보낸 후, 입대 아무 별 일 없이 잘 있었는데, 요샌 감기 좀 들어 괴롭다. 속리산 가서 하룻밤 자고 돌아왔다. 집 볼 사람이 없어서. 여긴 아직 춥지는 않고 있지만, 앞으로는 춥겠지. 그리고 여행 가는 쪽은 춥다는데, 항코트를 사 입고 가라. 두꺼운 거를 다 잘 준비하고, 잘 놀고 구경도 많이 하고, 사진을 찍어서 보내라. 편지 한번 하면 하도 오래 걸리니까. 짐은 그동안 받았겠지. 생활비 청구서 보내고 여행 가라신다. 잘 있어.

– 1975년 11월 28일 모서

건혁이 보아라

네 편지는 잘 보았다. 오늘이 네 생일날인데, 아침밥이나 먹었니? 여행을 떠났는지 궁금하구나. 집의 어미는 생각하고 앉았었다. 잘 있다긴 하지만 날은 추운데 몸조심하고, 잠을 많이 자야 한다. 이 편지 볼 때는 여행 다녀올 거야. 구경 많이 하고 잘 놀다 왔을 줄 알고 있다. 벌써 금년이 이십일 남았구나. 객지에서 쓸쓸하지만, 못 보던 구경도 많이 하고, 즐겁게 명절을 지내라. 이다음에 한국에 나오면 또 가족이 다 모여서 더 즐거워하자. 어서 날이 가고 해가 지고 하면, 올 날도 가까워지겠지.

네 편지 보니, 갈 때 가지고 간 김이 그저 있다니 그건 다 쓰레기에 버려라. 여름 난 김은 안 먹는 거다. 생선포도 다 버려라. 좀 났을 거다. 못 쓰는 건 다 버려야지. 왜 그리 두고 있니. 보내 준 잣은 몇 개씩 먹어라. 두지 말고. 가방도 버리고, 큰 것 하나 사서 옷도 담아 두고, 방학 때 다 준비하고 있어야지. 그럼 네가 말한 성적표 부친 건 잘 갔는지 아버지가 이틀을 가셨는데 그것도 800원을 받고 부치는데 600원만 받더란다. 집에는 잘들 있고, 영식이 집은 응암동으로 이사를 가서 볼 수도 없다. 다들 멀리 갔어. 우리도 어서 이사 가야 할 터인데, 집이 안 팔려 큰일이다. 혹시 이모한테서 편지 왔니? 이사한 다음에 입대 소식이 없어서 그런다. 주소를 몰라 편지도 못 하고 할머니는 그저 그렇게 겨울은 나시더라. 나는 네가 보고 싶을 때는 사진이나 보는데 사진이나 하나 보내렴. 이 편지는 언제나 갈지. 요샌 더 오래 간다더라. 밀려서. 우리는 내가 겨우 밥이나 해 먹기도 추워서 어렵다. 네 방에 불을 안 때니까 안방이 추워서 아들 생각이 더 난다. 명절 잘 지내고 잘 있다는 소식 전해라. 잘 놀고, 잠 잘 자고, 여기저기 구경도 많이 하고 있거라. 학교는 만약 장학금 조금 준다고 또다시 옮기면 입대 공들인 것도 아깝지 않니? 너는 거기 가서도 바쁘고 공상만 하게 생겼구나. 잘 생각하여 보아라. 너무 신경 쓰지 마. 다니는 학교가 있으니까 우리도 믿고 있다.

— 1975년 12월 10일 모서

나의 삶과 일, 그리고 소중한 것들

여행 갔다 와 보낸 편지 잘 보고 기뻤었다. 네가 공을 들이던 선배들에게 대우를 잘 받았고, 구경 잘 하고 왔으니 얼마나 고마우냐. 좀 더 쉬다 올 걸 빨리 와 일을 한다니, 얼마나 피로하겠니. 네가 여행 가서 전화로 부탁한 건 보냈는데, 잘 보내기나 했는지 하도 갑자기 네 목소리를 들으니까 잘 못 들은 것도 같고, 찾아 부치고, 성적표도 학교에서 부치기도 편하여 그냥 부치셨다니까 잘 가기나 했는지. 강현이 형까지 찾아가 보았다니 얼마나 반가웠겠니. 현진이도 너를 보니 너무 반갑다고 편지까지 하였더라. 다 네가 잘하니까 누가 밉다겠니. 아무쪼록 몸조심하고, 밤새우지 말고 잘 있거라. 여긴 너도 알다시피, 쓸쓸히 명절이라고 지나갔다. 네 친구 홍순이 필원이 두 친구가 왔더라. 고맙다고 하였다. 네가 보낸 편지 말대로 좋은 학교로 옮길까 한다니 잘 생각하여 해 보려므나. 이왕 고생한 길에 좋으면 하는 거지 않으냐. 네가 일을 잘해 주면 학교에서 못 가게 하지 않겠니? 잘 생각해서 하여라. 너의 아버지는 네가 타곳에 가서도 잘하니까 일거리 놓고 너를 찾는 게 아니냐고 아들을 잘 두었다고 좋아하신다. 아버지가 기다리시지 않게 개학하건 등록금 용지 곧 하여 보내라. 네가 돈이 있더라도 그건 그냥 두고, 수속 허가 귀찮아도 생활비를 가져가야지. 아버지가 얼마나 기다리고 염려하는지 모른단다. 여긴 여러 집 잘들 있고 1일 날 다들 왔다 갔다. 너무 멀어서 일찍들 갔다. 식모들이 없으니까, 다닐 수가 없단다. 큰형이 또 먼 데로 전근이 되어 다니기 고생이란다. 네가 인천 다닐 때같이 세 번씩 갈아타야 다닌다더라. 공덕골 출장소란다. 그리고 형수가 선물 산다고 하도 걱정을 하기에 그걸 사 보냈는데 받기나 하였는지 빛깔이 맘에 들지, 그냥 입어 두어라. 강현이가 돈을 다 주더라니 고맙구나. 살기도 어려운데 너 혹시 이모댁의 주소 알건 말해 달라 하신다. 이사 간 후 일체 소식이 없어 그런다. 그럼 잘 있거라. 편지는 눌러 보고 안부 전해라 날은 추운데, 감기 안 들게 몸조심 잘 하고 있거라.

- 1976년 1월 5일 모서

건혁이 보아라

　여행 다녀온 후, 두 번째 편지도 오늘 반갑게 보았다. 몸이 건강하고 얼굴도 좀 나졌다니, 오늘 편지는 기쁘다. 전화할 때에 테이프 보낸다고 해서 날마다 기다렸더니 8일 날 밤에야 연락을 듣고, 다음 날 찾아다 들었다. 반년 만에 네 목소리와 웃음소리가 집안에 가득 차 있었다. 아버지가 계속 듣고 계시었다. 형/누이들이 다 올 거다. 어미는 가만히 생각하고 네 말을 다 들으니 하루하루 조심성스럽게 살아가는 게 보는 것 같다. 인제는 나이도 한 살 더 먹고 경험도 있고 하니 너무 그리 구차히 살지 말고 생활을 좀 넉넉히 쓰고 살아야지 남의 눈도 있고 너무 창피하지 않니. 오늘 편지 보니, 조석하기 괴로워 다른 방법을 하려 한다니 잘 생각하였다. 사 먹다 또 해 먹다 그래라. 조석을 해 먹는다는 게 말도 안 된다. 어서 하루가 두 날씩 가서 집에를 와야지. 무슨 고생이냐. 네가 말한 바와 같이 아무리 특수한 재주를 배워 가지고 와도 쓸데가 있어야 할 것 아니냐. 한국에 맞게 공부하여 가지고 졸업장만 받아가지고 오면 되지 않니. 가서도 그만큼 잘하는데 얼마나 든든하다. 네 맘은 어미가 다 알고 있지 않니. 네 힘으로 하려는 걸, 그렇지만 객지에서 그렇게 노력하는 너에게 학비야 보내 주어야지 남들은 20만 원씩 보내야 한다는 걸, 네 생활비는 너무 작게 드는 것 같아서 늘 걱정하였다. 그러니 다 네가 알아서 잘하고 있거라. 짐은 다 잘 갔다니 다행이다. 성적표는 학교에 보내고, 너에게 보낸 건 전화 받고 또 두 번째 만들어서 너에게 보낸 거다. 여벌로 쓰라고 아버지가 편지만 오면 그날로 다 심부름하신다. 한국은 석유가 나온다고 야단들이다. 한국도 부자가 되었다고 야단이란다. 증권 값이 올라 작은형은 바쁘다고 그러더라. 너도 요 다음에 오면 연탄 구경은 못 할 거야. 다 기름때니까. 참 강현이 이야기 들으니 답답하구나. 저의 어머니 아버지도 노 앓고 있고, 할머니는 멀쩡하시고 그러더라. 이모는 아마 무슨 사고가 생긴 모양이로구나. 이사한다는 편지 온 후, 입대 한 번도 편지가 없어, 혹 너한테 카드라도 왔나 그랬다. 순서가 없이 쓴다. 참, 여기엔 다들 잘 있고 어미는 잘 있긴 하지만, 자꾸 늙어만 가니, 미국서나 네가 먹어도 늙지 않는 약이나 있건 사 보내라. 인제는 나이도 한 살 더 먹고, 경험도 있으니까 마음이 놓인다. 처음보다는 몸조심 잘하고, 돈 생각 말고, 잘 먹고 있어야지 효자가 된다. 그 허리가 아픈 게 다 낫다고 해도, 또 무리한 공부든, 일을 하면 또 도지는 수도 있으니까 너 생각해야지 공부할 욕심만 내다 병나면 어쩔 거냐. 네가 잔소리한다고 하겠지만 몸이 성해야 한다. 잘 있거라. 돈 부친 후에나 편지하마. 네 목소리나 듣고 있다. 그런데 너무 궁상스럽구나.

- 1976년 1월 13일 모서

건혁이 보아라

한참 소식 없어 바쁜 줄 알았다. 네 편지가 2월 1일 날에야 왔다. 잘 있다니 참 반갑다. 요새도 잘 있을 줄 믿는다. 녹음테프 잘 받았단 편지도 보았겠지. 요샌 쓸쓸하면 네 목소리 듣고 집안이 훈훈하다. 학비를 부치고 편지하려고 기다린 게 3일 날에야 편지가 와서 지금 부치고 오셨다. 아버지계선 여러 달 되었다고 150만 원 부치려 가셨더니 돈이 105만 원밖에 안 되어서 도로 가지고 오셨다. 그러니까 나머지는 이다음에 부친다고 그러신다. 아버지는 그런 걸 낙으로 알고 사신다. 생활비 보내란 편지 오기를 날마다 기다리셨다. 객지에서 돈이 없으면 불안하여 공부도 못한다고. 학비는 보내 줄게. 네가 돈을 좀 버는 것은 좀 쓰고, 잘 먹고 지내라. 그리고 또 듣기에도 놀랍게 그렇게 큰 불이 났다니 참 너도 운이 좋았구나. 그러니 앞으로도 조심하고 잘 있거라. 그 아이 부모들은 오죽하겠니. 그리고 공부를 시작하여 바쁠 테니까 편지 안 기다릴게. 잘 있기만 하여라. 그리고 여긴 1월 달 들어 날씨가 하도 몹시 춥다가 요샌 봄날 같기에 좀 낫다. 한국엔 겨울 내 눈 한번 안 오고 가물다. 집안 내 별고 없이들 잘 지내가고 잘 살아간다. 어미 걱정 하지 마라. 잘 있다. 할머님계선 1월 23일 날 낮에 먼 길로 가셨다. 별로 앓지도 않으시고 감기처럼 앓으시다 금방 돌아가시고, 장례 치르고, 집에 왔다. 가평을 인제야 가셨단다. 이모 소식을 알고 싶어서 하시다 그냥 가셨단다. 여러 집이서 모여 장사는 잘 지내드렸단다. 참 허무한 게 인간인 줄 알겠다. 좀 섭섭하다. 미련한 어미가 필요 없는 옷을 보내 주니 짐만 되는구나. 그냥 다 싸 두어라. 못 입는 옷을 두어라. 내가 미국에 한번 갔다 왔으면 네 짐을 잘 싸 주었을 거다. 처음 하는 일이라 그렇지 않니. 인제는 좀 알겠다. 인제는 좀 여유 있게 생활하고, 네 몸을 잘 네가 돌봐야 한다. 모든 건 네가 다 알아 하겠지만 당부하는 거다. 잘 먹고 잘 있거라. 그리고 인삼을 가루로 만든 걸 보내니 받거든, 꿀이 있다니, 꿀에다 질게 골고루 개 놓고 떠먹어라. 밤에 공부할 때, 꿀은 몸에 참 좋고 위장에도 좋단다만 여기선 하도 비싸서 못 사 먹지 않니. 아침에 계란 노른자 한 개 꿀 한 사시 넣고, 저어가지고 먹으면 참 좋다더라. 잘 있거라. 몸조심하고, 한가하건 편지해라. 신경 쓰지 말고 편지하면 날짜를 써 보내.

- 1976년 2월 3일 모서

건혁 보아라

편지 본 지 한참 되어 궁금하다 오늘 네 편지 잘 반갑게 보았다. 별고 없이 바쁘게 지내는 모양이구나. 수일 사이도 몸 성히 잘 있는지, 편지가 왔다 갔다 하면 한 달씩 걸리는구나. 부친 생활비도 잘 받은 모양이니 다행이다. 돈이 넉넉하면 너무 절약하지 말고 잘 먹고, 몸을 생각하고 지내라. 너에게 보내는 돈은 아버지가 다 준비해 두신 돈이니까 하나도 불안할 게 없다. 우리는 어찌된 셈인지 너 있을 때나 한 가지로 사니까, 하나도 걱정하지 마라. 그래도 네가 올 때까지 한 번은 더 보내 주어야지 하신다. 여기엔 집 내들 다들 잘 있고, 우리도 잘들 지내간다. 참 네 사진이 와서 너를 본 것 같이 보고 있다. 많이 말랐더라. 잘 먹고 잘 있거라. 공부하느라고 밤잠을 못 자서 그렇겠지. 할머님 돌아가신 지도 벌써 한 달이 지나 정리가 다 되었더라. 이모 집엔 무슨 일이 생긴 모양이지만 할 수 없지. 이모가 병들어 누었으면 그만이지 누가 소식 전하겠니. 그리고 집을 이사를 한다니 바쁜 중에 일이 많겠구나. 네가 잘 알아 편한 데로 하려므나. 식사나 해 주면 좋겠구나. 네가 보낸 사진을 보니까 미국 할머니 무섭더라. 잔말 안 듣고 이사 가는구나. 이사 가려면 짐 보따리 귀찮아 어찌하니. 못 쓰는 건 다 버리고 가거라. 네가 이다음에 한국에 나와 보면 너 갈 때보다 더 잘들 사니까 의복 헌 건 소용이 없구나. 우리도 그대로 잘 먹고 잘 지낸 간다. 그렇다고 빛내는 것도 아니고, 너 볼 때와 같이 잘 살아가니 아무 불안할 것 없다. 공부하기도 바쁜데 편지 받아만 보고 답장은 한가하건 해라. 네가 작년 이맘때 사무소에 나가던 생각이 나는구나. 석범이도 유치원에 가고, 중재도 학교에 입학하였단다. 여러 아이들은 많이 자랐더라. 아버지는 요새도 매일 나가 잘 다니긴 하시지만 늙어 가지 별 수 있니. 우리도 이사 가고 싶은데, 집이 안 팔려 걱정이다. 이런 집은 매매가 없다니 어찌할지 걱정이다. 몸조심 잘하고 잘 먹고, 공부 많이 하고, 잘 있거라. 일전에 인삼 가루 조금 보낸 건 잘 갔는지, 잘 갔건 먹어라. 삼일절 날이 할머님 상망이 되어 가야겠다. 강현이는 취직하려고 증명서 다 해 가더라. 영이도 가을에 가려고 수속하러 외삼촌이 오시었다. 남진이는 은행에 들어갔단다. 잘 있거라.

- 1976년 2월 26일 모서

건혁이 보아라

편지 오고 간지도 참 오래 되었구나. 삼월 중순이 되는구나. 그간 바쁜 중, 몸 성히 잘 있으며, 이사를 한다드니 정리가 되었는지 궁금하구나. 공부하게 얼마나 바쁘고 조석은 제대로 못 먹어서 더 말랐겠다. 그러니 돈이 들어도 좀 사 먹고 몸을 돌보아라. 조석도 가끔 사 먹어라. 하기 싫은 때는 너무 절약하지 마라. 벌써 겨울이 다 지나가고 인제는 봄 기분이 드는데, 사람들은 고단할 텐데 잠을 많이 잘 때가 아니냐. 그런데 너는 공부한다고 너무 밤새지 마라. 잘 먹고, 네가 알아서 해라. 한국은 봄날 쌀쌀하다. 여러 집 내 별고 없이 잘들 지내고 우리도 한 모양 잘 지내간다. 아버지는 매일 돌아다니시고 나는 집 보고 있다. 할머니 상망 지내고 왔단다. 할머니가 돌아가신 지가 벌써 오십일이나 넘도록 이모는 소식을 못 알리니까 무슨 사고가 난 모양이다. 아이들은 유치원 가느라고 분주하다. 석범이가 아침부터 가 앉는단다. 일 년 동안에 많이들 자랐단다. 그리고 미국 아이하고 같이 산다더니 같이 집을 들게 되었는지 궁금하구나. 너는 여기서나 거기 가서 입대까지 혼자만 지내다 같이 있으면 신경 쓰일까 걱정이구나. 좋은 사람이 나오게 되면 좋겠다. 여름 방학은 언제부터 하는지 얼마나 바쁘겠니. 여름 방학하건 여행을 다니고 친구도 다 만나 보고 할 마음을 먹어라. 미국 갔단 말만 하고 또 구경도 못 하고 오지 말고 놀러 다녀라. 신경 쓰지 말고 잘 있거라. 이사하건 편지해라. 그리고 학교는 옮기지 않기로 결정되었다니 아직도 다른 학교로 갈 생각이 있니? 그쪽이 안 되면 그냥 거기에 졸업할 마음을 먹지, 양쪽으로 신경 쓰지 마라. 거기서 살려면 더 잘 배워야 하겠지만, 한국에 나와 살려면 네가 배운 공부만 해도 넉넉히 해나갈 것 아니냐. 이사를 하면 편지가 전해질지 모르겠지만 잘 있거라. 잘 먹고 조심하고 잘 있거라.

- 1976년 3월 17일 모서

건혁에게

오늘 너의 편지를 받아보고 매우 마음 든든히 느꼈다. 惟勤이 有功이라, 공든 탑이 무너질 리 없고,

노력한 보람은 실력 발휘로만이 나타나는 것이다. 어려운 모든 환경 속에서 계획대로 잘 되어 가는 것을 보면 앞으로도 더욱 좋은 성과가 있을 것으로 믿는다. MIT병은 없애고, 저명한 교수 밑에서 일을 한다는 것은, 또 師事한다는 것은 결과적으로는 동일한 것이다. 항상 건강에 유의하여 무리한 일, 분수에 넘는 일은 가능한 한 삼가는 것이 좋다. 건강이 제일이니 몸 관리에 철저하여야 한다. 나는 너에게 부탁할 말은 오직 이것뿐이다. 다른 것은 다 알고 있으며, 믿고 있으니 말이다. 여기 사정은 네가 있을 때나 마찬가지로 그날그날 무고히 지나가고 있으며, 생활면도 한결같으니 아무 집안 걱정은 하지 말라. 사는 집이 팔리면 여유가 좀 생기게 될 터인데, 좀체로 팔리지 않아 큰 걱정이다. 걱정은 오직 그것 하나뿐이니 얼마나 다행한 일이냐. 너의 부탁으로 제일 적은 전기밥솥과 약품을 선편으로 3/26일 보험부소포로 보냈다. 사용법 설명서를 동봉하였으니 잘 보아 사용하기 바란다. (한두 번 실험도 하였고, 스위치가 18분 이후 자동적으로 그쳐지면 10분간 自熱로 자체지게 하는 것이 좋다. 최소한 30분간 걸린다.) 건투를 빌며 이만 적는다.

— 1976년 4월 2일(?) 父書

건혁이 보아라

이사 온 후 세 번째 온 오늘 편지 더욱 반가웠다. 자세히 적어 보낸 편지 보고 든든하고 기뻤다. 네가 공부하며, 그 많은 돈을 번거와 세금까지 내고 지낸단 말을 들으니 참 믿음직하다. 날씨는 한국은

나의 삶과 일, 그리고 소중한 것들

꽃이 피고 더운데, 그곳은 눈이 왔다니 참 고르지가 않고나. 수일사이도 잘 있으며 양식이 먹기 싫은가 보구나. 그럴 적엔 비싸도 구미에 맞는 걸 사 먹어라. 건강을 보아야 하니까 네 일은 아직도 결정이 확실히 아니 난 모양인데, 어서 결정이 나야 마음에 정리가 되고 모든 게 안정될 거야 잘 되겠지. 조급히 생각 마라, 혼자서 많은 고생하고 돈을 벌어가며 그 학교 졸업하는 것만도 얼마나 영광인지 모르겠다. 네 앞 날에 모든 행복을 네가 잘 알아 할 것으로 믿고 있다. 요샌 방학이라 편히 좀 있나 한다. 편지한 것을 보니까 앞으로 바쁘면 편지 두었다 해라. 안 기다릴게. 이곳 어미는 이사 온 지도 벌써 이십 일이나 되니까 정리도 되고 서투른 문화생활이 익숙해지기도 하였다. 네가 궁금하겠지만 돈암동 살 때보다는 확 달라졌다. 인제는 옛날에 살든 거는 다 잊어버리고 잘들 있다. 다행이도 집을 잘 만나 잘 산 것 같다. 사십 평이나 되니까 널찍하고 새집이라 깨끗하고, 냉수 온수가 항상 나오고 목욕탕이 두 개고 방은 네 개고, 네가 다녀가든 아주 오드래도 있을 방도 있다. 살아 보니 편하고 좋구나. 아침저녁으로 불을 때 주니 방도 덥고, 조용하고, 공기도 좋고 잘 있을 거니까 염려 마라. 집을 사고 돈도 남았으며, 네 학비 보내 주려고 준비해 둔 돈도 남고 아직 생활비 염려는 없이 잘 들 있단다. 다른 걱정은 하나도 없이 잘 먹고 있단다. 그러나 몸이 늙어서 괴로운 걱정이지. 나이도 많고 앞으로 얼마 안 남은 인생을 편히 살라고 하도 여러 남매가 권고하여 아버지가 마음을 돌려가지고 아파트를 사시더니 인제는 좋아하신단다. 날마다 강 변으로 산보 다니시고 소일을 하시고 계시지만 전만큼 못 다니신다. 그리고 일전에 신부한테 편지 보냈단 말 듣고 있던 중, 신부가 네 편지를 받았다며 답장을 보낸다고 하더니 받아보았는지 궁금하구나. 편지가 온 다음 잘 살펴보고 답장을 잘해 보아라. 사진도 청해 보고 열심히 공을 들여 보아라. 부탁한다. 잘 있거라. 이만 적는다. 홍순이 갈 때 왔길래 이야기 들으니 그렇게 무슨 일이 되겠지 하고 간다니 타곳에 가서 될 말이냐. 게다가 살림까지 하면 용색할 거지 그런 것 보면 너는 운도 좋거니와 기술 있고 네 정성 마음씨를 누가 싫다 하겠니. 네게 딸린 거다.

- 1976년 4월 2일 모서

건혁이 보아라

이사도 하고, 며칠간 방학 주일 되고, 공부도 잘하였단 네 편지 반갑게 보았다. 얼마나 노력하였기 성적이 그렇게 좋았니. 또다시 공부 시작을 하였겠지. 바쁜 중에도 몸 성히 잘 있으며, 조석을 잘 찾아 먹어라. 그렇게 피곤한 중에 돈을 버느라고 더욱 신경을 쓰겠는 모양이니 너무 욕심 내지 말고, 잠을 많이 자고 좀 쉬고 지내야지 병 나면 어찌하려고 그러니. 돈 생각 너무 하지 마라. 한 번 더 보내 줄 건 남았으니 없으면 기별해라. 억지로 절약하지 말고. 공부나 잘하기도 얼마나 힘이 들 터인데, 돈벌이에 신경쓰지 말어라. 졸업 맞고 돈벌이할 생각하지 왜 그리 고생을 하려고 하니. 적당히 네가 다 알아 하겠지만보지 못하는 어미는 걱정 되는구나. 그렇게 춥던 겨울이 다 지나고, 창경원에 꽃 피는 때가 되었으니, 네가 집을 떠난 지가 거의 일 년이 되어 가는구나. 요샌 하루해가 길어서 더 피곤할거니 잠을 많이 자라. 여기도 별고 없이 잘들 지내간다. 나는 할 일도 없이 하루하루 지내가고 있다. 한국은 모든 물가는 비싸도 사람들은 더 사치하고 더 잘들 산다. 돈들이 왜 그리 흔한지 잘들 산다. 참 일전에 인삼 가루 보낸 거를 거기서 또 돈을 내고 찾았니? 그렇게 조그만 짐도 여기서 다 운임을 물고 부쳤는데, 그래서 이번에 밥솥은 배편으로 부쳤는데, 언제 가 보기나 할지. 이다음에도 필요한 물건 있으면 편지해라. 부치는 걱정하지말고. 배로 부치면 몇 푼 안 들더라. 솥이 만약 잘 가건 밥을 해 먹든 무엇이고 끓이기는 좀 편하지만, 씻기 귀찮을 거다. 값도 싸고 쓰기도 편하여서 여기도 사서 쓴다. 그래서 나도 밥 짓는 고생은 안 한다. 이사 간 집에는 미국 아이하고 둘이 사는지 불편이나 없니? 남의 식구하고 살기 조심이 있겠지. 그렇지만 신경 쓰지 말고 잘 지내라. 그곳은 운동화가 귀하다던데 구두든 말하면 보내 주마. 그리고 교수들이 네 실력을 알아주는 것이 얼마나 기쁘냐. 가뜩이나 타관에서 외로운데 여러 사람이 너를 알아주고, 입대 공부한 게 성공적이니 너도 좋지만 나도 그리고 사는 보람이 났다. 얼마나 기쁘고 좋은지 누이, 형들이 다들 기쁘다고 하였다. 네가 여기선 큰소리치고 살다, 외국에 가서 말도 못 통하고, 알아주는 사람도 없이 고생하는 게 그렇게 안타깝더니 인제는 나도 마음 놓인다. 큰소리치고 살아라. 한국에 올 때, 졸업할 때까지 계속 잘할려면 늘 바쁠 터인데 방학 때나 돈벌이할 생각해라. 잘 있거라.

- 1976년 4월 8일 모서

건혁이 보아라

기다리던 네 편지 잘 보았다. 잘 있다니 다행이다. 요새는 완전한 봄 날씨에 얼마나 피곤하고 바쁘냐.

나의 삶과 일, 그리고 소중한 것들

네가 십 개월 동안 고생한 보람이 났구나. 네 실력도 알아주고 성적도 좋고 얼마나 기쁘냐. 나도 네 편지를 보고, 예전에 학교 다닐 때부터 남에게 칭찬받고 남에게 신용을 얻고 살았는데, 미국 가서도 그런 날을 기다렸더니 네가 얼마나 노력했기에 큰 미국 아이들이 조그만 너를 부러워 하니. 얼마나 영광스러우냐. 나는 이젠 부러울 게 없다. 한 가지는 네가 착한 신부 만나는 소원밖에 없다. 아버지가 얼마나 좋아서 편지를 하시더니 보았겠지. 내 편지도 그동안 보았을 듯하다. 그동안 여행을 갔다 온 모양이니 잘 다녀왔구나. 구경도 잘하고, 친구들도 만나 보았다니 반가웠겠구나. 잘하였다. 머리도 식히고, 구경도 하고, 틈 있건 다녀라. 돈 생각하지 말고. 돈은 이 다음에 네가 벌면 되지 않니. 그러니 잘 먹고 건강을 살펴라. 미국인 하고 같이 있으니, 먹는 것도 더 불편하겠구나. 그렇게 바쁘고 편지 쓸 새도 없는데 한가할 때면 편지해라. 여기도 아무 별고 없이 잘들 있으니 염려 마라. 두 식구 사는데 무슨 일이 있겠니. 너 잘 있기나 빌고 있지. 이달 삼십 일 날이 할머님 백일 탈상 제삿날이란다. 참 쉬운 것도 같다. 내가 가서 이삼일 있다 와야지. 할머니 생각하면 섭섭하다. 네가 오월 한 달 무지하게 바쁠 듯하니 편지하지 마라. 잘 있기만 하면 된다. 너를 누가 하도 탐이 나서 중매를 든다는구나. 아직 아무 연락은 없다. 가회동 유 씨 집에선 지금도 말을 하기에 언제 올지 모른다고 딱 잡아떼었다. 차차 귀인이 나서면 되겠지. 결혼도 때가 있는 거니까, 차차 생각해 보아야지. 너무 밀어도 안 되는 거다. 말하는 신부는 미국에 있는지 한국에 있는지 알아볼 필요도 있지. 네가 만약 미국서 살지, 한국에 나올지 그건 아무도 지금 장담할 수 없을 것 아니냐. 그건 이다음에 미국서 볼 일을 다 보고 할 말이지. 그럼 몸 성히 잘 있거라. 잘 먹고 잠 잘 자고 편지는 한가하건 써라. 내가 참지

- 1976년 4월 22일 모서

건혁이 보아라

일전에 보낸 편지 보았을 듯하다. 그동안 잘 있는지 궁금하다. 요새 얼마나 공부 하느라고 바쁘겠니. 바쁜 중에도 방을 같이 쓰니까 편지 쓸 수 없을 꺼라 생각하고 있다. 봄날은 피곤한데다 얼마나 고생이 되니. 요새 밥이나 잘 먹고 다니는지 보고도 싶다. 바쁘고 피곤한데 여기 저기 편지 쓰지 마라.

귀찮게 형수에게도 이다음에 한가할 때 쓰지 집에도 별일 없이 잘들 있다. 아버지도 잘 다니시고, 그렇게 지내간다. 어제는 석범이가 경복궁으로 산보 가는데 나도 가서 하루 구경 잘하고 왔다. 옛날보다 잘해 놓아 시원하더라. 석범이가 유치원이 여기서 더 가까우니까 여기에 많이 있으니까 사람 구경을 한다. 다들 집이 머니까 못 온단다. 작은누이도 이모 집보다 더 먼데로 이사 가서 보기 어렵단다. 언제 방학이 되는지 좀 쉬고 있거라. 돈벌이 한다고 신경 쓰지 말고 그만큼을 공을 들여 놓았건 몸을 돌보아라. 작년에 네가 가기 전에 간 아이도 공부를 못 따라가 내년에 못 나오겠다고 걱정하더라. 너야 그렇게 잘하였으니 좀 쉬고 구경도 다니고 해야지. 네가 계속 거기서 살려면 돈을 벌려고 하지만 나올 맘이 있으면 가기도 어려운데 구경이나 하고 오너라. 고생만 하지 말고. 네가 다 잘 알아서 해라. 오늘이 어린이날인데, 남들은 아들딸들을 선물을 사 주는데 나는 혼자 앉아서 너한테 편지나 쓴다. 나에게 어린이는 거기 있는 아들을 무얼 줄 수도 없고 편지나 보아라. 몸조심 잘하고 잘 있거라. 필요한 물건 있건 편지하여라. 인편이 있을지도 모르니까. 잘 있거라.

– 1976년 5월 5일 모서

건혁이 보아라

기다리고 바라던 네 편지가 오늘야 왔구나. 반갑게 보았다. 그렇게 바쁘게 지내가는구나. 이 편지 볼 때는 공부가 좀 끝날까 한다. 수일 사이 잘 있고 몸조심하여라. 먹는 것도 없이 어찌 몸을 지탱하려느냐. 병이라도 나면 어쩌려고. 그러기에 내가 항상 말하지 않니. 돈을 벌려고 생각하지 말고, 공부가 끝나면 좀 놀기도 하고 여행도 가라고 하지 않니. 졸업하고 한국에 나오려면 구경이나 하고 있다 와야 할 게 아니냐. 너는 부모도 다 늙고 결혼도 안 하고 하여서 고생도 되고, 여러 가지로 해서 졸업하곤 곧 나오는 게 좋겠지만 앞일이 어찌 될지 알 수 없구나. 아버지는 날이 가고 달이 가서 어서 만나 보길 고대하고 계시다. 너 여름 방학 동안 돈벌이한다고 또 고생하지 말고 여행도 가고 슬슬 좀 신경 쓰지 않을 걸 하여라. 돈은 걱정하지 말고 이다음 등록금은 보낼 것 있으니 서류만 해 보내라. 사람이 첫째, 잠을 잘 자고, 음식을 잘 먹어야 하지 않니. 그런데 빵조각만 먹고 어찌 견디니. 고기를 먹어야 한다. 방학 끝나건 친

나의 삶과 일, 그리고 소중한 것들

구들에게 편지 쓰고 잠 잘 자라. 한국은 별고 없이 잘들 있고 집에도 짐도 잘 보고 잘들 있다. 나는 작년에 네가 미국 가려고 바쁘게 다니던 생각이 나서 더 쓸쓸하다. 어서 여름이 가야지 가을이 되겠지. 고생한 보람이 나겠지. 참 전기솥 보낸 건 받았단 말이 없으니, 못 받았니? 배로 부치니까 날짜가 너무 오래서 잃어버렸나 보다. 그러면 소화제 약도 없을 터인데, 어찌 견디니. 오늘이 이십 일이니까, 네가 집을 떠난 지 거진 일 년이 되었으니, 또 그만큼은 참아야지 하고 있다. 아무리 바빠도 고기 사다 입에 맞게 먹어라. 잘 있단 소식 듣길 빌고 그친다. 우리 집 마당에는 꽃이 핀다. 장미꽃이 피었다. 네가 내년에 와 보게 되겠지.

– 1976년 5월 20일 모서

건혁이 보아라

(친구 송금 수속은 잘 알아들었다.) 한동안 편지를 못 보아 궁금하고, 또 네가 작년에 집을 떠났던 6월 4일을 생각하고 아버지하고 이야기하는데 아는 듯이 편지가 문에서 뚝 떨어지는구나. 반가운 중에도 더 반가웠다. 그렇게 바쁜 중에도 너 가던 날을 생각하고 편지를 하였구나. 참, 네가 효자다. 우리는 일 년이 지나간 게 길고도 쉬운 것 같구나. 앞으로 돌아올 게 멀지, 성공하고 돌아오길 빌고 있다. 참, 수일 동안 잘 있는지 알고 싶다. 공부도 거의 끝났겠지. 좀 쉬고 있거라. 요사이 초여름 날씨에 잠을 많이 자야 한다. 조석 잘 찾아 먹고 몸 건강하게 있어야 하지 않니? 전기솥 보낸 건 그럴 줄 알았다. 너의 아버지가 할 줄도 모르고 아들한테 보낸다고 그렇게 부치고 왔다게 그럴 줄 알았다. 한국서 온 거라고 만져나 보고 버려라. 약 소화제 사리돈이나 갔건 먹어라. 그까진 돈 만 원 집 되는 것 없어져도 아무 일 없다. 거기서 사라. 마땅한 걸로. 그리고 네가 방학하면 여행을 간다니 참 잘 생각하였다. 바람도 쏘이고 구경도 하여라. 돈 생각하지 말구. 음식도 제대로 사 먹고 다녀라. 이 편지가 갈 때는 방학이 되겠지. 좀 쉬기도 하고, 몸 관리 잘해라. 네가 김치를 먹고 망신을 당하였다고 웃었다. 여기선 잘 먹지도 않던 걸 그랬구나. 참았다 이다음에 한국에 오건 많이 좀 먹어라. 여기도 여러 집 내 별고 없이 다 잘들 지내고 우리도 잘 있다. 나는 요새 네 친구 김우철이 어머니가 전화를 걸고 만나자고 하여 친구가 되었다. 그 분도 큰아

들을 사월 달에 결혼시켜 살림 내고 쓸쓸하여 그러더라. 석범이 유치원을 매일 다려다주니까, 우철이 집은 근처이기에 나도 가 보았다. 얌전한 집이더라. 사정이 비슷하여서 친구가 하나 생겼다. 우철이 어머니가 우리 집에 와 보시고 네 사진을 보고 얼마나 부러워하였다. 우철이 간 다음에 사진도 못 보았다구 목소리도 못 들어보았다고 하더라. 나는 또 자랑을 하였다. 그렇게 자세히 편지한다고. 그럼 또 이모가 인제 편지를 보내고 할머니 안부를 하더라니 우스웠다. 그러더니 강현이가 수소문하여 이모를 찾았다더라. 영주권 때문에 그러나 보더라. 너에게도 주소를 가리켜 주라고 한다니 무슨 소린지. 그럼 잘 있고, 놀다 왔단 소식 듣길 바란다. 잘 있어. 오늘 편지 보고 쓴다.

- 1976년 6월 4일 모서

건혁이 보아라

네가 방학하면 편지 보낼 걸로 알고 바라고 기다렸더니 오늘 네 편지 보니 반갑고 기쁜 중, 또한 학교에서 공부도 잘하고, 선생들에게 신용도 얻고 했다니 얼마나 기쁜지 말도 못하겠구나. 미국 아이들한테까지 이겨냈으니, 얼마나 노력하였니. 너의 아버지는 집에 경사라고 하신다. 네가 최고로 공부를 했으니 네 몸이 얼마나 지쳤을까 염려되는구나. 그동안도 잘 있으며, 인제는 방학도 하였으니 몸을 돌보아라. 첫째, 너의 몸 건강이 제일이고, 다음이 공부 아니냐. 네가 다 알아 하겠지만 잘 먹어야 한다. 그리고 방학 동안에는 너무 일 많이 하지 말고, 슬슬해라. 구경도 다니고, 피로를 풀어야지. 날은 인제 더위만 남았는데, 음식 조심 잘하고 잘 있어야 한다. 앞으로 공부할 것을 생각해야지. 집에도 별고 없이 잘들 지내간다. 형의 집도 잘들 있고, 가끔 왔다 간다. 한국은 비가 안 와서 가물어서 야단이란다. 참, 일전에 전기솥 손해 본걸 돈은 그곳에서 준다고 수속은 다 해 갔다. 그러니 거기서 찾아가져라. 그리고 또 네 말도 없이 여기서 구두를 보냈는데, 약하고 잘 가면 받고, 안 가면 그냥 두어라. 형들이 사 온 구두가 남길래 보낸 거다. 아버지가 부친다고 잘못했는지도 모르겠다. 네가 여행 가려고 돈을 모으느라고 잠 못 자지 말고, 쓸 건 써라. 여기 돈 없을까 봐 그러겠지만, 그런 걱정은 말고, 한 번 더 가져가도 될 거니 그리 알고 생활하라신다. 그리고 한국에서 공대 교수들이 사위 삼을 아이는 안건혁이밖에 없다고 한다고 성 박사가 네가 방학에 오냐 물어보기에 안 온다고 했더니, 편지해 달라기에 말이다. 신부 집에선 기다리고 있나보다. 너도 한국에 나오면 곧 결혼할 자리가 나오겠지. 외롭게 가서 더 고생을 하는 것 같다. 인제야 얼마 안 남은 것만 같다. 일 년이 지나니까 좀 쉬울 것 같다는 생각 드는구나. 요사인 덜 바쁘니까 사 먹기도 하고 좀 맛있는 걸 먹어라. 그럼 방학 동안 잘 있길 바란다. 오늘이 6·25 날이구나. 유월도 다 갔다. 네 편지 보라. 누이들이 왔다. 공부 잘한 걸 칭찬하고 늙으신 부모님을 기쁘게 해 드렸다고 제일 효자란다. 잘 있어.

– 1976년 6월 25일

건혁이 보아라

네가 보낸 편지를 보고 기쁘고 든든한 줄 알았더니, 며칠 전에 녹음테이프가 왔다. 요샌 네가 집에 온 것 같다. 온 집 안에 네 목소리가 가득하구나. 네가 고생도 많이 하고 지난 게 어미는 애석하기만 하구 나. 그런 고생을 했기에 또 오늘날 즐거움도 갖게 되었지. 요샌 방학 기간인데 또 일을 하는지 궁금하구 나. 인제는 장마도 들고, 더울 거니까, 날이 더우면 몸이 지치는 절기고 음식도 조심하여야 한다. 아깝다 고 마음에 실쭉한 것은 행여 먹지 말고, 영양 있는 걸 잘 살펴서 먹고 몸조심하여라. 네가 어찌도 자세히 이야기를 하는지 궁금증이 다 풀렸다. 형, 누이들이 다 듣고 갔다. 요샌 네가 여행이라도 갔을 것 같구 나. 누이 편지에 이모 말을 하더라니 주소는 어찌 알았니. 한국에는 편지가 한 번 오구 안 온다더라. 바 쁘니까 그렇겠지. 그리고 여기는 아무 별고 없이 잘들 지내 간다. 요새는 좀 편히 지낸다. 순분이가 시골 갔다 여러 달 만에 왔기로 내가 있으라고 해서 다리고 있게 되니, 요샌 좀 편하고, 외롭지도 않다. 일 년 동안 식모살이를 면하고 형의 집에도 한 번씩 가 보고 왔다. 형들은 인젠 완전히 틀이 잡혀 잘 살고 아이 들도 많이 자라고, 가 보니까 든든하더라. 작은형은 인제는 돈도 좀 벌구 은행보다 낫게 생각한다. 너 만 와서 자리 잡고 결혼하면 나는 더 바랄 게 있겠니. 너는 원체 모든 걸 잘 생각하는 걸 알고 있는데, 객 지에 나가 있으니까 조심 생각이 더 많아진 것 같으니 공상하는 게 사람 지치는 거니까, 다 잊어버리고 돌아오는 대로 살겠다 마음먹어라. 너는 앞으로 행운이 돌아올 거니까, 아무 걱정 말고, 있거라. 몸조심 하고, 공부나 하면 될 것 아니냐. 아직도 일 년 남은 선물 이야기는 왜 하니. 그런 것은 생각할 필요도 없 다. 여기도 다 있는 물건을. 왜 신경 쓰질 마라. 갈 때도 다 일렀는데 아무 신경 쓸 것 없다. 올 때 아이들이나 좀 사다 주면 된다. 자동차나 한 개씩 네가 고생을 하고 벌어 온 돈으로 선물이 다 무엇이냐. 이 다음에 이야기하자. 잘 있거라. 말할 것도 많건만 이만 그친다.

— 1976년 7월 8일 모서

건혁 보아라

더위에 시달려 편지도 오랜만에 쓴다. 심한 더위 속에 몸 성히 잘 있는지 늘 궁금한 마음 가지고 있다. 요새는 음식도 상하는 철인데, 조석을 어찌나 먹고 사는지 궁금하다. 일전에 네 편지를 보니, 돈을 받고 집을 봐주는 모양이니 왜 그런 걸 신경을 쓰고 하니. 좀 쉬고 공부나 밀리지 않게 슬슬하고, 건강이나 좀 돌보지, 왜 그리 고달픈 생활을 하니. 학비는 또 보내 주려고 준비해 놓고 있는데, 객지에서 몸이 약해지면 어찌하려고 무리한 일을 하는지 모르겠다. 방학 동안에나 좀 편히 몸을 돌보아야지 하지 않겠니. 건강이 제일이다. 공부도 남보다 더 잘하려고 노력하면 몸도 남보다 건강해야 할 것 아니냐. 네가 잘 알아 하겠지만 어미는 염려 적지 않다. 집도 옮길 모양인데, 네 말대로 너무 값싼 집만 구하지 말고, 살기도 편한 집을 구하라. 집 이사하기도 신경이 얼마나 쓰일 터인데, 잘 구해 봐라. 그리고 일전에 홍순이가 왔더라. 미국을 간다고 8월 말께 간다더라. 네나 한 번 만나 보았더면 좋을 걸 멀어 어찌 보겠니. 집에도 별고 없이 잘들 있고, 여러 집 다 잘 있기 다행이다. 일전에 아이들 사진 보았니? 누이가 보냈는데, 석범이가 한데 살던 정이 남아 늘 삼촌 말을 하고 자기 유치원 간 걸 보라고 보낸 거다. 나는 이번에 셋째 누이가 대천 가는 길에 따라갔다 왔다. 석범이가 어찌 잘 노는지 구경도 잘하고 있다 왔는데 좀 피곤하구나. 한국 사람은 바다로들 놀러가게 길이 바쁘다. 네 편지에 이모 댁에 결혼식에 간다니 갈 시간이 있는지 그 동안 갔는지도 모르겠구나. 여기도 청첩장이 왔더라. 만일 네가 가면 반가와 할 거야. 작년부터 말하던 초청장이 신촌에 왔다더라. 외삼촌이 가시려고 수속한다더라. 그럼 잘 있거라. 몸조심 잘하고 음식 조심하고 너무 피로한 생활하지 말고 잘 있어.

— 1976년 8월 5일 모서

나의 삶과 일, 그리고 소중한 것들

건혁이 보아라.

아침에 밥 먹으며 네 이야기를 하였더니 편지가 왔구나. 그동안 결혼식에도 갔다 왔다며, 언제 이사까지 하였다니 얼마나 바빴었겠니. 벌써 팔월 달은 다 가고, 구월의 날씨 선선하다. 그동안 피곤한 중에도 잘 있다니 다행이다. 집은 좋은 집이라도 같이 있는 아이들이 마음이나 잘 맞으면 그만이 아니냐. 이모 댁 혼인에 가니까, 얼마나 반가워하였겠다. 외로운 때에는 친척이라도 반가운 법인데, 네가 인자 혼인에 갈 건 생각도 못한 일이다. 나는 간단 편지는 보았지만 노비가 많이 들어 못 가겠다고 생각하였다. 며칠 더 있다 오지 왜 이리 쉽게 왔니. 너는 거기가 가만히 본 사람도 많구나. 선배들도 만나 보고, 잘하였다. 돈이 들어도 보람 있게 쓰는 게 돈이 아니냐. 가을 학기엔 장학금을 받는다니 네가 얼마나 노력한 건 알겠다. 그러니까 몸은 바쁘고 피곤해도 마음이 편하면 보람 있게 사는 것 아니냐. 인제는 돈도 생기고 말도 통하고 모든 면이 안정된 생활이 되었구나. 듣기에 얼마나 기쁘고 즐겁다. 참 네 사진은 잘 보았다. 일 년 동안에 미국 사람이 되었다고 웃었다. 곱슬머리가 한국서 볼 때보다 더 멋있다고 하였다. 참 어제 홍순이가 왔더라. 미국을 가려고 결혼을 한다고 신부를 다리고 왔다 갔단다. 가을이 되니까 결혼들이 많다. 남진이도 결혼을 한단다. 홍순이 신부는 조그맣더라. 삼십 일 날 한다더라. 너도 갈 때, 결혼을 못하고 가서 항상 걱정이지. 어서 한국에 나오면 결혼을 해야지. 이모더러 마땅한 신부 하나 구해 달라지 그랬니. 여기서 듣게는 거기선 신부가 많아도 신랑이 없다고 하더라. 신촌 외가에선 영이가 구월 말께 미국을 가는데, 너 필요한 물건 있건 말해라. 보내 줄게. 거기 가서 부치면 되지 않니? 이모가 외삼촌에게 초청장 보낸단 말 안 하더냐? 거기선 날마다 기다리는데, 정신없이 편지를 썼지만 눌러 보아라. 나는 그동안 신경통으로 질질 않고 있단다. 찬바람이 나면 날 거야. 여기는 여러 집 다들 잘 있고 잘 지내간다. 일전에 내 생일 때는 온양 온천에 가서 사흘 만에 왔단다. 요샌 집에 잘들 있다. 아무 염려 말고 있거라. 학비는 충분히 되고, 생활비도 된다고 돈을 보내지 말라는 편지는 잘 알았다. 그런데 또 부탁할 말은 집에 돈이 없을까 보아 보내지 말라고 하고, 무리하게 일거리 찾지는 마라. 네 몸 약해지면 어떡하니. 참 잘 자고, 잘 먹고 있어야지. 네가 잘 알아 하겠지만 부탁한다. 잘 있거라.

— 1976년 8월 25일 모서

그리고 소중한 것들

건혁이 보아라

이사를 하고 자리가 잡혔나 했더니 또 이사를 한 모양이니 얼마나 바쁘고 괴로웠겠니. 다행이 집이 좀 정하다니 그리고 소제를 해 주니 다행이고 조석을 맡겨 놓고 먹으니 여기서 듣기도 안심된다. 네가 하도 고생을 하더니 생각을 고쳤구나. 잘하였다. 요샌 가을 날씨에 몸 성히 잘 있고 학교도 시작하였겠다. 또 사 먹는 음식이 잘 맞나 하는지 궁금하구나. 네가 고깃국을 다 끓여 먹었다니, 몸보신을 하였겠다. 고 깃국도 너무 진하면 잘 소화가 안 되는 거다. 그렇게 진한 건 한 컵씩 먹어야 한단다. 한국은 추석이라고 어제 형들이 다들 모여 저녁에나 갔단다. 금년 추석에 더 쓸쓸히 지냈단다. 너는 무얼 먹고 있나 좀 생각 했다. 전 대위 집에를 다 찾아갔다니 반가웠겠다. 군대에서 한데 있던 생각하고 잘 놀다 왔겠다. 너는 여기서나 거기서나 친구들이 많아 다들 환영하니 얼마나 기분 좋으냐. 일전에 홍순이 결혼식엔 내가 갈 수 없어서 아버지께서 한 오천 원 가지고 가서 홍순이 보고 오셨다. 네 친한 친구가 집에까지 왔다 가서 우리 인사는 치렀다. 여긴 집수리 좀 하느라고 바빴다. 집이 하도 더러워 칠을 좀 하였다. 집이 팔리지도 않고 하여, 고치고 너 올 때까지 살아야겠다. 카메라도 샀다니 잘 샀다. 필요한 물건은 사야 할 것 아니 냐. 이사 다닐 때도 귀찮은데 안 입는 옷은 싸서 배로 부치면 어떠냐. 몇 달 두고 와도 될 터인데, 날도 춥고 하니까 썩을 것도 아니고, 네가 다 버리지도 못할 바에야 돈 좀 들어도 조금씩 싸서 보내면 어떨 까 한다. 사람이 사는 대로 짐은 늘어나는 거다. 앞으로 일 년 동안이면 짐이 더 많을 터인데, 쓸데없는 건 치워야 한다. 학비나 생활비는 염려 말라니, 한 번은 더 보내야겠다고 준비하고 계신 아버지가 고생하 고 돈을 벌어 가며 공부하는 아들이 신통해서 네 편지를 하루에도 몇 번씩 보신다. 녹음기를 네 목소리 듣는다고 심심하면 듣고 앉으신단다. 몸조심 잘하고 너무 옹색하게 지내지 마라. 네가 다 알아 하겠지만 잘 있길 바란다. 요샌 편지가 일주일이면 오더라. 일전 그 집으로 한 편지도 보았겠지.

— 1976년 9월 9일 모서

나의 삶과 일, 그리고 소중한 것들

건혁이 보아라

추석날 보낸 편지는 보았을 듯한데, 오늘 네 편지 잘 보았다. 다 그동안 잘 있었다니 다행하고 기쁘다. 요새 벌써 가을 날씨라 아침저녁으로는 제법 쓸쓸한데, 몸조심 잘하여라. 이사를 하고 조석은 대놓고 먹는데, 식성에 맞나 하는지 궁금하구나. 남의 말을 들으면 이상한 음식을 준다고 하더라. 그래도 조석 때가 되면 먹기만 하면 되니까 편하지. 간식을 사 두고 먹어라. 사 먹는 밥은 허기지는 법이란다. 그리고 이번 네 편지 보니 생각이 좀 변경된 것 같구나. 박사 학위 공부할까 말이 있으니 글쎄 어찌 하는 게 잘되는지 알 수가 없고나. 한국에서 갈 때 생각보다는 가보면 다르겠지만, 계속 학교를 마치고 여행 다녀올 걸로 알고 있었는데, 욕심이 좀 생긴 모양이구나. 또한 이왕 가서 고생하는 길에 학위를 받는 것도 좋은 생각인데, 앞으로 몇 해를 또 객지 생활을 어찌 계속할 것이며, 그리 고생할 필요가 없지 않니? 건축과에 흔치도 않은 박사를 하려면 얼마나 노력할 거냐? 몸도 약한데 또 신경 쓰고 바쁜 날을 계속 가져야 할 것 아니냐? 장학금을 준다 해도 그걸로 모든 금전 문제가 해결 될 것도 아니고, 또 약간의 돈을 벌어 쓴다 해도, 살림하려면 생각보다 다른 거다. 너도 망설이는 모양인데 몇 년을 살아가려면 결혼을 해야 할 거 아니냐. 그러면 입대 신부 선택도 못 하고 있다가 보지도 못한 신부하고 어찌 결혼을 할 거냐. 그리고 네가 갈 때 생각한 대로 하는 게 옳지 않은가 한다. 부모가 여기서 거기 일도 모르고, 네 앞날을 이리 가라 저리 가라 할 수는 없지 않으냐. 이후에 네 친구들이 몇 년 후에 학위를 따 가지고 올 때는 지난날을 후회할까 그런 생각도 하지만 꼭 학위를 따야만 하는 것도 아니겠지. 또 너만 못한 친구들이 박사 한다고 가 앉았지만 나중에 봐야 알 거고, 남 보담 먼저 나와서 완전한 자리 잡는 것도 좋을지, 꼭 박사 학위를 받아야 좋을지 앞일을 어찌 알겠니. 또 다른 코스로 나가는 게 더 좋을지 혼자 얼마나 공상이 많겠니. 또 겨울만 지나면 한국을 나오게 될 지, 거기서 일을 배우게 될지, 여러 가지 문제로 고생을 하는 모양인데, 거기에다 결혼 문제까지 연구를 하니 너무 여러 가지 신경 쓰지 말고, 잠 잘 자고, 밥 잘 먹어라. 그래야 네 몸에 살이 붙을 거다. 너는 남보다 신경이 예민하고 생각이 많아서 몸을 위해야 한다. 네가 말하는 신붓집은 연락하고 찾아가 보았다. 신부도 보고 어머니도 보고 할 말도 많이 하고 왔다. 고향은 함경도 사람이고, 환경은 다 좋더라. 교수 집이고, 오 남매에 맏딸이고, 신부는 체격이며 모든 게 표준이고, 눈코는 다 좋고, 입이 좀 크고, 이속이 좋지 않고 입이 좀 예쁘지가 않더라. 사진을 보았다니까 윤곽은 알고, 성격은 내성적이라니까, 얌전할 거고, 보통 인물이더라. 웃으면 이가 많이 나와서 좀 덜 좋고, 다른 건 보통이야. 그 집에선 아들이 네 칭찬을 하도 많이 해서 좋아하더라. 미국을 보내겠다고 하더라. 그러니까 네가 한국에를 내년에 졸업하고 갈 때부터 결심을 한 여행을 다녀올 생각이면 여기 와서 잘 골라서 결혼하고, 또 거기서 몇 년이고 더 있으려면 그 신부하고라도 교제할까 생각할 것 아니냐. 또 그만한 자리 구하기도 어렵고 그렇지만 네가 사진 보곤 입속은 모를 거야. 여자는 입이 예뻐야 귀엽지 않으냐. 그러니까 모든 게 어려운 문제구나. 잘 생각해 보지 다른 거는 별로 이상한 게 없더라. 어미도 얌전하더라. 네 친구 홍순이는 큰놈이 신부는 인형 같은 신부를 데리고 와서도 좋아만 하더라. 다 제 눈의 안경이란다. 우철이는 결혼을 해 놓곤 가서 왜 살림을 안 하는지 신부를 데려가지 않아 신붓집에서 걱정이 많았다고 하더라. 그 어머니가 하도 답답하면 가끔 우리 집에 와서 놀다 간다. 너와 같이 있으면 왜 신부를 안 데려가고 자꾸 날짜를 미뤄 가니, 왜 그러나 슬쩍 알아 달라더라. 이런 말 들은 척 말고, 어머니가 오죽 애가 타야 그러겠니. 이모집 소식은 너에게 듣는구나. 보증인에 그런 사정이 있는 줄도 모르고 아저씨가 기다리다 지쳤단다. 몇 달 전부터 정현이 형이 장병으로 앓는다고 하여 얼마나 걱정을 하고 있단다. 내외가 다 돈벌이하다 조석을 못 하고 아침은 커피 한 잔씩 먹고들 나간다니 자기도 모르게 몸이 지쳐 가지고 위장병이 생겨 가지고 잘 낫지도 않을 거야. 몸이 너무도 말랐다더라. 큰 걱정이더라. 편지 쓰다 보니 길었구나. 아버지는 매일 잘 다니시고 나는 장마가 다 걷히니까 신경통도 좀 나서 요샌 잘 있으니 집 염려 말고 잘 있거라. 네가 말하든 노래 몇 곡 보냈으니 잘 받아 보라. 할 말도 많지만 그친다. 말이 잘 안 되더라도 눌러 보라. 학교 개학은 하였겠구나. 그럼 잘 있기 바란다.

– 1976년 9월 18일 모서

건혁이 보아라

　일전에 네 편지 보고 답장한 것도 보았을 듯하구나. 어제 네 편지 보니 반갑기 측량없구나. 요샌 일주일이면 편지가 오는구나. 잘 있다니 안심된다. 이삿짐도 정리가 된 것 같구나. 조용한 방이라니 다행이다. 마땅하건 한참 살아야 할 거야. 이사하기 귀찮아서. 요샌 공부 시작하여서 도로 바쁘겠구나. 요샌 가을 날씨가 되어 그런지 아침저녁 쓸쓸한데, 감기 조심하고, 잘 있어야 한다. 한국은 네가 있을 때와 똑같이 잘들 살아가니 아무 걱정 마라. 요샌 찬바람이 나니까 나도 좀 낳아서 잘 먹고 잘 있다. 네가 고생이지 집의 사람들야 무슨 걱정이냐. 벌써 시월 달이 돌아오니 참 겨울이 닥치는구나. 금년이 지나고 또 새해가 되면 졸업이 되는구나. 또다시 공부를 계속하려면 여행을 하지 말고, 한국에 다녀가는 게 어떠냐. 지금 학교만 끝내고 나오려면 여행을 잘 다녀 구경을 잘하고 오는 게 좋을 거야. 네가 갈 때도 여행 다닐 생각을 했으니까, 미국에 오륙년 더 살게 되면 한국에 와서 결혼도 하고 부모도 한 번 만나 보고 가는 것도 좋을 것이고 되는대로 잘해 보아야 한다. 여기 오더라도 여비나 결혼 비용은 준비는 되어 있으니까, 걱정할 것 없다. 너야 어디를 가든지 다 잘될 거야. 공부하기도 바쁜데 공상하지 마라. 일전에 그 신부 오빠가 기다릴 거야. 밀어 가야지 무어라고 했니? 네가 보고나서 말해야지 어찌하겠니. 네가 거기 오래 있게 되면 다시 결정해야 할 거야. 이왕 고생하는 길에 더 있는 게 좋을지 걱정만 되는구나. 앞으로 잘해 보아라. 글쎄 너는 차가 없이 어찌 다니나 했더니 불편을 겪었구나. 모든 걸 절약하고 혼자 살아가는 데 생각하면 왜 미국에 보냈나 한단다. 요샌 시장을 안 가니까 좀 낫겠다. 너 있는 데가 촌구석이니까 답답하겠지만 미국 갔다 온 사람은 좋다더라. 신촌 영이는 26일 날 미국을 떠나갔단다. 외삼촌이 못 가서 성화란다. 언제나 갈지 걱정이지. 네가 말하던 테이프는 누이가 사 보냈다는데 받기나 했니? 너의 아버지는 옛날 노래를 짐작으로 부치셨다니 언제나 가는지 이다음에 받거든 두었다 늙건 들어라. 식구들이 다 웃었단다. 라디오도 사서 듣고 녹음기 틀고 공부도 하면, 좀 즐거울까 한다. 혼자 있기 지루한데 인제 공부가 바쁘면 편지 할 새도 없겠구나. 몸조심하고 잘 있거라. 어미 걱정은 하지 마라. 너 올 때까지 잘 있을 거야. 참 전기솥 배상금을 받았니? 거기서 준다고 수속해 보내라고 하여 보냈단다.

- 1976년 9월 30일 모서

건혁이 보아라

어제 네 편지는 반갑게 잘 보았다. 그동안 잘 있고 얼마나 요새 바쁘냐. 조석이나 잘 먹고 다니느냐. 여기도 별고는 없다. 이번에 네 편지 자세 보았다. 잘 보고 네 형편을 생각하고 있다. 객지에서 외롭게 고생하는 너에게 도와주고 싶기만 하다. 이번에 등기로 편지가 가서 웬일인가 하였지. 너에게 길게 이야기 하고 싶어 그런 거다. 바쁜 중에 형, 누이 편지가 날마다 갔다니 보기도 바빴겠다. 한데 몰려갔구나. 편지 가건 보고만 두어라. 답장할 생각 마라. 안 해도 된다. 식구대로 편지를 어떻게 하겠니. 내가 네가 한 번 다녀갔으면 한 말은 네 사정을 잘 몰라 한 말이니까 그런 줄 알아라. 모든 게 보고 듣지 못하니까 그런 거다. 평생에 아들을 처음 보낸 부모가 되어 그렇지 않으냐. 그리고 네 선배 집에도 잘 말하였다. 얌전한 집이더라. 네가 한국에 있을 때, 얼마나 신용 있게 잘하였는지 공대 교수들이 칭찬을 한다는 소문과 오 년 후배까지 네 주소를 알려 오더라. 그런 네가 큰일을 해야지 친구들한테 뒤지면 되겠니. 네가 잘 알아서 하면 우리야 따라가는 게 아니냐. 여기선 네가 몸 성히 잘 있기만 빌고 있다. 거기 형편대로 잘 해야 한다. 그리고 신부는 네가 미국 간 후도 찾는 사람들이 종종 있는데 아직 기다리라고 하였었다. 네 말 없이 볼 수도 없고 하였는데, 인제 날더러 찾아보라니까 골라 볼 테니 그런 줄 알아라. 내가 잘 골라 볼게. 기다려 보아. 가회동 유 씨 집에선 지금도 가끔 조르고 있단다. 기다린다고 할 일도 없는데, 찾아보아야지. 일전에 고원도 엄마를 만났더니 이야기를 하다 원도가 여름 방학에 다녀갔다고 날더러도 내년 방학 때 다려다 보라기에 아들 보고 싶은 마음에 편지한 거다. 아버지는 네가 공부하기도 바쁜데 잔소리 말라신단다. 네가 다 알아 할 거라고 하신다. 한국인, 미국인을 다 물리치고 일등을 하려면 얼마나 노력하였겠나. 요새도 공부가 바쁠 테니까 인젠 편지도 한참 있다 해라. 자세히 다 알았으니까 대강 소식 적어 보내라. 녹음테이프를 잘 받았다니 바로 틀어 보아라. 돈이야 얼마 안 되니 그런 걱정은 마라. 네 학비도 안 보내고 하는데 돈은 있으니 걱정 마라. 참, 너도 등록금도 하나도 안 가져가면 곤란한 건 없니? 돈 없건 말하지 혼자 공연히 애쓰지 마라. 그럼 잠 좀 잘 자고, 있어라. 요샌 날이 고르지가 않으니 감기 안 들게 옷 잘 입고 잘 있거라. 나는 네 편지를 하도 자세 길게 써서 자꾸 읽어 보고 있다. 보면 볼수록 안심된다. 잘 있거라. 나는 네 편지를 보면 꼭 답장이 하고 싶어 또 편지한다. 대강 보아. 일주일에 한 번씩 보아라.

- 1976년 10월 7일 모서

건혁이 보아라

가을 날씨 쓸쓸한데 몸 성히 잘 있으며, 요새 많이 바쁠 것 같구나. 잠도 못 자 공부하겠구나. 밥이나 잘 먹고 다니는지 궁금하다. 일전에 편지 보고 그전부터도 신부를 좀 보았는데 안 잡히더니 요새 신부가 하나 나왔는데 네게 적당한 듯해서 다 만나 보았는데 우리가 늘 생각하고 있던 신부 같다. 집안이든지 부모든지 모든 게 다 합당하고 나이가 어려서 귀여워 보이더라. 네 생활에 잘 맞을 것도 같은데 신부가 성격도 온순하여 보이고, 재주도 있는 모양이고 키나 몸 전체가 다 좋고 얼굴도 보통이고 미인은 못되어도 웃는 상이고 그리 눈 서른 데는 없는데 네가 보면 어떨까 한다. 사학과를 전공이라도 취미는 미술이어서 미술 공부를 할까 하더라. 요다음에 사진을 보내려고 가져오라고 하였다. 신부가 다 좋은데 흠을 잡으려면 코, 입이 아주 예쁘지가 않은 것밖에 다른 거는 합격이다. 누이하고 둘이 가 보았다. 내년 봄에 졸업하고 시집보내야 하는 집인데 네 생각엔 어떠냐. 집은 세검정이고 서울대학에 삼십 년째 있다더라. 제자가 미국에도 많이 있다더라. 그 집도 다 경기판이더라. 그리고 큰딸은 작년에 시집보냈다며, 말하더라. 여러 군데서 말들은 해도 신랑이 언제 오느냐고들만 한다. 한 번이라도 보아야 할 것 아니냐고 한다. 네 사진을 명함판만 한 것 있건 좀 보내 주렴. 지금은 바쁘겠지만 틈 있건 보내 주렴. 그리고 참 일전에 내가 보낸 편지 보고 네가 답답한 모양인데 그건 네 선배 어머니한테 가서 자기 아들 박사 하느라고 하도 고생하였단 이야기를 듣고 집에 와서 걱정삼아 한 편지를 보고 너는 또 내가 큰 걱정을 한 줄 알고 바쁜데 긴 편지를 썼으니 미안하다. 늘 네가 하던 말 알고 있으니 염려 말고 네 주장대로 잘하여라. 이왕에 미국에 갔으면 한 가지 성공해 가지고 오는 게 당연하지 않으냐. 네가 혼자 가서 외롭게 고생하니까 걱정하지 결혼해 가지고 가서 살면야 왜 걱정을 하겠니. 친구들도 다 박사 한다고들 하는데 네가 왜 못 하겠니. 우리는 너를 믿고 있으니 아무 염려 말고 있거라. 집에선 네 신부감을 보라. 오늘은 미국에 있는 신부 어머니를 보러 갔다 왔다. 문식이 어머니가 말하는 신부는 미국에 있다고 거기서 만나 보면 어떤가 하더라. 사주 먼저 보고 말하자고 하였다. 그 신부는 박사 코스로 들어갔다더라. 너보다 일년 먼저 갔다고 하더라. 그 집은 세관장 집이라 잘 살고 신부도 미인이란다. 두고 봐야지. 아버지는 요새 이를 다시 하시는 고생이 많단다. 노인네가 되었다. 아무 염려 말고 잘 있거라. 신붓집 역사 이다음에 신부 사진 보내건 보고 답장하고 이 편지는 보고 있어. 바쁜데 잘 있거라. 말아 잘 안 되어도 눌러 보아라. 무식한 글 솜씨에 정신없어 잘 못 쓴다. 보기도 고생일거다.

- 1976년 10월 14일 모서

건혁이 보아라

수차의 서신은 잘 받아봤다. 얼마나 바쁘고 객고가 심하냐. 늘 말하는 바이지만 몸조심하고 건강에 유의하여라. 여기는 그럭저럭 한결같이 지내고 있다. 내가 붓을 들게 된 동기는 너의 편지 내용을 검토하여 본건데. 어머니가 무엇이라 편지를 하였는지 모르는데, 다소 오해가 있지 않나? 네가 거듭거듭 사정을 설명하는 것으로 보아서―나는 이미 너의 포부와 계획, 나아가서 인생관, 사회관까지 (카셋트를 통해서)잘 이해하고 있으며, 내 비위에 맞아서 그런지 대단히 마음 든든하게 생각하고 있다.(카셋트는

나의 삶과 일, 그리고 소중한 것들

심심하면 늘 틀어 본다. 나의 청춘 시절을 회상하면서) 앞날을 위하여 학술을 더 연마하는 것이나 좋은 배필을 맞아서 결혼하는 것이나 인생 문제에 있어서 그의 비중은 다 같이 중요하다. 어느 한 가진들 소홀히 할 수는 없는 것이고, 일생의 운명을 좌우하는 문제라 아니할 수 없다. 심사숙고할 문제이다. 간단히 남의 말을 듣고 사진만 가지고는 어렵고, 또 여러 날 교제하여 보아도 역시 맘속을 들여다 볼 수 없고, 꼭 주사위를 던져 보는 것처럼- 그럼으로 너의 소신대로 일로매진하는 것이 바람직하다. 환경의 변화로 계획이 대폭 변경되지 않는 한, 계획대로 내년 여름에 유럽 여행을 마치고 11월 말 학기가 끝날 무렵에 박사가 아니더라도 학교에서 더 공부하여 교수가 되던지, 이름 있는 대가 밑에서 실무를 충실히 배우던지 간에 어느 한 가지가 결정이 될 것이 아닌가? 그때까지 귀국 문제, 결혼 문제는 말할 필요가 없다. 왜 그런가 하면 앞으로 3년 이상 미국에 더 체류하게 될 경우에는 12월 중에 잠간 귀국할 것이고, 그렇지 않고 1980년 되기 전, 귀국할 생각이라면 구태여 비용 없애가면서 귀국할 필요가 없다. 부모가 금의환향을 바라는 것이지 인정에 못 이겨 중도에 귀향하는 것을 바라지는 않는다. 모처럼 어려운 길 큰 포부를 안고 도미한 이상 국내에서는 도저히 써 먹을 수가 없다 할지라도 새로운 방법, 좋은 기술, 조직, 계획 등을 실제로 충분히 배워서 실력을 발휘할 날을 손꼽아 기다리는 것이 바람직하다. 우리 한국도 선진국을 열심히 뒤따라가는 형편이니 말이다. 할 말 많으나 그만 쓴다. 너의 건투를 빌면서.

- 1976년 10월 23일 부서

건혁이 보아라

궁금하던 차, 네 편지는 잘 보았다. 수일 사이 몸 성히 잘 있으며, 그렇게 바쁜 중 공부도 잘 되어간다니 든든하고 기쁘다. 바쁜 너에게 공연히 내가 편지를 잘못 써서 더 바쁘게 했구나. 아버지가 네 편지를 보시고 착실하게 공부하고 있는 아들에게 그런 말을 왜 하느냐고 아버지가 편지 쓰신 것이다. 네가 여태까지 말하는 것이 다~ 옳은 생각이라고 모든 걸 다 너를 믿고 계시다. 아무 걱정 말아라. 그리고 꼭 할 말은 다름이 아니라 몇 년 전에 좀 말이 있던 신부인데, 네가 미국 갈 때에도 문식이 어머니가 말을 한 것이라는데 일 년이 지난 오늘에 또다시 말이 되는데, 이것이 네 연분인지 알 수가 없구나. 신부는 경기고녀와 서울대 영문과를 졸업하고 미국 가서 석사는 끝내고 박사 공부를 시작하고 있으며, 얌전하단다. 내가 신붓집에 가서 사는 것도 보고, 신부 어머니도 보고, 신부 사진도 여러 장 보고 왔는데, 신부는 보던 중 맘에 들고 성격도 고울 것 같고, 키나 모든 게 적당할 것 같다. 신부 어머니도 얌전하고 사는 것도 견딜 만하고, 오 남매의 외딸이고, 공부 잘하나 보더라. 그러하나 네가 보고 서로 좋아야지 성격도 맞아야 하고, 여러 가지 살펴보아야 할 것이 아니냐. 그래서 신부 있는 주소를 적어 보내니 편지를 신부에게로 보내서 답이 오건 네가 잘 알아서 한가한 틈을 타서 교제하여 보는 것이 좋을 것 같다. 네 말은 미국 간 신부는 궁상맞다고 하지만 이 신부는 공부하기를 좋아하여 간 거란다. 문식 어머니가 거짓말이야 하겠니? 여기서 네 말만 하면, 나서는 사람도 많아서 여럿 보았다마는 눈에 드는 것이 별로 없는데 이 신부는 사진 보고 어머니 보고 맘에 좀 들어서 소개하는 것이다. 신부에게는 벌써 연락이 갔으니까 네 편지를 기다릴 것이다. 결혼은 노력 없이 되는 것이 아니니, 아무리 바빠도 노력해서 좋은 배필을 얻어야 한다. 시기를 놓쳐서는 안 된다. 네가 바쁜데 자꾸 편지해서 미안하다. 집 걱정은 하나도 하지 말고 잘 있거라. 또 아버지가 편지하셨다고 웬일인가 하지 마라. 내가 하도 편지를 못 쓰니까 쓰신 거다. 아무 일 없으니 염려도 마라. 요샌 아침저녁으로 쓸쓸한데 감기 안 들게 옷 잘 입고, 잘 있거라. 음식이나 잘 먹는지 염려한다. 아버지하고 다 의논해서 편지하니 노총각이 연애편지 좀 써 보아라. 신부 어머니는 벌써 편지했다고 하였는데, 너 있는 데서 얼마나 먼지 우리는 잘 모르겠구나.

　　　　　　　　　　　　　　　　　　　　　　　　　　　　　　　　　　－ 1976년 10월 24일

　　　　　　　　　　　　　　　　　　　　　나의 삶과 일, 그리고 소중한 것들

건혁이 보아라

초겨울 날씨에 잘 있나 궁금하였는데, 오늘 네 편지 보니 반갑기 측량없다. 수일 동안에도 잘 있겠지. 어미야 너 잘 있기만 바란다. 네 편지 보니 학교가 네 맘에 안 들어서 그러는가 본데, 그건 처음 갈 때부터 마땅치 않아 한 것 아니냐. 그러니까 졸업하면 잘 골라서 일을 하여라. 인제는 말도 통하고 자신이 있지 않으냐. 네가 어디를 가기로 걱정될 것 무엇 있니. 작년 일 년 고생을 하도 많이 하였으니, 인제는 네 몸을 돌보는 것도 좋은 생각이다. 일전에 아버지와 어머니의 편지는 한꺼번에 받아 보았을 듯한데, 그동안 신부에게 편지 왕래가 되었는지 궁금하구나. 몇 년 전부터 말하였지만, 인제야 모든 걸 자세히 듣고 생각하니 마땅한 것 같구나. 신부는 여름방학에 왔다 갔으며, 왔을 때도 또 네 생각하고 전화를 하더라. 그 집에선 네가 맘에 있는 모양인가 보다. 내가 신부의 편지 왔나 물어보니까 왔다며, 신부 말이 부모님 의견을 따르겠다고 한다더라. 이삼일 후에 나를 만나자고 한다. 우리 집으로 오라고 할 예정이다. 본인들이 없으니까 우리가 만나야지. 너는 신부를 만나보고 자세 이야기를 듣고 잘 보고 해야지 남이 보는 게 무슨 소용이냐. 우리 두 사람의 생각에는 합당할 것 같구나. 첫째, 신부 머리가 좋고, 양전하고, 한국 가정에 적당한 신부란다. 미국 간 것은 다른 게 아니고, 한갓 공부하길 좋아하다, 친구들 가는 길에 유학 시험을 본 게 합격되고, 합격되니까 장학금이 나와서 가게 된 거라고 하더라. 보내 놓고 많이 걱정하더라. 신부 집은 역촌동이고 신부 오빠 둘 결혼하고, 신부 아래로 동생이 있고, 신부 아버지는 현직에 있고, 집안이 다복한 집이더라. 문식이 어머니 동창이니까 믿음성도 있고 그러니 여러 가지로 좋을 것 같구나. 본인들이 보고 노력해 보아야겠다. 여기서 신부를 너도 여럿 보았지만 나도 요새 몇 보아도 다 마땅치도 않고, 학벌도 없고 하여, 이 신부를 선택한 거니, 네가 잘 생각하여서 잘 보고 결정하면 좋겠다. 전화번호, 학교는 요 다음에 적어 보낼게. 이번 네 편지는 6일 날 왔더라. 곧 답장하는 거다. 집에는 아무 별고도 없이 잘 있고, 연탄도 많이 사 놓았으니 아무 염려 마라. 올 겨울은 편히 날 거다. 약은 사 보낼게. 그리 알고 감기 안 들게 조심해라. 미국 선거 구경도 잘하고 본 것도 많겠다. 한국은 아직 그리 춥지 않은데, 거긴 물이 다 언다니 추운가 보다. 옷을 잘 입고 잘 먹고 잘 있거라. 그래도 집을 이번에 잘 얻은 모양이니 다행이다. 신부 주소는 하숙집이라더라. 맞는지 알 수가 있어야지. 그 집에서 적어 준 건데, 잘 교제해 보아라.

- 1976년 11월 8일 모서

건혁이 보아라

일전에 부친 편지는 그동안 보았을 듯하구나. 그동안 잘 있으며, 감기가 심하다드니 감기 차례나 안 들고 잘 있느냐? 요새 많이 바쁠 것 같구나. 날은 추워지는데 얼마나 고생이 되겠니. 요샌 먹는 거나 잘 먹고 다니는지 궁금하구나. 여기도 별고 없이 잘들 있다. 한국은 김장들 하고 있단다. 그래도 요샌 순분이가 있어서 편히 산단다. 어제도 작은형의 집에 갔다 왔단다. 중호형제 유치원 다니고 잘들 살아가니 든든하다. 내가 보낸 편지 보고 잘 들었지만 편지로 말하는 게 하도 오래간만에 보니까 답답하구나. 전화번호를 알아 보내는데 이 편지가 언제 갈지 11일 날 신부 어머니가 우리 집에 와서 자세히 이야기하고 다 적어 가지고 왔더라. 네 사진도 보고 합당한 걸로 생각하고 갔단다. 거기선 편지가 연락이 되었는지 궁금하구나. 우리는 합당하게 생각하고 있는데 본인들만 맞으면 될 것 같구나. 신부가 어떤지 만나 볼 새도 없겠지. 방학이나 하면 가 보아야겠구나. 신부가 어머니 닮았는지 나보다 십 년이 젊고 참 얌전하더라. 신부 어머니는 고향이 서울이고 김씨는 경주 김씨고 엄마는 전주 이씨란다. 신부는 공부를 다 마치길 원한다더라. 말 듣게는 신부가 미국 갔다고 사치하지도 않고 참 차분한 성격을 가지고 있다더라. 내가 편지로 말하는 것보다 네가 잘 살펴보면 알겠지만 부탁하는 거다. 두 번 세 번 보면 네가 어련히 알겠니. 신부가 돈을 잘 안 쓸려고 한다더라. 신랑은 교양 있는 남자래야 한다고 늘 말했다고 하더라. 네겐 적당할 것 같아서 내 맘에 든다. 그렇지만 누가 말해도 네가 보는 게 제일이다. 그리고 일전에 소화제는 보냈는데 잘 갔는지 잘 두고 먹어라. 한 가지는 다른 걸로 보냈는데 내가 먹어 보니까 더 좋은 것 같아서 두 가지로 보냈다. 잘 있거라.

– 1976년 11월 15일 모서

나의 삶과 일, 그리고 소중한 것들

건혁 보아라

날은 추운데, 잘 있나 궁금하였더니 네 편지를 잘 보았다. 하도 자세히 적어 보내서 너를 본 듯이 잘 읽어 보았다. 네가 하도 고생을 하더니 인제는 한 가지씩 정리가 되는구나. 하숙집도 맘에 든다고 하더니 조석을 기숙사에다 정하였다니 참 잘하였다. 진작 그렇게 할 것을 일 년을 넘어 두고 참으로 고생을 많이 했잖니. 고생은 고생대로 하고 네 몸 축나고 배 속만 나빠지고 하였지만 그건 다 지난 일이고, 인제는 매끼 사 먹는다는 생각은 행여 하지 마라. 남자는 해 주는 조석을 먹는 법이 아니냐. 요새는 좀 잘 먹는다니 다행이다. 어서 좀 잘 먹고 몸이 좀 든든하면 얼마나 좋겠니. 네 몸 건강이 제일이다. 이곳 어미는 늘 걱정만 하였더니 기숙사에 조석을 먹는단 말 듣고는 좀 안심이 된다. 인제는 비싸던 싸던 간에 한군데 정해놓고 먹고 있거라. 또 자취한다고 그런 소리 말고. 돈이 들어도 딴 생각 말고 잘 먹고 있거라. 선배를 만나 보았다니 얼마나 반가웠겠다. 한국에서 이가 너무 길다더니 미국까지 긴 이를 가지고 갔구나. 여기 있어 봐야 별 수 없으니까 갔구나. 공부 잘하고 장래성 있는 사람들은 다들 간다더라. 그런데 네가 안 가겠니. 너도 즉시 가길 잘했지. 너도 인제는 겨울 방학을 두 번째 맞는구나. 참 금년은 빨리 간 것 같다. 그리고 나는 그 신부가 가족관계며, 사진도 보니 별로 이상한 데도 없고 하여 너에게 교제해 보라 했더니 너는 벌써 보고 있었으니, 참 우스운 일이구나. 신부 어머니 말이 신부가 너를 보았다고 하더라. 그러기에 나는 그게 무슨 말인가 하였더니 그게 정말이었구나. 네 말을 듣고 생각하니 신부가 안건혁이를 알고 자세히 본 모양이다. 네 선배에게 자세히 물어보고 여름 방학에 한국에 왔을 때, 말을 한 거다. 참 일이 우습구나. 미국 땅이 넓다더니 좁기도 한 것 같다. 일전에도 말했지만 공부를 다 마쳐야 한다고 말하니 네 말대로 삼사 년을 기다릴 수야 없지 않으냐. 또한 네가 학교가 어디로 될지도 모르고 하니까 네 말이 옳은 말이다. 신통치도 않은 걸 공연히 왔다 갔다 편지만 했구나. 처음에도 아버지하고 얼마나 의논을 하였단다. 여자가 공부를 너무 많이 하고 나이가 많고 하여 생각하다 너에게 말하였더니 너는 볼 때 그렇게 보았구나. 네가 어련히 잘 보았겠니. 네가 맘먹고 본 것은 아니라도 잘 본거다. 그 신부가 여름에 한국에 왔을 때도 친구들이 너는 왜 미국에를 갔다 와도 왜 그리 사치가 없느냐고 했다더라. 여자가 별게 다 많은 거다. 그러게 네가 보아야 한다고 하지 않니. 남이 아무 말 해도 소용없다. 네

눈으로 잘 살펴보아야 하는 거야. 말도 시켜 보아야 한다. 목소리 흉한 여자도 있으니까 길게 잘 생각해 보아라. 네 맘에 들어야 할 것 아니냐. 여벌로 두지. 또 구하면 있겠지. 여기도 신부가 몇 명 있단다. 너 오길 기다리고 내년에는 오겠지 한단다. 벌써 네 생일날이 돌아오는구나. 금년에도 여행을 가니. 쓸쓸히 혼자 앉아 지내는지 궁금하구나. 맛있는 음식이나 사 먹고 있거라. 내년에는 같이 먹을 사람이 생기겠지. 편지를 쓰다 보니 너무 길었다. 집에도 아무 별고 없이 잘들 있으니 염려 마라. 우리도 김장이나 해 놓고 아버지 생진이 돌아오면 여행이나 가려고 한단다. 집에서 하려면 귀찮아서. 말이 좀 안 되어도 잘 읽어 보 고 몸조심하고 잘 있거라. 한참 있다 편지할게. 만약 네가 마땅치 않아서 아무 연락도 안 하면 신부 어머 니가 무슨 말이 있겠지. 그러면 내가 다 적당히 말할게. 아무 걱정할 것 없다. 네가 알아서 해라. 나는 네 말 듣고 말할게.

- 1976년 11월 22일 모서

건혁이 보아라

어제 너의 사진이 오더니 오늘은 편지가 와서 반갑게 잘 보았다. 겨울 날씨에 잘 있다고 하지만 너의 사진을 보니 하도 말라서 참 답답하다. 네가 혼자 너무 고생을 하여서 그런 것이다. 남들은 일 년 지나 면 몸이 늘어서 옷을 큰 것으로 보내라 하던데 왜 그리 되었는지 밤낮 걱정을 하다 식사가 좀 편한가 하 였더니 도로 사 먹게 되는 모양이구나. 그래도 생각하여 잘 먹고 네 몸을 네가 위하고 있어야 할 것 아 니냐. 공부도 좋지만 몸이 성하고 건강해야 할 것 아니냐. 나이가 한 살 더 먹으면 철이 날 것이다. 잠 잘 자고 잘 먹으면 건강하여지는 것을 왜 몰랐니. 네가 손수 해 먹는다고 일 년 동안을 두고 쓰러질 정도 로 쇠약해졌으니 언제나 회복이 될런지 참 딱한 일이구나. 앞으로나 잘 알아서 몸을 보살펴라. 돈이 없으 면 즉시 말을 하면 보내 줄 건데 왜 그리 고생을 하니. 지난 일은 그만 두고 앞으로나 잘하여라. 그리고 그끄께 나의 편지는 보았겠지만 그곳에 있는 신부는 네가 보고나서 합당하면 정해볼까 하였더니 잘 안 되는 모양이구나. 신붓집에도 편지가 왔다는데 생각해 보고 편지를 하겠다고 하며 서로 알고 있다가 졸 업 후에나 결혼을 할 것이라고 내년에 한국에 나오면 일 년 후에 다시 미국을 가야 졸업을 한다니 잘 안 될 것 같구나. 그러니 또 여별로 미루어 두고 생각할 것 없고 또 신부가 하나 있는데 그곳에 가 있는 네 동창 ○○이의 동생인데 출신 학교가 숙명여고, 서울여대 원예과 우등생이고 나이는 이십삼 세고 가정 도 좋고 부모들도 점잖은 집이고, 나는 가끔 그 집에 가 보는데 혼인할 만큼 마땅하여 몇 달째 생각하 고 보고 있으나 신부의 학벌이 그래서 진작 말을 못 하고 있었는데 네 맘에 어떠한지? 여자가 학벌만 좋 다고 좋은 것은 아니다. 인간성이 쓸만해야지. 가정 내용을 보고 부모를 잘 알아야 하는 것이다. (자라나 는 주위 환경 등) 여기서 살 것도 아니고 먼 데를 보낼 것인데 그래도 신부 어머니가 합당하여야지 신부 도 보고 배운 것이 있을 것 아니냐. 너 하나 잘 받들어 줄만한 사람이래야 한다. 신부는 졸업하면 데려갈 수도 있고 신붓집에선 의향이 좀 있는데 네가 기대하든 학교가 아니 되어서 망설이고 있었다. 이 신부도 이월 달에 졸업을 할 것이니까 잘 생각하여 편지해라. 내가 여기서 신부를 몇 보았는데 잠깐 선 보고 네게 로 보내겠다고 할 수는 없다. 속을 알 수가 없어서 네가 있으면 여러 번 보면 알겠지만 한 번 보고 어찌 알겠니. 이 신부는 셋째 누이만 하고, 밉상은 아니고 성은 김씨고 오빠 둘이고 딸은 또 외딸이란다. 미술반 최 선생님도 잘 알고 있을 것이다. 과 톱을 하고 있다니까 학교가 정 맘에 안 들면 미국서 대학원을 다니면 될 것 아니냐. 합당하다면 자세 편지를 할게다. 방학 동안 계속 일을 하고 있을 거니? 남은 살이 마르지 않게 돈 생각하지 말고 구미가 당길 때 잘 먹어라. 놀러도 간다니 구경도 하고 잘 다녀와 잘 있거라. 집에는 아무 별일 없이 잘들 있으니 염려 마라. 집은 좀 추워도 널찍하니까 그냥 살고 있다 몇 년 더 살 거란다.

- 1976년 12월 2일 모서

건혁이 보아라

추운 날씨에 잘 있나 하던 차에 편지를 네 생일날 받아 보니 더욱 반갑고 섭섭하던 어미의 마음이 위로가 되었다. 요새도 잘 있으며, 방학도 하였겠구나. 방학동안에나 좀 쉬어가며 일을 하여라. 좀 편해야 몸에 살이 붙지 않겠니. 네 편지는 아버지가 보시고 참 옳은 생각이라고 하신다. 여기 있는 사람들이 미국 일을 무얼 안다고 무슨 훈수를 하겠니. 네가 다 알아 잘할 걸로 알고 있다. 우리는 온천에 가서 생진을 지내고 왔다. 먼데도 갈 수 없고 하여, 온양온천에 가 있다 왔단다. 집에도 아무 별고 없이 다들 잘 있으니 염려 마라. 너는 우리가 춥게 살 걱정을 하지만 우리는 추운 집에서 십 년이나 사니까 인제는 습관이 되어 그냥 살고 있다. 네가 볼 때나 같이 잘 지내고 김장도 다 해 놓고 편히 살고 있다. 그렇게 바쁜 중에 여기 생각을 다 하고 있으니 참 효자라고 하신다. 아무 염려 말고 잘 있거라. 네 편지를 보니 생각 잘한 거다. 입때 신부가 예쁜 얼굴은 안 보인단 말이 옳다. 신랑이 예쁘면 신부는 미운 거란다. 누구나 다 섞여 살게 마련이란다. 신부에게 편지 연락이 되어 만나 볼 의사가 있는 모양이니 참 잘되었다. 만나 보고 이야기도 하고 의견이 서로 맞으면 차차 결정이 되겠지. 네 말 없이 내가 무어라고 하겠니. 그런 건 염려도 말고 신부를 만나 보면 하나하나 맞는 데가 있으면 되는 거다. 나는 여기서 못 보았으니까 말 할 수는 없지만 공부를 하러 갔으니까 공부만 하는 거지 벌레는 무슨 벌레겠니. 촌스러운 건 모양을 안 내고 고생을 하면 그럴 거고 공부를 이왕 시작한 거니까 졸업을 마치려고 한다더라. 한국에 부모들은 두 사람에 교제가 잘되길 바란다. 네가 알아서 할 거지. 여기서 어찌 하겠니. 신부 어머니가 얼마나 세련되고 말도 잘하고 똑똑한데 그 딸이 촌스러울 리는 없다. 잘 보아라. 여기는 외삼촌이 인제 수속을 하는데 잘될지 걱정이란다. 하도 어려워서 잘되면 봄에 갈려고 하는데 인제는 법이 또 새로나 어렵다더라. 두 내외만 가는 것도 힘이 드는구나. 시현이는 여기 있는데 결혼을 그저 못하여 인제야 하려고 한단다. 교제 한 여자가 있는데 성심여대 출신인데 인물이 하도 못나서 아저씨가 야단을 하여 입때 못하고 있단다. 할 수 없이 할 거야. 남진이가 연애를 하여 요전에 결혼을 하였는데 연세대학 출신인데 그만 못하다고 샘이 나서 그러나 보더라. 모든 게 다 임의대로 못하는 거드라. 참 우스운 이야기 하나할게. 들어보아라. 가회동 ○씨 집에서 하두 조르기에 여름에 내가 말하기 귀찮아서 미국에서 교제하는 신부가 있으니 그리 알라고 했더니 몇 달 말이 없더니 미국에 다 알아보니까 네가 착실히 공부만 하고 있다는데 무슨 말이냐고 한다. 그래서 내가 거짓말쟁이가 되었단다. 자기네가 다 알아 할게 승낙하란 말이지. 제 얼굴은 다 본 거니까 그런 일도 있고 별일도 많다. 너는 한국에서 있을 때 신용을 얻었는지 내가 아들을 잘 낳는지 말만 하면 칭찬들을 하니 굴러오는 소문이 좋기는 하더라. 혜화동 사는 선배 강 씨 있지 않니. 그 어머니가 날더러 아들을 너무 잘 낳기에 며느리는 예쁘지 않을 거라고 하더라. 자기도 아들이 좀 예쁜 거 같더니 며느리는 인물이 하나도 없는 신부가 오더라고 한다. 머리가 좋고 마음이 착하면 된다고 하며, 네가 미국 갈 때 인사 왔는데 네 관상을 보니까 하도 잘생긴 얼굴이라 거기 맞출 신부는 어려울 거라고 하니 얼마나 우스우냐. 자기 아들이 너를 좋아해서 다리고 있고 싶어 하는데 안 된다며, 말을 하더라. 일전 편지는 아버지가 쓰신다고 하도 딱딱하게 써 보냈는데 보긴 좀 나을 거다. 오늘은 혼자 있기에 편지를 좀 쓰고 있다, 추운 날씨에 몸조심 잘하고 잘 있거라. 잘 먹고 잠 잘 자고.

- 1976년 12월 11일 모서

건혁이 보아라

네 편지도 오고, 녹음테이프도 오고 하여 반갑게 보고 네 목소리도 듣고 있으며, 네가 여행이나 갔나 하고 있었더니 오늘 편지가 와서 반가운 중 세배까지 하니 얼마나 반갑고 우스웠다. 아버지가 얼마나 편지를 보시고 좋아하신다. 그동안 일을 다 해 놓고 좀 쉬는 모양이구나. 이 편지가 가서 볼 때는 벌써 여행도 다녀오고 나이도 한 살 더 먹겠구나. 신년에는 모든 소원을 다 이루어야겠다. 마음먹은 일은 다 성공하길 바란다. 오늘 편지를 보니 그동안 네가 돈도 좀 저금해 놓고 몸도 많이 좋아지고 하였다니 얼마나 든든하다. 모든 게 다 네가 노력한 것이겠지. 나는 보진 못해도 자세한 편지와 녹음을 듣고 자세히 알고 안심을 한다. 너도 집에 염려 말고 잘 있거라. 이곳 어미는 너를 데리고 함께 명절을 못 지내 그리 즐겁진 않지만 네가 잘 있으면 다행이지 1일 날은 다들 모이겠지만 작년에 계시던 할머니가 안 계시어 좀 섭섭하다. 영이가 잊지 않고 카드를 보냈구나. 부모를 처음 떠나서 외로워한다더라. 한국은 물가가 비싸다 하지만 미국 같기야 하겠니. 조금씩 올라가겠지. 친구들이 살림들을 하고 편히들 사는데 너만 외롭게 고생을 하는 게 항상 걱정되는구나. 금년에는 꼭 살림을 하게 되어야겠는데 노력해야겠다. 한국은 입때 춥지가 않더니 요새로 몇십 년 내로 처음 추위라고 하는 추위가 왔었단다. 오늘야 조금 풀리는 것 같단다. 설이라고 아이들은 올 거고, 떡국이나 먹이려고 한단다. 하는 것도 없이 분주하지. 그럼 객지에서 쓸쓸하지만 기쁜 마음으로 신년을 맞아라. 복 많이 받고 잘 있거라.

— 1976년 12월 31일 밤 모서

건혁이 보아라

네 편지가 8일에 와서 즉시로 관악본부에 가서 요청한 대로 수속을 하여 10일(월) 오후에 구내 우편소에서 등기우편으로 각각 두 군데 대학으로 보냈다. card도 미시간 대학에 틀림없이 첨부하여 보냈다. (card에는 Ahn Kunhyuck으로 되어 있고, 여기 서류에는 Kunhyuck Ahn으로 된 것만이 다르지만 동일하게 쓰이는 것이지만 잘못된 것은 아닐 것이다.) 너의 중요한 가름길이니 만큼, 성공을 빌면서 정성껏 하느라고 또 새로운 너의 모교의 방대한 모습을 구경할 겸 하여 너의 어머님도 함께 가셨다. (수속의 완벽을 기하면서) 모든 것이 유동적이라고 네가 편지마다 말하였거니와 90학점을 따라 Master를 끝낸다고 유럽여행을 하기 휴가에 가기 때문에 11월에나 끝낼 것으로 알았는데. 이번 편지에 3월까지의 공부 계획뿐 그 후의 커다란 변화에 대한 것은 몇 가지 가능성을 인식하고 있을 뿐이라고 하였는데, 이번 수속하는 일이 어느 한 곳이 결정이 된다면, 종전계획이 변경될 것은 당연한 일이고 그렇게 알고 있으라는 말로 안다. case by case로 언제든지 유동적인 것이라, 主心만 잃지 말고 최선만 다하면 되는 것이다. 진인사대천명이란 옛말도 있거니와 모든 것이 운명이다. 한 가지 부탁할 말은 과욕을 부리지 말고 자기 분수에 맞아서 세밀히 계획하고, 성실히 실천하라는 것과 건강 관리에 있어서 운동 부족으로 체중을 65kg을 넘어서는 안 된다는 것을 명심하기 바란다. 할 말은 많으나 모든 것은 네가 더 잘 알고 더 잘하고 있는 터이라 사족이 될까 하여 그만둔다. 그리고 국내 사정이라던가, 집안 사정이라던가, 또는 부모의 건강 문제도 모든 것이 정상적이고 무사하니 조금도 관심을 두지 말고 다만 너 하나만의 앞길만 잘 개척하여 나가는 길만이 부모의 염원일 뿐이라는 것을 알아야 한다. 끝으로 너의 건투를 빌면서 앞날의 영광 있기를 바라마지 않는다.

— 1977년 1월 10일 부서

9일부 편지를 받아 보니, transcript label을 한 통 보내기 때문에 졸업증명서와 성적표를 한 통씩 보낸 것으로 생각하고 있는 모양인데, 네 편지에 분명히 자세하게 각 4통(8통)을 작성하여 두 학교에 각각 2통씩(4통)을 보내어 달라는 것으로 알고 요청대로 Michigan에는 label을 첨부하였고, Harvard에는 label 첨부 없이 9일 오후 교내 우편소에서 등기우편으로 보냈으니 조금도 의심치 말고 안심하고 있어라. 결국은 label이 한 장 빠진 셈이 된다. 그러나 서류구비에는 큰 결함이 안 된 것으로 보인다. 그리고 이번 편지에 3학교에 지원을 했다는데 MIT에 대하여는 금시초문이다. 필요하다면 즉시 연락하여라. 속달이면 이달 안으로 모든 것이 완료될 것이다. 諸相이 무상이라 모든 것이 유동적이고 낙관불허이겠지만 기회 포착에 만반 준비하는 것이 상책이다. 전번 편지에도 말한 것이지만 건강 관리에 유의하고 운동은 시간이 없으면, 아침저녁 두 차례 각 10분간씩 체조를 하는 것이 좋을 것이다. 신외에 보물이 없다. 1에도 건강이요, 2에도 건강이다. 몸조심을 철저히 하라. 성공의 첩경은 건강이다. 건전한 정신도 건전한 몸에서 나온다. 그렇기 때문에 외국 사람들은 스포츠에 열을 올리고 있는 것이 아니냐. 몸에 해로운 것은 일체 삼가는 길만이 양생의 길이다. 과식도 몸에 해로운 것이니 적당한 영양 섭취 적당한 운동, 적당한 휴식 등인 것을 잘 알고 있지 않으냐. 언제든지 무리는 금물이다. 할 말 많으나, 그만 그친다. 너의 소원 성취를 기원하면서.

— 1977년 1월 17일 부서

나의 삶과 일, 그리고 소중한 것들

건혁이 보아라

　너의 편지 본 지 한참 되는구나. 겨울 날씨 추운데 몸 성히 잘 있으며, 학교 잘 다니는지 궁금하구나. 아버지께서 편지하신 것 두 번 다 잘 보았겠지. 증명서도 두 군데 보낸 게 잘 갔을 거다. 네가 생각하는 일이 다 잘되길 바라고 있다. 요새도 바쁘겠구나. 집은 덥다지만 불편이 좀 많겠지. 식사는 기숙사에서 하는지 날씨 추운데 조심하고 잘 먹고 다녀라. 한국은 금년에 오십 년 만에 처음 추위라는데 눈 한 번 없이 계속 추워서 야단이지. 집에는 별고 없이들 잘들 있단다. 그런데 우리 집을 누가 사겠다고 몇 달 전부터 말하는데, 이사하기도 귀찮고 앞으로 갈 데도 마땅치 않아서 그냥 살아 볼까 하다가 두 사람이 살 나가기 힘도 들고 하여 다시 생각하고 팔려고 하였다. 이십칠 일 날 천오백에다 계약을 하셨단다. 팔고 나니 그 돈 가지고 갈 집이 마땅치 않아서 의논 끝에 아파트로 가길 합의가 되어 얼마나 여러 집 보던 중에 큰형 사는 한강 아파트 가게 되었다. 40평 되는 집인데 보기엔 좋더라. 살아 보아야지 삼월 중순에는 이사를 할 거야. 모든 게 꿈만 같구나. 집을 팔고 나니까 섭섭하기도 하고 네가 없는 게 더 그립기도 하구나. 우리가 아파트에 가서 사는 게 좀 우스울 거야. 하도 며칠 정신없이 지내니 편지를 더 못 쓰나 보다. 눌러 보아라. 이다음에 자세히 편지하마. 너의 편지가 올 듯하여 기다리다가 안 오기에 궁금해할까 봐 적어 보낸다. 여기서 들으니 너 있는 곳이 그렇게 몹시 춥다는데 조심하여라. 다니질 못할 정도라니 오죽 추워야 그렇겠니. 그리고 셋째 누이 편지를 잘 보고 생각해 보아라. 신붓감이 나와서 그런다. 말 듣게는 좋을 것도 같다.

- 1977년 1월 30일 모서

건혁이 보아라

　속달편으로 편지를 보내고 일주일 안에는 회신이 올 줄 알았는데 20일이 경과토록 아무 연락이 없어서 무슨 사고나 나지 않았나 하고 걱정하던 차, 오늘 편지 받아 보아 안심하였다. 신문 보도로 오하이오 주에 큰 한파 襲來로 고속도로 노상이세 동사자가 생기고 학교는 휴교, 직장은 휴업 사태로 실업자가 수십만에 달하고 있다 운운으로 대단히 궁금하였다. 성적표와 졸업증명서 각 2통을 집에 비치되어 있으니 꼭 필요하다면 연락하여라. (등기서류우송료가 25,000원이 드니 MIT가 필요치 않고 다른 곳에서 필요하다면 송부할까 한다.) 그리고 12년간 두고 안 팔리던 집이 원매자가 생겨 여러 달 실갱이 끝에 1월 27

그리고 소중한 것들

일 결단을 내려 3월 말일까지 양도할 조건으로 계약하였다. 작년 여름에 옆의 양옥(우리 집보다 3평 적음)이 10,500,000원에 팔리고, 앞의 한옥(우리 집보다 2평 많음)이 한 달 전에 12,700,000원에 팔린 것을 보면 내가 제일 유리하게 처분한 셈이 된다. (15,000,000원이니 말이다. 물실호기로 용단을 내린 것이다. 어머니는 정이 들어 안 판다고 버티다가 할 수 없이 양보하였단다. 금년 들어 침체된 부동산 매매가 활기 띨 가능성은 있기는 하나, 미지수의 일이니 만큼, 속히 갈 곳을 물색한 결과 형이 사는 왕궁맨션 옆에 Rex맨션 40평형을 매매계약을(13,000,000원) 하였다. 3월 13일(일요일)에 이사할 예정이나 혹시 더 늦게 될지 모르겠다. 너의 의견도 들어봐야 하겠으므로 알리는 것이니 그리 알고 자세히 연락하여 다오. (보호할 것, 처분 정리할 것 등…) 2월 20일 중간금도 내고 매매쌍방이 합의된 일자에 양도가 확실 시 될 때에 이전주소를 알려 주겠다. 그렇기 않으면 공연히 혼선을 일으킬 우려가 있다. 다만 1974년 11월에 준공한 것이며, 5층 중 3층이고 형의 집에서 50m의 거리란 것만 알린다. 내내 건강을 빌면서 이만 그친다.

- 1977년 2월 7일 부서

건혁이 보아라

네가 두 번 보낸 편지가 날마다 한꺼번에 왔단다. 그래서 좀 궁금하였단다. 추위 소동은 하도 심하고 염려하였단다. 네가 다 알아서 하겠지만 외복을 사 입었나 걱정까지 하였더니 잘 사 입었다니 든든하였다. 오늘 편지를 부칠까 하는데, 네 편지가 왔구나. 참 반갑게 보고 답장을 쓴다. 심한 추위를 다 물리치고 잘 있다니 얼마나 다행이구나. 조석을 기숙사에서 계속 먹기로 했다니 잘 생각하였다. 앞으로는 바쁘

나의 삶과 일, 그리고 소중한 것들

겠다니까 몸조심하고, 잘 먹고 모든 일과 공부하란 부탁이다. 그동안 아버지가 두 번씩 편지를 하시기에 나는 가만있었단다. 병은 무슨 병이 나겠니. 너 올 때까지 잘 있을 거니 아무 걱정 말아라. 아버지 편지를 그동안 보았겠지만 집은 인제 이사 갈 걱정뿐이란다. 3월 중순께 갈 터인데, 세간을 다 치우고 가야 할 건데, 치우기도 힘들구나. 아버지도 할 수 없이 다 없애기로 결심하신단다. 몸도 늙고 마음도 늙어서 할 수 없이 큰형의 집 옆으로 간단다. 딱 정해지니까 든든하다. 그건 그렇고, 석범이 집이 멀어져 섭섭하다. 학교를 가니까 낫긴 하지만 그리고 금년에는 네 결혼을 꼭 해야 할 터인데, 본인이 없으니 힘이 드는데, 신랑을 안 보고 딸을 줄 집은 작년에 말하던 선배 동생은 보낼 것도 같은데, 입이 좀 덜 예쁜 것밖에 그리 큰 흉은 없는데, 금년에 네가 다니러 오면 보고 하자고 신부 어머니에게 약조하였으니까 말할 수도 있다. 내가 세 번이나 갔는데, 신부는 한 번밖에 못 보았어. 네가 보면 좋을 것도 같았는데, 오질 못할 것 같으니까 말이다. 또 한 군데 있는데 경기, 서울사대 국문과 졸업 이번 졸업생인데, 만나 보려고 하는 중이다. 웬만하면 해 보아야지. 벌써 나이 삼십이라면 늦은 건데, 오진 못하고, 얼마나 답답하다. 갈 때 못 한 게 후회되는구나. 사진이나 보고 정해야 할 거야. 여기선 말하는 데는 많이 있어도 서로 안 보곤 좀 어려운가 보더라. 누이가 말하던 신부도 안 보곤 어찌하느냐고 이다음에 보자고 한다니까 생각 중이다. 너도 객지에서 외롭고 급하겠지만 우리는 나이 먹고 늙어 가니 더욱 하루바삐 결혼시킬 마음이 급하다. ○○ 동생을 말하더라. 네가 여기서 다 본 건데, 이만 끝낸다. 너 있는 데 전화번호 좀 적어 보내라. 혹 쓸데가 있더라도 또 편지하마. 잘 있거라. 너 간 후, 입때 네 방을 두었다. 인제 좀 치워 본다.

– 1977년 2월 19일 모서

(이사 예정일 3월 10일 주소: 용산구 이촌동 300-9 Rex 맨션 13동 302호)

건혁이 보아라

오늘 네 편지 잘 보았다. 바쁠 터인데 편지를 또 했구나. 보던 중 잘 있다니 얼마나 기쁘고 다행이다. 이번 편지는 속히 왔더라. 누이 집에도 어제야 편지가 왔더라고 하더라. 눈이 많이 왔다니 눈 구경도 하고 싶구나. 한국엔 겨우내 가물고 춥기만 하여 더럽고 먼지가 하도 많아 볼 수 없단다. 다음에 네가 한국에 오면 정말 더러워 못 볼 거야. 요새 한국엔 사람들이 청바지 유행은 지난 가을에 한물가고, 서울이 시골 되고, 시골이 서울 된다는 걸로 해 사람들이 들떠 있단다. 집을 팔고 나니까 발표가 나서 우리 집을 용하게 팔았다고들 하는데, 잘한 것인지 모르겠다. 나는 이다음에 네가 돌아올 때까지 살자, 그렇지 않으면 한 사람 남을 때까지 살자, 싸우다 못하여 내가 지고 나서 귀찮은 짐만 싸고 있다. 네가 미국서 어미 짐 싸고 있을 게 눈에 선하여 편지하는데 사실 그렇단다. 매일같이 만져 봐야 정든 물건 갑자기 버리기도 힘들고, 팔 것도 못 되고, 추리고 만지고 있단다. 아버지도 인제는 전과 달라 마음이 약해지고 늙어 가서 그런지 전과 같지는 않단다. 너도 알다시피 건너 방에서 하도 고생을 하여서 사신 동안 좀 편하라고 하도들 야단을 하였단다. 여러 남매가 다들 기름 때고들 사는데 늙은이만 연탄 때고 살 게 무어냐고 우겨 아버지가 할 수 없이 지셨단다. 한옥을 사려고 며칠을 보다 못해 아파트를 정한 거란다. 집은 좀 잘 산 것도 같은데, 살아 보아야 알겠지. 40평인데 살만 하더라. 좀 크다고 하지만 갑자기 작은 집은 갈 수도 없고 편지에 네 물건 간수 처분하라고 적은 걸 보고 둘이서 웃었다. 보물이나 많은 것 같이 아버지 아들이 똑같다고 아버지가 집 살 때부터 네 방 물건을 그대로 갖다 놓으라고 방까지 정해 놓으셨단다. 얼마나 너를 위하는지 너 아니? 늙어서 외로워 그렇겠지. 이번에 아주 한데 합치자고 하다 그만두었단다. 아직도 둘이만 살 수 있으니까 못 하겠다고 한 달 동안 날마다 말이 좀 많았다. 이야기도 많지만 어찌 다 하겠니. 요샌 매일같이 고물장수 주는 게 일이구나. 네 물건은 네가 지시하는 대로 잘 정리하마. 큰형이나 와서 짐을 싸야 할 거야. 누가 할 사람이 있어야지. 식모가 없어서 아무도 오지들 못하니까 날짜가 급하지는 않으니까 슬슬해야지. 버리려고 내다 놓으면 아까워서 아버지가 만지작만지작 하다가 놓고 있다 또 만지고 하신단다. 군인용 가방들이 룩색이 하도 많은 걸 다 내갔단다. 책도 다 내갈 거야. 그리고 보니 쓰레기 집에서 살았나 보다. 여기 사정은 이러니 그런 줄 알고 바쁜데 또 편지 쓰지 말고 잘 있거라. 잠도 안 오고 하여 새벽에 써서 더 말도 안 되나 보다. 눌러 보아라. 잘 있거라. 또 편지할게.

- 1977년 2월 24일 모서

건혁이 보아라

　갑자기 등기 편지가 와서 웬일인가 하였더니, 돈을 보냈으니, 먼 데 앉아 생각을 다 하고 있구나. 12명을 다 노나 주어야겠다. 네가 보낸 돈을 잘 노나 선물을 사라고 하겠다. 나는 금년에는 하도 많아서 모른 척 하고 있단다. 요사이는 날씨는 좀 풀렸으나, 하도 추운 날이 많은데, 수 일 동안 잘 있으며, 식사나 잘하고 지내 가며, 감기 조심하여라. 요새 공부 시작되어 바쁘겠구나. 바쁜 중에도 삼촌 노릇하느라고 생각을 하였구나. 회창이는 다니던 학교 고등학교로 되었고, 공부는 똑같이 한다더라. 회경이는 금난여중으로 되었단다. 초등학교 유치원까지 다 가고, 석규만 못 가고 있단다. 네가 미국 간 지도 참 오래된 것 같구나. 변한 게 많으니. 나는 요새 정든 집을 떠나갈 날이 하루하루 가까워지는구나. 네가 다니던 이층을 날마다 한 번씩 쳐다보았더니 인제는 못 보겠다. 요새 매일 하기도 싫은 짐을 날마다 만지고 있단다. 인제 거진 정리가 되는 것도 같단다. 작은 방에 책은 다 팔고 철장은 다 버리고, 독은 동교동에 좀 보내고 해도, 웬만한 건 다 버리고도 두 트럭을 만드는데 넘을까 걱정이란다. 큰형이 노는 날이면 와 짐을 다 싸 놓았단다. 10일 날이 이사는 날이란다. 여러 남매가 다 모여 짐을 드는데, 너만 함께 가지 못해 섭섭한 마음 이루 다 말할 수가 없구나. 너도 궁금하겠지만 염려 마라. 형들이 잘하겠지. 작은 짐은 자가용으로 나를 거다. 작은형 차, 작은매부 차가 있으니까, 요다음 편지는 저 집으로 부쳐라. 또 편지하마. 셋째 누이 편지 보았을 듯한데, 이번 신부는 마땅한 것 같은데, 잘 생각하여 보아라. 편지를 잘해 보아야겠지. 교제하는 게 좋을 것 같구나. 학교 나이 집안 모든 게 좋은 것 같은데, 신부가 네 사진을 보고 맘에 있어 한다고 선배 부인이 잘해 주려고 한다니까 어찌 될지 생각해 보아라. 잘 있거라. 또 편지할게. 이사 가서 편지 할게.

– 1977년 3월 4일 모서

건혁이 보아라

　그동안 보낸 편지는 보았으며, 벌써 봄 날씨가 온 것도 같이 따뜻한 데 잘 있고, 밥 잘 먹는지 궁금하구나. 요새도 일은 많겠지만 몸을 돌보고 해라. 집에는 3월 10일 날 완전히 이사를 다 했단다. 그렇게 많은 짐을 매일같이 싸고, 뭉치고, 다 내 버리고, 남 주고, 하고 나도 세 트럭이나 되더라. 와 보니, 집은 널찍하니까 다 들어가고도 넉넉하단다. 노는 날이라 오 남매가 모여 잘 옮겨 왔다. 그런데, 집은 깨끗하고 좋지만 너무 커서 아주 합당친 않지만 할 수 없지. 돈암동 집을 보다 여기 와 보니까 눈이 부실 지경이란다. 아버지가 건너방에서 하도 고생을 하시다가 여기 와선 편히 사실 거야. 별 일 없이 아들 딸 덕에 잘 있으니 염려 말고 너도 한국에 오면 돈암동 집은 다 잊어버릴 거다. 그 집은 차고가 될 거니까 좋은 집에 와 있으니 네가 한국에 와도 편리하고 더럽진 않을 거야. 네가 고생하고 벌어 보낸 돈을 다들 돈으로 노나 열두 명을 한 놈을 2,500원씩 노나 주었단다. 아이들이 좋아하였단다. 신촌 외삼촌은 내달 집은 미국을 가게 되었단다. 준비가 다 되었으니까 강현이한테로 간다더라. 나는 이삿짐을 정리하기에 너무 피곤하여 오늘은 좀 괴로웁구나. 일전에 셋째 누이 편지를 보았는지 잘 생각해 보았느냐? 신부가 마땅하다니까 정신없어 대강 적어 보낸다. 네 선배가 식구를 데리러 4월 3일에 왔다 17일에 간다니 편지 왕래를 시켜 주고 간다고 하더라. 신부에게 편지를 해 보는 게 좋겠다고.

- 1977년 3월 13일 모서

건혁이 보아라

신기하게도 네 편지가 집을 찾아왔구나. 그렇게 바쁜 중에도 이사한 게 궁금하여 간단히 편지를 보내서 잘 보았다. 나도 네가 궁금할까 봐서 즉시 편지를 부친 것을 받았을 듯한데 보았느냐? 그동안 잘 있다니 든든하고 바쁜 일도 한 고비는 지내갔을 듯도 한데, 요새도 계속 바쁜지 너무 피곤하여 어쩔 거냐? 누이가 두 번인가 편지한 게 잘못 보았는지 아무 연락이 없어서 신부나 친구 부인이 기다리고 있는데, 왜 그런지 바빠 그러는지 궁금하다. 누이가 신부 졸업식에 일삼아 가서 자세히 보고 편지한 걸 못 보았는지 여기선 궁금하게 생각한다. 신부가 성격이나 공부한 거나 생긴 거나 집안 환경이나 여러 가지 마땅한 듯한데 너는 잘 몰라서 그러는지 또 그렇게 속 아는 신부 만나기도 어렵고 말해 주는 누이 친구가 꼭 네 신붓감이라고 남 주긴 아깝다고 한단다. 영국을 가기 전에 편지 왕래를 시켜 주겠다고 하니 편지를 해 보고 네 맘에 들까 한다. 신부도 편지 오길 기다리는 모양이니 곧 편지하는 좋겠다. 선배 부인이 우리 가족 환경도 다 적어 갔다. 신부가 건축가 신랑도 좋다 하나보다. 나이도 어리고, 내 맘에는 좋을 것 같다. 오 남매 맏딸이고, 남동생은 하나고, 아버지, 어머니는 시골 가 있어 살림을 제가 다 하고 아주 쓸만하다니, 편지를 왔다 갔다 해 보아라. 내가 이사 수선에 네게 자세 편지를 못해서 그러는지 왜 소식이 없니. 혹 다녀가게 되더라도 정해 놓고 와서 하는 좋지, 갑자기 어찌 되겠니. 마땅한 신부 있을 때, 기회를 놓치지 말고, 생각해 보아라. 우리는 벌써 온지가 12일이나 되니 정리도 다 되고, 편안히 잘 있으니 아무 염려 마라. 호텔에 와 있는 것 같다. 40평이나 되니 널찍하고, 조용하고, 꿈만 같다. 잘 있거라. 또 편지할게.

– 1977년 3월 22일 모서

(신주소: 용산구 이촌동 300-3 삼아(구 렉스) 13동 302호)

건혁이 보아라

이사 온 후, 세 번째 온 오늘 편지 더욱 반가웠다. 자세히 적어 보낸 편지 보고 든든하고 기뻤다. 네가 공부하며 그 많은 돈을 번 것과 세금까지 내고 지낸단 말 들으니 참 믿음직하다. 날씨는 한국은 꽃이 피고 더운데, 그곳은 눈이 왔다니 참 고르지가 않구나. 수일 사이도 잘 있으며, 양식이 먹기 싫은가 보구나. 그럴 적엔 비싸도 구미에 맞는 걸 사 먹어라. 건강을 보아야 하니까 네 일은 아직도 결정이 확실히 아니 난 모양인데, 어서 결정이 나야 마음에 정리가 되고 모든 게 안정될 거야. 잘되겠지. 조급히 생각마라. 혼자서 많은 고생하고 돈을 벌어 가며 그 학교 졸업하는 것만도 얼마나 영광인지 모르겠다. 네 앞날에 모든 행복을 네가 잘 알아 할 걸로 믿고 있다. 요샌 방학이라 편히 좀 있나 한다. 편지한 것 보니까 앞으로 바쁘면 편지 두었다 해라. 안 기다릴게. 이곳 어미는 이사 온지도 벌써 20일이나 되니까 정리도 되고, 서투른 문화생활이 익숙해지기도 하였다. 네가 궁금하겠지만 돈암동 살 때보다는 확 달라졌다. 인제는 옛날에 살던 것은 다 잊어버리고 잘 들 있다. 다행이도 집을 잘 만나 잘 산 것 같다. 40평이나 되니까 널찍하고 새 집이라 깨끗하고, 냉수, 온수가 항상 나오고 목욕탕이 두 개고 방은 네 개고, 네가 다녀가던 아주 오더라도 있을 방도 있다. 살아 보니 편하고 좋구나. 아침저녁으로 불을 때 주니 방도 덥고 조용하고, 공기도 좋고 잘 있을 거니까, 염려 마라. 집을 사고 돈도 남았으며, 네 학비 보내 주려고 준비해 둔 돈도 남고, 아직 생활비 염려는 없이 잘들 있단다. 다른 걱정은 하나도 없이 잘 먹고 있단다. 그러나 몸이 늙어서 괴로운 걱정이지. 나이도 많고 앞으로 얼마 안 남은 인생을 편히 살라고 하도 여러 남매가 권고하여 아버지가 마음을 돌려 가지고 아파트를 사시더니 인제는 좋아 하신단다. 날마다 강변으로 산보 다니시고, 소일을 하시고 계시지만, 전만큼 못 다니신다. 그리고 일전에 신부한테 편지 보냈단 말 듣고 있던 중 신부가 네 편지를 받았다며 답장을 보낸다고 하더니 받아 보았는지 궁금하구나. 편지가 온 다음 잘 살펴보고 답장을 잘 해 보아라. 사진도 청해 보고, 열심히 공을 들여 보아라. 부탁한다. 잘 있거라. 이만 적는다. 홍순이 갈 때 왔길래 이야기를 들으니 그렇게 무슨 일이 되겠지 하고 간다니, 타곳에 가서 될 말이냐. 게다가 살림까지 하면 용색한 거지. 그런 것 보면 너는 운도 좋거니와 기술 있고, 네 정성 마음씨를 누가 싫다 하겠니. 네게 딸린 거다.

- 1977년 4월 2일 모서

건혁이 보아라

네가 생각하고 있는 일이 합격되었다는 편지 오길 날마다 기다렸더니 오늘 편지 보니 잘 안 된 모양이구나. 그렇다고 너무 마음 상하지 마라. 모든 일은 마음대로 못 하는 것 아니냐. 네가 성의껏 잘해도 안 되는 건 할 수 없다. 그쪽에 운이 없는 모양이니 기분 상할 것 없이 다른 연구를 하고 마음 편히 유럽이나 가고 솔솔 돈도 좀 벌고, 공부도 하고 여유 있게 지내가라. 당분간 잊어버리고 건강 관리나 잘하고 있거라. 앞으로 또 희망이 있겠지. 공연히 바쁜 중에도 작품 만드느냐고 고생만 하였지, 모든 게 될 듯한 게 잘 안 되니 운이 없다 생각하고 있거라. 일전 그 신부는 네게 편지하겠다고 하며, 날더러 보라고 사진을 가져왔더라. 사진을 보니까 누이가 본 대로 미인은 아니라도 얌전하고 나무랄 데 없는 인물로 알고 있는데 편지가 입대 안 갔다니 그동안 편지가 갔는지 궁금하구나. 내일 누이가 친구 부인을 송별회 겸 점심 대접을 하는데, 신부도 불러 함께 먹으려 하니까 편지한 걸 직접 물어보면 알거야. 처음 편지하니까 망설이겠지. 집에는 다들 잘 있고 한가히 잘 살아간다. 네가 혼자 고생하는 게 이 어미는 애석하기만 하구나. 전화번호를 알려 주려고 하다 완전한 전화가 아니라 임시로 논 거란다. 두세 달은 있을 거야. 개학을 하여 바쁠 터인데, 속상하지 말고 음식이나 잘 찾어 먹고 공부해라. 그러지 않아도 네 바지 생각을 했더니 샀다니 다행이다. 적삼도 사 보내려도 네가 무어라고 말이 없으니, 그냥 있지만 사 보내라면 사 보내마. 소화제도 준비를 틈틈이 해야지. 혼자 하는 거니까. 잘 있거라. 마음 편히 지내라. 요다음 편지 또 자세히 하마. 필요한 것 있건 보내라고 편지하여라. 보내 주마. 돈들 걱정 말고.

(임시 번호는 793-9138번인데 3개월 후에는 다른 번호로 될지 그대로 될지 모른다.)

- 1977년 4월 10일 모서

건혁이 보아라

어제 부친 편지도 보았겠지만 오늘 또 편지 쓴다. 수일 사이 몸 성히 잘 있으며, 공부 시작되어 바쁘겠지. 그 쪽으로는 운이 부족하여 안 되는 걸 생각 말고, 달리 생각해 보고 마음 편히 가지고 공부하기도 바쁜데 잘 알아 해라. 앞으로 잘 되겠지. 나도 너는 힘 안 들게 원서나 시험만 보면 되니까 꼭 될 줄 알고 기다렸다. 그러나 네 편지 보고 좀 섭섭하구나. 그렇지만 거기 안 가도 더 좋을지 사람의 앞일은 알 수 없으니까 잘 생각해 보고 또 하면 될지 기분 좋게 지내고 있거라. 어제 누이가 친구하고 신부하고 세 명이 점심식사를 하고 이야기도 하고 먹는 것 보고 두 번째 자세히 보고 왔다. 네게서 엽서가 좋은 게 왔다며 답장을 했다니까, 그동안 보았을 듯하고 또 답장을 했을 줄 믿는다. 신부는 누이가 두 번째 보고 여러 가지 몸가짐이던 말하는 거든 목소리든 여러 가지 합격으로 보고 왔다. 우리 집 며느리에 빠질 데는 없고 머리 좋고 양순하다니까 합당하고 사진은 내가 보고 아버지도 보시고, 다들 합격이 되었다. 얼굴이 편안한 상이고 눈 서른 데는 없고 윤곽도 갸름하고 코도 오똑하고 입도 별 말할 게 없고 나 보겐 그만하면 되겠다 생각이 든다. 체격은 셋째 누이만 하다니까 선배 부인이 누이에게 중매를 맡아 잘해주라고 부탁하고 신부에게도 신랑 누이라고 인사 시키고, 이다음에 연락처로 알려주었다. 연구소가 안국동이라니까 자주 만나라며 부탁하더란다. 편지가 자주 왕래하면 대강 알 수 있겠지. 나이가 어리니까 더 귀엽더란다. 또 요새 학생이 아니라며 하도 부탁을 하니까 지내 봐야 알지. 네가 궁금할까 봐 적어 보내니 잘 눌러 보아라. 편지로 다 말할 수 없지만 네게 편지도 하고 날더러 보라고 사진도 가져왔으니까 그 집에서도 신랑이 마음에 있는 거니까 딱지 맞을 염려는 마라. 좋아들 하는 모양이더라. 그럼 대강 그리 알고 잘 있어. 필요한 물건 말해라. 보내 줄게. 집에는 잘들 있다. 큰매부가 회현동 지점장을 나가 기쁘다. 오래간만에 지점장이 되었단다. 큰형은 아직도 대리가 되어 걱정이다. 작은형이 셈이 펴서 잘 지내고 있다. 우리도 많이 보아 준다.

- 1977년 4월 12일

건혁이 보아라

여러 차례 편지는 반가이 잘 받아 보았다. 재정보증서 보내는 길에 몇 마디 붙인다. 모든 것이 유동적이고 맘먹고 계획한 대로 잘 될지 모르겠다고 하든 것이 드디어 박사 코스로 가게 되었음을 축하하여 마지않는다. 항상 학교가 신통치 않아서 불만이었든 것이 박사코스로 가게 되었으니, 모든 문제가 절로 해결된 셈이다.(초지일관) 약간 고생이 되고 힘이 들지만 박사가 되어서 교수가 되어야 권위가 서는 것이니 말이다. 한국에서 명문 일류 교를 나오고 외국에서 박사 학위까지 하였으면 최고이지 그 이상 무엇을 바랄 것이냐. 개인의 운명에 대하여 실마리가 일찍 잘 풀리는 사람이 있고, 늦게야 잘 풀리는 사람이 있고, 일찍 풀려도 잘 안 되는 것도 있고, 늦게 풀려서 되려 잘된 사람이 있어서 천태만상이다. 대기는 만성이라는 고언에도 있지만 자기 능력과 분수에 맞추어 정성껏 노력하면 안 되는 일이 없는 것이다. 공든 탑이 드디어 쌓여지는 것이다. 매우 대견하고 기쁘다. 그리고 Michigan에서 입학 허가가 왔으면 그대로 수락할 것이지 더 좋은 조건의 학교를 택하여 보겠다는 것은 좀 이해가 안 간다. 2~3명밖에 입학이 허락되지 않는 좁은 문인데, 또 다른데 apply를 하겠다고 하는 것은 좀 이상하고 과욕에 소치일 것이다. 무슨 사정이 혹 있어서 그런지 잘 모르겠지만, 선배와 교수들과 잘 의논하여 정하는 것이라면 안심은 하겠으나, 집의 경제적 사정을 염려하여 너무 소심하여진 것이 아닌지 전번의 실수를 되풀이하지 않기를 바란다. 방도는 열릴 것이니 아무 걱정 말고, 일로 매진하길 바란다. Michigan이 국내에서 5위 내에 드는 학교인데 일 년 연장할 필요 없을 것으로 생각된다. 공부에만 집중할 것이니, 너무 돈, 돈, 돈에 대하여 관심을 두지 마라. 몸 건강 관리에 힘을 쓸 것이 당연하다. 너는 누구를 닮았는지 좀 지나친 감이 있다. 올 9월 Michigan에 들어간 후, 연말 휴가 때 귀국하여 모든 문제를 처리하였으면 좋겠다. 부모는 3월에 맨션으로 이주한 후, 모든 컨디션이 좋아 편히 조용히 잘 지내고 있으니 조금도 걱정하지 말고 있거라. 할 말은 많으나, 너의 어머니가 자세히 연락할 것이니 그만 그친다. 내내 몸 성히 있기를 바라며 건투를 빈다.

- 1977년 4월 20일 부서

건혁이 보아라

네가 두 번 보낸 편지 잘 보고 기쁘고 든든하다. 우리가 박사 아들을 생각하니 기쁘고 좋기만 하구나. 아버지가 좋아하시는 중에 또 좋은 성적으로 졸업을 할 것 같다니 얼마나 자랑스러운 일이냐. 아버지가 보증서를 보내셨는데 잘 갔는지 또 맞게나 해 보내셨는지 모르겠다. 요새 완전한 봄 날씨에 얼마나 피곤하고 바쁘겠니 몸 성히 잘 있나 한지. 양식도 인제는 먹기 싫은 모양인가 본데, 그중에도 잘 골라 먹어라. 조석을 제대로 먹어야 무엇이고 일을 할 수 있다. 밤새 공부하는데 간식도 사다 두고, 시장할 제는 우유도 먹고 꿀도 한 술씩 먹고 네가 잘 알아 하겠지만 부탁이다. 우리 생각엔 새로 입학하는 학교에 가면 일 년 동안은 자비로 할 것 같다니 그 돈은 집에서 다만 얼마라도 보내 주는 게 어떠냐. 네가 학비를 마련해 가지고 공부하려고 하지 마라. 너무 힘든다. 아버지가 마련해 둔 돈이 있으니까 말이다. 네 결혼 비용도 다 생각하고 있지 않니. 몇 년 더 걸릴 것이니까 금년에는 결혼을 해가지고 살아야지. 내가 자세 편지한 것은 보았겠지. 또 신부에게서 편지가 왔는지 될 듯도 한데, 연분인지 들리는 말은 내 맘에 마땅하다. 아이가 마음씨가 착하고 양순하다니 누이가 보게도 상량해 보인다니까 잘 보았을 거고, 요새 대학생으로는 댈 것 아니라더라. 공부만 하고 착실하다니까 그런 줄 알고 있어. 그리고 우리는 이사 온 지 두 달이나 되니까 자리도 다 잘 정해지고, 살기도 편하고 잘들 있다. 돈암동서 하도 차가 많아 온종일 공해로 고생하다 여기 오니까, 공기도 좋고 먼지도 적지만 쌍용표 시멘트 공장 옆이라 먼지가 있다 해도 돈암동에 댈 배는 아니다. 집이 좀 커서 완구직이는 못된다. 편히 잘 있으니 아무 걱정 마라. 요새는 강변으로 산보를 다녀 보았단다. 그리고 네 편지를 보면 볼수록 든든하다. 네가 미국을 가서도 그렇게 좋은 성적으로 졸업을 하는데 그냥 올 수야 있겠니. 고생을 더 하더라도 박사를 하겠다는 네 생각을 옳다고 칭찬하였다. 여러 선배들에게 잘 의논하여 잘해 보아라. 네가 해서 안 되는 일이 있겠니. 금년 부터는 모든 일이 잘된다더라. 몸조심 잘하고 잘 있거라. 바쁘지 않거든 편지해라. 아버지가 너무 좋아서 네 편지를 자꾸 보신단다. 네게 편지도 하셨다는데, 나는 보지도 못하였단다. 늙은 부모의 마음을 기쁘게 해 주니 네가 효자다. 너는 삼십 년을 두고 한 번도 어미를 괴롭게 한 게 없는데 인제야 좋은 영광만 보여 줄 거야. 걱정시킨 것은 배 아프다고 죽 먹을 때.

(이 편지를 봉하고 부치려고 나가다가 너의 사진을 잘 받아 보았으니 그리 알아라. 이번 사진은 커서 너 본 듯이 마음에 기쁘다.)

– 1977년 4월 25일 모서

경하하여 마지않는다. 요청한대로 재정보증서 두 통을 송부하니 잘 받아라. 보증인은 무직인 내가 하는 것보다 직업이 있고 재정 상태가 좋은 자이어야 하겠기로 너의 둘째 형으로 한 것이니 조금도 이상히 생각할 것 없다. 네가 청운의 뜻을 품고 멀리 해외 유학하는 터인데, 물론 자기 자신의 힘으로 이루어진 것이지만, 그래도 부모가 된 사람에게는 한편으로는 기쁘고 또 한편 중책감을 느낀다. 그러기 때문에 자식의 뒷바라지를 각오하고 십여 년 전부터 준비하여 논 것이 있으니 재정에 대하여는 조금도 걱정을 하지 말아라. 절약하는 것은 좋으나, 돈 때문에 고생은 아예 하지 말라 신신 부탁한다. 나의 경우 거부의 집안에 태어났지만 큰 집에 외톨로 얹혀서 살아오고, 또 완고하고 신학문에 신교육에 전연 몰이해한 가정에서 경제적으로 극히 고생을 하여 온 나이다. 내가 오늘까지 뼈저리게 느낀 것이며, 한이 되어 신세타령보담 이러한 일이 후손에게는 되풀이 않도록 애를 써 온 것이다. 축재에 해하여 큰 관심을 가진다는 것이 아니라, 팔자소관인지 모르나, 호강이란 것을 모르고, 궁상스럽게 살아온 나이며, 사치란 것은 전연 모르고 자랐다. 그러나 소심한 나머지 좋은 기회를 여러 번 놓치고, 또 손재수가 끼어 실패도 여러 번 거듭하여 온 것도 네가 잘 알고 있을 것이다. 그러나 초점을 잃지 않고 내내적으로 준비하여 논 것이 있다. 네가 네 힘으로 면학하겠다고 애쓰는 것을 보고, 대단히 마음 든든히 생각하고 있던 중, 재정적으로 소심하여 안전의 길을 걷기 위하여 학교 선택에 실수를 범하였다는 말을 들

을 적마다 가슴 아프게 느끼며, 나의 능력을 의심하고 자탄하고 있는 터이다. 그러나 이제는 완전히 해

소가 된 셈이다. 좀 이해가 안 갈지 모르나 나의 계획, 즉 공평히 자손에게 잘 살도록 균등한 기회를 주자는 것이 나의 신조이다. 옛사람처럼 장자니 종손이니 하여 우대하고, 次子나 支孫에게는 소홀히 대하는 것은 봉건적 세습적 관념에서 나온 바이다. 이에 대하여 나는 뼈저리게 느끼고, 과오를 범치 않으려고 하였는데, 다행히 내가 마음먹은 대로 순조로이 진행된 것이라 할까, 내 책임을 완수할 기회가 온 것 같이 생각된다. 돈암동 집이 처분됨으로써, 모든 문제가 순조롭게 풀린 것이다.(금년부터이고, 작년까지는 좀 막히고 있었던 것은 사실이다.) 현재 나의 재정 상태는 비밀이지만 너에게만 공개한다. 부동산 현시가로 봐서 3천만 원, 현금 및 유가증권 1천만 원으로 금액으로만 충분한 생계를 영위할 만하다. 부동산은 인프레이션에 대하여 강한 것으로 좀 많은 듯하나, 이번 기회에 쉽사리 현금화될 수 있도록 얼마 남지 않은 여생의 뒷받침하도록 계획이 선 것이다. 조금도 의심치 말고, 안심하고 소기의 목표를 향하여 일로 정진하기 바란다. 내내 몸조심하고 건투를 빌면서 이만 그친다.

– 1977년 4월 29일 부서

(미시건 대학은 취소하고 하버드로 정하는 것으로 알겠다.)

(부서와 함께 동봉하여)

건혁아 보아라

입학을 축하한다. 기다리고 있던 학교를 입학이 되니 얼마나 기쁜지 모르겠다. 어미의 마음 멀리서 하도 기쁘고 반가워서 조금 적는다. 네가 처음에 그 학교로 가야 할 것을 인제 가는 건데, 지금 가는 게 더 잘 된 건지도 모르겠다. 인제는 모든 게 익숙한 다음에 가니까 요새 공부하기도 바쁠 터인데 입학할 생각이며, 학비 걱정이며, 혼자 얼마나 애를 쓰겠니. 그렇지만 학비는 염려하지 말고 다른 준비나 하고 있거라. 아버지 편지를 잘 살펴보고, 아버지 말씀대로 하는 게 좋을 거 같다. 네가 일 년씩 돈을 벌어 가지고 공부한다는 생각은 그만두고, 순서대로 입학을 하고, 통지하면 돈은 곧 부쳐 주실 거다. 학비를 안 보내시곤 못 견디실 거다. 아버지도 많이 늙으신 마음에 불안하여, 못 견디실 거니 아버지 말씀대로 하는 게 아버지 마음 편하게 해 드리는 거다. 일전에 사진은 큼직한 사진 잘 보냈다. 눈이 어두워서 안경을 쓰고만 보았는데, 요새는 그냥 쳐다보니 얼마나 편하더라. 혼자 찍은 것보다 개와 같이 찍은 것도 좋구나.

– 1977년 4월 29일 모서

건혁이 보아

요새 여러 가지 일이 많아 많이 바쁠 터인데, 연일 편지가 오는데, 올 때마다 변경이로구나. 6월 중순경에 온다니 볼 날은 빨라져 반갑지만 혼자 준비하랴 방학 준비하랴 얼마나 바쁘겠니. 날씨는 더워지는데, 잘 있다니 다행이고, 학교를 완전히 정하였으니, 참 기쁘고 든든하다. 한국에 나올 때, 하버드에 입학한 걸 더 자랑스럽구나. 증명서를 두 번 보낸 게 다 갔을 듯한데, 다 잘 받았는지 나중 간 게 좀 날 것 같구나. 영문 타이프를 잘 못하여서 다시 쳐서 등기로 보낸 거다. 편지 보니 벌써 보냈다니 아무거나 네가 알아서 하였겠지. 바쁜데 네가 아버지 편지를 보고서 자세히 설명을 하느라고 시간 낭비만 하고 잘도 못 자고 편지를 매일 쓰지 마라. 등기로 간 아버지 편지를 보았겠구나. 보고 그냥 두어라. 아버지가 연세는 그리 많지 않아도 좀 노망이 났는지 잔소리에 귀찮아서 좀 어려운 점이 많다. 두 번이나 편지를 무어라고 잔소리를 써 보내는 건지 너는 편지를 보고 자세 설명 안 해도 상관없다. 네가 다 잘 알아 하는데 왜 염려하느냐고 내가 말한다. 여기서 미국 일을 알지도 못하고 잔소리 들이지. 네가 한국에 온다는 소문이 네 편지 보다 먼저 오며, 6월 달에 온다는 말이 네 편지보다 며칠 전에 들리는구나. 내가 아들 하나는 잘 두었나 보다. 네가 나이가 삼십이라고 하지만 사진을 보니까 아직도 대학생 같다고 한다, 이다음에 오면 이 년 묵은 그리움이 다 풀리겠구나. 네가 박사를 하던 석사를 하던 네가 잘 알아 하는데 여기서 무얼 안다고 말하겠니. 어미는 너를 믿는다. 집안에서나 누구나 네가 하버드 간다니까 입들을 딱 벌리고 앉았다. 돈도 네가 마련하여 쓰고도 저축해 논 것도 있다니 얼마나 든든한지 모르겠다. 모든 게 다 네가 잘 해 온 정성이 슬슬 나타나는 모양이다. 모든 사람이 칭찬을 하니 한국에 올 때, 필요한 물건을 잘 생각하여 적어가지고 와 준비해 놓았다 갈 때 가지고 가도록 하고 올 때, 선물 사 가지고 올 것을 신경 쓰지 마라. 이이들이나 조금 사다 주지 염려 마라. 나는 사람이 귀하니까, 친구하게 인형 하나 사고, 아버지는 면도기나 집의 것 같은 것 하나 보건 사고 그러면 된다. 아무 염려 말고 잘 있다 올 때, 편지 하여라. 오늘이 어린이날이구나. 신붓감을 꼭 하나 골라야 한다. 누가 잡힐지 자랑스러운 나의 아들에게 짝을 찾고 있는 엄마다.

- 1977년 5월 5일 모서

건혁이 보아라

며칠 사이 잘 있나 궁금하였더니 네 편지 반갑게 보았다. 그동안 이를 두 개나 빼서 얼마나 고생을 하였겠니. 지금쯤은 아픈 게 나았을 것 같구나. 마음도 바쁜데 이까지 아파 고생을 하였구나. 편지 보니, 한국에 올 비행기 예약을 했다니, 정말 오는 걸로 알고 반갑구나. 인제 한 달쯤 남았구나. 집에도 아무 별고 없이 잘들 있고, 신부 사진은 보낸 줄 알았더니, 그저 안 보낸 거로구나. 사진은 네가 보아도 그리 맘에 들것 같지는 않은데, 실물을 봐야 할 것이니까 오거든 보고 말해야지, 지금은 말할 수 없다. 네가 온다니까 여러 군데 신부가 나오는 중이므로 누가 될지 알 수 없구나. 그 신부는 너를 놓칠까 봐 노력하는 모양인데, 공부도 잘하고 다 좋다지만 네가 와서 보아야지 사진만 보고는 알 수 없다고들 하여 안 보낸 것이다. 이왕에 얼마 안 되면 올 것이니까 그때, 만나 본 후에 생각해 보는 것이 좋을 것 같다. 네 편지에 자세한 말을 잘 알고 있으니 염려 마라. 한국에선 미국만 가면 박사 하는 줄 알고 박사, 박사 하는 거지 다른 게 아니다. 먼 길에 고생하고 와서 한 달도 못 있다 간다. 너무 빨리 가는 구나. 여러 가지로 바쁠 터인데 몸조심 잘하고 잘 있거라. 네가 올 때는 날이 더워질 건데, 한국에 오면 얼마나 바쁠 터인데 잘 먹고 잘 있다 오너라.

(이 편지의 내용을 읽고 잘 이해가 안 갈까 하여, 내가 첨언하는 바이니, 사진을 안 보낸 이유가 실물보담 낫게 사진이 안 되었기 때문이고(인물은 돈암동 김양보담 못하고, 사주도 알려 주지도 않는 것으로 보아 무슨 복선이 있는지? 누이가 두 번째 만나 보고 자신을 잃은 듯하다. 그리고 이 색시보다 좋은 상황에 있는 것들이 6월 중에 신랑이 온다는 소문을 우리보담 먼저 알고 있는 모양이더라. 결혼은 중대사이니만큼 신중을 기하는 것이 좋을 것 같다. 부서 첨언)

– 1977년 5월 11일 모서

건혁이 보아라

반가운 네 편지를 자주보다 요새는 좀 뜸하구나. 네가 금년부터는 운이 트나 보다. 얼마나 기쁜지 모르겠다. 한국서 당선된 것보다 더 영광이구나. 얼마나 기쁘고 좋은 일이냐. 요사이 바쁜 중에도 한국에 올 준비에 얼마나 바쁘겠니. 조석이나 잘 먹고 다니는지 궁금하구나. 방학도 되었을 것 같은데 밤잠이나 잘 자며, 공부하느라 혼자서 올 준비도 하랴 여러 가지로 얼마나 바쁠까 한다. 이번에는 올 때는 꼬맬 옷이나 필요 없는 것 다 가지고 오너라. 이번에 갈 때는 짐을 좀 잘 싸 가지고 가야지. 네가 올 날이 점점 가까워지는 걸 생각하고 앉아 있다. 어미는 너를 본 지가 십 년 된 것 같은데 꼭 이 년 만에 오는구나. 오는 날짜와 시간을 기별하겠지. 너는 집도 모르니까 공항에서 만나보자. 일전에 누이 편지는 잘 보았겠지. 남은 여러 가지 재미있는 이야기도 만나 보고 다 하자. 마땅한 신붓감도 세 명은 구해 놓았는데 네가 와서 보아야 할 거고, 여러 가지로 한국에 실정도 보고 네가 참 한국 다녀간다는 걸 참 잘생각하였다고 한다. 날은 더워지는데, 몸조심 잘하고 잘 있다 오너라. 와이셔츠 팔이 길은 것도 줄이게 다 가지고 오너라. 여기도 셔츠를 사 놓았는데, 오면 입으라고. 오면 짧은 날짜에 오죽 바쁘겠니. 이 어미는 염려만 하고 있다. 이 편지 보면 그다음에는 올 거야. 먼 길에 몸조심하고 편히 오길 빌고 있다.

– 1977년 5월 25일 모서

건혁에게

연일 너에게선 good news만 생기는구나. 건축전 당선 소식 반갑게 들었다. 어머니 아버지 무척 기뻐하신다. 아들 잘 두신 덕분이지, 시험인가 뭐 학기말 준비에 바쁘겠구나. 귀국할 생각에 가슴도 설레이겠고. 어머니는 벌써부터 너 오면 지낼 방을 말끔히 소제해 놓고, 겉으로는 태연한 척하시지만, 매우 흥분해 계시지. 건축전에서 특별상 받은 것은 P.R.해도 좋을 듯하니 귀국할 때 보도자료(작품 실린 잡지나 보도 같은 것)을 갖고 나왔으면 좋겠다. 한국서 활동하려면 미리 P.R을 해 놓아야지. 내가 권정혜를 소개해 놓고는 네가 시간과 정신을 소비할 가치가 있는 여성이냐는 반문에 뜨끔해서 여러 차례 접촉해 보았다. 사람 됨됨이는 정복선 씨가 보장한다고 해서 만나 본 결과, 다른 건 다 좋은데 인물이(생김새가 아무래도 너보다는 처질 것 같애. 어머니 아버지는 인물야 아무러면 어떠냐고 하시지만 누구에게나 내세워도 부끄럽지 않을 만큼 준수한 네가 그래도 삼삼하게 생긴 여성을 아내로 삼아야 않겠냐. 생김새는 그 사람의 첫 인상이니까 그래도 중요하지. 처음 볼 때, 두 번 볼 때, 세 번째 볼 때, 다 다르게 보였는데, 세 번째 똑똑히 보니 좀 잘 못생겼더라. 그리고 네가 일시 귀국한다는 소문이 어떻게 났는지 사방에서 내노라하는 신붓감이 쇄도하고 있으니까, Miss 권의 편지를 받더라도 묵살해 놓고 있거라. 어쨌던 귀국해서 여러 후보들을 네가 직접 만나 보고 마땅한 사람을 골라야 할 테니까. 금년은 네게 운수 대통인 해인 모양이니 결혼도 분명 훌륭한 신붓감이 나와 순조롭게 되겠지. 모두 네가 훌륭하고 전도유망한 신랑이기 때문이다. 그럼 그리 알고 남은 공부마저 잘해 놓고 나오거라. 선물 같은 것엔 신경 쓸 것 없다. 이후에 아주 귀국할 때, 그땐 한 자리 해 놓고 선물 기다릴 테니. 이건 어머니 아버지의 부탁이다. 그럼 김포 공항에서 만나게 될 때까지 안녕.

– 1977년 5월 16일 셋째 누이가

건혁이 보아라

꿈같이 다녀간 지가 벌써 한 주일이 지났구나. 이번에 한국에 나와서 중대한 결혼식은 잘하였지만 더운 날씨에 하도 피곤하게 먼 길을 떠나서 몸살이나 안 났는지 궁금하구나. 전화 왔다는 소식은 잘 들었다. 요새도 그동안 밀린 일 하느라고 얼마나 바쁘겠니. 그동안 밀린 잠을 잤는지 궁금하구나. 요샌 조석을 먹기도 불편할 건데 몸조심 잘하여라. 날 더운데 음식 조심 잘하여라. 여기는 네가 보고 간 그대로 잘 지내며, 날은 계속 더워서 귀찮구나. 네 처는 두 번 왔다 가고, 어제는 큰형 집에 다녀갔다. 형은 십오 일 날 이사를 하여 겸사겸사 하여 다녀갔으며, 우리 집에는 오라고 하여서 점심 먹고 놀다 갈 때, 한 짐을 두둑하게 사서 실어 보냈단다. 한 번 인사는 치렀는데, 신부 어머니는 초대를 했더니 날이 덥고 요담에 하자고 하여 네 처 갈 때나 한 번 만나 볼까 한다. 결혼사진을 앨범에 다 부치고 큰 사진을 네 장하고 얌전히 잘해 왔더라. 아버지께 어찌 좋아서 사진 보시는 게 낙으로 알고 자꾸 보고 있다. 네 처는 몇 번 왔다가도 아이가 얌전하고 영악하고 눈치가 참 빠른 아이더라. 그만하면 셋째 며느리 잘 들어 온 걸로 생각한다. 볼수록 귀여워 자꾸 보고 싶단다. 두 번째 전화 올 때 초청 수속이 잘된 모양이니 다행이다. 하루 속히 가게 되어야겠는데 여기서 속히 되면 가겠지. 집 마련이며 여러 가지로 얼마나 바쁘겠니. 여러 가지 일이 다 잘되겠지. 처갓집에서 잘해서 보낼 거다. 몸조심 잘하고 잘 있거라. 네가 다녀간 게 꿈만 같아서 오늘도 생각하고 있단다. 너도 그럴 거다. 우리는 지금도 네 사진을 보고 기쁘기만 하단다. 큰 사진을 걸어 놓고 보고 있다.

– 1977년 7월 17일 모서

건혁이 보아라

아무데고 한 군데 소식 들으면 된다. 일전에 네가 보낸 편지도 잘 보았다. 내 편지도 받아 보았겠지. 요새같이 심한 더위에 잘 지내는지 한국에서 하도 피로한 몸으로 먼 길을 가서 계속 일을 할 터이니 얼마나 피로하겠니. 어미 마음은 애석하기만 한데, 네 편지를 보니, 우리 걱정을 하고 갔다니 왜 염려를 하고 있니. 이 어미는 나이가 많아지고 외할머니를 닮아서 몸이 약하고 조금 아프고 그러고 사는 거다. 그리고도 오래 살 테니 염려도 마라. 눈물은 왜 흘리고 가니. 네가 이번에 와서 그립고 보고 싶던 너를 만나 본 것만도 즐거운데, 원을 하던 결혼식도 보고 절도 받고 참 얼마나 부모에게 기쁘게 하고 갔는데, 네가 마음에 뉘우칠 게 무엇 있니. 아무 염려도 말고 너 할 일이나 잘하고 있거라. 우리는 지금도 만족하게 산다. 네 결혼식을 좀 더 화려하게 못한 게 미안하지. 그래도 사치한 것은 일시적이고 나중에 도와주려고 한 거다. 네 처는 갈 준비하려고 분주하더라. 지난 일요일 날 만나 보았다. 다 참 나이는 어리지만 자기 실속은 차릴 만한 아이더라. 내가 근처에 다 집을 해 놓고 오며 가며 보려고 한 게 마음과 같지 못해 멀리 가 살림을 차리게 되는 게 좀 섭섭하지 다른 거야 걱정할 게 없다. 네가 너무 살림을 잘할 거니까 믿는다. 그리고 네 처가 상량하게 말은 잘 들을 거니까 좋고, 제가 지금부터도 살림을 잘할 걸 염려를 하더라. 그러면 되었지 여자가 심술 고집 많으면 얼마나 고생인지 아니. 그리고 외삼촌이 강현이 집에서 계시단다. 영주권을 강현이 내외가 받게 되어 취직을 할 거니까 생활이 좀 나으니까 거기 계신다더라. 네가 그곳에 와 살면 마음으로라도 도와줄게 오라고 하시더라. 거기가 살면 가 보아라. 외숙모도 잘해 줄 거다. 내가 외숙모에게도 공을 들였으니까 잘할 거다. 한국은 네가 간 후부터 계속 더운 날씨에 못 견디겠다. 비도 안 오고 덥기만 하단다. 네가 참 그때 잘 왔다 간 거다. 요새같이 더운 날씨면 아무것도 못 하겠다. 말 들으면 미국도 덥다는데 요새 일하기 얼마나 더우냐. 몸조심 잘하고 있거라. 학교 일이 언제나 끝이 나야 자유로운 일을 할 때, 네 처가 가야 할 터인데, 언제 가게 될지 기다려지는구나. 잎으로는 잘되겠지. 집에 와서 하도 바쁘게 있다가서 불고기도 못 해 먹였구나. 인제 생각하니 이다음에 오면 해 줄게. 맛있는 음식을 잘해 먹이라고 네 처에게 다 일러 보내마. 오늘 네 처도 오고 네 편지도 보는구나. 바쁜데 자주 편지 마라

— 1977년 7월 30일 모서

나의 삶과 일, 그리고 소중한 것들

건혁이 보아라

그렇게 심하던 더위도 다 지나가고 요새는 좀 시원하여 지내기도 낫고, 밥맛도 날 때가 되어간다. 잘 있는지 소식은 가끔 듣지만 궁금하구나. 바쁘던 일도 거진 다 끝나 가겠지. 학교도 집도 다 이사할 거니 혼자 걱정이 많을 거다. 집을 구해졌다니 다행이다. 여기서 네 처는 가끔 와서 내가 이야기도 듣고 반갑게 보고 간다. 오늘도 왔다 갔는데, 잘하면 이달 내로 갈 것도 같다고 하더라. 여러 가지 준비하게 바쁘다며 잠깐 다녀갔다. 집에는 별일 없이 잘들 지내고 아버지도 요샌 별 일 없이 잘 계시니 다행이다. 요새도 네고 조석을 해 먹니? 귀찮아서 어찌하는지 모르겠다. 몸조심하고 잘해 먹어라. 너는 하도 꿈같이 다녀가서 인제는 왔던 것 같이 생각도 안 나는 구나. 너도 그럴 거야. 앞으로 아무리 간단히 산다고 하더라도 드는 게 많을 것이니까, 신경이 쓰이겠지. 다행이도 네 선배 강씨 부인이 그렇게 친절하게 봐 준다니 다행이더라. 그 사람들이 미국 갔으니까 대강 소식은 들었겠다. 여기서도 모든 수속하는 게 순조롭게 힘이 안 들게 잘되는 것 같아 다행이다. 어서 가서 집을 들고 잘들 살면 되는 거다. 네 처는 너를 요리해 먹이려고 요리 강습 다닌단다. 아주 열심이다. 나이는 어리지만 잘 할 것도 같다. 여자는 결혼하면 성격이 달라지는 거니까, 살림 잘하고 몸 건강하면 그만이지 별거냐. 우리도 네 처 미국 가는데 인사는 치르고 있다. 며느리가 살림하러 가는데 조금은 도와주어야 할 거고, 처가에선 으레 다 하는 법이니까, 너는 거기서 받아 놓고 살면 되는 거다. 네가 금년 겨울은 좀 즐겁게 살 것 같다. 고생은 다 지내갔나 보다. 외로운 고생 말이다. 그리고 새로 입학하는 학교는 언제부터 입학 수속을 하는지 곧 기별을 하라고 아버지 말씀하신다. 일전에 편지에 이가 또 이상하다니 큰일이구나. 돈이 들어도 치료를 받아라. 그냥 두면 안 된다. 나이가 젊은데 이를 잘 보관해야 하니까 치료하여라. 여름 동안 아이들이 와서 하도 난리치고들 있어 편지도 한 번 안 쓰다 인제 다 보내고 쓰니까 더 안 써진다. 눌러 보아라. 잘 있거라. 나는 소식은 들으니까 바쁘면 이다음에 편지해라 잘 있거라.

– 1977년 8월 19일 모서

건혁에게

오늘 아침 보스턴을 비롯한 뉴잉글랜드지방 일대에 최악의 폭설이 내려 교통과 모든 business가 마비되고, 정전, 약탈 소동까지 일어났다는 기사를 읽었는데, 집에 와 보니 또 네 편지가 와 있구나. 이 편지가 들어갈 때쯤은 눈도 없어지겠지만 그때까지 아무 일 없기를 바란다. 늘 편지를 써야지 써야지 하면서도 그럭저럭 바빠서 소식도 못 전했다. 너희들이야 바쁘니까 나라도 자주 소식 전해야 하는 건데. 난 순분이가 이번 봄에 시집을 가게 되어서 일할 사람을 구해야 하는데, 이제는 사람 구하기가 너무 힘들어 거의 단념한 형편이란다. 그래서 job을 포기할 수도 없는 일이고 해서 생활을 좀 간편히 하고 좀 고생하는 쪽을 택하기로 해서 이 집을 처분했단다. 며칠 전 일이지. 즉 아파트로 이사를 하고 살림은 내가 하고 매부와 내가 시간을 조정해서 아이들을 돌보는 방향으로. 그런데 우리가 사 놓은 새 apt는 가을에나 준공이 되기 때문에 그 사이에는 apt 전세살이를 해야 할 것 같애. 그래서 요새 좀 매우 복잡한 상황에 있지. 우리가 산 apt는 잠수교(구 반포아파트 동쪽) 바로 밑에 있는 12층짜리 아파트로 중호네 집보다 약간 큰 35평짜리(전용 평수 25평) 서민 아파트란다. 그런데 그곳에 가서 살게 될지도 아직은 미지수고. 너

회들 사는 소식은 어머니 편으로 늘 듣는다. 생활비가 많이 들어 늘 걱정하는가 보던데, 너무 마음 조리고 살지 말아라. 물론 만리타국에서 누구 하나 돌봐줄 사람도 없고 하니 걱정이 되겠지만. 지금까지 살면서 가끔 생각해 보면 좀 낙천적이고 어설프고 마음이 유한 사람이 진정 행복도 멋있게 살 줄도 아는 것 같아. 너무 앞날의 일까지 계산하고 100%의 정확만을 기하려는 사람은 늘 신경이 피로하고 만족을 못 느끼니 불행한 셈이지. 그런데 나도 그렇지만 너희들 내외도 너무 완벽주의자들이 되어 걱정이야. 승부는 좀 크게 걸고 조그만 일에 대범하거라. 생활비 떨어지면 설마 굶어 죽겠니 너무 안달하고 신경 쓰면 사는 맛도 안 나고, 안달이 몸에 배면 이담에 돈 많이 벌어도 제대로 쓰지도 못한다. 얘기 듣자하니 아마 네 처가 학업을 계속하고 싶어 하는 모양인데 네 처는 사실 그냥 집안 살림만 하기엔 너무 아까운 사람이지. 공부도 잘하고 문장력도 좋고 여자로는 남 못지않게 우수한 사람이니까. 돈과 건강이 문제인데 본인이 어

떤 복안이나 자신이 있으니까 하겠다는 것이겠지. 웬만하면 네 처도 자기 전공 분야를 살려 정치학이나 사회학이나 뭐 본인이 하고 싶은 것을 공부하도록 하는 것도 좋을 것 같은데. 그러면 지금처럼 집에서 온종일 너만 기다리고 앉아 있는 것보다 너에게 정신적 부담을 주지 않을지도 모르지 않겠니? 둘이 나란히 학위를 따고 나와서 네 처도 대학교수 생활하면 그 이상 이상적인 일이 어디 있겠니. 내가 직업 여성이어서가 아니라 요새는 한국에서도 경제적 이유를 배제하고라도 여성들의 사회 참여가 적극 장려되고 있고, 특히 지식층일수록 여성들이 사회 활동을 통해 자아를 실천시키도록 돕고 있는 것 같아. 그러니 너도 네 처가 성장하도록 도와줘야 할 의무도 있고 그러면 귀국해서도 같이 사회 활동할 수 있고 얼마나 좋겠니. 네 처는 저널리스트로서의 자질도 많으니 그런 공부 어떨지. 본인이 정 공부하고 싶다고 한다면 그런 방향으로 의논해 보도록 하여라. 네 처야 우리 집 사정을 익히 알고 있을 터이니 처가댁하고 의논하여 면학의 시기를 놓치지 않도록 하는 것이 좋지 않겠니? 난 좀 사정을 모르고 있지만 의상디자인이나 실내장식 공부를 한다는 데는 좀 의아했단다. 그럼 다음 또 시간 나면 편지할게. 부디 잘 있길 바란다. 네 처한테도 안부 전해라.

– 1978년 1월 8일 석범 모(셋째 누님)

건혁 보아라

네가 신년에 인사 편지를 꼭 할 거라 생각하고 기다렸더니 오늘 네 편지 참 반갑게 보았다. 그동안 공부하게만 고생하는 줄 알았더니 한국서 치료받은 이가 아팠던 모양인데 다시 치료하느라고 얼마나 고생을 하였겠니. 돈이 많이 들어도 할 수 없지. 앞으로나 불편 없으면 좋겠다. 수일 사이 잘들 있으며 시험공부하게 얼마나 밤낮으로 애를 쓰고 있겠니. 책을 많이 보면 음식 먹어도 잘 소화가 안 될 듯한데 조심해서 먹어라. 먹는 거야 네 처가 잘 알아서 해 주겠지만 걱정이구나. 이번 학기 시험을 잘 치러야 마음 놓겠다. 요샌 집에서 공부를 하는지, 밤에 다닐 때는 조심하고 잘 다녀라. 공부하는 것도 좋지만 건강을 잘 생각해라. 일전에 전화한다고 편지하여서 이틀 두고 기다리다가 안 오는 전화다 생각하고 편지를 삼 일 날 보냈는데 그동안 받아 보기나 했는지 모르겠구나. 가끔 안 가는 때도 있나 보더라. 하도 머니까. 요새는 아이들 방학이라 정신없이 하루해를 지내니 좀 괴로울 때도 있지만 할 수 없지. 쓸쓸한 것은 모르고 지내니 낫겠지. 바빠서 그런지 요샌 아버님께서도 안녕하시고, 나도 잘 지내 가니 아무 염려 말아라. 형의 집들도 다 잘들 있단다. 형의 집이나 누이 집이 다 팔월 달에나 입주할 거니까 아직도 멀었단다. 아직도 공사가 반도 안 되어서 팔월 달에나 이사 보낸 후에 우리도 그 곁으로 이사할 것을 생각한다. 우리 집 값도 많이 올라 손해는 안 볼 것 같단다. 작은 집을 사면 돈도 좀 남을 거니까, 쓰기도 하고, 편히도 살려고 한다. 큰형도 인제 신반포로 가면 좀체로 이사는 못 다닐 거란다. 효진이가 내년에 중학교 가니까, 그러니까 우리도 형의 집, 누이 집 곁으로 갈 거란다. 네가 한국 소식을 모른다지만 한국은 부자가 되어 국민이 잘들 살고 있단다. 작년에 풍년이 들어 쌀이 많아 잘들 살고 있으며, 여자들 사치 허영심이 많아 볼 수 없단다. 요샌 서울대학 보내려 하면 고3 아이들을 한 달에 이십오만 원씩 내고 가외들을 시키고 있단다. 그래도 입학이 안 되는 집은 야단들이지. 중학교 초등학교 가외 선생들이 한 달에 몇백만 원씩 수입이 된단다. 옛날에 너는 가외도 하나 안 시키고 거저 공부를 다 했는데 지금 외국 가서 공부하는데 등록금은 줄 만도 하니 아무 걱정 말고 졸업하는 날까지 잘해라. 네가 전과 달라 시간이 없는 것도 알고, 돈이 없는 줄도 다 알고 있는데, 조카들 선물 소리는 왜 하니. 그런 낭비는 필요가 없다. 네가 무얼 사 보낸다 해도 여기 사람들 눈에 차지도 않는다. 편지는 카드 보냈으면 그만이지 그런 거 신경 쓰지 마라. 언제고 한국에 나올 때나 인사 치러야 한다. 돈을 네가 많이 생길 때 그런 생각을 해라. 강현 형이 딸을 또 낳다니 외삼촌이 얼마나 섭섭하시겠구나. 미국을 가면 딸들을 잘 낳는구나. 한국선 딸을 더 좋아하는데, 남진이는 아들 낳고 잘 사는데, 강현이는 미국 가서 고생을 많이 하고 정현이 형도 허리를 앓는다니 걱정이더라. 그 집은 미국 가서 손해가 많더라. 지금은 한국이 취직하기가 쉽고 급수가 빨리 올라가서 그런지 다 잘들 살더라. 금년에는 날씨가 춥지 않고 따뜻한 중, 또 이 속에서만 사니까 추운 줄도 모른단다. 돈암동 집에서와 같이는 고생은 안 하고 산단다. 아무 걱정 말아라. 내나 아버지나 보지 못하고 사니까, 너희 내외 잘들 있기 바란다. 몸 건강히 잘들 있거라. 애쓰고 공부한 보람 있게 시험 잘 보아라. 끝.

(이어서)

며늘아기 보아라

네 편지 작년에 보고 입때 못 보니 보고 싶구나. 일하느라 바뻐서 편지 쓸 새 없나 보구나. 그곳은 그리도 춥다던데 시장 보고, 살림하기 고단하겠구나. 요새는 또 너의 남편 시험공부 하는 중 뒷배 보아 주기 고생이 되겠다. 그동안 또 이가 아파서 돈이 많이 많이 들고 고생을 하였다니 먹지도 못하고 앓는 모양을 보니 얼마나 걱정이 되었겠니. 그래도 네가 있으니까 안심된다. 네가 잘해 주겠지만 더 잘해서 먹

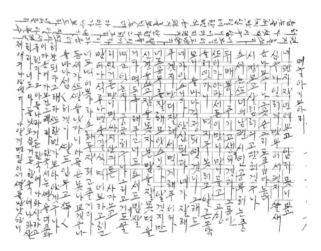

게 해 주어라. 너도 공부를 잘해 보았으니까 알겠지만 신경을 쓰고 잠을 못 자면 밥을 잘 못 먹을 거다. 먹도록 해 주고. 너도 요새도 밥 잘 먹고 있는지 궁금하구나. 그리고 거기도 꿀이 있거든 많이 비싸지 않거든 사다 놓고 밤이나 식후나 몇 숟갈씩 먹어 보라고 하고 너도 먹어 보아라. 소화도 잘되고 좋을 거다. 동서가 또 딸을 낳았다니 아들은 못나 보겠구나. 얼마나 섭섭하겠니. 딸도 이쁘고 똑똑하면 된다고 해라. 또 한 번 가 보아야 하겠구나. 이다음에 가 보건 그래라. 한국서는 딸을 더 좋아한다고. 아들 낳고 싶거든 한국에 나와 살라고 해라. 너도 아들 낳고 싶거든 한국에 나와 살 때 애기 낳아야겠다. 내가 알기로 몇 집에서 딸들만 낳았단다. 편지를 쓰다 너무 길어 그만 쓴다. 잘들 있거라. 이다음에 또 자세히 편지하마. 셋째 시누님이 너더러 편지 안 한다고 하더라. 내가 잘 알아 볼 수 없는 글씨지만 십 일에 한 번씩은 편지를 보냈는데 다 안 가나 보더라. 너희들이 외로워한다고.

– 1978년 1월 16일 모서

나의 삶과 일, 그리고 소중한 것들

며늘아기 보아라

네 편지를 기다리다 등본하고 편지를 부치고 나니까 자세한 편지를 보내 주어서 너를 본 듯 반갑게 보았다. 수일 사이 몸 성히 잘들 있으며, 아직도 시험공부 할 것인데, 얼마나 애쓰고 지내겠니. 너도 옆에서 잠도 못 자고 같이 힘들겠구나. 요새는 치료받은 이나 완전히 낫고 음식이나 잘 먹는지 답답하구나. 공부를 다 마치고 금년은 좀 편히 지낼 줄 알았더니 더 어려운 공부를 하느라고 애를 쓰고 다니는데 앞으로 내년쯤은 좀 편히들 살게 되겠지. 한국서 듣게는 미국은 왜 그리 눈이 많이 온다는데, 눈길에 다니느라고 얼마나 발이 시리겠니. 그렇지 않아도 발에 땀이 많이 나는데 발 건사 잘하라고 해라. 발이나 귓바퀴에 얼음 박히면 몇 년씩 두고 고생한단다. 네 편지를 보니 형이 애기 난다고 간다더니 가 보고 왔니? 예쁘게 낳더냐? 영이 시누이는 혼인 말 없다더냐? 시집 못 보내 걱정하던데, 마음은 착한데 인물이 없어서 손쉽진 않을 거야. 한국은 겨울 내 안 춥더니 요새야 좀 춥단다. 우리는 추운지 더운지 모르고 아버님께서도 안녕하시고, 겨울 동안에는 노인 학교가 이 동네 생겨 매일 거기 나가시니까 심심한 걸 모르고 지내시니까 다행이란다. 나도 잘 지내가니까 다행이란다. 아이들이 학교나 가야지 조용할 거야. 참, 너희 집 손님은 잘 오는구나. 두 내외가 왔으니 좀 어려웠겠다. 네가 다 잘 대접하니까 손님이 와서 자고, 먹고, 가는 거다. 너는 좀 피곤하겠지만 남들이 네 칭찬을 할 거야. 주민숙이를 만나 보고 이야기들을 했다니, 참 사람은 먼데 가서도 만날 수가 있구나. 민숙이 결혼하는 것만 보았더니 또 일전에 미국 갔다는 말도 들었는데, 거기서 만났구나. 네 남편이 주민숙이 동생을 글을 가르쳤는데, 어머니들도 친하게 지냈는데, 지금은 서로 간에 다닐 수가 없어 만나질 못했단다. 너도 밥하고 빨래하기도 힘들 터인데, 언제 또 오색 산적을 해 재주를 보였니? 거기 사람들이 네 재주를 보고 놀랠 거다. 나이도 적고 살림 시작한 지도 얼마 안 되는데, 그런 거 잘한다고 칭찬할 거다. 거기서 연습을 많이 했다가 한국 나오면 잘해서 나 좀 먹게 해 주어라. 나는 그때를 기다린다. 오늘이 1월 31일인데 이 편지 갈 때는 시험공부가 끝날까 한다. 참, 일전에 신촌 어머님께서 전화하시고, 안부 전해 주셔서 궁금증은 풀었단다. 추운 날씨에 몸조심들 하고, 잘 먹고 잘들 있으며, 네가 자꾸 잔소리해서 보살펴 주어라. 남자는 어느 때는 애기 같단다. 잘 있거라. 너도 눈길에 다니지 말고 조심해라. 미끄러지면 안 될 거니까.

– 1978년 1월 31일 모서

아들에게 쓰는 거다. 바빠도 보아라.

　네 편지 본 지 한참 되었구나. 네 처가 편지를 자세히 써 보내 주어 안심한다. 요새는 좀 쉬는 시간이 있게 지내는 것도 같구나. 추운 날씨에 너희 내외 잘 있고 몇 년 만에 온 눈이라니 미국 가서 눈 구경 잘 하겠다. 치료받은 이가 불편 없이 잘 되었다니 참 다행이다. 만약 또 다른 것도 이상이 있건 참지 말고 치료하여라. 그냥 두면 다 못 쓰게 된다. 그리고 정하게 한다고 저녁이면 이 닦는다고 칫솔로 너무 닦으면 잇몸이 얕아져서 이가 말기같이 길어지고 해박은 이는 끝이 보이면 안 되니까 너무 칫솔 쓰지 말아라. 한국은 구정이라고 물가만 올린단다. 너무도 비싸서 돈이 많이 들지만 돈을 많이 벌어오니까 마찬가지란다. 몇 년 전 너 있을 때와는 참 달라졌다. 이곳은 아버님께서도 안녕하시고 여러 집 다들 잘 있고, 나도 편히 잘 지내간다. 좀 정신없고, 신경 쓰이지만 그런대로 하루 이틀 살아간다. 아무 염려 마라. 너도 인제는 네 처가 살림도 그만하면 잘하고 음식도 잘 해 먹고 네 뒤를 보살펴 주니 얼마나 좋으냐. 나이 많이 먹은 며느리보다 더 잘하는 것 같다. 네 처는 참 머리도 좋고 영리한 아이가 미국 가서 알뜰한 살림을 하고 살아서 이다음에 한국에 나오면 모범생일 거야. 그리고 일전에 돈 보내 줄 때, 부탁을 안 했는데, 이제 말하는 거다. 너희 내외 생일을 못 보아 하도 섭섭하여 말하는 거다. 내가 무얼 사 보내고 싶어도 마음대로 할 수도 없고 무엇이 필요한지도 모르겠고, 식료품 같은 것은 네 처가에서 가끔 보내 주시는 걸 알고 하여, 입대 선물 한 가지 못 사 보내 주어 내가 섭섭하여서 일전에 돈 보낼 때, 아버지하고 의논하고 돈을 보내 준 거니까, 그중에서 네 처 생일이 이월 이십삼 일로 알고 있으니 그날 같이 나가서 맛있는 음식을 사 먹고 제가 좋아하는 선물이나 하나 사 주어라. 없는 돈에 좋은 것도 못 사 주고 이다음에 네가 돈벌이하면 잘해 주어야지. 여기서 보낼 때는 이백오십만 원이 많은 것 같지만 등록금 내고 치과에 다니고 얼마나 남았겠니. 그렇지만 너무 신경 쓰지 마라. 이다음 등록금도 생각하고 계시다. 아버지께서는 어찌 하던지 그 학교는 마쳐 주실 거니까 아무 염려 말고 졸업을 속히 마치길 바란다. 생활비야 모든 게 비싸니 할 수 없고, 낭비만 안 하면 되는 거니까 네 처가 다 잘 알아서 할 거다. 탁 맡겨 주어라. 애진이는 모든 걸 다 잘아서 할 거다. 그럼 잘들 있단 소식 듣길 기다린다.

- 1978년 2월 6일 모서

건혁이 보아라

일전에 누이 집 가서 삼 일 동안 있을 때, 네 편지가 와서 반갑게 보았더니 집에 오니 두 내외 편지가 나를 기다리고 있어 잘 보았다. 추운 날씨에 잘들 있다니 기쁜 마음 측량없다. 신학기를 또 계속 공부한 다니 참 공부도 많이 한다. 한국보다 참 실력 있는 학생들이다. 너희들 편지를 보니 금년부터는 새로운 계획들을 세워가지고 살려고 생각들을 하는구나. 네 처가 공부도 하고 차도 하나 사고 집도 이사를 할까 한다니 마음과 몸이 바쁘겠구나. 너희들이 다 계산하고 사는 거니까 별로 걱정은 안 하지만 서투른 운전수들이라 조심스러울 것뿐이지. 네가 미국 간지가 벌써 몇 년인데 이때까지 차 하나 못 사 준 게 다 돈 없는 탓이었는데, 인제 샀다니까 너의 아버님도 잘했다고 하신다. 미국서 살면 차는 있어야 하고, 더구나 살림가지 하면서 차 없이 사느라고 고생들 했지만 다 지난 일이고 앞으로 잘해 나가야겠지만 비용 많이 난다고 너무 걱정하지 마라. 네 처가 학교 갈 생각을 하고 있더니 잘된 걸로 알고는 공부하고 오는 사람도 많은데, 하고 우리는 걱정만 했단다. 애진이 보낸 후 늘 너의 장모님이 이야기 하시기를 한 일 년 후엔 네 공부나 살림살이나 모든 게 안정되면 무슨 공부든지 제가 하겠다면 시킨다고 하시고 이야기 하였단다. 그런데, 몸이 약한데 어찌 하겠나 염려하겠지만 자기가 하고 싶은 일을 하려면 괴로운 줄도 모르고 힘이 나는 거란다. 나이도 어리고 머리도 좋고 제가 공부하겠다는데 어찌 하겠니, 부모의 마음은 항상 자손에게는 똑같이 해 주고 싶은 법인데, 처형이 공부를 많이 하였으니까, 둘째 딸, 셋째 딸은 저절로 공부하게 될 것이니까 아무 걱정 말고 살림하며 공부하고 무슨 공부가 앞으로 필요할까 학교 선택이나 잘들 해라. 네 장인께서 학비는 염려도 말라고 하시며 잘 보살펴 주실 거니 아무 염려도 마라. 네 처는 원체 영리한 아이라 제가 다 알아 할 거니까, 나는 다행이다. 그리고 외숙모님을 만나 보았다니 반가웠겠다. 둘이 가서 절을 다 하고, 또 다음에 초대까지 한다니 나도 좀 가 보고 싶구나, 정현이 형이 그저 낫지 않은 모양이구나. 참 걱정이다. 그러니까 건강이 제일이다. 신랑감 걱정을 하다냐? 그런 것은 들은 척도 안 하는 거다. 네 일이나 잘해라. 중매는 아무나 하는 게 아니란다. 돈이 있어야 시집보내지. 요샌 어찌된 셈인지 학벌 좋은 신랑감은 돈 많은 신부만 찾고 있는데, 어림도 없다. 돈도 없고 인물도 없고 학벌도 없고 걱정일 거다. 내가 일전에 편지를 길게 잔소리 써 보냈는데, 받아 보기나 했니? 두 달 동안 아이들 방학이라 어찌도 정신없이 사는지 편지도 쓸 새가 없어 억지로 그려 보냈단다. 요새는 할 수 없이 아버지가 안방으로 오시고 건넌방을 아이들을 주니까, 좀 나아진 것도 같다. 정신없고 신경 쓰여 날 가기만 기다리고 있지. 차가 이달 그믐께나 타게 된다니 네 처 생일날 타면 좋겠다. 생일 선물로 알라고 해라. 너희 내외가 차를 굴리며 다니는 게 얼마나 예쁘고 대견할까 생각하고 앉아 있다. 조심하고 잘들 있거라. 오늘도 바빠 그만 그친다. 애진이에게는 요다음에 편지하마.

– 1978년 2월 11일 모서

며늘아기 보아라

삼월도 벌써 중순을 접어드는구나. 산같이 쌓였던 눈도 인제는 흔적도 없겠구나. 요새는 봄바람인지 쌀쌀한데 건강한 몸으로 잘 있나 궁금하다. 너의 남편도 학교에 잘 다니고 너도 학교가 정리가 되어 가는지 다 되었는지 답답하구나. 적으나 크나 살림하랴 공부를 한다는 생각 하랴 많이 바쁠 줄 알고 있다. 그동안 차는 수리가 다 되어 쓸만한지 운전을 하고 다녀 보았니? 잘들 있는 줄은 신촌 어머니께 전화하셨다고 알려 주시고, 네 생일날도 해 주셔서 잘들 먹었다. 곰의 집에 가서 주인도 없이 잘 먹고 셋째 형까지 데리고 가서 오래간만에 만나 뵙고 왔단다. 한국도 요새는 따뜻하고 해가 길구나. 집에도 아버님께서도 안녕하시고 여러 집 내 별고 없이 잘들 지내간단다. 요새는 아이들 입학식들 다니느라고 사람들이 왔다 갔다 한단다. 중민이도 일학년이라 제 엄마가 손잡고 다닌다. 나는 말만 들어도 바쁘구나. 요새는 하도 정신이 없단다. 몸이 바쁜 게 아니라 마음이 바빠서 그렇지. 일전에 네 편지에 차가 있으니까 집을 먼데 얻으면 될 듯한가 본데, 집세도 싸고 해서 그러는가 본데 왠만하면 그냥 사는 게 어떠냐? 집세가 비싸다 해도 살게 마련이 되겠지. 그전과 달라짐이 많아서 좀 고생될까 봐 그런다. 그곳의 형편이 어떤지 잘 모르니까 너희들이 잘 알아 하겠지만 고생될까 보아 걱정하는 거다. 식구도 없는데 관리인이 있는 데가 더 믿음직한 것 같구나. 도둑이 많다는데 잘들 알아 할 걸로 안다. 외가댁에는 소식 들었니? 동서가 그저 안 낫는지 좀 낫는지 궁금하구나. 산후에 병이 나면 속히 고쳐야 하는 법인데 걱정들이 많겠다. 네 공부하기도 바쁜데 한가한 틈도 없겠지만 외삼촌이 오셨다건 한 번 다녀오너라. 요새는 공부하기 바쁜데 식사 준비는 너무 여러 가지로 걱정하지 말고 어머님이 보내 주신 멸치를 볶아 주어라. 한국에서 가져간 반찬이나 하고, 국이나 하고 먹어야지 바쁜데 이루 다 잘할 수가 있겠니. 오늘도 분주해서 그만 쓴다. 잘들 있거라.

- 1978년 3월 6일 모서

며늘아기 보아라

　며칠 전에 네 편지도 보고 오늘 신촌 어머님께서 전화를 해 주시기로 소식은 잘 들었다. 너도 외삼촌을 만나 보고 형도 보고 얼마나 반가웠겠니. 형의 집에서 며칠 쉬고 있다 왔다니, 가기도 어려운데 구경도 하고 좀 놀다 왔겠지 한다. 집에 와 보니까 그동안 밀린 일이 많았겠구나. 수일 동안 잘들 있고 공부하기 바쁠 줄 안다. 네 남편은 계속 공부도 많고 시험 보는가 보니 얼마나 힘들고 고생이 되겠니. 또 거기다 장학금 타려고 노력할 거니 너무 애쓰지 말고 자기 몸을 돌보고 공부하라고 해라. 하루바삐 공부를 마치고 생활이 안정되어서 살아야 할 거다. 원체 수재만 모인 학교에서 장학금이 쉬운 일은 아니니 너무 욕심내지 말고 마음 편히 가지고 살라고 해라. 방학 동안에 돈벌이나 되면 다행이지만 안 되어도 할 수 없지 않으냐. 그렇지만 한 군데라도 되겠지. 너무 염려하지 말라고 해라. 생활비에 너무 신경 쓰지 않도록 네가 잘해라. 공부하는 사람이 다른데 신경 쓰면 공부에도 지장 있고 건강에도 해로울 거 아니냐. 네가 다 잘 생각하여 밀고 나가야겠구나. 그리고 요다음 등록금은 보내 줄 거니, 요전번처럼 신청서를 해 보내라고 말해라. 아무 염려 말고 잘들 있다는 말이나 들려 다오. 그동안 집만 지키던 네가 놀러를 다 갔다 왔다니 얼마나 시원하고 건강에도 좋았겠다. 머리도 시킬 겸 가끔 놀러가는 것도 좋겠구나. 헌 차를 사서 걱정을 했더니 벌써 그런 일이 있었구나. 앞으로도 조심해라. 네가 다닐 학교는 잘 되어 가는 것 같으니 다행이다. 여러 가지 성적이 다 좋으니까 될 줄로 알지만 완전히 입학이 되어야 마음을 놓겠지. 잘 되길 바란다. 너도 공부하랴 살림하랴 바쁜데 전보다 소제하는 거나 세탁을 좀 덜 치우고 살아라. 너 힘들까봐 걱정이다. 먹기나 좀 잘 먹는지, 비타민 약이나 계속 먹어라. 봄이 되면 사람들이 피곤한데 몸조심들 잘하고 있거라. 여기는 여러 집내 별고 없이 잘들 지내간다. 요새는 날도 따뜻하고 해도 길고 하니까, 아버님은 잘 다니시고, 나는 형의 집에 하루에도 두 번 세 번 다니다 해가 진다. 그 집에도 오래 있던 식모 아이가 시집을 가고 사람이 없어서 내외가 돌려가며 출근을 하고 고생이란다. 오늘 신촌 어머님께서 그러시는데 외숙 편에 어머니날 선물을 보낸 게 있다시니 잘 받아 바르겠다. 주름살이 펴지는 거라니 젊어지게 하루에 두 번씩 발라 볼까 한다. 아들이 미국 간 지가 삼 년 되어도 하나 안 사 주더니 네가 가더니 값비싼 영양제 크림을 다 사 보내었구나. 이다음에 너희들 올 때는 내가 많이 젊어지면 좋겠다. 지금 받아 놓고 너를 본 듯 드려다 보고 있다. 참 일전에 사진 두 장 잘 보았는데, 평풍 치고 앉아서 찍은 사진이 제일 좋아 보이는데 신촌 어머님께도 한 장 보내라. 잘 있거라.

– 1978년 4월 14일 모서

건혁이 보아라

너희들 잘 있다는 소식은 들었기로 이제야 편지 쓴다. 봄 날씨에 몸 성히 잘들 있고, 네 처도 학교 공부를 시작이 완전히 되었니? 많이 바쁠 것 같구나. 좀 편하고 쉬운 학교가 아니고 너같이 힘들고 어려우면 약한 몸으로 다 해나갈지 걱정이구나. 네가 많이 돌봐 주어야겠다. 앞으로 두어 달 있으면 방학이 되겠구나. 요새 많이 바쁠 것도 같구나. 일전에 처삼촌이 다녀와서 네 처를 만나 보고 온 이야기도 듣고 보내 준 선물도 잘 받았단다. 하도 먼데 온 거라 날마다 꺼내 보고 있다. 돈도 귀한데 비싼 건 왜 사 보냈니. 그동안 일자리나 생겼는지 궁금하구나. 방학 동안에 일자리도 어렵다고들 이야기하더라. 갔다 온 사람들 이야기가 한국은 되려 쉽다 이말이다. 한국이 작년에 네가 왔을 때보다 지금 또 달라져서 너무너무 돈이 흔하고, 잘들 사니까 네가 와보면 놀랄 거다. 여의도 작은형 사는 데는 아파트가 한 평에 백만 원씩 한단다. 작은형은 사는 집도 안 팔고도 큰 아파트를 사서 돈 좀 잡은 모양이란다. 요새는 자가용을 운전을 하고 골프를 치러 다닌단다. 운전도 형이 잘하여 우리도 타고 제 식구들도 타고 다니는 것 보기 좋더라. 너도 어서어서 날이 가서 안정되어 잘 사는 것 보고 싶다. 너희 내외는 우리더러 오래오래 살라지만, 염려 마라. 너무 오래 살까 봐 걱정이다. 작년보다 금년에는 아직 건강하게 지내가며, 아버님 혈압도 좀 나시고, 다리도 완전히 나시니까 다행이란다. 이 어미도 작년에 네가 볼 때보다 건강이 많이 좋아졌단다. 잘들 있으니 걱정 없다. 집은 다들 편이들 잘 있으니 염려 마라. 선배 강 씨는 가을쯤 온다니 그 사람 운이 좋은 사람이구나. 집 이사는 한다더니 너희가 좀 돌봐 주었니? 너 갈 때, 미국 간 아이들 취직이 되어 가지고 요새들 오더라. 요새 건설회사에서 월급을 하도 많이 주니까 큰돈들 잡는다고 너도 어서 공부 마치고 오란다. 작은형이 한참 떠들다 갔단다. 요새는 차가 아무 고장 없이 잘 굴러가는지 궁금하구나. 조심하여 운전해라. 거기도 물가는 비싸고 한데 생활비가 염려되는구나. 혼자 걱정하지 말고 기별을 하여라. 마음 고생한다고 해결 날 일은 아니니까 내년 오월까지면 공부가 끝난다니 그게 정말이냐? 그럼 얼마 남지도 않은 것 같구나. 너무 걱정하지 말고, 졸업을 마치고 나오면 그동안 고생한 보람이 나겠지. 아무나 가지도 못하는 학교에를 갔으니까, 영광스럽게 졸업을 하고 나와야 할 것 아니냐. 돈 많이 들고 학비 많이 들 줄 다 알고 학교 간 거니까, 아무 걱정 말고, 몸 건강하고, 공부 잘하기 바란다. 네 처도 몸조심하고 공부하는 대신 일 많이 하지 말고 좀 지저분하게 살아도 된다 해라. 성격이 깔끔한 아니라 너무 정하게 치우지 말고 살라 해라. 잘 있거라. 한국은 창경원에 밤 꽃놀이가 한참이다. 거기도 꽃구경들 가 보았나 한다. 요다음 등록금 보내 줄 예산하시니 그리 알고 염려 말아라.

– 1978년 4월 22일 모서

머늘아기 보아라

　네 편지 본 지 오래되어 궁금하구나. 봄날이 되어 그런지 해도 길고 더웁구나. 요사이 공부하게 바쁜 중에도 몸 성히 잘들 있는지, 너는 학교가 완전히 입학이 되었는지, 또 네 남편도 방학 동안에 일자리가 생겼는지 두루 궁금하구나. 여름 동안에 돈을 좀 벌어 놓아야 생활하기가 편할 것 아니냐. 이제는 익숙해진 살림이지만 얼마나 힘들겠니. 방학도 얼마 안 남았을 것인데, 잘 보살펴 주어라. 일자리나 좋은 데가 생겼나 하고 날마다 기다리는 어미 마음은 지루하구나. 너도 여름 방학 동안 공부나 하겠구나. 시간 있으면 바닷가에 나가고 그럴 거다. 요새는 무엇을 반찬해 먹니. 날이 더워지면 찬거리가 더 힘 드는 거란다. 벌써 오월 달 어린이날이 돌아왔구나. 참 세월은 잘도 가는데, 너희들 공부는 언제나 끝마칠는지, 또 일 년을 기다려야 오겠구나. 네가 지루하겠지만 공부하게 애쓰는 뒤를 잘 살펴주어라. 나는 너만 믿고 있단다. 혼자 있을 제보다 얼마나 든든하며, 생활비나 용색하지 않은가 그게 걱정이란다. 보고 싶은 건 그때나 지금이나 마찬가지란다. 지금은 너까지 두 사람이구나. 너도 애기나 하나 있으면 심심치 않을 걸 하고 웃었다. 어서 날이 가서 성공하고, 아들 낳고 편히 살아라. 우리는 별일 없이 잘들 지내간다. 아버님께서도 안녕하시고, 나도 잘 지내가니까 다행이란다. 늘 조금씩 아픈 건 마찬가지나 왔다 갔다 하고 산단다. 형의 집이 곁에 와 사니까 일이 많구나. 그 집에 식모가 없이 사니까, 어렵단다. 파출부라는 게 왔다 갔다 하더라. 우리 집에도 형이 혼자 일을 다 하니까 힘들게 살아간단다. 형이 이사 가면 걱정이란다. 한국에 식모가 오만 원에도 구하기 어렵단다. 외삼촌 댁에도 소식 들었니? 요즘은 편지가 없더라. 네가 보낸 값비싼 화장을 날마다 해도 아직 주름살은 그냥 있으니 더 있어야 예뻐질까 한다. 어머니날 선물을 네가 제일 먼저 보내서 일등이 되었단다. 다른 형들은 인제 갔다 준단다. 요새도 차를 잘 굴리고 다니는지, 또 고장이나 안 났니? 조심하여 잘 운전하라고 해라. 이 편지 볼 때는 바쁜 공부 끝나건 편지 좀 해라. 나도 오늘 노인학교 구경을 갔다 왔더니 피곤하구나. 벌써 겨울이 다 가고 여름이 돌아왔구나. 겨울옷을 넣어 둘 때가 오니 네가 다 알고 있겠지만 좀이 안 나게 잘 두어라. 너희들 옷이 값 비싼 순 모직이라, 당부하는 거다. 그럼 몸 조심 잘하고 잘 있길 바란다. 필요한 물건 있으면 기별해라. 약이나 그런 거 보내 줄게.

- 1978년 5월 6일 모서

아들/며느리에게

기다리던 너희들 편지는 반갑게 며칠 전에 보고도 인제 답장한다. 봄 날씨 따뜻한데 몸 성히 잘 있고, 네 처도 잘 있니? 그 후 잘들 있다는 말은 오늘 아침에 또 소식 들었다. 전화를 해 보았다고 장모님이 연락해 주시더라. 그동안 기다리는 문제가 아직도 결정이 안 된 모양이니 얼마나 걱정되겠니. 장학금 타기가 그리 쉬운 일은 아니라고 아버님께서도 너무 걱정 말라고 하신다. 이 편지가 너희들이 볼 때는 모든 일이 다 잘될 줄 알고 있다. 그리고 작년에 수석졸업생상을 이번에 탄다니 금메달을 받을 터인데 또 무슨 욕심을 내겠니. 어미는 네 편지 본 후 좋기만 하다. 내 아들이 미국 가서 수석졸업상을 타니 꿈만 같다. 그런 영광인데 이번 상을 혼자서 있을 때 받는 것보다 내외가 가서 상을 타는게 얼마나 기쁘고 자랑스러운지 가만있어도 웃음이 나온다. 참 기쁘다. 우리 아들 며늘아 금상을 타고 그냥 있겠니 어서 한국에 나와 자랑을 해야지. 미국 가서 공부한다고 사람마다 금메달 타겠니? 얼마나 경사스러운 일이냐. 며늘아가 네 공이 많구나. 공부는 혼자 있을 때 제가 했지만 또 일 년 동안 잘 받들어 준거는 너 아니냐. 그러니 같이 가 상을 타야겠다. 그다음에는 한국에 나오면 부모에게 효도한 거다. 너희들 잘 있다 오는 것만도 반가움을 측량 못 하겠는데, 공부를 잘하고 상을 타 가지고 오니 참 기쁘다. 여러 가지 일을 너무 소심하게 걱정 말고 거기 모든 일을 잘해 놓고, 집을 떠날 생각하고 두 사람 오는 거니까 간단하기는 하지만, 살림살이 모든 물건을 잘 간수하고, 네가 다 알아 하겠지만 부탁이다. 글쎄 중요한 것은 외삼촌 댁에도 맡기고 잘 처리하고 오너라. 세 달씩 집을 비어 두니까 단단히 부탁하고 와야지 말이다. 아직 오는 게 확실치는 않다지만 만약에 오게 되면 말이다. 작년에 하도 고생을 하고 잠을 못 자고 가서 또 그럴까 겁난다. 신촌 어머님도 너를 보내시고 얼마나 보고 싶으시겠니. 언니도 온다는데 내일 아침에 도착한다고 하시더라. 네 언니도 4년 만에 온다는데 너는 10개월 만에 만나 보시겠다. 얼마나 반가우시겠니. 어서 날이 가서 그리움을 풀고 만나 보자. 몸조심들 잘하고 먼 길에 가서 영광스러운 자리에 가 상 타 가지고 구경도 하고 그 메달 잘 건사해 가지고 한국으로 오던지 느네 집으로 가든지 아직 결정을 못 했다니 확실한 편지를 기다린다. 장학금도 타고 수석졸업상도 타고 비행기도 타고 오너라. 여름이 되어서 말인데 만약 오게 되면 겨울 의복을 잘 간수해 놓고 오너라. 장마가 지면 안 되니까.

- 1978년 5월 19일 모서

건혁이 보아라

바쁠 줄 알면서도 편지를 기다리다 못하여 신촌에나 편지가 왔나 알아보니 거기서도 기다린다시더니 삼십일 일 날 똑같이 편지가 왔구나. 편지는 잘 보았으나 생각하고 공들이던 일이 잘 안된 모양이니 너무 낙심하지 마라. 좋은 학교에 공부하러 갔지, 장학금 타러 간 것은 아니다 생각해라. 먼저 학교에서 장학금도 타고 수석 졸업상까지 받아 보았는데 또 무슨 생각을 하겠니. 욕심을 너무 내면 되겠니. 장학금 없이도 일 년을 밀고 나갔는데, 나머지 일 년을 또 견디어 보자꾸나. 어서 졸업을 마치고 완전한 직업을 가지고 나야 할 거니까, 어서 일 년이 지나가길 바란다. 한국에 나와 살아야 할 거 아니냐. 이번 편지 보니 네 힘으로 모든 걸 하려다 할 수 없이 등록금 말을 하는 모양인가 본데 왜 그리 애를 쓰니. 우리가 있는 한, 어떻게 해서든지 등록금은 보내 주려고 하는데, 너무 걱정하지 말고, 곧 보내 줄게 잘 받아 학교에 내고 남는 것은 살림에 보태 써라. 이다음에 네가 돈을 많이 벌어 오면 이자까지 받을 거니 잠시 빌어 쓴다 생각하고, 염려 마라. 공부하기도 힘드는데, 마음 편히 먹고 몸 건강한 게 제일 이다. 네가 건강한 마음 즐거운 마음을 가지고 공부를 해야 좋을 것 아니냐. 옆에서 보는 네 처가 얼마나 애를 쓰겠니. 나는 안 보아도 알 만하다. 네가 장학금으로 걱정하는 게 너는 입대까지 무엇이고 하려면 다 되는 줄만 알았지만 이번에는 잘 안 되었지만 얼마 안 되면 졸업할 것인데 다 잊어버리고 즐겁게 살아라. 옆에서 그렇게 잘 돌봐 주는 아내가 있는데 무슨 걱정이야. 이 편지 볼 때는 집에 돌아와 있을 듯하구나. 영광스럽게 상을 받아 가지고 오면 이야기나 해 다오. 내가 입대까지 네 졸업식 입학식은 한 번도 빠진 적이 없는데, 이번에는 못 보는구나. 그렇지만 네 처가 가서 볼 터이니까, 더 기쁘고, 대견하다. 너의 내외가 찍은 사진이나 보내라. 그리고 너희가 온다고 말은 꼭 믿지는 않았지만, 혹시나 하고 기다렸더니, 그곳에 취직이 되면 안 온다니 좋다 말았구나. 이다음에 짐을 다 싸 가지고 아주 올 제 나와야지 편안히 여름 동안 슬슬 돈이나 좀 벌어 가며 잘들 있거라. 여기는 별고 없이 잘들 지내간다. 형은 7월 2일 날 이사하기로 준비 중이란다. 만약 네가 오더라도 있을 데는 다 있단다. 그런 거는 염려도 없다. 그럼 서류 보내는 대로 곧 보내 주마. 집을 이사 말이 또 있으니 일이 많겠구나.

며늘애기 보아라. 네가 잘 위로하고 있을 줄 알고 있다. 무슨 일이고 마음먹으면 꼭 하고야 마는 성격이다. 그러니 네가 잘 돌보아 주어라. 너만 믿는다. 온다고 하다 안 오니까 더 보고 싶다. 오하이오주 갔다 오건 편지나 해 다오. 네가 간다니까 내 마음이 더 기쁘다. 잘들 다녀오고 맛있게 잘해 먹고 잘들 있거라. 신촌 어머님 전화 연락 드려라. 지금 금방.

– 1978년 6월 2일 모서

건혁 보아라

아파트의 집세나…… 돈이 모자란다고 학교에서 편지가 왔더라. 25일까지 돈을 부치려고 한다. 이번

나의 삶과 일, 그리고 소중한 것들

에 온 네 편지 보니 조금 안정이 된 듯하더라. 그동안 여행도 다녀오고 취직자리도 완전히 정해졌니? 돈을 좀 얻었다니 잘되었구나. 얻기도 어렵다는데 너무 염려하지 말고 마음 편히 공부나 해라. 즐거운 여행 가서 정말 상을 타 왔니? 미국 놈들이 인심이 흥하다는데, 금상을 주드냐? 궁금하구나. 더운 날에 다녀 와서 잘 있는지 궁금하다. 네 처를 데리고 가니까 재미있고 즐거운 여행을 다녀온 줄 안다. 집에 와보니 비었던 집도 다 잘있드냐? 먼지가 많아서 치우느냐고 네 처가 애쓰겠다. 소문 들으니 네 처도 돈을 벌러 다녀본다니, 참 바쁘겠다. 힘들겠지만 여기서도 취직해 본 아이라 잘할 거다. 없는 살림을 도우려고 한국 에도 안 오고 직장을 나가려고 하니 얼마나 착하냐. 네 처가 하도 착하고 신통하여서 돈을 준비해 놓았 다가 오늘 편지 오는 대로 즉시 부치셨단다. 그 돈은 돈암동 네 집 사 논 게 값도 많이 올라서 집세를 올려 받아 두었던 거니까 아무 걱정 마라. 아버지께서 다 생각하시고 계신 거다. 아무래도 장학금이라는 것을 받아야 받는 거지 어찌 믿느냐고 하셨단다. 외국 사람은 어렵다고들 하니까 그러고 저러고 다 잊어 버리고 졸업할 날이나 기다려라. 네가 너무 책을 많이 보아 눈이 이상한가 보니 큰일이구나. 사람은 눈이 제일인데, 앞으로는 조심하여라. 돈은 신청한 대로 4,100불이라고 하신다. 오늘 부친 게 언제 갈지 여기 서 부치는 것은 200만 원이 큰 돈이라 하지만 거기가면 쓸게 없다니 아껴 써라. 요다음에 한 번 더 보내 줄게. 신경 쓰지 말고 졸업하고 나면 될 것 아니냐. 여기 걱정하지 말고 잘들 있거라. 형이나 누이들은 돈 들 좀 있어 50여 평 아파트들을 사 가지고 이사들을 한단다. 둘째 형이 제일 큰 걸 사고, 그 다음에 큰 누이, 그 다음에 둘째 누이, 큰형과 셋째누이는 35평짜리를 사 가지고 집이 둘씩이라 세금을 낼 걱정들 이란다. 너희도 어서 와서 집을 하고 살아야 우리는 부러울 게 없을 것 같다. 우리 내외는 너희 둘이 졸 업하고 와서 취직이나 잘하고 나면 너희들은 아무 걱정이 없을 것 같다. 우리도 있고, 또 너의 장모님이 얼마나 잘 돌보아 주시겠니. 아무 염려 말고 건강하게 잘들 있어다오. 네 처가 이번에 돈도 없고 걱정되는 일을 처음 당해 보았겠구나. 염려 말라고 해라. 사람은 다 살게 마련이니까, 또 돈벌이한다고 너무 고된 일 하지 마라. 더운 날에 몸이 지치니까 생각하고 일자리에 나서라. 네 처도 너무 고되지 않은가 살펴주 고 잘들 있거라. 집은 웬만하면 그냥 사는 게 좋겠지. 비싸서 그러는가 본데, 잘 생각해 보아라. 네 말 없 기로 아직 보내진 않고 있다.

- 1978년 6월 13일 모서

며늘아기 보아라

 전달해 주는 소식은 가끔 들었지만 오늘에 기다리던 네 편지 보니 너를 본 듯 반갑다. 그동안 여행을 가서 잘들 다녀왔다니 다행이다. 영광스러운 상을 타고 있을 때, 어머니 생각도 났다니. 나는 한국서 생각했단다. 너무 고맙다고. 내가 아들을 곱게 길러가지고 미국을 보내서 갖은 고생을 다하는 것을 주야로 잊지 못하고 근심했더니 상을 타러 간단 말을 듣고 참 즐거웠단다. 네 남편은 아버지 어머니에게 효도한 거다. 우리 내외는 얼마나 너희 내외를 칭찬하고 있다. 아무리 돈이 좋다지만 공부 잘하여서 그런 영광의 자리를 앉아 보는 게 얼마나 좋으냐. 너도 그때에 얼마나 기뻤니? 나는 못 보아도 네가 참석한 게 더 든든하고 기쁘다고 했다. 너희 집안이 명랑해졌다니 다행이다. 직장에를 나가는 것도 좋지만 더운 날씨에 고생들 하겠구나. 몸은 고되어도 마음들은 편히 가지고 살아라. 돈을 보내고 궁금했더니 잘 받았다니 다행이고, 여기선 많다 하지만, 그곳에선 쓸 것도 없다는데 잘 별러 써라. 날이 더우면 몸이 지치는데, 음식이나 입에 맞게 잘들 해 먹어라. 객지에선 몸조심이 제일이다. 강 선배가 너희들 안부 전하여 주더라. 미국 또 간다더라. 그리고 너의 이모부 만나 보았다는 소식도 들었다. 얼마나 반가웠을 터인데 또 도와주셨구나. 그동안 이야기도 많단다. 여기는 7개월 동안을 한데 사느냐고 서로 간에 괴로운 점, 즐거운 일도 많더니, 인제 또 세간짐을 다 싣고 다섯 식구가 떠나니까 쓸쓸하기도, 외롭기도 한이 없구나. 7월 2일 날 이사 보내고 너무 일도 많고, 몸도 아프고 하여 4일날, 어제야 가 보고 왔단다. 아파트는 새로 지은 거라 정하긴 하지만 아이들의 학교가 고생이겠지. 나는 한강을 가운데 놓고, 건너다만 보고 있단다. 2일 날 둘째형 영식이 집도 이사를 하였단다. 그 동네란다. 거기를 가면, 바쁘겠지. 영식이 집은 45평 집이라 좋더라. 석범이 집도 갈까 하고 아직 망설이고 있단다. 그럼 우리는 앞으로 어찌 할지 걱정이란다. 참, 일전에 어머님께서 언니를 다리고 오셨다 가셨단다. 언니가 바쁜 중에도 나를 보러 왔구나. 얼마나 고마왔었다. 너를 본 듯이 반갑게 보고, 너희들 사는 이야기도 듣고 참 고마웠다. 그러고 보니 너희들 작년 결혼식 날짜가 되었구나. 내일이 7월 7일 날이 되는구나. 잘 지내어라. 작년보다 금년에는 더위가 일찍 와서 요새도 몹시 덥단다. 가뭄이 들어도, 물 소동이 낫지만, 아파트들은 아무 걱정 없이 지냈단다. 요새는 장마가 들어서 다 해결되었단다. 그리고 네 언니 결혼이 결정된 듯하더라. 신랑만 오면 곧 날짜가 정해지는 대로 식을 올릴 거라 신다. 해마다 사위를 더운 때 보시느라고 어머님이 애를 쓰시겠더라. 너희들이 참석을 못 하니까 좀 섭섭하겠니. 나도 섭섭한데. 그렇지만 앞으로 동생이 남매 있으니까, 그때는 꼭 참석할 것이니까 너무 궁금히 생각마라. 그리고 결혼 날짜를 정했다는 소식이 가건 너희 내외가 부모님께 편지나 하여라. 경사스러운 날 부모님을 모시고 참석을 못 하여 섭섭하다는 인사의 편지를 해라. 네 남편 보고도 편지하라고 해라. 그리고 형부 될 사람이 모르는 사람이 아니고, 네 남편하고 선후배 지간이라 말조심들은 해야 할 거다. 네가 월급을 타 왔다니 참 신통하구나. 너무 고생되지나 않는지 보고 싶다. 외가댁에선 집을 샀다니 얼마나 좋아들 하시겠니. 형이 시집와서 입대 고생도 많이 하더니 인제 셈이 활짝 피는구나. 사람은 때가 있는 거란다. 외숙모님 뵈옵거든 내가 말하더라고 "집을 사서 얼마나 기쁘시냐고." 하여라. 둘째 딸이 복이 많은가 보다고. 잘 위하시라고 하여라. 그럼 잔소리 그만하고 그칠까 한다. 날이 더운데 밥하기도 힘들지만 맛이 있게 잘하여 먹고 잘들 있거라.

- 1978년 7월 6일 모서

며늘아기 보아라

　그동안 이사도 하고 잘들 있었다는 소식은 들었지만 궁금하였다. 어제 네 편지 너를 본 듯이 반갑게 잘 보았다. 금년 같이 심한 삼복더위에 이사를 하고 얼마나 고생들 하였니. 아직도 더위는 물러가지도 않고 있는데, 살림 정리하기도 바쁘고, 학교 일도 많다면서 손님 대접은 어찌 다 하니. 아무리 간단히 해도 순서는 다 있을 터인데 더운 날씨에 몸 성히 잘들 있고, 식사들이나 잘들 하는지 두루 궁금하기만 하구나. 너의 남편은 아직도 직장에 나가는가 본데, 날은 더웁고, 땀을 많이 흘리는데, 얼마나 고생되고 피로하겠니. 여름날에 놀러도 못가고, 돈벌이 한다고 애를 쓰고 다니는데 생활비는 가져오니? 또 좀 있으면 학교 갈 날이 되니 또 바쁘겠구나. 집은 주인이 사는 게 아니고, 세든 사람이 산다니 그 사람들이 나가고, 주인이 얼른 안 오면 너무 적적하여 어찌하려고 생각하니. 조심스럽구나. 아파트같이 주야 지켜주는 게 마음이 놓이는 건데 둘이 다 나갈 때는 조심하여라. 언제나 사람이 무서운 거란다. 집은 널찍하다니 시원하겠고, 방도 여유가 있으니 공부하기도 편하겠다. 소제가 좀 많아질 거야. 대강 대강 치고 살아라. 이사한다고 돈이 좀 들었겠구나. 수리하고 칠까지 하였다니 돌봐 주는 사람도 없이 날은 더운데 둘이서 얼마나 고생들 하였겠니. 남의 집을 잘 고쳐주면 무엇하니. 기름 값, 가스 값, 몇 가지를 따로 계산하면 얼마 싸지도 않겠구나. 그래도 광선이나 잘 들어오고, 겨울에 춥지나 않으면 한 겨울 사는 거란다. 집 정리도 다 되고, 학교 입학도 해 놓고 인제는 공부할 일만 남았구나. 학교가 좋으니까 또 공부가 얼마나 고되겠니. 건강관리나 잘 해라. 바쁜 중에도 틈을 내서 외가댁에 집알이 갔다 왔다니 참 잘 다녀왔다. 네 동서가 집을 처음 장만하고 얼마나 좋아들 하였니. 나도 기쁘다. 이곳은 아버님께서도 안녕하시고, 여러 집안 내 별고 없이들 잘 지내간다. 인제는 다들 정리가 되었나 보다. 나는 금년 들어 집 이사, 수선을 하도 들어서 인제는 집 소리만 들어도 골이 아프다. 웬 세상이 들썩이던 현대아파트 사건 신문이 미국까지 갔다니, 참 유명하구나. 한국에서 하도 인사를 많이 받았단다. 처음에는 한참 말이 많아 좀 귀찮더니 이제는 다 정리되어서 시월 달쯤 이사 갈 거야. 형 내외 너무 욕심들이 많아가지고 너무 큰 것을 사 가지고 식구도 네 식구가 어찌 사는지 누가 아니. 인제는 아무 일 없이 해결되어서 다행이란다. 날더러 편지 잘 못 쓴다고 아버님께서 써서 보내셨는데 받아 보았겠지만, 재학증명서를 하기 쉽거든 하나 해 보내려무나. 내가 너희에게 좀 보낼 게 있어서 그러니 해 보아라. 인제는 네가 살림한 지가 일 년이나 되니까, 참 음식을 잘 만드나 보다. 말만 들어도 나도 먹고 싶구나. 몸조심들 잘하고, 잘들 있거라. 작년 이맘때 네가 틈틈이 나를 와서 보던 때가 그립구나. 강 선배는 9월 달에 미국으로 간다더라.

– 1978년 8월 26일

건혁이 보아라

소식 들은 지 한참 되어 기다렸더니, 오늘 네 편지 잘 보았다. 쓸쓸한 가을 날씨에 잘들 있니 다행이다. 수일 사이도 잘들 있나 한다. 둘이서 공부하게 오죽 바쁘겠니. 네 처는 살림하랴 더 바쁘겠구나. 요새는 식욕이 나는 때가 아니냐. 그러니 둘이서 밥들이나 잘 먹고들 다니는지 궁금하구나. 네 처가 바쁘다고 그냥 다니지 말고, 하루 세 번 식사는 잘하라고 일러라. 이곳 집에도 아버님도 안녕하시고, 별 일 없이 잘 지내간다. 좀 집이 쓸쓸하여 그렇지 아무 불편 없이 살고 있단다. 아무리 날이 추워도 상관없이 지내니 참 편하게 산다. 돈암동 집에서 하도 고생을 해서 여기 와서는 힘드는 게 없단다. 그리고 편지는 잘 보고 알겠다. 만약에 혹 네가 오게 되면 20일 동안 그리 바쁜 일을 어찌하며 그동안 네 처는 어찌하고 올 거냐? 데리고 와도 좋지만 다니기가 하도 힘드니까 말이다. 그런 거야 너희가 다 알아서 하겠지만 한 번 다녀가는 것도 좋겠지. 그리고 내년에 졸업식에 초청장을 낸다니 가야겠구나. 아버님은 얼마나 좋아하신다. 네 말 듣고 의논도 해 보고 생각한 결과 아버지 어머니 둘이 가는 게 좋을 듯하여 둘이 가려고 하니 그런 줄 알고 너희 내외가 잘 생각해 보고 수속하라신다. 비용 드는 거야 여기서도 알고 있으니까 마련이 되겠지만 반년 후 일이라 지금 어찌 알겠니. 지금 준비하는 거지. 아들 며느리 덕에 미국도 가 보고, 네가 좋은 학교에서 졸업식 하는 것도 보고 나는 네 처가 학교 가는 게 얼마나 보고 싶었는데, 좀 보기도 하고, 여러 가지 생각이 나는구나. 지루한 학교가 졸업이란 말 들으니 반갑다. 네가 미국 갈 때, 3년만 있다 오리다 하기에 3년 되기를 날마다 기다렸더니 갑절 이자를 해서 6년이 되니까 졸업 소리가 나는구나. 참 기쁘고 좋은 일 또 있겠니. 거기다 며느리까지 그런 좋은 학교를 갔으니 얼마나 좋은 일인가 한다.

나의 삶과 일, 그리고 소중한 것들

며늘아기 보아라

네가 요새 얼마나 바쁘겠니. 몸 성히 잘 있었나 하고 늘 궁금하지만 네가 오죽 바빠 편지 못하는 줄 생각하고 있다. 날씨가 그곳은 좀 추운가 본데, 방이나 덥게 하고 살아라. 벌써 네가 학교 시작한 지도 두 달이나 되는구나. 방학 때까지는 계속 바쁘겠구나. 그래도 얼마나 자랑할 만한 일이냐. 좋은 학교에 책상에 앉아 공부하는 것도 장한데 너무 잘하려고 하지 마라. 웬만큼 하면 될 거다. 그리고 빨래는 모아 놓았다가 쉬는 날 해라. 학교 갔다 와서 저녁하기가 얼마나 힘들겠니. 내가 해 주고 싶어도 너무 멀어 못해 주는구나. 그리고 내년에 졸업식에 초청장을 보낸다는데, 아버님과 나까지 둘이서 갈까 하는데, 너희들 생각엔 어떨까 한다. 그러니 잘 의논하여서 수속하라신다. 그리 알고 또 이를 것은 몸조심 잘하고 가스 조심, 문단속 잘하고 잘 있거라. 너무 바쁜데 편지 쓰려고 애 쓰지 말고 두 집 중에 한 집만 편지하면 연락하면 된다. 한가하건 편지해라. 잘들 있기만 하면.

- 1978년 10월 27일 모서

아들, 며느리 보아라

십이월도 중순이 되니까 쓸쓸이 추워지는 구나. 요사이 몸 성히 잘 있으며, 학교에 잘들 다니고 얼마나 바쁘겠니. 조석을 잘하여 먹고들 다니는지 궁금하구나. 요새가 제일 바쁠 땐 줄 생각한다. 지금 사는 집은 먼저 살던 집보다 불편하지나 않으며, 집이 덥기나 하냐? 집이 크다니 추울까 걱정되는 구나. 네 처가 편지를 해야 자세히 편지를 하는데, 바빠서 편지를 못 하는가 보니까 더욱 궁금하구나. 잘들 있다는 소식은 일전에 들었다. 외할머님이 전화로 안부 들으셨다고 연락해 주시더라. 일전에 보낸 편지도 잘 보았을 듯하다. 이곳은 여러 집 내 아무 별고 없이 잘들 지내니 다행이란다. 너의 아버님계서도 전만은 못 하셔도 조심하며 잘 지내가신 단다. 금년에도 십사 일 날 아버님 생신을 너희들이 참여 못 하여 얼마나 섭섭하고 쓸쓸하였단다. 이십 명 식구 다 와도 내 마음은 왜 그리도 한갓 너희 내외만 생각나더라. 내년에는 꼭 볼지 알 수 없구나. 인제는 내가 일하기도 힘들고, 할 수도 없어서 음식을 각자 맡아서 해가지고 와서 하니까 편하게 지냈단다. 다섯 명이 해 오니까 다 되더라. 그런데 너희들이 여기 와 살면 할 것은 정해 놨다. 제일 맛있고 좋은 게 네 처의 차례가 되었단다. 요새 며칠 전에 작은형이 상무이사가 되어 집안이 기쁘고 살맛이 난다. 이 어미도 중역 아들을 두었다 생각하니 얼마나 기쁘고, 공부할 제 고생을 해 가며 너희 육 남매 졸업시킨 보람이 있구나 생각한다. 큰형도 작년에 차장이 되었으니까, 지금은 걱정 없고, 셋째 매부도 차장이고, 회사가 잘되어 월급도 많고, 별 걱정은 없나 보다. 십구 일 날 둘째 형이 집 이사 가는 날이어서 바쁘단다. 말이 많던 현대아파트 오십이 평으로 가는데, 중역까지 되고, 경사가 겹쳐서 형수가 좋아서 야단이란다. 한국의 집안일은 이렇고, 잘들 있으니 염려 마라. 그리고 요새도 돈벌이한다고 일하러 다니는지 알고 싶구나. 너무 애쓰고 다니지 말라신다. 몸 지친다고 값이 비싸더라도 보약을 좀 사 먹어라. 네 처도 약을 사 먹여야 한다. 보약 먹던 아이라 가을, 봄 먹어야 한다. 영양제 비타민 늘 먹는 게 좋을 거다. 한국서도 외국 약이 많이 들어와 먹으니까, 참 좋더라. 그러니 너희는 사기도 쉬울 터인데, 늘 사 두고 계속 먹어라. 보약은 몸이 성할 때 먹는 거고, 몸이 아플 때는 병이 낫는 약을 먹는 거란다. 아가야 얼마나 바쁘고 힘들겠니. 공부한다고 거기만 노력하지 말고, 건강을 돌보아 잘들 먹고 잠 잘 자고 공부해라. 벌써 금년도 사십 일밖에 안 남았구나. 참 쉬 돌아간다. 눈 오시는 십이월이 돌아오겠구나. 너희들이 방학하면 좀 편하겠구나. 그때까지는 바쁠 터인데 작년에 여러 군데 인사 치렀으니 금년에는 카드 같은 것 안 해도 될 거다. 시간도 없고 돈도 많이 들고, 안 보내면 어떠냐. 미국은 카드 값도 비쌀 건데 낭비를 왜 하니. 너희 돈이 얼마나 귀한 돈이냐. 학교에 가도 두둑하게 옷을 잘 입고 가거라. 아래층 사는 사람들이 인심이나 좋은지 궁금하구나. 너도 바쁘고 나도 바쁘고 고만 쓴다. 요새는 일하는 사람도 안 오고 바쁘단다. 잘들 있거라. 잘들 있다는 소식 전해 다오.

– 1978년 11월 16일 모서

건혁 보아라

공항에서 쓸쓸히 가는 모습을 보고 집에 와 마음잡을 수 없구나. 한 달이나 빈 집을 어찌 다 건사하고, 공부 시작하고 있으며, 잠도 좀 자고 조석은 어찌 해 먹고 있는지 어미의 마음은 왜 이리도 불안한지 모르겠다. 작년에 왔을 때는 얼굴도 낳아지고, 몸도 좀 좋아진 것 같아서 마음에 든든하더니, 이번에 너를 보니 어찌도 그리 꼭 영양이 잘 안 된 어린아이같이 마르고도 윤기가 없으니, 남자 삼십이 넘으면 지금이 한참일 건데, 네 모양 그러니. 일 년 동안 얼마나 고생을 했기에 그런지 모른다는 생각을 하면 내가 다 잘못한 것만 같구나. 공항에서 사람 많은데서 보니까 네가 어찌도 얼굴에 살이 너무 없고 마른 걸 보고 집에 와 생각하니 보약이라도 한 재 먹일 걸 그랬나 후회되는 일도 너무 많구나. 그렇지만 네가 마음을 크게 먹고 너무 소심하게 생각 말고 관심을 말고, 대범하게 살아가야 한다. 제가 할 것, 네가 할 일을 구별하여라. 그리고 네 돈은 1일 날 부쳤다. 잘 받아 두고 써라. 돈 생각 말고, 잘 사다 먹고 마음 편히 지내라. 꿀도 사다 두고, 머리맡에 침대 위에 두고 아침에 눈 뜨건 한 술씩 먹어라. 한남동 아주머니는 먹기도 편하고 제일 좋다고 얼마나 당부를 하신다. 인삼은 식후에 먹고 세 알씩 머고 네가 귀찮겠지만 정성껏 먹어라. 바쁜데 생각 말고 꿀도 잘 맞는 사람이 있으니까. 셋째 매부는 꿀에다 로얄제리를 섞어 먹으니까 배 속이 편하다고 7개월을 두고 계속 먹다 너무 비싸서 안 먹더라. 한국선 참 비싸단다. 한 되에 6~7만 원씩 하니 말이다. 거기선 그리 비싸지도 않다니 꼭 사다 두고 정성껏 먹어 보아라. 이것저것 하여도 네 몸 하나 건강하고 나서야 할 것 아니냐. 네 맘 편히 잘 받들어 주길 바랐는데 잘 안될 것 같으니 네가 조심하고 잘 먹고 맘 편히 가지고 입에 맞는 거 있건 사 먹고 속상하는 일이 있더라도 생각지 말고 생각을 들여 넓게 해석하여라. 돈은 네 돈하고 채워서 98만 원 보냈다. 요 다음에 또 쓸 일 있으면 보내 주마. 우리는 아무 일 없이 잘들 있고 1일 날부터는 눈이 많이 오고 추워서 야단들이란다. 네가 있었으면 어쩔까 했다. 차가 잘 못 다니었다. 이 편지는 보고 놓아 두지 말고. 어미는 너 잘 있기만 바란다. 바쁜데 편지 쓰느라고 고생하지 말고 편지만 보아라.

– 1979년 1? 모서

건혁이 보아라

네가 미국 가서 보낸 편지가 어제 왔더라. 반갑게 잘 보았다. 한 달을 넘어 있다 갔건만 편지를 받아 보니 반갑고도 또 궁금하구나. 그동안 피로나 좀 풀고, 잠이나 자고 났니? 빈집에서 혼자 얼마나 쓸쓸하겠니. 조석은 삼시를 다 찾아먹기나 하는지, 그곳에 가서는 배 속이 편하기나 했나? 그간 또 불편하지나 않은가 염려되는구나. 며칠 안 되었지만 여기서 하도 자주 체증이 나니까 말이다. 내가 부친 돈도 가고 편지도 보았을 것 같구나. 돈도 잘 받아두고 입에 맞는 음식을 좀 사 먹어라. 네 몸을 네가 돌보아야지. 객지에서 누가 너를 위하겠니. 너무 신경 쓰지 말고 살아야 한다. 남자가 너무 소심하게 신경 쓰고 모든 일을 돌보아 주면 버릇이 되어 으레이 할 것으로 알고 있을 거니까 너도 잘 알아서 살아가야 한다. 앞으로는 배가 부르다고 더 엄살 피울 것이지만 곧이듣지 말아야지, 누구나 여자는 다 애기 낳게 마련인데, 힘들 것이 있겠니. 앞으로 잘되겠지. 네가 떠난 후, 두 번이나 왔더라. 좀 여러 가지로 낫다고 하며 다녀갔다. 이 편지가 갈 때는 20일이나 되겠지만 바쁘고 한데, 편지 쓸 새는 없지만 배 속이 여기서 같이 자주 체하면 편지를 해라. 약을 다시 해 보낼까 한다. 가지고 간 홍삼을 먹는지 환약도 좀 먹어 보고 바쁜 중에도 신경을 쓰고 자세히 좀 알려 다오. 여긴 네가 볼 때같이 잘 지내가니 아무 염려 마라. 어제부터는 학교 가느라고 석범이가 와 있기로 집안이 적적하지는 않구나. 오늘은 진이하고 태식이가 반포중학교로 지정되어 기쁘단다. 제 집에서 가까우니까 다행이다. 밀린 공부하고, 앞으로 시험도 있고 한데, 몸조심하여 잘 먹고 건강한 몸으로 있길 빌고 있다. 네가 생각하는 대로 취직이나 잘 되길 바라고 있을 거다. 바쁜데 편지 쓰지 말고, 여기서 가는 편지나 보아라. 아무 걱정 말고, 잘 있거라. 이 편지는 보건 곧 찢어 버려라. 놓아 두지 말고. 참 네가 조끼를 산 게 적어 못 입는 걸 보고 내가 네 몸에 맞을 것 하나 사 놓았다. 이다음에 갈 때 보내마. 잘 있거라. 어미 걱정 말고.

- 1979년 2월 9일 모서

네가 보낸 편지가 열흘 만에 와서 잘 보았다. 편지 쓸 때까지는 잘 있다기에 반가웠고, 벌써 20여 일 되니까 보고 싶구나. 그동안 잘 있으며, 쓸쓸한 집안 살림하랴 공부하기도 바쁘겠구나. 귀찮아도 잘해 먹고 있거라. 네 처는 오늘도 왔다 갔는데, 많이 낳아지고, 음식도 잘 먹는다고 하더라. 23일 날 생일 지내고 갈까 한다고 하더라. 그래서 생일을 우리 집에서 하는 건 줄 나도 알고 있지만 내가 이제는 일도 할 수 없고 형수들을 불러다 시킬 수도 없고 하여, 생각다 못해서 돈으로 주고 미국 가서 해 먹든지 맘대로 쓰라고 10만 원을 주었단다. 많지도 않은 돈이지만 벼르다 주고 나니까 시원하구나. 처음 갈 때는 50만 원을 해 주었는데, 암만해도 이번에는 못 해 줄 거야. 돈이 없으니까. 요 다음에 순산할 때나 좀 도와준다고 하신다. 네 말이 미국 가서 얼굴이 다 나아졌다니 거짓말을 하지 마라. 열흘 동안에 나아지긴

나의 삶과 일, 그리고 소중한 것들

무엇이 나아지겠니. 꿀도 먹는다니 몸에 맞거들랑 계속 몇 달이고 먹어라. 삼도 꼭 먹고 정성 안 들이고 되는 일 없다. 그리고 집에도 네가 보다시피 아무 별일 없이들 잘 있으니 염려 마라. 그리고 우리는 아무리 생각하여도 이다음에나 갈까 하니 바쁜데 수속하지 않는 게 좋겠다. 네 졸업식에 못 보는 게 섭섭하지만 참았다가 내년에 애기 낳고 살림도 안정된 다음에 손자도 보고 구경도 하고 그때가 더 좋을 것 같구나. 그러니 너도 그리 알고 있거라. 요사인 봄날이 되어서 그런지 참 따뜻하단다. 네가 말하는 노트는 오늘 부치셨다. 공부하는 거니까 빨리 보내야 한다고 아버지께서 부치셨으니 잘 받아라. 몸조심 잘하고 잘 있거라. 음식을 잘 먹어라. 점심은 사 먹는다니 잘하였다. 여기는 날마다 물가가 올라 야단이란다. 어찌 되는 셈인지 살아가는 게 무섭다. 매일같이 차 사고 났단 소리고.

- 1979년 2월 21일 모서

건혁 보아라

하도 오래 소식도 없어 집안에 무슨 걱정이 생겼나 하고 날마다 기다렸더니 어제야 네 편지를 보았다. 그동안 잘 있고, 또 배 속도 불편치 않으냐. 공부는 얼마 안 남았지만 바쁘지나 않으며, 취직이 언제나 잘될지 걱정이구나. 이제는 졸업할 때가 되니까 생각하고 있는 데로 취직 잘되길 기다리고 있구나. 졸업하고 좋은 직장에 취직만 잘되면 얼마나 기쁘겠니. 일전에 외숙모 편지에 말하는데, 외삼촌 생진에 네가 다녀갔다고 하더라. 동기 간도 못 보고 지내는데 네가 참 잘 다녀왔구나. 둘이서 갔는지 혼자 갔는지 영주가 잘 모르겠다고 하더라. 네 처는 먼 길에 혼자 보내놓고 얼마나 궁금하였는데, 입때까지 편지 한 장 없으니 웬일인지 알 수 없구나. 병이 낫는지. 요새는 음식이나 잘 먹는지 궁금하다. 몸조심 잘하라고 해라. 네 처 갈 때, 우리가 못 갈 거라고 하였더니 꼭 미국 구경을 시켜 주려고 하는구나. 초청장이 되면 가기로 하였다. 어제 산소에 가느냐고 형들이 와서 하도 우기기에 대답을 하였단다. 그러니까 네 졸업식을 참여할지 모르겠다. 편지가 오면 기별하마. 이곳은 아무 별고 없이 잘들 지내고 있단다. 이제는 몸이 늙으니까 조심스럽고 여러 가지 일도 많고 하여 이다음에나 갈까 하던 거다. 너희들 사는 고장 살림집 보고 싶은 마음이야 주야로 잊지 못하다 이제는 가보려 하는 생각을 하니까 참 즐겁구나. 나는 요새 봄이 되어 그런지 허리가 좀 하루 몇 축씩 아파 괴롭다. 그런데 일전에 너희가 사 온 전기방석을 허리에 대고 누우면 어찌도 시원하고 좋은지 고맙다고 말한다. 그것 아니면 물찜질하느라고 얼마나 고생 하던 게 아주 편하단다. 요새는 아파트에 불을 많이 안 넣어 주기로 참 그게 필요하구나. 이제는 네 처가 몸이 좀 달라 보이겠구나. 5월 달만 되면 움직일 거니까 잘 먹고 잠을 많이 자라고 해라. 잘들 있거라. 왜 오늘 이 편지는 정신이 없어 더 엉망이니 눌러서 보아라. 네 처더러 편지 좀 자세히 하라고 해라.

- 1979년 4월 1일 모서

며늘아기 보아라

　네가 보낸 카드를 너를 본 듯 잘 보았다. 잘들 있다니 얼마나 기뻤다. 요사이도 건강한 몸으로 졸업식 준비하겠구나. 얼마나 바쁘고 너는 다리가 무겁고 힘들 것인데, 뒷바라지해 주기 힘들겠구나. 요사이는 입맛은 있을 듯한데, 음식 좀 잘 먹어라. 여기선 어버이날이라고들 모여서 분주한데, 네가 없어서 섭섭하다고 했는데, 아는 듯이 카드가 날라 와서 한 몫 잘 보았구나. 별일 없이 잘들 지내간다. 어제야 서류가 와서 오늘 수속하러 가지고 나가셨으니까 수속이 잘되면 가려고 한다. 입때까지 망설였는데, 아버님께서 졸업식을 꼭 가서 보시겠다고 하시니까. 갈 편이 많으니까 수속이 잘되면, 가서 너희들을 만나 볼 것이니 그리 알고 있거라. 네가 몸도 무겁고 하여 힘들까 염려되어 걱정이니, 너는 처음 보는 것도 아니고, 하니 우리가 간다 해도 너무 신경 쓰지 마라. 그런데, 아직도 직장이 결정 안 되었다니 너무 걱정이 된다. 여기선 취직되길 하루같이 기다리고 있는데, 앞으로는 잘 되겠지만 답답하구나. 무슨 일이고 때가되면 우연히 되니까 앞으로 잘 될 것이니 너무 조급히 걱정들 하지 말라고 네가 말해라. 그리고 애기가 움직인다니 얼마나 신기한지 보고 싶다. 배를 잠잘 때나 누울 때나 늘 덥게 해 주고, 너무 고무줄 잘리는 옷은 입지 마라. 몸조심 잘하고 잘 있거라. 완전히 가게 되면 그 임시 전화할 것이니까 그리 알고 있거라. 오늘부터 시작해도 된다니까 잘되겠지. 신원조회는 내리했으니까 곧 될 거라고 한다. 여기 일은 수속이 잘 되는대로 기별할 것이니 염려 말고 기다리고 있거라. 이다음에 볼 때까지 잘 있거라. 계단을 나릴 때 조심을 많이 해라.

- 1979년 5월 11일 모서

　　　　　　　　　　　　나의 삶과 일, 그리고 소중한 것들

혜린 아빠 보아라

그동안 인편에 소식도 듣고, 편지도 보고 하였을 줄 안다. 또 벌써 가을 날씨는 다가들어, 선선한데, 잘들 있고, 애기도 우유 잘 먹고, 잠 잘 자고 있니? 요새는 안아 달라고 하겠구나. 장모님께서도 안녕하시냐? 여러 가지로 불편하시겠지만 혜린이 좀 많이 길러 놓고 오시라고 하여라. 나는 궁금하고 보고 싶어 측량없다가 혜린이 사진을 보고 얼마나 귀여운지 한 번 안아보고 싶어서 사진만 가지고 들었다 놓았다 하였단다. 인제 2주일 된 애기 얼굴이 어찌도 점잖고 잘생겼는지 칭찬하였다. 그중에도 입술이 너무도 예쁘구나. 아비보다도 낫고 어미보다도 낫다고 너의 아버님께서 신통하다고 날마다 사진만 보신다. 네 처는 요새 엄마 노릇하느라고 밤에 잠도 못 자겠구나. 너는 내가 있을 때도 피곤하여 보이드니 요새는 잠을 잘 자고 뱃속이나 편하냐? 아기 잠 잘 때는 같이 자야 한단다. 직장에서 신경 쓸 것 아니냐? 그리고 영주에게 올 돈을 네게로 보낸다 하였는데 그동안 받았거든 100$은 네 처를 주고 고기 사 먹으라고 해라. 멀리 있기로 순산하여도 고기 한 근 못 사주어 그러니 쇠꼬리나 사다 푹 과서 몸보신 하라고 해라. 그리고 200$은 잘 두었다가 요다음에 쓰게 해라. 장모님께 손녀딸 재롱만 보시지 말고 구경도 다니시라고 해라. 한국은 요새 추석이라고 야단들이란다. 나는 요새는 좀 덜 아픈 것 같아서 잘 지내간다. 다들 별 없이 잘들 있단다. 네 친구 우철이가 옆에 왕궁아파트에서 살더라. 그 집 애기를 보라 오란단다. 너희보다 두 주일 늦게 낳는데 아들을 낳고, 어머니가 왔다 갔다 하고 야단이더라. 나도 오늘 한남동 아저씨 댁에 갔다 이제야 왔어. 생신에 다들 모였더라. 잘들 있거라. 애기 엄마도 음식 좀 잘 먹고 잘 있으라고 해라. 요새가 몸 건강해지는 때 아니냐.

– 1979년 9월 28일

혜린이 엄마 보아라

한 해가 다 가고, 또 새해가 되었구나. 금년과세는 혜린이 데리고 잘 지냈느냐? 요새는 얼마나 잘 놀고 많이 자랐겠다. 보고 싶구나. 여기선 사진들 보고 우량아라고 하였단다. 한국은 날씨도 과히 춥지도 않은데, 명절이라고 사람들이 왔다 갔다 하는구나. 오늘은 삼 일이 되니까 조용하기로 너희들 보고 싶은 마음에 편지를 쓴다. 작년에 너희 내외 데리고 같이 지내던 생각이 나서 그런지 내 마음은 참 쓸쓸하게 지냈다. 네가 만두 만들고 있던 게 눈에 선하다고 형들도 말하였단다. 너희는 무얼 해 먹고 잘 지냈니? 카드에 혜린이가 할머니 안녕하세요. 보내 주신 옷 잘 입어요. 그 말이 참 귀엽고 대견하였다. 날마다 혼자 있으니까, 혜린이 사진이나 보고 지낸단다. 요새는 많이 엎드려 놀겠구나. 인제는 조금 있으면 손에 무엇이고 잡으려 들겠구나. 손에 잡히는 대로 입에 갖다 넣을 때가 참 어렵단다. 혼자 얼마나 바쁘겠니. 그래도 애기가 순하겠다고, 인심이 좋고, 잠도 잘 자겠다고들 한다. 네가 착한 딸을 낳았다고 하였다. 애비도 잘 먹고 잘 다니는지 궁금하구나. 객지에서 몸들이나 성하게 살아야지. 너도 이제는 많이 먹고 건강해져야 혜린이 잘 봐 줄 거 아니냐. 우리는 요새야 김치가 잘 익어, 먹기 좋아서 네 생각하였단다. 이제는 사는 게 꿈과 같구나. 하도 변동이 많으니까 믿고 살 수가 없구나. 우리는 아직도 집이 안 팔려 그냥 살고 있다. 12월에 입주를 하게 되어 10월 달에 집을 팔려고 하다가 매매가 없어 걱정이란다. 물가는 올라도 집은 안 올라 못 팔고 셋째 누이만 이사를 갔단다. 그 형도 전세를 주고 이사하고, 우리는 할 수 없이 새 집을 세를 주었단다. 관리비나 내라고. 마음대로 안 되어 걱정이 한두 가지가 아니란다. 거기서도 신문 보아 알겠지만 모두 들뜬 기분으로 사는가 보더라. 오늘 신촌 어머님 댁에서 전화가 왔는데, 너희가 보낸 약이 왔다고 하시더라. 일간 보내 주마 하시더라. 받건 편지 하마. 바쁜 중에 사 보내 주느라고 신경 썼겠다. 그럼 혜린이 데리고 잘들 있거라. 날씨 추운데 집에만 있겠구나. 여기는 어제 오늘 비가 오고 있구나. 혜린이 세배 값도 한 몫 놓았는데 언제 주니? 내가 맡고 있다. 혜린이더러 할머니가 잘 두었다고 해라.

- 1980년 1월 3일 모서

혜린 엄마 보아라

편지 본 지 한참 되어 궁금하여서 편지 쓴다. 날은 추운데 어린 것 데리고 잘 있으며, 혜린 아비도 출근 잘하고 잘들 있는지 궁금하구나. 혜린이가 많이 자랐을 것 같은데 배밀이 하겠구나. 소문 들으니, 많이 착하더구나. 저 혼자 논다닌 얼마나 귀엽다. 그래도 혼자 여러 가지 일을 하게 얼마나 바쁘겠니. 요새는 다른 음식을 섞여 먹이겠구나. 그곳도 물가는 비싸고 살림하게 얼마나 고생하겠니. 그래도 너나 아비나 잘들 먹고 건강하길 바란다. 세상은 뒤숭숭한데, 요새로 물가는 비싸지고 첫째, 기름 값이 올라 야단들이란다. 우리는 별일 없이 잘들 지내가며, 아버님께서도 안녕하시고, 아파트 속에서 사니까 추운 줄은 모르고 지내간다. 너도 어린 것 데리고 춥지나 않은가 한다. 집세나 또 오르지 않았니? 금년에는 어찌할 생각들이냐? 미국에 눌러 있을 생각인지, 한국에 기한 되면 와야 할지 걱정이 많을 것 같은데 어찌들할 거냐? 한국은 불안하게 살고들 있는데, 앞으로는 어찌 되는지 누가 알겠니. 너희는 혜린이가 거기 시민이 되면 부모도 미국 시민이 된다는 사람들도 있고 한데 안 되면, 기한 되면 나오는 건지 궁금하구나. 한국이 아직도 안정이 안 되어 야단이지. 잘난 사람이 너무 많아서 그렇고. 요새는 학교로 해서 야단이란다. 50만 원씩 들인 가외 공부한 아이들이 다 떨어지는 바람에 큰형의 아들 희창이가 서울 미대에 시험을 치렀는데 합격이 안 되어 야단이란다. 갈 데가 없어 재수한다더라. 그리고 우리는 2, 3일 전에 우리 사는 집이 팔렸단다. 안 팔려 걱정을 했더니 작자가 나서 팔았어. 그래서 먼저 잡아 논 집을 셋군 내보내고 돈만 치르면 들어가게 되었단다. 34평이라니까 여섯 평 줄여 먹은 거야. 집을 팔고 나니까 심란하구나. 집을 작은 데로 가게 되니 답답하지만 형 집들이 가까워지니까 든든하긴 하다. 한 달쯤 있으면 이사를 갈 듯 하다. 혜린이가 많이 자라고 얇은 옷이 소용될 듯한데, 필요한 물건 있건 말해라. 보내 줄게. 애비 양말과 속옷은 좀 사 놓았는데, 그럼 너희 세 식구 잘들 있길 바란다. 바쁘거던 조금만 적어 보내라. 참 일전에 약은 보내 주어 잘 먹고 있다.

— 1980년 1월 30일 모서

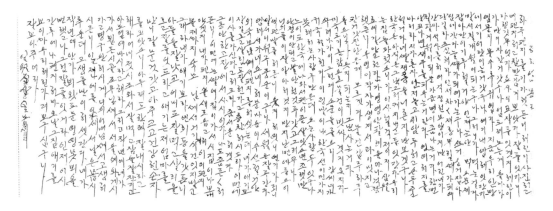

혜린 어미 보아라

하도 편지를 기다렸더니 혜린이 사진하고 네 편지하고 참 반갑게 보았다. 잘들 있다니 다행 기뻤다. 요사이도 잘들 있겠지. 혜린이가 많이 자란 것 같구나. 엎드려 노는 게 얼마나 예쁜지 볼수록 귀엽다. 지금 우리 안방에서 기어 다니는 것 같구나. 여기 내 옆에 있단다. 벌써 7개월이 되는 구나. 그러니까 먹는 걸 다

잡아 다니기도 할 거야. 인제는 안고 먹으면 제 입에 갔다 널 때가 되어 가는구나. 뜨거운 거 잡아당길라. 조심해라. 인제 차차 재롱부릴 때가 되어간다. 설사를 하여 걱정한 모양이지만 어린애가 7, 8개월이 되면 가끔 병이 좀 나는 거다. 한번 앓고 나면 재주를 피우는 거란다. 염려하지를 말아라. 제가 혼자 앉아 놀고, 쥐암도 하고, 손도 주고 할 거다. 네 딸 재롱을 너 혼자만 보겠구나. 한국은 아직은 그냥 그렇게 지내고 들 있단다. 우리는 집을 팔았으니까, 이사할 걱정이지. 3월 초에 갈려고 한다. 영영 안 팔려 얼마나 걱정했더니 우연이 작자가 생겨서 과히 밑지고 판 것 같지는 않은데, 모르겠다. 물건 값도 하도 오르니까 어찌 되는지 그냥 사는 거다. 미국도 기름 값으로 물건이 비싸겠지. 어찌 다 꾸려 나가니. 그런데 소문을 들으니 강씨네가 귀국할까 한다니 정말이냐? 한국선 이민가지 못해하는 사람도 많은데, 오는 사람도 있구나. 너희도 한국에 나와서 편히 좀 살았으면 좋으련만 안정이 안 되고, 불안한 것도 같고, 그렇구나. 너희들이 잘 알아 하겠지만 지난번에 들으니 여권 말들 하드니 어찌 하였니? 연기가 되니? 벌써 2월도 중순이구나. 세월은 잘도 간다. 옆에서 가네, 오네, 하면 마음이 수선할 거야. 외숙모님께서 편지를 하셨는데, 네가 애기도 잘 기르고, 살림도 잘한다고 칭찬하시더라. 이번에 이사를 가신다고 하더라. 좀 서운하겠다. 그동안 한 고장에서 사시니까, 나도 좀 든든하더니 이번에는 딸의 집에 가서 시집이나 보내야겠지. 내가 편지 쓸 새도 없고 하니, 이 편지 볼 때까지 숙모님께서 거기 계신 건 잊지 말고 그래라. 내가 애기 보려 연희동을 갔더니 아들을 잘 낳고 어미도 잘 먹고 살이 오르고 잘들 있더라고. 애기는 제 엄마를 많이 닮은 것 같고 아주 크고 건강한 손자를 보았으니 아무래도 한 턱 잘 내시라고 해라. 어미젖이 좋아서 잘 먹고 잠을 잘 잔다고 아무 염려 마시라고 해라. 그리고 작년에 네가 가서 뵙던 시골 조부님께서 서울에 와 계시다고 병 구원하시게 너의 어머님께서 고생하시더니 일전에 돌아가셔서 날은 몹시 추운데 고생들 많이 하셨단다. 네가 작년에 안 가 뵈었더라면 영영 못 뵈올 번했구나. 그럼 잘들 있거라. 인제 이사 간 후에나 편지하마. 오늘 그 집 애기를 보니까 우리 혜린이가 더 보고 싶구나. 잘 보아 주어라.

- 1980년 2월 13일 모서

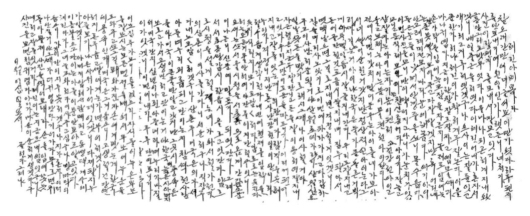

혜린 아비 보아라

참 오래간만에 네 글씨 보니 반가웠다. 하도 편지를 안 보내기에 웬일인가 했더니 네 처가 사진이랑 편지를 보내서 잘 보고 있다. 그동안 그리도 바빴다니 얼마나 피곤하게 지내왔겠니. 매일 출근을 하였다니 혜린 어미가 혼자서 애기하고 지루하였겠구나. 요사이는 잘들 있고 좀 한가하냐? 혜린이가 착하게도 잘 논다니 얼마나 귀엽다. 지금이 한참 잠도 잘 자고 예쁠 때다. 손가락을 입에 넣고 잠을 자던지 놀 때도 입에 넣는 건 좀 못 빨게 보아 주고, 다 잘 알겠지만 혹, 어린애 안고 텔레비전 보지 마라. 눈에 해롭다. 여기 아이들은 눈들이 나빠서 안경들을 쓰니 볼 수 없다. 이번 사진을 보니 많이 약아지고 아이가 눈치가 있어 보이고, 듬직해 보인다. 참 신통하다. 아이가 잘 놀고 잠 잘 자는 아이는 자기는 몸이 편하고 건강한 아이고, 울고 보채는 아이는 몸이 불편한 아이란다. 전에 석범이같이 밤이면 우는 아이를 네가 보아서 네 딸이 순한 것 같지만 정상적인 아이는 다 그러니까 기르는 거 아니냐. 한국은 물가 좀 오른 것 밖에 아무 별일 없이 잘들 지내간다. 우리도 잘 지내고 돈에 곤란한 것도 없이 잘 지내며 집도 팔아서 몇 백 남으면 그걸로 지내면 걱정할 게 있겠니. 집을 미리 사 놓았기로 이번에 팔아가지고 다 갚아주고 이사만 하면 될 거야. 3월 초에 가려 3월 15일 날 끝돈을 받기로 해서 그때나 이사할거야. 작은형은 지금도 잘 다니고 돈을 잘 이용하여 잘 지내고 있다. 우리도 많이 도움을 받으니까 이렇게 편히 지내고 잘들 있는 데, 희창이가 합격을 못해 누이가 걱정이지만, 혼자만 당한 일이 아니라 할 수 없게 생각한다. 내년에 형제를 입학을 어찌 시킬지 보기도 답답하다. 앞으로는 어찌 다하는지 모든 게 불안하여 야단들이지만 할 수 있니. 요새는 또 서울시청을 서초동으로 옮겨 간다는 소문이 나더니, 신문에 발표가 되었단다. 그래서 서초동 땅값이 한없이 오르고 있단다. 앞으로 시청을 설계할 때는 네가 와서 할까 한다. 외삼촌이 이사를 간다니 서운하구나. 직장도 다 내놓고 답답하겠구나. 삼촌도 미국은 왜 가서 아들 며느리 괴롭히고 다니는지 참 딱한 사람들야. 미국이 좋은 줄만 알고 갔지만 그곳 시 풍속은 모르고 가서 고생만 하고 다니는 거야. 한국에 늙은 시아버지에 미국 간 지 십 년이나 된 아들과 며느리가 맞을 리가 있겠니. 이번에 내가 두루 다녀 보니까 예절이 없는 나라고, 젊은 부부나 살 곳이더라. 이모집도 가 보니 틀렸더라. 자식들이 늙은 부모를 잘 모시는 모든 범절을 배워서 부모에 늙음을 도와주고, 또 그걸 배워 가진 자손에게 받는 게 한국의 풍속인데, 미국은 그게 없으니 고생할 것은 당연하지. 돈도 없고 딸에게는 가면 무엇하겠니. 아들보다 나은 사위가 어데 있겠니. 다 제 팔자지 누가 알겠니. 아버지 앞에서 담배 피고, 동생댁 제수의 이름 부르고 다니는 아들이면 안 보아도 알고 있다. 혜린이가 그녀를 좋아한다니 사주고 싶구나. 방바닥이 없으니까 기어다니지도 못 하겠구나. 제가 혼자 일어나 앉을 거야. 그때가 더 귀엽단다. 기어가다 부르면 뒤돌아 볼 때 사진을 찍어 보내라. 손을 입에 못 넣게 하고 잘들 있거라. 혜린이는 지금도 내 옆에 있구나. 사진을 보면 참 귀엽다 아이가 마음이 순하게 생겼다구.

- 1980년 2월 20일 모서

세상심이는서

혜린 아비 보아라

　그동안 궁금하던 차에 네 편지 잘 보았다. 어린 것 데리고 여행은 잘들 다녀왔으며, 구경은 잘하였고, 혜린이 고생이나 안 시켰는지 궁금하구나. 너희 내외도 잘들 있고, 딸애 재롱 보기 얼마나 바쁘냐. 벌써 눈치 멀쩡한 모양이니 낳아만 놓으면 쉽구나. 보고 싶다. 먼저 편지에 네가 귀국할 것으로 말하였기에 생각 중인가 하였더니 이번 편지 보니 마음에 결정이 확실히 된가 보니 꿈같구나. 더 있을 연기가 안 되어서 그러는지 한국에 와서 무슨 일을 하게 되었는지 조금 궁금하구나. 연말에 오면 날이 좀 추워서 어린 애하고 고생되지 않을까 걱정이 되는구나. 온다는 말만 들어도 얼마나 반갑고 기다려지는구나. 네가 미국 가던 날부터 오늘날까지 기다리고 바라던 날이 온 것 같은데, 한 쪽으로는 시국이 안정이 안 되고 그날 그날이 마찬가지가 되어 그렇지 얼마나 기쁜 일이냐. 네가 올 때까지는 편안해지겠지. 늙은 부모야 얼마나 보고 싶겠니. 아버지께서도 좋아 하신다. 아버지도 이제는 많이 늙으셔서 네가 보면 놀랄 거다. 공연히 내가 아프다고 하여 네가 걱정을 하는가 본대, 내가 편지할 때는 다 낳았을 때다. 아무 염려 마라. 이제는 완전히 나아서 잘 있단다. 그전에 살던 집에 이사 간 후 한 번 다치더니 또 이번에 다쳐 가지고 고생했지만 치료를 잘하여 속히 나은 거야. 이 집은 2층이라 다니기도 편하고, 집 앞이 공원이라 아주 시원하고, 방도 3개고 안방도 넓고 견딜 만하니까 이제는 이사 안 가고 그냥 살다 아주 갈 때나 뜰려고 한단다. 좋지도 않은 세간 들고 다니기도 귀찮아서 오래 살 거다. 이번에 온 집은 아들네 집들 중에 우리가 가운데서 사는 셈이라 500원이면 오니까 자주들 오지만 큰누나만 너무 멀어서 오려면 힘이 들고 있단다. 작은누이도 차가 있기로 매부가 운전을 잘하고 다니니까 아주 편하다. 이제는 한국도 아파트 앞에는 슈퍼가 크게 생겨서 거기만 들어가 모든 물건이 다 있고, 식료품도 미국같이 고기, 생선을 해 놓았기로 아주 편하단다. 고생할 것 없이 잘들 산다. 너도 한국 올 때, 가지고 오려고 살림 장만을 하는가 본대, 몇 달 후 천천히 생각해서 사라. 네 처하고 잘 의논하여 사라. 네 처가 생각은 잘하더라. 여자니까 여기도 모든 물건이 다 많은데 네 돈만 없어지게 무엇 하러 부탁을 하겠니. 공짜로 갖다 주면 좋아 하겠지만 한국에 나오면 돈 쓸 일도 얼마나 많을 터인데, 이제 올 때나 간단한 선물이나 조금 사 오면 된다. 어미 걱정 말고 잘들 있기 바라고 있다. 혜린이 사진 보내 준다니 기다리고 있겠다.

- 1980년 4월 30일 모서

　　　　　　　　　나의 삶과 일, 그리고 소중한 것들

혜린 엄마 보아라

작년에 미국에 가서 구경도 많이 하고 즐겁게 다니던 때가 일 년이 되었구나. 금년에는 하도 모든 게 안정된 생활을 못 하니까 내년에 또 볼지 몰라 그러는지 오월 팔 일 날들 여러 남매들이 물건을 사 가지고 와서 잘 지냈단다. 음식도 해 가지고, 옷도 사 가지고, 돈도 가지고들 왔는데, 너희들이 사 보낸 두꺼비가 날라 와서 한 몫을 잘 보았단다. 내가 그런 것을 좋아 한다고 네가 생각하고 보냈구나. 잘 놓고 본다. 선물만 보낸 줄 알고 좋아했더니 나중에 오늘 카드가 오고, 그 안에 귀여운 혜린이 사진을 잘 보고 있다. 오래간만에 사진을 보니 많이 점잖아지고 앉아있는 모양이 큰 아이 같구나. 인제는 음식을 먹으니까 우유 살은 밀려가고, 단단한 제 얼굴이 보이는 구나. 고기 생선도 잘 먹는다니 제 아빠를 닮았구나. 봄 날씨에 아비도 잘 먹고 잘 있고 혜린이하고 너도 잘 있고. 딸만 잘 먹이지 말고 너도 잘 먹고 힘을 내야 혜린이 보아 줄 거다. 인제 기어 다니면 보아주기 힘들 거다. 무엇이고 집어먹으니까. 날은 더워지고, 혼자 살림하랴, 아기 보랴, 힘이 들겠지만 돌이 지내가면, 제가 더러운 것을 알고, 눈치 멀게 느껴질 게다. 혜린이가 정말 날 닮았는지 귀가 큰 거 같더라. 치즈도 잘 먹는다니 식성이 좋은가 보다. 남들이 보고 남자 같다고 남동생 보겠다고들 한다. 네 사진도 일 년 만에 엄마 된 후 처음 보니까 반갑고 든든하였다. 혜린이 옆에 앉아 있는 게 네가 정말 엄마 같구나. 하도 좋아서 자꾸 보고 있다. 참 많이 자랐다고 하였단다. 네가 딸을 다리고 찍은 사진은 식당에다 걸어 두고 밥 먹을 제면 보고 있다. 미국은 어린이 먹이는 음식이 좋은 게 많다니까 다행이다. 한국에 오게 되면 음식이 문제로구나. 점점 더 모든 음식이 나빠서 걱정이란다. 우리는 이사한지도 한참 되니까 모든 게 정리도 다 되고 잘들 지내간다. 교통이 편리하기로 아버님께서는 늘 등산도 하시고 잘 지내신다. 입대까지 불안한 중 지내 갔지만 높은 사람들이 하는 일인지라 그런 줄만 알고 있는데. 요새는 대학생들의 데모에 어수선하구나. 그리 못하게 말려도 인제는 종로에 광화문까지 들어오니 교통이 말이 아니고, 야단들이란다. 우리는 강 건너 한길체로 이사는 잘한 것 같다. 어서 아이들이 하라는 공부들이나 하였으면 하고 기다리고 있단다. 벌써 한 달 전부터 전국에서 다 그러니까 인제는 데모 소리 듣기도 싫구나. 너희는 그곳에 편히들 있기로 다행으로 안다. 언제나 잘 될지. 너희들이 올 때는 안정이 되어야 할 텐데 걱정이구나. 그동안 혜린이 이가 나왔는지 궁금하구나. 한국선 9개월까지 이가 안 나오면 치과에 가서 잇몸을 조금 째 놓으니까 하얀 이가 쑥 나오는 것도 보았다. 잇몸이 단단해서 못 나오는 아이도 있단다. 할 이야기가 하도 많지만 이만 그친다. 혜린이 데리고 잘들 있다는 소식 듣기 바란다.

– 1980년 5월 19일 모서

혜린 아비 보아라

선물을 받아 놓고 편지를 부치려고 하는데 네 편지가 왔구나. 오랜만에 온단 말을 들으니 얼마나 반갑구나. 하도 여기가 어수선하여 조심스럽긴 하지만 반갑구나. 여행도 잘 다녀오고 구경도 잘하였다니 든든하다. 이다음에 또 갈 생각을 하니 혜린이가 인심이 좋아서 고생은 많이 안 한 거로구나. 이번에는 여러 날 있다 올 것이니 준비나 잘해 가지고 다녀와야지. 이번에 못 가면 언제 가겠니? 네가 온다는 편지를 보시고 너의 아버지는 얼마나 좋아 하신다. 처음에는 정말 같도 않더니 인제는 확실히 알겠다. 그렇지만 이제도 몇 달 후니까 그때 봐야지. 한국이 어떻다라는 건 다 잘 알고 있을 거니까 좀 있으면 안정이 되겠지. 요새는 좀 불안하지만 데모도 하여 울고 다닌단다. 소문들도 많이 갈 거야. 혜린이는 이번 사진을 보니 많이 자라고 점잖아 졌더라. 지금쯤은 무엇이고 입에 다 갖다 넣을 거니 꼭 지켜보아야 할 테니 제 엄마가 오죽 힘들겠니. 너희는 날마다 딸애 재롱 보기에 바쁠 거다. 앞으로는 말을 하면 더 귀여울 거다. 그리고 아이가 귀엽게 생겼다고들 하였다. 보고 싶지만 몇 달 참으면 보겠지. 집에는 다들 잘 있고 나는 인제는 나아서 전과 같이 잘 지내간다. 신경통은 어데 낫지를 않아 괴로우며 살아가는 거야. 그럼 잘들 있거라.

– 1980년 5월 20일 모서

혜린 아빠 보아라

일전에 보낸 편지 잘 보았나 궁금하다. 그동안 잘들 있고, 혜린이도 잘 있고, 여러 가지로 궁금할까봐 편지 한다. 아직은 여러 집내 잘들 있으나 걱정이 하도 많게 지내간단다. 여행갈 준비나 잘하였니? 날은 더운데 애기 데리고 구경 다니기를 조심들 하여라. 네가 미국 갈 때부터 여행 가려고 하던 곳인데, 딸까지 데리고 세 식구가 가니 얼마나 든든하냐. 어미야 오늘 네 편지가 왔구나. 혜린이 앞니가 나왔다니 신기하구나. 더 예쁘겠구나. 옷도 잘 맞는다니 다행이다. 너희들 내복도 잘 받았니. 잘 받았단 말이 없기에 말이다. 오늘도 네 편지를 보니 귀국하려고 마음들이 분주한가 본데 왜 안 그렇겠니. 타관살이도 그만큼 했으면

나의 삶과 일, 그리고 소중한 것들

오고 싶겠지만 여기가 하도 불안해서 왔다가 후회할까 별 생각이 다 나는구나. 요새는 또 새로운 일이 생겨 불안하게 지내간다. 거기서도 알고 있겠지만 왜 이리도 불안하게 지내야만 하는지 모르겠다. 너는 애기 보기 힘들어서 몸살 났을 줄 안다. 혼자 하루 종일 보고 있으니 왜 안 그렇겠니. 그런 생각하면 어서 와야겠는데, 시국은 불안하고 나는 걱정만 하고 있다. 네가 물건 살 걱정하는데 그런 것은 아직 몇 달 남았으니까 좀 더 있다 사는 게 좋겠다. 선물 같은 것은 너무 걱정 할 것 없다. 그때 되면 내가 편지해 줄게. 아무 걱정 말고 잘들 있거라. 만약 너희들이 올 때까지 안정 안 되면 그 회사에 더 있을 생각을 하고 잘 있어야지 너무 마음 들뜨지들 마라. 회사에서 영주권을 해 주면 못 올 거니까 그러겠지만 글쎄 어찌해야 좋을지 참 어렵구나. 앞으론 잘되겠지 생각하고 있거라. 형이 편지 하였다니 큰 동서 말이지 그러면 큰형이 앞으로 이민 간단 말하였더냐? 간 데야 내년에나 갈 것이니까 나는 너희에게 아직 말도 안 했는데. 작년 겨울부터 이민 수속을 하였는데 내년에나 가게 된다더라. 아이들 공부도 그렇고 여러 가지로하여 간다고 하지만 가게 될지 알 수 없다. 친정 동생이 다 간다더라. 진이 이모부 국방부에 다니는 사람이 주선하나 보더라. 셋째 이모가 뉴욕 한구석에 산다더라. 그런 줄만 알고 있거라. 그래서 둘째가 얼마나 샘을 내나 할 길이 없어서 요새는 단념하고 있단다. 너 혼자 혜린하고 힘드는데 물건 살려고 고생하지 마라. 나가 보니 물건 사기도 힘들던데 너희 지금 살림하는 물건, 그중에서 쓸 만한 것은 다 가지고 오고, 냉장고는 너무 대형 말고, 알맞은 것을 사라. 세탁기 그런 거지. 가스렌지더라. 잔 소용이야 네 쓸 만하면 되지 별거야 있겠니. 여기 오면 장만해 가면서 살면 되지. 내가 차차 생각나는 대로 편지하마. 돈도 별로 많지 않은데 물건 살 걱정하지 말고 혜린이 잘 봐 주고 밥이나 잘해 먹고 있거라. 형편 봐 가며 편지하마.

- 1980년 5월 23일 모서

혜린 아비 보아라

　그동안 즐거운 여행을 마치고 집에 왔겠구나. 애기를 데리고 가서 고생들이나 안 했는지 궁금하구나. 날은 더운데 혜린이가 더위나 안 먹고 잘 다녀왔는지 조심스럽구나. 볕에 많이 그을었겠다. 이제는 몇 년을 두고 벼르던 여행도 다 마치고 이제는 한국에 올 연구만 하면 되겠구나. 이 편지 볼 때는 다녀왔을 거니까 세 식구 며칠 푹 쉬고 있어야겠다. 어미도 얼마나 피곤하겠니. 혜린이가 지금쯤은 앉고 서는 것을 제 맘대로 하겠구나. 이제는 밥을 조금씩 먹겠구나. 여름이 되면 어른이나 아이나 음식 조심하여라. 삼복을 잘 나야지 하는 거니까 주의하여라. 여름에는 아이들이 뱃병들이 잘 나니까 말이다. 찬 것 주지 말고 주의하여라. 혜린이 엄마가 잘 알아서 먹일 거지만 당부하는 거다. 한국은 그동안 데모에, 광주 폭동에 하도 어수선 하더니 요새는 도로 정상으로 돌아가서 조용하고 전과 같이 잘 지내간다. 저희들 싸움에 나라 손해만 나고, 시민들만 놀라게 만든 빨간 사람들을 이제는 많이 치우니까 조용하단다. 우리도 여러 집 별고 없이 잘들 있고, 아버님도 안녕하시고, 나는 이제는 더 늙느라고 그런지 먹고, 다니고 하여도 아픈 데가 많아서 그냥 그러고 지내 간다. 여기는 벌써 장마가 닥쳐오는 것 같구나. 그래도 여기 와선 여러 가지로 편하게 살아간다. 아무 걱정이 없으니까 혜린이나 보고 싶어서 올 날은 손꼽고 앉아 있단다. 우리 집 앞이 공원이라 아이들이 하두 많은데, 조그만 아이들 보면 혜린이 생각이 나는 구나. 너희들 한국에 올 때는 쓰던 살림만 해도 많을 것이다. 다 내놓고 보면 혜린이 짐이 한몫 볼 거다. 제일 중요한 냉장고를 잘 사야 한다. 캐비넷식으로 문 여는 것은 못 쓴다더라. 아래위 문 있는 것으로 하고, 백색 가스레인지하고, 응접실에 까는 카펫트는 사 가지고 오는 게 좋겠다. 세탁기는 전기가 많이 든다고 잘 안 쓴다더라. 소제기도 미국 것은 너무 크다고 일본 것을 사 쓰더라. 그건 너희들이 알아 하고, 칼라 텔레비젼도 여기 형의 집에서 사 놓고 보는데, 흐리더라. 작년에 너희 집 것처럼 색깔이 곱고 환하지가 않더라. 여기도 많기는 하지만 비싸서 말이다. 혜린이 엄마야 미국이나 한국이나 살림하는 건 마찬가지다. 너 가지고 쓰든 것만 다 가지고 오면 될 것 같다. 여기 와서 부족한 것 있으면 장만하는 게 좋을 것 같다. 전화기도 예쁜 것 사면 좋겠다. 전기 후라이팬, 튀김하는 것, 뎀푸라할 때 쓰는 통도 하나 사고, 전기 기구나 사 가지고 오면 될 거야. 그릇이나 옷은 한국이 더 좋은 것이 많더라. 작년에 내가 올 때 사 가지고 온 전기방석 두 개만 사 두었다가 어느 틈에 넣어 가지고 오너라. 내가 허리가 아픈데 그걸 깔고 산다. 여기선 만 원도 넘는다는데, 값이 비슷하면 그만두고, 잘들 있다는 소식 듣기 바란다. 냉장고가 신형으로 사라고 한다. 우리 집에 있는 것만 하면 되겠지. 슬슬 보아라

- 1980년 6월 11일 모서

나의 삶과 일, 그리고 소중한 것들

혜린 아비 보아라

여행 다녀 온 소식을 몰라 궁금하여 전화를 하여, 잘들 다녀 온 것은 알았더니, 갑자기 네 처가 온다기에 어린애 데리고 어찌 오나 하고 염려 적지 않게 했더니, 일전 같이 안고 모녀가 건강한 모습으로 잘 와서 오후에 장모가 데리고 와서 잘 만나 보았다. 반가운 중에도 네가 못 왔기로 섭섭하였다. 그래도 네 대신 혜린이가 와서 여러 식구들 다 인사하고 한참 분주하였다. 네 딸이 어찌도 예쁜지 서로 안아 보겠다고 하였단다. 아이가 벌써 눈치가 있는 것 같이 보이더라. 너는 귀여운 딸을 갑자기 보내 놓고 얼마나 쓸쓸하겠니. 조석은 어찌 해 먹고 오죽 고생이 되겠니. 네가 고생하는 게 답답하다. 오늘 네 편지는 자세히 보았다. 돈이 많이 들어도 이왕에 벼르던 여행인데 잘 다녀오고 본 것도 많으니 돈 들이고 간 보람 있다고 생각한다. 이번에 못 가면 언제 가겠니. 아이는 두고 가는 줄 생각했다. 미국서는 자기중심으로 산다고 하는데 잘하였다. 자식 생각하고 못 가면 생전 아무데도 못 갈 거다. 네 몸은 네가 위하고 알아서 살아야지 지금은 옛날과 달라서 자기가 모든 걸 생각지 않으면 혼자만 곯는 거다. 네가 혼자 있다고 귀찮다고 조석 거르지 말고 잘 찾아 먹고 저녁은 사 먹기도 하고, 몸조심 잘하고 마음 편히 잘 있거라. 여기는 잘들 있고 나는 요새는 많이 낳아서 잘 있단다. 여름이면 신경통으로 편치 않고, 아래 이가 좀 아파서 걱정이지. 그냥 그대로 잘 있으니 아무 염려 말아. 나이가 많아지니까 할 수 없다. 작은형이 얼마나 잘 돌봐 주니까 염려하지 말아라. 누이 집이 옆이라 답답한 것은 없다. 큰형은 이민 간다고 하더니 이제는 안 간다고 하니 참 우스운 사람들이야. 아버지하고 난 처음부터 곧이듣지 않았다. 형수가 허영이지. 미국은 무엇 하러 가겠니. 요새 진이 이모가 뉴욕에서 와 있으니 그러는지 안 간다더라. 지금 네 딸이 온다고 전화가 왔다. 오늘 두 번째 봐야겠다. 쓸쓸하겠지만 몸조심하고 잘 있거라. 조석 잘 찾아 먹고. 그만 그친다. 거기는 많이 덥다던데 조심하여라. 여긴 장마란다.

- 1980년 7월 23일

혜린 아비 보아라

어린 것 보내고 잘 있나 하고 궁금하다. 오늘 네 편지 잘 보았다. 아무 별일 없이 잘 있다니 다행이다. 그동안 밀린 일이 많아 바쁘다니 얼마나 피곤하겠니. 여기도 아무 별고 없이 잘들 지내고 요새는 시국도 좀 조용하여서 다행이고 네 편지를 보니 여러 가지로 염려하나 본데, 우리는 아무 생각 없이 너희가 여행도 갔다 오고, 궁금하여서 한번 걸어 본거다. 우리 전화가 이때까지 여기 전화국이 안 생겨서 없이 지내다 몇 달 만에 전화를 통화가 되니까 너에게 한 번 걸은 게 두 집이서 같이 걸게 되었더라. 장모가 잘 있다고 연락을 하여 주니까 일시에 걸어진 것 같아서 네가 이상하게 생각할까 했다. 우리는 아무 염려 안 하고 있었다. 네 딸을 보니까 신통하고 예쁘기만 하다. 일전에 어미가 다리고 와서 며칠 있다 갔단다. 가니까 어찌도 쓸쓸한지 다니는 거 같다고 하였다. 와서도 잘 있고 어미도 잘 있고 어미가 어찌나 어린 것을 잘 거두는지 참 신통하더라. 그리고 모든 네 일은 네가 다 알아서 할 줄 알고 있다. 우리는 너만 믿고 있으니 집 걱정은 말아라. 말이 그렇지 이민은 가기는 어찌 가겠니. 네 처가 가면 자세히 이야기 들어라. 혜린이 돌 걱정은 거기서 왜 하고 있니. 보지도 못하고 생각만 하던 손녀를 네 장인 덕에 보고 귀여워 못 견디겠는데 돌을 왜 못해 주겠니. 조금이라도 할 것이니 염려도 말고 있거라. 내가 아직은 돌은 할 수 있다. 여러 동기간들이 오고 하루 지내면 되지 별거냐. 네가 없어서 어미가 섭섭하고, 나는 손녀를 보니까 네가 좀 더 보고 싶지만 이다음에 보면 한다. 너의 아버지가 혜린이 돌은 한국에 와서 해 먹었으면 하시더니 정말 그리 되었구나. 8월 10일 날 좀 섭섭하겠지만 참아라. 우리가 먼저 재미 보겠다. 너는 이다음에 가거든 또 한 번 잘 지내라. 아무 걱정 말아라. 다 할 수 있다. 체면 유지할 것이니 염려도 말고 네 몸조심이나 잘해라. 내일 혜린이가 올 거다. 지금 만반의 준비를 하고 있다. 염려 말고 잘 있거라. 여긴 날이 선선한데 거기도 시원하냐?

- 1980년 8월 4일 모서

혜린 아비 보아라

혼자 얼마나 고생되고 쓸쓸하겠니. 조석을 어찌나 끓여 먹고 다니는지 답답하구나. 약혼식 보고 곧 가려고 하다 이때까지 못 가게 되어 보기에도 딱하구나. 나의 생일도 있고 하여 한 일주일 여기 있다 외가로 보내고 나니 집이 너무 쓸쓸하구나. 온 집을 다 돌아다니고 재롱을 부리고 있단다. 올 때보다 많이 자란 것 같다. 일전에 사진은 보았겠지. 돌도 별 일 없이 잘 지내고 사진도 형이 많이 찍었는데, 어미 갈 때, 가지고 간다고 한 게 일이 이렇게 되는구나. 그러게 처음 올 때, 완전히 해 가지고 보내지 왜 그랬니? 어미는 빨리 가려고 애를 쓰고 있으나 잘 안 되어 여간 걱정 안 된다. 처음 올 때부터 너희 아버지는 염려를 하시

나의 삶과 일, 그리고 소중한 것들

고 왔다 못 가면 어찌 하느냐고 하셨단다. 지나간 일 소용없고 앞으로 잘하여 가게나 될지 걱정이구나. 여기 있기는 다 잘들 있고 혜린이도 잘 있지만 네가 무슨 고생이냐. 혼자 있는 것도 너무 오래되니 밥하기도 실증이 나겠다. 우리는 쓸쓸한 집안에 혜린이 재롱에 날 수가 가는 줄 모르고 지내다 외가에 보내니 안방에서 나오는 것 같고, 집이 빈 것 같단다. 어찌도 아이가 순하고 잘 노는지, 다들 칭찬을 하고 있다. 걸음을 배우느라고 붙잡고 다닌단다. 아이는 참 똑똑하고 눈치 빠르게 잘 낳았다. 나는 요새 혜린이하고 노느라고 아픈 것 다 잊어버리고 있단다. 영주가 이달 15일 날 미국으로 간다는데 외삼촌 이제야 걱정 없이 다 데려가는구나. 큰아들로 해 걱정은 되나 보더라. 그럼 이 편지 가기 전에 혜린이가 집에를 갈지 어찌 될지 모르겠다. 하루 속히 가려고 노력은 하지만 어찌 될지 걱정이다. 혼자 걱정은 많겠지만 몸조심 잘하고 조석을 잘 찾아 먹고 잘 있거라.

– 1980년 8월 말 모서

혜린 엄마 보아라

네가 보내 준 편지 잘 받아 보고도 이제야 답장한다. 그동안 잘들 있고, 혜린이도 조금 걸어 다니겠구나. 네가 잘 서둘러 일찍 가길 잘했지. 결혼식 다 보고 한 달쯤 늦게 갔더라면 더 고생할 뻔 했다. 혜린이가 더 커서 말이다. 아무거나 인제는 잘 먹고 잘 놀겠구나. 너는 가서 잘 쉬지도 못하고, 손님을 치르는가 보니 얼마나 피곤하겠니. 요새는 좀 편히 지내갈 것 같구나. 가지고 간 음식도 잘해 먹는다니 다행 기쁘다. 가을이라 식욕도 날 때니, 혜린이 밥 먹일 때, 너도 조금씩 먹는 연습하여라. 네가 음식만 잘 먹으면 얼마나 좋겠니. 그동안 벌써 네가 미국 떠난 지가 두 달이 되는구나. 다녀간 게 꿈만 같다. 요새는 보고 싶은 마음뿐이구나. 여긴 네가 볼 때와 같이 잘 지내간다. 아버님께서도 안녕하시고 여일 잘 다니시고, 나는 아프다 말다 그냥 그렇게 지내간다. 여긴 국민투표도 다 끝마치고 조용히 잘 지내간다. 날씨는 많이 추워지고 있단다. 그동안 약 다려 주게 힘들었겠구나. 잘 먹기나 했는지 궁금하다. 혜린 애비가 혼자 두 달 살아갈 제 얼마나 쓸쓸했겠니. 그러니까 제 옷가지나 사다 놓고 마음 부치고 살았구나. 요새는 혜린이 재롱 보게도 바쁘겠다. 잘 보살펴 주어라. 한 가정에 애기는 꽃 중에도 꽃이란다. 어린애 없으면 무슨 재미로 살겠니. 나는 혼자 쓸쓸히 혼자 살기 지루하단다. 하도 심심해서 꽃이나 기르려고 보고 앉아있지. 나는 눈이 더 어두워서 힘이 드는구나. 편지도 망측하게 쓰니 눌러 보고 날씨 추운데 감기 안 들게 조심해라. 오늘 신촌 어머님이 전화하셨드라. 딸을 인제 세 번째 보내고 나니 섭섭하신가 보더라. 둘이서 왔다 갔다 하니까 일이 좀 많겠지. 그리고 그전에 가져간 홍삼이 남았을 거니 애비가 안 먹건 네가 식후에 꼭 먹어라. 홍삼은 여자에겐 더 좋은 거다. 안 먹는다고 남 주지 말고. 그게 비싼 거다. 요새 집이 팔리려는지 말이 있어 오락가락 한다. 팔리면 곧 아파트를 산다고 아버님께서 계획을 세우고 계신단다. 혜린이 보고 싶다. 혼자 서 있는 사진 하나 보내다오. 잘들 있거라. 또 편지 할게.

- 1980년 10월 27일 모서

혜린 아비 보아라

어제 네 편지는 잘 보았다. 날씨도 추운데, 너희 내외 잘들 있고, 혜린이 잘 놀고 잘 다닌다니 얼마나 기쁘다, 어린아이 기를 때는 잘 먹고 잘 노는 게 제일이란다. 이번에 네 말 들으니 한국에 올 계획이 좀 멀어진 것 같구나. 이왕에 미국 있다 한국에 오려면 모든 게 안정된 다음에 오는 게 좋지 않겠니. 취직자리가 완전하고 좋은 데가 생길지 누가 아니. 앞일은 다 모르는 거다. 내년에 오는 게 더 좋을지, 돌아오는 대로 살아야지 할 수 있니. 한국이 새 나라가 된다고 모든 기관이나 회사나 다 청소하는 때라 좀 불안한데, 내년에 여름이나 되어야 좀 안정될 거라 생각한다. 너는 더 먼저 알겠지만 셋째 누이 다니는 통신사가 여러 군데가 합친다고 하여 요샌 수선하다. 월급쟁이들이 돈을 좀 많이 가진 사람들은 불안에 떨고 있단다. 이번 대통령이 하긴 잘하더라. 여자들 허영 사치에 날치는 걸 다 막아내니 얼마나 잘하는 거냐. 그렇게 극성하던 가외공부 여자들 몇천만 원씩 하는 계가 다 없어지니 얼마나 잘하는 거냐. 어수선한 시기가 지나가고 안정된 다음에 오게 될 것이니 아무 걱정 말고 거기 직장에나 충실이 잘 다니지 공연히 마음 조급히 먹지 마라. 올 때가 되면 오겠지. 언제 한국에 가게 될까 그건 혜린이 보고 물어보아라. 혜린이는 알 거다. 우리 혜린이가 복이 많아서 집이 하나 생겼다. 네가 해 보낸 인감을 받아놓고도 집 매매가 하로 없으니까 생각도 안 하고 있는데, 우연히 그 집 뒤에 사는 사람이 집을 늘이겠다고 팔라고 졸라서 여러 가지 생각하다 팔기로 작정이 되어 시월 십일 일에 팔아서 그 돈으로 곧 집을 사 놓았다. 네게 물어볼까 하다 아버지께서 급하신 성격에 돈을 두면 안 된다고 고르시다 마침 서초동에 아파트 짓는 걸 뒷돈을 못

내서 파는 게 있어서 가 보니까 쓸 만하여서 그 집을 판 돈으로 그대로 샀단다. 집을 잡아 놓고 아버지가 얼마나 좋아하신다. 여러 사람들이 다 잘 샀다고 하지만 임자가 보아야 하지 않니. 집은 남향이고 방은 세 개고 입주는 내년 시월 달이나 구월쯤 될 거야. 평수는 삼십 평, 층수는 3층이고, 우리 집은 어미가 보았지만 우리 집보다 조금 다르게 생겼단다. 신식으로 짓는다더라. 우리가 집 때문에 애쓸까 봐 네가 염려하지만 이번에는 애 쓴 것도 없이 잘되었다. 앞으로 네가 와서 살다 돈 많이 생기건 큰 집 사라고 하시며 좋아하신다. 우리 집에서 거리가 중호네 집 가기만 하다. 이제 4층째 올라간다더라. 아버지계선 가끔 가 보시고 네 이름으로 명예 변경하고 돈 다 치르던 날 너희들 복이라고 그렇게 좋아하실 수가 없었단다. 아버지 아니면 누가 하겠니. 잠 우리 이야기 안 썼구나. 집도 다 끝나고 요샌 한가하게 잘 지내간다. 아직은 춥지도 않고 방도 견딜 만하니 아무 걱정 마라. 너는 아버지 칠순을 생각하는데, 우리는 나이 먹는 게 싫어서 돌아올까 봐 지금부터 걱정이다. 또 벌써 금년도 다 갔으니 큰일이다. 그래도 혜린이 세 살 되는 건 신통하구나. 딸의 재롱이나 잘 보고 잘들 있거라. 그곳 회사에서 월급이나 올려주니 벌써 이 년이나 되어 가는데, 마음 편이가지고 때를 기다리면 좋은 날이 돌아올 거다. 혜린이 잘 봐 주어라. 제엄마가 오죽 힘들겠니. 일전에 물건 조금 보낸 건 잘 받았니?

- 1980년 11월 20일

혜린 엄마 보아라

잘들 있나 하고 기다렸더니 네 편지 반갑게 보았다. 그동안 날씨 추운데 혜린이 데리고 잘 있고 애비도 잘 있고 출근 잘하니? 약을 다 먹기나 했으며, 다려 주기도 얼마나 어려웠겠니. 미역 보따리도 잘 받아 먹어 보았다니 다행이다. 그동안 혜린이가 많이 자랐다니 더 보고 싶구나. 쉬운 말도 하는구나. 날로 날로 재롱을 부릴 거다. 내년쯤 되면 온갖 말을 다 할 거다. 이는 아직 더 있어야 옆의 이와 어금니가 날 거다. 음식만 골고루 먹이면 된다. 아직 어금니가 안 났으니까 고기나 무어나 무른 것으로 주어라. 친구가 있다니 참 다행이다. 어린이는 같은 어린이가 있어야지 혼자 놀면 조르기만 하고, 어미만 쳐다보고 먹을 거만 달라는 거란다. 친구하고 놀아야 아이가 많이 약아지는 거다. 그렇게 첫 아이 기를 적엔 친구를 많이 구해 주는 거란다. 이제 동생이 생기면 같이 놀면 걱정 없단다. 그래도 아직 너무 어려서 잘 놀 줄은 모를 거다. 좀 더 있어야지 같이 놀 줄 알거야. 여기는 네가 볼 때 같이 잘 지내간다. 아버님 생진은 내가 힘들다고 둘째 형의 집에서 하자고 하여서 중국 음식을 차려서 저녁으로 잘 지내고 왔다. 너희 식구 없어서 혜린이 생각을 하였단다. 혜린이 큰 아빠는 검사역이 되어서 요새 출장을 다니고 있기로, 마침 생진 때 목포로 검사를 나갔기로서 생진을 중호네 집에서 차린 거란다. 금년도 다 가고 한 달 남았으니 설이 돌아 올 거야. 어찌 할지 이제 일할 것이 걱정이란다. 큰형의 집은 에비고사는 보았지만 걱정이고, 통신사는 모두 여러 군데 것을 다 합쳐 한군데가 되고 방송국, 텔레비 방송이 전부 다 변경되었으니 정신이 없다. 아직은 그냥들 다니지만 앞으로 어찌 될지 걱정 좀 많은가 보다. 내가 보낸 편지 보아 알았겠구나. 그동안 조그만 아파트가 마련되었으니까 한국에 언제고 와도 들어가 살 집은 있거니 하고 믿고들 있거라. 학교는 선배가 갈 듯 하다니 잘되었구나. 아는 사람 간 게 더 좋구나. 누구나 갈 길은 다 따로 있단다. 너희도 좋은 자리가 생겨서 오게 꼭 오게 되겠지. 아무 염려 마라. 일찍 온다고 좋은 것도 아니니까. 여기는 청소 기간이니까. 완전히 바뀌어지니까. 요새는 돈 많은 사람들이 더 걱정이란다. 한국은 요새 칼라 텔레비들 사게 바쁘단다. 그래서 한 집이 두 개씩 놓고 본단다. 여기는 아직 날이 그리 춥지가 않아서 김장을 못 하고 있다. 오늘도 김치 조금 하는데 힘이 들어서 네 생각을 하며 다 했단다. 네가 있으면 도와줄 껄 했다. 며칠 후 김장을 할 거란다. 너의 시아버님이 손녀에게 생진카드를 받으시고 너무도 좋아서 하시며 너희 식구 복 많이 받으라고 카드를 보내셨다. 그러니 우스울 거다. 혜린아빠 생일은 무얼 해 먹었니? 예쁜 딸이 선물이나 해 주었니? 몸 건강히 잘들 있거라. 요새 여긴 알젓이 하도 좋아서 좀 보낼까 하니 받아 두고 먹고 손님 오면 상에 놓고 해라. 그럼 잘들 있길 바란다. 혜린이가 엄마를 밥먹이건 잘 먹어라. 조금씩 같이 먹어라. 잘 있거라.

- 1980년 12월 12일?

혜린 아빠 보아라

요즘은 편지 배달이 어찌 느린지 어제야 카드와 네 편지를 함께 전달되어 반갑게 잘 받아 보았다.

너희 내외 잘들 있고 혜린이 건강이 잘 있다니 얼마나 기쁜지 하루해 기쁘게 지냈다. 봄이 되면 한국

나의 삶과 일, 그리고 소중한 것들

에 올 것 같다니 얼마나 반가운지 너의 아버지는 지금 오는 것 같이 기뻐하셨다. 앞으로도 너희가 올 때까지 시국이 안정이 되면 얼마나 좋겠니. 직장에 계약을 잘해 가지고 나오면 얼마나 좋겠니. 이 해가 거진 다 가고 얼마 안 남았구나. 새해에는 네가 생각하는 대로 잘 되길 바란다. 일전에 선물도 받아 놓고 혜린이 사진 두 장이 들어 있어서 반갑게 보았다. 많이 자랐더라. 신을 신은 발이 너무도 예쁘고 귀엽구나. 검은 구두끈과 흰 양말이 너무 예쁘다고 나는 날마다 심심하면 보고 있다. 오래간만에 너희들 사진도 보았다. 그리고 여긴 별고 없이 잘들 지내고 있고, 아파트도 불을 잘 주어 별로 추운 줄은 모르고 잘 지내 간단다. 집안 일이 궁금한가 보아 말인데, 큰누이 집은 두 아이를 다리고 일 년 내내 걱정 고생이란다. 희창이가 꼭 미술을 하겠고 해서 할 수 없이 전적으로 미술을 시켰는데 어찌될지 아직 알 수 없고, 희수는 중학교까지는 공부를 잘하더니 고등학교 간 후부터는 철이 나고 하니까 자기의 손이 병신이라는 생각을 해 가지고 고민을 하고 공부도 잘 안 하고 근심하니 부모가 보기가 얼마나 어렵겠니. 이번에 시험을 치르긴 했지만 누이의 걱정이 하도 많아서 보기 답답하다. 셋째 누이는 아직은 별일 없이 그냥 다니더라. 원체 거짓말 없이 정직한 사람이니까 알아주겠지. 큰형은 이민 간다지만 언제 가게 되는지 아직은 아무 소리도 없더라. 형수가 장사하기를 좋아하니까 한 번 해 보려는 거지. 아버님께서 보내신 카드를 보았을 것도 같은데, 내가 서너 번 한 편지를 보았으면 아파트 산 것도 인제는 알고 있겠구나. 네 말대로 집은 세 주고 월급 타면 생활하면 되더라. 남들도 다 그렇게 산다. 미국서처럼 다달이 집세 내면 아무리 월급이 많아도 남 좋은 일 아니냐? 그러게 일전에 집 팔아 가지고 여러 가지 생각하다, 여기다 산거란다. 아버지께서 너희 내외가 꼭 한국에 나올 거라고 말씀하시고 계약을 하고도 잘한 건지 몰라 했더니, 인제는 잘 산 것도 같다. 작은 집이라도 있다는 걸로 알아라. 우리 혜린이가 복이 많아서 다녀간 후로 집도 생기고 건강하게 잘 자라 주니 얼마나 고맙고도 귀여우냐. 이 편지가 내년에나 가겠구나. 새해 복 많이 받고 잘들 있거라. 혜린이 잘 보아 주어라. 낮에는 제 엄마가 혼자 보아 주기 얼마나 힘들겠니. 넘어지지 않게 조심들 해라. 벌써 세 살 되는구나. 말도 조금 한다니 얼마나 귀여우냐.

- 1980년 12월 22일

혜린 어미 보아라

　새해 복 많이 받았니? 혜린이 데리고 떡국 해 먹었나 하며 아들딸들 나이를 헤아려 보고 있는데 나이가 제일 많은 사람이 오십 살이고, 그 다음은 사십이 되고 삼십이 넘은 사람이 둘이고나. 네가 제일 어린 줄 알았더니 너도 이십오 세 고개가 넘었구나. 그러고 있는데 제일 먼저 너희들 세배 전화를 받고 얼마나 기쁜지 녹음을 ○○○ 맘도 다 없이 아침을 먹었단다. 그다음에는 큰집 다섯 식구와 둘째 집 네 식구 와서 한참들 떠들고 잘 지내고, 오후에는 두 형의 식구들이 오고 하루 잘 지내고 음식은 각자 해 가지고 와서 먹고들 갔단다. 아직도 음식이 남아서 먹어지질 않는구나. 네가 보낸 사진이 삼 일 날에야 왔구나. 잘 받아 보았다. 많이 자랐더라. 인제는 큰 아이 테가 나는구나. 보면 볼수록 신통하다. 그 옆에 앉은 아이는 혜린이 오빠라면 좋겠더라. 인제는 쉬운 말을 하는가 보구나. 차차 말을 하면 얼마나 더 귀여울 거다. 이제는 기저귀는 안 쓰겠구나. 눈치가 말가면 자꾸 연습을 시켜 주면 일찍 오줌을 끊을 거다. 양치물을 거진 다 먹는다니 아직은 그럴 꺼다. 매일 이를 닦아 주지 말고 이삼 일에 한 번씩 해도 된다. 어느 아이고 세수하는 거나 이 닦는 것은 싫어한단다. 편지 보니 생일도 잘들 해 먹었다니 혼자 어찌다 해서 친구들을 대접하였니? 앞으로 오게 되면 일이 오죽 많겠니. 한국은 십여 일째 어찌도 몹시 추운지 야단들이구나. 눈도 많이 오고 계속 춥단다. 올해도 우리는 추위를 모르고 잘 지내간단다. 먼저 살던 집보다 편하고 불도 잘 때주어 잘 지내간다. 나는 집에서만 다니고 밖에 나가 본 지가 열흘도 넘는단다. 춥고 미끄러우니까 집에만 있으니까 너무도 심심하여 혜린이 사진만 보고 있구나. 일전에 우스운 사진이라 안 보내려다가 네가 궁금할까 봐 그런대로 보라고 보낸 거다. 알젓 보따리도 잘 받아먹었다니 다행이다. 다 잃어버리는 일이 많다더라. 너의 시아버님 보낸 카드를 보고야 너의 집 산 줄 알았니? 아파트 산 즉시로 편지를 두세 번 하였는데 잘 안가서 몰랐든가 했다. 여기서는 편지 부치기가 어려워서 한남동 우체국에 가서 부치시더니 그걸 보고 알았구나. 보고서 구조가 맘에 든다니 다행이구나. 우리는 한옥집 팔고 아파트 산 것을 다행으로 생각한다. 네가 미국 가서 인감 해 보낸 지 한 이십 일 되니까 작자가 나서 곧 팔렸단다. 돈암동을 다니기도 먼 데를 다니시며 관리하시기도 힘이 많이 들어서 너의 시아버님 걱정하시더니 그렇게 잘 팔렸단다. 모두 우리 혜린이가 복이 있어서 새 집이 생겼다고 우리 두 늙은이가 좋아했다. 잘들 있거라. 내가 담이 들어 허리가 아파 더 망측하니 눌러 보아라

- 1981년 1월 중순

　　　　　　　　　　　　　　나의 삶과 일, 그리고 소중한 것들

혜린이 아빠 보아라

네가 한국을 떠난 지도 벌써 한 주일도 넘었구나. 떠나보낸 어미는 쓸쓸하고 집안이 빈 것 같구나. 그렇지만 미국에 네 집을 찾아가니 기쁘고 든든하였다. 혜린이 어미와 잘들 있었는 걸 얼마나 다행이냐. 요사이도 세 식구 잘들 있고, 너는 한국서, 그리도 바쁘게 다니다가 그 먼 길을 갔는데 몸살이나 안 났나 하고 궁금하다. 한국에 있을 동안에도 잘 해 주지도 못한 어미 마음 섭섭하기가 한이 없구나. 그동안 혜린이가 학교에 잘 다니고 친구나 생겼니? 어미가 얼마나 고생이 많겠니. 그렇지만 인간이 살려면 그런 경험도 하고 사는 거야. 그렇지만 너희들이 모든 걸 잘하고 살 것 같다. 더욱 너희 두 사람 몸조심 잘하고 잘들 있길 바란다. 한국에 나 사는 건 네가 보다시피 그 모양으로 지내고 있고, 너의 아버지는 네가 가라고 했다고 하루에 한 번씩 왔다 갔다 하고 계시다. 어린애 같구나. 내가 쓸쓸해한다고 누이가 오늘도 왔다들 갔다. 그리고 작은형이 다녀가고 나더러 아무 염려 말라고 하더라. 네가 부탁한 것도 다 잘해 좋았다고 염려도 말라더라. 여기는 매부 두 사람 진갑과 육십이라고 일거리고 또 요새는 목포에 배가 뒤집혀 매일 시끄럽다. 너도 알겠지만 지위가 높으면 무엇 하니. 미국서 공부하고 온 박사들이 많이 죽었다더라. 사람은 몸이 건강한 게 제일이야. 모든 걱정 말고 잘들 먹고 잘들 있거라. 여기서도 자주는 못 보았지만 멀리 가 있으니까 보고 싶다. 그럼 앞으로 잘 있다는 소식 듣기 바란다. 억지로 쓴 글씨를 눌러 보아라. 태식이에게 전화 좀 해 주어라.

– 1993년 6월 13일 모서

혜린 아빠 보아라

  궁금하던 차, 네 편지 잘 보았다. 날씨는 추운데 잘 있고 학교를 다닌다니 공부가 잘 되는지 궁금하구나. 네 처도 잘 있고 혜린이도 학교에 잘 다니고, 말이 좀 통하는지 궁금하구나. 그동안 친구나 사귀어서 놀기나 하며 지내는지 보고 싶다. 그동안 차도 샀나 보니 다니긴 좀 편하겠다. 운전 잘하고 다녀야할 거야. 오래간만에 미국 길에 다니기가 조심하고 잘들 있길 믿는다. 혜린 엄마도 차 운전을 완전히 다 배워 가지고 한국에 올 때는 잘하길 바란다. 한국은 날로 날로 불안한 세월을 산다. 네가 볼 때나 같이 잘 지내간다. 너의 아버지는 그저 한 모양이시고, 그동안 나가고 싶어 하나 이제는 날 추우면 못 나가실 거야. 나도 잘 지내가고 형, 누이들도 한 모양 잘 지내기로 다행이고. 나는 다리가 좀 아픈 게 신경통인가 본대, 허리도 아프고 하여 교회나 아직은 꼭 나가고 주일날이면 교회 갔다 와 쓸쓸이 지내는 것도 벌써 여섯 번 지내고 일곱 번째 돌아오는 구나. 세월이 빨리 간다. 일전에 생진을 미리하자고 60주년 기념이라고 중국집 가서 저녁을 먹고들 왔어. 너희 식구가 참석 못 하여 많이 섭섭하였다. 그날과 생진이 며칠 사이니까 한꺼번에 지냈어. 손자들이 시험 때라 못 오고 한 20명 모여 저녁들만 먹고들 왔어. 석규 시험 날이 되어서 좀 어려웠어. 잘 보지도 못한 시험을 고생만 했지. 또 한 번 남았대. 시험이. 혜린이를 구경도 시켜 주고 잘 위하여라. 학교가 설어서 얼마나 어렵겠니. 한국 대통령이 미국에 갔으니 반갑게 보아라. 거긴 추수감사절을 장하게 지낸다는데 혜린이 구경 잘 시켜 주어라. 내 글씨가 쓴 게 말이 잘 안 되니 생각해 보아. 잘 있어. 너희 세 식구 잘들 있길 바란다.

– 1993년 11월 17일 모서

혜린 애비 보아라

그곳에 눈이 많이 왔다는데 어찌들 지내고 있는지 궁금하구나. 요사이도 또 눈이 오는지 눈 속에 쌓여 사는 중 얼마나 춥고 감기나 안 들고 잘 있고, 혜린이 학교에 다니기가 얼마나 어렵겠니. 혜린이 어미 눈길에 조심하라고 해라. 한 번 넘어서서 다친 다리는 늘 조심해야 한다. 타관에서 몸이나 건강해야지 할 것 아니냐. 아파트가 위층은 추운 건데 눈에 쌓였으니 얼마나 춥겠니. 여러 가지로 몸조심하고 잘들 있어. 한국은 설을 지내도 금년에는 쓸쓸이 지냈다. 너희 세 식구 안 오니 그리도 쓸쓸하고 혜린이가 보고 싶더라. 여기는 눈 구경도 못하고 날마다 흐린 날씨에서 살아간다. 별일 없이 잘들 지내고 있단다. 세상은 좀 시끄럽고 물가는 신정이라고 어찌나 오르는지 야단들이란다. 그동안 석규 학교로 해서 많은 염려하던 차, 한양공대 입학을 하고 보니 너무 억울하더란다. 연세대학에 넣으려고 원서를 다 준비해 가지고 갔다가 다시 준비를 하여 가지고 한양공대에 늦게, 늦게 끝으로 넣어서 걱정한 것은 말도 못한다. 왜 그리도 인구가 많은지 난리고, 또 한데로 몰려서, 없는 데는 미달이고 그렇더라. 나는 그걸 보니 앞으로 혜린이 대학 넣을 게 걱정이었다. 그때는 학생이 적어질 거라고 하더라만서도 석규는 이번 입학 못하면 대학 못 갈 줄 알고 걱정했는데 하나님께서 해 주신 걸로 알고 감사하게 알고 있다. 중국어과에 다 입학이 되어서 이번에 태식이가 왔다가 어제 미국으로 떠났단다. 혼인도 못 정하고 그냥 갔어. 중민이는 내일 한국으로 온다더라. 어제도 형 둘이 다 왔다 갔어. 잘들 있으니 아무 염려 마라. 너희 세 식구 잘 있다는 소식 듣기 바란다. 혜린이 엄마야 너희 세 식구 잘 있으라고 하나님께 기도하니? 너도 하나님께 기도하고 잘 있거라.

- 1994년 1월 10일 모서

혜린 아빠 엄마 둘이 보아라

그동안 극한 추위에 어찌들 지내는지 궁금하기 한이 없구나. 요사이도 또 눈이 오는지 추위가 풀렸는지 얼마나 어렵겠니. 감기나 안 들고 잘들 있으며, 여기서 듣기론 추워서 밖에를 못 나간다던데 혜린이 학교에도 못 가는지 여러 가지로 궁금하구나. 혜린이 엄마가 추위를 어찌 견뎌 내니. 추울수록 음식을 잘 먹어야 하는데 슈퍼도 못가면 조석을 어찌들 해 먹겠니. 한국은 입대 눈 구경도 못 하고 살다 요새야 눈이 조금 왔어. 날이 하도 가물어서 야단들이란다. 너도 알다시피 강물이 다 오염이 더 심해져서 먹을 수가 없단다. 세상이 하도 시끄러워서 물가는 하도 올라서 돈이 참 헤프단다. 우리는 구경만 하고 잘 지내간다. 너의 아버지는 인제는 마음을 고쳐 가지고 잘 지내신다. 그리고 말도 안 되는 걸 가지고 일을 삼더니 그런 건 다 잊어버리고 교회를 잘 다니신단다. 오늘도 교회 다녀오시고 잘 지내시니까 염려하지 말아라. 나도 별일 없이 잘 지내가고 여러 집내들도 잘들 있기로 다행이다. 혜린이가 그동안 영어 공부를 많이 했니? 열심히 잘하라고 해라. 한국서는 초등학교부터 영어를 가르치게 법이 되어서 야단이다. 영어 학원이 생기고 한다. 일월도 다 가고 이월 되니 음력 정초가 되니 5일간 논다고 여행들 가더라. 우리는 또 구정은 안 지내지만 나이는 또 먹는 것 같구나. 늙는 게 이렇게도 괴로운 줄 몰랐다. 너희 내외는 하나도 늙지 않게 살아라. 미국에서 중민이가 잘 왔는데 어찌나 살이 많이 올랐는지 보기가 좀 답답하더라. 그러면 몸조심 잘하고 잘들 있기 바란다. 물미역이나 김을 보면 네 생각이 나는구나. 이다음에 편지 쓰마.

- 1994년 1월 30일 모서

나의 삶과 일, 그리고 소중한 것들

혜린이 엄마 보아라

　궁금하던 중 네 편지는 잘 보았다. 또 그동안 눈이나 안 오고 날씨가 풀렸는지 궁금하구나. 너희 내외 몸 성이 잘 있고 혜린이도 잘 있니? 추운 날에 학교에 다니기 얼마나 고생하겠니. 네가 발에 동상이 걸렸다니 놀랍구나. 얼마나 어렵겠니. 즉시 약을 발라야 한다. 혜린이나 안 그래야 할 게야. 내가 그동안 혜린이가 얼마나 자랐나 하고 궁금하였는데, 사진 보니 많이도 키가 크고 점잖아졌구나. 공부도 따라 가는 모양이니 얼마나 다행이냐. 친구도 생기고 하였다니 참 다행이다. 영어를 잘 배워 가지고 오면 좋을 거다. 여기선 외국 말을 배우느라고 야단들이란다. 애비는 공부나 하고 편히 쉬고 있다 한국에 오지 답답할 게 무어냐. 그동안 중국말이나 좀 공부하라고 해라. 한국도 춥지만 겨울동안 눈비가 안 와서 가물어서 야단이란다. 여기는 여러 집내 다들 잘 지내고 아버님은 요즈음은 좀 마음을 정리하셨는지 나가지도 않고 잘 계셔서 내가 좀 편하다. 교화 나가시고 나는 네가 볼 때나 같이 잘 지내간다. 여기는 또 구정이라고 시끄럽다. 물가는 어찌도 비싼지 네가 보면 놀랄 거다. 우리는 구정은 안 하니까 편안히 있을 거다. 내가 김이 하도 좋기로 두 톳을 보내니 받아먹고 알젓도 조금 보내니 먹어 보아라. 잘 가기나 할지 모르겠다. 날 것 안 먹으면 구워 주어라. 부탁한 것을 사 놓았다니 마음이 놓인다. 기다리는 것 같더라. 그동안 방이나 잘 고치고 편히들 살길 바란다. 어서 알이 가서 한국으로 와야지 할 거야. 석규는 요새 실컷 놀러 다니고 있단다. 그 집 식구들은 기뻐한단다. 그럼 앞으로 잘들 있단 편지 보기 바란다. 네 발에 동상을 약을 바르고 정성껏 치료하여 낫게 해라. 그게 오래가고 괴로운 거니 약을 잘하고 잘 있거라. 혜린이 아빠는 어느 때쯤 오니 갈 때는 4월쯤 온다고 하였는데 언제쯤 오니. 기다린다. 구정도 잘 지내라. 혜린이 귀나 뺨에 동상 안 걸리게 모자를 꼭 쓰고 다니게 해라.

- 1994년 2월 7일 모서

식구 다 같이 보아라

이제는 눈과 추위도 다 지내고, 우수가 다 지나고 나니 견딜 만하다. 미국도 그럴 거다. 요사이 너의 내외 잘들 있고 혜린이도 잘 있으며, 공부도 해 나가니 얼마나 다행이다. 그렇게 눈 속에서 학교에 잘 다니는 게 얼마나 다행이냐. 일전에 사진 보니까 많이 자랐더라. 너는 요새 가끔씩 배 속이 불편한 증세를 그곳 공기도 좋고, 물도 좋은 데서 다 나아가지고 오길 바란다. 여긴 물이 하도 나쁘다고 하여 무섭단다. 5대 강물이 다 그런 건 너도 이왕 다 아는 거고. 우리는 아무 별일 없이 잘 지내고 있단다. 아버님은 네가 볼 때 나은 상태로 잘 지내고 계시며, 외출은 안 하시니까 별로 걱정은 안 된다. 형 집도 잘들 있기로 다행이다. 큰형이 나이가 많아져서 걱정이지. 다들 턱에 닿았어. 나는 신경통이 있어서 괴롭지만 그냥 사는거야. 좌골신경통이라고 하는데 날 것 같지도 않고, 사는 거야. 그래도 겨울은 잘 지냈단다. 교회나 다녀오고 집에 가만있는 거야. 약도 많이 먹어도 낫지 않는구나. 그렇지만 크게 아프지 않은 게 다행이지. 그리고 혜린이가 영어는 올 때까지 배우면 말이 확실하도록 가르쳐라. 여기서는 하도 배우는 게 많아서 야단이더라. 또 이제는 중국어를 배운다고 한자를 가르치니 곤란하지 않으냐. 너는 옛날에 학교에 다닐 때, 한자를 많이 배웠니? 많이 배웠건 더 배워라. 혜린이는 여기 오면 뒤지지 않게 잘 배워 주고, 앞니도 바로 잡아 주고, 지금 한창 자라고 할 나이에 음식을 잘 먹이고, 잘 위하고, 잘 가르쳐서 몰라보게 길러 가지고 오너라. 나는 날이 가고, 달이 가서 너희가 올 날만 기다리고 있다. 혜린아 네가 영어를 다 해서 공부를 잘해 온 모양이니 얼마나 기쁘다. 앞으로도 열심히 영어를 잘 배워 가지고 한국에 와서 뒤지지 않게 공부해라. 음식을 잘 먹고 건강해야 한다. 뉴스에서 그러는데, 햄버거는 먹으면 안 된다더라. 그건 먹지 말고, 다른 것을 잘 먹어야 공부도 잘하고 건강해진다. 네 엄마 생일이 돌아오는데, 엄마, 아빠 같이 나가서 잘 먹고 선물도 해 주어라. 할머니는 네가 보고 싶다.

– 1994년 2월 20일 할머니가

나의 삶과 일, 그리고 소중한 것들

혜린 아빠 보아라

네가 다녀간 후 왜 그리도 쓸쓸하고 외로웠다. 있을 동안 잘 해 준 것도 없이 섭섭하고 보고 싶어서 전화하였더니 너희 세 식구 목소리 들으니 참 반가웠다. 오늘 전화를 내가 못 받았지만 잘들 있다니 반갑다. 나도 제주도에 갔다 와서 자세히 편지하려고 하였다. 전화하면 너무 간단하여서 말야. 가려고 여러 가지 준비가 다 되었는데 내가 감기가 들어서 걱정하다 좀 덜 낫는데 할 수 없이 갔는데, 그곳에 가니까 공기도 좋고 마음이 긴장이 되니까 다 낳아서 잘 다녀왔어. 두 늙은이를 누이가 안내하느라고 고생 좀 했어. 자기도 초행길이기에 그런데 어찌도 관광지로 잘 휘젓는지 참 놀랍더라. 식물원 하루 보고, 또 천지연 폭포 하루 보고, 또 한라산은 차가 닿는 데까지만 보고, 소소한 건 다 구경하고 왔어. 조금도 걸은 게 아니고 차로 다녔어. 네가 여러 가지 설계를 그렇게 잘해 논 걸 구경하고 다녀 보니 얼마나 기쁘고 좋았다. 가 있기는 한국 콘도에 있다 왔어. 돈도 많이 들었지만 편히 잘 다녀왔어. 그런데 아버지는 아직도 한 모양 지내시니 걱정이야. 거기서도 잃어버릴까 봐 꼭 지켜야 하였어. 여기서 형들이 많이 걱정한 모양이야. 작은형이 그저 두 팔이 아파서 걱정이야. 내 소리만 하였구나. 혜린이가 학교에 익숙하고 친구도 많이 있겠구나. 아직 방학은 안 하였지. 요새는 눈도 안 오고 살만하냐? 한국은 비도 안 오고 날이 더워서 이상하다고 한다. 요새는 눈도 안 오고 날이 춥지도 않아서. 혜린이 엄마가 살기가 고생이 될까 한다. 너희 세 식구 건강하게 잘 있길 바란다. 음식을 골고루 잘 먹고 잘들 있거라. 한국에 오기 전, 확실히 몸들을 든든히 해 가지고 나오라. 너도 배 속이 편하다고 가루만 먹지 말고, 가루는 간식으로 먹고 언제나 밥을 잘 먹어야 건강한 사람이 되는 거 알지?

– 1994년 4월 26일 모서

Wife의 편지

이 편지는 내가 1993년도에 미국에 가족과 함께 안식년을 갔다가 1년 후 나만 먼저 한국에 돌아오고 아내와 딸은 약 6개월 동안 떨어져 살 때 내게 보낸 아내의 편지다.

사랑하는 남편에게

아빠를 떠나보내고 I felt like my part of body fell apart. 전철을 타고 돌아오면서 용기를 가져야한다고 다짐했어요.

오늘 아빠의 목소리를 들으니 내게는 supportive husband가 있다는 확신에 행복감을 느꼈어요. 우리의 parking lot에는 다른 차가 parking을 하니까 창밖을 내다보면서 쓸쓸하게 느끼지요. 혜린이는 전혀 흔들리지 않고 학교에 잘 다녀요. 여전히 식성도 좋고요. 아침에 일찍 학교로 갑니다. 아빠 떠난 날 잠을 한숨도 못 잤는데, 어제부터는 좀 자요.

아빠는 비행기 여행 후 그곳에 정착하기까지 얼마나 바쁘겠어요. 이곳에서 기도할게요. 교회에 가서 아빠의 건강을 위해서 기도했어요. 연숙이 언니는 내게 큰 힘이 됩니다. fax는 아빠가 Panasonic이 좋다고 했다고 하면서, 그것으로 샀는데, 사용법을 연구하느라고 고생이라고 하는군요. 혜린이는 컴퓨터로 숙제도 잘하고 있어요.

이곳 의사들은 너무나 잘해줘요.

밤에 자다가 문득 문득 떠오르는 불안감이 없어졌으면 좋겠어요.

오늘 Star Market에 갔더니 소꼬리가 있더군요. Star Market에 잘 안 나와서 아빠 가기 전에 한번 해 먹으려고 했는데, 못 해 줘서 가슴이 아파요. 중진이는 뭐든지 잘 먹어서 기뻐요. Cape Cod를 꿈만 같이 갔다 와서 아쉽군요. 자동차 운전하는 여자들을 보면 부러워요.

아빠, 나를 잊지 말고 기억하고 편지 주세요. 오늘 아침 둘째 동서가 전화해 줘서 무척 반가웠어요. Herin이는 Computer History를 조사해야 한다고 도서관에 왔다 갔다 합니다.

아빠, 우리 염려하지 말고 꿈을 펼치세요. 아빠만 하는 일에 만족하고 보람을 느끼면 나도 행복해요.

아빠 안녕

You know I love you.

– 애진

나의 삶과 일, 그리고 소중한 것들

아빠.

어떻게 지내세요?

오늘도 눈은 오는데, 애진이는 가고 싶은 데는 많아도 갈 방법이 없군요.

어느 이삿짐 center를 선택해야 할지, 아파트에는 어느 시점에 나간다고 해야 할지, 여러 가지 궁금합니다.

여기 이삿짐 center는 짐을 싸 주는 것이 아니고, 우리가 다 싸 놓으면 와서 가지고 간다고 하니 그릇이니 무거운 것들을 쌀 일이 태산 같군요.

전기도구(냉장고, 가스레인지, 세탁기)도 이삿짐 center를 통해서 사면 고장 난 것이 있어서 안 좋더라고 이삿짐 center를 써 본 사람들이 말리는군요.

아빠의 의견을 기다립니다.

– with love 애진

p.s. 혜린이 성적표를 보냅니다. (많이 오른 거예요. 1월 24일에 또 시험이 있어요.)

아빠.

Christmas가 이틀 남은 이곳은 TV나 모든 분위기가 너무도 holiday로 들떠 있어서 더 쓸쓸하군요. 그동안 전기도구 가격 조사를 하느라고 바쁘게 돌아다녔어요. 이제 병원에 한국 가기 전까지 열심히 다닐게요. 직접 만나서 할 말이 많아요. 요즘은 감기에 걸려서 condition이 안 좋아요. snowstorm도 오고, 연숙이 언니가 가니까 혜린이 병원 ride 얻기가 힘들군요. 모두가 연말이라고 바빠해서 ride를 못 주는군요. 한번은 appointment를 cancel 할 수밖에 없었어요. 운전도 못 하는 변변찮은 엄마가 되어서 Herin에게 미안하군요.

아빠, 오늘은 이상한 예감이 드는군요. 얼른 그런 생각을 물리쳐 봅니다.

Do you love me? Do you really care for me? Whatever happens to me, can you stand by me? 혜린이는 이곳 아이들이랑 선물 교환하고 card 교환하고 party도 가고, 한국 친구들이 생각이 하나도 안 난대요. 가만히 생각해 보니 나도 고등학교 때, 미국서 그랬던 것 같아요. 의료보험을 1월 15일부터 보름치만 들어서 보내 줄 수 없나요? 이곳서 마지막 내가 처리하고 가야 할 일을 좀 적어 보내 주세요. 실수할까 봐 걱정이니까요. 요즘은 아빠 얼굴이 떠올랐다가 사라졌다가 합니다. 엄마도 보고 싶고…….

p.s. 혜린이도 Christmas가 되니까 아빠 생각이 난대요. 아빠가 있어야지 편리하다나요? 못 말려요. 요즈음은 온몸이 아파서 지압과 뜸을 뜨러 다니고 있어요.

pray for me. I feel blue today!!

동료들과 제자들 편지

★ 안녕하셨어요? 공항까지 나오시고 너무 폐를 많이 끼쳐 드려 죄송합니다. 주신 책은 비행기 안에서 읽고, 남은 부분은 틈틈이 읽어 보려고 생각하고 있습니다. 이곳 날씨는 서울과 별로 다르지 않고 오히려 흐릴 때가 많아서 춥게 느껴지곤 합니다. 학교에는 다음 주 화요일쯤에 가서 등록을 할 예정입니다. 혹시 이쪽에서 얻을 수 있는 자료 중에 필요하신 것이 있으시면 연락 주십시오. 늘 건강하시길 빕니다.

- 1988. 4. 3. 최선주 올림

★ 안 선생님. 지난 한 해 보살펴 주신 은혜에 감사합니다. 새해에는 건강하시고 원하시는 일 모두 다 이루시길 기원합니다. 동경에 오실 일 있으시면 꼭 연락 주세요. 안녕히 계십시오.

- 1988. 12. 22. 東京 駒場에서 최선주 올림

★ 안녕하세요?

덕분에 무사히 도착했습니다. 일전에 동경에서 안내 못해 드린 것은 지금도 무척 안타깝게 생각하고 있습니다. 박재길 씨를 만났는데 제일 처음 묻는 게 "안 선생님께서 비행기를 잘 타셨는가." 하는 거였습니다. 꽤 위험했나 보죠?

올해 저희 연구실에서 '東아시아제국의 역사환경 보존'이라는 테마의 연구를 할 예정입니다. 안 선생님께는 구체적인 스케줄이 잡히는 대로 연락드리겠습니다. 한 5월경이 되리라 생각됩니다. 中國, 韓國, 日本이 대상이니까 여러 가지 도움과 조언 부탁드리게 될 듯합니다. 또 연락드리겠습니다. 안녕히 계십시오.

- 1989. 4. 12. 東京本鄕에서 최선주 드림

★ 안 선생님께

안녕하셨어요? 이번 조사에 여러 가지로 많은 도움 주신 것 감사드립니다. 와따나베 선생님도 감

사 편지 드린 줄로 압니다만, 한글로 쓰시느라 무척 고생하셨답니다. 내년에 역사적 환경보존과 관련된 연구를 하시게 되면, 미력하나마 안 선생님 연구에 도움 드릴 수 있겠지요. 올해는 앞으로도 더 많은 폐를 끼치게 될 듯합니다. 신도시 과제하고 겹치게 돼서 또 걱정스럽기도 합니다만, 잘 부탁드립니다. 내년에 혹 中國에 가게 되면 가실 의향이 있으신지요?

참, 孟슝强 씨가 안 선생님께 정말 감사드린다고 합니다. 고맙습니다. 건강에 무엇보다 유의하시길 빌면서.　　　　　　　　　　　　　　　　　　　　- 1989. 9. 8. 東京에서 최선주 드림

★ 안 선생님께

안녕하십니까? 일전에 「동아시아제국의 역사적환경보전」에 관한 연구로 고야바시 조수하고 孟슝强 씨하고 뵈었던 적이 있었던 것 기억하시지요? 그 보고서가 완성되어서 오늘 12권 정도를 배편으로 보냈습니다. 연구비가 다 떨어져서 항공편으로 못 보내 드렸습니다. 약 4주 걸린다고 합니다.

박재길 씨는 3월 말에는 들어갈 것 같습니다. 저는 논문 쓰느라 눈코 뜰 새 없이 바빠질 것 같아, 벌써부터 공포에 질려 있습니다. 3월에 온 박사님 일본에 오신다는 얘기는 들었습니다. 4월쯤에 단기간 귀국할지도 모르겠습니다. 다시 뵐 때까지 늘 건강하십시오.　　　- 1992. 2. 24. 최선주 올림

★ 안녕하세요?

자주 연락도 못 드리고 지냅니다. 용서하십시오. 건강히 잘 지내시는지요? 저는 논문을 6월 말까지 무슨 수가 있어도 내려고 하고 있습니다. 쓰면 쓸수록 머리랑 일본말이랑 딸리는 게 많아서 조금씩 불안해지고 있습니다. 동경은 요즈음 계속 비가 내립니다. 아직 장마철은 아닌데. 한국 소식은 제 방에 위성TV가 들어오니까 KBS 뉴스는 틈틈이 보고 있습니다. 일전에 강홍빈 박사님한테서 자료 부탁이 와서 보내 드렸습니다. 바빠서 제대로 모아지질 않았지만요. 서울시에서 '기념비' 사업을 시작하나 보죠? 저는 요즈음 本鄕 CAMPUS에는 10일에 한 번 갑니다. 집 근처 '첨단과학기술 연구소'에 있습니다. 전번에 주신 보고서 감사히 잘 읽고 있습니다. 혹시 동경에 오실 일이 있으시면 연락 주십시오.　　　　　　　　　　　　　　　　　　- 1992. 5. 29. 최선주 드림

★ 안 선생님께

안녕하셨습니까? 몇 번 전화 주신 것은 전화 교환원에게서 들었습니다만, 아침 일찍 수업이 있는 날이어서 집에서 전화를 못 기다렸습니다. 저녁 10시경에 댁으로 전화 드렸더니 밤늦게 전화해도 안 계실 것 같다는 사모님 말씀이어서 우선은 편지로 그간의 사정을 설명 드리려고 합니다. 편지가 도착하기 전에 전화 연락이 되면 간단히 설명은 가능하리라 생각됩니다만 가지마 재단에서 연구비

를 받아 「東아시아諸國의 역사적 환경과 그 보전계획에 관한 연구」라는 과제로 우선 금년도 연구로 중국 연구를 중점을 두고 진행하고 來年度에 한국 연구를 본격적으로 진행한다는 예정이었습니다. 원래 신청한 연구비는 350만 엔(1年間)이었는데, 확정된 것은 200만 엔입니다. 중국 쪽의 연구진은 天津대학의 니에(聶) 조교수가 주축이 되어 구성하기로 되어 있었습니다.

저희 연구실에 중국인 유학생이 두 명 있는데 그중 한 명이 천진대 출신으로 역사환경보전을 연구테마로 하고 있습니다. (이름은 모오라고 합니다.)그런데 아시다시피 중국에서 학생들의 민주화 요구 데모가 계속되어서 89년도에 중국조사, 90년도에 한국조사라는 예정에 좀 무리가 있지 않은가 하는 얘기가 있어서 일정 조정의 필요성이 있었습니다. 그런 가운데 6월 4일 북경에서 유혈사태가 있어서 중국 연구는 거의(금년도는) 불가능하게 되었습니다. 그래도 아직은 희망을 두고 니에 교수와 편지 연락을 해 보려고 하는 도중입니다. 이런 사정으로 빨리 연락을 못 드렸습니다.

제 생각으로는 금년도 가을부터 내년도 봄까지 한국 연구가 되리라 생각됩니다. 대상지는 우선 대표적인 역사적 환경을 유형별로 추출해서 1개소 정도 두세 군데 되리라고 봅니다만, 연구비 문제도 있고 해서 그렇게 깊이 연구는 못 할 것 같습니다.

또 渡辺定夫(와따나베 사다오) 지도 교수가 7월 25일 서울에서의 국토계획학회 심포지움에 참석하게 되어 있어서 그 기회에 안 선생님과 만나서 얘기를 진행하고 싶다고 하셨습니다만 사정이 어떠신지요. 제가 또 여쭤보고 싶은 것은 역사적 환경 중에서 사적이나 문화재 관련 분야를 담당해 줄 공동연구자가 필요합니다만,

저희 연구실에서는 西村幸夫(니시무라 유끼오) 조교수가 금년도 3월에 明知大 김홍식 교수 초청으로 심포지움에 참석한 일이 있어서 역사적환경보전에 관해 전반적으로 커버해 주시면서 특히 都市內의 역사적 환경에 중점을 두고 진행해 나갈 수 있다면 金 교수에게는 부탁을 안 드려도 될 듯합니다만. (그래서 아직 김 교수에게는 이야기를 안 꺼내고 있습니다.)

요사이 일산·분당 신도시개발 문제로 안 선생님께서 무척 바쁘시다는 이야기를 들었습니다만 혹시 이 공동연구가 불가능한 것은 아닌지요? 연구비 신청서에 간략한 연구 관련도 MEMO가 있습니다만, 거의 모두를 수정해야 될 형편이라 아직 못 보내드리고 있습니다.

불완전한 상태지만 이대로 보내 드리는 것도 연구 내용 파악에 도움이 될지도 모르겠습니다. 어쨌든 연락을 빨리 드리겠습니다. 전화 연락이 된 후에 이 편지 받으실지도 모르겠습니다.

연락이 늦어 정말 죄송합니다. 안녕히 계십시오.

P.S. 7월 25일 심포지움(국토계획학회)에 참석하시는지요? 와따나베 교수는 7월 24일 저녁 서울 도착. 7월 26일 출발입니다. 그사이에 안 선생님 사정이 어떠신지 알고 싶습니다. 아마도 제가 그 이전에 서울에 가 있을지도 모르겠습니다만 25일 회의장에서 만나는 방법도 있고 아니면 안 선생

님 사정에 맞추어 보겠습니다. — 1989. 6. 19. 동경 驅場에서 崔宣珠 드림

(A Study on the Historical Environment and Conservation Planning of East Asian Countries)

연구의 성격: 鹿島(가지마) 학술진흥재단의 연구비 지원에 의한 국제공동연구

연구의 내용: 역사적환경의 보전에 있어서 역사적 환경의 보전에 있어서 역사적환경 像을 명확히 함과 동시에, 그 역사적환경을 현대의 도시공간 속에서 어떻게 그 위치를 부여할 것인가를 검토해야 한다. 역사적 관계가 깊은 동아시아 3국의 역사적 시가지 보전을 생각한 경우 도시의 발전동향과 주택의 건설동향 등을 파악, 도시계획적 판단을 할 필요가 있다.

★ 안건혁 선생님께

안녕하십니까? 지난 7월에 찾아뵈었을 때는, 제대로 작년 시정개발연구원 일로 도와주신 것에 대해 감사 말씀도 못 드렸습니다. 무척 죄송스럽게 생각합니다. 일본에 돌아와서는 반성 많이 했습니다. 오는 10월 초에 서울에 UNCRD 일로 출장 가게 될 듯합니다. 이미 미국으로 떠나신 후라 생각됩니다. 가게 되면 시정개발연구원의 강홍빈 박사님과 이학동 부장님께는 인사드리겠습니다.

늘 바쁘신데 제 일로 폐 많이 끼쳤습니다. 감사하고 송구스러운 마음, 표현은 못 해도 늘 지니고 있습니다. 미국에서도 건강하시고 많은 수확 얻으시길 빕니다. 미국 주소, 전화번호 알려 주십시오. 또 종종 연락 올리겠습니다. — 1993. 9. 17. 일본 나고야에서 최선주 올림

★ 안건혁 선생님께

그동안 안녕하신지요? 미국 가시기 직전에 보내 주신 편지 감사히 잘 받아 보았습니다. 무척이나 바쁘셨을 터인데 편지까지 주셔서 감사합니다. 실은, 일본의 나라 마찌즈꾸리센타(NON-GOVERNMENT ORGANIZATION입니다.)의 연구에 참여하는 형태로 지난 10월 초부터 약 2주일 간 한국에 갔었습니다. 서울 가회동과 안동하회마을의 주민들과 일본의 주민단체의 교류가 목적이었습니다.

서울에 가서, 서울 종로 북촌마을 가꾸기회 부회장님과 만나고, 그다음 날 강홍빈 박사님을 찾아뵐 기회가 있었습니다. 강 박사님께서 국정감사 일로 바쁘셔서 길게 이야기는 못 했습니다. 출장일이 끝난 후에 약간 시간이 있어서 강병기 교수님도 만나 뵈었습니다. 이학동 부장님과는 서울시정개발연구원에서 인사드렸습니다. (강홍빈 박사님이 바쁘셔서, 권영덕 박사가 가회동에 관한 소개를 하게 되어서) 염형민 수석께서 한영주 소장에게 전화해서 소개해 주셨습니다만, 시간이 없어서 전화로 인사만 드렸습니다. 제 일로 너무 심려를 끼쳐서 죄송스럽기 짝이 없습니다.

그렇지만, 현재 하고 있는 일이 있고, 제힘으로 벌 수 있다는 것만으로도 다행입니다. 게다가 한 직장에 이년 이상은 있어야 제대로 일을 배울 수 있다는 것을 통감하고 있으니, UNCRD에 2, 3년 있는 것도 저를 위해서 좋은 일이겠지요. 직장이 정해지면 귀국하려고 하는 마음은 변함이 없습니다만, 지금 하고 있는 일도 재미있고 보람이 있으니까요.

안 선생님께는 앞으로도 여러 가지로 의논드릴 일이 많으리라 생각됩니다. 잘 부탁드리겠습니다. 외국에서의 생활, 익숙하시더라도 건강에는 유의하시길 빕니다. 혹, 일본에 들르실 일 있으시면 연락 주십시오. 종종 편지 드리겠습니다. 안녕히 계십시오.   - 1993. 11. 8. 나고야에서 최선주 올림

추신: 11월 초에 신동진 선생이 동경·나고야·고베에 출장 와서 만났었습니다. 지구계획 관련 출장이었습니다.

★ 안건혁 선생님께

안녕하십니까? 건강히 잘 지내시는지요? 저는 올 7월부터 YOKKAICHI OFFICE로부터 NAGOYA 본부로 복귀했습니다. 약 일 년간 왕복 세 시간 걸리는 곳으로 통근하느라 좀 고생스러웠습니다만, NAGOYA 본부는 집에서 35분밖에 안 걸립니다. 민범식 선생이랑 문채 씨가 각각 東大와 와세다大로 와 있어서 종종 연락하고 있습니다. 민 선생과는 일전에 동경 출장 갔던 참에 잠깐 얼굴은 봤습니다. 박사 과정에 진학할까 어떡할까 고민 중이라 합니다. (안상경 씨는 아직 논문을 못 썼습니다.) 저는 SDI 건이 잘 안 풀린 후에도, UNCRD와 SDI의 교류라던가(최상철 원장하고 저희 가지 소장이 친구라 합니다), 奈良(나라)의 주민단체의 서울방문 등등으로 관련은 있습니다. 저희 소장님이 서울에 SDI 주최 국제회의에 출석했을 때 최 원장님께 제 취직을 부탁했다 합니다만, 현재로서는 채용할 계획이 없다고 했다 합니다. KRIHS에 들렀을 때, 이건영 원장께도 부탁했다고 민범식 선생한테 들었습니다만 요즘은 UNCRD에서 하는 일에도 많이 익숙해져서, 연구와 함께 연구프로젝트의 사무국 일이랑 연수 등의 일에 관여하고 있습니다. 작년 일 년간은 역사환경보전 관계 업무가 많았습니다만 올해부터 도시경관형성정책에 관한 연구를 시작했습니다. 보고서가 나오면 보내 드리겠습니다.

올여름 일본은 기록적인 폭서로 전후 제일 더웠다고 합니다. 나고야는 39.7도까지 기온이 올라갔습니다. (중심가는 41도까지). 비도 적어서 앞으로 계속 비가 안 오면 단수나 부분 급수가 실시될지도 모릅니다. 8월 한 달 내내 더워서 이젠 모두 34도 정도면 시원하다고 할 정도입니다. 지금 계시는 곳은 어떤지 잘 모릅니다만, 건강에는 늘 유의하시길 빕니다. 서울에 가게 되면 미리 연락 올리겠습니다. (10월에는 KRIHS에 복귀하시는지요?)

안녕히 계십시오.   - 1994. 8. 26. 최선주 드림

나의 삶과 일, 그리고 소중한 것들

★ 안건혁 선생님께

편지 감사히 받았습니다. 바쁘신 중에 제 일까지 걱정해 주셔서 감사합니다. 또 무척 죄송스럽습니다. 오늘 12월 2일~3일 사이에 서울에서 한·중 국제학술대회가 있는데 발표를 부탁받았습니다. 아직 일에 쫓기느라 논문은 못 쓰고 있습니다만, 이 일로 11월 25일 전후해서 서울에 가게 될 것 같습니다. 미리 전화 드리겠습니다.

제가 민범식 선생한테서 전해 듣기로는 저희 소장이 이건영 원장을 만나서 제 취직을 부탁했다고 합니다(수개월 전). 그때 그 자리에 박재길 박사도 통역으로 동석했다 하는데, 이 원장이 가지 소장의 부탁을 그 자리에서 거절해서 가지 소장이 무척 불쾌해했다는 이야기였습니다. 저희 소장한테서 저에게 직접 그런 이야기나 설명은 없었습니다. 저는 소장님이 KRIHS 방문한 사실도 몰랐었습니다. 그 후에, 가지 소장이 너무 기분을 상해했다는 것을 알고, 이 원장이 김현식 박사에게 긍정적으로 검토하라고 (제 채용 문제를) 지시했다는 것까지 민 선생한테서 들었습니다. 최근에 '중국도시설계연구원'과 KRIHS의 교류 문제로 제가 東大 선배인 Dr. RO한테 부탁받고 다리를 놓은 관계로 김현식 박사와 전화로 이야기할 기회가 있었습니다. 김 박사 쪽에서 저희 소장님이 KRIHS에 오셨던 이야기를 꺼냈지만 예의 '검토'의 결과에 대해서 언급이 없었기 때문에 저로서는 '긍정적인 검토'가 '부정적인 결론'에 달했다고 해석했습니다. 저도 KRIHS 내부 분위기를 잘 파악하고 있지 못하므로 어떻게 판단해야 할지 잘 모르겠습니다.

단 일본에 온 후, KRIHS 쪽에서 온 수많은 출장팀의 안내랑 통역이랑을 휴직한 멤버와 관계없이 부탁받아온 저로서는 좀 복잡한 심정입니다. 안 선생님께만 말씀드리지만 어쨌든 현재 하고 있는 일이 있으니 지금 맡고 있는 업무에 충실하려고 합니다. 이곳도 日本化된 UNITED NATIONS라 무척 복잡한데다 일본의 지방자치단체와도 함께 작업해야 해서 고민이 많습니다. 하지만 대학과 틀려서 실제 사회를 경험한다는 점에서 매우 유익한 경험이라고 느끼고 있습니다.

또 연락드리겠습니다. 건강을 빕니다. 친절하신 배려에 감사드립니다. 안녕히 계십시오.

- 1994. 10. 19. 최선주 드림

★ 안 실장님께

실장님의 편지를 받고 보니 멀리 떠나신 것이 아니고 아직도 서울 시내 어딘가에 머물고 계셔서 불현듯 연구실로 찾아올 것만 같은 기분이 듭니다. 안 실장님이 떠나신 다음 실장 적임자가 없는 것 같더니만 역시 원장은 사람 보는 눈이 있어 좋은 실장을 임명해 주어 마음을 놓으셔도 됩니다. 손이 한가한 저나 책임연구원들이 잘 도와드려야 하는데 다들 바쁜 것 같아서…. 그래도 박재길 박사가 많이 도와드리는 것 같습니다. 원장이 연구원을 속속들이 아는 분이라 김영삼 스타일로 연구를 독려하고 있는데 올해 기본연구가 반이나 재심에 걸려 고생들하고 있답니다. 박재길 박사 연구는 잘 통과되었고 J 박사 연구는 10부 발간으로 결정되었습니다. 제 기초연구인 '상세계획 실행 방안'은 김현식 실장이 좋게 평가해 주는 바람에 책을 내게 되었습니다. 부심은 양하백 수석이었는데, 양 수석이 저보고 안 실장이 안 계셔서 살았다고 합니다만… 오해이겠지요. 안 실장이 계셨으면 더 좋은 자문을 받았을 텐데 아쉬움이 있습니다. 책은 나오는 대로 한 권 보내드리겠습니다. 제 일본 연수는 모리무라 교수가 '외국인 협력연구원'자격으로 받고 싶다고 답장이 와서 추진 중에 있습니다. 어학 시험도 통과되었고…. 내년 4월경에 떠날 예정입니다. 연말이 되어 모두 바쁜 것 같습니다. 연말을 즐겁게 보내시기 바랍니다. (아마 실장님은 연말을 처음으로 한가롭게 지내시는 거겠지만…. 가족분들에게도 안부 전합니다.)   - 1993. 11. 30. 민범식 올림

★ 안 선배님,

오늘 출근해 보니 안 선배 X-mas card가 와 있어 반가웠는데 방금 Mrs. 안께서 전화 주서서 퇴근 길에 잠시 뵙고 그간 연구원 사정이랑 말씀드리려고 합니다. 그래도 궁금하실까 봐 몇 자 적기로 하였습니다. 김찬웅 교수 통해서 Honda Accord 구입하셨다는 얘기며, ski도 구입하셨다는 얘기는 들었습니다만 주말에 이곳저곳 다니시는지요. Mrs안께 이곳 얘기 들으시겠지만 여기는 아직 눈다운 눈도 안 오고 비교적 포근한 편입니다.

연구원은 12월 초에 홍성웅 박사가 부원장 연임이 되셨고 큰일은 없이 다들 바쁘게 지냅니다. 이건영 원장 취임 후 최종연심회를 매우 엄격하게 운영하여 다들 공포(?)에 떤 것이 있었고 아마 한두 과제 정도는 보고서 발간치 못 할 것 같습니다. 또한 11월 하순인가 중순경 각 연구실장들을 젊은 (?) 수석들로 대폭 물갈이하였습니다. 도시연구실장에 김현식 박사, 국토연구실장에 박양호 박사, 주택연구실장에 고철 박사를 각각 임명하고 토지(오진모,) 지역(이정식), 교통(문동주), 건설경제(김홍수)는 그대로 두었고, 최근 국토정보실장에 김재영 수석을, 청사건설본부장(노시학)을 자료실장에, 김광평 과장을 청사건설본부장 직대에 각각 임명했습니다.

그리고 이근식 과장은 검사역에, 관리과장은 백전기 총무과장 겸직하도록 했고, 기조실장(윤양수), 예산 담당에 윤여훈이를 배치하는 대폭적인 관리직 물갈이도 단행했습니다. 이래저래 11-12월이 대체로 어수선했지만 큰 무리는 없는 것 같습니다. 따라서 저를 포함해서 음성직, 유영휘, 김정호 박사는 무보직 연구위원이 되어 원로 역할을(?) 하고 있는데, 조만간 명확한 역할의 부여가 있을 것으로 기대하고 있습니다. 요즈음은 이 원장이 대부분의 일을 직접 챙기고 있기 때문에 아마도 원내에서 가장 바쁜 사람이 원장이 아닌가 합니다. 저에게는 원 전반적인 issue(청사건설본부 특별감사: 노 실장 해임·전보, 신경제 계획 총괄보고서 작성, 대 건설부장관 보고-예전 안 실장

님 역할 비슷하게-. 최근엔 금융실명제 이후 토지시장 관리 방안, 토지실명제 등이 issue임)에 대해 부탁을 하는 통에 본의 아니게 바빠졌습니다. 더욱이 내년도에 북한의 토지정책연구를 맡기고 일을 크게 벌이자고 하는 바람에 부담이 큽니다. 이래저래 홍 부원장은 다소 한가해졌고 ESCAP이다 UNESCO다 국제협력관계를 열심히 뛰고 계십니다. 잘 되서 무언가 만들어서 툱 자리 하나 하셔야 할 텐데 아직은 미지수입니다(이 원장이 그런 취지에서 한 term 더 준 것 같습니다). 도시실은 김현식이가 간 후 아직까지 별다른 마찰은 없는 것 같고 김 박사도 과거보다는 덜 유난스럽게 행동하고 있는데 신, 정 두 박사들이 심기가 편치는 않은 것 같더군요. 한동안 정부 조직 개편이다, 국책연구소 통폐합이다, 뒤숭숭했던 적이 있었는데, 아직 설만 무성할 뿐 구체적인 얘기는 없고 최근에는 U.R 및 쌀시장 개방 등으로 정국이 온통 그 얘기뿐이라, 또 개각설이 파다하여 일단 연구소 조정 등의 문제는 뒷전으로 밀려난 느낌입니다. 다만 토개공과 주공의 통합 등, 몇몇 정부산하 투자기관정비 안이 제시되었었지만 이 역시 현실화될런지는 아직 미지수인 것 같습니다. 1년간 이런저런 잡념 버리시고 푹 쉬고 재충전하셔야 할 텐데 괜한 잡소리만 늘어놨군요. 하지만 안 선배 성격에 아마도 궁금해서 못 배기실 것도 같아 이렇게 보고 드립니다. 평촌청사건설은 이건영 원장 취임 후 바짝 다그쳐서 여러 사람이 바빠졌고 특히 설계내역, 가구 선택 등 세밀한 부분을 전문가(?)답게 짚어내는 바람에 여러 차례 세부적인 변경이 있었습니다. 다행히 김광평 씨가 추진력 있게 밀어붙여서 예정에 큰 차질 없이 입주가 될 것 같습니다. 아마도 내년에 귀국하시면 신청사로 오시게 되겠군요. 저도 현장에 한두 번 가 봤는데 건물이 제법 장중한 게 괜찮은 느낌이었습니다.

분당신도시는 입주자가 크게 늘어나 우리 주위에 알 만한 사람들도 많이 이사를 갔습니다. 대개 만족하시는 것 같은데 아침·저녁 교통이 다소 문제인 듯합니다. 고속전철 역사 주변 개발계획 용역은 정석희 박사가 추진 중인데, 우리가 맡고 여타 연구기관, 교수들을 활용할 모양입니다. 신기철 교수 등이 같이 참여할 것 같습니다. 그간의 이런저런 얘기를 쓰다 보니 너무 길어졌군요. 모처럼 미국에서 맞이하는 X-mas와 새해를 즐겁게 보내시기 바랍니다. MIT의 Karen Polenski에게도 안부 부탁드립니다.   - 1993. 12. 13. 이태일 拜上

★ 안건혁 선배님

삼월이 되니 여기저기 봄기운이 완연합니다. 스키 시즌도 대충 끝난 것 같고요. 올겨울은 당초 계획과 달리 한두 차례 밖에는 슬로프 구경을 못했습니다. 아시다시피 서울 생활이란 게 이것저것 걸리는 게 많아 마음먹은 대로 안 됩니다. 일전 귀국한 김정근 씨 만나 대개 그쪽 소식은 들었습니다. 남은 기간도 즐겁고 보람 있게 보내시기 바랍니다. APT 주인이 부도를 냈다던데 보내 드린 영수중(?)으로 대응이 되시는지…. 여러 가지로 골치 아프게 해 드려 죄송스럽기 짝이 없습니다. 저희들은 별일 없이 잘 지내고 연구원도 연초 착수연심회부터 조겨대는 통에 다들 부산하게 움직입니다. 청사는 순조롭게 진전이 되어 4월 하순 경 이사를 가도록 되었다 하고 책상 등 모든 집기도 새것으로 장만하여 새 기분이 날 것 같습니다. 4월경 나오시면 아마 여의도청사가 이사 준비로 어수선할 것 같군요. 자동차가 말썽을 피운다니 걱정이시겠습니다. 저희는 SONATA 사 가지고 온 것이 별 탈 없이 잘 굴러다니고 가격도 이사 운임(자동차가 $1,200: LA로부터) 포함해서 제법 save가 된 것 같아 별 불만 없이 하고 있습니다. 통관할 때 6개월 이상 된 것인지 현대자동차에 제조연월일까지 확인할 정도로 철저하긴 한데, 요즈음 New Sonata가 신청하면 몇 달 걸릴 정도로 주문이 밀려 있다고 하더군요. 현지 가격이 어떤지 모르지만 rebate, discount 등을 받으실 수 있으면 밑지는 것은 아닌 것 같습니다. 올해는 통일국토연구, 북한 토지 등 애매한(?) 과제들만 들러 메고 앉아 있는데 핵 문제니 뭐니 해서 신경을 썼지만 일단 큰 위기는 없는 것 같고 최근에는 정치 개혁법 U.R, 동계올림픽 금메달 소식 등과 함께 남북 대화 재개가 되고 있음이 신문 headline을 장식합니다. 우리 분야와 관련해서는 박상우 박사가 하고 있는 수도권정비계획(2차)과 추가적인 신도시건설문제(배순석 박사) 등도 주요 issue 중의 하나입니다. 연구원은 아시다시피 늘 이런저런 일들로 때론 바쁘게, 때론 한가로이 돌아가고 진 박사는 새로운 건설부 장관(김우석)이 관심을 안 보여서 조기 철수하려는 모양입니다. 부원장은 하염없이 ski나 타러 다니고 뭐 그런 상태입니다. 안 선배가 빨리 오셔서 가닥을 좀 잡아 주셔야 될 것 같습니다. 또 소식 전하기로 하고 이만 줄입니다.

- 1994. 3. 2. 서울에서 이태일 올림

★ 안 선배께

날씨도 제법 더울 텐데 보스턴에서의 요즘은 어떠신지요? 그쪽이나 이쪽이나 북한 핵 문제, World-Cup 등으로 화제 거리가 비슷할 것도 같은데 최근 서울에는 철도, 지하철 노조가 대대적인 파업을 일으켜 더욱 어수선한 분위기입니다. 조금씩 수습이 돼가는 기미도 보입니다만 여하튼 김영삼 정부로서는 관리 능력을 Test 받는 일들이 연일 터지는 느낌입니다. 원도 중간연심회 때문에 바삐 돌아가고 이 원장은 어떨 때는 진이 빠진 듯한 인상도 보여 주곤 합니다만 여전히 들들 볶아댑니다. 최근 음성직 박사가 중앙일보에 교통 담당 전문기자(부국장 대우라고 함)로 자리를 옮기게 되었고 저 역시 강원도 개발연구원 원장 자리를 offer 받아 고민 중에 막강한 최형우 장관 빽을 업은 오진모 장군께 찬탈(?)을 당했습니다. 저로서는 가도 그만, 여기 있어도 그만이라 큰 미련은 없습니다만 한동안 마음이 뒤숭숭했습니다. - 院으로 봐서는 잘 됐다는 뒷얘기들도 있습니다만. 이제 학교도 방학을 해서 한산할 텐데, 여전히 골방을 지키고 계신지요. 여름 지나면 귀국하셔야할 텐데 남은 기간 식구들과 추억에 남는 시간을 만드시기 바랍니다. New Hampshire 나 Maine 바닷가도 좋을 듯한데⋯. 연구원은 청사가(비교적 그럴듯해서 대체로들 만족하며 지내고 있습니다.) 허허벌판이라 여의도에 비해 기온이 1도는 낮은 것 같아 지낼 만합니다. 다만 제 집 가진 사람이 더 극성이라고, 전기절약 때문에 에어컨을 펑펑 틀지 않아 시원한 느낌은 덜한 것 같습니다. 오랫동안 소식전하지 못한 것 같아 생각난 김에 몇 자 적었습니다. 내내 안녕하십시오.

- 1994. 6. 27. 이태일 올림

대학으로 간 이후의 동료들 편지

★ 안 교수님께

입바른 말씀 직접 드리기 계면쩍어 몇 자 난필로 대신하고자 합니다. 먼저 매사 불편한 여건에 모시게 돼서 죄송합니다. 저도 불만투성이입니다만 좀 더 때를 기다리는 마음으로 하루하루 연명하고 있습니다.

담당 교과목 문제는 그동안 회의에 참가하셔서 분위기를 잘 아시다시피 '도시전공→도시계획과 신설'의 전략이 '건축·도시전공'으로 절충된 데서 오는 과도기 현상에서 교과목 편성이 뜻 같지 않게 된 것이지, 결코 맡으실 과목도 없는데 괴로움을 드리려 모신 것은 아닙니다. 실제로 채용공고가 나갔을 때, 안 선배님께서 먼저 오시겠다는 뜻을 비치셨기에 어떻게든 먼저 자리부터 만들어 드리고 보자는 뜻에서 이 머리 저 머리 굴려 모신 것이지 결코 학과 쪽에서 먼저 초빙했던 것은 아니기 때문에 '과목도 없이 왜 나를 뽑았느냐.'는 항의는 저를 무척 당혹스럽게 합니다. (특히 경기 선후배끼리 짜고 논다는 생각을 가질 수도 있는 다른 교수들 앞에서.)

최 교수님께서 안 교수님을 점찍으셨던 이유 가운데 하나가 제가 필요하다고 주장했던 도시전문가이라 최 교수님께서 원하셨던 건축설계실무 유경험자란 양 조건에 부합했기 때문이었기에 당분간은 건축설계를 내 분야가 아니라든가 못 맡으시겠단 말씀을 교수회의 때 안 하셨으면 합니다.

신통치 않은 대학에서나마 하나의 학과 또는 프로그램을 창업하는 기회가 그리 흔한 일은 아닌 것 같으니, '건축·디자인 대학'을 설립하면서 그러한 기회를 찾으시던가, 아니면, 기회가 닿는 대로 더 나은 여건의 대학으로 적을 옮기셔도 좋겠지요. 저 역시 그런 기회를 기다려 보면서 그때까진 최선을 다할 수 없어도 차선은 해 나갈 작정입니다.

지난번 최 교수님께서 총장님(+이동, 강홍빈 등)과 회동하시기 전후하여 '디자인·조형 연구센타장'으로 안 선배님을 마음에 두신 뜻을 밝히셨으니 적절히 예비하시길 바랍니다. (승락과 거절의 기술을)

사적인 자리에서는 "신 교수님" 하면서 너무 격의를 차리지 않으셔도 좋겠습니다. 옛날 미술반 시절처럼 형, 아우 해도 좋겠지요.

라디오 소리 시끄럽다고 스트레스 드려 죄송합니다만 음악 소리가 벽을 타고 건너오다 보니 붕붕거리는 잡음으로 들립니다. 잠깐 잠깐은 괜찮지만 여러 시간 감상하실 때는 헤드폰을 쓰세요. (거의 새것이니 안심하시고)

어쨌든 새 집으로 옮기고 건축대학이라도 생기게 되면 대내외적으로 여건과 체면이 쬐끔은 나아질 것도 같습니다. 그때까지 여러모로 마땅치 않을 것, 저나 선배님이나 조금만 더 참아 보기로 하지요. 내내 건승하시기를 빌며 이만 총총.   - 1995. 신기철 배상

★ 안건혁 교수님. 안부 인사를 올리기 전에 우선 서울대에 부임하시게 된 것을 축하드립니다. 한때 서울대 도시공학과에서 교수 초빙이 어려울 수도 있다는 소식을 듣고 몹시 속상해하고 있었던 차에 이십일 전쯤 안 교수님께서 서울대에 부임하게 되었다는 소식을 다시 듣게 되었습니다. 기쁘고 반가운 마음으로 댁에 전화를 드렸습니다만, 마침 일이 있으셔서 사모님께만 인사를 드렸습니다. 그 후 이런저런 일로 안부 인사를 올리지 못하는 도중에 안 교수님께서 보내 주신 부임 인사 편지를 받게 되었습니다. 진작에 제가 먼저 인사를 올리지 못하여 죄송합니다. 제가 도시계획이라는 학문을 선택한 지 이십 년이 지난 지금 돌이켜 보면 저는 안 교수님의 가르침을 직접적으로도 간접적으로도 퍽 많이 받아 왔습니다. 그동안 정열과 성의로 가꾸신 수많은 작품과 연구보고서를 통해 저의 공부가 이루어졌고, 여러 차례의 회의와 발표회, 토론회에서 보여 주신 진지함과 명쾌함으로 인해 미흡한 저의 자세가 교정되었습니다.

훌륭하신 안 교수님께서 서울대 교수로 초빙되신 것은 도시계획분야의 후학들에게도 큰 기쁨일 뿐만 아니라 서울대를 위해서도 매우 다행스러운 일이라고 생각됩니다.

그동안 도시계획 분야에 헌신하신 데 대해서 그리고 제게 베풀어 주신 가르침과 사랑에 대해서 깊은 감사의 마음을 전합니다. 그리고 앞으로 더 큰 보람과 복됨이 내내 함께하시기를 기원합니다. 안녕히 계십시오.   - 1998. 9. 14. 이창수 올림

★ 안건혁 교수님께

안녕하십니까? 쉐필드의 김현수입니다.

이곳에 도착한 지 3개월이 지났습니다. 이제 가족들도 안정을 찾고 각기 일을 시작한 듯합니다. 영국의 날씨에 대해서는 익히 들어 알고 있었지만 어찌 이런 곳에서 문명의 꽃을 피웠을까 싶을 정도입니다. 그러나 시간이 흐를수록 학교, 병원, 은행, 우체국, 보험제도 등을 체험하면서 수준 높은 공공서비스제도와 공공과 민간, 민간과 민간 사이에 주고받는 다양한 협상 수단들이 참으로 인상

나의 삶과 일, 그리고 소중한 것들

적입니다. 도시개발 수단이란 바로 다양한 이해집단 사이에서 주고받는 협상카드가 뚜렷하고 다양해야만 제대로 이루어질 수 있다는 생각이 듭니다. 덕성여대 이원복 교수님의 만화 중에서 영국 사람들이 전 세계를 포맷했다던데요, 바로 그 '영국식'이란 것을 제대로 이해할 수만 있어도 일 년이란 시간의 보람은 있을 듯합니다. 오기 전에 영국식 계획제도라고 하는 '계획허가제'에 대해서 지방정부의 재량에 의해서 민간의 제안을 허가/불허가 하는 제도라 알고 왔습니다. 정부의 결정에 대해서 민간이 '어필'하고 다시 정부가 디펜스하는 과정은 바로 영국식 ○○○ 생각이 듭니다. 남의 나라에서 성공적인 제도라고 해서 무턱대고 도입할 수 없음을 느낍니다. 설계방 후배들과의 이메일을 통해서, 환경대학원에서까지 수업을 들으러 온다는 소식에 참 후련합니다. 사실 그간 수업을 환경대학원에 가서 듣다 보면 여러 가지 착잡한 마음이 들 때가 한두 번이 아니었거든요.

국토·도시계획학회 교육분과의 『도시시설계획론』의 편집을 맡고 있습니다. 주 교수님이 2장 집필을 담당하시는데 집필이 여의치 못해서 설계방에 부탁하였습니다. 김민성, 김성훈 군이 고생하는 것 같군요. 주 교수님 건강이 전보다도 더 나빠지셨다니 안타까울 뿐입니다. 주 교수님께서 원고 수정이 힘드실 듯하니 제가 이곳에서 읽어 본 후에 다시 보내도록 하겠습니다. 여러 가지 일들로 분주하시리라 생각합니다. 건강하세요. 　　　　　　　　　　　　　　- '98. 11. 21. 김현수 올림

★ 가끔씩 선생님을 뵙고 얘기 보따리를 푸는 일이 어느새 즐거운 일상의 한 켠에 자리 잡은 것 같습니다. 응석, 푸념, 황당무계할 것 없이 다 받아 주셔서인지, 선생님 앞에서는 평소 많던 말이 더 많아지곤 합니다. 낯설게만 느껴지던 서울 한복판에서 제자리를 찾아가는 동안 힘이 되어 주신 것 감사드려요. 건강하시고, 신나는 일이 많이 일어나는 한 해가 되시기 바랍니다.

　　　　　　　　　　　　　　　　　　　　　　　　　　- 1998. 12. 27. 이은 드림

제자들 편지

★ 어느덧 또 한 학기가 지나고 무더운 여름이 시작되었습니다. 처음 시작할 때의 군센 각오와는 달리 열심히 하지 못했다는 아쉬움과 안타까움이 많이 남습니다. 그러나 그간 전공 공부의 틀 안에만 갇혀 있던 제게 새로운 영역을 접하게 해 주시고, 더 넓은 시각을 가질 수 있게 해 주신 교수님의 가르침과 은혜는 결코 잊을 수 없을 것입니다. 이제 다음 학기부터는 하버드대학원으로 유학길을 떠납니다. 그곳에 가서도 교수님이 제게 심어 주신 감동들은 잊지 못할 겁니다. 교수님, 다시 한번 감사드리고 항상 건강하시길 기원합니다. 　　　　　　　　　　- 2000. 6. 23. 김희진 올림

★ 교수님 안녕하세요?

저는 이번 후기 박사 과정에 지원하려고 인사드렸던 박소영입니다. 지난번에는 많은 것들이 뒤얽혀 정리가 되지 않았는데, 교수님과 말씀을 나누고 난 뒤 어느 정도 생각이 정리되어 이렇게 다시 교수님께 연락드립니다.

학부 때부터의 꾸준한 관심사는 주거였는데, 공부를 하던 과정에서 단지, 주거만을 통해서 우리의 도시환경을 근본적으로 변화시킬 수 없음을 알게 되었습니다. 근원을 찾는 과정에서 community, 그리고 이제 '도시'에까지 관심을 옮겨오게 되었습니다. 그럼 도시는 어떠해야 하는가에 대한 의문에 'Environmentally Sound and Sustainable Development'라는 주제가 제게 명확한 해답을 던져 주었습니다.

지금 제 책상 위에는 『도시기본계획지구와 지구환경정비』라는 책이 놓여져 있습니다. 우리나라와 비슷한 발전 과정을 겪은 일본의 도시개발과정을 보면서 이러한 주제가 실현되기 위해서 얼마나 많은 시간과 얼마나 다양한 사람들의 노력이 들어야 함을 새삼 깨닫게 되었습니다. 지금 가진 이 주제가 효율적으로 그리고 형평성을 가지고 조화롭게 해결되기 위해서는 전체 Master Planer로서 도시계획가의 역할이 얼마나 중요한가에 대한 확신도 가지게 되었습니다. 지난번에 찾아뵈었을 때 말씀드린 CM도 공사의 감리 차원이 아닌, 전체 project의 plan과 management 하는 측면에서 말씀드린 것이었습니다.

저는 서울에 93년 대학을 입학하면서 처음 오게 되었습니다. 그때 받은 서울에 대한 인상은 다양하고, 활기차고, 재미있다는 것이었습니다. 책을 통해 그리고 여행을 통해 세계의 여러 도시들을 접하면서, 조금은 단순한 생각이지만 지방에 있는 제 부모님과 친구들에게 제가 보고 배운 그런 아름다운 도시를 만들어 주고 싶다는 생각을 하였습니다. 물론 지금도 그 생각에는 변함이 없고, 이제 그 생각을 구체화하고 싶어 교수님께 지도를 부탁드리는 것입니다.

실은 지난 1년간 여러 장의 이력서를 쓰면서 과연 제가 평생을 두고 의미 있게 할 수 있는 일이 무엇일까에 대해 절실히 고민하였습니다. 교수님을 만나 뵙고, 도시에 관한 책들을 읽어 가면서, 이제 제 자리를 찾은 것 같다는 생각을 하게 되었습니다. 아직은 구체적이지도, 여물지도 않은 생각들이지만 교수님의 가르침을 통해 계획적인 차원에서 실제적이고 구체적으로 발전시켜 나가고 싶습니다.

이제 완연한 여름이 된 것 같습니다. 올여름에도 좋은 일들이 교수님께 가득하기를 기원드립니다. 늘 건강하시구요, 안녕히 계세요. — 2001. 5. 25. 박소영 올림

★ 안건혁 교수님!

안녕하세요? 교수님 수업을 듣게 된 지 4년 만에 처음으로 개인적으로 뭔가를 드리게 되네요. 수

업 들을 때 드리면 꼭 잘 봐 달라는 뇌물 같아서 쭉 꺼렸었는데 이젠 그럴 일이 없으니까 맘 편히 드리는 거예요. 제가 그나마 저희 과에 계속 남아 있을 수 있었던 건 교수님 강의 때문이었던 것 같아요. 공대 쪽 수업은 적성에 안 맞아서 제대로 들은 수업이 없었거든요. 아마 교수님 수업마저 없었더라면 전과를 했을 거예요. 근데 교수님 수업이 너무 재미있어서 매 학기마다 꼬박꼬박 듣다 보니 결국 지금까지 '지구환경시스템공학부' 학생으로 남아 있게 되었네요. 사실, 다음 학기에도 '단지계획'을 듣고 싶었지만 시간이 너무 오후라서 포기했어요. 내년 가을 학기에 '도시구조론'이 아닌 다른 강의 하시게 되면 꼭 듣고 싶어요. 교수님 강의는 학점을 잘 못 받더라도 듣고 싶은 수업이거든요. 암튼 한 학기 동안 즐거웠습니다. 건강하시고요. 행복하세요!   - 2001. 12. 23. 이선화 드림

★ 안건혁 교수님께

대학에 들어와서, 갈피를 못 잡고 방황만 하던 중에 교수님 강의-도시설계, 구조론-을 듣게 되었습니다. 얼마나 재밌고 공부하는 게 즐겁던지…. 늘 교수님께 감사드리고 있구요. 앞으로도 부끄럽지 않은 제자가 되도록 노력하겠습니다. (저 아시죠? 어디 나가면, 교수님 제자라고 자랑하고 다니는 거^^) 항상 건강하시구요. 저 계속 잘 부탁드려요.   - 2003년 스승의 날 김송은 드림

p.s. 좀 화사하고 상큼한 색으로 선물 골라 봤습니다. 교수님 디자이너시니까 맘에 드셨으면 좋겠어요.

★ 교수님 안녕하세요?

벌써 5월이 반이나 지나가고 스승의 날이네요. 교수님을 지도 교수님으로서 처음 뵈었을 때는 무섭기만 하신 분인 줄 알았는데, 작년 도시설계 수업을 듣고 난 후에는 교수님의 다른 면도 많이 보았고 더 좋아졌습니다. 교수님은 정말 유머가 많으신 분이세요. 전 벌써 4학년이 되었습니다. 그 동안 저를 여러 면에서 잘 이끌어 주셔서 감사합니다. 언제나 건강하시고 행복하세요.

- 2003. 5. 15. 구혜연 드림

★ 안건혁 교수님께

교수님 연구실에 가겠다고 교수님 찾아뵙고 면접받던 게 엊그제 같은데 벌써 3년이 다 되어 가네요. 교수님 덕분에 좋은 기회 얻어서 외국에서 공부하게 되었지만 어딜 가서든 교수님의 가르침 잊지 않고 열심히 공부하고 돌아오겠습니다. 교수님이 제 최고의 선생님이세요! 항상 건강하시고 하시는 모든 일 다 잘되시길 바라요. 감사합니다.   - 2005. 9. 15. 제자 송진화 드림

★ 교수님께

여기에 온 지 벌써 한 달 하고 반이 지났네요. 처음에는 적응한다고 정신없다가 그냥 지나고 그 다음부터는 하루하루 하도 정신없이 흘러가 버려서 이제야 엽서 한 장 달랑 띄웁니다. 저, 소양이, 상훈이는 잘 지내고 있어요. 숙소도 나름대로 훌륭하고 지내는 것도 별로 불편한 것은 없습니다. 엽서 그림은 저희가 공부하는 건물입니다. 건축과 건물이라 그런지 신경 써서 지은 건물 같아요. 입 떼고 오라 하셨는데 그것은 생각보다 쉽지 않네요. 핑계를 대자면 수업 끝나고 우리들끼리만 있으니 영어 쓸 기회가 많지는 않더라고요. 그래도 많은 좋은 경험 하고 있습니다. 8월 중순에 건강한 모습으로 돌아가겠습니다. 더운 여름에 건강 조심하세요.   - 2005. 7. 25. 안내영 올림

★ 안건혁 교수님께

교수님, 언제부터 감사하다는 인사드리고 싶었는데 마침 이렇게 스승의 날이 있어 교수님께 감사의 편지 올립니다. 더 잘할 수 있었을 텐데, 더 열심히 할 수 있었을 텐데 하는 아쉬움이 남기는 하지만, 제 대학 생활을 돌이켜 볼 때 교수님 수업만큼 제가 재밌게, 열심히 들은 수업이 없는 것 같아요. 이러한 교수님의 가르침과 또 저희 학생들에게 훌륭한 귀감이 되어 주시는 것만으로도 정말 감사드릴 일일 텐데, 저는 특히 교수님께서 제게 베풀어 주신 관심과 격려 또 여러 번의 도움 등 너무나 감사하게 생각하고 있습니다. 이랬다저랬다 방황하다가 갑자기 유학을 결심했을 때 교수님께서 도와주시지 않았다면 지금과 같은 결과는 불가능했을 거예요.

늘 무엇인가 부탁드리기 위해 찾아뵈면 말주변도 없는 이 평범하고 부족한 제자를 늘 반갑게 맞아 주시고 애써 주신 것, 어느 교수님이나 다 그럴 수 있는 것은 아니라고 생각해요.

특히 제 추천서를 위해서 다른 교수님들께 손수 전화까지 해 주시고, 장학금이나 또 그 이후의 공부 계획 등에 대해 먼저 걱정해 주실 때는 교수님께 얼마나 감사했는지 몰라요. 교수님 도움이 아니었다면 이렇게 외국에 나가 공부할 생각은 할 수 없었을 거예요. 어디에서나 교수님의 은혜 늘 잊지 않겠습니다. 가서도 교수님께 누가 되지 않도록 공부 정말 열심히 하겠습니다.

- 2005. 5. 9. 제자 이해인 올림

★ 안건혁 교수님께

교수님, 안녕하세요? 더운 여름은 잘 보내고 계신지요. 미국에 나가기 전에 교수님 뵙고 싶어서 계속 전화를 드렸는데 연락이 닿지 않아 결국 감사하다는 인사도 직접 드리지 못하고 이렇게 가게 되었습니다. 얼마나 면목이 없는지 모르겠어요.

교수님께서 도와주신 덕분에 얼마 전 관정 이종환 장학재단에서 장학금을 주겠다는 기쁜 소식을

들었습니다. 워낙 쟁쟁한 지원자들이 많아서 걱정을 많이 했었는데, 역시 교수님께서 도와주시니 모든 일이 이렇게 척척 잘 풀려 나가는 것 같아요. 부모님께서도 정말 기뻐하시고, 또 교수님께 정말 감사해하십니다. 교수님께서 유학 당시 장학금 없이 공부하는 것이 얼마나 힘들었는지 말씀하시면서 선뜻 제 추천서를 써 주셨을 때, 제자를 생각하는 교수님의 마음이 얼마나 감사했는지 몰라요. 정말 감사합니다.

이제 막상 가려고 하니 설레기도 하지만 역시 긴장도 되고, 걱정도 되는 것 같습니다. 특히 미국에 나가기 전 몇 달 동안, 가서 공부할 준비를 더 많이 했어야 하는데, 대부분의 시간을 치과 등 병원에서 보내느라고 준비를 잘하지 못한 것 같아요. 예전에 다쳤던 치아 때문에 큰 수술을 해서, 한동안은 밖에 나오지도 못하고 미국 가기 전에 다 회복하는 것이 급선무였어요. 다행히 잘 아물기는 했는데, 그러고 나니 이제 출국할 날이 덜컥 코앞에 다가와 있습니다.

그래서 걱정도 되기는 하지만, 처음에 모든 것이 쉽지 않게 느껴지더라도, 겁내지 말고 정말 열심히 공부하겠다는 각오를 했습니다. 제가 버클리에 가서 공부할 수 있도록 도와주신 많은 분들을 생각하면, 제가 한시도 공부를 게을리해서는 안 된다는 생각이 들어요. 특히 교수님께서 제게 베풀어 주신 은혜 생각하면서 열심히 노력하겠습니다.

그리고 교수님께 미리 시간을 여쭈지 않고 표를 사서 죄송해요. 원래 제가 여기 있을 때 교수님 모시고 함께 공연을 보러 갔으면 좋겠다고 생각했었는데, 제가 병원에 있느라 그렇게 하지 못했고, 마침 10월에 좋은 공연이 있어서 준비했어요. 쿠르트 마주르, 장영주, 그리고 연주할 곡들도 친숙하면서도 참 좋은 곡들로 짜여 있어서 골랐어요. 교수님 가셔서 좋은 시간 보내셨으면 좋겠습니다.

원래 장학금 소식도 바로 전해 드리고, 한 번 더 뵙고 나가려 했는데 이렇게 편지만 올리고 가려니 얼마나 죄송한지 몰라요. 가서도 이메일로 종종 소식 전해 드리겠습니다. 다시 한번 감사드리고, 그럼 안녕히 계세요.   - 2005. 8. 17. 이해인 올림

★ 안건혁 교수님께

교수님 안녕하셨어요. 저희는 지금 브뤼셀에서 프랑스 쪽으로 출발하려고 하고 있어요. 벌써 일정이 반이나 지나갔네요. 유럽 이곳저곳을 다니다 보니 작년에 교수님과 연구실 사람들과 답사 왔던 일이 새록새록 생각나요! (그때가 훨씬 재미있었어요.) 열심히 배우고 돌아가겠습니다. 교수님과 함께 왔었더라면 너무 좋았을 텐데 너무 아쉬워요. 그리고 역시, 어딜 봐도 우리 안 교수님이 최고에요! 교수님 제자라서 항상 자랑스럽고 뿌듯해요. 서울은 더울 텐데 건강하시고요. 돌아가면 찾아가 뵙겠습니다. 안녕히 계세요.   - 2005. 7. 20. 송진화 올림

그리고 소중한 것들   **379**

★ 교수님!

교수님 덕택에 이곳 유럽까지 와서 도시답사를 하게 된 시간이 반을 후딱 넘어 공식적인 답사 일정이 3일밖에 남지 않았네요. 제가 한국에 도착한 후에야 이 엽서가 도착하겠지만 교수님이 너무 보고 싶은 마음에 편지를 쓰지 않을 수 없었어요. 이곳에 와서 제가 얼마나 부족하고 많은 것을 배워야 하는지 느끼고 갑니다. 이런 기회를 주셔서 너무 감사해요. 자세한 얘기는 한국에서…. 교수님 사랑해요. ^_^

- 2005. 7. 30. 아침 김애리 올림

★ 안 교수님께

안녕하세요? 교수님 또 어느덧 한 해가 훌쩍 넘어가 버린 것 같습니다. 항상 교수님 건강 소식 듣습니다. 항상 건강하셨으면…. 모든 제자들의 바람입니다. 크리스마스의 훈훈한 풍경만큼 교수님이 자랑스럽게 여길 수 있는 후학들의 소식 많이 많이 들을 수 있는 또 다른 한 해가 되었으면 합니다. 쓰다 보니 또 편집이 엉망이네요. 빨간 줄 긋지 마세요. 항상 좋은 소식 전하는 제자가 되겠습니다.

- 2005. 12. 16. 장혜영 드림

★ Dear 존경하는 안건혁 교수님

안녕하세요. 이번 학기 교수님의 수업을 청강하는 숙명여대 3학년 조승희입니다.

우연한 기회로 교수님과 인연을 맺어 너무 기쁩니다. 벌써 아쉽게도 한 학기의 시간이 화살처럼 빠르게 지나가서 섭섭합니다. 더 열심히 수업에 임할 걸 하는 후회도 생깁니다. 교수님께 전 수많은 학생 중 하나로 기억되실지 모르지만 제겐 특별한 분이세요. 열성적인 강의 감사합니다. 흔쾌히 청강을 허락해 주신 점도 감사하고요. 늘 노력하며 열심히 살겠습니다. 뭘 좋아하실지 몰라서 작은 정성 담아 준비했습니다. 늘 건강하시고 또 찾아뵙겠습니다. 그때까지 행복한 일만 가득하길 기도하겠습니다. 그럼 이만 줄일게요.

- 2005. 12. 12. 청강생 조승희 올림

p.s 미리 인사드릴게요. Merry Christmas & Happy New Year!

★ 교수님 안녕하세요?

지난주에 오타루라는 도시에 다녀왔습니다.

생각보다 자그마하고 조용한 도시였는데 도시에 남아 있는 대단하지 않은 것들도 잘 관리하고 있는 모습이 인상적이었습니다.

엽서는 오타루 주변 운하에 남아 있는 장소들이에요.

지금은 박물관, 공장, 상점 등으로 쓰고 있는데, 그런 것들로 쓰기에는 창고 스케일이 커서인지

나의 삶과 일, 그리고 소중한 것들

그림은 창고와 운하 주변을 사람들로 가득 채우고 있어요. 오글오글한 사람들이 참 귀엽죠?

    교수님 늘 건강하시구요, 빨리 감기 나으세요.   - 2006. 7. 3. 박소영 드림

    p.s 베개는 라벤더 향이 나요. 이걸 베고 자면 잠이 잘 온대요.

★ 떨리는 마음으로 교수님을 처음 뵌 것이 어제 같은데 벌써 5년이 지나서 이렇게 졸업을 하게 되었습니다. 요즘 이것저것 정리를 하고 있는데, 지난 6년 시간에서 제가 얻은 가장 큰 재산은 평생을 믿고 따를 수 있는 분을 알게 된 것이라는 생각이 들었습니다. 힘든 순간마다 교수님께서 해 주셨던 따뜻한 위로와 격려가 제가 지금 이 순간까지 오게 된 가장 큰 힘이 되었습니다. 진심으로 감사드립니다. 또 그동안 많이 모자라는 저 때문에 몸과 마음으로 고생시켜드려서 많이 많이 많이 죄송합니다. 지금보다 앞으로 나가야 할 길이 더 멀고 험하겠지만 늘 교수님을 생각하면서 꿋꿋하고 바르게, 그러면서도 주변 사람들에게 따뜻한 배려를 잊지 않는 사람이 되도록 노력하겠습니다. 교수님 그 동안 이끌어 주셔서 진심으로 다시 한번 감사드립니다. 늘 건강하세요.

                                   - 2007. 8. 21. 박소영 올림

★ 교수님께

    교수님, 그간 안녕하셨는지요? 저를 비롯한 사고뭉치 학생들이 자리를 비워 그 어느 때보다 건승하셨으리라 감히 생각해 봅니다. 저희는 교수님 덕분에 선진지 답사 겸 여행을 무사히 마치고 돌아왔습니다. 비록 아는 게 적어, 보고 배워 온 것 또한 적었을지 모르겠지만 책에서 보았던 여러 사례들을 눈으로 직접 본 것만으로도 제게는 좋은 경험이 된 것 같습니다. 감사의 의미로 종준이 형과 함께 아주 작은 선물을 마련했습니다. 아주 좋은 와인은 아니지만 제가 직접 부르고뉴의 BEAUNE 까지 가서 사 온 정성과 노력이 듬뿍 담긴 와인이니 먼저 오신 분들이 사 온 치즈와 함께 드시면 그 어떤 와인도 부럽지 않을 것이라 아주 살짝 기대해 봅니다. 자리에 있어도 교수님 심려 끼쳐 드리지 않는 제자가 되기 위해 더욱 노력하겠습니다. 항상 건강하세요!   - 2007. 7. 24. 승남 올림

★ 교수님께

    교수님. 김애리입니다. 교수님께는 논문 드릴 때 감사의 글 쓴 이후로 이렇게 편지로 뵙는 것은 처음이네요. 교수님은 선물보다는 이런 편지를 더 좋아하신다고 말씀하신 것이 기억나서 차라리 찾아뵐 때 이런 편지 한 통 써 가는 것이 낫지 않을까 싶어서 이렇게 펜을 들었습니다.

    논문 쓰고, 졸업하면서 교수님 속 가장 많이 썩힌 제자가 뜬금없이 결혼한다고 했을 때, 교수님 기분이 어떠셨을까. 저렇게 고생시키더니 시집가려고 저랬나…. 허무하시기도 하실 것 같고, 시원

섭섭하실 것 같기도 하고. 저 철없는 것 결혼해서는 잘 살까⋯. 저러다 석사까지 공부해 놓고 공부는 접는 거 아닌지⋯. 이 생각 저 생각 많이 드셨죠?^^; 저도 막상 결혼을 결심하긴 했지만, 차마 교수님께 말씀을 못 드리겠더라구요⋯. 그래도 많이 축하해 주실 거죠?

제가 결혼하는 사람도 저희 과 사람이에요. 교수님 수업도 들은 적 있고요. 저희가 학부 때부터 만나서 대략 4년 반을 만났어요. 지금은 토목회사 가서 노가다하고 있는데, 사회 초년생이라 어리버리 그럭저럭 일 배워가고 있는 거 같아요. 저희 연구실 제자는 아니지만 저희 학부 제자니까 저만큼은 아니어도 제 신랑도 은혜해 주세요⋯. 교수님! 참 착한 사람이고, 무엇보다 저한테 잘해 주어요. 공부도 끝까지 시켜 준다고 저희 부모님 앞에서 약속했어요. 그러니 제가 계속 공부하는 건 제 스스로 의지를 꺾지 않는 한 계속할 것 같아요. 항상 교수님이 지켜보신다는 마음가짐으로 열심히 할 테니, 교수님도 저 응원해 주시고, 저희 결혼도 많~이 축복해 주세요.

대학원 들어가서 항상 교수님 속만 썩혀 드렸지만, 그래도 항상 노력하는 제자 될게요. 저로 인해 교수님이 환하게 웃으실 수 있는 날이 빨리 와야 할 텐데⋯. 저희 열심히, 행복하게, 서로 사랑하며, 무엇보다도 잘~살게요. 교수님도 항상 건강하시고 행복하세요.

교수님 사랑해요~♥

- 2007년 8월에 제자 김애리 올림

★ 안 교수님

2007년 끝자락에서 시간이 좀 더디 가라고 빌어 보지만 더 빨리 가 버리네요. 해가 갈수록 제 맘대로 되는 일은 더 없어지는 것 같아요. 어릴 때는 부모님이든, 친구든, 성적이든 맘먹은 대로 되는 듯도 했는데 말이죠.

작년 이맘때 교수님께서 매해 주시는 격려금 봉투에 써 주신 메모, 올해 꼭 논문을 쓰라던 그 메모를 항상 지니고 들여다보곤 합니다. 올해는 말 안 듣는 학생이 돼 버렸네요.

지키지 못한 계획과 약속들 때문에 여러 가지로 무거운 한 해입니다. 아니 해가 갈수록 삶의 무게가 커지는 것 같습니다. 점점 지키지 못하는 것이 많아지는 탓이겠죠.

이제 제가 할 수 있는 일은 뚜벅이처럼 쭉 걸어가서 터널을 통과하는 것 밖에 없음을 잘 알고 있습니다. 그 길을 걸어가면서 제가 어떤 사람인지 어떻게 살아야 하는지 끊임없이 시험받고 있지요. 스스로 제 자신에 대한 평가가 점점 더 정확해지고 있는 것이 두렵습니다. 혹자는 자아도취, 자기만족으로 우월감도 느낀다던데. 그 힘으로 학위를 취하는 거라고⋯. (나와 다른 사람 얘기가 아무 소용이 없는 줄 알면서 쓸데없는 얘기죠⋯.)

각설하고 느리지만 정직하게 교수님과의 약속을 내년에는 꼭 지키겠다고 마음에 새겨 놓았습니다. 늘 부족한 모습만 보여 드려 죄송합니다. 그리고 제게 관심의 끈을 놓지 않고 지켜봐 주셔서 고

나의 삶과 일, 그리고 소중한 것들

맙습니다. 오랫동안 못 뵈어서 뵙고 싶네요.   - 2007. 12. 20. 진영효 올림

★ 안건혁 교수님께

무고하시지요? 공부를 시작한 지 2년 반 되었네요. 문득 그런 생각이 듭니다. 열정보다 인내가 더 필요한 것 같다는 생각요. 마치 아이를 기르는 것과 같을지도 모르겠습니다. 아이들은 하루하루 자라지 않는 것 같지만 어느 날 보면 영글어 있죠.

처음 공부 시작할 땐 열정이 있었는지조차 이젠 기억나지 않습니다. 스스로 다독거리며 마음가짐부터 다스리고 있습니다. 교수님께서 제 부족함과 불성실함을 늘 참아 주시는 것을 잘 알고 있습니다. 크게 못 미치는 제자가 되지는 말아야 할 텐데 말입니다. 늘 진심으로 감사드립니다.

                                                        - 진영효 올림

★ 교수님께

연구소에 정식 출근을 시작한 지 정확히 두 달이 지났습니다. 이제는 나도 사회인이라는 사실에 몸도 마음도 어느 정도는 적응이 된 듯하고, 두 번의 월급을 받아서 언제나 애기일 것만 같았던 제가 부모님께 용돈을 드려도 보는 신기한 경험도 했답니다. 첫 월급을 받았던 날에도, 뭘 어떻게 해야 할지 몰라서 숨이 턱턱 막히도록 답답한 날에도, 이렇게 하면 되겠구나 조금씩 길을 찾게 되는 날에도, 교수님 생각이 절절해요. 교수님이 계시다는 사실 만으로도 힘을 얻고, 또 교수님께 누가 될까 봐 죽어도 잘해야겠다 싶고⋯. 요즘 제가 이렇답니다. ^^

교수님 연구소 오셨던 날 내내 교수님 오신 줄도 모르고 있다가 나중에 알고서야 인사도 못 드린 게 너무 죄송스럽고 섭섭해 문자를 보냈더니, 서울대 출신이라고 사람들이 시기한다고 답장을 주셨어요. 그거 보고 울컥해서 눈물 참느라 혼났습니다. 이것 참, 어디 가서 우리 교수님 마음이 이러신 분이라고 자랑을 할 수도 없고, 그저 가슴 깊이 담아 두고 앞으로 살아가면서 두고두고 새기려고요.

원래 첫 월급 타면 부모님께 속옷 사 드려야 한다고 해서 저희 부모님께는 속옷 선물을 해 드렸는데, 다름 아닌 교수님께는 혹 댁에서 노여워하실까 봐 다른 선물을 드립니다. 하하. 겉보기에는 제가 교수님께 드리는 선물이지만, 제가 교수님께 선물을 드릴 수 있다는 이 자체가 저에게는 교수님이 주신 선물 같아요. 교수님 고맙습니다. 그리고 꼭 건강하세요!   - 2007. 9. 16. 고은정 드림

★ 안건혁 교수님께

교수님, 열대성 기후가 되어 버린 듯한 이번 여름 잘 보내셨는지요. 교수님께 처음으로 잘 쓰지

못하는 글씨로 편지를 쓰게 되는 거 같습니다. 학교 다닐 때 스승의 날 때 교수님께 편지 드리고자 했지만 때마다 핑계를 만들어 미뤄 왔음을 죄송하게 생각합니다. 편지 봉투에서 예상하셨겠지만 지금 논산에서 4주 군사훈련을 받고 있습니다. 더운 여름이라 약간은 걱정했지만 어렵지 않게 적응을 했습니다. 변화된 군대의 모습을 느끼며, 약간은 지루하지만 즐겁게 훈련받고 있습니다.

여기서 사회의 복잡함을 떨쳐 버리고 단순한 생각을 만들어 가며 지내고 있습니다. 책 읽을 시간이 은근히 많아 알랭드 보통의 『여행의 기술』이라는 책을 보고 있는데, 여행을 하며 의미 있다고 생각하는 도시 혹은 자연을 제가 얼마나 이해하고 받아들였는지 되돌아봅니다. 아름다움을 보는 눈, 그리고 이 아름다움을 내면화하고, 다시 만들어야 하는 직업을 가지고 있음에도 불구하고 표면적인 복제와 따라 하기를 통해 설계를 하고 있었음을 반성하고 있습니다. 학교를 다니면서 논문을 쓰기에 부족했던 제 내면의 시야를 더 뚜렷이 만들어 가야겠다 생각을 다시 하고 있습니다.

훈련소에 온 지 3주차가 되어 가고 있습니다. (…일부 소실…) 사회에서의 시간은 밀도가 낮고 속도는 더 빠르게 느껴집니다. 엔지니어링 회사에서 하는 도시 일을 하면서, 제도적 접근에 의한 체계성과 건축적 접근과의 차이점 때문에 일에 흥미를 느끼고 설계 이외의 포괄적 업무를 재미있게 배울 수 있었습니다.

하지만 시간이 지나면서 제가 하고픈 일과 현재의 일이 일치가 되는지, 제가 목표하는 과정 속에서 현재에 충실하고 있는지 고민하게 되었습니다. 입대 전에 고민하고 있었던 것을 이곳까지 끌고 들어와 조금 더 신중하게 생각하고 있습니다. 이러한 고민이 저의 부족한 끈기로 느끼는 사춘기적 고민인지 제 관점과 희망으로 발생하는 고민인지 신중을 기하려 합니다. 군대가 아니라 회사라면 그냥 적응하여 지내고 있을 듯하지만 지금 이러한 고민을 넉넉히 할 수 있다는 것을 군대에 감사할 수 있을 듯합니다.

교수님께서는 개강하셔서 바쁘시겠지만 즐겁게 학생들을 가르쳐 주실 것 같습니다. 요즘 학생들에게 농담도 더 잘해 주신다는 소식을 들었습니다. 제가 교수님의 유머 감각을 닮았으면 하는 생각을 했던 기억이 납니다. 바쁘시더라도 교수님 건강하시길 기도합니다. 교수님 곧 오는 추석 잘 보내시고요. 건강한 모습으로 퇴소 후 찾아뵙겠습니다.　　　　　　- 2007. 9. 1. 제자 김준우 올림

★ 교수님께

새해 복 많이 받으시고 무엇보다 건강하세요.

2007년이 저에겐 무척이나 힘든 일도 많았지만 보람 있는 일도, 행복한 일도 많은 시기였습니다. 아픔을 기쁨으로 전환할 수 있는 힘을 교수님께서 주셔서 너무 감사드립니다. 기쁘고 보람 있는 일이 많이 일어나고 새로운 백선영이 된 것 같아요. 앞으로도 실망시켜 드리지 않고 부지런하고, 밝

　　　　　　　　　　　　　　　　　　나의 삶과 일, 그리고 소중한 것들

고, 건강하게 연구도 하고, 일도 하고 연구실 생활해 나가겠습니다.

교수님 2008년에도 더욱 건강하세요.   - 2007 선영 드림

★ 교수님! 안녕하셨어요. 잘 지내시는지 궁금하네요.

저희는, 남편 졸업하고 근처에 job을 구했어요. 보스턴 서쪽으로 20분 정도 떨어진 Needham으로 이사하고 준서, 민서와 함께 열심히 살고 있답니다. 취업비자, 영주권 신청해서 진행 중인데 잘 해결되고 아가들 조금만 더 크면 한국에 한 번 가 보려고요. 아직은 애들 둘 데리고 비행기 탈 엄두가 안 나네요. 올해도 복된 성탄절 보내시고, 새해에도 건강하세요. 사모님께도 인사 말씀 전해 주세요.   - 김송은 드림

★ 교수님 안녕하세요!

감사한 마음만큼 자주 인사 못 드려서 죄송합니다.

스승의 날인 오늘 가장 많이 생각나고 감사의 인사를 드리고 싶은 분은 교수님이세요. 교수님과 함께한 2년 동안 제가 받은 학문적인 가르침도 무엇보다 컸지만, 교수님은 저에게 그 이상의 존재이셨어요. 지금도 힘들거나 흔들릴 때면 가끔 교수님 생각을 해요. 저에게 큰 힘이 되어 주셔서 정말 감사합니다.

교수님 그동안 잘 지내셨나요? 안식년은 잘 보내셨는지 궁금해요. 전 졸업 후 가정도 꾸리고, 건축사에 합격하는 성취도 맛보았답니다. 지금은 김영훈 상무 밑에서 일하고 있어요. 상무님도 교수님 말씀 자주 하세요. 교수님 덕분에 도시설계에 관심을 갖게 되었다고 얘기해 주셨어요.

교수님 자주 찾아뵙고 싶고, 결혼할 때도 남편과 함께 인사 드리고 싶었는데, 교수님이 제게 너무 큰 분이셔서 어려운 마음에 쉽게 발걸음이 떨어지지 않았어요. 이렇게 스승의 날 행사를 통해 죄송한 마음과 감사한 마음 함께 전합니다. 앞으로 좋은 소식 교수님께 전할 수 있도록 노력하는 제자가 될게요.

교수님, 그동안 가르침에 진심으로 감사드립니다. 늘 건강하시길 기도할게요.

         - 2007 제자 백현아 올림

★ 안건혁 교수님께

교수님 안녕하세요? 여행지에서 이 엽서를 보자마자 교수님 생각이 나서 집어 들었습니다. 뒷면의 사진은 스페인 남부 '론다'라는 작은 도시고요. 사진 가운데 보이는 다리는 1784년에 만들어진 누에보 다리에요. 다리 윗편은 성당과 관공서가 있는 구도시고, 다리 아래편은 투우장이 있는 신시

가지에요. 이곳은 꼬불꼬불한 길과 광장 그리고 랜드마크가 적절하게 조화되어 있고, 바닥 페이빙에서 문고리까지 모두 섬세하게 만들어져서 도시 전체가 마치 하나의 마스터피스 같다는 생각이 들 정도로 아름다운 도시였어요. 그리고 다리를 보면 교수님 생각이 나고요…. 교수님, 예전에 말씀하신 것처럼 차로 이런 곳들을 두루두루 천천히 다니실 수 있도록 늘 건강하세요.

- 2007. 12. 19. Ronda에서 제자 박소영

★ 안건혁 교수님께

예년과는 다른 특별한 카드를 써서 드리고 싶은 마음에 대보름도 지난 지금에서야 펜을 들었습니다. 제가 항상 똑같은 말씀을 드려도 매번 제 진심이라는 걸 교수님께선 다 알고 계실 텐데. 이젠 제가 바보 같은 제자라는 걸 어렴풋이 알 듯도 싶습니다. 교수님 올 한 해 행복하시길, 하시는 모든 일 충만한 결과 얻으시길, 주님께서 늘 지켜 주시길, 매일 밤 기도 드리고 있으니 마음 편히 푹 주무시고 올해는 꼭 건강해지세요 교수님.

- 2007 신슬기 드림

★ 안건혁 교수님께

안 교수님. 그동안 안녕하셨어요? 직접 뵙고 인사 드린 지도 벌써 2년이 다 되어갑니다. 멀지도 않은 거리인데, 생각보다 한국에 자주 갈 기회가 잘 생기지 않네요. 제가 게으른 탓도 있지만요. ^^

교수님 소식은, 워낙 교수님께서 유명하신 데다가 교수님을 존경하고 사랑하는 많은 선후배님들이 끊임없이 알려 주고 있어서, 이곳 일본에서도 자주 듣고 있습니다. 물론 직접 찾아가 뵈어서 여쭙고 하는 것에 비하면 여전히 아쉽고 부족하지만, 졸업이 이제 정말 얼마 남지 않았다는 사실에서 위안받고 있습니다. 졸업에 관해서는, 6월 초에 초안을 제출해서 약 2달간의 심사과정을 거쳐 올 9월에 학위를 받는 순서로 진행됩니다. 교수님께 지도를 받던 한국에서의 상황보다 이곳 일본의 학위 취득 과정은 의외로 덜 엄격한 것 같습니다만 저 나름대로 부족함을 많이 느끼는 터라 최선을 다하고 있습니다. 이곳 교수님이 많이 바쁘시기도 하고, 유학생의 신분으로 한계가 있는 부분이 없지 않아, 생각한 대로 논문을 진행시키기가 힘들지만 가능한 만족스러운 결과를 내도록 노력 중입니다.

그리고 안 교수님께 제일 먼저(가족 빼고요.) 말씀드리고 싶었던 것이, 졸업 후 노무라종합연구소라는 컨설팅펌의 한국지사에서 일하게 되었다는 소식입니다만(이미 아시고 계실지도 모르지만요^^) 이것도 직접 뵙고 말씀드리고 싶었는데 우선은 이렇게 서신으로 전합니다. 최종적으로는 연구소나 학교에서 연구 관련 일을 하고 싶었지만, 좀 더 다양한 경험을 쌓아 보려고 결정했습니다. (왠지 다른 길로 가는 듯한 생각이 들어 교수님께 언짢아하시지는 않을까 걱정하면서 적어 보았습니다.) 하지만 어서 많은 것을 배워서 교수님같이 한국 도시에 전력을 투구할 날을 고대해 봅니다!

그날까지 교수님께 여러 상담, 말씀 들으러 종종 찾아뵙겠습니다. 항상 건강하셔야 해요!! 안 교수님 언제나 감사합니다.

- 2008. 4. 26. 제자 송진화 드림

★ 안건혁 교수님께

교수님, 안녕하세요? 또 오랜만에 인사드립니다. 그동안 잘 지내셨는지요?

저는 벌써 하버드에서 시작한 조경 석사 과정의 반을 마쳤습니다. 처음 해 보는 석사 과정도 아닌데, 여전히 배울 것은 이렇게 많고 시간은 이리도 빨리 지나간다는 사실이 여전히 놀랍기만 합니다.

이번이 벌써 총 네 번째 해 보는 스튜디오 수업이었는데, 드디어 이번 학기에 마음고생 많이 하면서 설계를 조금씩 알아간다는 생각이 들어요. 과연 잘 할 수 있을까 자신감도 없어지고, 해야 될 일의 양에 미리 겁을 먹기도 했는데, 다행히 고생 속에서 재미있어지겠구나 하는 생각도 들어요.

지난겨울에 임승빈 교수님께서 여기 하버드에 다녀가시면서 교수님께서 제 칭찬을 많이 하시더라고 말씀하시더라고요. 그런 말씀을 들을 때마다, 변변치 않은 제자 아껴 주시는 마음에 감사하고 또 열심히 해서 정말 잘해야겠다는 생각 하게 됩니다.

이번 여름에 한국에 가면 또 찾아뵐게요. 늘 감사드리고 안녕히 계세요.

- 2009. 5. 12. 캠브리지에서 이해인 올림

★ 안건혁 교수님께

저의 대학 생활에 교수님을 만난 건 정말 큰 행복입니다.

교수님! 고시를 보고 공무원이 되어 제가 세웠었던 비전들과는 저도 모르는 새 다르게 살아갈 뻔했던 저의 삶을 들어 새롭게 놓아 주신 교수님 감사합니다. 많은 사람과 넓은 세계를 만나고 제가 죽은 뒤에도 남아 있을 도시조직을 짜고 많은 이들이 딛고 건강하고 행복한 삶을 누릴 수 있는 도시를 만드는 꿈을 꾸고 있는 지금. 너무 행복합니다.

비록, 아직 어리고 현실을 몰라서일지 모르지만 제가 노력하며 달려간다면 될 것을 믿고, 그 꿈을 이루기 위해 더 많이 공부하고 싶은 욕심이 생기고, 더 다양한 것들을 접하고 흡수하고 싶은 열정이 솟아납니다. 사실, 교수님과 더 친해지고 싶어요. 제가 앞으로 어떻게 될지 확실치 않고, 비록 나중에 그저 그냥 도시를 좋아하는 아줌마가 된다 해도 가끔 찾아뵙고 맛있는 것도 먹고, 멋진 곳도 가고 싶어요. 게으른 제가 나태해지지 않도록 더 많은 자극을 주시고, 채찍질해 주세요.

추신, 제가 직접 만든 약밥이라 맛이 덜할지도 모르겠습니다. 못생겼어도 예쁘게 봐주세요.

- 2009. 5. 15. 양승희 올림

★ 존경하는 안건혁 교수님께

교수님. 벌써 2009년 한 해도 다 지나가고, 2010년입니다. 특별나게 유난한 삶을 산 것도 아닌데 매년, 한 해가 끝날 때쯤 그 한 해를 돌아보면, 항상 제 자신에겐 도전이었고 많은 일이 있었던 그런 '특별'한 시간들인 것 같습니다. 교수님은 어떠셨는지요?

이번에 저희 부모님의 은혼식을 챙겨드리면서, 수십 년간 한 사람과 한 가정을 꾸려 온다는 것이 얼마나 위대한 일인지 다시 한번 느끼게 됐습니다. 거기에 한 분야에서 한 우물만 판다는 것은, 그리하여 그 분야에서 인정받는다는 것은 그것이 얼마나 대단한 일인지 굳이 언급할 필요도 없겠지요. 이 모든 것을 지난 생을 거쳐 일궈 내신 교수님 그래서 진심으로 존경합니다.

조금은 권위를 내세우셔도, 조금은 '낭비'라는 것을 하셔도, 조금은 아침 시간에 여유를 부리셔도 어느 누구 하나 뭐라 할 사람이 없는데도 지난 1년 반 동안 뵈어 온 교수님께선 너무나도 부지런하시고, 청렴하시고, 모든 것을 '아낄' 줄 아시는 그런 분이셨습니다.

학부생 때 교수님을 '학자'와 '선생님'으로서 존경했다면 이젠 거기에 한 '사람'으로서 교수님을 마음속 깊이 존경하게 된 것 같습니다. 그래서 항상 교수님께 감사드립니다. '롤 모델'에 목말라 있고, 제 스스로에게의 자극에 목말라 있는 저에게 교수님의 존재는 매우 의미가 크거든요. 항상 지금처럼 그렇게 멋있으신 모습으로 건강하셔야 합니다.

지난 2009년 교수님께도 참 많은 일이 일어났던 한 해였을 듯싶습니다. 좋은 일도, 나쁜 일도 있었지만 교수님의 지난 인생에서 2009년을 어떤 위치의 한 해였을지 또, 다가오는 2010년은 어떤 한 해로 준비 중이실지….

저의 조그마한 소망이 있다면, 교수님께 앞으로 다가오는 한해, 한해가 그저 무언가를 '마무리'하는 시간들이 아니라 교수님께 항상 새롭고, 행복한 그런 차분하면서도 활기찬 그런 시간들일 수 있는 것입니다. 교수님께서 사회 속에서 알고 계시는 수많은 역할들-아버지, 남편, 교수님 등등-을 떠나 교수님께서 온전히 하고 싶으신 것, 이루고 싶으셨던 것들에 집중하실 수 있는 그런 시간을 가지시기를…. 또 그와 함께 댁내 항상 행복이 가득하시기를 바랍니다.

저는 그런 교수님의 제자로서 부끄럽지 않게 또 제 이름이 부끄럽지 않게 항상 노력하는 현지가 되겠습니다. 교수님께 그리고 이 도시설계연구실을 통해 배우고자 했던 것들을 알차게 배워나갈 수 있도록, 항상 경계를 늦추지 않겠습니다. 나름 제 스스로는 노력한다고 한 한 해였지만 매너리즘에 빠진 부분도 있었고 당초 계획했던 것보다 해이해졌던 적도 많았던 것 같습니다. 한 '사람'으로서도 아직 채워지지 못한 부분도 많은 것 같고요. 그런 부분들을 다가오는 2010년 한 해 동안, 교수님 밑에서 열심히 보고 배우며 온전히 채워 나갈 수 있도록 항상 지켜봐 주세요. 어떤 힘든 일이 있어도, 어떤 유혹이 있어도, 앞으로 힘차게 나갈 수 있도록 교수님께서 제 옆자리를 든든히 지켜

나의 삶과 일, 그리고 소중한 것들

주시면, 정말 행복할 것 같습니다. (감히 옆자리를 바라다니…!!)

남미도 건강히 잘 다녀오시고요, 다시 한번 사랑합니다. 교수님~~

- 2009. 12. 30. 교수님의 자랑스러운 제자 현지 드림

★ 안건혁 교수님께

안녕하세요. 교수님! 저는 박혜라입니다.

어느덧 연구실에 들어온 지도 2년이 되었습니다. 새해를 맞이하여 감사의 말씀을 전하고 죄송하다는 말을 드리고 싶습니다. 처음 연구실에 올 때에는 무엇이든 할 수 있을 것 같고 논문도 잘 쓸 수 있을 것 같았는데, 막상 논문 쓸 때에는 교수님 말씀도 제대로 따르지 못하고 좀 더 미리 열심히 하지 못한 것 같아 후회가 많이 됩니다. 더 적극적으로 생활했다면 하는 아쉬움이 듭니다. 남미에 갔을 때도 교수님과 더 많은 대화를 했었다면 좋았을 텐데 제가 너무 소극적이었었죠. (벌써 1년이 지났다니!!)

그래도, 연구실에 와서 좋은 선배님들, 친구들, 후배들을 만난 것 그리고 교수님이 하시는 일을 조금이나마 본 것, 강의·스튜디오를 들은 것은 제 인생에 있어 값진 경험이라고 생각합니다. 2년간 너무 감사했고 논문 때문에 걱정거리 만들어 드린 거 너무 죄송합니다. -_ㅠ

새해 복 많이 받으시고 항상 건강하세요.　　　　　　　- 2010. 12. 31. 금. 제자 박혜라 올림

★ 교수님, 올 한 해 동안 감사드립니다. 부족한 저를 지도해 주시고 인내해 주시고 맛있는 것도 사 주셔서 2010년 올해 정말 행복했습니다. 내년부터는 저도 신입생 티를 벗고 어엿한 석사 과정생이 되어 열심히 연구에 매진하도록 하겠습니다. 교수님, 2011년에도 건강하시고, 안식년도 즐겁게 보내세요! 새해 복 많이 받으세요!

- 2010. 12. 마지막 날에 교수님을 하늘만큼 존경하는 김민혜 드림

★ 안건혁 교수님!

벌써 1년하고 절반이 지났네요. 작년에는 마냥 흥분되고 즐겁더니만, 올해는 좌절과 두려움이 점점 커지는 듯합니다. 모르는 것은 늘어만 가는데, 지나가야 할 관문은 더 가까이 다가오고 있어서 그런가 봅니다. 내년이면 학부모가 되는데, 시간은 자격을 묻지도 않고 그냥 흘러가네요. 혹시나 그런 무심한 시간 중에 교수님께 실수한 것이 없나 성찰해 봅니다. 교수님께서도 내년은 바쁘실 것 같아요. 항상 건강하시고요. 변함없는 감사와 존경의 마음을 전해 드립니다.　　　- 진영효 올림

★ 교수님! 벌써 2년이 되어 가네요. 저로 인해 짐만 늘어나셨죠. 진심으로 감사드려요. 품어 주셔서. 최고의 선물은 좋은 논문이라는 것을 잘 알고 있답니다. 지금 당장은 이 선물이 필요 없으시겠지만, 먼 훗날 이걸 쓰시게 되면 아마 제가 조금 기억이 나겠지요? 엄청 속 썩인 녀석이라구요…. 감사드립니다. 건강하셔야 해요.   - 진영효 올림

★ 안건혁 교수님께

안 교수님, 지난 남산 모임 때 뵈었던 것이 또 두 달이나 지나 버렸습니다. 항상 건강해 보이시고 좋은 말씀, 즐거운 말씀해 주셔서 저뿐만 아니라 졸업생, 재학생들 모두 정말 자주 찾아뵙고 인사드리고 싶어 합니다만, 바쁘신 교수님께 누가 될까 항상 눈치만 보고 있습니다. 얼마 전에는 안용진 선배와 정상훈 선배가 잠시 귀국해서, 같은 시기 연구실 생활을 하던 동기, 선후배들끼리 잠깐 모이는 자리를 가졌었습니다. 교수님께 꾸중 들었던 일, 수업 시간에 졸던 일(죄송합니다.) 그리고 앞으로 어떻게 공부를 마치고 일을 해서 교수님 가르침에 보답해야 하나 오래오래 이야기를 하면서 밤을 지새웠습니다. 저희의 이런 고민이 결실을 맺을 수 있도록 교수님 꼭 건강하고 오래오래 사셔야 합니다!

신묘년 항상 좋은 일만 가득하길 기원합니다. 새해 복 많이 받으세요! - 2011. 2. 2. 송진화 드림

★ 안건혁 교수님께

안녕하세요 교수님. 승남입니다. 도시설계 연구실에 들어가겠다며 무작정 교수님을 찾아간 것이 2005년 봄이었으니, 제가 교수님과 그리고 도시설계 분야와 연을 맺은 지도 벌써 7년이 지났습니다. 7년간 교수님과 함께하는 동안 학사, 석사가 되었고 그리고 드디어 오늘 박사가 되는 날을 맞았습니다. 이 모든 것들이 교수님 앞에서 말 한마디도 제대로 하지 못할 정도로 어리숙했던 저를 제자로 받아 주시고 그동안 지도해 주신 교수님의 은혜 덕분이라고 생각합니다. 겉으로 드러나는 감정 표현에 서툴러 그간 한 번도 말씀드린 적은 없지만, 늘 교수님께 감사하는 마음뿐입니다. 이 편지를 빌어 제 마음이 전해지길 바랍니다. 학부 시절 교수님을 만나기 전까지의 저는 공부와는 담을 쌓고 목표 의식 없이 방황하는 학생이었습니다. 솔직히 처음엔 제가 입학한 과에서 무엇을 가르치는지도 제대로 알지 못했고 그러다 보니 자연스레 친구들이 많이 듣는 수업만 무작정 따라서 듣곤 했었습니다. 그러던 차에 4학년 1학기가 되어서야 처음으로 교수님과 도시설계 분야를 알게 되었고 그때서야 비로소 제가 이 과를 선택했던 이유를 다시금 깨닫게 되었습니다. 그때 단지계획 수업을 듣지 않았더라면 전 어쩌면 여전히 제가 원하지 않은 다른 길을 걷고 있었을지도 모릅니다. 물론, 제가 도시설계 연구실에서 박사를 받게 되는 일도 없었을 것입니다. 주변에 대학 생활에 대

한 조언을 해 줄 멘토가 없었던 탓에, 제가 하고 싶었던 일을 조금은 늦게 찾게 되었지만, 남들보다 늦었던 만큼 그 이후의 저는 더욱 열심히 해야겠다는 생각에 의욕이 넘쳤던 것 같습니다. 입학 한 학기 말에 무턱대고 메가시티를 가겠다고 했을 때의 교수님의 걱정스러워했던 표정과 발표 후에 안도의 한숨을 내쉬던 교수님의 모습이 6년이 지난 지금도 선합니다. 아마 그때 제가 큰 사고라도 칠까 내심 걱정하셨던 것 같습니다. 지금 생각해 보면 제가 생각해도 너무 무모했다는 생각이 들 정도니까요…. ^^ 그 후에도 전 항상 다른 사람들보다 잘해야겠다는 생각을 했던 것 같습니다. 그 만큼 욕심이 컸던 탓에 연구실 일과 개인 연구 모두 누구보다 열심히 하려고 노력했던 것도 사실입 니다. 그러다 보니 가끔은 귀찮고 힘든 일도 죄다 막내인 저에게 떠맡기는 선배, 동료들과 갈등이 있었던 적도 있었고 보이지 않는 궂은일들은 어떻게든 피하려 하는 사람들을 미워했던 적도 있었 습니다. 박사 과정이 되어 선배 입장이 된 후에는 이해할 수 없는 많은 일들을 이해하고 넘어가야 만 하는 일들에 힘들었던 적도 많았습니다. 제가 방황을 하던 시기부터 지난겨울 박사 논문을 쓰는 기간 동안은 너무 힘든 마음에 교수님께 하소연하는 편지를 썼다가 지웠던 적도 여러 번 있었습니 다. 지금 생각해 보면 다 저의 과도한 욕심이 자초한 마음의 병이자, 앞으로 제 스스로 회복해야 할 과제인 것 같습니다. 아마 교수님께서 지난 연말 제게 1년간 더 '숙성'되어 나가라고 말씀하신 것도 다 제가 좀 더 '성숙'하길 바라시는 마음에서 하신 말씀이라고 생각하고 있습니다. 교수님 말씀을 마음에 새겨, 성공한 연구자가 되기에 앞서 성숙한 인간이 될 수 있도록 노력하겠습니다. 그리고 당장 교수님 곁을 떠나는 것도 아니지만 어디에서든 오늘을 있게 해 주신 교수님의 은혜에 늘 감사 하며 늘 겸손한 자세로 진정성 있는 연구를 수행하는 연구자가 되도록 노력하겠습니다.

- 2012. 2. 24. 제자 승남 올림

    p.s 1. 결국 마지막에 여러 일들이 생기는 바람에 원고를 깔끔하게 정리하지 못하고 너무나도 두 꺼운 논문이 나와 버리고 말았습니다. 논문의 수준은 낮더라도 원고만큼은 잘 쓰려고 했는데…. 제 가 썼던 논문들 중 가장 큰 아쉬움이 남는 논문이 되어 버린 것만 같습니다. 그리고 도시설계 관련 주제가 아니어서 교수님께 항상 송구스런 마음 가지고 있습니다. 비록 가시적인 성과는 부족했지 만 도시설계 관련 연구도 꾸준히 해 왔고 졸업 후에는 더욱 도시설계에 초점을 맞춰 연구할 예정이 니 저의 앞으로의 연구들도 항상 관심을 갖고 지켜봐 주십시오!!

    p.s 2. 교수님, 저도 드디어 결혼을 하게 되었습니다!! 결혼 준비가 이렇게 힘든지는 미처 몰랐는데… 아마 지난 학기에 졸업을 못 했더라면 올해 결혼 준비하느라 결혼도, 졸업도 못 했을 뻔했습니다.

    결국 올해는 교수님 덕분에 졸업도 하고 결혼도 하는 해가 된 것 같습니다. 그러니 교수님께서 주 례도 꼭 해 주실 거라 믿습니다! 나중에 청첩장이 나오면 신부와 함께 정식으로 인사드리겠습니다.

p.s 3. 교수님과 그간 나누지 못했던 이야기들을 이 편지를 통해 많이 하고 싶었는데, 제 논문만 큼이나 두서없이 글을 쓰다 보니 하고 싶었던 이야기들을 많이 못 한 것 같습니다. 가까이 있겠지만 종종 편지 드리겠습니다. 교수님 늘 건승하십시오!!

★ 교수님. 제가 석사 입학한 게 엊그제 같은데 교수님께서 벌써 퇴임을 하시네요. 꼭 교수님 현직에 계실 때 당당한 모습으로 교수님 찾아뵙고 싶었는데 그렇게 되지 못해 마음이 아프고 죄송스럽습니다. 작년에 좀 더 노력해서 좋은 결실을 맺어야 했는데 그러질 못했거든요. 올해를 마지막 도전으로 생각하고 대학원생 시절, 절 아껴 주시고 믿어 주신 교수님 생각하며 잘하겠습니다. 올해는 1차 시험이 3월 초에 있어 교수님 퇴임식에 참석하기 어렵지만 그 누구보다도 교수님 항상 생각하고 감사하게 생각한다는 것 잊지 말아 주십시오. 시험 다 정리하고 찾아뵙겠습니다. 항상 건강하세요.

- 2014. 2. 김애리 드림

★ 안건혁 교수님께

새해 복 많이 받으세요. 연초에 교수님은 물론 선후배들을 한 자리에 볼 수 있는 자리를 마련해 주셔서 감사드립니다. 작년 초 세종시 파견근무를 마치고 연구원에 복귀하여 연구기획·평가·조정·총괄 업무를 맡고 있습니다. 개인적으로는 작년 하반기에 늦게나마 공부를 마무리할 수 있었습니다. 올해부터 본격적으로 이 분야의 발전을 위해 활약할 수 있게 되어 마음이 한결 가볍습니다. 교수님 제자로서 부끄럽지 않게 열심히 활동하겠습니다. 충주에 새로이 거처를 마련하셨다는 소식도 접했습니다. 교수님께서도 올 한 해 건강하시고 계속적인 활동도 기대하겠습니다. 새해 소망하시는 바 모두 이루시길 바라겠습니다.

- 2015. 1. 6. 김중은 올림

★ 교수님. 김애리입니다. 이 연하장을 직접 드릴 수 있어 얼마나 행복한지 몰라요. 작년 교수님 퇴임식 때 찾아뵙지 못해 항상 마음에 아쉬움이 있었거든요. 저는 발표 이후에 집에서 아이 초등학교 보낼 준비를 하면서 보내고 있어요. 날씨가 추워서 어디 다니지도 못하고 집에서 군것질만 잔뜩하고 있지만 요즘 검도를 배우고 있답니다.

아침에 찬바람 맞으며 도장에 가긴 귀찮지만 그래도 실내에서 하는 운동이라 겨울에도 할 수 있어 좋은 것 같아요. 교수님께서도 추우셔도 꾸준히 꾸준히 운동하셔서 항상 건강하세요.

앞으로 제가 어느 부서에 배치받을지는 모르지만, 그래도 교수님의 손길(?)이 느껴지는 세종시에서 살 수 있게 되어 기쁩니다. 그곳에서도 매사에 최선을 다하는 사람이 되도록 하겠습니다. 교수님 항상 건강하시고 저를 비롯한 많은 교수님 제자들이 자기 자리에서 잘 쓰이고 있는 것 지켜봐 주세요. 교수님 사랑합니다.   - 2015. 1. 6. 김애리 드림

★ 교수님께

이메일이나 유선으로 이따금씩 부탁 연락만 드리다가 오랜만에 이렇게 몇 자 적어 보내봅니다. 지난 연초 사은회 때 교수님과 여러 제자들 보면서 참 애틋하기도 하고 지난 추억들로 이런저런 생각들이 들었습니다.

이제 학교에 온지 1년 가까이 되어 가니 그간 교수님께 참 많은 것들을 배웠구나 하는 생각이 들었습니다. 수많은 교수님들을 뵈면서도 제겐 교수님만큼 귀감이 되는 교수님을 아직 못 뵌 것 같네요. 어쩌면 제겐 큰 복이겠지요. 아직 나아갈 길이 멀지만 교수님께 배운 교수로서, 학자로서, 어버이로서의 마음가짐 늘 잊지 않겠습니다. 늘 건강하십시오.

                                       - 2015. 5. 13. 스승의 날 즈음에 제자 인수 올림

★ 안건혁 교수님께

교수님! 무더위가 한풀 꺾이고 태풍이 찾아오고 있는 요즘 건강히 잘 지내고 계신지요. 저는 약 3주 전 입소하여 4주차 훈련을 받고 있는 5번 훈련병 이승민입니다. 얼마 전 북한의 포격 도발로 훈련소 내 분위기가 매우 심각해져 군대에 온 것이 실감나던 차에 교수님 생각이 들어 편지를 쓰게 되었습니다. 교수님께서 항상 저에게 남자라면 한 번쯤 군대에 다녀와야 한다고 말씀해 주신 것 혹시 기억이 나시는지요. 이제야 비로소 그 의미를 이해할 수 있을 것 같습니다. 비록 남들보다 짧은 기간이었지만 매우 다양한 사람들과 어울리며 조직 생활에 필요한 인내심, 협동심, 단결력 등을 기를 수 있었고 체력도 향상시킬 수 있었으니 말입니다.

이중 여러 가지의 길을 걷다 온 사람들과 같이 생활하게 된 것은 제 시야를 정말 크게 넓혀 주는 기회였습니다. 여기에는 일수 찍다가 온 친구, 물장사를 하다가 온 친구부터 각종 박사 과정, 축구 선수 등 정말 여러 사람들이 함께 지내고 있습니다. 각자 생각하는 것과 목표, 삶의 방식이 달라 잠깐 얘기하는 것만으로도 견문을 크게 넓힐 수 있었습니다. 특히나 문신이 온몸에 가득한 친구들과의 대화는 전에는 경험해 보지 못했던 짜릿한 일이었습니다.

한편, 이렇게 다양한 사람들과 이야기를 나누고 또 혼자 생각하는 시간을 많이 갖게 되다 보니 나의 길은 무엇인가에 대한 고민을 시작하게 되었습니다. 아직 고민이 끝이 나지는 않았지만 훈련소 생활이 마무리될 때까지는 어느 정도 결론에 다다를 것으로 기대됩니다. 훈련소를 마치고 난 후 까무잡잡해진 피부와 질문거리를 가지고 찾아뵙고 싶습니다. 환절기에 감기 조심하시고 이만 줄이도록 하겠습니다.   - 15. 8. 23. 논산에서 25연대 7중대 1소대 5번 훈련병 이승민 올림

★ 존경하는 안건혁 교수님께

교수님 안녕하세요. 제자 경주입니다. 일찍부터 추워진 겨울 날씨에 건강하신지요? 2015년 새해에도 더욱 건강하시고 평안하시길 기원합니다. 교수님께서 은퇴하신 지 어느새 1년이 되어갑니다. 하루하루 어떻게 지내고 계신지도 궁금하네요. 교수님께서는 워낙 성실하시고 젊은 저희들보다 열정이 있으셔서 또 다른 일들을 계획하고 이루어 가시고 계시리라 생각합니다. 보람 있게 지내고 계시지요? 저는 교수님께서 염려해 주신 덕분에 잘 지내고 있습니다. 작년에는 종로구청과 제가 살고 있는 창신동을 대상으로 프로젝트를 진행했습니다. 덕분에 논문이 좀 늦어지고 있어서 한편으로는 마음이 무겁네요. 이번 2월까지는 마무리를 짓고 상반기에는 결혼을 계획하고 있습니다. 부족한 제자지만 넓으신 마음으로 돌봐 주시고 도와주세요. 교수님, 늘 건강하시고 행복하시길 기원합니다. 존경하고 사랑합니다.　　　　　　　　　　　　　　　- 2015년 1월 6일 제자 경주 올림

★ 교수님! 김애리입니다. 지난 스승의 날 즈음 뵙고 오랫동안 뵙지 못했지요. 아직은 그리 바쁘지 않은 삶인데도 교수님을 자주 찾아뵙기는커녕 안부 문자도 자주 못 드려 죄송해요. 그래도 가끔씩 지하철을 타거나 책을 읽을 때, 길을 걸을 때 문득 교수님 생각이 나곤 합니다. 그럴 때마다 건강은 하신지, 충주 펜션은 제 모습을 갖추어 가는지, 교수님의 건조한 손끝은 괜찮은지 궁금해집니다. 그런 생각을 하는 제 모습에 교수님께 배우던 그때가 힘들기도 했지만 그 시절을 그리워도 하는구나 하고 생각이 들어 가슴 한 켠이 아련해지기도 합니다.

대학원을 다니던 그 시절처럼 저에게는 지금 이 시간도 정말 많은 변화의 시간입니다. 그때는 어렵긴 해도 든든히 버텨 주시고 응원해 주시는 교수님이 계셔서 그래도 꿋꿋이 나아갈 수 있었던 것 같았습니다. 그때로부터 거의 10년이 지났지만 아직도 나약한 제 모습을 보며 많이 불안하지만 계속 교수님께서 건강하신 모습으로 아버지처럼 저를 지켜 주세요. 그러니까 교수님 항상 건강하셔야 합니다. 사랑합니다. 교수님.　　　　　　　　　　　　　- 2016. 1. 4. 김애리 드림

★ 안건혁 교수님께

교수님! 아무것도 몰랐고 의욕만 넘쳤던 제가, 호기롭게 교수님의 연구실을 찾아갔던 것이 2001년이었으니 벌써 교수님께 의지를 하게 된 것도 햇수로 15년이나 되었습니다. 처음에는 좋아하는 과목의 담당 교수님으로, 그다음에는 첫 직장의 고문님으로, 그다음에는 박사 과정 지도 교수님으로, 그다음에는 결혼식 주례 선생님으로, 지금은 두 번째 아버지로 진심으로 생각하고 있습니다. (앗! 하나님을 생각하면 세 번짼가요?)

흔들릴 때나 힘들 때 교수님 생각하며 버텨 낼 수 있었고 마음을 잡을 수 있었습니다. 조금은 늦

었지만 예전부터 염원하던 대로 교수님께서 계획하고 설계하신 행복 도시에 지낼 수 있게 되어서 기쁩니다. 교수님의 제자로, 딸로 살 수 있어 항상 자부심이 있습니다. 기대와 사랑에 감사하며 꾸준한 선영이 되겠습니다. 다시 한번 감사드립니다. 언제나 행복하고 건강하세요.

- 2016 제자 선영 올림

★ 안건혁 교수님께

교수님, 안녕하세요. 홍나미입니다. 지난 한 해도 교수님의 지혜와 많은 가르침을 주셔서 감사합니다. 앞으로도 잘 부탁드립니다. 개인적으로 작년 가을에 교수님 충주댁에 찾아뵈었던 기억이 좋은 추억으로 남았습니다. 앞으로도 교수님께서 허락해 주신다면 선후배분들과 자주 찾아뵙고 교수님과 함께하는 시간을 가질 수 있으면 좋겠습니다. 2016년 올해도 건강하시고 가정에 행복이 깃들기를 기원합니다.

새해 복 많이 받으세요. 감사합니다.

- 2016 홍나미 올림

★ 안건혁 교수님께,

2010년도 제가 유학 갈 때 마지막으로 교수님을 괴롭혀 드렸던 것 같은데 벌써 10년 가까이 되었네요. 비록 자주 연락드리거나 찾아뵙지는 못 하지만 항상 제자이자 후배로서 교수님께 감사드리고 교수님을 응원합니다. 감사합니다. 항상 건강하십시오!   - 2018. 12. 3. 도시설계 박성민 올림

p.s. 비타민입니다. 제 생각하시면서 드세요!!

★ 안건혁 교수님께

교수님 처음 뵈었을 때가 2008년 도시설계 수업이었습니다. 그때 저는 학부 3학년이었는데 벌써 10년이 지났습니다. 결혼을 핑계로 이제야 도시설계라는 분야로 이끌어 주시고, 제자로 받아 주신 것에 대한 감사의 편지를 쓸 용기 내 봅니다. 2008년만 해도 저는 도시설계라는 분야가 있는지도 몰랐습니다. 도시설계 수업을 듣게 된 계기도 수강 신청할 때 도시설계에 관심 있던 동기가 교수님 좋다며 같이 수업 듣자고 했던 것입니다.

지금도 첫 수업 시간이 생생합니다. 도시의 아름다움에 대한 수업이었습니다. 그날 PPT에는 피렌체 사진이 있었습니다. 붉은 지붕들 위로 두오모가 보이는 모습이 저에게 강하게 인상에 남았습니다. 그때부터 피렌체가 아름답다고 느껴지게 되는 이유가 궁금해져서 수업 시간 내내 이에 대한 교수님의 말씀이 언제 나오는지 기다렸던 기억이 납니다. 이때부터 관심을 가지고 도시를 둘러보기 시작했던 것 같습니다. 그때만 해도 저는 환경공학으로 대학원 진학하려고 마음먹고 환경공학 관련 수업을

많이 듣고 있었습니다. 당시 저에게 전공 분야를 결정하는 것은 인생의 방향을 결정하는 너무도 큰일이었고, 한참을 고민해야 했습니다. 도시설계에 대해 아는 것도 없고 물어볼 사람도 없는 상황에서 수업을 들으며 형성된 도시설계와 교수님에 대한 좋은 이미지가 거의 유일한 선택의 근거였습니다.

2009년 가을 고민 끝에 교수님 방에 가서 도시설계 하고 싶다고 말씀드렸을 때 교수님께서는 도시설계 하면 먹고살기 어렵다고 다시 생각해 보라 하셨던 것으로 기억납니다. 사실 저는 교수님께서 도시설계에 재능이 보이지 않으니 하지 말라고 하실까 봐 걱정하고 있었습니다. 미적 감각도 없고 도시설계 학점도 좋지 않았기 때문에 자신감을 가질 부분이 없었습니다. 그래서 저는 교수님의 말씀을 도시설계 하지 말라고 말씀하시는 것이 아니라 정말 진심으로 하려고 마음 단단히 먹은 것인지 물어보시는 것으로 받아들였습니다. 그래서 이후 단지계획 수업에도 학점이 좋지 않았지만 열심히 하고자 마음만 가지고 다시 교수님 찾아뵙고 도시설계 연구실 들어가고 싶다고 말씀드렸던 기억이 납니다.

연구실에 들어가고 난 이후에는 도시설계가 제 삶의 중심이 되었습니다. 부족함이 많아 도시설계가 무엇인지 좋은 도시설계가 무엇인지 자신 있게 답 못 하는 것이 답답하면서도 그 답을 고민하는 것이 싫지 않습니다. 평생 하는 일을 찾았다고 생각합니다. 가끔 친구들이 벌써 회사 퇴직 후 무엇을 해야 할지 고민하는 모습을 볼 때면 저에게는 그런 고민거리가 없다는 것을 새삼 느낍니다. 교수님을 처음 뵌 지 10년이 되었고 제자로 들어간 지 8년이 되었습니다. 그런데도 아직 한 번도 교수님께 저를 도시설계로 이끌어 주시고 받아 주셔서 감사하다는 말씀을 드리지 못했습니다.

교수님 감사합니다. 오래 건강히 지내십시오.   - 2018. 주종웅

★ 안건혁 교수님께.

교수님 저는 4월 22일부터 5월 6일까지 15일간의 신혼여행을 마치고 돌아왔습니다. 한국에서 남북정상회담과 같이 역사적인 사건을 함께하지 못했지만, 서유럽 도시들과는 다른 동유럽 도시를 돌아볼 수 있었습니다. 여행을 끝내고 돌아와 생각하니 교수님 주례 말씀 중 두 가지는 지금부터 지킬 수 있을 것 같습니다. 헝가리, 체코, 크로아티아, 오스트리아에서 굴라쉬, 슈니첼과 같은 전통 음식을 처음 먹었습니다. 낯선 음식이다 보니 이제 부인이 된 여자 친구와 음식 맛에 대해 많이 이야기하게 되었는데 생각이 비슷해 시간이 더 지나야 알겠지만 입맛은 이미 어느 정도 비슷한 것 같습니다. 여행 중간 중간 앞으로 살아가며 함께 있는 시간에 무엇을 할지 고민하다가 다도를 해 보기로 했습니다. 회사 퇴근 후 집에서 함께 차를 마시며 대화하는 것을 첫 공동의 취미로 만들고자 합니다. 그리고 앞으로 조금씩 공통의 관심사, 취미를 만들어 갈 생각입니다. 앞으로 오래오래 주례 말씀 마음에 새기며 함께 살아가겠습니다.

교수님 다시 한번 주례해 주셔서 감사합니다.   - 주종웅 올림

★ 안건혁 교수님께.

보고 싶은 교수님 건강하게 잘 지내고 계신지요. 저희는 네덜란드를 거쳐 지금은 벨기에에 있답니다. 엽서에 나온 곳은 답사 셋째 날 갔던 네덜란드의 낙안읍성(!)인 Willemstad에요. 이곳에 갔던 것이 바로 엊그제인데 벌써 답사의 일정의 끝이 보이네요. 다른 학교 학생들이 교수님들과 다정하게 보일 때마다 교수님 생각이 나서 저희 셋 모두 교수님 뵙고 싶다고 아우성을 치고 있어요. 유명한 장소들을 그냥 지나칠 때에는 아쉽기도 하지만 쉽게 오기 힘든 곳들이라 열심히 종종걸음으로 뛰어다니고 있답니다.

이 엽서가 도착할 때쯤에는 저도 한국에 있을 것 같지만…. 건강하시고 밤에 잘 주무시고 행복하세요.   - 2005. 7. 20. 브뤼셀에서 신슬기가 드립니다.

★ 안건혁 교수님께.

교수님, 부족한 상태로 교수님 곁을 떠나는 것과 돌아와서는 교수님께서 안 계신 낯선 환경을 마주할 것을 생각하니 출발을 눈앞에 두고 불안함이 밀려옵니다. 교수님께서 지도해 주신 지난 5년 동안 이렇다 할 멋진 모습을 보여 드리지 못해 마음이 무겁습니다. 지금까지처럼 교수님과 함께 할 수는 없어도 부끄럽지 않은 제자가 되도록 노력하겠습니다.

타지에서도, 향후 논문 준비를 하면서도, 약해지려는 순간에는 교수님의 언제나 핵심을 꿰뚫어 보시는 날카로운 눈빛과, 낮으면서도 낭랑한 음성을 떠올리면서 스스로 채찍질하겠습니다. email 등으로 계속 인사 올리겠습니다. 건강하세요.   - 복진주 올림

★ 안건혁 교수님께

교수니임~ Happy New Year+新年快乐+새해 복 많이 받으세요! 이런 거 쓸 시간에 논문 쓰라 하실지도 모르겠지만 그래도 저는 교수님께 꼭 편지를 쓰고 싶었어요. 어느새 시간이 정말, 2년이라는 시간이 훌쩍 지나가 버렸습니다. 그동안 많은 걸 배웠고, 많은 걸 느낀 것 같습니다. 때로는 아버지 같고, 때로는 엄한 선생님, 또 때로는 든든한 인생의 선배님, 또 때로는 한없이 존경스러운 '프로', 전문가의 모습이신 교수님. 제가 생각보다 많이 모자란 제자라 한 편으로 죄송스럽고 한 편으론 무한히 감사드립니다.

힘들고 지난했지만 동시에 행복하고 '도전 정신' 가득한 한 해였던 2010년을 마무리하려니 교수님 생각이 더 간절하게 나더라고요. (심지어 꿈에도 나오셨어요.) 이제 새로이 2011년을 시작해 보려 합니다. 교수님께서도 지난 한 해 힘들었던 일, 행복했던 일 모두 고이 접어 한 켠에 추억으로 넣어 두시고 또 다른 행복들로 가득 찰 2011년을 맞으시길 바랍니다.

항상 건강하시고, 2011년에도 저의 존경스러운 교수님, 따스한 아버지이자 (이제)할아버지, 좋은 남편이시기 이전에 '행복한' 안. 건. 혁 교수님 자신이시기를 간절히 바라봅니다.

제가 더 이상 논문으로 교수님을 괴롭혀드리지 않길 바라면서 2011년도 화이팅!

- 2010. 12. 31. 제자 현지 드림

★ 안건혁 교수님!

도시설계 협동과정 졸업생 조영주입니다. 잘 지내고 계시죠? 요즘도 늘 바쁘시죠? 보내는 카드는 크리스마스도 아닌, 신년 맞이도 아닌, 저의 첫 학기를 겨우내 끝낸 기념 카드예요. 가끔 안부가 궁금해질 때 이메일을 할까 하다가 손으로 쓰고 싶어 미루다 이제야 보내요.

교수님, 저 MAUD의 첫 학기를 무사히 끝냈어요. 언어의 장벽이 높아 과연 몇 %나 소화했는지는 의문이지만…. 나와 보니 여전히 배울 게 많기도 많고, 끝도 없겠구나 싶어요. GSD의 커리큘럼은 이론과 설계가 타 학교에 비해 균형이 좋은 학교 같아요.

참, 저 HARVARD HOUSING인 PEABODY TERRACE APT에 살아요. 선배들 말로는 교수님도 여기 사셨다고 하던데 맞나요?

교수님, 보스턴의 겨울은 눈이 한번 오면 그 양이 엄청나고 잘 녹지도 않더라고요. 서울의 겨울은 이 정도는 아니겠지만, 감기랑 빙판길 조심하시고요! 여름에 놀러 갈게요! 제가 늘 교수님의 가르침에 감사해하고 있단 사실도 잊지 마시고요! 새해 복 많이 받으세요!!

- Dec. 29. 2008. 제자 영주 드림

★ 존경하는 안건혁 교수님께

교수님을 처음 뵈었던 2004년의 봄이 생각납니다. 지난 4년…. 교수님께서는 짧은 시간이라고 생각하실 수 있겠지만 제겐 참 길고 치열했던 날들이었음을 그리고 그 가운데 교수님과의 만남이 평생 잊지 못할 삶의 전환점이었다는 걸 고백드립니다. 교수님, 저는 교수님의 관심과 돌보심을 받기에 너무 부족한, 자격 없는 사람인데…. 베풀어 주신 은혜와 사랑에 말로 다 할 수 없는 감사를 드립니다. 항상 건강하시고 평안하시기를 기원합니다. - 2008. 5. 15. 강현미 올림

★ 안건혁 교수님,

2006년 무더운 여름에 사랑으로 지도해 주시고 격려해 주셔서 정말 감사드립니다. 덕분에 도시설계에 대해서 많이 배우고 열정을 가질 수 있게 되었습니다. 그때의 가르침을 이어 나가 논문을 쓰고 무사히 졸업하게 된 은혜에 감사드립니다. - 2008. 7. 유다은 드림

나의 삶과 일, 그리고 소중한 것들

★ 안건혁 교수님께.

가르쳐 주시고 도와주신 은혜에 정말 정말 감사드려요. 더욱 열심히 노력하고 예쁘게 자라나 훌륭한 사람이 되도록 하겠습니다! 그래서 교수님 은혜에 더 크게 보답할 수 있는 사람이 되도록 할게요.

교수님, 올 한 해 하시고자 하시는 일 모두 다 이루시도록 열심히 기도하겠습니다. 그리고 꼭 건강하시고요. 한국을 떠나 공부를 하지만 늘 생각하고 연락드릴게요. 다시 한번 감사드려요 교수님.

- 2008. 5. 14. 이혜인 올림

★ 안녕하세요. 제자 박준입니다.

크리스마스와 신년 인사를 빌어서 이렇게 안부드립니다. 건강하시죠? 저도 잘 있습니다. 연구실 처음 들어간 지는 벌써 3년이 돼가고 교수님 처음 뵌 지는 7년이 넘었습니다. 교수님 처음 뵙고 처음으로 전공 공부가 재밌다 느꼈었는데 어느새 박사 과정을 시작하니 여러 가지 기분이 듭니다. 무엇보다도 여러 방향으로 지도해 주신 교수님께 감사의 말을 전해 드립니다. 물론 앞으로 밟아 나가야 할 과정이 험난하겠지만 늘 자신감을 가지고 열심히 하겠습니다. 사실 결혼해서 부인을 아무 아는 사람도 없는 땅에 데려와서 같이 산다는 게 무척 힘들다는 것을 요즘 깨닫고 있습니다. 이것 역시 엄연한 유학 생활의 일부라 생각하고 생활하려고 합니다. 그럼 또 연락드리겠습니다.

- 2006(?) 박준 올림

★ 교수님! 도시설계협동과정 학생 조영주입니다. 취업과 더불어 학교를 빨리 나가느라, 논문 끝내고 제대로 인사도 못 드려 내내 찜찜해하다가 이렇게 뵈러 왔습니다. (참! 논문 앞 페이지 글은 졸업식 날 기준이에요! 그날 찾아왔다 못 뵈었거든요.) 아직도 학생티 못 벗은 사회 초년생인지라, 뭐든 재밌고 신기하기만 하네요. 차차 도시설계 협동과정과 교수님께 부끄럽지 않은 제자가 되어야할 텐데…. 노력하겠습니다. 교수님도 지금 그 자리에서 지켜 주세요! 꽃의 컨셉은 꿉꿉한 장마철에 교수님 방 가득 즐거움을 드리고 싶었는데 장마가 벌써 끝났다는군요.   - 2007. 6. 제자 영주 드림

★ 안건혁 교수님께

요즘 날씨도 좋은데 점심시간에 가끔 연구실 사람들과 등산은 가시는지요. 회사에서 내일 등산을 간다기에 교수님 생각이 났어요. 회사에 오니 학교에 있었을 때와 많이 다른 것 같아요. 아직 일을 배우는 단계지만 그럭저럭 회사 생활을 즐기고 있답니다.

졸업식 날 교수님께서 해외 출장 중이셔서 못 뵈어 서운했어요. 첫 월급 받아서 졸업식 때 드리려고 산 선물인데 이제야 드리게 되었네요. 무엇을 살지 고민하다가 사모님 선물을 샀답니다. 가끔

아빠가 밖에서 엄마 선물 받아 오면 좋아하시길래요. ^^

자주 찾아뵙고 싶은데 회사를 다니다 보니 생각처럼 쉽지가 않네요. 그래도 가끔 교수님께서 회사에 오시니까 좋아요. 항상 감사드리고 건강하세요.　　　　　　- 2009. 5. 14. 유지현 올림

★ 존경하는 안건혁 교수님께

안녕하세요 교수님! 김유중입니다. 교수님께 연락드리기가 참 조심스럽습니다. 저에겐 무척이나 어렵고 또 감사스런 분이니까요. 교수님 덕분에 유중이 일본 답사도 다녀오고 시드니에서 재밌게 공부하고 있습니다. 여기 UNSW(University of New South Wales)에서 Jon Lang이라는 교수님께 studio 수업 듣고 있는데 행정복합도시 설계를 하고 있습니다. 외국에서 바라보는 한국, 행정복합신도시, 배우는 모든 것이 새롭고 재밌는 한편 반성을 하게 됩니다. 이 엽서는 얼마 전에 호주 수도 Canberra 갔을 때 교수님 생각하면서 샀어요. 한 학기 짧은 시간이지만 열심히 생활하다가 돌아가겠습니다. 항상 건강하시고 행복하세요.　　　　　　- 제자 김유중 드림

★ 존경하는 안건혁 교수님

그간 평안하셨습니까? 어리석은 제자 이진경입니다.

교수님께 배움을 청한 지 열세 해가 훌쩍 지나가 버렸습니다. 시간의 속도만큼 성장의 속도가 따라가 주면 좋겠지만 그렇지 못했습니다.

삶은, 돌이켜보면 미소 짓지 못할 일이 많이 생기기도 하고 곤궁에 처해 있을 때는 어찌 그리 버거운지 모르겠습니다. 저의 삶이 가장 크게 흔들릴 때 교수님의 말씀이 저를 끌어 주는 밧줄이었습니다. 진솔하게, 측은지심으로 교수님의 말씀을 들려주실 때, 제 마음의 눈물이 홍수를 이뤘고, 삶의 용기를 얻었습니다. 모든 사람이 다 원망하더라도 내게는 힘이 되는 사람이 있다는 사실이 큰 도움이 되었습니다. 이런 경험은 저의 자아성찰에 큰 화두가 되었고, 저의 제자를 대함에 스승의 자세가 되었습니다.

안건혁 교수님, 고맙습니다. 계셔 주시고, 바라봐 주셔서 대단히 고맙습니다. 교수님 노고에 감히 찬사를 보냅니다.

저의 큰 바위이신 교수님, 건강하시고 멋진 인생 맞이하시길 간절히 바랍니다.

　　　　　　- 2014년 2월 이진경 올림

★ 안건혁 교수님께

도시에 대한 관심을 일깨워 주신 1996년부터 논문 심사와 마무리에 이르기까지 큰 가르침을 주신 2013년까지 20년에 가까운 시간 동안 저를 이끌어 주셔서 정말 감사드립니다. 이제까지, 그리고

앞으로도 교수님께서는 저에게 등대와 같은 분이십니다. 늘 건강하시고, 편안한 하루하루 되시길 기도드리겠습니다. 자주 찾아뵙겠습니다.   - 2014. 2월 임유경 드림

★ 안건혁 교수님께

밤하늘의 둥근 보름달을 좋아하는 못난 제자 이진경입니다. 바쁜 듯 세상에 몰입한 듯 살고 있지만 늘 외롭고 헛헛한 未生입니다.

안 교수님 건강은 어떠세요? 잠은 잘 주무세요? 소일거리로 뭘 하세요? 요즘 책은 뭘 보세요? 식사는 잘하세요? 쓰다 보니 끝없는 질문이 머리를 맴돌고 있습니다. 이만큼 무심했었다는 것이겠지요. 죄송합니다.

'인생은 끊임없는 역경 속에 있지만 살 만하지 버틸 만하지.' 요즘 드는 생각입니다. 올해 새해 인사말로 보내는 메시지입니다. 새해 복 많이 지어서 오롯이 누리고 널리 나눠 주세요. 저도 올 한해 이렇게 살도록 노력하겠습니다.

안 교수님 늘 곁에서 버팀목이 되어 주셔서 진심으로 감사드립니다. 건강하십시오.

                                                      - 2015. 1. 6. 못난 제자 이진경 올림

★ 교수님께

2018년 새해가 밝았습니다. 저는 올해 2월부터 1년간 캐나다 토론토 York University로 연구 연수를 가게 되었습니다. 가서 그동안 연구소 생활도 정리하고 미래계획도 세우려고 합니다. 혹시라도 캐나다에 오시게 되면 꼭 연락주시기 바랍니다.

교수님, 새해에도 계획하신 일들 모두 뜻대로 이루시고 가정에 행복이 가득하시길 기도드리겠습니다. 늘 건강하시고요.   - 2018년 1월 5일 제자 임유경 올림

대학 연구실 각종 행사

〈2007년 스승의 날〉

★ ○○○ 더욱 열심히 노력하여 연구실에서의 시간들이 헛되지 않도록 최선을 다 하겠습니다. 올해부터는 더욱 건강해서서 사랑스러운 제자가 되어 가는 모습 꼭 지켜봐 주세요. 마음속 깊이 감사드립니다.

★ 교수님 다들 이름을 안 쓰네요. 저 누구게요. 5학기째 논문을 쓰는 연구생 소라에요. 이번에 졸업을 하게 될지는 모르는 교수님의 골칫덩어리이자 자칭 딸입니다. 3년째 스승의 날에 함께 할

수 있어서 저는 좋아요. 교수님. 항상 감사드리고 존경합니다. 어디서든 열심히 즐겁게 공부하고, 사는 모습 보여 드릴게요. 교수님 사랑해요.

★ 교수님 몸이 불편하신데도 불구하고, 늘 신경 써 주서서 항상 감사한 마음 가슴 깊이 담고 있습니다. 교수님 제가 많이 속 썩혀 드리더라도 항상 건강하세요. 진심으로 기원드립니다.

★ 교수님 항상 저희들을 신경 쓰느라 고생이 많으시죠? 잘 챙겨드리지 못해서 늘 송구스럽습니다. 이제는 교수님께 자랑스러운 제자가 되도록 노력하겠습니다. 늘 건강하세요.

★ ○○○ 다음 학기엔 열심히 논문을 써서 교수님 걱정하시는 일 없게 하겠습니다. 항상 건승하시길 빌겠습니다.

★ 다들 교수님 건강을 걱정하네요. 저 또한 교수님의 건강하신 모습 오래오래 보고 싶습니다. 연구실 생활이 정말 짧게 느껴질 수 있도록 하루하루 성실히 채워 나가겠습니다.

★ 항상 저희를 바른길로 인도해 주시고, 좋은 가르침과 지도를 해 주시는 교수님께 스승의 날을 맞이하여 다시 한번 감사드립니다. 좋은 연구 성과와 우수한 논문으로 교수님께 심려 안 끼치고 졸업할 수 있도록 노력하겠습니다!

★ 교수님! 무엇보다 교수님의 건강한 모습을 오래오래 뵐 수 있다면 좋겠고요. 학문적인 부분뿐만 아니라 인격적인 부분에서 정말 본받고 싶은 선생님이셔서 저에게 큰 가르침이 됩니다. 열심히 논문 쓰겠습니다. 감사합니다.

★ 교수님 한국에서의 4번째 스승의 날을 맞이하여 항상 건강하시고 행복하시길 기원합니다.

★ 1년이 지날수록 교수님의 무거운 짐이 되는 느낌이 들지만 좋은 연구 성과로 교수님을 기쁘게 해 드리겠습니다.

〈2008년 스승의 날〉

★ 지난 9년의 세월 동안 교수님께 큰 가르침을 받고, 큰 은혜를 입었습니다. 앞으로도 국가와 세계에 이바지할 수 있는 일꾼이 될 수 있도록 노력하겠습니다.   - 조상규 올림

★ 교수님. 요즘 들어 건강이 안 좋아 보이신다는 얘기가 많이 들려요. 살도 많이 빠지시고, 매년 드리는 말씀이지만 마음 편히 가지시고 밤에 잘 주무시고, 건강하고 즐겁게 지내세요. 너무 무리하지 마시고요. 교수님 감사합니다. 사랑해요.   - 신슬기 올림

★ 부족한 저를 제자로 받아 주시고 지도해 주서서 항상 감사드리고 있습니다. 교수님의 은혜에 조금이라도 보답하는 길은 좋은 논문으로 마무리하는 것이라고 생각합니다. 열심히 하겠습니다. 건강하세요.   - 김현수 올림

★ 교수님! 올해는 이 자리가 더욱 다르게 느껴집니다. 내년쯤엔 당당한 사회인으로 교수님을 뵐

수 있었으면 좋겠습니다. 많이 부족한 저를 둥지에 품어 주셔서 깊이 감사드립니다. - 진영효 올림

★ 교수님. 안녕하세요. 어느덧 교수님을 뵌 지도 3년이 흘렀습니다. 교수님은 뵐 때마다 열정과 치열함을, 여유와 유머를 동시에 가진 선비 같다는 생각을 하게 됩니다. 늘 건강하십시오.
- 장지혁 드림

★ 교수님 안녕하세요. 졸업한 지 5년이 지났지만 아직도 학생 같습니다. 언제나 항상 좋은 웃음으로 건강하세요.   - 성석 드림

★ 교수님 매일매일 감사드려야 마땅하지만 스승의 날을 기념하여 일 년 치 마음을 담뿍 담아 감사드립니다. 뻔뻔하고 부끄럽지 않은 제자가 되겠습니다. 사랑합니다.   - 정요한 올림

★ 교수님 따라 열심히 살겠습니다.   - 김준우 올림

★ 교수님. 제가 이런 공석에는 처음 얼굴을 보이는 것 같습니다. 앞으로 꼬박꼬박 참석토록 하겠습니다. 그간의 제게 보여 주신 관심에 항상 감사드립니다.   - 장재일 드림

★ 늘 한결같은 모습을 보여 주시는 교수님. 교수님과의 만남을 감사드리며, 열심히 하겠습니다. 앞으로도 교수님의 멋진 가르침, 열정 기대하겠습니다. 감사합니다. 건강하세요.   - 김효정 올림

★ 지난 7년간 베풀어 주신 은혜에 깊이 감사드립니다. 늘 건강하십시오. 열심히 공부해서 교수님 은혜에 보답하겠습니다.   - 나인수 올림

★ 교수님 주례 말씀 꼭 새기고 행복하게 살겠습니다. 항상 건강하시고 오래오래 교수님 일하시는 모습 보여 주십시오. 감사합니다.   - 장형종 올림

★ 교수님 은혜 보답하겠습니다. 항상 행복하시고 건강하세요. 감사합니다.   - 김유중 올림

★ 교수님

학부 때부터 지금까지 교수님의 계심이 길 잃었던 저에게 얼마나 감사한 일이었는지 모릅니다. 교수님 덕분에 제가 다른 사람의 기대를 위해서, 또는 진심 없는 껍데기처럼 살지 않고 진정으로 살고 싶었던 삶을 살게 되었기에 교수님의 은혜를 평생 잊지 못할 것입니다.

부족한 저를 격려해 주시고 모든 실수, 잘못들도 너그러이 덮어 주신 교수님의 넓으신 마음 앞에 제가 더 마음을 가다듬고 앞에 놓인 길을 감사하며 갈 수 있습니다. 큰아버지 같으신 교수님! 존경하고 사랑합니다. 부끄럽지 않은 제자가 되겠습니다. 늘 건강하시기를 기도합니다. - 강현미 드림

★ 교수님! 항상 힘내시고 건강하시길 바랍니다. 감사합니다.   - 장대원 올림

★ 교수님. 항상 건강하시고 앞으로도 잘 부탁드리겠습니다. 저 역시 매사에 교수님에게 부끄럽지 않은 제자가 되도록 노력하겠습니다. 항상 건강하세요.   - 고세범 올림

★ 교수님 감사합니다. 항상 건강하세요. 항상 노력하는 제자가 되도록 노력하겠습니다.
- 신연 올림

★ 교수님! 동일 분야에서 오래도록 뵙고 싶습니다.　　　　　　　　　　　　- 제자 영주 드림

★ Dear Dr. Ahn

I am deeply honored to have the opportunity to learn from you. I thank you for helping me cope up with the difficulties of studying in a foreign land. Happy Teacher's Day!　　　- Grace

★ 교수님

졸업 후 첫 스승의 날입니다. 마음가짐이 좀 다른 듯해요. 늘 건강하시고 누가 되지 않도록 성실하고 정직한 연구자가 되도록 할게요. (글씨가 엉망입니다.) 마음 깊이 감사드립니다.　　　- 진영효

★ 교수님! 근무 평가 하는 날이라 왕 눈치를 봐야함에도…. 달려왔습니다. 머나먼 경기도에서. 와 보니 모두 다시 공부하는 모드인데요? 저도 왠지 박사 과정에 도전해야 할 듯한…. 항상 건강하세요. 제가 공부하러 와서 입학시켜 달라 조를 수 있게요. 항상 은혜에 감사드립니다.　　　- 이선미 올림

★ 교수님 덕분에 학교생활 잘 시작하고 있습니다. 항상 건강하시고 인생을 좀 더 즐기셨으면 합니다. 감사합니다.　　　　　　　　　　　　　　　　　　　　　　　　　　- 김성준

★ 교수님

항상 몸 건강하시고 저 역시도 교수님께 누가 되지 않는 제자가 되도록 노력하겠습니다. 교수님 은혜에 항상 감사드립니다.　　　　　　　　　　　　　　　　　　　　　　- 고세범 올림

★ 교수님

언제나 감사한 마음뿐입니다. 어떤 자리에서나 부끄럽지 않은 제자가 될 수 있도록 노력하겠습니다. 건강하세요.　　　　　　　　　　　　　　　　　　　　　　　　- 정요한 드림

★ 교수님, 교수님 덕분에 좋은 곳에서 좋은 공부하며 열심히 일하고 있습니다. 감사한 마음과 함께 저 역시 누가 되지 않는 제자가 될게요. 건강하세요.　　　　　　　　- 황가연 올림

★ 교수님 항상 마음속으로는 감사한데 표현을 못 해 드려서 죄송한데 이런 날 말씀드리게 되네요. 항상 건강하시고 항상 행운이 깃드시길 기원합니다. 감사합니다.　　　- 신연 올림

★ 교수님

말씀대로 진정한 프로가 되는 길은 여러 가지 방법이 있다는 것 깨닫고 있습니다. 덕분에 힘들지만 값진 경험을 할 수 있어 늘 감사하게 생각합니다. 늘 건강하시고 좋은 일 가득하시길 기도하겠습니다. 감사합니다.　　　　　　　　　　　　　　　　　　　　　　- 김효정 올림

★ 교수님

학교에서나 사회에서나 교수님의 지도를 받으며 항상 감사하게 생각합니다. 항상 건강하시고 행복한 일들만 가득하시길 빌겠습니다.　　　　　　　　　　　　　　- 김현수 올림

★ 교수님 건강하세요. 잘 살겠습니다. (감사합니다.)　　　　　　　　　　　- 김유중 올림

★ 교수님~ 교수님 제자라는 사실을 떳떳이 말할 수 있도록 더욱더 열심히 노력하겠습니다. 건강하세요.　　　　　　　　　　　　　　　　　　　　　　　　　　　　　　　　- 정영화 올림

★ 교수님 제자로 받아 주셔서 정말 감사합니다. 교수님 옆에서 오랜 시간 동안 많은 걸 배우고 싶어요. 늘 노력하는 제자가 될게요. 항상 건강하시고 하시는 일 모두 이루시길 기도하겠습니다.　　　　　　　　　　　　　　　　　　　　　　　　　　　　　　　　- 백현아 올림

★ 교수님께. '학교가 참 좋았구나.' 하는 생각이 드는 직딩 6년 차네요. 항상 고향 같은 관악에 부모님 뵙는 기분으로 총총 올해도 인사드립니다. 행복하시고 항상 건강하세요.　　- 장혜영 드림

★ 바쁘신 가운데 항상 챙겨 주셔서 감사드립니다. 8월 출국 전에 종종 찾아뵙도록 하겠습니다. 건강하세요.　　　　　　　　　　　　　　　　　　　　　　　　　　　　　　　- 김형규

★ 교수님, 드디어 국방의 의무를 무사히 마쳤습니다. 건강하시고 좋은 일만 있으시길 항상 기원합니다.　　　　　　　　　　　　　　　　　　　　　　　　　　　　　　　　　　- 박성민

★ 교수님 건강하세요! 교수님께 감사드리면서 이렇게 한 자리 모이는 날이 앞으로도 무궁무진하게 많으면 좋겠어요. 교수님 사랑합니다.　　　　　　　　　　　　　　　　　- 고은정

★ 교수님의 지도로 논문을 어렵게 마치고, 이제는 교수님의 은덕으로 새롭게 세상을 열어 나가고 있습니다. 밖에서 움직여 보니, 교수님의 모습이 정말 크다는 것을 깨닫습니다. 무슨 일이 생기면 항상 교수님께 폐를 끼칠까 조심스럽기도 하지만, 교수님의 발자국을 따라 앞으로 나가는 제자가 되고 싶습니다. 항상 건강하시고, 그 모습 그대로 영원히 유지하셨으면 좋겠습니다. 사랑합니다. 교수님!　　　　　　　　　　　　　　　　　　　　　　　　　　　　　　　　　　　- 김동근

★ 교수님 밝은 얼굴을 뵈오니 좋으신 것 같습니다. 교수님 항상 건강하세요. 사랑해요. - 서준원

★ 교수님. 언제나 말씀드리진 못했지만 교수님께 감사드리는 마음 깊이 가지고 있습니다. 부족한 제자지만 다가올 날들엔 그 부족함 열심히 덜어 내어 교수님께서 대견하게 생각하시는 제자 되도록 하겠습니다.　　　　　　　　　　　　　　　　　　　　　　　　　　　　- 김재현

★ 교수님 졸업 전 마지막 스승의 날이 되었으면 합니다. 내년에는 좀 더 멋진 모습으로 이 자리에서 다시 뵈었으면 좋겠네요. 늘 지켜봐 주셔서 감사드립니다.　　　　　　　- 장재일

★ 교수님 공부하게 해 주셔서 감사합니다. 자주 뵙진 못했지만 즐겁게 공부하고 있습니다. 곧 학교에 들어오면 더 열심히 하는 모습을 보여 드리겠습니다. 늘 건강하시고 평안하십시오.　- 손경주

★ 교수님
항상 몸 건강하시고, 저 역시도 교수님께 누가 되지 않는 제자가 되도록 노력하겠습니다. 교수님 은혜에 항상 감사드립니다.　　　　　　　　　　　　　　　　　　　　　　- 고세범 올림

★ 교수님

언제나 감사한 마음뿐입니다. 어떤 자리에서나 부끄럽지 않은 제자 될 수 있도록 노력하겠습니다. 건강하세요
- 정요한 드림

★ 교수님, 교수님 덕분에 좋은 곳에서 좋은 공부하며 열심히 일하고 있습니다. 감사한 마음과 함께 저 역시 누가 되지 않는 제자가 될게요. 건강하세요.
- 황가연 올림

★ 안건혁 교수님

스승의 날 행사에 참여해서 교수님을 뵐 수 있게 되어 정말 좋습니다. 마음은 종종 찾아뵙고 좋은 말씀 듣고 싶은데 그러지 못해서 많이 아쉽고요. 그래도 항상 교수님께 감사드리는 마음 갖고 이렇게 기회 될 때마다 찾아뵙도록 하겠습니다. 항상 건강하시고, 아름다운 한국의 도시를 부탁드려요!
- 송진화 드림

★ 안건혁 교수님!

나이를 거꾸로 세시는 듯, 늘 활력 있으셔서 너무 좋습니다. 항상 건강하시고 행복하세요.
- 이훈 드림

★ 교수님! 늘 건강하시길 기원합니다. 늘 감사드리며 열심히 일하겠습니다.

★ 교수님! 항상 카리스마 넘치는 교수님으로 정 많고 자상하신 스승님으로 본받고 싶은 학문 분야의 선배님으로 든든히 계심이 너무 감사합니다. 항상 건강하시고 평안한 하루하루 보내시길 바랍니다.
- 정소양

★ 교수님 올해는 교수님을 많이 괴롭혀 드릴 것 같네요. 많은 지도 부탁드리고 저도 열심히 하도록 하겠습니다.
- 안내영

★ 교수님 이런 날이 되어야만 찾아뵙는 것 같아 송구합니다. 뵐 때마다 더 건강해 보이시고 젊어지시는 것 같습니다. 앞으론 한 번이라도 더 찾아뵙도록 하겠습니다.
- 이영민

★ 항상 뵙고자 하는 마음은 있는데 몸소 실행하기가 쉽지 않은 것 같습니다. 지금까지도 그래왔고 앞으로도 도시계획 분야에 몸담으면서 교수님의 도움을 받아야 할 것 같습니다. 앞으로도 건강하시고 선배들 후배들 많이 보살펴 주시기 바랍니다.
- 김중은 올림

★ 교수님.

교수님을 뵌 지도 벌써 5년이 되고 연구실에 들어온 지도 3년이 접어드는 것 같습니다. 교수님 밑에서 많이 배웠는데 아직 특별한 성과를 보여 드리지 못한 것 같아 죄송스럽고요. 앞으로는 더 열심히 하는 모습 보여 드리겠습니다. 건강하시고요. 항상 감사드립니다. 마지막으로 이제는 더 들을 교수님 수업이 없어서 참 아쉽습니다. 교수님 스튜디오 수업을 또 듣고 싶네요. 그럼 항상 건강하세요.
- 이한울 올림(2009)

★ 안 교수님. 어렵사리 박사 과정에 입학하여서 벌써 1학기가 지나고 있네요. 한 해 한 해 지나

도 모르는 게 많아서 공부를 많이 해야 할 것 같습니다. 나중에 안 교수님 제자로 부끄럼이 없도록 열심히 하겠습니다. 교수님 스승의 날 축하드려요! 감사합니다. 건강하세요.   - 김희철 올림(2009)

〈2009년 스승의 날〉

★ 교수님 밑에서 벌써 삼 년이 지났네요. 교수님께 많은 가르침을 받은 것 같습니다. 올 한해 많이 노력해서 교수님 보시기에 흡족한 제자가 되도록 노력하겠습니다. 항상 감사드립니다. 건강하세요.
                                                                      - 제자 성조 올림

★ 스승의 날을 맞아 교수님의 제자로서 감사의 글을 전할 수 있어 기쁩니다. 너무나 들어오고 싶었던 연구실에서 공부할 수 있어서 즐거운 하루하루를 보내고 있습니다. 아직은 많이 부족한 저지만 열심히 노력해서 교수님께 부끄럽지 않은 제자가 되도록 하겠습니다. 열심히 할 테니 지켜봐 주시고 교수님 언제나 건강하세요.   - 제자 박혜라 올림

★ 올해도 변함없이 스승의 날을 맞이하여 이렇게 감사의 글을 쓸 수 있어서 너무 기뻐요. 특별히 지난 1년간은 주례도 봐 주시고, 여러 고민도 들어 주시고 무엇보다 감사한 한 해였어요. 이번 1년은 저에게 또 다른 도전이 될 한 해일 텐데 열심히 노력하겠습니다. 항상 모든 면에서 감사드립니다.   - 제자 선영 올림

★ 교수님과 함께하는 하루하루 동안 너무 많은 것을 생각하고 배우게 됩니다. 졸업할 때까지 졸업한 이후에도 늘 배우겠습니다. 감사합니다.   - 종준 올림

★ 교수님 오래오래 건강하셔서 아직 애벌레인 제가 이~만한 나비가 될 때까지 옆에서 꼭 지켜봐 주셔야 해요. 항상 교수님 밑에서 공부할 수 있게 된 것에 감사드리며 몇 번의 스승의 날이고 계속 교수님의 자랑스러운 제자가 될 수 있도록 노력하는 현지 되겠습니다. 감사합니다! - 제자 현지 올림

★ 벌써 교수님과 스승의 날을 두 번째 맞이하게 됐네요. 교수님을 뵙고 같이한 시간 이래 많이 배우고 느끼고 달라졌는데, 지난 한 해를 돌아보니 정작에 교수님 보시기에 시원한 일을 한 게 없다는 것이 부끄러울 뿐입니다. 앞으로 늘 끊임없이 노력하고 적극적인 제자가 되어 교수님 기억에 좋은 이미지로 남겠습니다. 항상 감사드리고 또 감사드려요.   - 제자 건국

★ 교수님의 제자가 된 지 두 해가 지났습니다. 연구실에 들어와 기뻐하던 기억이 엊그제 같은데 스튜디오 수업을 듣고 있는 제 모습이 낯설어요. 앞으로도 지금처럼 건강한 모습으로 열심히 노력하겠습니다. 교수님. 감사합니다. 건강하세요.   - 은진 올림

★ 교수님께

교수님과 함께하는 스승의 날 행사도 벌써 4년 차가 되었네요. 이제 저도 어느덧 연구실의 '선배'가 되어 가는가 봅니다. 점점 어깨가 무거워짐을 느낍니다. 조만간 좋은 성과로 교수님의 가르침에

보답하겠습니다. 항상 건승하세요!　　　　　　　　　　　　　　　　　　- 승남 올림

★ 안녕하세요. 교수님. 학부생 때 교수님의 수업을 처음 들었던 것이 엊그제 같은데, 어느새 제가 연구실에 들어온 지도 한 학기가 다 지나가고 있네요. 부족한 저를 뽑으셔서 후회하고 있지는 않으신지 걱정입니다. 앞으로 더 노력하고 많이 배워서 교수님께 좀 더 발전된 모습을 보여 드리겠습니다. 항상 건강하시고 감사합니다.　　　　　　　　　　　　　- 양승호 올림

★ 교수님! 교수님께 가르침을 받은 지도 벌써 9개월이 지났네요. 시간이 지날수록 제 부족함을 깨닫게 되는데요. 앞으로 더욱 노력해서 완소! 제자가 되도록 할게요. 늘 건강하세요. - 복진주 올림

★ 교수님~

많은 부족함에도 불구하고 며칠을 조르며 학생으로 받아 주시길 부탁드리고 부탁드린 지 벌써 반년이 다 되어 가요. 주신 기회 언제나 감사드리고 약속드린 것보다 너무 부족해서 점점 죄송한 마음이 커져 갑니다. 제자로서 부끄럽지 않은 모습 보여 드리도록 노력하겠습니다. 감사드리고요, 건강하세요.　　　　　　　　　　　　　　　　　　　　　　　　- 곽서연 올림

〈2011년 5월 스승의 날〉

★ 도시에 대해 많은 지식이 없는 저를 제자로 받아 주셔서 감사합니다. 받아 주신 데 대해 열심히 함으로써 보답하겠습니다.　　　　　　　　　　　　　　　　　　　- 종호

★ 교수님 건강하시고 늘 지금같이 좋은 모습 보여 주셔서 감사드립니다. 항상 모든 일에 감사드립니다.　　　　　　　　　　　　　　　　　　　　　　　　- 홍성조 올림

★ 교수님 정말 존경하고 사랑해요. 항상 건강하시고 지금처럼 저희와 함께 오래오래 공부해요
　　　　　　　　　　　　　　　　　　　　　　　　　　　　　　　　　- 영은

★ 교수님, 부족한 저를 잘 지도해 주셔서 정말로 감사드립니다. 좋은 연구자가 되어 보답드리겠습니다. 건강하세요.　　　　　　　　　　　　　　　　　　　　- 양승호 올림

★ Thank you for all the support and guidance in my life here as a foreign student. I will forever be grateful. HAPPY TEACHER'S DAY.　　　　　　　　　　- GRACE

★ 교수님 원종준입니다. 아직 최종결과가 나오지 않아서 좀 그렇지만 교수님 덕에 연구재단 과제에 선정될 것 같습니다. 그동안 프로젝트 때문에 연구에 집중 못 한 면이 많았는데 이젠 안정적으로 연구에 집중할 수 있을 것 같습니다. 못 보여 드린 면 보여 드릴 수 있도록 열심히 집중하겠습니다. 감사합니다.　　　　　　　　　　　　　　　　　　　　　　　　- 원종준

★ 교수님을 은사로 모시고 있다는 것이 제게는 너무나 소중하고 영광스러운 일이 아닐 수 없습니다. 매년 스승의 날마다 교수님께 부끄럽지 않은 제자가 되겠다고 다짐하지만 늘 부족한 듯합니

다. 부족한 제자지만 교수님의 평안과 건강을 기원하는 마음은 부족하지 않습니다. 늘 건강하시길 기원하고 기도합니다.   - 제자 경주 올림

★ 안건혁 교수님. 회사 복직하고 자주 찾아뵙지 못했습니다. 다음 학기부터는 연구 미팅에도 자주 참여하고 학업을 진행시키도록 하겠습니다. 늘 건강하시고 가정에 평화와 행복 가득하시길 기원합니다.   - 임유경 올림

★ Dear professor Ahn

I'm very grateful because thanks of you. I am having the opportunity to know my roots and also I have the chance to meet nice mater.   - SARA

★ 교수님 항상 감사하고 많이 배우고 있습니다. 좋은 연구자가 되도록 하겠습니다.   - 김희철

★ 안건혁 교수님, 이무엽입니다. 더 열심히 공부해서 빛나는 스승 아래 빛나는 제자가 될 수 있도록 노력하겠습니다.   - 이무엽

★ 교수님께, 안녕하세요. 신입생 김대웅입니다. 교수님이 계신 연구실에서 이렇게 함께할 수 있게 되어서 정말 영광입니다. 감사드리고 오래오래 건강하세요.   - 김대웅

★ 좋은 도시를 만들기 위해 열심히 공부하겠습니다. 교수님 건강하세요.   - 주종웅 올림

★ 교수님 사랑해요 건강하세요.   - 신슬기 올림

★ 안 교수님 스승의 날 축하드립니다. 아직 많이 부족한 저를 잘 이끌어 주셔서 고맙습니다. 더욱 열심히 연구에 힘쓰겠습니다. 오래도록 건강하세요.   - 제자 윤지연 올림

★ 안건혁 교수님 홍영화입니다. 언제나 교수님 테두리 안에서만 빛날 수 있는 제자입니다. 매일 매일 건강하시고 행복하시길 바랍니다.   - 홍영화 올림

★ 저를 많이 가르쳐 주셔서 감사합니다. 건강하세요.   - 이한울 올림

★ 교수님 늘 날카롭고 엄정한 지적으로 이끌어 주셔서 감사합니다. 건강하세요.   - 복진주 올림

★ 교수님 요즘 새삼 교수님 마음에 감사드립니다. 조금 더 열심히 일하지 못해 아쉬운 마음이 크지만 예전에 해 주신 말씀 기억하며 살겠습니다. 건강하세요.   - 김효정 올림

★ 교수님, 올해 열심히 잘 논문 쓸게요! 졸업해서 훌륭한 사람 되겠습니다. 사랑해요 교수님.

                                                                       - 이소연 올림

★ 교수님은 언제나 제게 최고의 스승님이십니다. 감사합니다. 그리고 사랑해요, 교수님.

                                                                       - 김민혜 올림

★ 교수님. 부끄럽지 않은 제자가 되도록 노력하겠습니다. 늘 건강하세요!   - 고은정 드림

★ 인생에서 교수님을 만나 뵙게 되어서 너무 감사드려요. 교수님, 늘 건강하세요. - 황가연 올림

★ 친애하는 교수님. 교수님 부족한 저를 받아 주셔서 너무 감사합니다. 항상 열심히 해서 꼭 훌

룽한 제자가 되겠습니다. 언제나 건강하시고 행복하세요.　　　　　　　- 제자 재진 올림

★ 교수님 제 맘 아시죠? 제 미래와 제 가족을 만들어 주신 교수님. 하늘땅만큼 감사하고 사랑합니다.　　　　　　　- 선영

★ 주례도 논문도 항상 버겁게 해 드리고 이제 먹여 살려 주시기까지 하시네요. 죄송하고 감사합니다. 건강하세요.　　　　　　　- 민영

★ 교수님. 올 한 해 최선을 다해서 교수님께 실망스럽지 않은 대견한 마무리 짓도록 하겠습니다.　　　　　　　- 용진

★ 교수님께. 교수님 항상 좋은 말씀으로 이끌어 주셔서 감사합니다. 교수님께서 가르쳐 주신 대로 늘 최선을 다하고자 하지만 가끔 마음만 앞선 나머지 실수만 하는 것 같습니다. 앞으로도 교수님께서 지도해 주시는 길을 최선을 다해 걸어 나가 보고자 합니다. 교수님 감사합니다.　　- 황지현

〈2012년 5월 스승의 날〉

★ 가까운 곳에서 마주하면서 정말 많은 것을 배웁니다. "나의 스승은 안건혁 교수님이다!"라고 자랑스럽게 말할 수 있도록 떳떳하기 위해 더욱더 정진하는 제자 되겠습니다.　　- 제자 무엽

★ 많이 가르쳐 주셨으니 잘 갈고 닦아서 배짱 있고 능력 있는 제자가 되겠습니다. 늘 감사합니다.　　　　　　　- 원종준

★ 부끄럽지 않은 제자가 되도록 노력하겠습니다. 교수님의 가르침에 항상 감사드리며 늘 교수님의 건승을 빕니다.　　　　　　　- 승남 올림

★ 교수님, 부족한 저를 연구실에 받아 주셔서 감사합니다. 항상 교수님의 훌륭한 가르침 아래에서 귀한 배움을 얻고 있습니다. 부끄럽지 않은 제자가 되기 위해서 최선을 다하겠습니다. 항상 건강하시고 행복하십시오.　　　　　　　- 창빈 올림

★ 교수님 항상 부족한 모습만 보여 드림에도 따뜻한 격려, 많은 가르침을 주시기에 감사한 마음이 늘 가득합니다. 앞으로 보다 노력하여 부끄럽지 않은 제자가 되겠습니다. 항상 건강하시고, 행복하시길 바랍니다.　　　　　　　- 황지현

★ 선생님, 언제나 부족한 제자를 아껴 주셔서 감사합니다. 앞으로 스튜디오, 연구 모두에서 발전된 모습을 보여 드리겠습니다!　　　　　　　- 승민 올림

★ 상대적으로 긴 연구실 생활은 아니지만 새로 들어와서 많이 배우고 많이 깨닫고 많이 느꼈습니다. 출발이 늦어졌지만 앞으로는 과속 좀 하겠습니다. 외손주가 장가도 가고 증손자도 보실 때까지 오래오래 건강하셨으면 좋겠습니다.　　　　　　　- 이훈 올림

★ 교수님 존경하고 사랑합니다. 작년에 불현듯 휴학한다고 말씀드려서 교수님께 근심을 하나

더 얹어 드린 것 같아 죄송합니다. 앞으로는 기쁨 드리는 제자가 되도록 노력하겠습니다! 매일매일 건강하세요.
- 홍영화 올림

★ 교수님께 아직 배울 것도 많은데 졸업 준비를 해야 한다니 그동안 열심히 공부했는지 걱정도 많이 되고 마음이 무겁습니다. 남은 기간 동안도 언제나처럼 많이 가르쳐 주시고 항상 건강한 모습을 보여 주시면 좋겠습니다. 교수님 감사합니다.
- 희철

★ 교수님! 한 살 한 살 나이를 먹어 갈수록 해야 할 것도, 책임져야 할 것도 늘어나 가끔은 힘들고 지치는데 그때마다 교수님이라는 버팀목이 옆에 계신다는 사실 하나가 큰 위안이 됩니다. 고맙습니다. 교수님. 늘 건강하세요.
- 고은정 드림

★ 교수님. 저는 선생님이라는 명칭이 고된 인생을 먼저 헤쳐 나가실, 그리고 그 교훈을 다음 세대에 전해 주시는 분에 대한 존경의 의미를 담고 있다고 생각해서 전부터 '선생님'이라고 교수님을 불러 보고 싶었는데 어쩐지 잘 안 되네요. 안건혁 선생님, 더 엄하게 가르쳐 주시고 건강하세요.
- 복진주 올림

★ 요즘 연구를 열심히 못해 별다른 연구 성과가 없어 마음 한편이 항상 무겁습니다. 앞으로는 보다 열심히 하겠습니다. 교수님과 교수님 가족 모두 평안하고 쭉 행복하세요.
- 유지현

★ 교수님 안녕하세요. 제가 연구실에 들어온 지도 벌써 4년째가 되었네요. 다음 학기에는 방장 역할까지 해야 한다고 생각하니, 정말 눈 깜빡할 사이에 지나가 버린 것 같습니다. 그동안 정말로 감사드리고, 앞으로도 많은 가르침을 받겠습니다. 제가 비실비실하다고 걱정해 주셨는데 여름에 훈련소를 다녀오면서 조금은 좋아지리라 생각합니다. 훈련소를 다녀와서는 열심히 연구에 몰두하겠습니다. 감사합니다.
- 양승호 올림

★ 교수님 안녕하세요. 올해 신입생 최원준입니다. 아직 많은 것이 낯설고 새로운 가운데 도시라는 새로운 분야를 공부하게 되어 매우 기쁩니다. 많이 부족하고 배울 것이 많은 저에게 많이 지도해 주시고 가르쳐 주서서 감사합니다. 교수님의 제자로서 어디에서든 부끄럽지 않은 최원준이 되도록 힘쓰겠습니다. 항상 건강하시고 또 건강하시길 기도하겠습니다. 교수님 감사합니다. - 제자 최원준

★ 교수님 제자로 있으면서 결혼, 출산, 논문 모두(제 인생에서 가장 중요한 것들을) 하고 있습니다. 함께해 주서서 진심으로 감사드립니다. 무엇보다 건강하세요.
- 제자 선영

★ 교수님께 감사하다는 말을 전하게 되네요. 감사드릴 일이 많은데 표현을 많이 하지 못한 것이 아쉬울 따름입니다. 지금까지 그래 왔듯이 보기만 해도 흐뭇한 웃음이 묻어나오는 제자가 되겠습니다. 감사합니다. Danke Bestens.
- 대웅

★ 논문 및 여러 가지로 도와주서서 감사합니다. 앞으로 한 달 동안도 잘 부탁드립니다. 건강하세요.
- 이종호

★ 교수님 스승의 날을 맞아 다시 한번 감사드립니다. 항상 걱정만 늘게 해 드리는 것 같아 죄송스럽지만 그래도 부끄럽지 않은 제자가 되도록 더욱 더 노력하겠습니다. 얼마 전에 중이염도 그렇고 요새 교수님 몸이 안 좋으신 걸 많이 뵀던 것 같은데 항상 건강하셨으면 좋겠습니다. -제자 한울

★ 교수님 스승의 날을 맞아 지면으로나마 새삼스레 너무나 감사하다고 존경한다는 말씀드립니다. 늘 건강하시고 형통한 삶 되시기를 기도하겠습니다!　　　　　　- 제자 승훈

★ 교수님 너무너무 감사합니다.　　　　　　　　　　　　　　　　- 유아정 드림

★ 다시 받아 주셔서 감사합니다. 늘 건강하시고 건강한 도시 만들도록 계속 함께해 주실 거죠?
　　　　　　　　　　　　　　　　　　　　　　　　　　　　- 김효정 올림

★ 해가 가면 갈수록 교수님께서 주시는 가르침과 사랑이 얼마나 대단한 것인지 알게 되는 것 같아요. 최근 들어 해 주시는 critic을 들으면 정말 정신이 다시 차려지는 것 같고요. 교수님, 정말 감사드립니다. 보답할 수 있는 기회가 있으면 좋겠는데 언제쯤에야 보답하게 될지 모르겠네요. 더 열심히 하겠습니다.　　　　　　　　　　　　　　　　　　　　- 신연 드림

★ Dear 안 교수님

교수님 항상 위트 있으시고 따뜻한 보살핌 감사드립니다. 교수님의 제자로서 부끄럽지 않은 학생이 되겠습니다. 교수님의 은혜 항상 감사합니다. 항상 건강하세요.　　- 제자 재진

★ 연구실에 들어오고 두 번째 스승의 날을 맞게 되었습니다. 1년 반이라는 긴 시간 동안 스승의 날을 제외하면 교수님께 감사함을 전하는 것이 쉽지 않은 것 같습니다. 스승의 날을 빌어 교수님 감사합니다. 올해는 논문을 열심히 써서 교수님의 작은 걱정거리 하나를 제거하고, 앞으로 부끄럽지 않을 제자가 되도록 노력하겠습니다. 감사합니다. 교수님 건강하세요.　　- 종웅 올림

★ 교수님. 언제나 감사한 마음뿐입니다. 큰 은혜 오래도록 기억하고 갚을 수 있도록 열심히 하겠습니다. 그리고 빠른 시일 내에 좋은 소식으로 다시 찾아뵙겠습니다. 감사합니다. - 정요한 드림

〈2013년 5월 스승의 날〉

★ 교수님 오랜만이세요. 졸업할 때까지 그 후에도 너무 속상하게 해 드려서 죄송했어요. 언제나 교수님께 마음의 빚과 기댐이 있어요. 그 마음으로 더 열심히 살겠습니다. 건강하시고 항상 지금처럼 어수룩해 보이시지만 매력적이고 스마트한 매력 중년남의 모습을 보여 주세요! 감사드리고 사랑합니다.　　　　　　　　　　　　　　　　　　　　　　- 곽서연 드림

★ 교수님 스승의 날에서야 감사의 인사를 드립니다. 교수님의 마지막 석사 졸업생이 되도록 최선을 다해 좋은 논문을 쓰겠습니다. 교수님 늘 건강하세요.　　　　- 최원준

★ 교수님 스승의 날을 맞이하여 축하드립니다. 교수님의 제자로 이곳에 오게 되어서 저는 너무

영광스럽습니다. 항상 교수님 자랑스럽고 존경합니다. 항상 건강하시고 행복하셨으면 좋겠습니다. 교수님 건강하세요. 감사합니다.   - 최은아 올림

★ 교수님 벌써 교수님의 가르침을 받은 지 5년이 다 되어 가네요. 지난 한 해에는 특히 많은 심려를 끼쳐 드려 교수님을 뵙기가 죄송스러워요. 하지만 보다 나은 모습으로 찾아뵐 수 있도록 노력하겠습니다. 교수님 건강하세요.   - 복진주 올림

★ 교수님. 심사 기간 동안 걱정 끼쳐 드려 죄송했고 걱정해 주시는 마음 느낄 수 있어서 힘든 심사였지만 잘 극복할 수 있었습니다. 논문 얼른 마무리하고, 사회에 나가게 되면 교수님께서 생각하실 때 흐뭇한, 든든한 제자 될 수 있도록 노력하겠습니다.   - 원종준

★ 교수님~ 교수님 제자로 있으며 저에게는 많은 일이 있었던 것 같아요. 잠시 동안이었지만 사회 경험도 해 보고 결혼도 하고 아기도 생겼네요. 항상 감사하고(저뿐 아니라 저희 가족도 항상 감사드린답니다.) 건강하세요!   - 유지현 올림

★ 교수님 안녕하세요. 교수님 제자일 수 있어서 항상 자랑스럽습니다. 부족하지만 열심히 연구 활동에 집중하여 좋은 논문 쓰도록 노력하겠습니다. 항상 감사합니다.   - 이창빈 올림

★ 교수님! 스승의 날 축하드려요. 많이 부족한 제자이지만 앞으로 더 발전할 수 있도록 노력하겠습니다. 항상 존경합니다 교수님. 완전 사랑해요   - 홍영화 올림

★ 스승의 날을 맞이하여 축하드려요! 아직도 오랫동안 교수님께 배울 게 남은 것 같은데 시간이 많이 남지 않았네요. 남은 기간 동안 폐 많이 끼치지 않고 졸업할 수 있도록 노력하겠습니다. 다음 학기에 지금까지 배운 것을 바탕으로 가능하면 좋은 논문으로 졸업할 수 있도록 하겠습니다. 건강하시고 지금처럼 멋있게 계시면 좋을 것 같아요. 감사하고 축하드려요.   - 김희철 올림

★ 교수님 안녕하세요. 6년이 넘는 시간을 교수님의 제자로 있었지만 아직도 많이 부족해서 교수님께 염려를 끼쳐 드리는 것 같아 죄송한 한울이에요. 좀 더 열심히 하는 모습 보여 드려야 하는데 오히려 걱정스런 모습을 보이고 있어 죄송합니다. 스승의 날을 맞이하여 다시 한번 감사하다는 말씀드리고 싶어요. 열심히 하여 자랑스러운 제자가 될 수 있게 더욱 노력하겠습니다. 건강하세요.   - 한울

★ 교수님. 모자람 많은 학생 거둬 주셔서 늘 감사드립니다. 교수님의 제자일 수 있어서 오늘은 저에게도 기쁜 날입니다. 교수님 늘 건강하세요. 10년 뒤 20년 뒤에도 저희들과 관악산에 오르셔야죠!   - ?????

★ 교수님. 걱정 끼쳐 드려서 죄송한 훈입니다. 조만간 그 걱정을 줄여 드리겠습니다. 올해를 끝으로 은퇴하시지만 40년 이상 저희들과 함께해 주세요. 항상 건강하시고 행복하시기를 빕니다.

                                                            - 듬직한 제자 이훈 올림

★ 교수님 안녕하세요. 승호예요. 스승의 날을 맞이하여 감사하다는 글을 쓰고 있지만 사실 언제

나 감사한 마음을 가지고 있습니다. 남은 기간 동안 교수님께 짐이 되지 않도록 열심히 하겠습니다. 건강하세요.　　　　　　　　　　　　　　　　　　　　　　　　　　　　　　　　　- 양승호 올림

★ 교수님 안녕하세요! 스승의 날을 맞이하여 축하드립니다! 제가 비록 교수님의 정식 제자가 된 건 얼마 안 되었지만 학부생 때부터 부족한 저를 바쁘신 데도 틈틈이 지도해 주셔서 감사드립니다. 특히 교수님의 학부 도시설계 수업은 정말로 명강의셨습니다. 앞으로 더욱 열심히 수학하겠습니다. 교수님 항상 감사합니다. 건강하세요!　　　　　　　　　　　　　　　　- 주영하 올림

★ 교수님! 언제나 공부나 논문 외에도 인생의 방향, 인생을 바라보는 넓은 시야로 저를 지도해 주셔서 감사합니다. 앞으로 교수님께 부끄럽지 않은 논문 쓰도록 노력하겠습니다!　　　- 승민 올림

★ 교수님 안녕하세요! 저 대웅이입니다. 회사 들어가서 따로 한 번도 못 찾아뵙고 바쁜 티만 내어 죄송한 마음만 가득합니다. 저는 어딜 가든지 교수님 덕을 많이 받아서 죄송하면서도 감사하게 생각하고 있습니다. 앞으로 교수님을 더 빛낼 수 있는 제자가 되겠습니다. 감사합니다.　　　- 대웅

〈2014. 2. 퇴임식〉

★ 교수님. 오래오래 건강하셔서 졸업식 때 말씀하셨던 진정한 프로의 길을 교수님 따라갈 수 있었으면 좋겠습니다. 사실 건축사사무소도 무척 설렙니다. 새롭게 나서시는 길 반짝반짝 빛나시길 바랍니다.　　　　　　　　　　　　　　　　　　　　　　- 2014. 2. 27. 제자 김효정 올림

★ 교수님 명예로운 퇴임을 축하드립니다. 언제나 유머 넘치시던 교수님의 모습이 떠오릅니다. 그러면서도 일과 수업에 있어서는 프로답게 엄격하시던 교수님을 통해 많은 걸 배우고 느끼게 되었습니다. 감사드립니다. 새로운 출발 멋지게 해내시리라 믿습니다.　　- 2014. 2. 27. 제자 박종서 올림

★ ○○○ 같습니다. 처음 교수님의 도시설계 수업을 듣고 교수님 연구실에 가고 싶어 했던 게 엊그제 같은데 벌써 이렇게나 시간이 흘러 버렸네요. 교수님이 미소 지을 수 있는 그런 학생이 되고 싶었는데 아직까지도 너무 속만 쓰고 걱정만 끼쳐 드린 것 같아 죄송합니다. 마지막까지도 저희 신경 써 주시느라 힘드셨던 것 너무 죄송하고 감사드려요. 전직하신 거 축하드리고요, 오래오래 건강하세요.　　　　　　　　　　　　　　　　　　　　　　　　　　　　　　　　　　　- 한울

★ 교수님 안녕하세요. 황지현입니다. 교수님께서 해 주시는 많은 이야기들을 조금 더 듣고 싶었고, 또 교수님과 더 많은 추억들을 쌓고 싶었는데 4년이라는 시간이 너무도 짧고 아쉽게만 느껴집니다. 그동안 주셨던 가르침들, 우리 방으로 찾아뵈었을 때 해 주셨던 말씀들 잊지 않고 가슴에 간직하겠습니다. 지금까지 부족한 제자 지도해 주셔서 감사합니다. 교수님 사랑하고 존경합니다. - 황지현

★ 교수님 안녕하세요? 주영하 학생입니다. 짧다면 짧을 수 있는, 하지만 길다면 길 수 있는 1년 동안 학부생 때보다 더 가까이서 교수님께 가르침을 받을 수 있어서 영광이었고 감사했었습니다.

스튜디오나 발표수업 때 부족한 성과물을 보여 드리면 따끔히 지적해 주시다가도 이내 지어 주시던 미소와 격려의 웃음소리가 자꾸만 떠오릅니다. 부족한 저를 제자로 받아 주셔서 감사합니다. 교수님, 존경합니다. 언제나 건강하세요!   - 영하 드림

★ 교수님 안녕하세요. 최원준입니다. 언제나 저에게 해 주시던 위트 넘치는 농담 때문이라도 항상 교수님이 생각날 듯싶습니다. 교수님께 도시설계에 대한 많은 지식과 노하우를 배운 것만큼, 교수님께 배운 겸손함, 따뜻한 배려, 위트, 여유를 바탕으로 사회에서도 교수님의 제자로 부끄럽지 않게 살아가겠습니다. 교수님 늘 건강하시고 빠른 시일 내에 찾아뵙겠습니다.   - 최원준

★ ○○○ 지났네요. 어떻게 보면 긴 시간일 수도 있지만 저에게는 정말 눈 깜박할 사이에 지나가 버린 시간 같습니다. 논문이나 실무 측면에서 많은 가르침을 배울 수 있었고, 정말 감사한 마음이 큰데 더 이상 연구실에서는 교수님께 가르침 받을 수 없다는 것이 매우 아쉽습니다. 하지만 교수님 말씀처럼 은퇴가 아닌 전직인 만큼 앞으로도 학교 내·외부에서 더 큰 가르침을 받을 것을 기대합니다. 제가 아직 덜 여물어서 무리하게 논문 심사를 진행하는 바람에 염려를 끼쳐 드린 것 같아서 죄송합니다. 항상 감사합니다. 교수님. 건강하게 만수무강하세요.   - 양승호 드림

★ 교수님 제가 교수님 처음 뵌 지 10년이 넘었네요. 대학 입학 시험 심층 구술 때 교수님 처음 뵈었거든요. 기초교양 면접에서 짧은 소견으로 청계천에 대해 언급하다 일침을 받고 당황했었거든요. 십 년이 지났는데도 교수님은 여전히 당당하고 멋지세요. 앞으로도 늘 멋진 모습으로 건강하세요.   - 유지현 올림

★ 사랑 베풀어 주셔서 감사합니다. 교수님께서 부끄럽지 않아 하실 수 있는 제자가 될 수 있도록 언제나 노력하겠습니다. 종종 찾아뵙고 싶은데 시간을 내어주신다면 감사하겠습니다. 항상 건강하세요.   - 제자 이승민 올림

★ 대학원 입학하고 7년이 지났습니다. 항상 교수님 마음을 불편하게만 한 제자가 아니었나 하는 생각이 듭니다. 작년에는 박사 논문으로 걱정을 많이 끼쳐 드려서 정말 죄송합니다. 그러나 제 인생에서 지난 7년간의 대학원 생활을 통해서 사회나 저를 바라보는 시각을 새롭게 가질 수 있는 시간이었고, 교수님 같은 분을 지도 교수님으로, 그리고 직접 수업이나 과제, 연구 미팅을 통해서 지도를 받을 수 있어서 영광이었습니다. 아마 조금 더 지도를 받아야 하지만요. 교수님 은퇴가 아닌 전직을 통해서 이별해야 하지만 제게 영원한 지도 교수님으로 항상 존경하고 응원하겠습니다. 교수님 감사합니다. 그리고 항상 건강하세요.   - 김희철

★ 교수님 안녕하십니까. 석사 졸업생 이창빈입니다. 2년이라는 짧은 시간 동안 교수님께 가르치심을 받으면서 진심으로 깊은 존경심을 갖게 되었습니다. 베풀어 주신 가르침 잊지 않고 사회와 학계에 도움이 되는 사람이 되도록 노력하겠습니다. 항상 감사드립니다. 종종 찾아뵙겠습니다.   - 이창빈

〈2014년 5월 스승의 날〉

★ 교수님, 교수님의 제자라서 행복하고 자랑스럽습니다. 학문과 삶, 모두에서 한 점 부끄럼 없이 귀한 모범을 보여 주신 그 모습을 가슴에 새기고 늘 따라가겠습니다. 올해 졸업까지 저도 더 노력하고 열심히 하겠습니다. 교수님 존경하고 사랑합니다.   - 경주 올림

★ 교수님, 협동과정 영은이에요. 교수님 제자임이 너무 자랑스럽습니다. 항상 감사하는 마음 갖고 교수님께 부끄럽지 않도록 열심히 살겠습니다. 건강하시고 행복하시길 진심으로 기도합니다.
                                                          - 영은 올림

★ 교수님, 덕분에 무사히 졸업할 수 있었습니다. 아직 무직으로 있지만, 교수님에게 누가 되지 않도록 열심히 노력하겠습니다. 몸 건강하시고 교수님 감사드립니다.   - 고세범 올림

★ 교수님 스승의 날 행사에 참석한 지 벌써 다섯 번째입니다. 저를 제자로 받아 주시고 늘 믿고 지켜봐 주셔서 감사드립니다. 올 한 해 열심히 해서 교수님께 부끄럽지 않은 제자가 되도록 노력하겠습니다. 늘 건강 조심하시고 가내 평안하시길 기도드립니다.   - 임유경 드림

★ 교수님. 석사, 박사 기간 동안 지도해 주셔서 감사합니다. 교수님 덕에 정말 많은 것을 배우고 무사히 졸업하게 되었습니다. 앞으로 정말 건강하시고 항상 행복하시길 바라겠습니다. 은퇴하시더라도 지속적인 가르침 부탁드립니다.   - 김성준 드림

★ 교수님 덕에 졸업과 결혼, 그리고 밥까지 먹고 있는 제자 민영입니다. 항시 회사에서도 교수님께 누가 될까 걱정입니다. 열심히 일하고 화목하게 사는 것이 교수님 은혜에 보답하는 길이라 생각하고 노력하겠습니다. 몸 건강하십시오.   - 제자 민영 올림

〈2014년 연말〉

★ 졸업을 하니 이런 이유로도 교수님께 연락드리고 약속을 잡아야 뵐 수가 있어서 아쉬워요. 항상 건강하시고 앞으로도 자주 연락드리면서 찾아와도 괜찮을까요? 교수님 항상 감사하고 열심히 살도록 노력하겠습니다. 연말에 즐거운 일들이 많으셨으면 하고 즐거운 성탄절도 보내세요!
                                            - 2014. 12. 12. 김희철 드림

★ 교수님! 요즘 연구실로 복귀해서 다니고 있는데 교수님께서 안 계시니 서운하고 좀 이상하네요. 오히려 은퇴하실 때는 실감이 나지 않았는데 연구실 종무식을 준비하다 보니 교수님 모시고 보낸 종무식들이 생각나요. 호암에서 노래 부른 적도 있었는데요. 자주 찾아뵙고 해야 하는데 마음처럼 되지 않네요. 늘 건강하고 행복하셨으면 좋겠어요. 생신 축하드리고 Merry Christmas 되세요.
                                            - 2014. 12. 12. 유지현 올림

★ 교수님 안녕하세요. 승호입니다. 생신 축하드려요. 작년까지는 연구실에서 조촐하게라도 케

나의 삶과 일, 그리고 소중한 것들

이크도 불고했었는데 올해는 이렇게 따로 찾아뵙게 되어서 새로운 느낌이 듭니다. 교수님 덕택에 무사히 졸업은 했어도 아직까지는 진로가 확실히 결정이 안 되어서 걱정은 많지만, 열심히 해서 교수님 걱정하시지 않도록 잘하겠습니다. 날씨가 많이 추워졌는데 이번 겨울 건강하게 보내세요. 생신 축하드려요. 감사합니다. 교수님.

- 2014. 12. 12. 양승호 올림

〈내 생일(2008년)〉

★ 저의 영원한 MENTO 교수님께

교수님! 생신 축하드립니다. 몇십 년만 젊으셨어도 제가 교수님께 대쉬~하는 건데…. 36년은 제가 극복하기엔 너무 크네요…. 흑…. 교수님! 제가 앞으로 많이 많이 행복하게, 기쁘게 해 드릴 테니 기대하시고 항상 건강하셔야 해요!

전 올 한 해, 2008년부터 교수님의 정식 제자가 될 수 있어서 정말 기뻤습니다. 항상 은혜에 보답할 수 있도록 노력하는 현지 되겠습니다. 교수님 사랑해요!

- 현지 드림

★ 교수님!

먼저, 생신 축하드립니다. 어느새 제가 교수님의 정식 제자가 된 지도 일 년이 훌쩍 지났군요. 교수님을 뵐 때마다 교수님의 따뜻한 카리스마에 머리가 숙여집니다. 앞으로 건강하시고 교수님이 항상 웃으실 수 있도록 노력하는 제자가 되겠습니다. 생신 축하드려요.

- 은진 올림

★ 교수님

생신 축하드려요. 조금 돌아오느라 늦은 것은 아쉽지만, 올해부터라도 동참하게 되어서 기쁘고 다행이라고 생각해요. 배우고 싶은 것이 많으니, 건강하셔야 해요.

- 복진주 올림

★ 안 교수님께

먼저 생신 축하드립니다. 교수님 뵌 지도 2년이 되었고 그동안 많은 가르침을 주셔서 감사합니다. 앞으로도 많은 가르침 주시길 기대하고 저도 열심히 배우겠습니다. 무엇보다 건강하세요.

- 성조 올림

★ To. 교수님

먼저, 생신 축하드려요. 교수님을 뵌 지 어느새 1년이 되었네요. 늘 말없이 어리숙한 모습을 보여 드린 것이 부끄러울 뿐입니다. 앞으로 교수님의 훌륭한 가르침에 한 걸음씩 발전하는 모습 보이겠습니다. 교수님과 함께한 시간들 앞으로 함께할 시간들 정말 영광스럽게 생각하고 있습니다. 늘 도전하고 노력하는 모습 보여 드릴게요. 감기 조심하시고, 다시 한번 생신 축하드립니다. 감사합니다.

- 배건국 올림

★ 교수님 생신 축하드려요.

이제 교수님과의 인연도 9년째, 10년이 다 되어 가고 있습니다. 그동안 많은 가르침을 받았는데 그만큼의 것을 보여 드리지는 못한 거 같네요. 앞으로 더욱 좋은 모습 보여 드리려 노력하겠습니다.
- 내영 올림

★ 교수님께

학업·연구 그리고 프로젝트뿐만 아니라, 마음가짐과 태도에까지 교수님께 정말 많은 점들을 배우고 느껴 가고 있습니다. 아직도 많이 부족하지만 더욱 많이 본받을 수 있도록 항상 건강하세요. 생신 축하드립니다.
- 용진 올림

★ 교수님께

먼저 생신 축하드립니다. 연구실에 와서 교수님 밑에서 공부한 지도 벌써 2년이 되어 가는 것 같습니다. 그동안 교수님께 많은 걸 배운 것 같고, 부족한 저를 가르쳐 주시고 받아 주셔서 감사드립니다. 앞으로 좋은 모습 보여 드리기 위해 더욱더 노력하는 모습 보여 드리겠습니다. 남미 잘 갔다 오시고요. 오래오래 건강하세요.
- 한울 올림

★ 제 삶의 변화기와 황금기를 항상 함께해 주신 교수님. 멘토로서, 스승으로서, 아버지(?)로서 지켜봐 주신 교수님. 그동안 진정 감사했습니다. 그리고 앞으로 또한 감사드릴 것이 많기에 미리 감사드려요. 저의 150의 에너지를 어떻게 앞으로 써야 하는지 오랫동안 고민해 보았습니다. 열심히 노력해서 200을 이루도록… 결혼 생활과 연륜? 기쁨으로 50을 충족시켜서 다시 정진해 나가겠습니다. 다 지켜봐 주세요. 건강하시고요.
- 선영

★ 안 교수님께

교수님 생신 축하드립니다. 2008년 1년 동안 박사 티오, 논문 등 걱정거리만 만들어서 죄송해요. 이제 모든 문제 잘 정리해서 제가 성장하는 데 좋은 경험으로 간직하겠습니다. 아! 그리고 계획방으로 가서 돌아오지 않는 일은 없으니 걱정 마세요. 앞으로 더 공부 열심히 해서 좋은 제자가 되도록 하겠습니다. 그럼 여행 잘 다녀오시고 다시 한번 생신 축하드립니다.
- 희철 드림

★ 안 교수님께

교수님의 어리버리 제자 승남입니다. 이제 저도 박사 과정인데 그동안 교수님께 의젓한 모습 보여 드리지 못한 것 같아 송구스럽습니다. 지금까지의 시간보다 앞으로의 시간이 더 많이 남아 있으니 항상 노력하는 제자가 되도록 하겠습니다. 앞으로도 더 큰 가르침을 주셨으면 합니다. 항상 건승하시구요. 교수님의 생신을 진심으로 축하드립니다.
- 제자 승남 올림

★ 안 교수님 생신 축하드립니다.

한국에 온 지 얼마 안 된 것 같은데 벌써 5년이 넘었습니다. '한번 스승은 영원한 스승'이라고 도장을 받고 교수님을 떠나게 된다니 그렇게 기쁘지만은 않습니다. 더욱이 옆에서 교수님의 생신을

나의 삶과 일, 그리고 소중한 것들

축하드릴 수 없고···. 나중에도 제가 멀지 않은 이웃 나라에서 교수님이 항상 건강하시고 행복하시길 바라겠습니다. 교수님 다시 한번 생신 축하드립니다. 그리고 저에게 새로운 희망과 앞길을 열어주신 교수님과 도시설계연구실에 진심으로 감사를 드립니다.   - 제자 주일영 올림 (2008)

★ 지난 3년간 교수님 가르침 덕에 많은 성장을 할 수 있었습니다. 지난 3년이 길지 않은 제 삶의 10분의 1이었지만 성장의 10분의 9 이상을 달성했던 것 같습니다. 그동안 여러 핑계로 논문 성과에 소홀했었는데 이번 학기를 마지막으로 수료를 하게 된 만큼 내년엔 성과를 낼 수 있도록 좀 더 노력하겠습니다. 건강하신 모습 계속 유지하셔서 제가 좀 더 내실 있는 사람으로 거듭나도록 많은 가르침 주셨으면 하는 마음입니다. 좀 더 책임감 있고 성실한 사람이 되겠습니다.   - 원종준 올림

★ 생신 진심으로 축하드립니다.

이제 겨우 인생의 반환점을 돌아 몇 발자국 더 오셨네요. 가야 할 길이 머시니 더욱 건강하게 쭈욱 사셔야 해요. 제가 안 교수님 제자라는 건 무한한 영광이고 자랑입니다. 크나큰 업적만큼이나 교수님의 바른 생활도 저희 후배들에게 큰 모범이 되십니다. 감사드리고요. 비록 미약하지만 군에 가서도 교수님 명성과 가르침에 누가 되지 않도록 열심히 하겠습니다.   - 김 소령(진) 올림

★ 안 교수님께

생신 진심으로 축하드립니다. 박사 과정으로 들어와서 아직 변변찮은 연구 성과는 없지만, 앞으로 교수님께 부끄럽지 않은 제자 될 수 있도록 노력하겠습니다. 앞으로도 몸 건강히 제자들에게 많은 지도편달 부탁드리겠습니다. 다시 한번, 교수님 생신 축하드립니다.   - 못난 제자 세범 올림

★ 교수님

생신 축하드려요. 이제 학교에 적응이 되나 싶으니 졸업을 하라고 하네요. 아직 교수님께 배워야 할 것들이 너무 많이 남아 있는 것 같은데. 졸업을 하려니 아쉬운 마음도 크고, 교수님 기대만큼 결과를 보여 드리지 못한 것 같아 죄송한 마음도 큽니다. 그만큼 앞으로 더 열심히 해서 교수님께 부끄럽지 않은 모습 보여 드리도록 노력하겠습니다. 교수님, 다시 한번 생신 진심으로 축하드리고요. 짧은 시간이지만 교수님은 마음이 담긴 가르침. 잊지 않고 더욱 정진하겠습니다. 감사합니다. - 제자 영화 올림

★ 교수님

생신 축하드려요. 매년 더 좋은 모습 보여 드리겠다고 말씀만 드리고 교수님 속 썩이는 제자인 것 같아서 항상 죄송스럽네요. 그래도 제가 교수님 제자인 것 얼마나 자랑스럽고 행복하게 생각하는지 다 아시죠? 내년에는 정말 좋은 소식 계속 전해 드려서 교수님 마음 푹 놓으실 수 있도록 노력할게요. 교수님 항상 건강하시고 밤에 푹 주무시고 늘 행복한 일들만 가득한 하루하루 보내시길 기도할게요.   - 슬기 올림

★ 교수니임~ 생신 축하드려요. 논문을 좀 더 열심히 써서 보다 좋은 성과를 거뒀어야 하는데···.

아직 시간이 남아 있으니 열심히 해야죠~. 헤헤^^ 교수님께서는 기억하지 못하시겠지만, 서울대학교 심층구술 볼 때 교수님께서 기초소양 물어보셨거든요. 그래서 그때 처음 뵈었었는데 학부 입학하고 보니 제 지도 교수님이시더라고요. 지금은 대학원 지도 교수님으로 저에게는 소중하고 중요한 시간들이었답니다. 교수님 항상 감사하고 사랑해요.

- 제자 유지현

★ 교수님. 생신 진심으로 축하드립니다!

대학원 2년은 정말 빨리 흘러간 것 같습니다. 도시설계에 대해 많이 배우겠다고 다짐하고 들어왔는데, 뒤돌아보면 게으름으로 놓친 것도 많은 것 같아서 아쉬운 마음이 있습니다. 앞으로 논문 잘 마무리하고 필드에 나가서도 교수님께 좋은 소식 전해 드리는 제자가 되도록 노력하겠습니다. 다시 한번 축하드려요.

- 박성은 올림

★ 교수님께

생신 축하드립니다. 수료한 지 1학기가 지났네요. 엊그제 입학한 듯한데 시간이 너무 빠르네요. 일찍 마치고 얼른 졸업해야 하는데 쉽지 않네요. 후배들에게 많은 도움을 줘야 하는데. 어쨌든 재생 일과 조교 일을 무사히 마치면 졸업 준비하겠다고 말씀드리고요. 열심히 할게요. 늘 건강 살피시고 오래오래 제자들과 함께하길 기원하겠습니다.

- 나인수 올림

나의 삶과 일, 그리고 소중한 것들

이 책을 끝내며

　이 책을 쓰면서 드는 생각은 내가 태어나서 지금까지 살아오는 동안 너무나 많은 사람들로부터 도움도 받고, 사랑도 받았다는 것이다. 그럼에도 불구하고 내 기억 속에 이들에게 단 한 번 감사의 표현도 하지 못하고 살아왔음을 반성한다. 이 책을 빌어서라도 모든 분께 고마움을 전달하고 싶다.

　제일 먼저 감사를 드릴 분은 이미 고인이 되신 내 모친이시다. 나를 낳아 주시고, 길러 주신 은혜는 말할 것도 없다. 어머님은 내가 막내라서 다른 어느 자녀보다도 아끼고 사랑해 주셨다. 내가 건강하지 못해 돌아가실 때까지 자나 깨나 어머님께 걱정을 끼쳐 드린 것을 생각하면 죄송한 마음 표현할 길이 없다.

　또한 잔정이 없으시고 무뚝뚝해서 어느 자녀들로부터도 환영받지 못했던 아버님께도 감사를 드린다. 어른이 되고 나서 어머님을 통해 아버님이 얼마나 나를 사랑하셨는가를 듣고 나서야 비로소 깨우치게 된 우매함을 반성한다.

　그리고 내가 어렸을 때 막내라서 특히 귀여워해 주신 큰누님께 감사를 드린다. 큰누님은 지금은 건강이 좋지 않아서 요양원에 계시지만 찾아뵙지도 못한 점도 죄송하게 생각한다. 6·25 동란을 전후해서 나를 업어서 키워 주셨다는 둘째 누님께도 감사를 드린다. 지금은 무릎 관절이 좋지 않아 바깥출입을 못 하고 계시지만 찾아뵙지도 못하고 이따금 전화로만 안부를 묻는 것으로 대신하는 것을 반성한다. 이미 오래전에 암으로 고생하다 세상을 떠나신 셋째 누님께도 감사를 드린다. 나와 나이 차가 가장 작아 같이 자라났고, 대화 상대가 되었으며, 나를 결혼시켜 주려고 온갖 노력을 하다가 결국 지금의 처를 중매해 준 누님이시다. 나와는 나이 차가 10년가량 되어 내가 어려워했던 우리 집의 기둥이신 큰형님께도, 항상 나보다 먼저 내 안부를 물어보시고 암 투병 중에도 늘 형제들을 챙기시는 둘째 형님께 감사를 드린다.

　나와 결혼해서 지난 46년간 살아오면서 수많은 우여곡절을 참고 견뎌 온 내 아내 김애진 여사에게 감사한다. 살갑지 않은 A형의 이성적 남자와 여성적이고 감성이 예리한 B형의 여자가 만나 산다는 것이 이렇게 어려운 것인 줄은 몰랐다. 그래도 이제는 서로가 서로의 도움이 없으면 살아갈 수 없음을 너무나도 절실하게 느끼고 있다. 우리가 낳은 하나밖에 없는 딸과 사위, 그리고 예준, 예건, 예나 세 명의 외손자와 외손녀가 있어서 노년의 기쁨이 되고 있다. 이들이 있어 마냥 외롭지만은 않다. 우리에게 기쁨을 주고 있는 이들에게도 고맙다는 말을 하고 싶다.

그리고 어렸을 적부터 나를 가르치고 이끌어 주신 선생님, 선배님들에게도 이 지면을 빌어 감사를 드리고 싶다. 교동초등학교에 들어왔을 때 나의 첫 번째 담임 선생님이셨던 홍복순 선생님, 6학년 때 담임이셨던 김기영 선생님, 두 분 모두 이제는 고인이 되셨겠지만 늘 내 기억 속에 남아 있다. 대학에서도 항상 내 편이 되어 주셨던 서울대 김희춘 교수님, 내가 도시설계를 전공하는 데 계기를 마련해 주신 주종원 교수님께도 감사를 드린다. 그러나 그 누구보다도 중·고등학교 6년간 내가 미술반에 온 마음과 정성을 쏟아 붇는 계기를 만들어 주신 최경한 선생님을 결코 잊지 못한다.

감사를 드릴 선배님들도 수없이 많다. 먼저 내가 잘 알지도 못했던 건축을 전공하게 된 것이 경기고 미술반 선배들, 우규승, 강홍빈, 김진균, 황기원, 성천경 선배의 영향이었다는 것을 숨길 수 없다. 해군에 들어가서 알게 된 김관욱 선배-그는 나의 결혼식 사회까지 마다하지 않고 맡아 주었다-는 나를 동생처럼 아껴 주었음에 감사를 드린다. 사회에 나와서는 김석철, 조창걸 선배님들의 도움과 지도가 있었다. 나로 하여금 더 넓은 세상에 눈을 뜨게 한 이분들에게 감사한다. 내가 알게 되었던 직장 선배와 동료들에게도 감사를 드린다. 제2대 국토개발연구원 원장이셨고 나중에 경원대 총장을 역임하신 김의원 박사님께 제일 먼저 감사를 드린다. 나로 하여금 박사 과정을 밟게 모든 것을 준비해 주신 은덕으로 내가 후일 대학교수가 될 수 있었다. 국토개발연구원에서 15년간 일하는 동안 원장으로서, 상급자로서, 또는 동료로서 지도해 주신 황명찬, 조정제, 홍성웅, 정희수, 박수영, 최병선, 이정식, 김정호, 이건영, 권원용, 오진모, 이태일, 최진호, 음성직, 윤양수, 엄기철, 서창원, 유영휘, 문동주, 고철 등 수많은 박사님들에게도 감사를 드린다. 아울러 나와 함께 수많은 프로젝트를 수행하느라고 밤낮을 가리지 않고 수고해 준 우리 도시설계팀, 민범식, 신동진, 최선주, 김성수, 김상조 등과 박병호, 최영국, 박인성, 정석희, 이영아, 이왕건, 사공호상, 박영하 등에게도 고맙다는 말을 하고 싶다. 그 밖에도 우리 팀은 아니지만 진영환, 양하백, 서태성, 염형민 등 한 시대를 함께 살아 나온 수많은 동료와 후배들이 생각난다. 이들 모두에게 감사한다. 학교 동창들도 생각나는데, 고교 때 가까웠던 이선, 유기형, 최문식, 조의완, 임홍순과 대학 건축과 동창으로 이규재, 이영재, 이규철, 임승빈, 조유근 등이 있지만 지금은 모두 뿔뿔이 흩어져 있어 일 년에 한 번 만나기도 쉽지 않다. 군대 동기생들도 내겐 특별한 의미를 갖는다. 해군 특교대 53차 동기생으로 정도언, 안창세, 이필원, 고원도, 신정철, 주동건, 성인표, 이국희, 이종희 등이 떠오른다. 이들은 13주라는 짧은 훈련 기간에 함께 고생했지만, 이들을 통해 경기고, 서울대라는 테두리 안에 갇혀 있던 내게 세상이 극히 제한된 엘리트만을 위한 것이 아니라는 것을 깨닫게 해 주었다.

그뿐 아니라 도시계획, 도시설계 분야에서 같이 일하고, 알며 지내온 수많은 사람들, 서울대학교 동료 교수들, 이루다 말할 수 없을 만큼 많은 분들에게도 감사를 드린다.

마지막으로 한아도시연구소를 나와 함께 설립한 온영태를 빼놓을 수는 없다. 그 없이는 나 혼자 연구소를 이렇게 이끌어 올 수 없었을 것이다. 어려울 때마다 그가 있었기에 용기를 얻고 지금까지 버텨 오고 있다. 1996년에 설립하여 벌써 27년째에 이르는 동안 한아도시연구소를 거쳐 간 직원 수도 매우 많다. 한때 회사를 맡아 수고해 주셨던 이재욱, 문창엽 대표, 꿋꿋하게 아직까지 회사를 지키고 있는 고세범, 기효성, 홍나미, 유성, 추민영 등, 모든 직원들에게 고맙다는 말을 전하고 싶다.

이들뿐만 아니다. 비록 15년 조금 넘는 기간에 서울대에 재직하면서 길러 낸 100여 명의 석사, 박사들이 있다. 나는 이들 모두를 내 자식같이 생각하고 아껴 왔다. 물론 이들의 나에 대한 평가가 어떨지는 모르지만…. 내가 대학을 정년퇴직한 지 만 9년이 되었어도 무슨 때마다 찾아오거나 연락을 주는 제자들도 있다. 나는 이들 제자들이 있어서 행복하다. 이들에게 마지막으로 감사하단 말을 전하고 싶다.

- 2023년 2월 10일 안건혁

나의 삶과 일,
그리고 소중한 것들

ⓒ 안건혁, 2023

초판 1쇄 발행 2023년 8월 21일

지은이	안건혁
펴낸이	이기봉
편집	좋은땅 편집팀
펴낸곳	도서출판 좋은땅
주소	서울특별시 마포구 양화로12길 26 지월드빌딩 (서교동 395-7)
전화	02)374-8616~7
팩스	02)374-8614
이메일	gworldbook@naver.com
홈페이지	www.g-world.co.kr

ISBN   979-11-388-2188-9 (03810)